CHARLOTTE LINK

Der Verehrer

D1342463

Buch

Als in einem Waldstück die Leiche einer erst kürzlich ermordeten jungen Frau gefunden wird, stehen die Polizei und die Angehörigen vor einem Rätsel. Denn die Frau galt seit sechs Jahren als spurlos verschwunden. Der Telefonanruf einer ehemaligen Urlaubsbekanntschaft liefert den ersten Anhaltspunkt für die Ermittlungen – aber erst ein weiteres Verbrechen, das in Art und Ausführung dem ersten auffallend ähnelt, führt auf eine konkrete Spur.
Alle Fäden scheinen bei einer Frau zusammenzulaufen: bei der vierzigjährigen Leona Dorn, deren Leben seit einiger Zeit völlig aus den Fugen gerät. Durch einen tragischen Zufall ist sie Zeugin eines Selbstmordes geworden, ohne ihn verhindern zu können; zudem hat ihr Mann sie wegen einer anderen Frau verlassen. Leona kann dies alles kaum verkraften.
Sie ahnt jedoch nicht, daß sie erst am Beginn einer Kette dramatischer Ereignisse steht – und daß sie am Ende all ihre Kraft und Entschlossenheit brauchen wird, um ihr Leben zu retten ...

Autorin

Charlotte Link, Jahrgang 1963, machte sich mit großen Gesellschaftsromanen ebenso einen Namen wie mit fesselnden historischen Romanen und Kinderbüchern. Mit ihrem Roman »Die Rosenzüchterin« steht sie seit vielen Monaten auf der *Spiegel*-Bestsellerliste.

Von Charlotte Link im Goldmann Taschenbuch:

Sturmzeit (41066) · Wilde Lupinen (42603) · Die Stunde der Erben (43395) · Die Sterne von Marmalon (9776) · Schattenspiel (42016) · Verbotene Wege (9286) · Die Sünde der Engel (43256) · Das Haus der Schwestern (44436)

Als gebundene Ausgabe im Blanvalet Verlag
zuletzt erschienen:

Die Rosenzüchterin (0103)

Charlotte Link

Der Verehrer

Roman

GOLDMANN

Umwelthinweis:
Alle bedruckten Materialien dieses Taschenbuches
sind chlorfrei und umweltschonend.

Der Goldmann Verlag
ist ein Unternehmen der Verlagsgruppe Random House

Originalausgabe November 1998
© 1998 by Wilhelm Goldmann Verlag, München
in der Verlagsgruppe Random House GmbH
Umschlaggestaltung: Design Team München
Umschlagmotiv: G+J Photonica
Satz: deutsch-türkischer fotosatz, Berlin
Druck: Elsnerdruck, Berlin
Verlagsnummer: 44254
Lektorat: Silvia Kuttny
Herstellung: Heidrun Nawrot
Made in Germany
ISBN 3-442-44254-0
www.goldmann-verlag.de

13 15 17 19 20 18 16 14 12

ERSTER TEIL

Es war ein wundervolles Spiel, sich von ihm durch den Wald jagen zu lassen. Irgendwann im letzten Sommer hatten sie es entdeckt. Ein heißer, sonniger Tag, sie erinnerte sich, aber im Wald war es angenehm schattig und viel kühler als auf dem Feld gewesen.

»Fang mich doch!« hatte sie plötzlich gesagt, ihre Hand aus seiner gelöst und war davongerannt.

Er hatte gewartet, bis ihr Vorsprung groß genug gewesen war, um die Sache spannend zu machen. Ja, er hatte gewartet, bis sie aus seinem Blick verschwunden war. Sie war über Gräben gesprungen, durch Gebüsche gekrochen, hatte Haken geschlagen wie ein Hase, um ihn über ihre Richtung zu täuschen. Die ganze Zeit über hatte sie gedacht: Albern, ich bin fast fünfzig Jahre alt, er ist schon über fünfzig, und wir rennen hier herum wie Kinder, die Verstecken oder Fangen spielen ...

Ihr war ganz heiß geworden bei der Vorstellung, ihre beiden erwachsenen Söhne könnten sie jetzt sehen. Doch dann hatte sie sich gesagt, daß die Besonderheit des Spiels darin bestand, daß *niemand* sie sah. Die Söhne nicht, die Nachbarn nicht. Sie waren allein in der Tiefe und Stille des Waldes.

Irgendwann war sie ihm direkt in die Arme gelaufen. Er hatte sie ausgetrickst, hatte plötzlich vor einer Schonung junger Tannen gestanden, durch die sie gekrochen kam, die Haare voller Tannennadeln, die Kleidung voller Laub und Erde. Sie war wirklich erschrocken; er behauptete später, sie habe aufgeschrien, aber davon wußte sie nichts mehr. Entscheidend war, was *dann* geschehen war. Sie hatten sich auf dem Waldboden geliebt, inmitten der kleinen Tannen, sie beide in ihrem fortgeschrittenen Alter, mit zwei erwachsenen Kindern, einem eigenen Häuschen, einem Dackel, einer Einbauküche und einer brandneuen Wildleder-Sofa-Garnitur. *Er* hatte ziemlich viel Bauch und mähte im Sommer an jedem zweiten Samstag den Rasen, und *sie* hatte zu dicke Oberschenkel und wünschte sich sehnlichst ein Enkelkind. Niemand, der sie kannte, hätte von ihnen geglaubt, daß sie irgendwelcher Verrücktheiten fähig wären. Sie waren spießig, aber sie hatten sich in ihrer Spießigkeit gut eingerichtet und waren glücklich damit. Nur manchmal …

Heute war wieder so ein Tag. Ein warmer Frühsommertag. »Fang mich doch«, hatte sie auch diesmal gesagt, und er hatte geantwortet: »Es ist viel zu warm …« Aber da war sie schon losgelaufen, eigensinnig wie ein Kind, das sich sein Lieblingsspiel von niemandem verderben lassen will.

Sie konnte ihn nirgendwo sehen oder hören. Sie blieb stehen, wischte sich den Schweiß von der Stirn, lauschte. Nichts. Keine Schritte, kein Rascheln. Als sei sie allein auf der Welt. Hatte sie ihn wirklich abgehängt? Oder lauerte er ganz in der Nähe, verbarg sich hinter einem Gebüsch, wartete auf den geeigneten Moment, hervorzuspringen und ihr einen Riesenschrecken einzujagen?

Es war ihr auf einmal eigenartig flau im Magen. Sie hatte keine Ahnung, warum. Wenn er plötzlich auftauchte, wäre das gruselig, aber es wäre ein eher angenehmes Gruseln. Nie hatte sie sich *wirklich* gefürchtet.

Diesmal aber war es etwas wie Furcht, was sie verspürte. Trotz der Sonnenstrahlen, die durch die Laubdächer der Bäume fielen, trotz des Vogelgezwitschers und des Geplätschers eines kleinen Baches in der Nähe verströmte der Wald eine Ahnung von etwas Schrecklichem. Sie kam sich idiotisch vor, aber sie hatte den Eindruck, eine ungute Witterung aufgenommen zu haben, wie ein Tier, das die Gefahr spürt, noch ehe sie sich zeigt. Sie kam sich allein vor und doch nicht allein.

Halblaut rief sie seinen Namen. Keine Antwort. Das Vogelgezwitscher verstummte für einen Moment, setzte dann um so lauter wieder ein. Auf einmal war die Angst da, jäh und pulsierend. Sie drehte sich um und rannte fast, versuchte den Rückweg zu finden und konnte doch nichts Vertrautes entdecken. War sie an dieser Baumgruppe vorbeigekommen? Sie konnte sich nicht erinnern, einen Ameisenhaufen gesehen zu haben.

Sie rief seinen Namen erneut, lauter jetzt, und nun lag Panik in ihrer Stimme. Machte er sich einen Spaß daraus, ihr nicht zu antworten? Er war ganz in ihrer Nähe, sie spürte, daß da jemand war … In ihre Angst mischte sich Zorn. Er ging zu weit. Er mußte merken, daß jetzt ernsthaft etwas nicht mehr stimmte mit ihr. Das Spiel war aus, vorbei. Sie bildete sich nicht länger ein, ein Teenager zu sein, der verliebt und glücklich im Wald herumtollte. Sie war eine fast fünfzigjährige Frau mit dicken Beinen. Eine Frau, die Angst hatte.

Als sie die Gestalt an dem Baum bemerkte, begriff sie nicht sofort, was sie sah. Sie blieb wie angewurzelt stehen und starrte sie an. Es war, als weigere sich ihr Gehirn, das Bild umzusetzen. Sie dachte zunächst nur: Ich wußte doch, daß jemand in der Nähe ist.

Und dann, im nächsten Moment, vermochte ihr Verstand sich nicht länger zu sperren gegen das, was ihre Augen sahen. Die Gestalt war eine junge Frau. Und sie stand deshalb so eigenartig dicht an dem Baum, weil sie an seinen Stamm gefesselt war. Sie stand aufrecht, nur ihr Kopf fiel nach vorn auf die Brust. Die Kleidung hing ihr in Fetzen vom Leib, und überall war Blut. Auf ihr, neben ihr, vor ihr. Man hatte sie an den Baum gebunden und dann regelrecht abgeschlachtet, und man hatte sie dort zurückgelassen wie eine groteske Vogelscheuche, die dem Wald für alle Zeit seine Unschuld, seinen Frieden und seine geheimen Spiele nahm. Das Blut der jungen Frau vernichtete jede Illusion, die Welt könne gut, das Leben leicht sein.

Der Anblick des Blutes brannte sich für immer in ihr Gedächtnis. Sie meinte es auf ihrer Haut zu spüren, so als sei sie bespritzt worden damit.

Sie stand nur da und konnte keinen Laut hervorbringen.

I

1

Als sie erwachte, herrschte noch Dunkelheit jenseits des Fensters. Ein sanfter Nachtwind strich ins Zimmer, vermochte aber nicht die dumpfe Schwüle zu vertreiben, die noch vom Tag darin lastete. Frankfurt ächzte unter einer Hitzewelle. Über dreißig Grad im Schatten, Tag für Tag, seit fast drei Wochen. Die asphaltierten Straßen, die Häuser sogen die Hitze auf und gaben sie unerbittlich zurück. Die Menschen hatten über den kalten Winter gestöhnt und über den nassen Frühling. Nun beklagten sie den heißen Sommer. Waren die Menschen undankbar? Oder hatte das Klima der verschiedenen Jahreszeiten tatsächlich jegliche Ausgewogenheit verloren, präsentierte es sich nur noch in schwer erträglichen Extremen?

Sie hatte nicht in das allgemeine Gejammere einstimmen wollen, aber nun dachte Leona doch: Es ist zu heiß, um zu schlafen. Und wußte gleichzeitig, daß es nicht die Hitze gewesen war, was sie geweckt hatte.

Vergeblich versuchte sie, auf ihrer Armbanduhr, die sie auch nachts am Handgelenk trug, die Zeit zu erkennen. Schließlich knipste sie die Nachttischlampe an. Drei Uhr. Obwohl sie das Licht sofort wieder ausschaltete, hatte das sekundenlange Aufflammen von Helligkeit ausgereicht, Wolfgang zu wecken.

»Kannst du schon wieder nicht schlafen?« fragte er mit

11

jenem Anflug von Gereiztheit, der sich erst seit kurzem in seine Stimme eingeschlichen hatte und sich immer auf Leona bezog.

»Es ist so heiß.«

»Das hat dir doch noch nie etwas ausgemacht«, sagte er müde. Er wußte auch, daß es nicht an der Hitze lag.

»Ich glaube, ich habe wieder geträumt«, gestand Leona. Sie hatte längst begriffen, daß sie Wolfgang inzwischen auf die Nerven ging.

Er schien hin- und hergerissen zwischen dem Wunsch, einfach weiterzuschlafen und Leonas Psychose – wie er ihre Probleme insgeheim nannte – zu ignorieren, und dem Gefühl, zum Zuhören und Trösten verpflichtet zu sein. Sein Pflichtbewußtsein siegte, auch wenn er sich selbst im stillen dafür verfluchte. Er hatte einen harten Tag hinter sich, einen ebenso harten vor sich. Die drückende Schwüle machte ihm zu schaffen, und zudem hatte er eine Menge Sorgen, von denen niemand etwas ahnte. Er hätte seinen Schlaf gebraucht.

Er seufzte. »Leona, meinst du nicht, du steigerst dich da in etwas hinein? Ich habe den Eindruck, du kreist ständig um diese … Sache. Du grübelst zuviel, und diese Grübelei setzt sich natürlich nachts in Träume um. Du mußt dagegen angehen.«

»Denkst du, das versuche ich nicht? Ich bemühe mich ständig, mich abzulenken. Mit Arbeit, mit Sport, mit Gesprächen über Gott und die Welt. Ich setze mich bestimmt nicht hin und überlasse mich meinen trüben Gedanken.«

»Dann dürftest du nicht ständig diese Träume haben.«

Sie spürte Vorboten jener heftigen Wut, die stets in ihr emporkroch, wenn Wolfgang mit seinen Standardrichtlinien zur Bewältigung von Problemen anrückte. Wolfgang hatte unverrückbare Prinzipien, was Sorgen, Ängste, psychische Konfusionen anging. »Wenn du dieses oder jenes tust, dürfte dieses oder jenes nicht geschehen!« – »Wenn du dieses oder jenes *nicht* tust, müßte dieses oder jenes passieren.«

Wolfgang würde nie den Gedanken akzeptieren, daß sich das Leben einmal nicht nach den von ihm entwickelten Regeln richten könnte. Wenn die Dinge nicht so funktionierten, wie von ihm postuliert, dann lag die Schuld bei der Person, die eben irgend etwas falsch machte.

»Verdammt, Wolfgang, mach es dir doch nicht immer so leicht! Ich versuche, dagegen anzugehen, aber es gelingt nicht. Vielleicht brauche ich mehr Zeit.«

»Das alles ist einfach eine Frage des Willens«, sagte Wolfgang und unterdrückte ein Gähnen. Bei ihm war alles immer eine Frage des Willens. Er hätte die Vorstellung nicht ertragen, daß es Bereiche im Leben geben könnte, die nicht durch bloße Willensanstrengung beeinflußbar waren. Für Wolfgang gab es die Begriffe Schicksal und Fügung nicht, ebensowenig wie Zufall oder Vorsehung. Vielleicht hatte er recht. Leona war weit davon entfernt, sich in esoterischem Gedankengut zu verstricken; sie war Rationalistin, wenngleich sie sich neben Wolfgang stets wie eine weltfremde Träumerin vorkam. Aber die Vorstellung von einer Macht jenseits dessen, was die Menschen begreifen und beherrschen konnten, existierte durchaus in ihrem Leben. Anders hätte *sie* es nicht ertragen. Wolfgang warf ihr immer vor, dies habe mit einem Mangel an Verantwortungsbereitschaft zu tun.

»Das Schicksal bemühen nur die Menschen, die einen Teil der Verantwortung, die sie für ihr Tun und Lassen tragen, an eine andere, irgendwo jenseits weltlicher Begriffe angesiedelte Instanz abgeben wollen. Es ist der Versuch einer schlichten Lastenumverteilung, läuft aber letzten Endes darauf hinaus, daß man sich gründlich in die eigene Tasche lügt.«

Leona fand es schwierig, dagegen zu argumentieren, zumal sie durchaus bereit war zu akzeptieren, daß er recht hatte, was die Motive der Menschen hinsichtlich ihrer Schicksalsgläubigkeit anging. Nach ihrem Verständnis schloß dies jedoch das tatsächliche Vorhandensein einer aus der Ferne regierenden Macht nicht aus.

Sie starrte in die Dunkelheit und fragte sich, ob es einen tieferen Sinn hatte, daß gerade *sie* hatte vorbeikommen müssen, als die junge Frau ihrem Leben ein Ende hatte setzen wollen und aus dem Fenster gesprungen war. Normalerweise wäre sie um die betreffende Uhrzeit – um halb zwölf am Mittag – gar nicht durch die Straßen gegangen, hätte längst an ihrem Schreibtisch im Verlag gesessen. Ein Zahnarzttermin hatte sie jedoch an jenem Vormittag aufgehalten, und auch der hatte sich noch verzögert, weil ein akuter Notfall den Praxisbetrieb durcheinandergebracht hatte. Nur so hatte es geschehen können, daß sie genau zum Zeitpunkt des Unglücks die Straße entlanggehastet kam, entnervt vom langen Warten, die linke Gesichtshälfte noch betäubt von der Spritze, um die sie vorsorglich gebeten hatte. Es war sehr warm gewesen, und sie hatte sich klebrig und verschwitzt gefühlt und den dringenden Wunsch verspürt, nach Hause zu gehen, zu duschen und sich dann mit einem eiskalten Orangensaft und einem Buch in den Garten zu setzen. Sie hatte sich elend gefühlt und ein bißchen weinerlich.

Sie begriff zuerst nicht, was vor sich ging. Später versuchte die Polizei vergeblich, aus ihr herauszubekommen, wie das gewesen war, als die Frau sprang. War unter Umständen eine zweite Person hinter ihr erkennbar gewesen –

oder der Schatten einer Person? Hatte es ausgesehen, als springe sie von selbst, oder als werde sie gestoßen? Aber Leona konnte darauf nicht antworten, denn sie hatte es nicht gesehen. Sie war in Gedanken versunken gewesen, mit ihrem Zahn beschäftigt, mit dem ekelhaften, wattigen Betäubungsgefühl. Und mit bestimmten Sorgen, die sie seit einiger Zeit quälten, über die sie aber mit niemandem sprechen wollte.

Sie hatte erst etwas bemerkt, als die Frau bereits fiel. Genaugenommen hatte sie sie gar nicht sofort als Menschen identifiziert. Ein großer Gegenstand fiel aus dem im wahrsten Sinne des Wortes heiteren, nämlich wolkenlos sonnigen Himmel und kam mit einem häßlichen Klatschen nur wenige Meter vor Leona auf dem Bürgersteig auf.

Sie stand da, geschockt, ungläubig, denn nach zwei oder drei Sekunden hatte sie begriffen, daß es ein Mensch war. Eine Frau. Sie trug ein grüngeblümtes Sommerkleid aus Baumwolle und an den Füßen weiße Sandalen. Sie hatte schulterlange, dunkelblonde Haare. Sie lag auf dem heißen Asphalt in der Sonne wie irgendein achtlos weggeworfener Gegenstand, ein unförmiges Stück Müll, das jemand im Vorbeifahren aus dem Auto gekippt hatte. Ihre Arme und Beine standen in eigenartigen Winkeln vom Rumpf ab.

Leona hätte später nicht zu sagen gewußt, wie lange sie einfach nur angewurzelt dastand und das Szenario betrachtete. Ihr kam es vor, als vergehe eine Ewigkeit, in der alles um sie herum – die im leisen Wind schaukelnden Blätter, eine Katze, die die Straße überquerte, ein Vogel, der von einem Zaunpfosten zum nächsten hüpfte – Zeitlupentempo annahm, und in der die Geräusche des jenseits des Wohnviertels dahinflutenden Großstadtverkehrs hinter einer lärmschluckenden Glaswand verschwanden.

15

Erst als sie die Frau leise stöhnen hörte, erwachte sie aus ihrer Betäubung, lief zu ihr hin und kniete neben ihr nieder.

»Mein Gott, was ist denn passiert?« hörte sie sich rufen. »Kann ich Ihnen helfen?«

Was für eine idiotische Frage, dachte sie gleich darauf.

Die Frau hatte die Augen geöffnet. Sie hatte ein schönes Gesicht; selbst in dieser Situation fiel das noch auf. Nirgendwo war Blut zu sehen, aber nach Lage ihrer Gliedmaßen mußte sie sich nahezu jeden Knochen im Körper gebrochen haben. Sie war blasser, als es Leona je bei irgendeinem Menschen gesehen hatte.

»Nun hat er es endlich geschafft«, sagte sie, und ihre Stimme klang zwar leise, war aber deutlich und klar zu verstehen. Sie wiederholte: »Nun hat er es geschafft.« Und sah Leona an.

»Wer hat es geschafft? Von wem sprechen Sie?«

Die Frau erwiderte nichts mehr. Ihre Augen verdrehten sich plötzlich. Im nächsten Moment verlor sie das Bewußtsein.

Leona kam zum erstenmal auf die Idee, nach oben zu blicken und herauszufinden, von wo die Fremde überhaupt gefallen war. Sie befanden sich direkt vor einem Neubau, einem sechsstöckigen Appartementhaus, hineingebaut in einen alten, schattigen Garten, in dem früher eine Sandsteinvilla gestanden hatte, die abgerissen worden war, um eine Vielzahl von Menschen auf möglichst kleinem Raum zusammenzupferchen und dabei eine Menge Geld herauszuschlagen. Sie machten das jetzt überall im Viertel so und beraubten es auf diese Weise nach und nach seines ursprünglichen Charmes.

Das Haus war dicht an die Straße herangebaut, zwei Schritte trennten die Haustür vom Gehsteig. Im obersten Stockwerk stand ein Fenster sperrangelweit offen. Leona zweifelte nicht daran, daß die Frau von dort herausgesprungen war.

»Bewegen Sie sich nicht«, sagte sie, überflüssigerweise, denn die Frau war noch ohnmächtig. »Ich werde Hilfe holen.«

In einiger Entfernung entdeckte sie einen Rentner, der seinen Cockerspaniel spazierenführte. Er war stehengeblieben und starrte herüber, aber seine Miene verriet, daß er entweder nicht richtig sah oder nicht begriff, was geschehen war.

Sie winkte ihm hektisch zu, er solle herkommen, aber er blieb stehen und glotzte. Sie sprang auf und lief zu ihm hinüber.

»Die Frau dort ist aus dem Fenster gesprungen!« rief sie. »Wohnen Sie hier? Können Sie den Rettungsdienst anrufen?«

Er starrte sie an. »Aus dem Fenster gesprungen?«

»Ja! Wir brauchen sofort einen Notarzt.«

»Sie können bei mir telefonieren«, bot er an, »ich wohne gleich dort.« Er wies auf eine behäbige Villa, nur wenige Meter entfernt, aber es schien Leona eine Ewigkeit zu dauern, bis er sich auch nur umgedreht hatte, und die schwerfälligen Schritte, mit denen er lostappte, ließen sie beinahe die Nerven verlieren. Aber so panisch sie auch ihre Augen umherschweifen ließ, nirgends konnte sie eine Telefonzelle entdecken. Immer wieder sah sie zu der Frau hinüber. Sie rührte sich nicht.

Der alte Mann kramte in seinen Hosentaschen nach dem Haustürschlüssel, ohne fündig zu werden, und der Hund fiepte. Leona vibrierte vor Ungeduld. Sie sah eine ältere Frau im Jogginganzug auf die Straße laufen. »Ich habe alles gesehen!« rief sie. »Ich habe den Notarzt angerufen!«

»Gott sei Dank«, sagte Leona und ließ den Alten stehen.

Die nächsten zwei Stunden waren ein Chaos aus Ärzten und Polizisten, aus Menschenauflauf und Straßensperre, aus Fragen, Mutmaßungen, neugierigen Blicken und gewisperten Geschichten. Leona stand im Mittelpunkt des allgemeinen Interesses, denn auf geheimnisvolle Weise hatte es sich sofort allseits herumgesprochen, daß sie Zeugin des Geschehens, erste Person am Unglücksort gewesen war. Aus allen Häusern waren inzwischen die Menschen herbeigeströmt, und auch Schulkinder, die sich jetzt auf dem Heimweg befanden, blieben stehen. Die Verunglückte war längst abtransportiert worden. Leona saß auf den Stufen vor dem Haus. Irgend jemand hatte ihr einen Becher Kaffee gebracht, an dem sie sich dankbar festhielt. Sie hatte einem Polizisten erzählt, was geschehen war, soweit sie es mitbekommen hatte, und er hatte sie gebeten, sich noch zur Verfügung zu halten. Der Arzt hatte sie gefragt, ob sie etwas brauche, doch sie hatte den Kopf geschüttelt und gesagt, sie sei in Ordnung.

Vielleicht war sie das aber gar nicht. Irgend etwas in ihr weigerte sich noch immer, wirklich zu begreifen, was sie gesehen hatte. Jedesmal, wenn das Bild der auf der Straße liegenden Frau in ihr aufsteigen wollte, wenn der Gedanke an die grotesk verrenkten Gliedmaßen in ihr erwachte, sandte ihr Gehirn den Befehl aus, augenblicklich etwas anderes zu sehen, etwas anderes zu denken. Es war ihr nicht bewußt, daß sie selbst an diesem Vorgang des Verdrängens beteiligt sein könnte. Etwas arbeitete in ihr, das sich ihrem Einfluß entzog. Irgendwann, während sie so dasaß und intensiv registrierte, wie ihre betäubte Gesichtshälfte wieder erwachte, kam ihr der Gedanke, sie könne einen Schock haben. Vielleicht hätte sie mit ins Krankenhaus fahren sollen. Es schien ihr jedoch jetzt zu spät dafür, und so blieb sie einfach sitzen und blinzelte in die Sonne.

»Möchten Sie noch etwas Kaffee?« fragte eine freundliche Stimme hinter ihr.

Leona wandte sich um und sah eine ältere Frau, die eine Thermoskanne in der Hand hielt. Offensichtlich war sie es gewesen, die ihr vorhin den Becher in die Hand gedrückt hatte. Sie sah elend und geschockt aus.

»Das wäre nett«, sagte Leona dankbar.

Die Frau schenkte ihr Kaffee nach. »Sie sehen ja furchtbar blaß aus! Es muß schlimm für Sie gewesen sein. Die arme, arme Eva! Ich kann es überhaupt nicht fassen!« In ihrer Stimme klangen Tränen.

»Eva?« fragte Leona. »Hieß sie so?« Sie verbesserte sich sofort: »*Heißt* sie so?«

»Eva Fabiani. Wir sind eng befreundet, wissen Sie. Ich wohne in der Wohnung direkt unter ihr. Aber ich habe nichts mitbekommen. Ich war auf meinem Balkon draußen, und der geht nach der anderen Seite hinaus.«

Der Kaffee war heiß und stark. Wahrscheinlich nicht unbedingt das Richtige für ihren frisch behandelten Zahn, aber angesichts der jüngsten Ereignisse erschien Leona ihr Zahn unbedeutend.

»Ich mache mir entsetzliche Vorwürfe«, sagte die Frau. »Ich hätte wissen müssen, daß so etwas irgendwann passiert. Ich glaube, ich konnte mir nicht vorstellen, daß sie es wirklich tut. *Ich* hätte nie den Mut.«

»Sie war wohl sehr verzweifelt«, meinte Leona. Das Bild drängte sich wieder auf. Die Frau auf dem Gehsteig. Die Arme und Beine, die wie zufällig hingegossen dalagen, als hingen sie gar nicht mehr mit dem Körper zusammen. Was etwa auch den Tatsachen entsprochen haben mußte. Als sie Eva auf die Tragbahre luden, hatte einer der Sanitäter gesagt: »Die ist ja buchstäblich in Stücke zerbrochen!«

»Ja, sie war verzweifelt«, sagte die Frau mit dem Kaffee,

»aber ich hatte in der letzten Zeit das Gefühl, es ginge ihr besser. Sie ist vor vier Jahren geschieden worden. Damals zog sie hier ins Haus. Sie und ihr Exmann hatten das gemeinsame Haus in Kronberg verkauft, und von ihrem Anteil hat sie sich die oberste Wohnung gekauft. Eine besonders schöne Wohnung. Wunderbare Terrasse nach hinten hinaus. Die Scheidung hatte sie furchtbar mitgenommen. Sie suchte unmißverständlich Anschluß, und ich habe mich um sie gekümmert. Ich bin auch sehr viel allein. Es schien ihr langsam besserzugehen. Aber vor einem dreiviertel Jahr hat ihr geschiedener Mann ...«

Ein Polizist trat heran. »Frau Dorn?«

»Ja«, sagte Leona.

»Sie können jetzt erst einmal nach Hause gehen. Ich brauche nur Ihre Personalien, damit wir uns noch einmal an Sie wenden können. Es kann sein, wir brauchen noch einmal eine detaillierte Aussage von Ihnen.«

»Ich habe wirklich nichts gesehen. Erst als sie aufschlug ...«

»Vielleicht fällt Ihnen ja doch noch etwas ein. Wir melden uns bei Ihnen.«

Sie nannte ihm Adresse und Telefonnummer, die private und die ihres Büros, und er notierte sich alles auf einem dicken Block. Leona gab ihre Telefonnummer auch an Eva Fabianis Freundin weiter mit der Bitte, sie zu benachrichtigen, wenn sie etwas über den Zustand der Frau erführe.

Der Kaffee hatte sie gestärkt. Sie fühlte sich etwas besser. Sie ging in den Verlag, setzte sich hinter ihren Schreibtisch und schaffte es tatsächlich noch, einen ganzen Berg Arbeit abzutragen.

Um fünf Uhr rief die Nachbarin an. Eva Fabiani war trotz intensiver Bemühungen der Ärzte im Krankenhaus ihren schweren Verletzungen erlegen.

20

Wie oft hatte sie seither jenen Traum gehabt? Nicht jede Nacht, aber fast jede zweite. Die Frau, die durch die Luft flog. Das häßliche Geräusch, mit dem der Körper auf den Asphalt klatschte. Der Ausdruck des Gesichts, die Augen, die plötzlich wegzuschwimmen schienen. In beinahe jedem Traum tauchte auch ein Polizist auf, überlebensgroß, der sich zu ihr hinunterbeugte. Er kam ihr so nahe, daß sie meinte, zurückweichen zu müssen, und es doch nicht konnte.

»Haben Sie etwas beobachtet?« fragte er. »Haben Sie etwas beobachtet? Haben Sie etwas beobachtet? Haben Sie …?« Er wiederholte die Frage in immer schnellerem Tempo, in zackigem Stakkato. Sie kam nicht dazu, ihm zu sagen, daß sie nichts gesehen hatte. Er schien es auch gar nicht hören zu wollen. Er schoß nur seine Fragen ab und schien ihre verzweifelten Anstrengungen, ihm zu antworten, gar nicht zu bemerken.

»Vielleicht solltest du doch einmal einen Psychotherapeuten aufsuchen«, sagte Wolfgang, »du weißt ja, daß ich von diesen Leuten nichts halte, aber du bräuchtest vielleicht nur ein paar Stunden, in denen du einer neutralen Person dein Herz ausschütten kannst. Ich scheine dir ja nicht helfen zu können.«

Er klang ein wenig gekränkt. Leona fragte sich, wann und wie er ihr überhaupt zu helfen versucht hatte. Natürlich hatte er zugehört, als sie alles erzählt hatte, am Abend jenes Tages. Er war betroffen gewesen, und es schien ihm aufrichtig leid zu tun, daß ausgerechnet *ihr* so etwas hatte passieren müssen. Er hatte ihr einen Cognac eingeschenkt, und dann hatte er sich um das Essen gekümmert, während sie im Wohnzimmer saß und heulte. Er ließ den Reis anbrennen und versalzte die Pilze in Rahmsoße, aber der gute Wille zählte, und Leona hatte sich tatsächlich besser gefühlt. Allerdings hatte Wolfgang wohl gemeint, daß es damit nun gut sein müsse. Er reagierte zunehmend gereizt, als Leona in den folgenden Tagen immer wieder von der Geschichte anfing. Eines Morgens hatte er während des Frühstücks seine Serviette neben den Teller geknallt und Leona zornig angesehen.

»Ehrlich gesagt, Leona, ich kann den Namen Eva Fabiani nicht mehr hören! Herrgott noch mal, ich verstehe ja, daß das ein gräßliches Erlebnis für dich war, aber andererseits kanntest du diese Frau doch gar nicht! Außer ihrem Namen weißt du nichts von ihr, du weißt nicht einmal genau, warum sie sich da überhaupt hinuntergestürzt hat. Du mußt den ganzen Vorfall jetzt endlich vergessen!«

Er hatte recht, das wußte sie. Sie mußte aufhören, über eine Frau nachzudenken, die etwa so alt gewesen war wie sie selber und die keinen anderen Ausweg als Selbstmord gesehen hatte. Ein Verbrechen erschien Leona unwahrscheinlich, obwohl sie manchmal den Eindruck hatte, ein Mord hätte sie nicht so erschüttert wie dieser Freitod.

Sie versuchte, vor Wolfgang nicht mehr von alldem zu sprechen – außer, wenn es sich nicht vermeiden ließ, so wie jetzt, wenn er nachts von ihren Alpträumen wach wurde.

»Ich halte auch nichts von Psychotherapeuten«, sagte sie nun. Sie wußte, daß sie zu pauschal urteilte, aber eine ihrer Kolleginnen war aus einer jahrelangen Therapie kranker hervorgegangen, als sie zuvor gewesen war.

»Ich brauche auch keinen Therapeuten«, fügte sie fast trotzig hinzu, »ich brauche nur ein bißchen Zeit.«

Wolfgang unterdrückte ein weiteres Gähnen. »Und ein bißchen guten Willen«, sagte er und kehrte damit an den Anfang des Gesprächs zurück. »Du darfst nichts tun, was unweigerlich alles wieder aufwühlt. Es war zum Beispiel völlig falsch, zu der Beerdigung zu gehen.«

Natürlich war es falsch gewesen. Sie wußte das, und Wolfgang hatte es auch inzwischen oft genug betont. Aber irgend etwas hatte sie gedrängt, auf den Friedhof zu gehen. Sie war der letzte Mensch, mit dem Eva gesprochen hatte. Sie war ihr dieses letzte Geleit schuldig.

Die Nachbarin hatte bei ihr angerufen. »Hier ist Behrenburg.«

Ihr war der Name entfallen. »Ja?«

»Die Nachbarin von Eva Fabiani. Ich wollte nur sagen, daß sie morgen um elf Uhr bestattet wird. Vielleicht möchten Sie ja auch kommen?«

Wolfgang hatte später behauptet, sie habe sich von jener »gänzlich unbedeutenden Frau Behrenburg« zur Teilnahme an der Beerdigung »nötigen« lassen. Er war wütend gewesen und hatte nicht verstanden, daß sie selbst das Bedürfnis verspürte, zum Friedhof zu gehen.

Überraschenderweise waren kaum Menschen dagewesen. Leona hatte eine ansehnliche Trauergemeinde erwartet, bei einer vergleichsweise so jungen Frau. Wenn Leute sehr alt starben, waren ihnen oft alle Freunde schon vorausgegangen; wenn sie weder Kinder noch Enkel hatten, mochte sich kaum jemand um ihr Grab scharen. Eva Fabiani war achtunddreißig Jahre alt gewesen! Da hatte man doch Freunde, Kollegen, Familie. Aber außer Frau Behrenburg und Leona war nur noch ein einziger Mensch anwesend, ein Mann, der sich als Evas Bruder vorstellte. Er mochte nur wenige Jahre älter sein als seine verstorbene Schwester. Er weinte nicht, wirkte aber wie versteinert vor Schmerz und schien zeitweise fast betäubt zu sein.

Als die Friedhofsarbeiter das Grab zuzuschaufeln begannen und der Pfarrer gegangen war, trat er auf Frau

Behrenburg und Leona zu. Er schüttelte Frau Behrenburg die Hand.

»Danke, daß Sie gekommen sind, Lydia«, sagte er, »und danke für alles, was Sie für meine Schwester getan haben. Ich weiß, daß Sie ein großer Halt für Sie waren.«

Lydia Behrenburg wurde rot vor Stolz. »Es hat mir immer großen Spaß gemacht, mit Ihrer Schwester zusammenzusein. Ich habe ja niemanden auf der Welt. Ich werde sie so schrecklich vermissen.« Ihre Traurigkeit schien echt und tief. Sie stand am Grab wie ein Mensch, der seinen letzten Strohhalm fortschwimmen sieht und es noch kaum fassen kann.

Wie viele einsame Menschen es doch gibt, dachte Leona betroffen.

Evas Bruder wandte sich ihr zu. Er musterte sie aus kühlen, graugrünen Augen. »Robert Jablonski«, stellte er sich vor. »Ich bin Eva Fabianis Bruder.«

»Leona Dorn«, sagte Leona. Zögernd fuhr sie fort: »Ich bin die Frau, die ...«

»Leona war als erste am Unfallort«, erklärte Lydia, »sie hat sich sofort um Eva gekümmert.«

»Ich konnte im Grunde nichts tun«, korrigierte Leona und hatte den Eindruck, es hörte sich wie eine Entschuldigung an.

Robert betrachtete sie prüfend. »Das hat Sie ziemlich mitgenommen, nicht?«

Leona nickte. »Ich werde nicht richtig damit fertig.«

Robert setzte seine Sonnenbrille auf, die er zur Begrüßung der beiden Frauen abgenommen hatte. Die dunklen Gläser machten ihn noch attraktiver.

»Kommen Sie«, sagte er, »ich lade Sie irgendwo in ein Café ein. Lydia und Leona. Ich darf Sie so nennen? Wissen Sie, wo man hier hübsch sitzen kann?«

24

Sie landeten, der Hitze des Julitages angemessen, in einem Straßencafé, saßen um einen kleinen Bistrotisch herum, zwischen lauter Menschen in Shorts und bunten T-Shirts, ein Mann im dunklen Anzug und zwei Frauen in schwarzen Kleidern, schwarzen Strümpfen und schwarzen Schuhen. Leona, die immer sehr auf ihre Figur achtete, bestellte nur Kaffee und Mineralwasser, Robert wählte einen Salat und Lydia einen gewaltigen Eisbecher. Sie bestritt den größten Teil der Unterhaltung, redete fast ohne Unterlaß, beschwor vergangene Zeiten mit Eva herauf. Lustige, traurige, eigenartige Episoden. Hier ein Erlebnis, dort eine Anekdote. Leona gewann den befremdlichen Eindruck, daß Eva Fabiani praktisch ihre gesamte Freizeit mit Lydia verbracht hatte. Zwar hatte sie Eva nicht gekannt, aber der kurze Blick in ihr Gesicht hatte ihr verraten, es mit einer kultivierten, komplizierten Frau zu tun zu haben. Lydia war nett, aber schlicht; eine biedere, betuliche Hausfrau, die etwas einfältig dreinblickte und über einen begrenzten Horizont verfügte. Leona, die sich schon nach zehn Minuten wie erschlagen fühlte von Lydias Geplapper, fragte sich, wie Eva das in dieser offensichtlichen Häufigkeit ausgehalten haben konnte. Sie hatte den Eindruck, daß Robert Jablonski Lydia nicht besonders mochte – obwohl er sie sehr höflich und zuvorkommend behandelte.

Lydia machte eine Pause und hielt nach dem Kellner Ausschau, um sich ein zweites Eis zu bestellen. Leona nutzte die Gelegenheit.

»Wohnen Sie auch in Frankfurt?« wandte sie sich an Robert.

Er schüttelte den Kopf. »In Ascona. Am Lago Maggiore.«

»In Ascona! Stammen Sie von dort? Eva auch?«

»Wir sind Deutsche, sind aber in Ascona aufgewachsen.

Unsere Eltern hatten ein sehr schönes Haus dort. Eva heiratete dann und zog mit ihrem Mann hierher nach Frankfurt. Er ist Professor für Rechtsgeschichte an der Universität.«

»Eigenartig, daß er nicht zu ihrer Beerdigung gekommen ist.«

Lydia gab einen verächtlichen Laut von sich. »Das wundert mich gar nicht. Dieser Windhund! Als sie noch lebte, hat er sich auch nicht um Eva gekümmert. Warum sollte er es jetzt, wo sie tot ist?«

»Ich vermute, er weiß noch gar nicht, daß Eva nicht mehr lebt«, meinte Robert, »die Zeitungen haben ihren Namen nicht gedruckt, und ich habe ihm nichts gesagt.«

»Er wird es früh genug erfahren«, setzte Lydia hinzu, »und es wird ihn ohnehin nicht interessieren.«

Evas Exmann schien allgemein verhaßt. Es hätte Leona interessiert, mehr zu erfahren, aber sie mochte nicht indiskret erscheinen. So sagte sie nur: »Mich hat es gewundert, daß nur wir drei bei der Beerdigung waren. Es wird doch wohl eine Menge mehr Menschen in Evas Leben gegeben haben?«

»Eben nicht«, sagte Lydia. Ihr zweiter Eisbecher, ein Berg aus Vanilleeis, heißen Himbeeren und Sahne, wurde gerade gebracht. »Sie war unglaublich einsam.«

»Unsere Eltern leben nicht mehr«, erklärte Robert, »und sonst gibt es auch keine Verwandten. Ich war Evas letzter lebender Angehöriger.«

»Es muß doch Freunde gegeben haben«, bohrte Leona nach, »Kollegen …«

»Sie hatte ja keinen festen Arbeitsplatz«, sagte Lydia. »Nach ihrer Scheidung war sie zwei Jahre lang arbeitsunfähig wegen ihrer Depressionen. Dann hat sie nur so herumgejobbt. Mal hier, mal da. Aushilfstätigkeiten der verschiedensten Art. Um Freunde zu gewinnen, blieb sie eigentlich nirgendwo lang genug.«

»Konnte sie davon leben?«

»Ganz gut. Die Wohnung gehörte ihr, und es blieb sogar noch ein Überschuß, den sie angelegt hatte. Die Möbel hatte sie alle mitgebracht. Ihr Mann hat ihr praktisch alles überlassen – vom Bügeleisen über den Herd bis zur Waschmaschine. Hoffte wohl, damit sein schlechtes Gewissen beruhigen zu können.«

Leona fragte nicht weiter, aber sie überlegte, wie das sein konnte. Eine attraktive und noch keineswegs alte Frau wie Eva Fabiani, so völlig allein, so ohne jeden Bezugspunkt außer einer geschwätzigen, ältlichen Nachbarin. Kein fester Job. Keine Freunde. Kein Mann. Es mußte die Einsamkeit gewesen sein, die sie zu dem tödlichen Sprung aus dem Fenster getrieben hatte. Mit achtunddreißig Jahren.

Robert lehnte sich etwas vor. Er nahm die Sonnenbrille ab. Er hat einen ausgesprochen durchdringenden Blick, dachte Leona.

»Ich habe gehört, daß meine Schwester noch etwas gesagt hat, ehe sie starb. Irgend etwas wie ›Jetzt ist es ihm gelungen‹ oder so ähnlich.«

»›Nun hat er es endlich geschafft‹«, sagte Leona. »Das waren ihre genauen Worte.« Robert verzog das Gesicht. »Ja«, sagte er bitter, »nun hat er es endlich geschafft.«

»Wer?« fragte Leona.

»Ihr Exmann.« Lydia schien unweigerlich immer wieder auf diesen Schuft zu kommen, den sie offenbar für jede Misere in Evas Leben verantwortlich machte. »Den hat sie natürlich gemeint.«

»Aber Lydia, Sie haben doch gesagt, die beiden waren seit vier Jahren geschieden! Sie können doch gar nicht mehr soviel Kontakt gehabt haben!«

»Sie hat gelitten«, erklärte Robert. Seine Stimme klang jetzt wieder emotionslos, gleichmütig. »Sie hat unter dieser Trennung gelitten wie ein Hund. Sie hatte schlimmste Depressionen. Manchmal schien sie halb verrückt vor Schmerz. Sie schaffte es nicht, ihr Leben wieder in den Griff zu kriegen. Ihr Selbstmord war die logische Konsequenz aus den letzten Jahren.«

»Dann hat er die Scheidung gewollt, nicht sie«, folgerte Leona.

Robert zündete sich eine Zigarette an, nachdem er den beiden Frauen die Schachtel hingehalten hatte, aber negativ beschieden worden war. Seine Finger zitterten ganz leicht. Traurigkeit? Erregtheit? Haß? Seine Stimme blieb monoton.

»Er hat sie betrogen«, sagte er. »Er hat sie so häufig, so skrupellos, so offensichtlich für jedermann betrogen, daß ihr schließlich keine Wahl mehr blieb, als die Scheidung einzureichen. Und damit begann dann ihr Sterben auf Raten.«

»Eigenartig«, sagte sie in die Dunkelheit des Zimmers hinein, »wenn am Ende eines jungen Lebens ganze drei Menschen bleiben, die das letzte Geleit geben: der Bruder, eine Nachbarin, von der man nicht weiß, ob sich die Tote an ihr festgeklammert hat oder ob sie von ihr bedrängt wurde, und eine ganz fremde Frau, die zufällig vorbeikam in jenem endgültigen Moment, da das Leben nicht mehr erträglich schien. Welch eine Zusammenstellung!«

Wolfgang unterdrückte sein Gähnen nicht mehr. »Hättest du nur an diesem Tag nicht zum Zahnarzt gemußt!« sagte er inbrünstig. »Uns wäre eine Menge erspart geblieben!«

»Ihr Mann hat sie ständig betrogen. Robert ist überzeugt, daß er sie damit zu ihrem Selbstmord getrieben hat.«

»Das ist doch Unsinn!« entgegnete Wolfgang scharf.

»Wie du mir erzählt hast, war sie eine immer noch junge, attraktive Frau!«

»Was hat denn jetzt das eine mit dem anderen zu tun?«

»Wenn ihr Mann sie wirklich betrogen hat, muß das für eine solche Frau doch kein Weltuntergang sein. Ich bitte dich! Achtunddreißig Jahre alt, gutaussehend. Sie hätte sich leicht neu orientieren können. Sie mußte nicht in einem Tränenmeer versinken!«

»Vielleicht hat sie ihn auf eine Art und Weise geliebt, die es ihr nicht möglich machte, mit einem anderen Mann etwas anzufangen. Das kann doch sein.«

»Sentimentaler Blödsinn! Wenn man dreißig Jahre oder länger mit einem Menschen zusammen war, hat man es womöglich sehr schwer, sich einen anderen vorzustellen. Aber so lange können die beiden gar nicht verheiratet gewesen sein. Und, wie gesagt, für Torschlußpanik war sie dann doch noch zu jung!«

Er war jetzt zornig und heftig, und Leona fragte sich, weshalb er sich so erregte. Bisher hatte er auf das Thema Eva gelangweilt oder genervt reagiert. Auf einmal schien er ernsthaft wütend.

Sie schwang die Beine aus dem Bett, angelte sich ihre Hausschuhe.

»Ich gehe ins Wohnzimmer«, sagte sie, »ich will ein bißchen fernsehen. Ich glaube, ich kann jetzt einfach nicht mehr einschlafen.«

Er machte keinen Versuch, sie zurückzuhalten.

2

Wie schön sie eine Leiche herrichten können, dachte Lisa.

Sie betrachtete das ruhige, sanfte Gesicht ihrer Schwester. Oft schon hatte sie die Leute den Frieden in den Gesichtern von Toten beschreiben hören, aber sie hatte das für ein Klischee gehalten, für eine Behauptung, der, da sie nun einmal aufgestellt war, jeder bereitwillig folgte. Der Friede in den Gesichtern der Toten und der damit verbundene Gedanke an ihre Erlösung von allem irdischen Leid stellte einen wertvollen Trost dar, den einzigen Trost oftmals, den man finden konnte. An irgend etwas mußte man sich festhalten.

Aber Anna sah wirklich friedlich aus, fand Lisa. Als schliefe sie und habe dabei einen schönen Traum. Man hatte Dreck und Blut von ihrem Gesicht gewaschen, Gras und Äste aus ihren Haaren gekämmt. Wer sie so sah, hätte nicht vermutet, daß sie eines gewaltsamen Todes gestorben war.

Ihr Körper, dachte Lisa, sieht vermutlich weniger schön aus. Die vielen Stichwunden ließen sich wohl kaum verbergen. Der Mörder hatte sie wie ein Wahnsinniger mit dem Messer traktiert.

Sie hatte es gesehen. Sie hatte ihre Schwester identifizieren müssen. Sie hörte ihren Vater hinter sich leise schluchzen und wandte sich zu ihm um. Während der letzten zwei Wochen schien er um wenigstens zehn Jahre gealtert. In seinem zerfurchten Gesicht standen Ratlosigkeit und Entsetzen.

Sanft berührte sie seinen Arm. »Ich habe dir doch gesagt, du sollst nicht mitkommen, Vater. Die Beerdigung wird schwer genug werden für dich. Warum mußtest du sie dir noch einmal ansehen?«

»Weil ich Abschied nehmen wollte«, murmelte Johann.

Ihm war deutlich anzusehen, daß er sich unwohl fühlte in dem dunklen Anzug, der an manchen Stellen schon grünlich schimmerte vor Alter. Sein Hochzeitsanzug, fast dreißig Jahre alt. Er hing wie ein Sack an ihm. Lisa dachte daran, wie stattlich ihr Vater noch bis vor zwei Jahren gewesen war. Ehe der Krebs zugeschlagen hatte. Zuerst in der Lunge; sie hatten ihm daraufhin einen Lungenflügel entfernt. Aber dann waren Metastasen im Darm und im Magen aufgetreten. Neuerdings sprach er oft von Schmerzen in den Knochen, konnte sich an vielen Tagen kaum bewegen. Lisa war mit seiner Pflege vollauf beschäftigt. Da sie es an seinen schlimmen Tagen nicht schaffte, ihn aus dem Bett zu heben und ins Bad zu bringen oder ein paar Schritte im Garten mit ihm spazierenzugehen, hatte sie bei einem privaten Pflegedienst im Nachbarort angerufen und um Hilfe gebeten. Seitdem kam Benno jeden zweiten Tag vorbei, ein netter, nicht mehr ganz junger Mann, der zwar kein ausgebildeter Pfleger war und weder Medikamente verabreichen noch Spritzen geben durfte, aber über die nötige Kraft verfügte, den Schwerkranken zu stützen oder sogar zu tragen. Seine Hilfe stellte eine große Erleichterung für Lisa dar.

Benno war dagewesen an jenem warmen Tag vor zwei Wochen, als die Polizei geklingelt hatte. Es war später Nachmittag gewesen, Lisa hatte gerade zum Einkaufen gehen wollen und hatte Benno gebeten, so lange bei ihrem Vater zu bleiben. Es ging ihm schlecht, man konnte ihn nicht allein lassen.

Benno hatte die Tür geöffnet, war dann heraufgekommen, wo Lisa im Bad stand und sich die Lippen nachzog. »Polizei«, hatte er gewispert, »zwei Beamte. Sie wollen zu Ihrem Vater!«

»Das geht jetzt nicht. Was wollen die?«

»Ich weiß nicht. Sie sehen furchtbar ernst aus.«

Sie war die Treppe hinuntergegangen, und die Tragödie hatte ihren Anfang genommen. An einem warmen Tag, ohne Vorwarnung.

Leute aus dem Dorf hatten Anna im Wald gefunden, an einen Baum gefesselt, von Messerstichen übersät. Die Frau hatte einen Schock erlitten, befand sich in ärztlicher Behandlung. Der Mann hatte die Leiche als Anna Heldauer identifiziert, »die Tochter vom Heldauer Johann«. Nun müsse jemand aus der Familie mitkommen – jemand müsse sie offiziell identifizieren, der Anblick sei nicht schön, aber …

»Nehmen Sie sich alle Zeit, die Sie brauchen«, hatte Benno gesagt, »ich bleibe bei Ihrem Vater.«

Sie war mit den Beamten gegangen und hatte bestätigt, daß es sich bei der Toten aus dem Wald um ihre Schwester handelte.

Nun beugte sie sich noch einmal über Anna, schlug ein Kreuz über ihrer hohen, blassen Stirn. Sechzehn Tage nachdem man sie gefunden hatte, war sie erst zur Beisetzung freigegeben worden, ewig lange hatte man sie untersucht. Lisa hatte Anna so lange nicht gesehen, sie hatten einander schon als Kinder so wenig nahegestanden, daß es ihr nun vorkam, als nehme sie Abschied von einer Fremden. Aber dennoch zog sich etwas in ihrem Innern zusammen und verursachte einen bohrenden Schmerz: Es war ihre Schwester! Neben Vater der einzige Mensch, den sie noch gehabt hatte. Ihr Vater würde sie bald verlassen. Dann blieb sie allein zurück.

»Es konnte kein gutes Ende nehmen mit ihr«, murmelte Johann, als sie sich nun zum Gehen wandten. »Ich habe es immer gesagt … So, wie sie gelebt hat, das mußte bös' ausgehen mit ihr!«

Immerhin hat sie besser gelebt als ich, dachte Lisa bitter, *sie* hat sich rechtzeitig abgeseilt. Mir hat sie den Vater überlassen, mitsamt seinem Krebs und seinem endlosen, jammervollen Sterben.

Sie hatte Anna so sehr dafür gehaßt in den letzten Jahren, daß es ihr nun schwerfiel, diesen Haß in ein Gefühl von Milde und Mitgefühl umzuwandeln – Gefühle, die man zweifellos hegen mußte für eine Schwester, die auf so furchtbare Weise ums Leben gekommen war. Anna hatte ein schlimmes Schicksal erlitten; vor allem anderen verdiente sie Mitleid.

Ich bin ein schlechter Mensch, dachte Lisa, wenn ich dieses Mitleid nicht aufbringen kann. Wenn ich es nicht einmal *jetzt* aufbringen kann.

»Komm, Vater«, sagte sie, »wir müssen jetzt in die Aussegnungshalle hinüber. Die anderen warten schon.«

»Die anderen« – das war das ganze Dorf. Der Mord an Anna hatte hohe Wellen geschlagen. Keiner ließ es sich nehmen, zur Beerdigung zu kommen. Sie standen da in ihren schwarzen Anzügen und schwarzen Kostümen, Blumen in der Hand, starrten Lisa und ihren Vater an. Seit *jenem Tag* war der Strom der Beileidsbezeugungen nicht abgerissen.

Echtes Mitleid? fragte sich Lisa. Oder Sensationsgier? Jetzt ist doch endlich einmal etwas los in diesem gottverlassenen Ort! Etwas, worüber sie an jeder Straßenecke tratschen können, was Reporter angelockt und diesen gänzlich unwichtigen Flecken Erde in die Zeitung gebracht hat. So etwas hat sich doch jeder von denen schon immer gewünscht. Und nun werden sie mit betroffenen Mienen am Grab stehen und innerlich schon vibrieren vor Ungeduld, daß sie endlich nach Hause gehen und sich mit den Nachbarn austauschen können. Wie schlecht der Johann ausgesehen hat, und wie schamlos kurz der Rock von Lisa gewesen ist ... Und keiner von denen hat wirklich etwas mit Anna zu tun. Nicht einer.

Aber wer hatte schon etwas zu tun gehabt mit Anna in

den letzten Jahren? Falls es Freunde und Bekannte gab, so hatte Lisa sie nicht unterrichten können. Niemand wußte, wo sich Anna während der letzten sechs Jahre herumgetrieben hatte. Als sie damals mit ihren knapp achtzehn Jahren von daheim aufgebrochen war, kurz nach dem Tod der Mutter, weil sie »diese spießige Kleinbürgerwelt« einfach nicht mehr aushielt, hatte sie Südamerika im Sinn gehabt.

»Herumtrampen, heute hier, morgen da, nicht wissen, was kommt, ohne Gestern und Morgen, nur den Augenblick zählen lassen«, so hatte sie ihr Vorhaben beschrieben. Lisa, die Jüngere, hatte neidisch und mit riesigen Augen zugehört, aber der Vater, damals noch gesund und stark, hatte Bedenken geäußert.

»Das ist viel zu gefährlich für eine Frau allein. Was glaubst du, was da alles passieren kann? In diesen südamerikanischen Staaten gibt es andauernd Revolutionen und Aufstände, und ständig putscht das Militär. Da schert sich kein Mensch darum, was mit einer Ausländerin passiert, die in der Gegend herumreist. Da kann es dir passieren, daß du abgemurkst und irgendwo verscharrt wirst, und kein Mensch erfährt etwas davon!«

Anna hatte gelacht und die Unkenrufe ihres Vaters in den Wind geschlagen. Lisa sah sie noch vor sich am Tag ihrer Abreise: strahlend und gut gelaunt, braungebrannt von unzähligen Sonnenbädern in den Lechauen, die honigfarbenen Haare fielen ihr lang und lockig den Rücken herab, und um Hals und Handgelenke klimperte billiger Türkisschmuck aus dem Alternativladen. Es erschien Lisa tragisch, daß sich die düsteren Prophezeiungen ihres Vaters bewahrheitet hatten, wenn auch letztlich anders als gedacht: Nicht in Südamerika hatte Anna ihr Leben verloren, sondern ganz in der Nähe ihres Zuhauses, gleich bei dem kleinen Dorf nahe Augsburg, in dem sie aufgewachsen war, in einem der Wälder, in denen sie als Kind gespielt hatte. Sie hatte offenbar nach Hause gewollt, und kurz vor dem Ziel war sie ihrem Mörder begegnet.

Nach sechs Jahren, dachte Lisa, warum kam sie heim? Nach all der Zeit, in der sie uns nicht ein einziges Lebenszeichen hat zukommen lassen, wollte sie plötzlich zurück. Warum?

Sie versuchte die Blicke der Leute und ihr Getuschel zu ignorieren, als sie durch die Stuhlreihen der Aussegnungshalle nach vorn ging. Schwer stützte sich ihr Vater auf sie.

3

Warum regnet es auf einmal so viel? fragte er sich. Er betrachtete die Fensterscheibe, gegen die der Regen platschte. Es schüttete wie aus tausend Eimern. Die Bäume bogen sich im Sturm. Von fern grollte der Donner. Ein heftiges, lautes Sommergewitter. Seit einer Woche gab es das fast jeden Abend. Mit literweise Regen und Windböen, die nicht selten Bäume entwurzelten und Blumenkästen von den Balkonen herunterschlugen. Keine langen, lauen Gartennächte mehr in diesen letzten Augusttagen. Der Sommer nahm mit Getöse Abschied. Der September werde regnerisch und kühl beginnen, prophezeiten die Meteorologen.

Wolfgang fühlte eine schwere Mattigkeit in allen Knochen, die es ihm schwermachte, sich zu erheben, zu duschen, sich anzuziehen. In einen dunkelgrünen Bademantel gehüllt, war er auf einen Küchenstuhl gesunken, hatte sich Kaffee eingeschenkt, der noch vom Nachmittag dort stand. Er war inzwischen kalt, aber Wolfgang hätte jetzt nicht einmal die Energie aufgebracht, sich frischen zu kochen. Er mußte dringend nach Hause, es wartete noch genügend Arbeit auf ihn. Warum fühlte er sich so matt, so zerschlagen?

Nicole kam in die Küche. Im Unterschied zu Wolfgang schien sie förmlich überzusprudeln vor Energie. »Warum schaust du denn so mürrisch drein? Bist du meiner etwa überdrüssig?« Sie trat hinter ihn und legte beide Arme um ihn. Sie drückte ihr Gesicht an seine Wange. Ihre langen Haare fielen bis auf den Tisch.

»Sag bloß, du trinkst den kalten Kaffee? Kein Wunder, daß du schlechte Laune hast!«

»Ich habe keine schlechte Laune.«

»Natürlich! Schau dich doch mal an. Komm, ich mach' dir frischen Kaffee.« In der für sie charakteristischen quirligen Geschäftigkeit wollte sie sogleich anfangen, in der Küche herumzuwirtschaften, aber Wolfgang hielt sie am Arm fest.

»Nein. Ich muß sowieso gleich gehen. Ich weiß auch nicht, warum ich hier so lethargisch herumsitze.«

Sie wurde ernst, betrachtete ihn prüfend, setzte sich dann ihm gegenüber an den Tisch. »Ich weiß schon, warum es dir nicht so gutgeht im Moment«, sagte sie bedächtig. Sie spielte mit ihrer leeren Kaffeetasse herum, die hier seit dem Mittag stand, seitdem Wolfgang gekommen war und sie zusammen Kaffee getrunken hatten, ehe sie ins Bett gegangen waren. »Heute ist der 31. August.«

Er seufzte. »Ja. Heute ist der 31. August.« Das Datum schien wie ein Bleigewicht auf ihm zu lasten. Seine Schultern sanken ein wenig nach vorne

»Was hast du Leona gesagt, wohin du gehst?«

»In den Sender. Es hätten sich da ein paar Probleme ergeben …«

»Sie ahnt überhaupt nichts?«

»Gestern hat sie gemeint, ich hätte mich verändert. Ich sei so ... unausgeglichen und gereizt. Ich habe gesagt, ich sei überarbeitet.«

Nicole starrte auf ihre Tasse, sah Wolfgang nicht an.

»Um deinetwillen«, sagte sie, »mußt du diese Situation bald klären. Deine Nerven schleifen ziemlich am Boden.«

»Ich hab' dir gesagt, bis Ende August weiß sie es. Dazu stehe ich.«

»Dann bleibt dir nur noch der heutige Abend.«

»Ich weiß.«

Sie streckte ihren Arm über den Tisch, berührte sanft seine Hand. »Wenn du es erst morgen oder übermorgen in Angriff nimmst, bin ich dir bestimmt nicht böse. Du brauchst dir und ihr nicht den Sonntagabend zu verderben.«

»Es wird nicht leichter, indem ich es vor mir herschiebe«, sagte er gereizt.

Draußen krachte ein Donner. Gleich darauf tauchte ein Blitz die Küche in gleißende Helligkeit. »Ich wollte es ihr im Juli sagen. Ich war wirklich felsenfest entschlossen. Aber dann ist diese verdammte Geschichte passiert mit der Frau, die aus dem Fenster gesprungen ist. Leona war so durcheinander danach. Ich konnte ihr nicht mit der Eröffnung kommen, daß ich eine andere Frau liebe und mich scheiden lassen möchte.«

»Hat sie sich inzwischen erholt?«

»Nicht wirklich. Die Geschichte geht ihr eigenartig nahe. Aber darauf kann ich natürlich nicht ewig Rücksicht nehmen.«

Nicole stellte ihre leere Tasse mit einem lauten Klirren ab. »Vielleicht ist sie raffinierter, als du denkst. Sie ahnt, daß etwas nicht stimmt. Nun macht sie auf arme, geschockte Frau, der man nicht noch mit anderen Unannehmlichkeiten das Leben schwermachen darf.«

Wolfgang fühlte sich ein wenig verärgert. Er liebte Nicole, aber er hatte durchaus auch noch Gefühle für Leona.

»Ich habe nicht den Eindruck, daß sie mir etwas vorspielt«, sagte er scharf. »Es ist ganz sicher nicht besonders lustig mit anzusehen, wie eine Frau aus dem Fenster springt und direkt vor einem auf dem Asphalt aufschlägt. Es war wirklich Pech, daß sie gerade vorbeikommen mußte.«

Er stand auf. Es hatte keinen Sinn zu warten, daß sich die Dinge von allein erledigten. Leona hatte das Recht auf Wahrheit. Nicole hatte das Recht auf eine geklärte Situation. Er hatte das Recht, endlich wieder ohne schlechtes Gewissen herumzulaufen. Er hatte sich selten in seinem Leben so elend gefühlt.

Er hatte gedacht, es würde ihm bessergehen, sobald es erst gesagt wäre. Irgendwo, in einem kindischen, idiotischen Winkel seines Gehirns, hatte er die vage Hoffnung genährt, alles würde ganz problemlos verlaufen, sobald nur erst die Wahrheit das Tageslicht erblickt hatte. Leona würde kooperativ und vernünftig sein und Dinge sagen wie: »Du hast ganz recht, zwischen uns ist nichts mehr, wie es war. Ich denke, es ist gut, wenn wir einen Schlußstrich ziehen. Laß uns Freunde bleiben!«

Oder sie würde sofort aggressiv werden, ihn beschimpfen, ihm die Tür weisen. Es hätte ihm geholfen, von ihr hinausgeworfen zu werden. Sie als tobende Furie zu erleben.

Sie tobte nicht, und sie sagte zunächst auch nichts. Sie war blaß geworden und saß nun stumm da – völlig geschockt, wie ihm schien. Er sagte sich, daß er ein Trottel gewesen war zu hoffen, dies alles könne glimpflich ablaufen.

Er hatte ihr dreizehn Jahre Ehe vor die Füße geworfen, darüber hinaus dreizehn weitere Jahre romantischer, naiver Jugendliebe. Naiv war das Wort, das er *heute* für die Gefühle von damals fand. Wenn man mit fünfzehn Jahren beschließt, einander zu heiraten, wenn man es mit achtundzwanzig Jahren schließlich tut und dabei der Überzeugung ist, niemals etwas zu vermissen, niemals insgeheim andere versäumte Gelegenheiten zu betrauern – dann war man ein Tor. Dann hatte man eine falsche Vorstellung vom Leben und mußte zwangsläufig irgendwann Schiffbruch erleiden.

Er betrachtete Leona; in seinem Blick lag eine Zärtlichkeit, die er schon lange nicht mehr für sie empfunden hatte. Es war die Zärtlichkeit, die man für einen Menschen hegt, mit dem man so viele Jahre verbracht hat, daß die Liebe zu ihm längst gleichbedeutend mit der Liebe zu einem wichtigen Teil des eigenen Lebens geworden ist.

Mit Leona, das wurde Wolfgang in diesem Moment bewußt, würde er stets die Erinnerung an gute Jahre verbinden – an die Discoausflüge als Teenager, das Ende der Schulzeit, das Studentenleben, an seine Anfänge als Volontär bei einem Fernsehsender, seinen Aufstieg zum leitenden Redakteur. Mit ihr hatte er die Freude über den ersten Gehaltsscheck geteilt, und mit ihr hatte er Sekt getrunken, als er befördert wurde. Auf Studentenfesten hatten sie ganze Nächte durchgetanzt, und wann immer ihre Vorlesungen gleichzeitig begannen, waren sie Hand in Hand zur Uni gelaufen. Ihm fiel plötzlich der Tag ihrer Hochzeit ein, aber sofort verdrängte er jeden Gedanken daran. Wenn er etwas verabscheute, dann war es Sentimentalität.

Das Schweigen dauerte an, verdichtete sich. Das Essen vor ihnen auf dem Tisch war kalt geworden. Der Rotwein in den Gläsern hatte die Farbe von altem Granatschmuck. Draußen rauschte der Regen. Das Gewitter hatte sich verzogen.

Als Leona das Schweigen endlich brach, hätte Wolfgang sie dafür am liebsten umarmt. Selbst die bittersten Vorwürfe schienen ihm erträglicher als diese unheilschwere Stille.

Überraschend sachlich fragte Leona: »Wie lange geht das schon?«

Er hatte sich vorgenommen, ihr keine Antwort schuldig zu bleiben und ehrlich zu sein.

»Ein knappes halbes Jahr.«

»Also seit Februar.«

»Seit Mitte März.«

»Wer ist sie?«

»Eine Kollegin.«

»Kenne ich sie?«

Er zögerte. »Ich weiß nicht. Sie gehört nicht zu den Kollegen, die ich ab und zu einlade. Es kann aber sein, daß du ihr schon im Sender begegnet bist, wenn du mich dorthin begleitet hast.«

»Tritt sie im Fernsehen auf?«

»Sie macht Dokumentarfilme. Frauenprobleme, hauptsächlich. Im nächsten Jahr soll sie eine eigene Talkshow bekommen.«

Leona hatte einen angestrengten Ausdruck in den Augen.

Es muß sie eine Menge Kraft kosten, mir diese Fragen so ruhig zu stellen, dachte Wolfgang. Sie sagte ihm später, was sie so angestrengt habe, sei das Bemühen gewesen, durch ihre Betäubung zu dringen. Es sei schwierig für sie gewesen, ihre eigenen Gedanken zu ordnen und in Worte zu fassen.

»Du warst heute nachmittag nicht im Sender«, sagte sie.

»Nein.«

Sie war weiß wie eine Wand. »Hast du mit ihr geschlafen?«

Man muß die Ehrlichkeit nicht auf die Spitze treiben, dachte Wolfgang.

»Nein«, sagte er und sah, daß sie ihm nicht glaubte.

»Für ein halbes Jahr«, sagte sie leise, »für ein halbes Jahr mit ihr willst du unsere vielen Jahre einfach wegschmeißen!«

»Nicht für ein halbes Jahr mit ihr. Für eine Zukunft mit ihr.«

»Und da bist du dir ganz sicher?«

»Lieber Himmel, Leona, was heißt schon sicher?«

Er hatte sich das Rauchen abgewöhnt, aber nun verlangte es ihn plötzlich nach einer Zigarette. Zum Glück war keine im Haus. Er befand sich noch immer in dem Stadium, in dem eine einzige Zigarette ihn hätte rückfällig werden lassen.

»Wie sicher kann man sich überhaupt jemals sein? Aber ich sehe eine gute Chance für uns beide, für sie und mich, und ich möchte die Möglichkeiten nutzen, die sich für uns daraus ergeben.«

Er merkte, wie geschraubt das klang. Aber hätte er sagen sollen: »Ich habe mich in diese Frau verliebt. Es geschah ganz plötzlich, und ich konnte nichts dagegen tun. Es ist ein Gefühl, wie ich es noch nie gekannt habe. Oder vielleicht habe ich es auch schon gekannt, aber das ist lange her, wie aus einem anderen Leben.«

Er hätte ihr damit nur noch mehr weh getan. Also nahm er Zuflucht zu Floskeln, die so wenig wie möglich von seinen Gefühlen verraten sollten.

Sie lachte kurz auf. »Wie schön! Und du siehst bei ihr Möglichkeiten für dich, die du bei mir nicht findest?«

Es war die alte Frage: Was hat sie, was ich nicht habe? Er

hätte sie gerne gebeten, ihm dieses Verhör zu ersparen, aber er fühlte sich als der Schuft in dieser Geschichte und sah es als eine Art gerechte Strafe an, diese Situation nun durchstehen zu müssen.

»Das hat alles gar nicht so viel mit dir zu tun, Leona«, sagte er und kam sich dabei völlig klischeehaft vor. Alles an dieser Situation war so abgegriffen. Es war, als folge man einem vorgeschriebenen Ritual: die gleichen Fragen, die gleichen Antworten, millionenfach durchgespielt auf der Welt. Die Opfer stellten immer die gleichen Fragen. Die Täter gaben immer die gleichen Antworten.

»Wir sind schon so furchtbar lange zusammen, Leona, daran liegt es vielleicht. Wir waren ja fast noch Kinder, als wir einander kennenlernten. Seither kleben wir aneinander wie siamesische Zwillinge. Keiner von uns hatte je die Gelegenheit, etwas anderes auszuprobieren. Keiner von uns hatte die Chance herauszufinden, wie es ist, mit einem *anderen* Menschen zu leben, zu streiten, zu lachen, sich zusammenzuraufen, mit ihm …«

»… mit ihm zu schlafen«, vollendete Leona den abgebrochenen Satz. Sie klang bitter.

»Ja«, sagte Wolfgang, »zu schlafen. Das natürlich auch.«

Leona spürte, wie die Betäubung langsam von ihr wich. Von den vielen schützenden Schleiern, die sich um sie gewunden hatten, zerriß einer nach dem anderen. Nicht alle, zum Glück. Noch konnte der Schmerz sie nicht anspringen und seine Krallen in sie schlagen.

»Du tust jetzt so«, sagte sie, »als sei es das Schlimmste auf der Welt, für das ganze Leben mit immer demselben Menschen zusammenzusein. Dabei war das unser gemeinsamer Traum. Wir haben immer …«

»Nein«, unterbrach er. Seine Stimme klang jetzt hart und schroff. »Wir hatten *keinen* gemeinsamen Traum. *Du* hattest einen Traum. Einen verdammten romantischen Traum von der perfekten Beziehung. Vom lebenslangen Glück. Vom Zusammen-alt-Werden und im Laufe langer, langer Lebensjahre zur unverbrüchlichen Gemeinschaft zusammenwachsen. Der Begriff Scheitern kam in deiner Lebensplanung nie vor.«

»In wessen Lebensplanung kommt schon der Begriff Scheitern vor?« fragte Leona mit trockenem Mund.

»Vielleicht kommt nicht der Begriff vor. Aber die Möglichkeit. Man hat nicht das Gefühl, in einem Korsett zu sitzen, aus dem man schon deshalb nicht herausdarf, weil man sonst einen anderen Menschen der Illusionen berauben würde, ohne die er nicht leben kann.«

»Und ich bin in deinen Augen ein Mensch voller Illusionen?«

»Du kannst vielleicht gar nicht anders sein. Mit dieser Familie im Hintergrund, in der sich alle umklammern, lieben, zusammenhalten ... aber deine Schwestern haben zumindest, jede auf ihre Art, rebelliert. Du nicht. Du hast die Wünsche deiner Eltern übernommen und erfüllst sie. Mit deinen einundvierzig Jahren, Leona, bist du heute genau so, wie du mit fünfzehn gewesen bist.«

Kaum hatte er diese Worte gesagt, wußte er, daß er damit zu hart gewesen war. Obwohl überzeugt, recht zu haben, hätte er das Gesagte gern zurückgenommen. Er hatte plötzlich den fast brutalen Wunsch verspürt, ihre Traumwelt, in der er sich über so viele Jahre eingesperrt gefühlt hatte, zu zerschlagen, und nun schämte er sich für dieses primitive Bedürfnis.

Sie war zusammengezuckt, und ihre Blässe hatte sich, wenn überhaupt möglich, noch vertieft.

»Ich meine«, versuchte er zu relativieren, »es hat sich einfach nichts geändert, was deine Vorstellung vom Leben angeht. Darin scheinst du irgendwie … ein kleines Mädchen zu bleiben.«

Sie sahen einander an, ratlos, hilflos, er fast überwältigt von dem Bedürfnis, ihr alles an den Kopf zu werfen, was ihm an ihr und am gemeinsamen Leben nicht paßte, nie gepaßt hatte; sie hingegen kämpfte noch immer darum, seinen Vorsprung einzuholen, sie war überrascht worden und dadurch ins Hintertreffen geraten, sie fand sich in der Situation nicht zurecht.

Das Telefon läutete genau im richtigen Moment.

Wolfgang nahm ab, erleichtert, daß etwas geschah, das die Spannung löste. Es war Lydia Behrenburg, die Leona sprechen wollte.

»Hallo, Leona, wie geht es Ihnen?« Lydia klang recht munter und aufgekratzt. Evas Tod hatte eine tiefe Lücke in ihr Leben gerissen, und irgendwann würde die Einsamkeit wieder eine katastrophale Bedeutung für sie gewinnen, aber zunächst war einige Abwechslung in ihr eintöniges Dasein getreten. Sie war von der Polizei und von Journalisten befragt worden, hatte sich wichtig machen können. Insgesamt hatte sie einen unerwartet interessanten Sommer gehabt.

»Leona, Robert Jablonski ist für einige Tage hier. Er muß Evas Wohnung auflösen. Es ist eine Heidenarbeit, wirklich!«

Lydia mischte offenbar eifrig mit. Sicher auch unter dem Gesichtspunkt, sich das eine oder andere hübsche Stück aneignen zu können, dachte Leona etwas gehässig.

»Robert kam nun auf die Idee, Sie zu fragen, ob Sie nicht auch herüberkommen und sehen wollen, ob Sie etwas brauchen können«, fuhr Lydia fort. »Er kann unmöglich alles behalten, aber es tut ihm auch leid, Dinge wegzuwerfen oder in fremde Hände zu verkaufen.«

»Ich weiß nicht ...«

»Kommen Sie doch gleich! Sie haben es ja nur ein paar Straßen weit.«

Heute abend, in ihrer Verfassung ... Das war ausgeschlossen.

»Lydia, heute abend ist es schlecht, ich ... mein ...« Sie brach ab.

»Mein Mann«, hatte sie sagen wollen und konnte das Wort plötzlich nicht aussprechen. Ihr Mann, der bald ihr Exmann sein würde. Eva hatte sich umgebracht, weil sie den Verlust nicht hatte ertragen können.

»Oh, kommen Sie, geben Sie sich einen Ruck!« rief Lydia. Es hörte sich an, als lade sie zu einer fröhlichen Party ein, nicht zur Haushaltsauflösung einer Selbstmörderin.

Roberts tiefe, ruhige Stimme drang an Leonas Ohr, offenbar hatte er Lydia den Hörer aus der Hand genommen. »Leona? Hier ist Robert. Sie müssen natürlich nicht kommen, wenn Sie nicht mögen. Ich dachte nur, vielleicht finden Sie das eine oder andere Stück, das Sie gern behalten würden. Bücher vielleicht.«

Sie hatte tausend andere Dinge im Kopf. Wie sollte sie sich jetzt auf die Hinterlassenschaft von Eva Fabiani konzentrieren?

»Ich gehöre doch gar nicht dazu«, sagte sie schließlich. Ein erster, leiser Schmerz begann sich von ihrem Nacken in den Kopf hinaufzuschrauben. Noch eine Stunde, und er würde grausam hinter ihrer Stirn wüten.

»Sie sind der letzte Mensch, mit dem meine Schwester gesprochen hat«, sagte Robert ernst, »der letzte Mensch, der sich um sie gekümmert hat, ehe sie das Bewußtsein verlor. Sie gehören durchaus dazu.«

»Das ist nett von Ihnen, Robert, danke. Nur heute abend ...«

Im Unterschied zu Lydia hatte Robert feine Antennen. »Ist alles in Ordnung? Sie klingen etwas eigenartig.«

»Ich ... ich fürchte, ich bekomme eine Erkältung. Hören Sie, Robert, falls ich nicht krank werde, komme ich morgen nach der Arbeit vorbei.« Das ließ ihr jede Möglichkeit offen, *nicht* zu erscheinen. »So um sechs Uhr.«

»Ich würde mich freuen«, sagte Robert. »Es kann allerdings sein, daß Evas Exmann morgen da ist. Er soll die Sachen abholen, die Eva von ihm bekommen hat. Mit denen möchte ich nämlich nichts zu tun haben.«

Leona versicherte, daß Evas Exmann sie nicht störe, und beendete das Gespräch. Schneller als sonst begann der Schmerz im Kopf sie zu attackieren.

Sie wandte sich zu Wolfgang um, der sich gerade ein Glas Whisky eingeschenkt hatte.

Sie begann zu schreien.

4

Sie ging tatsächlich zu Evas Wohnung am nächsten Tag, aber nur, weil sie nicht nach Hause wollte. Sie hatte sich durch die Arbeitsstunden geschleppt mit der verbissenen Anstrengung eines verwundeten Tieres, das nicht zusammenbrechen will, weil es weiß, daß es dann nicht mehr aufstehen wird. Mittags in der Kantine hatte sie keinen Bissen heruntergebracht, und zwei Kolleginnen hatten sie gehänselt, weil sie annahmen, sie mache schon wieder eine Diät.

Was soll nur werden? dachte sie ratlos, als sie sich um kurz nach sechs Uhr auf den Heimweg machte. Zu Fuß dauerte es etwa eine halbe Stunde, bis sie vom Verlag aus daheim ankam. Meistens nutzte sie diese – einzige – Gelegenheit des Tages, sich körperlich zu betätigen, wenn es nicht gerade in Strömen regnete oder sie allzusehr in Eile war. Heute, an diesem ersten September, nieselte es zwar, aber das war ihr egal, und eilig hatte sie es schon gar nicht.

Sie ging durch die stillen Straßen des Villenviertels, sah heute nicht die vertrauten alten Häuser rechts und links, die in spätsommerlich bunten, üppig blühenden Gärten im Regen vor sich hin träumten. Die Wassertropfen pladderten auf das Dach aus Blättern, das die gewaltigen Bäume entlang den Bordsteinen bildeten.

Wird er zu Hause sein, wenn ich komme? Wie lange wird dieses Zuhause überhaupt noch meines sein?

Dieser letzte Gedanke war ihr bisher noch nicht gekommen, und er erschreckte sie zutiefst. Das Haus gehörte ihnen beiden zusammen, das Haus, das im Grunde nur ein Häuschen war. Es war noch lange nicht abbezahlt, aber das Abstottern des Bankkredits hatte sich als billiger erwiesen, als es Mietzahlungen gewesen wären.

Das Haus war aus hellem Sandstein gebaut, es hatte zwei Zimmer im Erdgeschoß und drei Zimmer im ersten Stock. Die Küche hatte einen Fußboden aus Steinplatten und eine weißlackierte Tür, die nach hinten zum Garten hinaus führte und im Sommer fast verschwand hinter den Jasminbüschen, die rechts und links von ihr gepflanzt waren. Im Wohnzimmer gab es einen Erker, in dem man Tee trinken und auf die Straße hinausblicken konnte, und das Eßzimmer hatte einen bezaubernden alten Kamin und Sprossenfenster, die von Efeu umrankt wurden. Wolfgang und Leona hatten das Haus an einem sonnigen Apriltag vor sieben Jahren zum erstenmal gesehen und sich beide sofort verliebt. Wolfgang hatte Leona eingeschärft, gegenüber der alten Frau, die das Haus verkaufen und zu ihrer Tochter nach Kalifornien ziehen wollte, nur keine Be-

geisterung zu zeigen, da dies eine schlechte Ausgangs-
basis wäre, den Kaufpreis zu drücken. Aber dann hatten
sie beide ihr Entzücken nicht verhehlen können. Den Garten schirmten hochgewachsene Hecken gegen neugierige
Blicke ab, und in der Mitte lud eine weiße Bank unter
einem Apfelbaum zum Träumen an stillen, heißen Som-
mertagen ein.

»Wissen Sie«, hatte die alte Frau gesagt, »wenn ich nicht
so allein wäre, ich würde mich nie von dem Haus trennen.
Die Urgroßeltern meines Mannes haben es gebaut. Ich
möchte, daß es jemand bekommt, der es liebt. Nicht irgendeine Baugesellschaft, die es sofort abreißt und einen
großen Klotz mit fünfzehn Eigentumswohnungen statt
dessen hinstellt.«

»Wir würden es lieben«, hatten Leona und Wolfgang
wie aus einem Mund gesagt.

Allein kann ich es nur schwer halten, dachte Leona nun,
und überhaupt nicht, wenn ich Wolfgang auszahlen muß.

Sie dachte an ihren Garten, den sie gehegt und gepflegt
und liebevoll bepflanzt hatte, und die Tränen stiegen ihr in
die Augen. Bisher hatte sie nicht geweint, sie war immer
noch zu betäubt. Sie würgte und schluckte. Es fehlte noch,
daß sie auf offener Straße losheulte.

Sie hatte nicht die Kraft, jetzt nach Hause zu gehen. Gestern nacht, oder besser: heute in den allerfrühesten Morgenstunden, am Ende ewigwährender, aufreibender, zer-
mürbender Gespräche mit Wolfgang, hatte sie ihm gesagt,
er möge so schnell wie möglich ausziehen, und er hatte
versprochen, ihrem Wunsch nachzukommen. Vielleicht
stand er jetzt daheim im Schlafzimmer und packte seine
Koffer. Dann *würde* sie weinen.

Kurzentschlossen lenkte sie ihre Schritte in Richtung
von Evas Haus.

Sie war nie mehr dagewesen seit jenem Tag vor sechs Wochen. Und auch jetzt, als sie das Haus sah und die Straße davor, schauderte sie unwillkürlich und mußte sofort wieder das Bild der todgeweihten Frau verdrängen, die dort verdreht und verkrümmt vor ihr gelegen hatte.

Sie hastete auf den Eingang zu und musterte die Klingelschilder. *Fabiani* stand noch dort, so als sei nichts geschehen, als sei die Wohnungseigentümerin noch am Leben.

Mit einem Summton öffnete sich die Tür. Kühl und dämmrig empfing Leona das Treppenhaus. Ihr wurde nun erst bewußt, wie naß sie im Nieselregen geworden war. Sie fror, und der Kopfschmerz, der sie die halbe Nacht lang gepeinigt hatte, kündigte sich wieder an.

Ich muß zum Wegwerfen aussehen, dachte sie, während sie die Treppen hinaufstieg, hoffentlich fragen sie mich nicht, ob ich krank bin oder Kummer habe.

Lydia erwartete sie oben in Evas Wohnungstür und fragte sofort: »Ist etwas mit Ihnen? Sie sehen aber schlecht aus! Haben Sie Ärger in Ihrem Verlag, oder ist Ihre Erkältung schlimmer geworden?«

»Ich bin einfach nur naß«, entgegnete Leona etwas unwirsch, »es regnet draußen.«

»Mein Gott, dann kommen Sie nur schnell rein!« Sie zog Leona in den Flur, nahm ihr den Mantel ab. »Möchten Sie trockene Sachen von mir haben?«

»Nein, danke. Ist Evas geschiedener Mann schon da?« erkundigte sich Leona.

Im Garderobenspiegel erhaschte sie einen flüchtigen Blick auf ihr Gesicht. Sie sah bleich und elend aus, so elend, wie sie sich fühlte. Die langen, blonden Haare klebten pitschnaß an ihrem Kopf.

»Der ist noch nicht da. Aber er wollte heute abend noch kommen. Sicher wird er an sich raffen, was er nur kann.«

»Ich möchte im Grunde gar nichts haben von Evas Sachen, Lydia. Mir ist es richtig peinlich, hier aufzukreuzen.«

»Aber das muß Ihnen nicht peinlich sein. Robert hat keine Ahnung, wohin mit all den Sachen. Er hat nur eine kleine Wohnung in Ascona, und die ist komplett eingerichtet. Es war seine Idee, wie ich schon sagte, daß wir Sie anrufen und bitten, vorbeizukommen.«

Leona sagte sich, daß Lydia wohl recht hatte. Sie wußte aber auch, sie wäre nie hierhergekommen, wenn sich in ihrem privaten Leben nicht eine Katastrophe ereignet hätte und der Himmel über ihr eingestürzt wäre.

»Gehen Sie doch schon mal ins Wohnzimmer«, sagte Lydia und wies auf eine halboffene Flügeltür am Ende des Flurs. »Ich sortiere in der Küche gerade das Porzellan aus, das ich behalten möchte.«

Leona trat ins Wohnzimmer. Hier sah es bereits nach einer Wohnungsräumung aus: Die Möbel waren kreuz und quer gerückt, der Teppich zusammengerollt. Grauverfärbte Rechtecke an den Wänden wiesen darauf hin, daß dort bis vor kurzem noch Bilder gehangen hatten. Bücherstapel türmten sich auf dem Boden. Durch die geöffnete Terrassentür strömte kühle Regenluft herein.

Inmitten des Durcheinanders kniete Robert. Er hatte Leona den Rücken zugewandt, und sie konnte nicht genau erkennen, was er tat; er schien in einem Buch zu blättern. Er war so vertieft, daß er wohl nicht einmal die Klingel wahrgenommen hatte.

Sie räusperte sich und sagte: »Guten Abend!«

Er schrak zusammen und drehte sich um.

Seine warmen graugrünen Augen waren wie verschleiert von Traurigkeit, blickten schmerzerfüllter drein als bei der Beerdigung. Er sah Leona an, dann stand er auf und

50

kam auf sie zu. In der Hand hielt er ein altes, verstaubtes Buch.

»Guten Abend, Leona«, sagte er. Er streckte ihr die Hand hin. »Ich freue mich, daß Sie gekommen sind.«

Er sah wirklich gut aus, das stellte sie erneut fest, und unter normalen Umständen hätte sie sich jetzt über ihre nassen Haare und ihr graues, abgespanntes Gesicht geärgert. Aber wie die Dinge lagen, hatte sie ganz andere Sorgen, und es konnte ihr gleich sein, wie sie auf ihn wirkte.

Sie standen einander etwas verlegen gegenüber, dann machte Robert eine hilflose Handbewegung, mit der er das ganze chaotische Zimmer umfaßte.

»Ich hätte nicht gedacht, daß es mir so schwerfallen würde, hier in ihren Sachen herumzukramen. Ständig stoße ich auf persönliche Dinge, die tausend Erinnerungen in mir heraufbeschwören. Ich sitze da und grübele, und wahrscheinlich bin ich in einem halben Jahr noch nicht mit allem durch.«

»Ich kann mir vorstellen, daß das alles sehr schlimm ist für Sie.«

»Wissen Sie, ich fange jetzt erst an, es langsam zu begreifen. Mir geht es jetzt viel schlechter als an dem Tag, an dem ich von ihrem Tod erfahren habe. Es ist so unfaßbar«, er schüttelte den Kopf, »es ist so unfaßbar, wie sie sich hat töten können! Sie war eine schöne Frau, sie hätte jeden Mann haben können! Warum mußte sie sich wegen *diesem* umbringen?«

»Vielleicht wollte sie nur ihn«, sagte Leona gepreßt.

Er warf ihr einen raschen Blick zu. »Ja. Sie wollte wohl nur ihn.«

Er zeigte ihr das Buch. Ein altes Gedichtbändchen, in Leinen gebunden.

»Rilke. Das habe ich ihr zu ihrem sechzehnten Geburts-

51

tag geschenkt. Im Grunde ist es das einzige, was ich von ihr haben möchte.«

»Sie haben Ihrer Schwester sehr nahegestanden?«

»Wir waren ein Herz und eine Seele, früher, als Kinder. Wir wuchsen in einem wunderschönen Haus in Ronco auf, hoch über dem Lago Maggiore. Es gab nichts, was wir nicht gemeinsam taten. Das änderte sich erst, als sie ... als sie sich in diesen Fabiani verliebte. Sie war wie besessen von ihm. Ich habe sie gewarnt und gewarnt – vergeblich.« Er betrachtete nachdenklich das schmale Buch in seinen Händen. »Und doch blieben wir innerlich sehr verbunden. Wir sind die letzten, die übrig sind von der Familie, Eva und ich. Das heißt: Jetzt bin es nur noch ich.« Der Schmerz in seiner Stimme, in seinen Worten klang echt und bestürzend.

Eine Familie, die ausstirbt, dachte Leona. Die Eltern sind tot. Und nun steht er hier an einem verregneten Septembertag in einer Wohnung in Frankfurt und sichtet den Nachlaß seiner achtunddreißigjährigen Schwester, die sich aus dem Fenster in den Tod gestürzt hat. Und es zerreißt ihm fast das Herz.

»Ich wollte eigentlich gar nicht herkommen«, sagte sie. Mehr noch als zuvor bei Lydia hatte sie das Bedürfnis, sich zu entschuldigen. »Ich ... mir steht hier eigentlich nichts zu.«

»Das sehe ich anders«, erwiderte Robert. »Es bedeutet mir sehr viel zu wissen, daß sofort jemand bei Eva war, nachdem es passiert ist. Daß jemand mit ihr gesprochen hat. Sie war nicht allein.«

»Das war aber nicht mein Verdienst. Es war Zufall, daß ich vorbeikam.«

»Es gibt keinen Zufall«, sagte Robert und lächelte. Sein Lächeln war so warm wie seine Augen.

Lydia streckte den Kopf ins Zimmer. »Das chinesische Teeservice – kann ich das haben?«

Robert zündete sich eine Zigarette an. »Natürlich. Ich habe Ihnen doch gesagt, Sie können nehmen, was Sie möchten.«

»Und das englische ...«

»*Alles*«, sagte Robert genervt. Lydia verschwand.

Robert nahm einen tiefen Zug aus seiner Zigarette. »Irgendwie geht mir diese Frau schrecklich auf die Nerven. Ich muß mir wirklich Mühe geben, nett zu ihr zu sein. Ich frage mich, was Eva so zu ihr hingezogen hat!«

»Vielleicht brauchte sie einfach jemanden zum Reden«, meinte Leona, »und Lydia war eben da.«

Mit wem würde *sie* reden, wirklich reden, wenn Wolfgang gegangen war? Die Angst vor einer leeren, dunklen Zukunft griff kalt an ihr Herz. Sie konnte etwas erahnen von der Verzweiflung, die Eva umgetrieben, die ihr Handeln bestimmt hatte.

Robert betrachtete sie nachdenklich. »Ist wirklich alles in Ordnung, Leona? Sie klangen schon gestern am Telefon so eigenartig.«

»Es ist wirklich alles in Ordnung. Ich bin zur Zeit nur etwas überarbeitet, das ist alles.«

Sie hatte nicht den Eindruck, daß Robert ihr glaubte, aber er war taktvoll genug, nicht weiter zu forschen.

»Lydia rafft, was sie nur kriegen kann«, sagte er, »aber sie hat dabei durchaus einen Blick für das, was wertvoll ist. Sie hat sich schon Evas Schlafzimmer gesichert, weißer Schleiflack, und alles vom Feinsten.«

»Warum behalten Sie das nicht?«

»Ich kann es nicht mit nach Ascona nehmen. Ich habe dort überhaupt keinen Platz. Na ja, soll die Alte es haben. Offensichtlich hat sie Eva ja etwas bedeutet.« Er wies auf die Büchertürme. »Nehmen Sie doch ein paar Bücher, Leona. Irgendwie muß ich die Wohnung leer bekommen, ehe ich sie verkaufe.«

Er setzte sich auf einen Stuhl, strich sich die dunklen Haare aus der Stirn.

»Entschuldigen Sie, ich bin völlig kaputt. Das alles geht über meine Nerven. Eine verdammte Geschichte.«

»Wann haben Sie zuletzt etwas gegessen?« fragte Leona sachlich.

Robert stutzte, dann lachte er. »Gute Frage. Gestern abend, glaube ich.«

»Dann könnte es nicht schaden, jetzt mal wieder etwas zu sich zu nehmen.«

»Ich würde nichts hinunterbringen.«

Leona beugte sich über einen der Bücherstapel. Vorwiegend Gedichtbände. Hesse, Hölderlin, Lasker-Schüler, Benn, Trakl. Eva hatte Gedichte geliebt.

»Sie wissen nicht vielleicht jemanden, der diese Wohnung hier kaufen möchte?« fragte Robert.

Leona verneinte. Sie verbiß sich das bittere Lächeln, das sich bei dem Gedanken auf ihr Gesicht stehlen wollte, daß sie selbst eine geeignete Interessentin sein könnte. Nach dem Verkauf des Hauses bliebe ihr wohl gerade genug Geld dafür.

Wie Eva hatte auch sie ihren Mann verloren. Wenn sie nun ihre Wohnung nahm, konnte sie Evas Weg bis zur letzten Konsequenz gehen und irgendwann dort unten auf der Straße ihr Leben aushauchen. Der alte Mann mit dem Cockerspaniel würde ihr aus verständnislosen Augen dabei zusehen. Wie hatte Robert Jablonski gesagt: Es gibt keinen Zufall.

»Ein paar von den Gedichtbänden nehme ich gerne mit«, erklärte sie.

Lydia streckte schon wieder den Kopf herein. »Ich weiß nicht, wie es Ihnen geht, aber ich sterbe vor Hunger! Ich könnte für uns alle etwas Leckeres kochen, oder wir gehen zum Italiener um die Ecke und essen da etwas!«

Letztere Idee schien ihr am meisten zuzusagen. Doch Robert schüttelte den Kopf.

»Machen Sie sich keine Mühe, Lydia. Und zum Italiener können wir nicht gehen, wir müssen hier auf Bernhard Fabiani warten. Er steht sonst vor verschlossenen Türen, was ich ihm zwar gönnen würde, was aber insgesamt das Problem nicht löst. Irgendwann muß ich mit ihm hier die Sachen durchgehen.«

»Er könnte jetzt wirklich bald mal kommen«, meinte Lydia unzufrieden.

»Sicher trifft er jeden Moment ein.«

Sie warteten schweigend. Der Regen rauschte stärker, und Dämmerung senkte sich über das Zimmer.

Der allseits so verhaßte Bernhard Fabiani erschien kurz nach acht Uhr, ziemlich abgehetzt und irgendwie zerknautscht aussehend. Die wenigen Schritte vom Auto bis zur Haustür hatten ausgereicht, ihn völlig naß werden zu lassen.

Lydia öffnete, als es klingelte, und führte ihn ins Wohnzimmer, wo die beiden anderen dabei waren, Bücher zu sortieren und in Kartons zu verpacken. Robert würde die meisten an Antiquariate verkaufen.

Bernhard Fabiani trat ein, ein großer, sehr schlanker Mann mit grauen Haaren und einem intelligenten Gesicht. Auf den ersten Blick fand Leona, daß er nichts von einem notorischen Fremdgeher und Verführer hatte, dann aber dachte sie, daß man auch Wolfgang seine Untreue nicht ansah. Wolfgang wirkte außerordentlich seriös, und doch hatte er sie ein halbes Jahr lang belogen und betrogen.

»Guten Abend«, sagte Fabiani. Er ging auf Robert zu. »Robert ...«

Robert wich einen Schritt zurück, reichte seinem Schwager nach kurzem Zögern jedoch die Hand. Die beiden Männer begrüßten einander außerordentlich kühl. Bernhard Fabiani realisierte wohl in diesem Moment erst das ganze Ausmaß der Feindseligkeit, die ihm entgegenschlug.

Schließlich schälte er sich aus seinem Mantel, wartete kurz, aber da sich niemand anschickte, ihm das Kleidungsstück abzunehmen, legte er es resigniert über einen Stuhl. Dann streckte er Leona zögernd die Hand hin.

»Bernhard Fabiani«, stellte er sich vor.

Leona ergriff seine Hand und gewahrte einen Anflug von Erleichterung in seinen Zügen.

»Leona Dorn«, sagte sie.

»Es tut mir leid, daß ich so spät komme«, sagte Bernhard an Robert gewandt, »aber ich hatte noch ein Seminar, und danach wollte jeder mir noch Fragen stellen, und zu guter Letzt habe ich mich hier in den Straßen verfahren.«

»Allzuoft warst du ja auch nicht hier«, entgegnete Robert kurz.

Er schien hin- und hergerissen zwischen seinem Haß auf den Mann, der seine Schwester in den Tod getrieben hatte, und einem gewissen Stilgefühl, das es ihm gebot, auch einen Feind höflich zu behandeln.

»Möchtest du vielleicht einen Kaffee, Bernhard?« fragte er schließlich.

»Das wäre sehr nett«, sagte Bernhard.

Er sah bleich und abgespannt aus. Leona hatte ihn sich völlig anders vorgestellt: als silberhaarigen Lebemann, als eitlen Professor, als großschnäuzigen Angeber.

Wie sehr wir doch alle immer an Klischees festhalten, dachte sie nun.

»Um gleich zur Sache zu kommen, Bernhard«, sagte Robert, nachdem er Lydia mit einer Handbewegung in die Küche gewiesen hatte, den Kaffee zu holen, »es gibt hier noch eine Menge Sachen, die dir und Eva gehört haben, die du ihr nach der Scheidung aber allein überlassen hast. Sie gehören also dir. Zum Beispiel praktisch alle Möbel.«

Bernhard nickte und sah sich um. »Wenn jemand Verwendung dafür hätte ...«

»Niemand«, sagte Robert sofort, und sein Tonfall ließ keinen Zweifel daran, daß er eigentlich meinte: Niemand *will* deine Möbel!

»Ich habe keinen Platz für all das«, sagte Bernhard, »das eine oder andere vielleicht, aber ...« Er zuckte hilflos die Schultern. »Gibt es eine Einrichtung, der man Möbel spenden kann?« fragte er. Ein wenig wirkte er in diesem Moment wie das landläufige Bild eines zerstreuten Professors: unpraktisch und ziemlich überfordert.

»Ich weiß es nicht«, sagte Robert, nicht im mindesten gewillt, ihm zu helfen.

Lydia erschien mit der Kaffeetasse. Der Professor bedankte sich, trank im Stehen.

Lydia ging wieder in die Küche zurück, um das Geschirr weiter zu sichten, und Robert folgte ihr, um sich auch noch einen Kaffee zu holen. »Für Sie auch, Leona?« fragte er.

»Danke. Ich gehe sowieso gleich.«

Sie blieb mit Bernhard allein zurück. Sie wünschte, sie würde nicht so ein albernes Mitleid für diesen Mann empfinden.

Er sah unglücklich aus, mitgenommen von den Ereignissen.

Er hat Eva gequält, rief sie sich ins Gedächtnis. Er hat sie vielleicht sogar geliebt, aber er konnte vermutlich an keiner Studentin vorbeigehen. Damit hat er sie fertiggemacht, ob er das wollte oder nicht. Und er ist alt genug, verantwortlich gemacht zu werden.

»Sie sind eine Freundin von Eva gewesen?« unterbrach er die bedrückende Stille.

»Nein. Ich kannte sie eigentlich gar nicht.«

Sie erzählte, wie sie an jenem Mittag vorbeigekommen war. Sicher hielt er sie nun für besonders raffgierig. Erschien zufällig am Ort des Geschehens und nutzte dies sofort, sich in die Reihe derer, die etwas aus Evas Hinterlassenschaft abstauben konnten, einzureihen. Aber sie war es leid, schon wieder zu erklären, weshalb sie hier war, und den wahren Grund konnte sie ohnehin nicht nennen.

Aber Bernhard schien nichts Schlechtes über sie zu denken. Er betrachtete sie mitfühlend.

»Was für ein furchtbares Erlebnis für Sie! Sicher belastet Sie das alles sehr.«

»Ich träume manchmal davon. Es ist ... es ist so eine Tragödie.«

Sie fand, daß ihre Worte banal klangen, aber er nickte zustimmend, so als habe sie genau das Richtige gesagt.

»Ja«, meinte er, »das ist es. Eine wirkliche Tragödie.«

Robert kam mit seinem Kaffee ins Zimmer zurück. »Am besten, du nimmst jetzt einfach mit, was du magst und kannst«, sagte er zu Bernhard. »Bücher oder Bilder vielleicht. Möglicherweise gehört dir auch etwas von dem Porzellan in der Küche, aber da mußt du dich beeilen. Lydia reißt sich unter den Nagel, was sie nur kriegen kann.«

»Ich werde sicherlich nicht in einen Wettstreit mit ihr treten«, erklärte Bernhard. Er klang schroff. »Ich will mich bestimmt nicht an Evas Tod bereichern.«

»Das will keiner von uns«, entgegnete Robert scharf. »Aber wir können das alles hier schließlich nicht einfach stehenlassen und die Tür hinter uns zuziehen.«

Nun schwang offene Aggression im Raum. Auf der einen Seite der Mann, der seine kleine Schwester geliebt hatte, auf der anderen Seite der Mann, dem unterstellt wurde, sie durch sein Verhalten in den Tod getrieben zu haben.

Da ist noch viel mehr Haß, als ich ahnte, dachte Leona beklommen.

»Ich muß jetzt wirklich gehen«, sagte sie rasch. Sollten die beiden an diesem Abend noch aufeinander losgehen, zumindest verbal, wollte sie keineswegs mit von der Partie sein. »Es ist fast neun Uhr.«

»Bleiben Sie doch noch«, sagte Robert, »Lydia meint, wir sollten unbedingt etwas essen. Ich habe gerade gedacht, wir könnten Pizza bestellen für uns alle. Sicher haben Sie auch Hunger, Leona.«

Allein der Gedanke an Essen erzeugte Übelkeit in ihr. Und auf einmal erwachte auch ein fast panisches Gefühl: Ich sitze hier und vertrödele meine Zeit. Zeit, in der ich mit Wolfgang reden könnte. Vielleicht …

Eine irrwitzige Hoffnung keimte in ihr: Vielleicht war es noch nicht zu spät. Vielleicht brauchten sie nur ein vernünftiges Gespräch. Kein Geschrei wie in der letzten Nacht. Ruhige, sachliche Überlegungen, wie sie ihre gemeinsame Zukunft retten konnten.

»Danke, aber ich muß wirklich gehen.«

Sie hatte den Eindruck, daß sie plötzlich schrill und hektisch klang.

»Sind Sie mit dem Auto da?« fragte Robert.

»Nein. Aber ich wohne nur ein paar Straßen entfernt.«

Robert stellte seine Kaffeetasse ab. »Ich begleite Sie. Es ist schon stockdunkel draußen, und Frankfurt ist nicht gerade ein idyllisches Dorf.«

Sie lächelte. »In den idyllischen Dörfern geschehen immer die schlimmsten Dinge.«

»Ich weiß. Aber ganz harmlos sind die großen Städte auch nicht.«

»Auf jeden Fall brauchen Sie nicht auch noch naß zu werden. Bleiben Sie hier. Ich habe es wirklich nicht weit.«

Er bestand darauf mitzukommen, und schließlich willigte sie ein. Sie verabschiedete sich von Bernhard und Lydia. Diese schleppte gerade eine große Kiste mit Porzellan in ihre Wohnung.

»Ich rufe Sie in den nächsten Tagen einmal an, Leona«, sagte sie, und resigniert erkannte Leona, daß sie diese neue Bekanntschaft kaum so schnell würde loswerden können.

Es hatte aufgehört zu regnen, als sie auf die Straße traten, aber die Luft war sehr kühl geworden, und beide erschauerten sie unwillkürlich.

»Es ist schon richtig herbstlich«, sagte Leona, und der Gedanke tat ihr weh, obwohl sie den Herbst immer geliebt hatte. Wer würde sie jetzt in kalten Nächten wärmen? Mit wem würde sie abends vor dem Kamin sitzen, lesen, plaudern, Wein trinken? Mit wem würde sie an den Wochenenden in den Taunus hinausfahren und stundenlang durch neblige Wälder streifen?

Alles vorbei, dachte sie, alles vorbei.

Der Anflug von Optimismus, der sie vorhin auf die Beine und aus der Wohnung getrieben hatte, löste sich bereits wieder in nichts auf. Vor der regenschweren, feuchtkalten Düsternis des Abends vermochte er nicht zu bestehen.

»Wissen Sie, ich will keinesfalls indiskret sein«, sagte Robert, nachdem sie eine Weile schweigend nebeneinander hergegangen waren. »Aber schon den ganzen Abend frage ich mich, weshalb eine so schöne Frau so traurig aussieht. So ... schrecklich verletzt.«

»Finden Sie, ich sehe so aus?«

Er nickte. »Ja. Tieftraurig. Selbst wenn Sie lächeln. Das

war noch nicht so bei Evas Beerdigung. Aber heute abend fiel es mir sofort auf.«

Irgendwie fehlte ihr die Kraft, alles abzustreiten, sich auf Müdigkeit, Streß, Ärger im Verlag zu berufen. Er hätte es ohnehin nicht geglaubt. Sie sah traurig aus, nicht abgehetzt.

»Es ist eine sehr persönliche Angelegenheit«, wehrte sie ab.

Eine Weile erwiderte er nichts. Schließlich sagte er: »Ich glaube, ich bin vor eineinhalb Jahren auch für lange Zeit mit diesem Ausdruck in den Augen herumgelaufen. Das war, als meine Verlobte gestorben ist. Ich konnte den Verlust nicht verkraften.« Ein paar Sekunden lang hing er eigenen Gedanken nach. »Das ist es immer, was uns am schlimmsten trifft, nicht? Der Verlust eines Menschen, der uns nahesteht. Es ist schlimmer als Krankheit. Es *macht* krank. Letztlich ist ja auch Eva mit genau diesem Problem nicht fertig geworden.«

Sie wandte sich ihm zu, betroffen über seine Worte. »Ihre Verlobte ist gestorben?«

»Ja. Sie ist ertrunken im Lago Maggiore.«

Das Haus lag leer und dunkel, als sie eintrat, aber die Hitze der vergangenen Wochen hing noch zwischen den Mauern, und es war angenehm warm in allen Räumen. Sie stellte ihre Tasche gleich im Flur ab und ging ins Wohnzimmer, ins Eßzimmer, in die Küche. Überall herrschte Stille.

»Wolfgang?« rief sie halblaut, obwohl sie wußte, er war nicht da. Sein Auto hatte weder in der Garage noch auf der Straße gestanden. Es war halb zehn. Montags kam er normalerweise nicht nach halb acht heim. Andernfalls hinterließ er eine Nachricht auf dem Anrufbeantworter. Das Gerät blinkte. Sechs Anrufe waren im Lauf des Tages eingegangen, aber keiner stammte von Wolfgang. Der letzte kam von Leonas Mutter.

»Hallo, mein Schatz, es ist gleich halb neun. Wo steckst du? Ich wollte mit dir plaudern, aber offensichtlich habe ich Pech! Du hast das ganze Wochenende nichts von dir hören lassen. Melde dich doch mal!«

Die vertraute Stimme tat Leona gut, vermochte aber nicht ihre Unruhe zu vertreiben. Sie lief die Treppe hinauf. Dieselbe völlige Ruhe wie unten empfing sie. Sie schaute ins Schlafzimmer, knipste das Licht an. Auf den ersten Blick erschien alles wie immer. Sie öffnete die Türen der Kleiderschränke. Sofort sah sie, daß eine ganze Reihe seiner Anzüge fehlte, außerdem Wäsche, Hemden, Pullover, Strümpfe. Sie rannte in sein Arbeitszimmer hinüber. Die katastrophale Unordnung auf Schreibtisch und Beistelltischen hatte sich gelichtet. Zwar hatte er natürlich nicht alles wegräumen können. Aber eine Menge Bücher, Papierstapel, Akten waren verschwunden.

Zumindest teilweise war Wolfgang ausgezogen. Eindeutig. Leona lief wieder hinunter. Im Eßzimmer schenkte sie sich einen doppelten Whisky ein und kippte ihn in einem Zug hinunter. Sie nahm gleich noch einen zweiten, und da sie fast nichts gegessen hatte den ganzen Tag über, wurde ihr sogleich schwindelig, und der schön gemauerte Kamin an der Längsseite des Raumes schwankte ein wenig.

Sie sank auf einen der Stühle und stützte den Kopf in die Hände. Sie bemühte sich, einen klaren Gedanken zu fassen, aber der Alkohol und all das Unfaßbare der letzten vierundzwanzig Stunden vermengten sich zu einem Chaos, in dem sie nirgendwo einen roten Faden zu finden vermochte. In ihr hämmerte nur immerzu der Gedanke, daß sie Wolfgang unwiederbringlich verloren hatte, und dazu die Frage, wie sie über so lange Zeit nichts davon hatte bemerken können. Ihre Welt war von einem Moment zum anderen in sich zusammengestürzt. Wenn es Vorbeben gegeben hatte, so hatte sie diese nicht gespürt. Wie satt, wie zufrieden, wie schläfrig mußte sie gewesen sein. Schwerfällig und gutgläubig. Eine ausgemachte Idiotin.

Sie merkte, daß sie im Augenblick zu nichts weiter fähig war als zu einer endlosen Kette von Selbstvorwürfen und daß sie bald halb betrunken und in Tränen aufgelöst am Tisch sitzen würde. Ihre Großmutter Eleonore (von der sie ihren Namen hatte, aber wehe, jemand nannte sie so!) hatte als Heilmittel für jede Gelegenheit immer heiße Milch mit Honig bereitgehalten, für Tränen wegen eines aufgeschlagenen Knies ebenso wie wegen einer schlechten Schulnote. Plötzlich von Sehnsucht gepackt nach der Großmutter und nach einer Zeit, in der sie sich umsorgt und beschützt gefühlt hatte, stand Leona auf. Sie ging in die Küche hinüber, nahm Milch aus dem Kühlschrank, setzte einen Topf auf den Herd, nahm ihren dicken Keramikbecher vom Regal. »Leona« stand darauf in blauer Schnörkelschrift. Wolfgang hatte den gleichen Becher. Irgend jemand hatte sie ihnen einmal geschenkt.

Man hatte ihnen überhaupt oft Dinge geschenkt, dachte Leona, die in irgendeiner Weise Zusammengehörigkeit symbolisierten. Silberkettchen mit den Anfangsbuchstaben des jeweils anderen als Anhänger, Serviettenringe, in die »L&W« eingraviert war. Im Freundeskreis galten sie als Traumpaar. Ausgeschlossen, daß gerade sie sich trennen könnten.

Für eine ganze Menge Leute wird jetzt eine Welt einbrechen, dachte Leona. Während sie darauf wartete, daß die Milch warm wurde, fiel ihr Robert wieder ein. Es hatte sie erschüttert zu hören, daß er die Frau, die er hatte heiraten wollen, auf so schreckliche Weise verloren hatte.

»Was?« hatte sie gefragt und war stehengeblieben. »Ertrunken?«

»Sie war eine leidenschaftliche Seglerin. Und Schwimmerin. Sie war verrückt nach allem, was mit Wasser zu tun hatte. An jenem Tag zog sie allein mit ihrem Boot los. Sie fragte mich noch, ob ich sie begleiten wolle, aber ich hatte zu viel zu tun. Also ging sie allein.«

Seine Stimme klang gleichmütig. Aber das kannte Leona schon. Auch von Eva hatte er in diesem Tonfall gesprochen. Nur seine Augen verrieten, was in ihm vorging.

Sie waren weitergegangen durch die dunklen Straßen. Nässe hing in der Luft.

»Ein Sturm kam auf. Die Frühjahrsstürme können heftig sein da unten. Ich war so vertieft in meine Arbeit, ich merkte es kaum. Erst spät realisierte ich, daß draußen ein Unwetter tobte. Ines erschien und erschien nicht. Irgendwann lief ich zum See. Dann informierte ich Polizei und Wasserwacht.« Er starrte an Leona vorbei. »Sie haben sie erst am nächsten Tag gefunden. Ihr Boot war gekentert. Sie war ertrunken.«

»Robert, das ist schrecklich. Es tut mir sehr leid, daß das passiert ist«, sagte Leona. »Solche Dinge … man wird sie nie ganz los, glaube ich.«

Sie waren schweigend weitergegangen, jeder in eigene Gedanken versunken, und dann waren sie vor Leonas Haus angekommen. Kein Lichtschein hinter einem der Fenster. Kein Auto. Sie spürte einen leisen, krampfartigen Schmerz im Magen. Allein und verlassen. Das Wort »verlassen« fuhr wie ein kaltes Messer durch sie hindurch.

»Ich wohne hier«, sagte sie, und ratlos fügte sie hinzu: »Ich weiß gar nicht, was ich noch sagen soll. Es ist furchtbar, was Sie mir erzählt haben.«

Er nahm ihre Hand, hielt sie einen Moment lang fest.

»Entschuldigen Sie. Ich wollte Sie nicht in solche Bestürzung versetzen. Ich wollte nur …« Er ließ ihre Hand los. »Ich weiß gar nicht, was ich wollte. Es war wirklich der Blick in Ihren Augen. Er erinnerte mich an mich selbst in jener Zeit … ach, vergessen Sie das alles. Es hat nichts mit Ihnen zu tun.«

Er hatte gewartet, bis sie ihren Schlüssel nach langem Suchen in der Tasche gefunden hatte, bis sie ins Haus getreten war. Er hob noch kurz die Hand zum Gruß, als sie die Tür wieder schloß. Als sie kurz darauf noch einmal aus dem Wohnzimmerfenster sah, war er verschwunden.

Die Milch kochte über, das zischende Geräusch auf der Herdplatte riß sie aus ihren Gedanken. Der Geruch von Angebranntem erfüllte die Küche. Leise fluchend zog Leona den Topf vom Herd, kippte den Inhalt ins Spülbecken. Es würde nichts werden mit ihrer Honigmilch. Sie mußte sich doch wieder an den Whisky halten. Vielleicht würde sich der in ihrer augenblicklichen Situation sowieso als hilfreicher erweisen.

5

Es gelang Lisa nicht, ihre Gedanken von der toten Schwester zu lösen, auch dreieinhalb Monate nach der Beerdigung nicht. Sie wunderte sich darüber, denn Annas Tod hatte nichts an ihrem Leben verändert, hatte keine Lücke hinterlassen. Eine verschollene Schwester oder eine tote Schwester – wo war da der Unterschied?

Während der vergangenen sechs Jahre, die dahingegangen waren ohne ein Lebenszeichen von Anna, hatte Lisa ohnehin oft gedacht, die Schwester sei vermutlich längst gestorben, irgendwo auf dem südamerikanischen Kontinent. Sie hatte kaum noch damit gerechnet, sie jemals wiederzusehen. Insofern war es nicht anders gekommen, als sie vermutet hatte. Und doch ...

Anna war nicht irgendwo jenseits des Ozeans verscharrt worden. Lisa hatte ihre Leiche identifizieren müssen. Sie war mit den zwei Polizeibeamten nach Augsburg gefahren. Im Keller des Polizeipräsidiums hatte man ihr Anna präsentiert. Durch ihr starres Gesicht war ein häßlicher Schnitt verlaufen, später, bei der Beerdigung, hatte man den kaum noch gesehen. Ein Tuch bedeckte ihren Körper bis zum Hals, und als Lisa eine Handbewegung machte, von der der Gerichtsmediziner offenbar annahm, sie habe damit das Tuch zurückschlagen wollen, hielt er sie am Arm fest.

»Nicht! Sie ist ziemlich schlimm zugerichtet. Sie sollten sich den Anblick ersparen.«

Der ermittelnde Beamte, dem sie später gegenübersaß, Kommissar Hülsch, hatte ihr mitgeteilt, Anna habe keinerlei Papiere bei sich gehabt, nichts, was über ihre Identität hätte Auskunft geben können.

Er hatte schwach gelächelt, als er sagte: »Ein Vorteil, wenn man auf dem Land lebt. Hier kennt jeder jeden. Das Paar, das Ihre Schwester gefunden hat, wußte sofort, um wen es sich handelte. Das heißt, *er* wußte es. *Sie* war nicht vernehmungsfähig. Sie hätte ihren eigenen Namen nicht mehr gewußt.«

Er war überrascht gewesen zu hören, daß die Familie – der klägliche Rest der Familie – seit sechs Jahren keinen Kontakt zu Anna gehabt hatte, völlig im unklaren über ihren Aufenthaltsort gewesen war.

»Seit sechs Jahren! Haben Sie keinerlei Nachforschungen angestellt? Sich keine Sorgen gemacht?«

Lisa seufzte. Ihm die spezielle Familiensituation Heldauer zu erklären würde schwierig sein. Auf seinem Schreibtisch hatte sie ein gerahmtes Foto entdeckt, das eine junge, recht hübsche Frau und drei kleine Kinder zeigte. Der Kommissar hatte eine intakte Familie und hing vermutlich an ihr. Er hätte wahrscheinlich Himmel und Hölle in Bewegung gesetzt, wenn eines seiner Kinder plötzlich über Jahre verschollen gewesen wäre.

»Meine Mutter lebt nicht mehr«, erklärte Lisa, »und mein Vater ist schwer krank. Krebs. Wir ...«

Sie brach hilflos ab und zuckte mit den Schultern, überzeugt, daß er niemals eine so vage Erklärung akzeptieren würde. Aber offenbar begriff er, denn er nickte sehr nachdenklich.

»Ich verstehe«, sagte er. Er überlegte eine Weile, dann fragte er: »Haben Sie irgendeine Idee, wo Ihre Schwester all die Jahre gewesen sein könnte?«

»In Südamerika.«

»In Südamerika? Wie kommen Sie darauf?«

»Dorthin wollte sie damals«, erklärte Lisa, »als sie fortging.«

»Und Sie nehmen an, sie hat diesen Plan durchgezogen?«

»Sie war entschlossen. Sie hatte schon lange von Südamerika geträumt.«

»Aber sie hat von dort nie eine Karte oder etwas Ähnliches geschickt?«

»Nein.«

»Sie kann von Südamerika nicht ohne Papiere hierhergekommen sein.«

»Bestimmt hatte sie ihre Papiere noch, ehe sie ... nun, ehe sie dem Mörder begegnete«, meinte Lisa. »Er hat sie ihr dann abgenommen.«

»Warum?«

»Wie?«

»Na ja – warum sollte er ihr die Papiere abnehmen?«

»Er hat ihr wahrscheinlich die ganze Brieftasche ge-
klaut. Weil er ihr Geld wollte. Und da war dann eben auch
ihr Ausweis dabei.«

»Die Dinge passen hier alle nicht so recht zusammen,
Frau Heldauer«, sagte Hülsch, »ein Raubüberfall war das
nicht. So wie der Kerl Ihre Schwester zugerichtet hat, sie
an einen Baum gefesselt hat ... das weist auf einen Psychopathen hin. Einen Irren, der entweder Frauen haßt oder
eine perverse Art von Triebbefriedigung empfindet, wenn
er wehrlose Menschen quält.«

Lisa lief ein Schauer über den Rücken.

»Für gewöhnlich«, fuhr Hülsch fort, »klauen diese Typen kein Geld. Daran sind sie gar nicht interessiert.«

Lisa war der Ansicht, daß jeder Mensch, irr oder nicht,
immer und vor allem an Geld interessiert war, aber sie
mochte dem Kommissar nicht widersprechen.

Der schien bekümmert; er hatte von der Schwester des
Mordopfers noch weniger Auskünfte erhalten, als er be-
fürchtet hatte. Die ganze Sache war verworren und un-
durchdringlich. Er hatte keine Ahnung, wie er Licht in das
Dunkel bringen sollte.

»Es ist zu dumm, daß wir keinen Anhaltspunkt haben,
woher sie gekommen ist«, sagte er, »dadurch wird sie gewissermaßen zu einer Frau ohne Vergangenheit. Nichts,
wo man einhaken könnte.«

»Aber der Mord hat bestimmt nichts mit ihrer Vergangenheit zu tun«, widersprach Lisa, »sie ist doch *hier* umgebracht worden! Im Wald gleich beim Dorf! Das war jemand aus *dieser* Gegend, nicht jemand von dort, wo sie
hergekommen ist.«

»Da war kein Gepäck«, sagte der Kommissar, mehr zu
sich selbst als zu Lisa. »Man kommt doch nicht nach sechs

Jahren nach Hause zurück ohne Gepäck! Man geht aber mit dem ganzen Gepäck auch nicht durch den Wald.« Er machte sich eine Notiz auf einem Zettel. »Schließfächer in den Bahnhöfen Augsburg und München überprüfen.«

»Sie wird getrampt sein«, meinte Lisa, »und der Mörder hat sie mitgenommen. Ihr Gepäck ist noch in seinem Auto. Sie ist schon früher immer getrampt. Sie ist nie anders gereist.«

»Das ist möglich. Natürlich. Aber ebensogut ist es möglich, daß der Täter etwas mit ihrer Vergangenheit zu tun hat. Daß er ihr gefolgt ist – oder sie selber hierhergebracht hat.«

»Das ist kaum herauszufinden.«

»Ja.« Er klopfte mit seinem Kugelschreiber nervös auf dem Schreibtisch herum. »Südamerika«, murmelte er. »Sie war sehr braungebrannt, am ganzen Körper. Sie muß sich irgendwo aufgehalten haben, wo viel Sonne ist. Sie hatte diese sehr tiefe Bräune, die über Jahre entsteht. Sie war *nicht* in Deutschland!«

Tolle Schlußfolgerung, hatte Lisa gedacht und war enttäuscht gewesen von dem Mann. Natürlich war Anna nicht in Deutschland gewesen! In dem verregneten, kalten Land, in dem der Sommer höchstens als schlechter Scherz durchgehen konnte. Nein, Anna hatte sich irgendwo eine phantastische Zeit gemacht!

Und nun mußte sie immer wieder an dieses Gespräch denken und viel zu oft an Anna. Obwohl es gerade erst September war, dachte sie ständig an den Herbst, den bevorstehenden Winter, an Weihnachten. Mehr als im Sommer wünschte sie sich, die Dinge rundherum wären in Ordnung. Die Familie wäre intakt. Zum erstenmal hegte Lisa die Vorstellung, wie schön es hätte sein können, wenn Anna ihr Ziel erreicht hätte, wenn sie zu Hause angekommen wäre. Sie hätten an langen Herbstabenden zusammensitzen und plaudern können, sie hätten einander in der Pflege des Vaters abwechseln, hätten sich trösten können, wenn es ihm schlechter ging und sein Leid kaum noch mit anzusehen war. Sie hätte jemanden gehabt in der Eintönigkeit und Tristesse des täglichen Lebens.

Sie hatte Benno gekündigt, nicht lange nach Annas Tod. Sie hatte das schon längere Zeit vorgehabt, denn seine Hilfe kostete natürlich Geld, und sie mußte sparen für die Zeit, wenn ihr Vater tot war und seine Rente ausblieb. Sie hatte die Entscheidung vor sich hergeschoben, aber Annas Tod stellte die Zäsur dar, an der sie endlich die Dinge zu regeln beschloß.

»Tut mir leid, Benno. Ich war immer sehr zufrieden mit Ihnen. Es geht wirklich nur ums Geld, glauben Sie mir.«

»Klar, weiß ich. Ich würde Ihnen gern auch so helfen, aber ...«

»... von irgend etwas müssen Sie leben. Natürlich.«

Benno fehlte ihr, seine zupackende Art, seine ausgeglichene Freundlichkeit. Das Gejammere und Geschimpfe ihres Vaters mußte sie nun ganz allein aushalten, sich mit ihm abquälen bei Verrichtungen, die im Grunde über ihre Kräfte gingen. Sie war überzeugt, Anna hätte ihn aufmuntern können. Sie war immer die Lieblingstochter gewesen, so fröhlich und lebhaft, manchmal ein wenig egoistisch, dabei aber stets so liebenswürdig, daß viele Leute dieses Zuges an ihr gar nicht gewahr wurden.

Vielleicht hätte ich ihr sogar verzeihen können, daß sie sich aus dem Staub gemacht hat, dachte Lisa. Vielleicht hätte sie mir erklärt, warum sie es getan hat, und vielleicht hätte sie verstanden, was sie mir damit angetan hat. So hat sie mich ein zweites Mal zurückgelassen – mit diesem Dorf, mit diesem sterbenden Mann.

Lisa trat ans Fenster und starrte hinaus. Von hier aus konnte sie den Wald sehen, den Wald, in dem Anna gestorben war. Ein stürmischer Wind zerrte an den Blättern der Bäume, und goldener Herbstsonnenglanz lag über dem Land.

Lisa begann zu weinen.

6

Am 15. September begann Leonas Urlaub. Sie und Wolfgang hatten sich zwei Wochen freigenommen. Sie hatten vorgehabt, für eine Woche zu Leonas Familie in die Rhön zu fahren und in der zweiten Woche die Küche zu streichen und ein paar andere notwendig gewordene Reparaturen am Haus vorzunehmen. Geplant hatten sie dies alles Ende Mai.

Zu diesem Zeitpunkt, dachte Leona nun bitter, war Wolfgang schon mit der anderen zusammen und wußte vermutlich ziemlich genau, daß er diese Ferien nicht mit mir verbringen würde.

Sie schwankte ständig zwischen Trauer und Wut. Noch immer hatte sie niemandem erzählt, was geschehen war. Sie wußte selber nicht, weshalb sie es nicht fertigbrachte, darüber zu reden. Sie hatte eine Ahnung, daß sie von dem unbewußten Gedanken geleitet wurde, die Geschichte könne noch gut ausgehen, solange sie sie in gewisser Weise nicht akzeptierte. Faßte sie sie erst in Worte, dann wurden die Geschehnisse Realität.

Wolfgang hatte noch eine Menge Sachen abgeholt. Taktvollerweise – oder war es Feigheit? – kam er immer dann, wenn sie im Verlag war. Sie mußten einander auf diese Weise nicht begegnen, und sie mußte nicht zusehen, wie er seine Habseligkeiten Stück für Stück aus dem Haus und aus ihrem Leben trug. Wenn sie abends heimkam, merkte sie immer sofort, daß er dagewesen war. Sie wußte zu gut Bescheid in seinen Sachen, jedes Fehlen eines Gegenstandes fiel ihr auf.

Eines Morgens, kurz vor dem Urlaub, faßte sie sich ein Herz und rief ihn vom Verlag aus in seinem Büro an. Erstaunlicherweise stellte die Sekretärin sie sofort zu ihm durch; für gewöhnlich war es äußerst schwierig, ihn tagsüber zu sprechen. Er schien erleichtert, daß sie den ersten Schritt getan hatte.

»Leona! Wie geht es dir?«

Leona überlegte, ob diese Frage höhnisch oder ernst gemeint war, oder ob sie lediglich als Floskel diente, um die Verlegenheit des Augenblicks zu überspielen. Sie hielt die letzte Variante für die wahrscheinlichste.

»Es geht mir recht gut, danke«, sagte sie kühl. Zum Glück konnte er von ihrem Herzrasen nichts spüren. »Wolfgang, ich wollte dich fragen, wie du dir das nun alles weiterhin vorstellst.«

»Müssen wir das am Telefon besprechen?«

»Ja. An einem persönlichen Treffen bin ich bis auf weiteres nicht interessiert.«

Er seufzte. Er hätte das alles so gerne freundschaftlich gelöst. Statt dessen hatte er es mit einer verletzten, verbitterten Frau zu tun, die ihm die Angelegenheit nicht durch Verständnis oder Freundlichkeit erleichterte. Leonas Stimme klang, als klirrten Eiswürfel in einem Glas aneinander.

»Leona, ich muß in zehn Minuten in einer Konferenz sein …«

»Gut. Zehn Minuten reichen mir. Also?«

»Was willst du wissen?«

»Wie es weitergehen soll.«

»Himmel, Leona, das weiß ich im Moment auch nicht ganz genau. Ich habe mir erst einmal alles geholt aus dem Haus, was ich brauche an Kleidungsstücken, Büchern und Akten. Vorläufig werde ich dich dort also nicht mehr behelligen.«

»Ich werde sowieso die nächste Woche nicht dasein.«

»Wohin fährst du?«

»Zu meinen Eltern. Wir hatten das schließlich langfristig geplant. Sie freuen sich auf uns. Ich kann das jetzt nicht plötzlich absagen.«

Er klang etwas unsicher. »Wissen sie, daß wir ...«

»Nein. Ich wollte es ihnen nicht telefonisch sagen. Es wird sie sehr treffen.«

»Sie werden es letztendlich verstehen.«

Verstehen, dachte Leona, wie denn? Ich verstehe es ja selbst nicht!

»Wolfgang, ich muß wissen, was aus dem Haus werden soll«, sagte sie ohne Übergang. »Es gehört uns beiden. Ich kann dich nicht auszahlen. Wenn du deinen Anteil haben möchtest, müssen wir es verkaufen.«

Er schwieg einen Moment. »Wir sollten nichts überstürzen«, meinte er dann. »Bleib doch einfach vorläufig dort wohnen.«

»Was wird aus Tilgung und Zinsen?«

»Solange wir nicht wissen, was werden soll, zahle ich meinen Teil selbstverständlich weiter.«

»Ich will aber wissen, was werden soll«, beharrte Leona, »ich will nicht in dem Haus sitzen und auf den Tag warten, an dem du mich hinausschmeißt.«

»Du weißt ganz genau, daß ich dich nie hinausschmeißen würde«, sagte Wolfgang ärgerlich. »Ich könnte es außerdem gar nicht, da das Haus ja zur Hälfte dir gehört. Hör zu, ich rufe dich am Wochenende an. Ich muß jetzt unbedingt zu dieser Konferenz!«

Leona grübelte den halben Tag über das Gespräch nach. Sie fragte sich, weshalb Wolfgang nicht sofort einem Verkauf des Hauses zugestimmt hatte. Wo lag für ihn der Sinn, wenn sie das Haus behielten, sie darin wohnen blieb und er sich auch noch an den Abzahlungen beteiligte? War er sich am Ende seiner Geschichte mit der anderen Frau gar nicht so sicher? Wollte er sich den Rückweg offenhalten?

Zu ihrem eigenen Ärger weckte dieser Gedanke Hoffnung in ihr. Sie wollte nicht dasitzen und hoffen, daß er gnädig zu ihr zurückkehrte. Sie wollte ihn nicht mehr *wollen*. Sie wollte, daß er ihr gleichgültig wurde.

»Zu früh, Leona«, sagte sie sich, »zu früh. Du kommst an diesen Punkt, aber es wird seine Zeit dauern.«

Dann kam ihr ein anderer Gedanke, und der erschien ihr als der plausibelste Grund für Wolfgangs Verhalten: *Er* hätte das Haus gern. Er hätte es gern für sich, seine Fernsehmieze mit der eigenen Talkshow und am Ende noch für eine ganze Schar hoffnungsvollen Nachwuchses. Unter Garantie würde er noch vor Weihnachten mit diesem Ansinnen herausrücken.

Den ganzen Samstag über versuchte er, Leona anzurufen, aber sie ließ den Anrufbeantworter laufen und nahm kein Gespräch an. Sie hatte plötzlich keine Lust mehr, mit Wolfgang wegen des Hauses, wegen der Zukunft zu reden. Sie mußte ihren Koffer packen und sich überlegen, wie sie ihren Eltern die Hiobsbotschaft vom Scheitern ihrer Ehe überbringen sollte.

Wolfgangs Stimme klang von Mal zu Mal ärgerlicher. »Ich weiß, daß du da bist, Leona! Warum gehst du nicht an den Apparat? Du wolltest doch ein Gespräch mit mir!«

»Gestern hattest du keine Zeit, heute habe ich keine«, murmelte Leona. Keine fünf Minuten später klingelte das Telefon erneut, aber diesmal war es Leonas Schwester Olivia, die anrief. Leona nahm sofort den Hörer ab.

»Olivia! Wie schön, dich zu hören!«

»Ich weiß, du kommst morgen«, sagte Olivia, »aber dann ist ja ständig die ganze Familie um uns. Deshalb wollte ich mich vorher noch einmal melden.«

»Ich hätte dich auch schon lange anrufen sollen, ich weiß. Aber bei mir geht zur Zeit alles etwas durcheinander.«

Olivia registrierte sofort, daß Leonas Stimme bedrückt klang. Die beiden hatten von Kindheit an sehr aneinander gehangen, und Olivia wußte genau, wie sich Leona für gewöhnlich anhörte.

»Was ist denn passiert? Du klingst gar nicht gut!«

Es war unerwartet befreiend, endlich einem Menschen gegenüber die Maske fallen lassen zu dürfen.

»Olivia, es ist eine Katastrophe für mich. Wolfgang hat mich verlassen. Er hat eine andere Frau kennengelernt und möchte sich scheiden lassen.«

Vom anderen Ende der Leitung kam ein fast einminütiges Schweigen. »Das gibt's doch gar nicht«, sagte Olivia schließlich leise. Wie alle Menschen, die Leona und Wolfgang kannten, hätte sie jede Wette gehalten, daß eher die Welt einstürzte, als daß dieses Traumpaar sich trennte.

»Ich möchte dich bitten, unseren Eltern nichts zu sagen«, sagte Leona, »ich fühle mich idiotischerweise wie ein Schulmädchen, das mit einer schlechten Note nach Hause gehen muß. Ich habe keine Ahnung, wie ich ihnen dieses Fiasko beibringen soll.«

»Es ist doch nicht deine Schuld.«

»Ich komme mir vor wie jemand, der auf der ganzen Linie gescheitert ist«, sagte Leona verzagt.

Sie redeten noch eine Weile, und Leona fühlte sich nach diesem Gespräch tatsächlich besser. Sie war nicht so allein, wie sie es zunächst empfunden hatte. Sie hatte noch ihre Familie. Die Welt brach nicht zusammen.

Als das Telefon wieder klingelte, dachte sie, daß sie diesmal den Hörer abnehmen würde, wenn es wieder Wolfgang wäre. Statt dessen klang Lydias Stimme durch den Raum.

»Leona? Sind Sie wirklich nicht da? Eben war doch ganz lange besetzt! Ich wollte Sie zum Abendessen bei mir einladen. Na ja, falls Sie bis sieben Uhr zurück sind, melden Sie sich bitte! Wissen Sie was? Robert Jablonski, Evas Bruder, hat mich gefragt, ob Sie verheiratet sind! Der Herr, den ich neulich am Telefon hatte, war doch Ihr Mann, oder? Also, ich glaube, Sie haben jedenfalls einen Verehrer gefunden. Rufen Sie mich zurück, ja?«

Leona war froh, daß sie den Anrufbeantworter eingeschaltet hatte. Ein Abendessen mit Lydia, die weder vor indiskreten Fragen noch lauthals geäußerten Allgemeinplätzen zurückschreckte, hätte ihr noch gefehlt. Ihr schwante, daß Lydia sie als Ersatzfreundin für Eva gewinnen wollte. Es würde schwierig sein, sie auf Distanz zu halten.

Sie hatte schließlich ihren Koffer gepackt, ging ins Bad, ließ heißes Wasser in die Wanne laufen und legte sich in den duftenden Schaum. Sie starrte zur Decke hinauf, lauschte dem Pladdern der Regentropfen draußen. Es regnete ständig in diesem September. Manchmal hatte sie den Eindruck, es werde nie wieder aufhören.

Unten klingelte schon wieder das Telefon. Sie konnte nicht verstehen, wer auf den Anrufbeantworter sprach, hatte aber den Eindruck, es handele sich um eine Männerstimme. Wahrscheinlich wieder Wolfgang. Es schien ihn nervös zu machen, daß er sie nicht erreichen konnte. Diese

Vorstellung gab Leonas angeschlagenem Selbstwertgefühl eine Spur von Auftrieb.

Später ging sie, in ein dickes Handtuch gewickelt, nach unten. Sie badete oft am späten Samstagnachmittag; es war der einzige Zeitpunkt in der Woche, an dem sie die innere Ruhe dazu fand. Früher hatte Wolfgang dann immer mit einem Drink unten auf sie gewartet, entspannt, lächelnd, bereit und erwartungsvoll, stundenlang alles mit ihr zu besprechen, was die Woche für sie beide gebracht hatte.

Es sind diese Dinge, dachte sie nun, die so schrecklich fehlen. Diese Dinge, die man gar nicht so richtig bemerkt hat, als man sie noch hatte, von denen man aber weiß, daß sie es waren, die dem Leben seine Wärme verliehen haben.

Sie kam am Garderobenspiegel im Flur vorbei, blieb stehen, sah sich an. Sie hatte den Eindruck, daß sie spitzer geworden war im Gesicht während der vergangenen zwei Wochen. Es wunderte sie nicht; sie hatte keine Lust und war viel zu deprimiert, um für sich zu kochen. In der Verlagskantine hatte sie noch nie gern gegessen, und so ernährte sie sich im wesentlichen von im Stehen gelöffelten Joghurts und Vitaminpillen.

Ihre Haare waren noch naß vom Bad. Ihre Lorelei-Haare, taillenlang, hellblond. Wolfgang und ihre Mutter hatten ihr immer gesagt, sie dürfe nur ja nie ihre Haare abschneiden.

Manchmal hatte sie dann lachend erwidert: »Aber als alte Oma, da gestattet ihr es dann schon!«

Und Wolfgang hatte ein paar Strähnen durch seine Finger gleiten lassen und sehr ernst gesagt: »Nein. Nie. Auch als alte Oma nicht!«

Ich sollte sie abschneiden lassen, dachte sie nun, was hat es mir denn genützt, seine Wünsche zu erfüllen?

Das war ein neuer Gedanke, und während sie sich im Eßzimmer einen Drink zubereitete, beschäftigte sie sich mit ihm. Neigte sie dazu, allzusehr den Erwartungen ihrer Umgebung zu entsprechen? Verbrauchte sie ihre Kräfte darin, es jedem recht machen zu wollen? Die perfekte Tochter zu sein, die perfekte Schwester, die perfekte Ehefrau? Hätte sie ein Kind, sie hätte auch noch die perfekte Mutter abgegeben.

Und was ist Perfektion am Ende? fragte sie sich. Sie ist langweilig. Sie stellt keine Herausforderung mehr dar!

Wahrscheinlich war Wolfgangs Neue alles andere als perfekt. Vielleicht hatte sie kurze Haare, zickte häufig herum, rauchte wie ein Schlot, war keinesfalls immer zur Stelle, wenn Wolfgang sie brauchte.

Mit ihrem Glas in der Hand und sehr nachdenklich ging Leona ins Wohnzimmer hinüber. Sie spulte den Anrufbeantworter zurück, um den letzten eingegangenen Anruf abzuhören. Überraschenderweise hörte sie *nicht* Wolfgangs Stimme.

»Hier ist Bernhard Fabiani. Sie erinnern sich vielleicht noch: der geschiedene Mann von Eva Fabiani. Frau Dorn, ich würde mich sehr gern mit Ihnen treffen. Glauben Sie, das wäre möglich? Rufen Sie mich doch bitte zurück.« Er nannte seine Telefonnummer und verabschiedete sich sehr höflich.

Leona notierte die Nummer, beschloß aber, ihn erst nach dem Urlaub zurückzurufen. Sie fragte sich, was er wohl von ihr wollte. Hoffentlich nicht eine genaue Schilderung von Evas letzten Minuten. Er konnte doch nicht am Ende an ihr als Frau interessiert sein? Man hatte ihn ihr als unersättlichen Schürzenjäger beschrieben. Womöglich war er wirklich ein Mann, der keine Gelegenheit ausließ.

Nicht einmal bei der Frau, die Zeugin des Selbstmordes

gewesen war, den seine Frau wegen seiner ständigen Eska-
paden begangen hatte.

7

Es war ein Kampf mit ungleichen Mitteln, ein verbissener,
harter Kampf, bei dem niemand aufgeben konnte, aufgeben wollte. Das Kind kämpfte schreiend, die Frau schweigend. Das Kind schlug um sich, trat, boxte, kratzte und
spuckte. Die Frau versuchte, die Arme des Kindes festzuhalten und an seinen Körper zu pressen. Sie war größer als
das Kind, aber wesentlich zarter gebaut. Das Kind schien
über weit ausgeprägtere Kräfte zu verfügen, vor allem
schreckte es vor keinem Mittel des Kampfes zurück. Die
Frau war unterlegen, weil sie dem Kind ganz offensichtlich keinen Schmerz zufügen wollte. Als das Kind ihr sein
Knie in den Unterleib rammte, stieß sie einen unterdrück-
ten Schrei aus und wich zurück. Die Tränen schossen ihr
unwillkürlich in die Augen, und sie krümmte sich für einen Moment nach vorn.

Leona, die das Schauspiel atemlos und entsetzt verfolgt
hatte, sprang auf.

»Jetzt laß dir doch endlich helfen, Olivia! Du schaffst es
doch einfach nicht allein!«

Ihre Schwester richtete sich sofort zu voller Größe auf,
obwohl sie sichtlich Schmerzen hatte und nur mühsam
aufrecht stehen konnte.

»Nein! Ich will das nicht! Dany soll nicht das Gefühl bekommen, daß wir gegen sie gemeinsame Sache machen.
Sie ist mein Kind. *Ich* muß mit ihr zurechtkommen.«

Unverständliche Laute ausstoßend, hatte sich Dany in
eine Zimmerecke zurückgezogen, wo sie mit geballten

Fäusten auf der Erde kauerte. Ihr auffallend großer Kopf schwankte unkontrolliert hin und her, Zornestränen liefen aus ihren Augen.

»Du kommst aber nicht mit ihr zurecht«, sagte Olivias Mutter sanft.

Sie saß auf dem Sofa und strickte einen Pullover für den Sohn ihrer jüngsten Tochter. Sie hatte dem Zweikampf zwischen Olivia und Dany mit der müden Resignation eines Menschen zugesehen, der allzuoft schon Zeuge der immer gleichen Szene geworden war. Die Zeiten, da sie Olivia angeboten hatte zu helfen, waren vorbei. Sie wußte längst, daß ihre Tochter jedes Eingreifen von außen ablehnte.

»Die letzten Wochen waren viel besser«, sagte Olivia in einer Art wütendem Trotz.« »Ich habe keine Ahnung, was heute los ist. Vielleicht ist sie durcheinander, weil Leona da ist.«

»Mein Gott, Olivia, versuche doch nicht immer neue Erklärungen zu finden! Du hättest Dany längst ...«

»*Was* hätte ich längst?« fragte Olivia kampfbereit.

Die beiden Schwestern sahen einander an. So sehr sie einander liebten, beim Thema Dany gerieten sie immer wieder aneinander. *Jeder* geriet an diesem Punkt mit Olivia aneinander. Olivia wußte, daß Leona das Heim gemeint hatte, in dem man die schwerstbehinderte Dany längst hätte unterbringen müssen, und sie war bereit, ihrer Schwester die Augen auszukratzen, wenn sie es wagen sollte, dies wirklich auszusprechen. Olivia wußte außerdem, daß sie mit ihrer Entschlossenheit, Dany daheim in der Familie aufwachsen zu lassen, völlig allein stand, und sie hatte schon lange das Gefühl, mit dem Rücken zur Wand gegen eine Übermacht von Feinden zu kämpfen. Sie hatte die chronische Gereiztheit eines bedrängten Tieres in einer Falle entwickelt. Sie hatte sich in zahllosen Diskussionen um das Thema völlig verausgabt und erschöpft; nun ließ sie Diskussionen von vornherein nicht mehr zu.

Leona kapitulierte. Die meisten Leute taten das. Sie kapitulierten nicht aus Angst vor Olivias fauchender Stimme, sondern aus Mitleid mit ihrem müden, ausgezehrten Gesicht und ihrem viel zu dünnen Körper. Olivia vermittelte so deutlich den Eindruck, am Rande ihrer Kräfte zu stehen, daß jeder sich schäbig vorkam, der ihr zusätzliche Probleme bereitete.

»Okay«, sagte Leona, »vergiß es. Du mußt allein wissen, was du tust.« Olivia atmete tief durch, dann trat sie auf Dany zu, die sofort zu schreien begann. »Dany, ich möchte, daß du jetzt ins Bett gehst«, sagte sie. Dany spuckte ihr ins Gesicht. Leona fragte sich, wie ihre Schwester dieses Kind noch lieben konnte.

Innerhalb weniger Sekunden hatte sich der gleiche Zweikampf wie schon zuvor entwickelt, aber diesmal wurde er abrupt von dritter Seite beendet: Ein hochgewachsener Mann trat ins Zimmer, schob Olivia zur Seite, packte Dany und drehte ihr mit geübtem Griff beide Arme auf den Rücken. Dany schlug nach hinten aus, bombardierte seine Schienbeine mit Tritten. Er packte die Arme etwas fester. Dany fauchte, hörte aber auf zu treten.

»Wohin mit ihr?« fragte er keuchend und stieß sie vor sich her in Richtung Tür.

»In ihr Zimmer«, sagte Olivia, »und tu ihr nicht weh!«

»Nicht, wenn sie mir nicht weh tut«, entgegnete ihr Mann und bugsierte die nun recht willige Dany auf den Flur hinaus. Olivia folgte den beiden. Danys Vater kehrte nach fünf Minuten ins Wohnzimmer zurück. Er schob seine verrutschte Krawatte zurecht und strich sich über die Haare. Wer ihn nicht kannte, hätte ihn als erstaunlich ruhig empfunden, aber Leona konnte die verhaltene Wut in seinem Gesicht erkennen, den Zorn, den er mühsam zurückdrängte. Er atmete schwer.

»Guten Abend übrigens«, sagte er.

»Guten Abend, Paul«, erwiderte seine Schwiegermutter unter völliger Nichtbeachtung dessen, was gerade geschehen war. »Jetzt, wo alle da sind, werde ich mich um das Abendessen kümmern.«

Sie lächelte. Sie liebte es, die Familie versammelt unter einem Dach zu wissen. Sie ignorierte Spannungen so perfekt, daß Leona manchmal mutmaßte, sie glaube selbst daran, daß um sie herum alles in Ordnung war.

Leona und Paul blieben allein im Zimmer. Paul gab den Versuch, seine Krawatte zu richten, auf, zerrte sie vom Hals und schleuderte sie in einen Sessel.

»Gott im Himmel«, sagte er wütend, »ich weiß schon gar nicht mehr, wie sich das anfühlt, wenn man nach einem harten Arbeitstag heimkommt und von Ruhe und Frieden statt von Geschrei und Ringkämpfen empfangen wird. Es muß das Paradies sein.«

»Olivia sagte, es sei besser gewesen mit Dany in der letzten Zeit.«

Paul lachte. Es klang müde und unfroh. »Wenn Dany einen Tag friedlich ist, wird Olivia schon euphorisch. Die Wahrheit ist, daß es an acht von zehn Tagen zu Szenen der Art kommt, wie du sie gerade erlebt hast. Es wird schlimmer. Und zwar einfach deshalb, weil Dany immer stärker wird. Sie hat Bärenkräfte entwickelt. Du siehst ja, daß Olivia schon überhaupt nicht mehr mit ihr fertig wird. Und ich werde es auch nicht mehr lange schaffen.«

»Olivia muß das doch auch sehen.«

»Ich glaube, bei Olivia schlagen die Gene eurer Mutter durch«, sagte Paul bitter. »Sie will nicht wahrhaben, daß wir in einer katastrophalen Situation leben, also darf diese Tatsache mit keiner Silbe erwähnt werden. Wenn ich das Wort ›Heim‹ ausspreche, springt sie mir fast ins Gesicht.«

Leona wußte, daß er mit der »katastrophalen Situation« nicht nur die täglichen Zweikämpfe mit Dany meinte. Er haßte es vor allem, wegen des Kindes im Haus seiner Schwiegereltern leben zu müssen. Für kurze Zeit hatten sie es mit einer eigenen Wohnung versucht, aber Olivia war völlig überfordert gewesen; sie hatte sich keinen Schritt aus dem Haus rühren können, um wenigstens die nötigsten Einkäufe zu tätigen.

Dany war natürlich schulpflichtig, aber sowohl sie als auch ihre Mutter taten alles, um regelmäßige Besuche der einzig erreichbaren Behindertenschule zu boykottieren. Dany entwickelte die verrücktesten Krankheiten und fieberte häufig erschreckend hoch, sobald sie länger als drei Tage hintereinander an dem ihr verhaßten Unterricht teilnehmen mußte. Olivia verlor darüber vollends die Nerven und war oft noch kranker als ihre Tochter. Das Ergebnis war, daß sich Dany viel zu oft daheim aufhielt, als daß die äußerst sporadischen Schulbesuche noch irgendeinen Sinn haben konnten.

Dany durfte keine Sekunde allein bleiben. Eine ausgebildete Pflegerin als Hilfe hatten sich ihre Eltern nicht leisten können. Sie hatten es mit wechselnden Haushälterinnen oder Putzfrauen probiert, die für ein Extrahonorar hin und wieder auf Dany hatten aufpassen sollen, damit Olivia wenigstens zum Zahnarzt oder zum Friseur gehen konnte. Aber die Putzfrauen hatten entweder nach kurzer Zeit empört gekündigt, oder sie waren von Olivia gefeuert worden, weil sie Dany zu hart anpackten. Irgendwann war Olivia dann zu ihren Eltern übergesiedelt, den einzigen Menschen, die sie verstanden, denen sie vertraute. Paul hatte schließlich die Wohnung gekündigt und war der Frau, die er einmal zu sehr geliebt hatte, um ihr nun mit Härte entgegentreten zu können, gefolgt. Für ihn, der in einer Frankfurter Bank arbeitete, bedeutete dies, daß er mehr als vier Stunden täglich im Auto verbrachte und daß er, wenn er morgens ins Bad wollte, eine komplizierte Reihenfolge mit Olivias Eltern, ihrer jüngeren Schwester, deren Freund und dem kleinen Sohn der beiden einhalten mußte. Meist klappte die Organisation nicht, und Paul konnte das Haus nur mit Verspätung verlassen. Jedesmal wenn er dann mit gefährlich überhöhter Geschwindigkeit die Autobahn entlangbrauste und Stiche in seiner Herzgegend ihm sagten, daß er in das Alter kam, in dem sein Körper den Tribut für zuviel Streß und Frustration fordern würde, nahm er sich vor, Olivia vor die endgültige Entscheidung zu stellen: die Entscheidung für sie beide oder für das Kind.

Wenn er dann aber abends heimkam und in ihr überanstrengtes Gesicht blickte, ging es ihm wie allen anderen: Er brachte es nicht fertig, sie unter Druck zu setzen.

»Ich habe Olivia im Sommer vorgeschlagen, daß wir doch eine kleine Wohnung ganz in der Nähe mieten könnten«, fuhr er nun fort, »dann könnte sie tagsüber, während ich arbeite, mit Dany hierher zu euren Eltern gehen. Ich hätte zwar immer noch den weiten Weg, aber wir hätten doch abends etwas mehr Zeit für uns.«

»Und darauf ist sie nicht eingegangen?« fragte Leona.

Er machte eine wegwerfende Handbewegung. »Nein. Es war überhaupt nicht mit ihr zu reden. Je schlimmer es mit Dany wird, desto heftiger krallt sie sich an eure Mutter. Sie ist der einzige Mensch, bei dem Olivia unbedingten Rückhalt findet. Ich glaube, sie hat inzwischen Angst, mit mir allein zu sein. Sie denkt, daß ich ihr so lange zusetzen werde, bis sie nachgibt und Dany in ein Heim bringt. Vermutlich fühlt sie sich schon so kraftlos inzwischen, daß sie fürchtet, ihr Widerstand könnte erlahmen.«

Er kramte eine Zigarettenschachtel aus der Tasche, hielt sie Leona hin. »Ich weiß gar nicht mehr, ob du rauchst. Möchtest du?«

Sie hatte vor Jahren damit aufgehört, jedoch wieder begonnen, als Wolfgang sie verlassen hatte. Mit jedem ersten Zug, den sie tat, löste sich etwas von der Anspannung, in der sie seit zwei Wochen lebte. Psychisch tat ihr das Rauchen gut. Mit den Folgen für ihre körperliche Gesundheit würde sie sich auseinandersetzen, wenn sie seelisch wieder etwas stabiler wäre. Er gab ihr Feuer, und sie sah, daß seine Hand dabei ganz leise zitterte. Sie hätte gern irgend etwas Tröstendes gesagt, aber ihr fiel nichts ein, was überzeugend geklungen hätte. Sie betrachtete den gutaussehenden Mann mit dem intelligenten Gesicht. Ganz sicher hatte er Angebote von anderen Frauen. Wie lange würde er die Dinge, wie sie waren, ertragen und bei Olivia und Dany bleiben?

»Das schlimmste ist«, sagte er leise, »daß ich anfange, Dany zu hassen. Mein eigenes Kind, von dem ich doch weiß, daß es für seine Behinderung und all die Probleme überhaupt nichts kann. Aber manchmal kann ich kaum gegen dieses Gefühl von … Zorn an. Ich hasse die Art von Leben, zu der sie uns zwingt. Ihren dauernden Kampf gegen uns, als wären wir ihre schlimmsten Feinde. Vor allem das, was sie aus Olivia macht. Bereits aus ihr gemacht hat.«

Leona dachte an die junge Olivia zurück. Sie war die attraktivste der drei Schwestern gewesen. Nicht blond, wie die beiden anderen, sondern rothaarig. Grünäugig und grazil wie eine Katze. Selbstbewußt, klug, ehrgeizig und energisch. Eine Frau, der sich die meisten Türen von selbst zu öffnen schienen, auch wegen ihres Wesens, das jeden für sie einnahm.

Paul schien ebenfalls mit seinen Gedanken in die Vergangenheit geschweift zu sein, und die Erinnerung tat ihm weh, denn er wechselte abrupt das Thema.

»Wie geht es Wolfgang?« fragte er. »Es ist ganz ungewohnt, dich ohne ihn hier zu sehen!«

Offenbar hatte Olivia wirklich dicht gehalten, auch ihrem Mann gegenüber. Aber Leona hatte keine Lust mehr, ihn anzulügen. Sie hatte allen etwas von Wolfgangs Arbeitsüberlastung erzählt, die den Urlaub unmöglich gemacht habe, aber irgendwann würde sie der Familie reinen Wein einschenken müssen. Sie konnte nach Olivia gleich bei Paul weitermachen.

»Wolfgang und ich haben uns getrennt«, sagte sie mit spröder Stimme, »genauer gesagt: er hat mich wegen einer anderen Frau verlassen. Er ist Anfang September daheim ausgezogen.«

Paul schien ziemlich schockiert. »Das tut mir entsetzlich leid, Leona. Ich habe mich schon gefragt, warum du so dünn geworden bist und so traurig wirkst, selbst wenn du lachst.«

Sie hatte keine Ahnung gehabt, daß man es ihr so sehr anmerkte. »Paul, ich möchte dich bitten, meinen Eltern noch nichts zu erzählen«, sagte sie sachlich, »vor allem nicht meiner Mutter. Irgendwann wird sie es natürlich erfahren, aber ... na ja, du weißt ja, wie sie ist.«

»Ich weiß, wie sie ist«, sagte Paul, und sie lächelten einander etwas hilflos an.

Olivia erschien nicht zum Abendessen. Paul, der hinaufging, um nach ihr zu sehen, kam allein wieder zurück.

»Sie will nichts essen«, berichtete er, »und sie will nicht herunterkommen. Sie ist ziemlich fertig mit den Nerven.«

»Sie wird immer dünner«, sagte Elisabeth, ihre Mutter, vorwurfsvoll, ohne daß ganz klar wurde, an wen sich der

Vorwurf richtete. »Ich werde ihr etwas Suppe hinaufbringen.«

Sie wollte mit Olivias unberührtem Teller zum Herd eilen, aber Paul hielt sie am Arm fest.

»Nicht. Das hat keinen Sinn. Laß sie in Ruhe.«

»Olivia schafft es, ständig ein Drama um sich zu inszenieren«, meinte Carolin, die mit gutem Appetit aß. »Und ihr alle spielt das Spiel bereitwillig mit.«

»Das geht dich nichts an, Carolin«, sagte Paul scharf.

Er haßte diese Schwägerin unverhohlen, und sie erwiderte das Gefühl aus tiefstem Herzen. Sie war die jüngste der drei Schwestern, fünfundzwanzig Jahre alt, und noch immer ohne Beruf oder Ausbildung. Gelegentlich jobbte sie im Dorfgasthof als Serviererin oder trug Zeitungen aus. Für Paul war sie der Prototyp des nutzlosen, ewigen Schmarotzers, während er in ihren Augen einen angepaßten Karrierestreber darstellte. Sie hatte einen fünfjährigen Sohn, dessen Vater, ein arbeitsloser Schauspieler, mit ihr im Haus der Eltern wohnte und sich ein angenehmes Leben auf Kosten der Familie machte. Er wurde von Paul und Leona gleichermaßen verabscheut, wobei beide allerdings damit rechneten, daß er eine vorübergehende Rolle in Carolins Leben spielte. Vor der Geburt des Kindes hatte sie ihre Liebhaber wochenweise gewechselt.

»Wenn Olivia nicht bald Dany in ein Heim gibt, wird es hier unerträglich«, sagte Carolin. »Diese andauernde Schreierei müssen wir schließlich alle aushalten.«

»Du könntest ausziehen, wenn du es nicht mehr erträgst«, schlug Leona vor, die zwar fand, daß Carolin in der Sache recht hatte, daß es ihr aber von allen am wenigsten zustand, sich zu beklagen.

»Warum ich?« fragte Carolin sofort empört. »Warum nicht Olivia, Paul und Dany?«

Pauls Lippen preßten sich zu einem Strich zusammen. Die Eskalation der Auseinandersetzung stand unmittelbar bevor.

»Bitte, streitet euch nicht«, bat Julius.

Er saß mit gestreßtem Gesichtsausdruck am Kopfende des Tisches und war deutlich nur an einem interessiert: an Ruhe. Julius war Lehrer für Geschichte und Latein gewesen und arbeitete seit seiner Pensionierung an einem Buch über die Caesaren. Er hatte den ganzen Tag über komplizierten, uralten Textquellen gebrütet, die zu übersetzen selbst ihm Probleme bereitet hatte. Er war nicht richtig vorangekommen, hatte Kopfschmerzen und war frustriert. Er hatte den Eindruck, daß das Landhaus, in dem er mit Elisabeth drei eigenwillige Mädchen großgezogen hatte, von immer mehr Menschen und immer brisanteren Spannungen heimgesucht wurde. Die ständig schreiende Dany zerrte auch an seinen Nerven, aber er hätte sich eher die Zunge abgebissen, als das laut zu äußern. Und wie lange mußte er wohl noch den verlotterten Typen mit der Zottelmähne an seinem Tisch dulden, den Carolin vor Jahren als ihren Lover eingeführt hatte?

Wie gut, daß wenigstens Leona keine Sorgen machte. Aber ein wenig blaß und dünn sah sie aus. Er betrachtete sie liebevoll, und sie sah ebenfalls in diesem Moment zu ihm hin und erwiderte sein kaum merkliches Lächeln. Doch sie wirkte gequält. Bedrückt stellte er fest, daß er sich geirrt hatte. Auch um Leona mußte man sich sorgen.

Und Leona begriff in diesem Moment, weshalb sie es nicht wagte, das Scheitern ihrer Ehe zu gestehen. Es war die Müdigkeit in den Augen ihres Vaters. Es war der tapfere Optimismus, mit dem ihre Mutter zwischen Olivia und Carolin vermittelte, sich um Dany bemühte, Carolins schmarotzenden Freund entgegenkommend behandelte.

Es war die eiserne Entschlossenheit, mit der ihre Eltern an ihrer Vorstellung von einer intakten Familie festhielten – und es damit tatsächlich schafften, das brüchige Gefüge weiterbestehen zu lassen. Sie wußte, daß Elisabeth und Julius einen nicht unerheblichen Teil ihrer Kraft aus der Tatsache schöpften, daß wenigstens Leona in einer stabilen Beziehung lebte, daß sie glücklich war und sich mit vergleichsweise unbedeutenden Problemen herumschlagen mußte. Sie brauchten diese Gewißheit, um glauben zu können, daß sie das waren, was sie unter allen Umständen sein wollten: eine große, glückliche Familie, in der es zwar dann und wann ein paar Schwierigkeiten gab, in der aber nicht ernsthaft jemals etwas in Unordnung geriet.

Sie brachte es nicht fertig, sie zu enttäuschen, so absurd diese Komödie auch war, die sie spielte. Irgendwann würden sie es erfahren und nicht im mindesten verstehen, warum sie so lange geschwiegen hatte.

Die gute Tochter, dachte sie sarkastisch, die gute Tochter, bei der nichts schiefläuft. *Irgend etwas* muß ich einmal tun, was niemand von mir erwartet.

Am nächsten Tag ging sie zum Friseur im Dorf und ließ sich ihre Lorelei-Haare raspelkurz abschneiden. Sie fand sich nicht schöner danach, aber erstaunlicherweise fühlte sie sich trotzdem besser.

8

Sie sah ihn wieder im November, am Totensonntag. Ein nasser, windiger, grauer Tag. Ein Sturm hatte in der Nacht zuvor die letzten Blätter von den Bäumen gezerrt, und nun trieb er seit dem frühen Morgen immer neue schwarze

Wolken von Westen heran. Es regnete ohne Unterlaß. Bis zum Abend, so hatten die Meteorologen prophezeit, werde der Regen in Schnee übergehen. Seit der Beerdigung war Leona nicht mehr an Evas Grab gewesen, aber an diesem Tag verspürte sie plötzlich ein unerklärliches Bedürfnis danach. Ein dankbarer Autor, für dessen Werk sie sich eingesetzt hatte, hatte ihr am Freitag einen Rosenstrauß in den Verlag geschickt. Am Samstag, während ihres einsamen Frühstücks, war ihr der Gedanke gekommen, die Rosen zu Eva zu bringen.

Sie ging am Mittag auf den Friedhof. Die meisten Leute schienen zu essen um diese Zeit, denn kaum jemand war zwischen den Gräbern zu sehen. Eine alte Frau schleppte eine gefüllte Gießkanne die Wege entlang; sie tat sich schwer damit, schien aber einer Routine zu folgen, von der es kein Abweichen gab: Trotz des strömenden Regens mußte sie ein Grab – wahrscheinlich das ihres Mannes – begießen.

Evas Grab sah ziemlich verwildert aus. Hatte Robert vergessen, den Auftrag für die Grabpflege zu erteilen? Oder hatte Lydia diese Verpflichtung an sich gerissen und war nun zu bequem, ihr wirklich nachzukommen?

Sie kauerte sich nieder, entfernte welke Blätter und einiges Unkraut. Evas Name auf dem schlichten Grabstein rief eine tiefe Traurigkeit in ihr hervor, und erst nach einer Weile merkte sie, daß alles zusammen ihr Schmerz verursachte: der Herbst, der Regen, die kahlen Bäume, der Friedhof, ihre Einsamkeit. Die Hoffnungslosigkeit, daß Wolfgang zu ihr zurückkommen würde. Die Gewißheit, daß, selbst wenn er es täte, nichts mehr je so sein konnte, wie es gewesen war.

Sie schrak zusammen, als sie angesprochen wurde.

»Leona? Sind Sie das?«

Sie sprang auf und drehte sich um. Hinter ihr stand Robert Jablonski, noch nasser als sie, wenn das überhaupt möglich war. Sie starrte ihn an.

»Mein Gott, ich habe Sie überhaupt nicht kommen hören! Ich hätte Sie hier gar nicht vermutet. Ich dachte, Sie sind in Ascona!«

»Tut mir leid, daß ich Sie erschreckt habe«, sagte er entschuldigend. »Ich dachte, Sie hätten meine Schritte gehört.«

»Der Regen. Er rauscht so laut.«

»Ich habe einen Spaziergang über den Friedhof gemacht, weil es schon gar nicht mehr darauf ankam, wie naß ich noch werde. Jetzt wollte ich zum Schluß noch einmal an Evas Grab.« Er wies auf die Rosen, die Leona direkt unter den Stein gelegt hatte. »Ihre Blumen? Sie sind wunderschön!«

»Ich habe sie geschenkt bekommen, aber ich dachte, Eva sollte sie haben.«

Er nickte. »Ich denke viel an Eva«, sagte er, »sie ... ist noch lebendig für mich.«

Sein bekümmertes Gesicht verriet einen Schmerz, den Leona nur zu gut nachempfinden konnte.

Sie wiederholte die Frage, die sie ihm gleich zu Anfang gestellt hatte: »Warum sind Sie nicht in Ascona? Sie leben doch noch dort, oder?«

Er nickte. »Ich habe wegen des Wohnungsverkaufs hier noch ein paar Dinge zu regeln. Ich werde für etwa zehn Tage hiersein. Ich habe mir etwas zum Arbeiten mitgebracht. Ab und zu komme ich gerne her. Ascona ist wunderschön, aber hin und wieder muß ich einfach zurück nach Deutschland.«

»Das kann ich verstehen.«

»Ich hätte Sie fast nicht erkannt«, fuhr er fort, »Sie sehen verändert aus. Hatten Sie nicht noch im Sommer lange Haare?«

Sie strich sich über ihre kurzen Stoppeln. »Ich hatte das Bedürfnis, etwas zu verändern.«

»Ach so.«

Sein Gesichtsausdruck verriet nichts davon, ob er sie vorher attraktiver gefunden hatte. Unschlüssig standen sie einander im Regen gegenüber, und der Wind zerrte an ihren Mänteln.

»Wollen wir irgendwo einen Kaffee zusammen trinken?« fragte Robert.

Leona dachte an ihr leeres, stilles Haus, an den leeren, stillen Sonntagnachmittag, der vor ihr lag.

»Gehen wir«, sagte sie.

Mit dem Besitzer des italienischen Restaurants, in dem sie jeder eine Kleinigkeit aßen, unterhielt er sich in fließendem Italienisch, und sie erfuhr, daß er als Übersetzer für verschiedene italienische und deutsche Verlage tätig war.

»Welche Sprachen sprechen Sie noch?« fragte sie.

Er zählte auf: »Englisch natürlich, Französisch, Spanisch. Und ein bißchen Russisch, aber das reicht bei weitem nicht für Übersetzungen.«

»Sie müssen sehr sprachbegabt sein.«

Er nickte stolz. »Es fiel mir immer leicht, Sprachen zu lernen. Ich habe mich nie sehr darum bemühen müssen.«

»Ich bewundere das. Man kriegt so viel mehr mit von der Welt, wenn man auch in anderen Ländern versteht, was um einen herum gesprochen wird.«

Er lächelte. »Das erleichtert vieles, ja.«

Der Kellner brachte ihren Cappuccino. Während er in seiner Tasse rührte, fuhr Robert fort: »Sie arbeiten in einem Verlag, nicht?«

»Ich bin Lektorin. Woher wissen Sie das?«

»Lydia hat es mir erzählt. Sie wissen schon, Evas Nachbarin.«

Leona mußte grinsen. »Sie hat es Ihnen nicht erzählt, Sie haben sie ausgefragt. Sie haben sie gefragt, ob ich verheiratet bin.«

»Ich habe mir doch gleich gedacht, daß man ihr nicht trauen kann«, sagte Robert resigniert. »Sie ist ein entsetzliches Plappermaul.«

»Sie scheint Bernhard Fabiani meine Telefonnummer gegeben zu haben.« Leona berichtete von Bernhards Anruf im September. »Ich habe ihn nicht zurückgerufen, und er hat sich dann auch nicht mehr gemeldet.«

»Wahrscheinlich hoffte er, bei Ihnen landen zu können«, meinte Robert. Er rührte heftig in seiner Tasse, der Kaffee schwappte auf den Unterteller. »Das soll Sie nicht diskreditieren, Leona, aber er versucht es wirklich bei *jeder*!«

»Er wirkte auf mich gar nicht so.«

»Darauf ist Eva ja auch hereingefallen. Auf seine ruhige, seriöse Ausstrahlung. ›Ein Mann zum Festhalten‹, sagte sie *vor* der Hochzeit. *Nach* der Hochzeit redete sie meist ganz anders.«

»Kennen Sie ihn gut?«

»Nicht besonders. Wir hatten nicht allzuviel Kontakt in den Jahren ihrer Ehe. Ich erinnere mich, als sie das erstemal zu mir nach Ascona kamen. Bernhard flirtete mit einer Hotelangestellten, und Eva verlor völlig die Nerven. Sie stand mitten in der Nacht in Tränen aufgelöst vor meiner Wohnungstür. Ich hielt das damals noch für ein einmaliges Vorkommnis. Aber die Fälle häuften sich.«

»Sie sagten einmal, Sie hätten Eva vor ihm gewarnt?«

»Ich hatte ein dummes Gefühl bei ihm. Unglücklicherweise konnte ich es nicht genau definieren, und damit waren all meine Warnungen natürlich wenig überzeugend.«

»Was mich wundert«, sagte Leona, »ist, daß die beiden doch seit vier Jahren geschieden sind. Hat sie denn nach der Trennung immer noch unter seinen Affären gelitten?«

Robert zuckte die Schultern. »Laut Lydia: ja. Eva hat wohl nie aufgehört zu hoffen, es werde wieder alles gut zwischen ihr und Bernhard. Sie hatte schlimme Depressionen.«

»Lydia sagte, die seien besser geworden.« Sie erinnerte sich an den Tag des Unglücks. Lydia hatte damals noch etwas hinzufügen wollen, aber sie waren unterbrochen worden. »Sie deutete an, daß sich seit einem dreiviertel Jahr aber wieder etwas geändert habe.«

»Ich habe das auch nicht so genau mitbekommen, ich war ja zu weit weg. Lydia behauptet, daß sich Bernhard seit einem dreiviertel Jahr wieder verstärkt um Eva bemüht habe. Er hat sie ein paarmal besucht, sie öfter angerufen. Eva war natürlich sofort wieder voller Hoffnung. Aber dann muß es erneut Affären seinerseits gegeben haben, Lügen und Heimlichkeiten und all das Theater, das sie vom ersten Tag an mit ihm durchgemacht hatte. Sie meinte wohl, es nicht noch einmal durchstehen zu können.«

Leona fröstelte unwillkürlich, und das kam nicht von ihren klammen, kalten Kleidern. Vier Jahre Trennung, und Eva hatte sich noch immer nach Bernhard verzehrt.

Hoffentlich geht das viel, viel schneller bei mir, dachte sie.

Robert bestand darauf, für sie beide zu zahlen. Leona fragte ihn, wo er wohne in Frankfurt, und er nannte ihr ein Hotel, das sie nicht kannte.

»Ich begleite Sie nach Hause«, sagte er. »Schließlich regnet es, und im Regen begleite ich Sie immer.«

Sie mußte lachen, und als sie vor die Tür traten, meinte er plötzlich: »Lydia konnte mir meine Frage nicht mit letzter Sicherheit beantworten. Sind Sie nun eigentlich verheiratet?«

Wolfgang starrte auf die Windschutzscheibe seines Autos, an der das Wasser in breiten Bächen hinunterlief und jede Sicht hinaus unmöglich machte. Ab und zu drehte er den Zündschlüssel um und betätigte die Scheibenwischer, dann tauchte, wie aus einer verschwommenen Wasserwelt, die Straße vor ihm auf, die Häuser, die Zäune, die kahlen Bäume. Der Regen gurgelte die Rinnsteine entlang. Die Dämmerung schlich schon heran, in den Häusern ringsum flammten die Lichter auf. Nur in Leonas Haus nicht. Es lag leer, verlassen und dunkel im novembertoten Garten.

Er fragte sich, wo sie sein mochte an diesem Sonntag, bei diesem Wetter. Vielleicht besuchte sie jemanden. Aber wen? Er wußte, daß er nicht das mindeste Recht hatte, ärgerlich wegen ihrer Abwesenheit zu sein, und doch war er es – auf eine kindische, unvernünftige Weise. Vielleicht, dachte er, war er aber in Wahrheit ärgerlich auf sich selbst. Warum hatte er nur nicht angerufen, ehe er hierherfuhr? Und dann war er auch noch so blöd gewesen, seinen Schlüssel daheim liegenzulassen. Den ganzen Schlüsselbund, so daß er auch bei Nicole nicht mehr in die Wohnung kam. Nicole war mit einem Fernsehteam unterwegs und würde erst am Abend zurückkehren. Eine idiotische Situation für ihn: ausgesperrt von *beiden* Frauen, buchstäblich im Regen stehengelassen. Und das alles, weil er dringend ein paar Akten brauchte, von denen er annahm und hoffte, daß sie sich in seinem alten Arbeitszimmer befanden.

Fröstelnd kuschelte er sich tiefer in seinen Mantel. Noch zehn Minuten, dann würde er aufgeben, sich irgendwo eine Zeitung kaufen und die Zeit bis zum Abend in einem Café verbringen.

Ein Scheißsonntag, dachte er.

Er ließ erneut die Scheibenwischer anspringen und sah Leona, die die Straße entlangkam. Sie war nicht allein. Ein Mann begleitete sie, ein großer, gutaussehender Mann, soweit Wolfgang dies in der Eile und aus der Entfernung von etwa fünfzig Schritten beurteilen konnte. Beide hatten sie keinen Schirm und waren patschnaß. Offensichtlich tat dies der guten Stimmung aber keinen Abbruch. Der Mann erzählte irgend etwas, und Leona lachte. Sie wirkte gelöst und unbeschwert.

Sie hatte ihre Haare abgeschnitten!

Stoppelkurz. Die schönen, taillenlangen Haare, die er so an ihr geliebt hatte. Plötzlich kam es ihm vor, als habe sie Abschied von ihm genommen, die Trennung akzeptiert und ein neues Leben angefangen. Die verschlossene Tür, vor der er seit über einer Stunde wartete, erschien ihm nun wie ein Symbol: Der Rückweg war versperrt. Leona hatte den Bruch ebenfalls vollzogen und verwandelte sich in eine Fremde.

Warum tat ihm das so weh?

Nicht der Moment, darüber nachzudenken, entschied er.

Am liebsten hätte er sich davongemacht, hätte die Begegnung mit dem Kerl, der Leona begleitete und sie mit heiteren Erzählungen zum Lachen brachte, vermieden. Aber er hätte an ihnen vorbeifahren müssen, und Leona hätte den Wagen sofort erkannt. Wie hätte er ihr erklären sollen, warum er davonbretterte, sobald er ihrer ansichtig wurde? Es half nichts: Er mußte aussteigen und sich den Dingen stellen.

Er öffnete etwas heftig und abrupt die Wagentür und hätte sie Leonas Begleiter, der gerade die Höhe des Autos erreicht hatte, fast gegen den Bauch geschlagen.

»Passen Sie doch auf«, schimpfte der Fremde.

»Wolfgang, was tust du denn hier?« fragte Leona überrascht.

»Ich brauche ein paar Akten.« Er ignorierte den Fremden, gab Leona einen flüchtigen Kuß auf die Wange. »Und ich habe leider meinen Schlüssel vergessen.«

»Dann kommt erst einmal beide mit rein«, sagte Leona und suchte in ihrer Handtasche nach dem Schlüssel. »Ach, übrigens«, fügte sie rasch hinzu, »dies ist Robert Jablonski. Wolfgang Dorn, mein Exmann.«

Das Wort Exmann hämmerte schmerzhaft in seinem Kopf, als er ihr und dem Schönling – wie er ihn insgeheim titulierte – ins Haus folgte.

»Ist er ein Autor von dir?« fragte er, als er endlich mit ihr allein war.

Er hatte die Akten gefunden, die er brauchte und die dennoch diesen verdorbenen Sonntag nicht wert waren. In der Zwischenzeit hatte sich Leona ihrer nassen Kleider entledigt, kurz geduscht, und stand nun im Bademantel im Wohnzimmer. Robert, an dem nach eigenem Bekunden kein trockener Faden mehr war, hatte sich nun ebenfalls unter die Dusche begeben, von Leona fürsorglich gedrängt, um sich »bloß nicht zu erkälten.« Wolfgang überlegte, ob er nun gleich mit einem Handtuch um die Hüften erscheinen und Leona seine kräftige Brust präsentieren würde. Eine außerordentlich intime Situation, fand er.

»Nein, er ist kein Autor«, antwortete Leona nun auf seine Frage, fühlte sich aber offenbar nicht bemüßigt, ihm zu erklären, wer er denn war.

Sie hatte Wolfgang einen Whisky angeboten, den dieser dankbar akzeptiert hatte, und nun standen sie einander mit ihren Gläsern gegenüber. Fremd. Distanziert.

»Wer ist er denn dann?« fragte Wolfgang nach ein paar Momenten des Schweigens, in denen er überlegt hatte, ob er es riskieren konnte, diese Frage zu stellen. Leona hatte jedes Recht, ihn abblitzen zu lassen, und wahrscheinlich würde sie das auch tun.

»Ein Bekannter«, antwortete sie.

»Aha. Mich geht es ja nichts an – aber kennst du ihn gut genug, um ihn mit ins Haus zu nehmen und dann auch noch … na ja, im Bademantel herumzulaufen?«

Ihre Augen waren voller Spott. »Nanu? So tugendsam und konventionell plötzlich?«

»Das hat weder etwas mit Tugend noch mit Konvention zu tun. Ich weiß ja nicht, wer er ist … aber man muß vorsichtig sein.«

»Ich kann durchaus auf mich aufpassen, Wolfgang.«

»Natürlich.«

Das hatte so abweisend geklungen, daß er wußte, er konnte das Gespräch nicht fortführen. Sie würde ärgerlich werden, wenn er weiterfragte.

»Du hast deine Haare abgeschnitten«, sagte er unvermittelt. »Es steht dir gut.«

Damit zumindest hatte er sie überrascht.

»Du warst doch immer dagegen«, meinte sie.

Er lächelte. »Trotzdem muß ich zugeben, daß es dir steht. Du siehst sehr erwachsen aus.«

»Nicht mehr wie ein kleines Mädchen jedenfalls, zum Glück.«

»Wie ein kleines Mädchen hast du auch vorher nicht ausgesehen. Aber mädchenhaft. Das ist nun völlig verschwunden.«

»Danke.«

»Ja«, sagte Wolfgang und nahm den letzten Schluck aus seinem Glas, »ich werde dann jetzt gehen.«

Wäre sie allein gewesen, er hätte ihr vielleicht gesagt, daß er sich daheim ausgesperrt hatte. Aber so mochte er ihr die Schadenfreude nicht gönnen, und genützt hätte es sowieso nichts: Sie hätte ihm bestimmt nicht angeboten zu bleiben. Sie wollte mit ihrem Verehrer allein sein, wahrscheinlich den Kamin anzünden, ein Abendessen zubereiten.

»Wir müssen endlich wegen des Hauses miteinander reden«, sagte Leona, »und wegen der Scheidung.«

Wolfgang zog die Augenbrauen hoch. »Willst du das *jetzt* besprechen?«

Robert trat ins Zimmer. Er trug, wie Wolfgang empört feststellte, einen alten Bademantel von *ihm*, allerdings einen, den er schon vor langer Zeit ausgemustert und von dem er nicht geahnt hatte, daß es ihn noch gab.

»Jetzt fühle ich mich wieder wie ein Mensch«, sagte er.

»Jetzt möchte ich natürlich nicht darüber reden«, sagte Leona hastig, »irgendwann in den nächsten Tagen, okay?«

»Okay. Ich rufe dich an, ja?«

»Ja, ist gut. Robert, nehmen Sie sich doch einen Whisky. Ich begleite Wolfgang nur rasch zur Tür. Er wollte gerade gehen.«

Draußen rauschte noch immer der Regen. Die Straßenlaternen schalteten sich gerade an. Es war schon fast dunkel geworden.

»Erst fünf Uhr«, sagte Wolfgang, »und schon so düster.«

»Jetzt beginnt ein langer, kalter Winter«, meinte Leona.

»Wo hast du ihn kennengelernt?« fragte Wolfgang. Er konnte sich nicht zurückhalten. Er mußte es wissen.

»Über Lydia«, sagte Leona.

Lydia? Der Name sagte ihm nichts. Er runzelte die Stirn. »Wer …«, begann er, aber nun hatte er die Grenze ihrer Geduld überschritten. Sie unterbrach ihn mit scharfer Stimme.

»Wolfgang, hör bitte auf, mir Fragen zu stellen. Das geht

dich alles nichts an. Du hast dich aus meinem Leben entfernt. Aus Gründen, die ich nicht verstehen kann, die ich aber akzeptieren muß. Versuche jetzt nicht, hintenherum noch irgendeinen Zugriff auf mich zu behalten. Geh konsequent deinen Weg. Ich gehe meinen.« Sie schloß mit Nachdruck die Tür.

Er stand im Regen, in der einfallenden Dunkelheit und dachte an den Kerl, der seinen Bademantel trug. An Leona, die so erwachsen ausgesehen hatte mit ihren kurzen, nassen Haaren, und zugleich so verletzbar.

Er ging langsam zu seinem Auto.

»Alles in Ordnung?« fragte Robert, als sie ins Zimmer zurückkam.

Er hatte sich einen Whisky genommen und stand am Fenster. Wolfgangs alter Bademantel spannte ein wenig an seinen Schultern. Wolfgang hatte diesen Bademantel jahrelang getragen, bis der Stoff ganz dünn geworden war und Leona ihm einen neuen geschenkt hatte. Nun berührte es sie auf eigenartige Weise, das alte Stück wiederzusehen – mit einem anderen Mann darin.

Plötzlich verlegen geworden, sagte sie: »Ich gehe nur rasch nach oben und ziehe mir etwas an.«

Er sah sie an, trat dann auf sie zu und berührte kurz ihren Arm.

»Wäre es Ihnen lieber, wenn ich ginge?«

»Ach was!« Sie lachte unmotiviert, es klang künstlich. »Wir wollten uns doch etwas zu essen bestellen. Außerdem sind Ihre Kleider viel zu naß. Wissen Sie, wie man ein Kaminfeuer anzündet? Dann könnten Sie das im Eßzimmer tun, während ich mich anziehe, und wir werden Ihre Sachen davor zum Trocknen aufhängen.«

Ihr war bewußt, daß sie zu hastig redete, aber es gelang

ihr nicht, die Nervosität unter Kontrolle zu bringen. Irgendwie hatte sich mit Wolfgangs Erscheinen alles verändert. Ihre Unbefangenheit war verschwunden. Sie sah die Situation, wie *er* sie gesehen hatte: ein verregneter Novembernachmittag, sie beide hier im Haus, beide im Bademantel. *Er* hatte das unmöglich gefunden, das hatte sie gespürt. Und obwohl sie fand, daß er nicht das geringste Recht hatte, sich moralisch zu entrüsten, vermochte sie sich doch nicht gegen das Gefühl von Bedrückung zu wehren.

Robert trat noch näher an sie heran. »Was ist los?« Seine Stimme klang ruhig und mitfühlend.

Sie seufzte. »Nichts. Es ist alles in Ordnung.«

Er neigte sich vor, gab ihr einen raschen, freundschaftlichen Kuß. »Ich ziehe mich jetzt an und gehe in mein Hotel zurück. Es ist besser, wenn Sie ein wenig Zeit für sich selbst haben. Ich werde Sie anrufen.«

Sie war erleichterter, als sie es jemals zugegeben hätte. »Sind Sie denn noch eine Weile hier?«

»Bis Ende des Monats auf jeden Fall. Wir sehen uns bestimmt wieder.«

»Es tut mir leid«, sagte sie leise.

Mit den Fingern strich er ihre kurzen Haarsträhnen hinter die Ohren. »Es muß dir nicht leid tun«, sagte er, ohne Aufhebens vom Sie zum Du wechselnd. »Ich verstehe dich. Nur, weißt du, ich mag dich zu sehr, als daß ich einen Abend mit dir verbringen könnte, während du ständig an einen anderen Mann denkst. Das geht *mir* zu nahe. Verstehst du das auch?«

Sie nickte. Er lächelte wieder – nie habe ich ein wärmeres Lächeln bei einem Mann gesehen, dachte sie – und verschwand dann die Treppe hinauf, um sich seine nassen Kleider wieder anzuziehen.

Zehn Minuten später verließ er das Haus.

»Du brauchst deine schlechte Laune wirklich nicht an mir auszulassen«, rief Nicole wütend, »ich konnte ja nicht wissen, daß du dich ausgesperrt hattest!«

»Du hast gesagt, du bist um acht daheim. Jetzt ist es zehn«, sagte Wolfgang ebenso wütend.

Er wußte, daß er im Unrecht war, daß er sich wie ein Pascha aufführte, der seiner Frau die Minuten vorrechnete, die sie zu spät nach Hause kam. Aber er brauchte ein Ventil für all die widersprüchlichen, zornigen, aufgeregten Gefühle, die dieser frustrierende Tag in ihm ausgelöst hatte. Nachdem er von Leona fortgegangen war, hatte er sich in ein Café gesetzt und Zeitung gelesen, aber er hatte sich kaum konzentrieren können, und die Minuten waren quälend langsam dahingeschlichen. Um Viertel vor acht hatte er sich auf den Heimweg gemacht – um dann noch geschlagene zwei Stunden im Auto vor dem Haus auf Nicole zu warten, die erst gegen zehn Uhr müde, aber aufreizend gut gelaunt, eintrudelte.

»Nicht einmal dein Handy hattest du eingeschaltet«, murrte er. »Ich habe immer wieder versucht, dich zu erreichen.«

»Also, auch wenn du mich erreicht hättest – ich hätte nichts für dich tun können. Ich kann doch nicht die Dreharbeiten abbrechen und nach Hause fahren, nur weil mein Lebensgefährte den Hausschlüssel vergessen und sich ausgesperrt hat.«

»Natürlich nicht! Dein Beruf geht vor, das ist ja klar! Vor allem am Sonntag! Da soll dein Lebensgefährte doch sehen, wo er bleibt!«

Sie betrachtete ihn kopfschüttelnd und ging in die Küche, öffnete den Kühlschrank, spähte hinein.

»Haben wir irgend etwas zu essen?« rief sie. »Ich sterbe gleich vor Hunger!«

Er folgte ihr, plötzlich erschöpft und beschämt.

»Tut mir leid«, sagte er, »ich wollte dich nicht anfahren. Ich weiß auch nicht, was mit mir los ist!«

Sie drehte sich um und betrachtete ihn prüfend.

»Du hast zum erstenmal seit fast drei Monaten deine Frau wiedergesehen« sagte sie, »das ist wahrscheinlich los!«

»Unsinn!«

»Meine Nachbarin hat einen Wohnungsschlüssel. Extra für solche Fälle. Du hättest ihn dir holen können.«

»Ich wußte das nicht.«

Sie schlug die Kühlschranktür zu und richtete sich auf.

»Was hat dich so aus der Fassung gebracht? Doch nicht die Tatsache, daß du dich ein paar Stunden außerhalb der Wohnung herumtreiben mußtest – auch wenn ich zugeben muß, daß das Wetter heute wirklich ungemütlich ist.«

Einen Moment lang überlegte er, ob er seine Gereiztheit tatsächlich darauf schieben sollte – auf sein langes Warten im schlechten Wetter. Nicole eignete sich kaum als Zuhörerin, was seine Sorgen um Leona betraf. Aber im Augenblick gab es niemanden sonst, bei dem er sich hätte aussprechen können.

»Leona hatte einen Mann bei sich«, sagte er.

Es hörte sich dramatisch und lächerlich an. Er bemerkte das ironische Lächeln, das sich auf Nicoles Züge stahl, und das machte ihn wütend.

»Ich bin *nicht* eifersüchtig, falls es das ist, was du denkst«, sagte er heftig. »Aber ich mache mir Sorgen. Mir gefiel dieser Mann nicht.«

»Kennst du ihn?«

»Nein. Und ich hatte den Eindruck, daß auch Leona ihn erst kürzlich kennengelernt hatte. Sie redeten einander mit ›Sie‹ an.«

»Vielleicht ist es jemand, mit dem sie einfach beruflich zu tun hat.«

»Nein!« Er schüttelte den Kopf. »Da war etwas … ich kann es nicht beschreiben, aber ich fühle es. Der Kerl ist scharf auf sie. Er gibt sich sehr höflich, sehr zurückhaltend, aber das ist Teil einer Strategie. Er will sie haben. Egal, auf welchem Weg und wie lange es dauert.«

Nicole sah ihn sehr eindringlich an. »Wolfgang, weißt du, daß du dich sehr eigenartig anhörst? Als hättest du den Eindruck, Leona würde von einem Unhold verfolgt, vor dem du sie retten mußt. Du steigerst dich da eindeutig in etwas hinein. Vielleicht will dieser Mann sie haben. Ja, und? Leona ist knapp über vierzig, sie sieht gut aus und ist neuerdings wieder Single. Was erwartest du? Daß alle Männer einen großen Bogen um sie machen, damit sie nur ja ihrem längst daheim ausgezogenen Noch-Ehemann nicht ins Gehege kommen? Und was erwartest du von ihr? Daß sie bis ans Ende aller Zeiten dort in eurem Haus sitzt und sich die Augen ausweint nach dir?«

»Ich will sie nur vor einem Fehler bewahren«, entgegnete er bockig.

Nicole wirkte sehr ernst. »Leona ist kein Kind. Sie ist eine erwachsene Frau, die sehr genau weiß, was sie tut. Sie kann sich einlassen, mit wem sie will und wie weit sie will. Du hast damit nichts mehr zu schaffen.«

»Dieser Typ …«

»… sieht wahrscheinlich ziemlich gut aus und hat echte Chancen bei deiner Frau, und genau das paßt dir nicht. Du hast geglaubt, du fährst an einem Sonntagnachmittag zu ihr, um deine Akten abzuholen, und findest sie einsam daheim beim Lektorieren eines Manuskripts vor oder im kahlen, herbstlichen Garten, wo sie mit ein paar Tränen in den Augen das Laub zusammenrecht. Statt dessen hat sie einen Kerl bei sich und ist guter Dinge. Das hat dich natürlich ziemlich umgehauen, mein Lieber.«

»Das ist nicht wahr. Ich möchte doch, daß Leona wieder glücklich wird. Daß sie nicht allein bleibt.«

Nicole musterte ihn aus klugen Augen. »Wirklich? Möchtest du wirklich, daß sie wieder glücklich wird? Daß sie *ohne dich* wieder glücklich wird?«

Er wurde ungeduldig. »Natürlich möchte ich das!«

»Im tiefsten Innern«, sagte Nicole, »möchtest du es nicht.«

»O Gott, Nicole, bitte hör auf mit dieser Amateurpsychologie! Leona ist Vergangenheit für mich. Sie kann tun und lassen, was sie will. Wenn sie dabei ihr Glück findet – um so besser! Aber der, den sie da heute bei sich hatte, bringt ihr kein Glück. Eher das Gegenteil!«

Nicole lachte. Sie nahm zwei Gläser und eine Cognacflasche vom Regal, schenkte ein, reichte Wolfgang ein Glas.

»Trink das erst mal. Es ist gut für die Nerven. Und dann entspanne dich. Du kannst im Moment sowieso nichts tun.«

Dankbar trank Wolfgang den Cognac, dankbar registrierte er auch Nicoles unvermindert anhaltende Freundlichkeit. Ihre Gelassenheit war die Eigenschaft gewesen, die ihn von Anfang an zu ihr hingezogen hatte. Er wußte, daß sie auch gereizt hätte reagieren können, nachdem er sie zuerst angeblafft und dann ständig wegen Leona lamentiert hatte. Sie hatte eine großzügige Art, mit derlei Situationen umzugehen, was nicht zuletzt mit ihrem ausgeprägten Selbstbewußtsein zusammenhing.

»Lydia«, murmelte er, »wenn ich nur wüßte, wer das ist!«

Nicole sah ihn fragend an.

»Leona sagte, sie hat diesen Mann über eine gewisse Lydia kennengelernt«, erläuterte er, »und ich überlege nun dauernd ... ich habe den Namen schon bei ihr gehört, aber ich kann ihn einfach nicht einordnen.«

»Es wird dir schon noch einfallen«, sagte Nicole etwas kühl. »Ich bin jedenfalls überzeugt, du wirst so lange darüber nachdenken, bis du es weißt.«

Da hast du vermutlich recht, dachte er.

9

Nach dem frühzeitig abgebrochenen Sonntagnachmittag rief Robert einige Male bei Leona an, und diese stellte fest, daß sie sich auf die Gespräche mit ihm freute. Sie erzählte ihm von ihrer Arbeit, und an den Fragen, die er ihr stellte, merkte sie, daß er sich für ihre Berichte interessierte. Seine Kommentare waren klug, witzig oder verständnisvoll, je nach ihrer Stimmungslage. Er traf immer den richtigen Ton, hatte sensible Antennen für ihr Befinden und ihre jeweilige seelische Situation. Leona ging es nicht allzu gut, die Adventszeit begann, machte sie empfindsam und traurig. Nur noch wenige Wochen bis Weihnachten, das wie immer gemeinsam im Haus ihrer Eltern gefeiert werden sollte. Diesmal würde sie nichts von Wolfgangs Arbeitsüberlastung erzählen können, um sein Fernbleiben zu erklären, nicht an Weihnachten. Diesmal mußte sie Farbe bekennen.

Am Abend des zweiten Dezember lud Robert sie ins Kino ein, danach bummelten sie durch die verschneite Stadt, und Robert sagte, daß er nach Ascona zurück müsse, er sei fertig mit der Übersetzung des Buches, das er mit nach Frankfurt gebracht habe. Auf einmal spürte Leona ein überwältigendes Gefühl von Einsamkeit und Verlust und dachte, daß sie ihn nicht fortgehen lassen konnte, nicht jetzt, in dieser furchtbaren, sentimentalen Weihnachtszeit, in der alle Wunden noch mehr schmerzten als sonst. Sie nahm ihn mit nach Hause auf einen Drink, und irgendwann nach Mitternacht war klar, daß sie miteinander schlafen würden.

»Willst du das wirklich?« fragte er zweifelnd, so als fürchte er, sie könne einfach nur vom Alkohol benebelt sein oder einen raschen Ersatz für den Mann suchen, den sie nicht mehr haben konnte. Sie nickte, und selbst wenn ihr Nicken in diesem Moment nicht ganz aufrichtig war, weil es zumindest teilweise ihr Katzenjammer war, was sie in seine Arme trieb, so wußte sie doch wenigstens hinterher, daß es nichts zu bereuen gab und daß von nun an jedes Gefühl, das sie für ihn hegte, aufrichtig sein würde.

Er hielt sie im Arm und atmete so gleichmäßig, daß sie schon meinte, er sei eingeschlafen, aber als sie leise seinen Namen sagte, antwortete er sofort und mit klarer Stimme.

»Ja?«

»Mußt du wirklich nach Ascona zurück?«

Er spielte an ihren kurzen Nackenhaaren. »Eigentlich schon. Ich habe ja nichts zum Arbeiten dabei. Und es hat sich bestimmt viel Post angesammelt, vielleicht auch wichtige Sachen.«

Sie drehte sich um und sah ihn an. »Du könntest hinfahren, nach dem Rechten sehen, dir einen Packen Arbeit holen und wieder hierherkommen.«

»Hier ist es aber so kalt im Dezember!«

»Wirklich?« Sie berührte ihn sacht mit den Fingerspitzen. »Findest du es wirklich so kalt?«

»Nein, nicht wirklich«, sagte er leise, und sie fingen wieder da an, wo sie aufgehört hatten.

Später standen sie auf, hungrig und durstig plötzlich, und gingen hinunter in die Küche, wo Leona Rühreier briet und Robert eine Flasche Prosecco öffnete. Es war fast zwei Uhr in der Nacht, und jenseits des Küchenfensters glitten pudrige Schneeflocken zur Erde. Leona zündete alle vier Kerzen des Adventskranzes an, obwohl das natürlich viel zu früh war. In der Küche war es warm, und es roch nach Kerzenwachs und nach getrocknetem Thymian, der, zu kleinen Büscheln gebunden, über dem Herd hing.

»Du hast es wirklich schön hier«, sagte Robert und sah sich um, »ein entzückendes Haus. Es paßt so gut zu dir.«

Er saß ihr mit nacktem Oberkörper gegenüber. Sie konnte den Blick nicht abwenden von seinen Schultern, von seinen Armen. Sein Körper war wesentlich muskulöser als der von Wolfgang, und er war der weit bessere Liebhaber. Leona hätte nicht definieren können, worin genau seine besondere Qualität bestand, aber Tatsache war, daß sie nie zuvor gewußt hatte, wie sich sexuelle Gier anfühlte. Jetzt wußte sie es. Sie hätte auf der Stelle schon wieder mit ihm ins Bett gehen können.

»Wenn dir das Haus so gut gefällt, warum wohnst du dann nicht hier?« fragte sie. »Wenigstens für eine Weile.«

»Weil ich in Ascona wohne, Leona. Weil …«

»Dort ist es jetzt bestimmt auch nicht allzu gemütlich.«

»Nein«, gab er zu, »um Weihnachten kann es ziemlich naßkalt sein.«

»Weihnachten …«, sagte sie, und als sie stockte, vollendete er den Satz: »… sollten wir zusammen verbringen.«

»Ich muß bis zum dreiundzwanzigsten arbeiten«, sagte Leona.

»Du könntest am vierundzwanzigsten nach Ascona kommen.«

Über den Tisch hinweg griff sie nach seiner Hand.

»Kannst du das aushalten?« flüsterte sie. »Das wären zweiundzwanzig Tage, bis wir uns wiedersehen.«

Er fiel in ihr Flüstern ein. »Nur noch einundzwanzig! Inzwischen ist der Dritte. Aber es ist trotzdem unmenschlich.«

Sie sah ihn an. Sie wollte ihre Bitte, er solle vorübergehend bei ihr einziehen, nicht wiederholen. Er sollte nicht wissen, wieviel für sie von seiner Entscheidung abhing.

»Ich fahre nach Ascona«, sagte er, »ich hole meine Sachen, sehe meine Post durch und komme dann zurück. Einverstanden?«

»Okay«, antwortete sie leichthin.

Er musterte sie nachdenklich.

»Weißt du«, sagte er, »du hast mir, ehrlich gesagt, mit deinen langen Haaren besser gefallen. Warum nur hast du sie abschneiden lassen?«

Unsicher fuhr sie sich mit allen zehn Fingern über ihre Stoppeln.

»Es mußte einfach sein. Ich … es hing so vieles an diesen langen Haaren. So vieles, was ich loswerden mußte.«

»Ich verstehe das«, sagte er sanft.

Das war das verführerischste an ihm, mehr noch als sein schöner Körper und seine einfühlsame Sexualität: sein unaufdringliches, liebenswürdiges Verständnis, das ohne lange, komplizierte Erklärungen auskam.

»Haare wachsen ja wieder«, meinte Leona.

Er reiste ab, und sie hörte fast drei Wochen lang nichts von ihm. Zuerst dachte sie, er werde sie anrufen, wenn er in Ascona angekommen wäre, aber einen endlosen, dunklen Abend lang blieb das Telefon still. Auch am zweiten Abend. Am dritten Abend hielt es Leona nicht mehr aus und rief unter der Nummer an, die er ihr hinterlassen hatte. Sie hörte seine Stimme vom Anrufbeantworter: »Bitte hinterlassen Sie mir eine Nachricht ...«

Sie legte den Hörer wortlos auf, zu verärgert, um ihm auch noch einen Beweis zu liefern, daß sie hinter ihm hertelefoniert hatte. Aber als er sich zwei Abende später noch immer nicht gemeldet hatte, sprach sie dann doch auf das Band, dessen unvermeidliche, immer gleiche Ansage sie bereits entsetzlich nervte.

»Hallo, hier ist Leona!« Sie bemühte sich, ihre Stimme kühl und geschäftig klingen zu lassen. »Bist du immer noch nicht angekommen? Melde dich doch bitte kurz, sonst muß ich noch annehmen, es ist etwas passiert!«

Auch darauf kam keinerlei Lebenszeichen.

Am fünfzehnten Dezember mußte Leona für zwei Tage nach London fliegen, um dort einen englischen Literaturagenten wegen verschiedener Lizenzen zu treffen. Robert war jetzt bald zwei Wochen fort, ohne sich gemeldet zu haben, und sie versuchte sich mit dem Gedanken vertraut zu machen, daß sie ihn nie wiedersehen würde. Sie war eine Episode für ihn gewesen, ein flüchtiges Abenteuer, ein Zeitvertreib für den tristen Aufenthalt im novembergrauen Frankfurt. Nun ja, etwas anderes war er für mich auch nicht, versuchte sie sich einzureden, ich brauchte jemanden, um über Wolfgang hinwegzukommen, und da war er gerade recht. Ein paar nette Gespräche, ein lohnender »One-night-stand«. Jeder hat seinen Zweck für den anderen erfüllt.

Aber es stimmte nicht, und im Innern wußte sie das auch. Robert hatte ihr mehr bedeutet, viel mehr. Im nachhinein begriff sie auch, daß das von dem Augenblick an, da sie ihn zum erstenmal gesehen hatte, so gewesen war. Der Funke war übergesprungen zu einem Zeitpunkt, da sie noch nichts davon geahnt hatte.

Aber nun hing sie am Haken, ganz anders als in ihrer langjährigen Ehe mit Wolfgang natürlich, aber verletzbar und angreifbar wie nie zuvor in ihrem Leben. Sie wehrte sich verbissen gegen die Gefühle, die Robert in ihr ausgelöst hatte – und hatte zugleich den beängstigenden Eindruck, daß sie darüber immer heftiger wurden.

Sie war mit William, dem Londoner Literaturagenten, seit Jahren befreundet. William hatte nie einen Hehl daraus gemacht, daß sie ihm gefiel, aber er hatte die Tatsache, daß sie mit Wolfgang verheiratet war, stets respektiert. Er konnte sein Erschrecken nicht verbergen, als er Leona sah.

»Du siehst aber wirklich schlecht aus, Leona«, sagte er, »ich darf dir das so offen sagen, oder? Du hast mindestens zehn Pfund abgenommen und bist richtig grau im Gesicht.«

Es tat Leona gut, sich aussprechen zu können. Sie kannte William lange genug, um offen reden zu können. Sie erzählte vom Desaster ihrer Ehe, von Evas Selbstmord, von der Affäre mit Robert.

»Ich komme mir wie eine Idiotin vor«, sagte sie. »Ich habe mir wirklich eingebildet, Robert sei verliebt in mich. Ich gehöre bestimmt nicht zu den Frauen, die das von jedem Mann glauben, der ihnen auch nur einen zweiten Blick zuwirft. Ich habe mich in dieser Hinsicht eigentlich immer als recht realistisch eingeschätzt.«

William überlegte einen Moment. »Du befindest dich in einer Ausnahmesituation, Leona. Die Trennung von deinem Mann macht dir schwer zu schaffen, was nur zu verständlich ist. Du suchst nach einem Rettungsanker. Das ist keine Schwäche, das würde jeder in deiner Lage tun. Bei dieser krampfhaften Suche nach einem Strohhalm verlierst du deinen klaren Blick. Vielleicht hast du bestimmte Signale von diesem Robert falsch interpretiert.«

»Ich kann mir nicht vorstellen, daß ich mich so täusche«, sagte Leona. »Ich bin doch keine siebzehn mehr! Es ging etwas von ihm aus ... ach, es war einfach alles so intensiv zwischen uns!«

»Du hältst es für ausgeschlossen, daß ihm irgend etwas passiert ist, oder?« fragte William nachdenklich. »Ich meine, vielleicht *kann* er sich nicht melden!«

»Von einem Zugunglück hätte man doch gehört! Ich habe trotzdem bei der Bahn angerufen, aber auf der ganzen Strecke ist seit endlosen Zeiten schon nichts mehr passiert. Wie sollte ihm da etwas zugestoßen sein?«

»Vielleicht erst in Ascona?«

»Zwischen Bahnhof und Wohnung? Ich kann mir das nicht vorstellen!«

»Gibt es irgendwelche Verwandte, Bekannte von ihm, die du anrufen könntest?«

Leona schüttelte den Kopf. »Seine letzte noch lebende Verwandte war seine Schwester, und die ist nun auch tot. Und sonst kenne ich niemanden. Weder Bekannte noch Freunde, noch Arbeitskollegen, keine Verlage, für die er arbeitet ... nichts. Ich habe ja noch nicht einmal seine Adresse in Ascona!«

»Du weißt sehr wenig von dem Mann, in den du dich so heftig verliebt hast«, meinte William.

»Ich weiß, das muß alles eigenartig klingen. Aber du mußt die Umstände bedenken. Wir wohnen ja Hunderte von Kilometern voneinander entfernt. Normalerweise wären wir einander nie begegnet. Wir haben uns bei Evas Beerdigung gesehen, beim Ausräumen ihrer Wohnung, und dann wieder, als er für zehn Tage in Frankfurt war. Wie sollte ich viel von ihm wissen? Es ist ja nicht so, daß wir in derselben Stadt leben, uns jeden Tag sehen und miteinander plaudern können!«

»Ihr konntet aber immerhin zusammen ins Bett gehen«, sagte William, und er klang ein wenig vorwurfsvoll und ein wenig verletzt.

Leona sah ihn an. »Ach, William ...«

Er hob beide Hände. »Schon gut. Ich will weiß Gott nicht deine Gouvernante spielen, Leona. Laß uns doch mal überlegen: Gibt es wirklich überhaupt keinen Menschen, den du kennst und der auch ihn kennt?«

»Nein. Das heißt ...« Leona dachte nach. »Vielleicht doch. Lydia. Sie kennt ihn.«

»Lydia?«

»Ich habe es ja neulich noch zu Wolfgang gesagt. Daß ich Robert über Lydia kennengelernt habe. In gewisser Weise zumindest. Lydia war die Nachbarin von Roberts Schwester. Sie kennt ihn von seinen Besuchen bei Eva.«

»Dann wäre sie ein Anhaltspunkt für dich. Vielleicht kannst du über sie etwas in Erfahrung bringen. Allerdings«, William seufzte, »wenn du wissen willst, was ich wirklich denke: Vergiß diesen Robert! Hake ihn ab! Nimm dir drei Wochen Urlaub und komm über Weihnachten und die erste Januarhälfte zu mir nach England. Ich lade dich in mein Cottage ein. Lange Spaziergänge am Meer und Gespräche mit einem Menschen, der dich kennt und sehr mag und eine Engelsgeduld hat, sind genau das, was du brauchst!«

Leona kannte das Cottage, ein zauberhaftes Haus in Devon, nahe am Meer gelegen. Es müßte Spaß machen, die kleinen Zimmer mit den niedrigen, dicken Deckenbalken weihnachtlich zu schmücken und die Festtage dort mit William und seinen zwei großen Hunden zu verbringen.

»Ich werde mir das überlegen«, versprach sie.

William lächelte resigniert. Er war absolut sicher, daß sie *nicht* kommen würde.

Als sie wieder daheim war, rief sie Lydia an – nachdem sie monatelang auf deren Botschaften auf dem Anrufbeantworter nicht reagiert und Essenseinladungen, die sie dann und wann direkt erreichten, immer unter dem Vorwand des Zeitmangels abgewimmelt hatte. Wie zu erwarten gewesen war, gab sich Lydia ziemlich verschnupft und war zunächst sehr kurz angebunden, aber letzten Endes war sie zu scharf auf den Kontakt zu Leona, als daß sie ihre abweisende Haltung hätte durchstehen können. Nach zehn Minuten taute sie auf und plauderte schon wieder munter drauflos.

»Sie müssen jetzt wirklich einmal zum Abendessen zu mir kommen, Leona«, verlangte sie. »Ich bin böse, wenn Sie sich wieder herausreden.«

Sie verabredeten sich für Freitag abend. Es war der neunzehnte Dezember, und seit dem Nachmittag schneite es. Als sich Leona abends auf den Weg machte, blieb der Schnee bereits liegen, verlieh dem Stadtviertel den ersten Anstrich von Zuckerbäckermärchen. Er verschluckte die Schritte auf dem Asphalt, dämpfte alle Geräusche. Unter anderen Umständen, in einer anderen Situation hätte Leona die Atmosphäre geliebt.

Lydia hatte ihre kleine Wohnung geschmückt wie einen Weihnachtsmarkt, es gab fast keinen Fleck mehr, an dem nicht eine Kerze oder ein Tannenzweig, ein Engel oder eine Krippenfigur standen. An den Fenstern klebten Sterne aus Stroh und Buntpapier. Vom Plattenspieler dudelten Weihnachtslieder.

Leona fühlte sich ein wenig schuldbewußt, als sie merkte, wieviel Mühe sich Lydia mit dem Essen gemacht hatte; sie mußte fast den ganzen Tag in der Küche gestanden haben. Sie war außer sich vor Freude, weil Leona sie endlich besuchte. Erneut erkannte Leona, wie einsam diese Frau war, wie tragisch Evas Selbstmord für sie gewesen sein mußte. Leona war vor allem gekommen, um etwas über Robert zu erfahren, und nun schämte sie sich dieser Absicht so sehr, daß sie zunächst überhaupt nicht wußte, wie sie davon anfangen sollte.

Glücklicherweise kam Lydia von selbst darauf zu sprechen. Beim dritten Gang – Zanderfilet auf Linsengemüse mit Kartoffeln – kicherte sie plötzlich und neigte sich vertraulich über den Tisch.

»Hat sich eigentlich Robert Jablonski mal bei Ihnen gemeldet? Er hat mich doch gefragt, ob Sie verheiratet sind. Und er wollte Ihre Telefonnummer haben!«

Von der Telefonnummer hat er gar nichts gesagt, dachte Leona. Laut sagte sie:

»Ich habe ihn im November mal getroffen. An Evas Grab.«

»An Evas Grab? Er war hier in Frankfurt?«

»Für zehn Tage ungefähr.«

»Hm.« Lydias Augen verrieten, daß es sie kränkte, nichts davon gewußt zu haben. »Bei mir hat er sich überhaupt nicht blicken lassen. Dabei war ich die beste Freundin seiner Schwester!«

Zu Leonas Leidwesen schwenkte sie in ihrer Verletztheit schon wieder weg von Robert.

»Und Bernhard Fabiani? Der wollte auch Ihre Telefonnummer!«

»Der hat angerufen, ist aber nur ans Band geraten. Ich habe ihn nicht zurückgerufen.«

»Das tun Sie nie«, stellte Lydia, aus eigener Erfahrung schöpfend, bekümmert fest. Dann nahm ihr Gesicht einen verächtlichen Ausdruck an. »Er wollte mit Sicherheit mit Ihnen anbändeln. Das ist wie eine Krankheit bei ihm. Ich glaube, wenn ihm irgendeine Frau entgeht, dann empfindet er das als persönliche Niederlage. Ich habe ihn ja ganz rigoros abblitzen lassen.«

»Bei Ihnen hat er es auch versucht?« fragte Leona überrascht.

»Natürlich. Aber Eva war meine Freundin, verstehen Sie? Für mich kam ein Verhältnis mit Bernhard nicht in Frage.«

Leona betrachtete die dickliche, biedere Frau mit den gelben Locken und dem teigigen Gesicht und überlegte, ob in diesem Fall nicht wohl eher der Wunsch der Vater des Gedankens gewesen war. Lydia hatte nichts an sich, was einen Mann wie Bernhard Fabiani hätte reizen können.

Sie stellte ihr die gleiche Frage, die sie auch Robert schon gestellt hatte.

»Warum hat sich Eva vier Jahre nach der Scheidung so viel aus seinen Affären gemacht?«

»Er hat sie nicht in Ruhe gelassen, daher konnte sie ihn nicht vergessen. Im letzten Dreivierteljahr rief er immer wieder an, tauchte auch öfter hier auf. Damit hat er Eva natürlich Hoffnungen gemacht.«

»Wie oft kam er her?«

Lydia überlegte. »Ein- oder zweimal im Monat. Eva war ganz aufgedreht, wenn sein Besuch bevorstand, ganz euphorisch. Ich habe häufig das Essen gekocht und ihr dann rübergebracht, so daß sie es nur noch warm machen mußte. Eva konnte ja überhaupt nicht kochen, aber *ihn* wollte sie unbedingt beeindrucken, und es mußte alles vom Feinsten sein.«

»Sie kochen aber auch wirklich hervorragend, Lydia«, sagte Leona pflichtschuldig und dennoch aufrichtig.

Lydia strahlte. »Das hat Eva auch immer gesagt. Wissen Sie, ich bin vor fünf Jahren vorzeitig in Rente gegangen. Wegen meines Bluthochdrucks. Ich hatte nichts mehr zu tun, und das Kochen ist mein Hobby geworden. Es macht mir wirklich Spaß. Bernhard Fabiani soll auch stets sehr angetan gewesen sein. Ich sage immer: Liebe geht durch den Magen.«

»Bei Professor Fabiani hat das wohl dennoch nicht richtig gewirkt.«

»Der kann gar nicht lieben«, behauptete Lydia, »der weiß nicht mal, was Liebe ist. Der wollte Eva auch gar nicht zurückhaben, der wollte nur seinen Einfluß auf sie behalten. Sie war ja eine sehr attraktive Frau. Ich glaube, ihn hat's gewaltig gewurmt, daß sie sich von ihm hat scheiden lassen. Das hätte er ihr nie zugetraut. Er mußte unbedingt sehen, wieviel Macht er noch über sie hat.«

Leona hielt diese Theorie für nicht unplausibel. Psychologisch konnte sie diese Überlegung durchaus nachvollziehen, vermochte sich allerdings nicht vorzustellen, daß sie Lydias Gehirn entsprungen sein sollte.

»Hat Eva das so gesehen?« erkundigte sie sich.

Lydia nickte. »Sie hat sich irgendwann keine Illusionen mehr gemacht. Es war wieder so schlimm, als sei nicht ein Tag seit der Scheidung vergangen. Nächtelang hat sie geweint, das arme Ding!«

»Sie lebten ja nun jeder in einem anderen Stadtteil«, sagte Leona. »Hat sie denn noch so viel mitbekommen von seinen amourösen Aktivitäten?«

Lydia zögerte, aber natürlich konnte sie keine Information für sich behalten.

»Es wäre Eva sehr peinlich, aber Ihnen kann ich's ja sagen. Sie hat ziemlich hinter ihm herspioniert. Sie ist oft zur Uni gefahren oder zu seiner Wohnung, hat ihn gewissermaßen beschattet. Zwischen ihren verschiedenen Jobs hat sie ja genug Zeit dafür gefunden. Da hat sie ihn immer wieder mit anderen Frauen beobachtet. Es hatte sich nichts geändert.«

»Und sie war immer sicher, daß er mit den jeweiligen Frauen auch ein Verhältnis hatte?«

»Die Situationen waren wohl meist recht eindeutig.«

»Hatte sie eigentlich viel Kontakt mit ihrem Bruder?« fragte Leona gleichmütig. Sie mußte das Gespräch unbedingt wieder auf Robert lenken. »Er hätte ihr doch helfen können.«

»Der wohnte zu weit weg. Er hat sie natürlich immer mal wieder besucht, aber dazwischen lagen lange Phasen, in denen sie einander nicht sahen. Er versuchte sie zu überreden, nach Ascona zu ziehen, aber sie mochte nicht. Ich weiß nicht genau, warum. Sie verstand sich wohl mit seiner Freundin nicht so gut.«

»Kannten Sie die Freundin?«

»Flüchtig. Sie war einmal mit ihm hier. Vor etwa einem Jahr.«

»Sie ist seit eineinhalb Jahren tot«, korrigierte Leona.

»Es kann auch länger hersein, daß sie mit ihm hier war«, meinte Lydia. Sie machte große Augen. »Sie ist tot? Das wußte ich nicht. Wie entsetzlich!«

»Sie ist im See ertrunken. Bei einem Sturm.«

»Warum weiß ich das nicht?« fragte Lydia verletzt. »Ich meine, er hat es doch ganz bestimmt Eva erzählt! Warum hat *sie* es mir nicht gesagt?«

Leona fand das auch merkwürdig, aber sie dachte sich ihren Teil. Lydia mochte sich als Evas beste Freundin bezeichnen, aber es blieb fraglich, ob Eva das auch so gesehen hatte. Vielleicht hatte sie Lydia vieles *nicht* erzählt – um sich vor ihren aufgeregten Kommentaren, ihren indiskreten Fragen zu schützen.

»Die Familie zieht offenbar das Unglück an wie ein Magnet, nicht? Ich bringe jetzt den Nachtisch, Leona. Sie müssen mehr essen, Sie sind viel zu dünn!«

Nach Glühwein und Weihnachtsgebäck machte sich Leona auf den Heimweg. Ihr Körper fühlte sich schwer und unbeweglich an, so satt war sie. Es schneite unablässig. Im Schein der Straßenlaternen sah die Welt verzaubert aus. Sie hatte nichts Neues herausgebracht, aber trotzdem war es ein netter Abend gewesen, unterhaltsamer zumindest, als daheim zu sitzen. Sie hatte genug Alkohol getrunken, um die dunklen Fenster ihres Hauses, die leeren Zimmer, das kalte Bett ertragen zu können.

Sie stieß die schwer mit Schnee beladene Gartenpforte auf.

Vor der Haustür stand Robert inmitten eines Berges von Gepäck. Er hatte sich seinen Schal vor das Gesicht gezogen, trampelte von einem Fuß auf den anderen, rieb seine Hände gegeneinander.

»Guter Gott!« Seine Stimme klang dumpf unter der Wolle hervor. »Wo warst du? Ich dachte schon, du kommst überhaupt nicht mehr! Schließ bloß schnell die Tür auf, ich bin schon fast erfroren. O bitte, Leona, schau nicht drein, als sei dir ein Geist erschienen. *Schließ die Tür auf!*«

Erst nach einer Weile begriff Robert, daß Leona wirklich böse auf ihn war. Er hatte seine zwei Koffer und seine Tasche im Flur stehengelassen und fünf prallvolle Plastiktüten in die Küche geschleppt, sie auf den Tisch gewuchtet und mit dem Auspacken begonnen.

»Spaghetti. Olivenöl. Pesto. Rotwein«, zählte er auf. »Alles direkt aus Italien. Für dich! Weißt du was? Ich sterbe vor Hunger! Wie wäre es, wenn ich für uns beide eine gigantische Spaghettimahlzeit kochte?«

Leona war ihm gefolgt, lehnte in der Tür. Sie betrachtete ihn: Er sah gesund aus, fröhlich. Auf seinen dunklen Haaren schmolz der Schnee.

»Ich komme gerade von einem mehrgängigen Menü« sagte sie. »Du mußt schon für dich allein kochen.«

»Schade. Wo warst du denn?«

Er sah sie unbefangen an. Sie hatte sich noch immer nicht von ihrer Überraschung erholt, aber langsam kam sie zu sich.

»Wo *ich* war?« Ihre Stimme bebte vor Empörung. »Vielleicht könntest du mir erst einmal erklären, wo *du* warst?«

»In Italien. Da habe ich ja all die Sachen gekauft.«

»In Italien? Du wolltest nach Ascona! Du hattest mir gesagt, daß ...«

»Schatz, ich war ja auch in Ascona. Ich habe mir Wäsche, Kleider, Arbeitsunterlagen geholt. Aber dann mußte ich noch nach Mailand zu einem Verlag, für den ich öfter Übersetzungen anfertige. Es gab viel zu besprechen, eine Menge Arbeit ... und dann habe ich noch kurz einen Freund in Rom besucht ... Himmel, Leona, was ist denn los? Du siehst ziemlich wütend aus.«

Sie explodierte. Schlimm genug, daß er sich drei Wochen lang nicht bei ihr gemeldet hatte, aber nun setzte er all dem noch die Krone auf, indem er gar nicht *kapierte*, was los war, hier hereinspaziert kam, als sei nichts gewesen, und auch noch anerkennungheischend seine Nudeln und sein Olivenöl auspackte.

»Ziemlich wütend? Ich sehe *ziemlich* wütend aus? Ich bin *sau*wütend, Robert, das kann ich dir nur sagen. Was hast du dir eigentlich gedacht? Fährst für ein oder zwei Tage nach Ascona, um nach dem Rechten zu sehen und deine Sachen zu holen, und tauchst dann für zwei Wochen unter! Zwei Wochen! Kein Lebenszeichen von dir, nichts! Gab es keine Telefone in Italien? Keine Möglichkeit für dich, mich anzurufen? Es hätte dich eine Minute gekostet, mir zu erklären, daß dir ein paar Dinge dazwischengekommen sind und

120

daß sich deine Rückkehr verzögert. Kein Problem. Aber du kannst doch nicht einfach *nichts* sagen!«

Sie war laut geworden in ihrem Zorn. Robert stand mit hängenden Armen vor ihr. Er schien nicht zu wissen, was er erwidern sollte.

Sie ging zum Tisch, fegte mit einer heftigen Bewegung all die Nudelpackungen hinunter auf den Boden. »Kommst hier mitten in der Nacht einfach reingeschneit und meinst, alles ist in Ordnung! Was glaubst du, was mit mir war in den letzten Wochen? Hast du dir das schon einmal überlegt?«

Er sagte immer noch nichts.

»Ich habe mir Sorgen gemacht um dich! Dir hätte ja auch etwas zugestoßen sein können. *Mich* würde doch kein Mensch benachrichtigen. Ich würde es nie erfahren.«

Er hatte auf den Boden gestarrt, auf die schönen, alten Steinfliesen, die Leonas ganzer Stolz waren. Jetzt hob er den Kopf.

»Es tut mir leid«, sagte er leise.

Leona ließ sich auf einen der Stühle fallen. Plötzlich fühlte sie sich sehr erschöpft. »So geht das nicht«, murmelte sie.

Erschrecken malte sich auf seine Miene.

»Was meinst du? Mit uns geht es so nicht? Du willst Schluß machen?«

»Ich weiß nicht. Auf jeden Fall kannst du nicht einfach sagen, es tut dir leid, und damit ist alles in Ordnung. Du mußt mir erklären, was in dir vorgegangen ist. Was du dir gedacht hast!«

»Nichts«, sagte er schlicht, »ich glaube, ich habe gar nichts gedacht.«

Sie merkte, wie schon wieder die Wut in ihr hochkochte.

»Und das ist in deinen Augen eine Entschuldigung? Du

hast eben gar nichts gedacht, und damit ist es in Ordnung?«

»Ich habe mich entschuldigt.«

»Du hast mir nichts *erklärt*!«

Er machte eine hilflose Handbewegung.

»Vielleicht ... hatte ich irgendwie eine andere Vorstellung. Nicht so von Telefonieren, Anmelden, Abmelden ...«

Er brachte es fertig, daß sie sich auf einmal elend fühlte. Spießig. Kleinkariert. Klammerte sie schon zu sehr? Verfiel sie genau in das Fehlverhalten, in das Menschen gerieten, wenn ihr Tun und Lassen nicht mehr von Vernunft und Selbstbewußtsein bestimmt wurde, sondern von Angst und Verletztheit? Der sicherste Weg, einen anderen Menschen zu verlieren ...

»Ich habe mir Sorgen gemacht«, sagte sie schwach. Sie hatte vorgehabt, ihn hinauszuwerfen. Aus diesem Haus, aus ihrem Leben. Sie fühlte, daß sie die Kraft dazu nicht finden würde.

Er war sofort neben ihr, ihre Schwäche und seine daraus resultierende Chance witternd, und nahm ihre Hände. Er zog sie vom Stuhl hoch, so daß sie dicht vor ihm zu stehen kam.

»Es passiert nicht mehr, Liebste«, flüsterte er, »ich schwöre, es passiert nicht mehr. Gott, wie habe ich dir das antun können! Natürlich hast du dir Sorgen gemacht. Ich bin ein Egoist, daß ich daran nicht gedacht habe ...«

Seine Worte tropften wie Balsam auf ihre wunde Seele. Seine Küsse lösten die Starre, in der sie ihre Wut aufrechtzuerhalten gesucht hatte. Die Erinnerung an die Einsamkeit der letzten Wochen überschwemmte sie. Sie wollte ihn nicht verlieren.

»Ich mach' dir was zu essen«, flüsterte sie.

Er schüttelte den Kopf, lächelte.

»Ich habe eine viel bessere Idee.«

Sie schloß die Augen.

Am vierundzwanzigsten Dezember fuhren sie in Leonas Auto nach Lauberg, in das Heimatdorf Leonas, und dort wurde die überraschte Familie mit zwei Neuigkeiten konfrontiert: mit der Tatsache, daß Leona seit drei Monaten von Wolfgang getrennt lebte, und mit der frohen Botschaft, daß es bereits einen neuen Mann an ihrer Seite gab, Robert, den sie nun auch gleich allen vorstellte. Sie konnte sehen, daß ihre Eltern entsetzt waren über die Trennung von Wolfgang, aber aus Gründen des Taktes mußten sie ihre Kommentare zurückhalten, da sie ihre Verstörtheit natürlich nicht vor Robert zeigen durften.

Erst am Abend, kurz vor der Bescherung, erwischte Elisabeth ihre Tochter allein.

»Warum hast du denn nie etwas gesagt? Seit drei Monaten ...«

»Seit dem einunddreißigsten August.«

»Ihr wart schon getrennt, als du im September hier warst? Deshalb kam er also nicht mit. Warum hast du uns da belogen?«

»Ich habe euch nicht belogen. Ich konnte nur damals noch nicht darüber sprechen.«

Leona merkte, daß ihre Mutter verletzt war. Sie legte den Arm um ihre Schultern.

»Mami, versteh das doch bitte! Ihr hättet mich alle bemitleidet und euch Sorgen gemacht. Das wäre alles noch viel schlimmer für mich gewesen.«

»Ich hätte nie gedacht, daß es so weit kommen könnte«, murmelte Elisabeth, »du und Wolfgang auseinander ... es ist so unfaßbar!«

Glaubst du, für mich nicht? hätte Leona gern gefragt,

aber sie schluckte die Bemerkung hinunter. Keine Gereiztheit, ermahnte sie sich, sie ist verstört genug.

»Woher kennst du deinen neuen Verehrer?« fragte Elisabeth, und das altmodische Wort klang eigenartig, wenn man die Intensität bedachte, die ihrer beider Beziehung inzwischen erlangt hatte. Leona hatte beschlossen, nicht zu erwähnen, daß ihre Begegnung mit Robert in Zusammenhang mit dem Selbstmord seiner Schwester stand.

So sagte sie nur: »Ich habe ihn bei einer gemeinsamen Bekannten kennengelernt.«

»Dann ging das ja alles offenbar recht schnell ...«

»Ich habe großes Glück gehabt«, sagte Leona.

Ihre Mutter seufzte.

»Hast du was gegen Robert?« fragte Leona sofort.

»Er gefällt mir«, antwortete Elisabeth, »er ist nett und höflich und sieht sehr gut aus. Es ist nur ... ich bin noch völlig durcheinander, das mußt du verstehen. Wolfgang war jahrelang mein Schwiegersohn. Ein Teil unserer Familie. Nun ist er plötzlich weg. Mich macht das sehr traurig.«

Leona sah sich in der etwas absurden Situation, ihre Mutter für einen Verlust trösten zu müssen, den in erster Linie sie selbst erlitten hatte. Die Mustertochter hatte dem Lebensgefüge der Eltern einen empfindlichen Schlag versetzt. In Leonas Augen wurde dies jedoch dadurch gemildert, daß sie wenigstens sofort einen Ersatz hatte präsentieren können.

Es war alles perfekt: das alte, verwinkelte Haus, geschmückt mit Kerzen und Tannenzweigen; ein großer, glitzernder Baum im Wohnzimmer; Feuer im Kamin; der Geruch nach gutem Essen; Schneeflocken vor den Fenstern. Felix, Carolins Sohn, spielte hingerissen mit seinen neuen Spielsachen. Dany saß behäbig und friedlich in ei ner Ecke, wiegte leise summend den Oberkörper vor und zurück und schmierte sich Schokoladenlebkuchen ins Gesicht. Carolins Freund Ben hatte zur Feier des Tages ein weißes Hemd angezogen, trank reichlich von dem alten Portwein, den Julius freigiebig ausschenkte, und nervte niemanden mit seinen Theorien zum Verbessern der Welt. Paul und Olivia fehlten im Familienkreis; sie waren in ein Skihotel nach Österreich gefahren. Paul hatte seiner Frau die Reise zu Weihnachten geschenkt, und alle wußten, daß dies sein verzweifelter Versuch war, die marode Ehe zu retten. Elisabeth hatte Leona anvertraut, daß es wegen der Reise heftige Auseinandersetzungen zwischen den beiden gegeben hatte, weil Olivia natürlich nicht ohne Dany hatte fahren wollen.

»Ich habe dann sehr lange mit ihr gesprochen«, sagte Elisabeth, »und ihr erklärt, daß sie diesmal nachgeben müsse. Sie verliert Paul sonst. Ich spüre, daß er das nicht mehr lange mitmacht.«

»Niemand könnte auf Dauer ertragen, was Olivia wegen Dany aufführt«, meinte Leona. »Ich finde, daß Paul ohnehin eine Engelsgeduld bewiesen hat.«

Es herrschte eine angenehmere Atmosphäre im Haus ohne Paul und Olivia. Die Spannungen zwischen den beiden waren stets greifbar und präsent. Jede Sekunde hatte man eine Eskalation zu befürchten.

Carolin schoß mit ihrem Geschenk für Leona den Vogel ab: In einem Korb überreichte sie ihr zwei junge Katzen. Die eine war grau getigert, die andere hatte schwarzes Fell und ein weißes Ohr.

»Für dich«, sagte sie, »du brauchst ein bißchen Leben im Haus. Ich habe sie gerettet. Der Bauer wollte sie umbringen.«

Die beiden Katzen sorgten bei allen Anwesenden für Begeisterungsstürme. Jeder wollte sie streicheln, halten, mit ihnen spielen. Schließlich saß beinahe die ganze Familie einträchtig am Boden, kugelte Tischtennisbälle herum und ließ Bindfäden im Zickzack über den Teppich tanzen. Leona sah einmal auf, zu ihren Eltern hin, die nebeneinander vor dem Kamin saßen. Elisabeth und Julius hatten jeder ein Weinglas in der Hand und beobachteten lächelnd das muntere Treiben zu ihren Füßen, aber es lag auch eine Traurigkeit auf ihren Gesichtern, die Leona einen Stich versetzte. Elisabeth und Julius begannen, an ihrer mühsam errichteten, so lange beharrlich verteidigten Idylle zu zweifeln.

Und ich, dachte Leona, fühle mich schuldig daran.

Sie spürte, daß jemand ihren Arm drückte, und wandte sich um. Robert lächelte ihr aufmunternd zu. Er hatte bemerkt, daß sie für Sekunden in düstere Gedanken abgetaucht war. Dankbar erwiderte sie sein Lächeln. Nie hatte sie einen Mann mit so feinen Antennen erlebt. Wolfgang hätte ihre Stimmungsschwankung nicht bemerkt.

Dafür wäre Wolfgang aber auch nie drei Wochen lang verschwunden geblieben, ohne ihr eine Nachricht zukommen zu lassen. Wolfgang war immer die Zuverlässigkeit in Person gewesen – was ihn schließlich aber nicht gehindert hatte, seine Frau ein halbes Jahr lang zu hintergehen und zu betrügen.

Man durfte einfach nicht vergleichen. Wolfgang und Robert waren zwei völlig verschiedene Männer. Robert, entschied Leona, war ein Künstler. Ein wenig undiszipliniert, leichtfertig, schwer in ein System einzuordnen. Es hatte nichts zu bedeuten, wenn er drei Wochen lang vergaß anzurufen. Er war eben so. Leona spürte an diesem Heiligabend eine völlige Bereitschaft, ihm zu verzeihen und die Geschichte für immer abzuhaken.

126

Die Inszenierung des Weihnachtsmärchens bewahrte ihren Zauber für die nächsten Tage. Es wurde immer kälter, und immer wieder schneite es. Leona ging mit Robert in den silberweißen Wäldern spazieren und zeigte ihm all die Orte und Plätze, die ihr in der Kindheit etwas bedeutet hatten: den Weiher im Dorf, auf dem sie Schlittschuh gelaufen war; die Zwergschule, in die sie während der ersten vier Schuljahre gegangen war; den Baum im Wald, auf dem sie mit ihren Freunden ein Baumhaus gebaut hatte; die Kirche, die sie mit ihren Eltern und Schwestern jeden Sonntag besucht hatte.

Sie gingen zu dem Moorsee im Wald, in dem Leona schwimmen gelernt hatte. Er war jetzt mit einer dünnen Eisschicht bedeckt. Die Dämmerung kroch gerade über die verschneiten Baumwipfel. Ein letztes diffuses Licht erhellte die Lichtung. Schwere Wolken kündeten von neuem Schneefall.

»Jetzt kennst du meine Kindheit«, sagte Leona, und ihr war ganz eigenartig und feierlich zumute, »alles, was wichtig war. Alles, was mir für immer etwas bedeuten wird.«

Er sah sich um. »Eine Idylle«, bestätigte er, »eine vollkommene Idylle.«

»Meine Eltern haben lange nach diesem Ort, nach diesem Haus gesucht«, erklärte Leona, »obwohl die Ära noch gar nicht angebrochen war, waren sie so etwas wie die ersten Blumenkinder. Sie suchten die Natur, den Frieden. Meine Mutter war wie eine Katze, die ihre Jungen an einen Platz bringt, an dem ihnen keine Gefahr droht.«

Robert lächelte. »Diesen Platz gibt es nicht«, sagte er, »nicht auf dieser Erde jedenfalls.«

»Sie glaubten ihn hier gefunden zu haben.«

Es war typisch für Robert, daß er die Probleme bereits erkannt hatte.

»Aber manches holte sie auch hier ein, nicht? Sie konnten die Idylle nicht bewahren.«

»Es ging erstaunlich lange gut«, sagte Leona.

Sie blickte auf die Eisfläche zu ihren Füßen, auf der sich kreischend ein paar große, schwarze Krähen niedergelassen hatten. Ein Entenschwarm stob mit erschrecktem Flügelschlagen aus einem nahen Gebüsch.

»Die erste wirkliche Tragödie, die uns ereilte, war Danys Geburt. Als feststand, daß sie behindert war.«

»Das hätte keine Tragödie werden müssen.«

»Es ist eine geworden, so wie Olivia damit umgeht. Sie rennt vierundzwanzig Stunden am Tag um dieses Kind herum, läßt es über Wochen hinweg wegen aller möglichen psychosomatisch bedingten Krankheiten von der Schule beurlauben und zerstört sich bei all dem Stück um Stück selbst.«

»Sie liebt Dany sehr, nehme ich an.«

»Sie gibt sich vor allem die Schuld an allem, da liegt der springende Punkt. Damit wird sie nicht fertig.«

»Aber …«

»Das Schlimme ist, daß sie wohl wirklich nicht schuldlos ist«, sagte Leona. »Sie ist damals viel zu spät ins Krankenhaus gegangen, weil sie unbedingt einen Artikel für die Zeitung fertigschreiben wollte, für die sie arbeitete. Das war typisch für Olivia zu dieser Zeit. Sie brannte vor Ehrgeiz. Jedenfalls kam es dann zu Komplikationen, und das Kind war wohl für eine zu lange Zeitspanne ohne Sauerstoff. Jetzt ist Dany schwerstbehindert, und Olivia versucht zu büßen, indem sie für das Kind ihr Leben ruiniert.«

»Die Familie kann ihr da wohl nicht helfen.«

»Wir haben uns alle schon den Mund fusselig geredet. Olivia will nicht einsehen, daß sie mit ihrem Verhalten ja auch Dany schädigt. Unter der professionellen Anleitung ausgebildeter Pädagogen in einem Heim könnte Dany bestimmt manches lernen, was ihr das Leben erleichtert. Sie würde gefordert werden, anstatt abwechselnd stumpf oder aggressiv vor sich hin zu vegetieren. Was Olivia jetzt tut, indem sie sie völlig abgeschottet im Schoß der Familie aufwachsen läßt, ohne Disziplin und ohne Aufgaben, verhätschelt von ihr und Elisabeth – das ist das eigentliche Verbrechen an diesem Kind.«

»Wie alt ist Dany jetzt?«

»Dreizehn. Selbst wenn Olivia es sich jetzt noch anders überlegen würde, hätte sie die kostbarsten Jahre schon vertan. Aber sie *wird* es sich nicht anders überlegen.«

Er nickte nachdenklich. Die Dämmerung vertiefte sich rasch. Es wurde kälter, und ein paar Schneeflocken wirbelten schon durch die Luft.

»Und Carolin, unsere Jüngste, ist auch ein Problemkind«, fuhr Leona fort. »Sie bestand immer nur aus geballter Opposition, solange ich denken kann. Ich war der einzige Mensch, der überhaupt etwas Einfluß hatte, an den sie sich wandte mit all den krausen Ideen, die in ihrem Kopf herumspukten. Sie hat dieses Dorf gehaßt, die Menschen, die Idylle.«

»Aber sie ist hiergeblieben.«

Leona lachte. »Ironie des Schicksals. Über all dem Demonstrieren, Protestieren, Opponieren hat sie völlig vergessen, sich um so banale Dinge wie einen Schulabschluß zu kümmern. Jetzt kann sie nicht weg von daheim, weil sie keine Ahnung hat, wovon sie und ihr Kind leben sollen.«

»Und ihr Freund schmarotzt sich bei deinen Eltern durch.«

»Freund Nummer zweihundert. Sie liest die eigenartigsten Typen auf, schleppt sie ins Haus, läßt sie eine Weile durchfüttern und trennt sich wieder von ihnen. Ben hält sich schon erstaunlich lange. Letztlich wird er aber genauso in der Versenkung verschwinden wie alle seine Vorgänger.«

Robert wandte sich ihr zu und nahm ihre beiden Hände in seine.

»Dann bist du also die gute Tochter!«

Leona verzog das Gesicht. »Mehr oder weniger. Zur Zeit eher weniger. Die Trennung von Wolfgang hat meine Eltern ganz schön geschockt. Ich war doch das VorzeigeKind. Das Kind, bei dem ihre Saat aufgegangen ist.«

»Du bist eine attraktive, erfolgreiche Frau, Leona. Und die bleibst du auch – mit oder ohne Wolfgang. Dir ist da eine Sache im Leben schiefgegangen – na und? Jetzt hast du mich. Und ich werde dich nie verlassen. Hier«, er kramte in der Tasche seines Mantels und zog ein kleines Päckchen hervor, »hier habe ich noch ein Weihnachtsgeschenk für dich.«

»Das geht nicht«, protestierte Leona, »du hast mir schon so viel geschenkt!«

»Pack es aus!«

Sie mußte ihre Handschuhe ausziehen, um die Schleife zu lösen und das Papier zu entfernen. Eine kleine, dunkelblaue Schmuckschachtel kam zum Vorschein. Sie öffnete sie. Auf blauem Samt glänzte ein goldener Ring. Statt eines Steins trug er ein kleines geschwungenes R aus Weißgold.

»Wie schön«, flüsterte Leona.

Robert nahm den Ring aus der Schachtel, zog Leonas rechte Hand zu sich heran und steckte ihr vorsichtig den Ring an den Finger. Er paßte wie maßgefertigt.

»Ich möchte, daß du ihn immer trägst, Leona. Tag und Nacht. Er ist ein Pfand unserer Liebe. Er bindet uns für alle Zeiten unlösbar aneinander.«

»Natürlich werde ich ihn immer tragen! Wo hast du ihn nur her?«

»Aus Italien.« Er lächelte. »Ich habe ihn extra anfertigen lassen. Das hat einige Zeit gedauert, deshalb war ich so lange fort.«

Und sie hatte ihn mit Wut und Vorwürfen empfangen bei seiner Rückkehr! Auf einmal schämte sie sich. Kleinlich und engstirnig hatte sie sich benommen ...

»Es tut mir leid«, murmelte sie.

Inzwischen war es schon so dunkel geworden, daß sie sein Gesicht nur noch schemenhaft erkennen konnte. Aber er schien wieder zu lächeln.

»Nichts«, sagte er, »gar nichts muß dir leid tun. Sei einfach glücklich, daß wir zusammen sind. Daß wir einander gefunden haben.«

Er nahm ihren Kopf in beide Hände. Seine Finger gruben sich in ihr Haar.

»Ich liebe dich«, flüsterte er.

»Ich liebe dich auch«, sagte Leona.

»Es ist so schön«, murmelte er, »deine Haare werden wieder länger.«

Er sagte das in dem gleichen Ton, in dem er »Ich liebe dich« gesagt hatte, und Leona brauchte einen Moment, um den Themenwechsel nachvollziehen zu können. Ihre Haare?

Sie wich etwas zurück. Weiße Atemwölkchen quollen zwischen ihren beiden Gesichtern.

»Meine Haare? Liegt dir so viel daran?«

Sein Nicken konnte sie nur ahnen.

»Sie waren so schön. Sie waren das, worin ich mich zuallererst verliebt habe. Golden und glänzend, über deinen ganzen Rücken flossen sie ...«

»Weißt du, Robert«, sagte sie, auf sein Verständnis vertrauend, »ich bin mir nicht sicher, ob ich die Frau mit den langen Haaren jemals wieder sein kann. Es ist ... irgendwie scheint es mir nicht mehr passend. Ich weiß gar nicht genau, ob ich sie wieder wachsen lassen will.«

»Du tust es für mich«, sagte Robert.

Er schien dies für einen ausreichenden Grund zu halten.

Und den ganzen Abend lang dachte Leona über diesen Satz nach.

10

Eigenartig, wie sehr sie ihre Schwester vermißte. Wenn Vater tot ist, dachte Lisa, bin ich die letzte Überlebende dieser Familie.

Diese Vorstellung hatte etwas Erschreckendes für sie, rief in ihr die Assoziation mit dem letzten Passagier auf einem sinkenden Schiff wach. Einsam, verlassen, völlig auf sich gestellt, den unberechenbaren Elementen ringsum preisgegeben.

Mein Leben ist *kein* untergehendes Schiff, sagte sie sich wieder und wieder, und um mich herum tobt nicht ein alles verschlingendes Meer!

Aber letzten Endes sahen genau so die düsteren Empfindungen in ihrer Seele aus, und es gelang ihr nicht, sie durch Vernunft und Sachlichkeit zu vertreiben.

Anna war nie da, wenn ich sie brauchte! Die ganzen letzten Jahre mußte ich mit allem allein fertig werden! Es macht für mich überhaupt keinen Unterschied, ob sie lebt oder tot ist.

Aber es machte einen Unterschied. Einen idiotischen, unvernünftigen, unerklärbaren Unterschied.

Weil eine Schwester in Südamerika etwas anderes ist als eine tote Schwester, dachte Lisa.

In den naßkalten, grauen Januartagen des neuen Jahres

ging es ihrem Vater immer schlechter. Ohnehin nur noch ein Schatten seiner selbst, magerte er nun weiter ab. Hohlwangig und hohläugig lag er in seinem Bett. Meist fehlte ihm die Kraft, sich bis ins Bad zu schleppen, dann mußte ihn Lisa im Bett mit einem Lappen waschen und ihm sein Essen – warme Babynahrung aus Gläsern – mit einem Löffel füttern. Oft genug behielt er die klägliche Mahlzeit nicht bei sich. Manchmal kam Lisa nicht rechtzeitig, um ihm den Kopf zu halten, dann erbrach er sich über Kissen und Decken, und sie mußte ihn in den Sessel schaffen, um das Bett frisch beziehen zu können. In solchen Dingen war Benno eine segensreiche Hilfe gewesen, und oft genug sehnte sie ihn zurück, aber dann dachte sie an das Geld und wußte, daß es ohne ihn gehen mußte.

Früher hatte sie ihren Vater während all der Hilfeleistungen, die sie trotz Bennos Anwesenheit noch selbst hatte ausführen müssen, insgeheim und ohne schlechtes Gewissen gehaßt. Sie hatte es ihm persönlich übelgenommen, daß er krank geworden war, hatte sein Gejammer verachtet, sein Stöhnen und Seufzen, sein Sich-gehen-Lassen. Und hatte Pläne geschmiedet, ganz für sich, für die Zeit danach. Jeden Tag war ihr etwas eingefallen. Das Leben sollte sie entschädigen für die verlorenen, verdüsterten Jahre.

Lisa wußte, daß sie einen entscheidenden Trumpf besaß: ihr Aussehen. Die Dorfjungen hatten schon immer begehrlich hinter ihr hergeschaut, aber auch die »richtigen« Männer wandten die Köpfe nach ihr um, wenn sie, was selten genug geschah, nach München fuhr und in Minirock und Stöckelschuhen die Straße entlangging. Aber neben der Schönheit stellte natürlich auch ihre Jugend ihr Kapital dar, und diese war ein höchst vergänglicher Faktor. Deshalb hatte sie manchmal gedacht: Wenn er schon stirbt, dann dauert das hoffentlich nicht mehr so lange.

Sonst bin ich ja alt und grau, und kein Mann sieht mich mehr an.

Alt und grau zu sein begann für Lisa spätestens mit dem dreißigsten Lebensjahr, und sie war nun immerhin schon zweiundzwanzig.

Doch das hatte sich mit Annas Tod verändert: Sie fieberte nicht mehr auf das Ende des Vaters hin, im Gegenteil, sie hatte Angst davor. Der Optimismus, mit dem sie in die Zukunft gesehen hatte, war Furcht und Beklemmung gewichen. Und einer harten, realistischen Einschätzung ihrer Situation: Sie hatte nichts, wenn Vater nicht mehr lebte. Keinen Menschen mehr. Kein Geld. Keinen Beruf. Ihr würde nur das Haus bleiben, aber auf dem lag eine Hypothek, von der sie keine Ahnung hatte, wie sie sie abbezahlen sollte. Sie würde verkaufen müssen, und nach Begleichung der Schulden würde ihr nur ein lächerlich geringer Betrag bleiben.

In den letzten Januartagen erhielt Lisa schließlich einen Anruf, der ihr unerwarteterweise ein paar Informationen über ihre Schwester zuspielte. Das Telefon klingelte, als sie ihrem im Bett sitzenden, vom Brechreiz geschüttelten Vater die Zähne putzte. Er konnte kaum das Wasserglas zum Mund führen, spuckte kraftlos in die Schüssel, die sie ihm hielt. Zahnpastaschaum und Blut durchsetzten das Wasser ... Sein Zahnfleisch war überall entzündet, platzte auf unter den Borsten der Bürste.

»Du mußt eine weichere kaufen«, murmelte er.

»Das ist die weichste, die es gibt. Tut mir leid, wenn sie dir weh getan hat.«

Sie stellte die Schüssel weg und lief in den Flur, wo das Telefon schon zum achtenmal schrillte.

»Heldauer«, meldete sie sich.

»Frederica Hofer«, meldete sich eine fröhliche Frauenstimme. »Ist Anna zufällig zu sprechen?«

Lisa schluckte. »Nein.«

»Oder wissen Sie, wo ich sie erreichen kann?«

»Wer spricht denn da?«

»Ich bin eine Bekannte von Anna. Wir haben uns vor einem Jahr in Spanien im Urlaub kennengelernt. Ich wollte mich jetzt einfach wieder einmal bei ihr melden.«

In Spanien! Vor einem Jahr war Anna in Spanien gewesen. Nicht in Südamerika.

»Sie hat Ihnen diese Nummer hier gegeben?« wollte Lisa wissen.

Die Frau am anderen Ende der Leitung wirkte nun etwas irritiert.

»Ja. Stimmt etwas nicht? Ist das nicht die Nummer von Anna Heldauer?«

Lisa räusperte sich. »Anna ... meine Schwester ist tot.«

Schweigen. Dann sagte die andere entsetzt: »O Gott!«

Lisa fuhr rasch fort: »Anna ist vor sechs Jahren von uns weggegangen. Sie wollte nach Südamerika. Wir haben keine Ahnung, wo sie die ganze Zeit über war.«

»Das ist ja furchtbar! Wie ... ich meine, woran ist sie denn gestorben?«

»Sie wurde ermordet. Im Wald bei unserem Dorf.«

Die Anruferin mußte diese Information erst einmal verdauen und schwieg wiederum für einige Sekunden. Lisa überlegte unterdessen, weshalb ihre Schwester einer Urlaubsbekanntschaft, die sie offenbar gern einmal hatte wiedersehen wollen, die Telefonnummer ihrer Familie in Deutschland gegeben hatte, bei der sie zu dem damaligen Zeitpunkt schon längst nicht mehr gewohnt hatte.

»Hat meine Schwester Ihnen denn gesagt, wo sie wohnt?« fragte sie.

»In ... ich weiß nicht mehr, wie das Dorf heißt, irgendwo bei Augsburg.«

Sie hatte nicht nur die Telefonnummer, sie hatte auch die Adresse von daheim angegeben. Sie mußte schon vor einem Jahr vorgehabt haben, wieder nach Hause zu kommen.

»Wo wohnen Sie denn?« fragte Lisa.

»In München. Deshalb dachte ich, man könnte sich doch einmal treffen. Ich hatte ja keine Ahnung, daß sie ... das ist wirklich entsetzlich! Weiß man, wer es getan hat?«

»Die Polizei tappt im dunkeln.«

Genaugenommen wußte Lisa nicht, ob die Polizei überhaupt noch mit der Aufklärung des Verbrechens beschäftigt war oder den Fall längst zu den Akten gelegt hatte. Sie hatte lange nichts mehr gehört.

»Also, das tut mir alles wirklich sehr leid«, sagte Frederica, aber ehe sie sich verabschieden und den Hörer auflegen konnte, sagte Lisa schnell: »Hören Sie, Frau Hofer, ich würde mich gern mit Ihnen treffen. Für mich sind Sie im Augenblick der einzige Mensch, der mir etwas über meine Schwester erzählen kann. Hätten Sie irgendwann einmal ein oder zwei Stunden Zeit für mich?«

»Oh, ich weiß aber kaum etwas.«

Frederica klang äußerst unbehaglich. Nachdem sie sich von ihrem ersten Schrecken erholt hatte, schien sie bestrebt, sich in keinerlei Unannehmlichkeiten hineinziehen zu lassen.

»Wie gesagt, es war eine kurze Urlaubsbekanntschaft ...«

Du weißt mehr, als du zugibst, dachte Lisa, eure Bekanntschaft war immerhin intensiv genug, daß du Anna ein Jahr später anzurufen versuchst.

»Ich bin wegen meines kranken Vaters ziemlich unbeweglich, aber ich könnte trotzdem versuchen, zu Ihnen nach München ...«

Klick! Frederica hatte ohne ein weiteres Wort aufgelegt.

»Dumme Kuh!« sagte Lisa laut und inbrünstig und legte ebenfalls auf.

Sie starrte den Telefonapparat an, als könne er auf wundersame Weise mit weiteren Neuigkeiten herausrücken. Frederica Hofer.

Sie notierte den Namen auf einem Notizblock, malte nachdenklich ein paar Kringel darum. Über Auskunft oder Telefonbuch müßte herauszubekommen sein, wo diese Frau wohnte. Dann konnte man sie einfach aufsuchen. Wenn sie, Lisa, erst vor ihrer Tür stand, bliebe ihr nichts übrig, als sich den Fragen zu stellen.

Der letzte Mensch, den ich kenne, der mit Anna gesprochen hat, dachte Lisa, und ein Schauer lief über ihren Rücken.

Anna war vor einem Jahr in Spanien gewesen. Verglichen mit Südamerika erschien das Lisa ganz nah, fast um die Ecke. Wie war Anna gewesen? Fröhlich, glücklich, gesund? Hatte sie von ihrer Familie gesprochen?

Tausend Fragen brannten in Lisa. Kurz überlegte sie, ob sie Kommissar Hülsch anrufen sollte, doch verwarf sie diesen Gedanken gleich wieder. Die Polizei würde versuchen, Frederica aufzuspüren und zu befragen, und Lisa würde vermutlich keinerlei Informationen bekommen. Oberstes Anliegen der Polizei war es, Annas Mörder zu fassen. Auch Lisa wünschte, den Kerl hinter Schloß und Riegel zu wissen. Aber für sie ging es zudem um viel mehr: nämlich darum, eine sechs Jahre lang verschollene Schwester wiederzufinden. Sie neu kennenzulernen, sich ihr zu nähern. Die winzige Quelle, die sich ihr nun aufgetan hatte, würde sie nicht preisgeben. Nicht, bevor sie sie nicht ausgeschöpft hatte.

»Lisa!« rief ihr Vater mit zittriger Stimme aus seinem Zimmer.

Sie seufzte. »Ich komme schon.«

Ihm würde sie auch nichts sagen. Er würde es sowieso nicht begreifen. Und ihn beschäftigte ohnehin nur noch sein eigener Tod.

11

Ende Januar fiel es Wolfgang endlich ein, wer Lydia war. Nicht, daß er die ganze Zeit darüber nachgegrübelt hätte. Aber irgendwo in seinem Hinterkopf hatte das Rätsel immer herumgespukt.

Natürlich hatte er nicht gewagt, in Nicoles Anwesenheit noch einmal davon zu sprechen. Keinesfalls wollte er erneut in Verdacht geraten, eifersüchtig zu sein. Aber dann brachte ihn ausgerechnet Nicole auf die richtige Fährte, als sie ihm erzählte, sie wolle in der ersten Folge ihrer im März startenden Talkshow Menschen befragen, die bereits einmal versucht hatten, sich das Leben zu nehmen. Sie sollten Auskunft über ihre Motive geben, über ihre Gefühle vor und nach dem gescheiterten Versuch.

Als er ›Selbstmord‹ hörte, durchzuckte es ihn.

»Natürlich!« sagte er. »Das ist es. Lydia! Die Nachbarin von dieser Selbstmörderin!«

Nicole sah ihn ein paar Momente lang verständnislos an, dann begriff sie und begann zu grinsen.

»Du denkst ja immer noch darüber nach! Du kommst nicht darüber hinweg, daß deine verlassene Ehefrau einen anderen hat. Meine Güte, Wolfgang, du bist wirklich ein hartnäckiger Fall!«

Er antwortete nicht darauf. Hätte er sich verteidigt, es hätte sie nur in ihrer Vermutung bestärkt, daß er von Eifersucht umgetrieben wurde. Er war *nicht* eifersüchtig. Aber er hatte Leona verlassen, und in ihrem Kummer mochte sie nun Fehler machen. Es war seine Pflicht herauszufinden, ob mit ihrem ominösen Verehrer alles in Ordnung war.

Leona fing an, sich selbst wieder als Ganzes zu empfinden. Nach der Trennung von Wolfgang war es ihr vorgekommen, als sei sie nur noch ein halber Mensch. Leer und ausgebrannt war sie herumgelaufen, hungrig und frierend. Nun wurde ihr wieder warm, und die Leere begann sich zu füllen.

So düster und kalt der Januar zu Ende ging, so naß und neblig der Februar begann – es gab Leona Freude und Kraft zurück, wenn sie abends durch den Schneematsch nach Hause lief und schon von weitem die hellerleuchteten Fenster ihres Hauses sah. Warm und anheimelnd fiel der Schein in die spätwinterliche Dämmerung. Wenn sie die Tür aufschloß, konnte sie schon riechen, daß Robert beim Kochen war. Er kam ihr entgegen, nahm ihr den Mantel ab, küßte sie, strahlte, weil sie endlich zurück war. Im Wohnzimmer spielte Musik, im Eßzimmer brannte der Kamin, und der Tisch war sorgfältig gedeckt. Dolly und Linda, die beiden Katzen, lagen schlafend in irgendwelchen Sesseln, räkelten sich und schnurrten, wenn Leona zu ihnen kam und sie streichelte. Auf Leonas kleinem, altem Sekretär im Wohnzimmer stand Roberts Schreibmaschine, daneben türmten sich Papierberge. Robert übersetzte ein Mammut-Manuskript aus dem Italienischen ins Deutsche, für einen kleinen Verlag, von dem Leona noch nie gehört hatte und der sich noch aus DDR-Zeiten in den neuen Bundesländern gehalten hatte.

»Kann so ein Mini-Verlag denn eine so langwierige Übersetzung bezahlen?« hatte sie Robert einmal erstaunt gefragt. Robert war ein wenig verlegen geworden.

»Sie können fast nichts bezahlen«, sagte er schließlich,

»aber ich konnte trotzdem nicht nein sagen. Dieses Buch wird nie ein Bestseller, aber es hat eine so wunderbare Sprache, eine solche Feinheit in der Erzählweise, daß ich verrückt danach war, es zu übersetzen. Nenne es hoffnungslos idealistisch ... auf diese Weise wird aus mir natürlich nie ein wohlhabender Mann!«

Wie anders er doch war als Wolfgang, fand Leona. Wolfgang hätte nie einen Finger krumm gemacht für etwas, wofür er nicht angemessen bezahlt wurde. Sie sah sich wieder einmal in ihrer Überzeugung bestätigt, daß Robert ein Künstler war. Geld war für ihn eine Nebensächlichkeit. Er würde mindestens drei Monate an dem Buch arbeiten müssen – für den berühmten Apfel und das Ei. Leona liebte ihn dafür.

Er war knapp bei Kasse, wie er sagte, bot aber trotzdem an, die Ausgaben für Essen, Trinken, Strom und Wasser mit ihr zu teilen. Sie wußte, daß ihm das schwerfiel, und lehnte sein Angebot ab.

»Das kommt nicht in Frage. Du kümmerst dich ja hier schon um alles, hältst das Haus sauber, kochst und kaufst ein. Da werde ich die paar Lebensmittel wohl noch bezahlen können.«

Sie verschwieg, daß sie das nur deshalb konnte, weil Wolfgang noch immer seinen Anteil an Zinsen und Tilgung für das Haus überwies. Sie akzeptierte dies, weil die Alternative der Verkauf gewesen wäre, und davor schreckte sie noch immer zurück.

Nur einen Sommer noch, dachte sie manchmal, nur einen Sommer noch in meinem wunderschönen Garten.

Robert arbeitete hart, wenn er nicht gerade Reparaturen im Haus durchführte, die Katzen zum Tierarzt brachte oder einkaufte. Während er übersetzte, ließ er den Anrufbeantworter laufen und ging nicht ans Telefon.

»Ich kann mich sonst nicht konzentrieren«, erklärte er.

Leona verstand und respektierte dies, aber manchmal rief sie doch an und sprach ihm ein paar liebevolle Worte aufs Band, für die er sich später stets freudig bedankte.

Eines Abends, Anfang Februar, wirkte er während des Essens etwas bedrückt, und als sie ihn darauf ansprach, sagte er zögernd: »Ich dachte nur heute darüber nach ... ach, es ist wahrscheinlich dumm von mir, damit anzufangen ...«

»Nein, sag doch, worüber dachtest du nach?«

Er sah sie an. »Über deine Scheidung. Deine Scheidung von Wolfgang. Es scheint mir, als geschehe gar nichts in dieser Richtung.«

»Oh ...«, machte Leona überrascht.

Sie hatte nicht erwartet, daß sich Robert darüber Gedanken machte.

»Ich will mich natürlich nicht in deine Angelegenheiten einmischen«, fuhr Robert fort, »aber ich hatte gehofft, daß du jetzt ... ich meine, jetzt, da wir zusammen sind ... daß du entsprechende Schritte einleitest ...«

Leona überlegte, weshalb sie das nicht längst getan hatte. Wolfgang lebte inzwischen seit fast einem halben Jahr von ihr getrennt. Es wurde Zeit, die Scheidung voranzutreiben, nachdem sie beide mit anderen Partnern liiert waren. Warum hatte Wolfgang in dieser Richtung nichts unternommen?

Eigentlich könnte ich diesmal die Nase vorn haben, dachte Leona.

»Ich habe irgendwie noch nicht richtig darüber nachgedacht«, sagte sie, »aber im Grunde ist Scheidung der einzig konsequente Weg, nicht? Ich werde mir einen Anwalt nehmen, der dann meinem Mann den Scheidungsantrag zustellt. Ein halbes Jahr sind wir schon auseinander. Ein weiteres halbes Jahr, und wir können geschieden werden.«

Sie redete schnell, sehr sachlich. Irgend etwas in ihr tat weh. Nicht beachten, nicht hinhören. Besser, sie stellte sich Wolfgangs Gesicht vor, wenn er den Brief ihres Anwalts las. Sicher rechnete er nicht damit, daß *sie ihn* aus der Ehe warf.

Er hatte ihr Mienenspiel sehr aufmerksam beobachtet. Nun griff er über den Tisch hinweg nach ihrer Hand. Seine Finger spielten mit dem Ring, den er ihr geschenkt hatte.

»Ich dachte nämlich«, sagte er, »je eher du geschieden bist, desto eher könnten wir heiraten!«

»Leona hat mir gar nicht erzählt, daß sie getrennt lebt von ihrem Mann«, sagte Lydia und machte ein bekümmertes Gesicht, »aber sie erzählt mir ohnehin nicht viel von sich. Ich habe sie schon so oft eingeladen zu mir, wissen Sie, aber nur ein einziges Mal ist sie gekommen. Kurz vor Weihnachten war das.«

Wolfgang saß auf der äußersten Kante des auf antik getrimmten Billig-Sofas in Lydias Wohnzimmer und verfluchte sich bereits dafür, daß er hergekommen war. Er fühlte sich wie ein Trottel. Versorgte eine wildfremde, ihm zudem höchst unsympathische Frau mit allerlei intimen Informationen über sein Privatleben und setzte sich ihren lüsternen, neugierigen Blicken aus, nur um etwas über den Kerl zu erfahren, mit dem sich Leona zu seinem Entsetzen so schnell und bereitwillig eingelassen hatte. Genaugenommen hoffte er etwas zu erfahren, was er gegen ihn verwenden, was er Leona hinknallen und womit er ihr Vertrauen in den Fremden erschüttern konnte. Am besten etwas, was jede Frau abstoßen *mußte*, irgend etwas Schlimmes mit anderen Frauen oder mit Kindern in seiner Vergangenheit. Inzwischen war ihm klar, daß er vermutlich nichts erfahren, sich dafür aber gründlich lächerlich machen würde.

Draußen herrschte naßkaltes Wetter, der Winter kehrte gerade noch einmal mit ganzer Kraft zurück, und nichts erinnerte an den nahenden Frühling. Lydias Wohnung war hoffnungslos überheizt. Wolfgang bedauerte, neben allem anderen, daß er einen dicken Rollkragenpullover trug. Er schwitzte so sehr, daß er sich am liebsten alles vom Leib gerissen hätte. Beim besten Willen konnte er den heißen Kaffee nicht anrühren, den Lydia vor ihn hingestellt hatte. Ein eiskaltes Bier wäre ihm weit willkommener gewesen.

Er hatte nicht gewußt, wie Lydia mit Nachnamen hieß, und sie daher nicht anrufen können; ohnedies fand er, ein Gespräch der Art, wie er es vorhatte, könne nur unter vier Augen geführt werden. Leona hatte ihm seinerzeit nach dem Unglück zweimal das Haus gezeigt, aus dessen oberstem Stockwerk Eva Fabiani in den Tod gesprungen war. Er fand es ohne Schwierigkeiten wieder. Glücklicherweise stand Lydias Vorname voll ausgeschrieben am entsprechenden Klingelschild. Als sie ihm öffnete, hatte er sich mehrmals für sein unangemeldetes Hereinplatzen entschuldigt, zugleich am erwartungsvollen Leuchten ihrer Augen jedoch erkannt, daß sein Besuch sie keineswegs störte. In dem pudelwarmen Wohnzimmer lagen ein halbausgefülltes Kreuzworträtsel, ein Stift und eine Brille auf dem Couchtisch. Mittags um halb drei saß sie da und löste Kreuzworträtsel ... Er begriff sofort die Einsamkeit und Leere ihres Daseins und wußte, sie würde ihn festhalten, solange sie konnte. Er hatte sich mühsam freigeschaufelt, mußte um vier wieder im Sender sein. Er mußte schnell zum Kern der Sache kommen.

Sie machte es ihm leicht, sie fing nach ein paar Sekunden der Verlegenheit von selbst an wie ein Buch zu reden.

Von Eva, von ihrer beider engen Freundschaft, von langen, gemeinsamen Abenden bei Kerzenlicht und Wein, von Spaziergängen an den Wochenenden, gelegentlichen Ausflügen und Restaurantbesuchen, und daß sie, Lydia, manchmal für Eva in deren Wohnung saubergemacht habe, denn Eva sei ja manchmal etwas schlampig gewesen und habe nur schwer Ordnung halten können ...

»Das alles fehlt mir jetzt so sehr, verstehen Sie?«

Er verstand, wußte aber nichts Tröstendes darauf zu sagen.

»Ich mußte meine Arbeit als Sekretärin frühzeitig aufgeben. Mein Bluthochdruck hat mir so zu schaffen gemacht. Und ich habe ja keinen Mann und keine Kinder. Es gab mal einen, der wollte mich heiraten, aber dann kam eine andere, für die hat er sich dann entschieden. Sie wußte, wie man sich richtig toll zurechtmacht und den Männern die Köpfe verdreht, wissen Sie? – Ihr Kaffee wird ja kalt! Trinken Sie doch!«

Er trank. Der Kaffee war zu stark, schmeckte bitter. Er trank sowieso nie Kaffee. Und er tat sonst auch solche Dinge nicht, wie er sie jetzt tat. Sich zu einer wildfremden Frau in die Wohnung setzen und für sie die Klagemauer spielen. Vor allem hätte er nie gedacht, daß er einmal seiner Frau hinterherspionieren würde, kleinkariert wie ein Vorstadtspießer, der Geheimnissen auf die Spur kommen will, die ihn nichts angehen. Zum erstenmal in seinem Leben empfand Wolfgang einen gewissen Ekel vor sich selbst.

Im Verlauf der nächsten halben Stunde erfuhr er nichts, was von Bedeutung hätte sein können. Lydia kam auf Robert Jablonski zu sprechen, aber sie sagte nichts Nachteiliges über ihn. Ein netter Mann, groß, gutaussehend. Er hatte seine Schwester Eva dann und wann besucht.

»Aber nicht allzuoft. Ist ja auch eine weite Reise von der Schweiz bis hierher.«

Wolfgang neigte sich vor. »Schweiz? Er ist Schweizer?«

»Er ist Deutscher, aber seine Eltern hatten ein traumhaftes Anwesen in Ascona, und dort sind er und Eva aufgewachsen. Er lebt heute noch dort.«

»Was arbeitet er?« fragte Wolfgang.

Lydia überlegte. »Ja … warten Sie … ach so, er übersetzt. Bücher. Für deutsche und italienische Verlage.«

»Damit verdient man mehr als schlecht.«

»Keine Ahnung. Aber er hat ja das Haus seiner Eltern verkauft. Das muß ihm eine Menge Geld gebracht haben.«

Hatte es das? Oder war Geld der wunde Punkt in Jablonskis Leben? Hatte er es auf Leona abgesehen, weil sie in seinen Augen wohlhabend sein mochte? Das schöne, alte Haus in einer der teuren Frankfurter Gegenden …

Nein. Wolfgang schüttelte den Kopf. Da gab es geeignetere Opfer als ausgerechnet Leona. Schließlich gehörte ihr das Haus nur zur Hälfte. Und war zudem noch lange nicht abbezahlt. Fakten, die Jablonski sicher längst herausgefunden hatte, wenn es ihm in dem ganzen Spiel um materiellen Gewinn ging.

Lydia schenkte ihm Kaffee nach, ehe er abwehrend die Hand über seine Tasse halten konnte.

»Roberts Freundin ist vor nicht allzu langer Zeit tödlich verunglückt«, sagte sie mit gedämpfter Stimme, der Tragik des Ereignisses angemessen, »ertrunken. Im Lago Maggiore.«

Wolfgang blickte überrascht auf. »Ja?«

»Ich wußte überhaupt nichts davon, stellen Sie sich das nur vor! Weder er noch Eva hatten mir davon erzählt. Ich habe es von Ihrer Frau erfahren, bei ihrem Besuch vor Weihnachten. Sie schien sich mit Robert getroffen zu haben.« Lydia kicherte. »Der war ganz fasziniert von ihr. Vom ersten Moment an. Er wollte gleich ihre Telefonnummer haben.«

Wolfgang sagte sich deprimiert, daß er auf eine völlig idiotische Weise in einem nicht vorhandenen Problem herumstocherte. Robert Jablonski war ein ganz normaler Mann, ohne böse Absichten. Durch einen Zufall – keineswegs durch ein von ihm herbeigeführtes Ereignis – hatte er Leona kennengelernt, und der berühmte Funke war zwischen ihnen übergesprungen. Eine Geschichte, wie sie täglich passierte. Wenn an Jablonski überhaupt etwas Ungewöhnliches zu vermerken war, dann die Tatsache, daß seine Freundin im Lago Maggiore ertrunken war. Aber auch so etwas konnte schließlich vorkommen. An dem Mann schien nichts wirklich Besorgniserregendes zu sein.

Wolfgang stand auf, blickte dabei auf seine Armbanduhr.

»Entschuldigen Sie«, sagte er höflich, »ich habe Ihre Zeit schon viel zu lange in Anspruch genommen. Ich muß wirklich gehen.«

Gleich wird sie fragen, weshalb ich überhaupt gekommen bin, dachte er, und was sage ich *dann*?

Ihr schien diese naheliegende Frage jedoch gar nicht einzufallen. Sie schaute ihn nur flehentlich an.

»Bleiben Sie doch noch! Ich habe nichts weiter vor.«

»Ich habe leider eine Konferenz in meinem Sender. Ich muß weg.« Er lächelte entschuldigend. »Tut mir leid. Vielen Dank für den Kaffee.«

Er sehnte sich so sehr nach frischer, kalter Luft, daß er am liebsten an ihr vorbei aus der Wohnung gestürzt wäre. Natürlich ging das nicht. Er mußte warten, bis sie sich endlich seufzend aus ihrem Sessel erhoben hatte und vor ihm her zur Tür schlich. Sie kämpfte um jede Sekunde. Sie tat ihm leid, aber er wollte nichts als weg. An der Wohnungstür sagte sie nachdenklich: »Irgendwie habe ich das Gefühl, daß ich bei dem letzten Besuch Ihrer Frau einen Blödsinn erzählt habe. Irgend etwas, was nicht stimmt. Aber glauben

Sie, ich käme darauf? Manchmal ist das Gehirn doch wie ein großes Sieb. Meines jedenfalls.« Sie lachte unsicher.

»Wenn es Ihnen einfällt ... Sie können mich jederzeit anrufen ...«

Er bemühte sich, dies leichthin klingen zu lassen und ihr mit einer gleichmütigen Geste seine Karte zu überreichen. Er hatte riesiges Glück, sagte er sich, daß sie so naiv, so schwerfällig war. Sie hatte ihn, einen wildfremden Mann, in ihre Wohnung gelassen. Sie hatte sich nicht gewundert über seinen Besuch, wunderte sich auch jetzt nicht. Sie schien nicht zu bemerken, wie heiß er auf Informationen über Robert Jablonski war, und wenn sie es bemerkte, so irritierte es sie nicht weiter. Unerwartet war an diesem Tag ein Hauch von Leben in ihr eintöniges Dasein getreten, und sich davon einen Abglanz wenigstens für die nächsten Stunden zu bewahren war alles, was sie interessierte.

»Ich rufe Sie an«, versprach sie mit Augen, in denen ein Hunger stand, der Wolfgang erschütterte.

»Sie sollten einen Spaziergang machen«, schlug er vor. »Es ist kalt draußen, aber die Luft ist schön frisch.«

Geh nur nicht zurück in dieses überheizte Wohnzimmer zu dem scheußlichen Kaffee, dem Kreuzworträtsel, dem Ticken der Uhr. Das *tötet*!

Sie schüttelte den Kopf. »Ach, allein mag ich nicht spazierengehen. Das ist so traurig, wissen Sie? Aber es kommt jetzt bald eine Sendung im Fernsehen, die will ich mir anschauen.«

Unten auf der Straße schaute er noch einmal kurz hinauf zu den Fenstern von Lydias Wohnung. Der Vorhang bewegte sich. Sie stand dort und starrte ihm nach.

»Leona, darf ich dich stören?« Carolin schob den Kopf durch die Tür von Leonas Büro. »Komme ich ungelegen?«

»Carolin? Du?«

Leona, die sich gerade durch die Papierberge auf ihrem Schreibtisch kämpfte, blickte völlig perplex drein. Ihre jüngste Schwester war noch nie im Verlag aufgetaucht.

»Komm doch herein! Das ist aber eine Überraschung! Was machst du in Frankfurt?«

Carolin schlüpfte ins Zimmer. Ihre Haare hatten zur Zeit einen Stich ins Orangerote und standen ziemlich struppig vom Kopf ab. Sie trug pinkfarbene Samtleggins – bei der Kälte, dachte Leona, hoffentlich hat sie warme Strumpfhosen darunter an – und eine plüschige Jacke aus Pelzimitat. Sie wirkte ziemlich verfroren.

»Ich mußte einfach mal raus daheim«, erklärte sie, »und da dachte ich, ich fahre in die Stadt und schaue mich ein wenig um. Einkaufen kann ich ja nichts – es herrscht wieder mal akuter Mangel!« Sie rieb vielsagend Daumen und Mittelfinger aneinander.

»Es ist schön, dich zu sehen«, sagte Leona.

Sie freute sich wirklich, auch wenn sie eigentlich überhaupt keine Zeit für ihre Schwester hatte. Einladend wies sie auf den Sessel, der ihrem Schreibtisch gegenüber stand.

»Setz dich doch erst einmal!«

Carolin ließ sich in den Sessel fallen, die langen, dünnen Beine weit von sich gestreckt.

»Gott sei Dank, daß ich mal weg bin«, stöhnte sie, »daheim ist es nicht auszuhalten zur Zeit!«

»Hast du Ärger mit deinem Freund?«

»Mit Ben? Mit dem kann man gar keinen Ärger haben. Der hängt nur rum und labert, aber ich höre ihm nicht zu. Das Problem sind Olivia und Paul. Schlimmer als Hund und Katze. Zwischen denen wird es in allernächster Zeit ganz gewaltig scheppern, und dann ist wahrscheinlich endgültig Schluß!«

»So schlimm?«

»Mit Dany wird es immer übler. Und entsprechend schlecht geht es Olivia. Sie behandelt Paul wie einen Putzlappen. Wenn sie ihn überhaupt zur Kenntnis nimmt. Meistens ist er für sie überhaupt nicht vorhanden.«

»Sie ist verrückt«, sagte Leona kopfschüttelnd. »Paul ist ein so phantastischer Mensch. Sie macht den Fehler ihres Lebens, wenn sie ihn vergrault.«

»Er hätte schon längst jede andere haben können, so wie er aussieht«, meinte Carolin, »ich glaube, was ihn noch bei Olivia hält, ist das Gefühl, ein Schuft zu sein, wenn er sie mit einem behinderten Kind sitzen läßt. Aber irgendwann wird er einfach nicht mehr können. Dann wird er sich losreißen und gehen.«

»Ist Mami sich darüber im klaren? Hat sie mit Olivia deswegen gesprochen?«

Carolin machte eine wegwerfende Handbewegung.

»Mit Olivia ist nicht darüber zu sprechen. Sie blockt sofort alles ab. Es hat keinen Sinn. Aber«, mit gespreizten Fingern versuchte sie, ihre wirren Haare zu ordnen, verstrubbelte sie dabei aber nur noch mehr, »darüber will ich jetzt gar nicht reden. Ich will das alles ja wenigstens für einen Tag mal hinter mir lassen. Eigentlich hätte ich jetzt gerne mit dir zu Mittag gegessen, wobei du allerdings bezahlen müßtest, weil ich nur noch über knapp dreißig Mark verfüge, und die brauche ich für die Heimfahrt. Aber ...«

»Nichts aber!« Leona stand auf, griff nach ihrer Handtasche. »Ich ersticke zwar in Arbeit, aber für meine kleine Schwester ist trotzdem Zeit!«

Carolin sah sie unsicher an. »Aber du möchtest doch sicher lieber mit deinem Lover allein sein, oder?«

»Mit meinem *Lover*?«

»Na, mit diesem ... wie heißt er noch? Robert, oder?«

149

Leona blickte völlig verwirrt drein.

»Ich dachte, ihr seid verabredet«, sagte Carolin, »weil er in dem Café gegenüber sitzt.«

»Hier? In dem Café gegenüber dem Verlag?«

Carolin stand nun auch auf. »Ich bin mir fast sicher, daß er es war. Ich dachte, er wartet da auf dich.«

»Du hast dich bestimmt getäuscht«, meinte Leona. »Robert hat gar keine Zeit. Er sitzt bei mir daheim und übersetzt ein 800-Seiten-Manuskript vom Italienischen ins Deutsche.«

»Dann habe ich ihn wohl verwechselt«, meinte Carolin. »Komm, dann gehen wir jetzt rüber und essen eine Kleinigkeit miteinander, okay?«

Er saß an einem Tisch gleich am Fenster, drei leere Kaffeetassen und zwei ebenfalls leere Cognacgläser vor sich, und erschrak sichtlich, als die beiden Frauen plötzlich vor ihm standen. Er hatte gerade in einer Zeitung gelesen und ihr Kommen nicht bemerkt. Erst nach ein paar Sekunden faßte er sich und stand lächelnd auf.

»Leona! Und Carolin! Wie schön. Setzt euch doch zu mir!«

»Was tust du denn hier?« fragte Leona erstaunt. »Ich dachte, du bist daheim?«

»Ich wollte dich überraschen«, erklärte Robert. »In zehn Minuten wollte ich hinübergehen und dich zu einem Mittagessen abholen.«

»Das ist schon lustig«, sagte Leona. »Normalerweise holt mich *niemand* zum Mittagessen ab, und heute gleich zwei Leute!«

»Ich glaube, ich störe doch«, meinte Carolin unbehaglich.

»Ach was!« Leona drückte sie energisch auf einen Stuhl. »Robert und ich sind so oft allein miteinander. Du störst überhaupt nicht.«

150

Sie hatte den Eindruck, daß sich Robert *doch* gestört fühlte, aber er sagte nichts, sondern nahm ebenfalls Platz. Eine Kellnerin erschien, räumte seine Tassen und Gläser weg und nahm die Bestellungen auf. Mittags konnte man in dem Café kleine Gerichte bekommen, und sie entschieden sich alle drei für Spaghetti mit Lachs. Robert legte eine exaltierte Munterkeit an den Tag, plauderte und lachte, und die ganze Zeit über kam er Leona vor wie ein Kind, das bei irgendeinem Unrecht ertappt worden ist und nun versucht, die peinliche Situation zu überspielen. Sie verstand nicht, weshalb er das tat. Schließlich war es ein netter Einfall von ihm gewesen, sie mit einem gemeinsamen Mittagessen überraschen zu wollen.

»Warum bist du eigentlich schon so früh hierhergekommen und hast so lange im Café gesessen?« fragte sie. »Du hättest doch um ein Uhr direkt in mein Büro kommen können?«

Ein kurzes, unsicheres Flackern glomm in seinen Augen auf.

»Wieso? Wieso soll ich schon so früh gekommen sein?«

»Na ja, du hast drei Kaffee und zwei Cognac getrunken. Das schafft man nicht in einer Viertelstunde.«

»Und daraus machst du mir jetzt einen Vorwurf?«

Sein scharfer Ton verwirrte sie. »Nein – natürlich nicht. Ich wundere mich bloß.«

Er sah sie kalt an. »Du bist Lektorin in einem Verlag, Leona. Du arbeitest also mit Schriftstellern, nicht wahr? Du hast praktisch jeden Tag mit ihnen zu tun, stimmt's? Weißt du, was mich wundert? Daß du trotz allem so wenig verstehst von Künstlern oder von Menschen, die künstlerisch tätig sind. Besitzt du nicht eine Spur von Einfühlungsvermögen?«

Leona starrte ihn an. Carolin ließ ihre Gabel sinken.

»Wie bitte?« fragte Leona.

»Ich bin natürlich nur ein kleiner Übersetzer«, fuhr Robert fort, »aber vielleicht könntest du mir trotzdem zugestehen, daß auch ich im weitesten Sinn künstlerisch tätig bin.«

»He, Robert, könntest du uns mal erklären, worauf du hinauswillst?« mischte sich Carolin ein.

Er musterte sie feindselig, ehe er sich wieder Leona zuwandte.

»Manchmal brauche ich einfach eine Pause. Manchmal halte ich es nicht mehr aus – immer in demselben Zimmer, immer über einen Papierberg gebeugt, immer nach Worten suchend, um Ausdrücke ringend ... Dann muß ich raus. Durch die Stadt laufen, mir den Wind um die Nase wehen lassen, Menschen sehen, spielende Kinder oder schnuppernde Hunde beobachten ...«

»Das verstehe ich vollkommen, Robert«, sagte Leona in besänftigendem Ton.

Er hatte sich jedoch in Rage geredet und mochte sich nicht beschwichtigen lassen.

»Und diesmal hatte ich das Bedürfnis, mich in ein Café zu setzen, Zeitung zu lesen, Kaffee zu trinken und ein wenig dem Leben und Treiben ringsum zuzusehen. Aber das ist natürlich unmöglich in deinen Augen! Am hellichten Vormittag *zwei Stunden* in einem Café zu sitzen. *Nichts* zu tun! Und vermutlich glaubst du sogar, ich spioniere dir nach, weil ich gerade *dieses* Café gewählt habe!«

»Also, Robert, du spinnst«, sagte Carolin in ihrer direkten Art.

»Vielleicht können wir das Gespräch heute abend fortsetzen«, meinte Leona, die Roberts Ausbruch peinlich fand, zudem erschrocken und durcheinander war.

»Gern«, erwiderte Robert kühl.

Schweigend beendeten sie ihre Mahlzeit. Mit der letzten Gabel Spaghetti erhob sich Robert und sagte, er werde nach Hause gehen und arbeiten. Die beiden Schwestern blieben sitzen und sahen ihm durch das Fenster nach, wie er die Straße überquerte und davonging. Er hielt die Schultern sehr gerade, den Kopf hoch erhoben. Selbst von hinten sah er aus wie die personifizierte Gekränktheit.

»Habe ich denn irgendwie angriffslustig gewirkt mit meiner Frage?« wollte Leona wissen und rührte dabei nachdenklich und unglücklich in ihrem Cappuccino.

Carolin schüttelte heftig den Kopf. »Absolut nicht. Es war eine normale Frage, und der Typ hat völlig überreagiert. Wenn du meine Meinung wissen willst«, sie tippte sich an die Stirn, »der spinnt komplett. Du weißt ja, daß ich deinen Wolfgang immer etwas spießig fand, und ...«

»Nach deinen Maßstäben ist jeder spießig, der einer geregelten Arbeit nachgeht«, unterbrach Leona aggressiv.

Carolin sah sie mitleidig an. »Also, sowohl nach meinen als auch nach deinen Maßstäben ist dieser Robert jedenfalls ziemlich durchgeknallt. Den würde ich abhalftern – je eher, desto besser!«

12

Nach dem Vorfall im Café blieb die Atmosphäre zwischen Robert und Leona frostig. Am Abend jenes Tages war Robert zwar wieder wie immer gewesen, hatte so getan, als sei nichts vorgefallen, aber Leona hatte nicht die Absicht, ihn so rasch und leicht davonkommen zu lassen. Sie erwartete eine Erklärung für sein Verhalten, und als keine erfolgte, stellte sie Robert von sich aus zur Rede.

Er war tief erstaunt. »Mein Gott, das war doch kein

Streit! Ich habe mich angegriffen gefühlt und habe darauf etwas schroff reagiert. Liebe Güte! Machst du aus jeder Mücke gleich einen Elefanten?«

»Das sollte ich dich fragen! Du hast aus einer harmlosen Frage von mir ein Drama gemacht. Du bist unangenehm und ungerecht geworden!«

»Ich sagte doch, ich habe mich angegriffen gefühlt.«

»Da liegt ja genau das Problem«, sagte Leona und spürte einen leisen Schmerz vom Nacken hinauf in den Kopf ziehen. Sie war plötzlich erschöpft; wußte bereits, wie nutzlos dieses Gespräch war.

»Ich habe dich nicht angegriffen. Ich habe nachher noch ständig überlegt, ob irgend etwas an meinem Verhalten oder an meinem Tonfall mißverständlich war. Aber das war es nicht. Das weiß ich genau.«

»Gut, dann habe ich mir etwas eingebildet. Ist das so schlimm? Wenn ich dich irgendwie verletzt habe, tut es mir leid. Das wollte ich nicht. Ist es nun in Ordnung?«

Eigentlich war es das nicht. Leona fühlte sich entwaffnet, noch ehe sie hatte loswerden können, was ihr auf der Seele brannte.

»Ich habe mich erschreckt«, sagte sie. »Du warst mir so fremd in jenen Momenten.« Sie hatte den Eindruck, daß sie quengelig klang.

»Ich hatte einen schlechten Tag, es tut mir leid«, sagte er geduldig. Was sollte sie nur erwidern? Für ihr Empfinden hatte Robert nicht einfach einen »schlechten Tag« gehabt. Es war eher so gewesen, als trete eine andere, unbekannte Seite von ihm ans Tageslicht, eine Seite, die ihr Furcht eingeflößt hatte. Aber wie würde es klingen, wenn sie das zum Ausdruck brachte? Es würde sich ziemlich neurotisch anhören, so als leide sie unter Verfolgungswahn.

»Ich wollte ja auch nur darüber reden«, meinte sie geschlagen und resigniert, »weil es mich dauernd beschäftigt.«

»Du hast ja auch absolut recht«, sagte Robert sofort. »Wir sollten immer über alles reden. Es ist nie gut, aus seinem Herzen eine Mördergrube zu machen. Wenn einem von uns am anderen etwas nicht gefällt, sollte er es gleich sagen. Wie du siehst, lassen sich Mißverständnisse dann ganz rasch aus dem Weg räumen.«

Es war genauso wie seinerzeit nach seiner verspäteten Rückkehr aus Italien: Am Schluß stand er großzügig, freundlich und unkompliziert da, während sich Leona zickig und kleinkrämerisch vorkam. Und gleichzeitig doch wußte, daß sie im Recht war. Hatte nicht auch Carolin Robert als Spinner bezeichnet?

Sie grübelte noch ein paar Tage über das Geschehnis nach und sagte sich dann, daß sie es endgültig zu den Akten legen mußte. Ständiges Nachhaken und Nachbohren würde ihre Beziehung zu Robert am Ende noch gefährden.

An dem Tag, an dem sie eine Anwältin aufsuchte und die Scheidung von Wolfgang einreichte, ging es ihr schlecht. Es war der sechsundzwanzigste Februar, ein kalter Wind jagte durch die Straßen, feiner Regen sprühte in der Luft. Leona hatte der Anwältin, die ihr von einer Kollegin empfohlen worden war, den genauen Sachverhalt geschildert und zwischendurch um eine Kopfschmerztablette bitten müssen, weil sie wieder jenen inzwischen wohlbekannten Zug vom Nacken herauf spürte. Die Anwältin, eine gepflegte, blonde Dame im imitierten Chanel-Kostüm, hatte sie mitleidig gemustert.

»Sie sehen wirklich schlecht aus! Es tut weh, wenn man verlassen wird. Ich hatte hier schon Frauen sitzen, die wollten danach kaum noch leben.«

»Oh – ich habe inzwischen auch eine neue Beziehung«, sagte Leona rasch.

Die schöne Blonde sollte sie bloß nicht für ein seelisches Wrack halten oder für eine Frau, die nun keinen Mann mehr zu reizen vermochte. »Mit mir ist alles in Ordnung.«

Sie konnte die Skepsis ihres Gegenübers spüren und wußte, sie würde der Anwältin nicht deren Vorurteile ausreden können.

Als sie später wieder auf die Straße hinaustrat und unter Wind und Regen erschauerte, schwirrte ihr der Kopf von Begriffen wie Trennungsjahr, Zerrüttung, Werteermittlung, Zugewinnausgleich, Versorgungsausgleich. Worte, die man oft gehört und gelesen, von denen man jedoch gehofft hatte, sie würden nie eine Bedeutung im eigenen Leben erlangen.

Sie merkte, wie sich ihre Augen mit Tränen füllten, und legte den Kopf zurück, damit sie nicht über die Wangen liefen. Dunkle Wolken jagten über den Himmel, vom Sturm getrieben und zerfranst.

Was für eine schreckliche Jahreszeit, dachte sie, was für ein schrecklicher Tag!

Die Tränen versiegten. Leona schaute sich um. Ein Gefühl sagte ihr, daß sie beobachtet wurde. Wahrscheinlich musterte irgendein Passant höchst interessiert die nicht mehr ganz junge Frau, die mitten auf der Straße mit den Tränen kämpfte.

Sie sah Robert, der sich von einer Hauswand löste und lächelnd auf sie zukam.

»Ich wollte dich abholen, Leona. Ich dachte mir, daß dich das Gespräch mit deiner Anwältin vielleicht etwas aufwühlen würde.«

Sie war restlos gerührt, dankbar, beschämt wegen der vielen bösen Gedanken, die sie während der letzten Tage gehegt hatte.

»Du bist wirklich ein Schatz, Robert. Ich weiß gar nicht, warum mich das eben so mitgenommen hat. Wahrscheinlich kommen in einem solchen Moment doch viele Erinnerungen hoch. Ach, ich bin einfach viel zu sentimental!«

Er drückte ihre Hand. »Das ist doch ganz natürlich. So eine Scheidung geht an niemandem spurlos vorüber. Du warst lange Jahre mit diesem Mann verheiratet.«

»Dreizehn Jahre …«

»Unsere Verbindung«, sagte Robert, »wird ein Leben lang halten.«

Der Wind heulte. Schneeflocken mischten sich in den Regen. Leona dachte, daß es an der Nässe und Kälte ringsum liegen mochte, weshalb ihr nicht warm wurde bei Roberts Worten.

Er legte den Arm um ihre Schultern.

»Du solltest dir Urlaub nehmen. Zehn Tage. Meinst du, das geht?«

»Jetzt?«

»Ich würde gern mit dir nach Ascona fahren. Ich finde, es wird Zeit, daß du meine Heimat kennenlernst.«

Das Telefon klingelte, kaum daß Leona am darauffolgenden Montagmorgen ihr Büro betreten hatte. Wolfgang war am Apparat.

»Meine Post ist gerade gekommen«, sagte er. »Ich habe gesehen, du hast die Scheidung eingereicht!«

»Ja. Letzte Woche.«

Leona klemmte den Hörer zwischen Kinn und Schulter und schälte sich aus ihrem Mantel. Ihre Haare waren naß und sicher völlig windzerzaust. Sie reichten jetzt gleichmäßig bis in Höhe der Mundwinkel und waren bei weitem nicht mehr so pflegeleicht wie zuvor als kurze Stoppeln.

»Und du meinst nicht, du hättest vorher mit mir darüber sprechen sollen?«

»Wieso? Daß wir uns scheiden lassen, stand doch schließlich fest!«

»Trotzdem hättest du mich nicht so überfahren müssen!«

Sie hatte ihn geschockt, das merkte sie, und das gab ihr ein gutes Gefühl von Überlegenheit.

»Du hast mich mit der Tatsache, daß du eine Geliebte hast und dich von mir trennen willst, auch ziemlich überraschend konfrontiert«, gab sie kühl zurück.

Wolfgang schwieg etliche Sekunden lang.

»Du klingst feindselig«, stellte er dann fest, »immer noch. Ich glaube, du wirst mir nie verzeihen.«

Sie hatte sich endlich ihres Mantels entledigt, ließ ihn auf den Boden gleiten und setzte sich auf ihren Schreibtischstuhl.

»Ach, Wolfgang, darauf kommt es doch gar nicht an! Ob ich dir verzeihe oder nicht – wen interessiert das? Du hast eine neue Partnerin, und ich habe einen neuen Partner. Die beiden haben einen Anspruch darauf, daß die Dinge zwischen uns geklärt werden.«

»Du sagst das so … kalt!«

»Ich sage das sachlich. Es ist wichtig, daß wir jetzt sachlich an die ganze Angelegenheit herangehen. Um so problemloser wird alles ablaufen. Meine Anwältin sieht jedenfalls keinerlei Schwierigkeiten.«

»Wirst du etwa immer noch von deinem eigenartigen Verehrer belagert?« fragte Wolfgang.

Leona überlegte, weshalb er in bezug auf Robert beharrlich den Begriff *Verehrer* verwandte. Aus seinem Mund klang das wie »Schmeißfliege«. Er versuchte offenbar zu verdrängen, daß es sich um eine ernste Beziehung handelte, die von *zwei* Seiten ausging.

»Robert und ich leben zusammen«, sagte sie, »und daran wird sich nichts mehr ändern.«

Wolfgang seufzte tief. »Er gefällt mir nicht, Leona.«

Leona lachte. »Vielleicht würde mir deine neue Partnerin auch nicht gefallen. Aber ich muß dich deine Entscheidungen selber treffen lassen.«

»Und ich dich deine, ich weiß. Ich meine nur ... ach, das ist alles so schwierig am Telefon! Könnten wir uns nicht einmal treffen in den nächsten Tagen? Nur wir beide?«

»Ich habe wirklich furchtbar viel zu tun, Wolfgang. Gerade in dieser Woche, weil ich die nächste im Urlaub bin. Ich muß meinen Schreibtisch leer bekommen bis dahin – wenigstens weitestgehend.«

»Seit wann nimmst du im März Urlaub? Das hast du noch nie getan!«

»Robert will mir Ascona zeigen. Wir fahren am Samstag.«

»Leona, bitte, laß uns vorher noch reden«, drängte Wolfgang. »Es ist mir wirklich wichtig, mit dir zu sprechen!«

Sie kostete ihren Triumph diesmal bewußt aus.

»Wolfgang, leider ist es mir nicht mehr wichtig, mit dir zu sprechen«, sagte sie und legte den Hörer auf.

13

Lisa stand eine ganze Weile vor dem grauen Mehrfamilienhaus in der Münchener Innenstadt und trat von einem Fuß auf den anderen, ehe sie wagte, die Klingel neben dem kleinen Türschild mit der Aufschrift »Frederica Hofer« zu betätigen. Vielleicht war Frederica an diesem Samstagnachmittag gar nicht zu Hause. Oder sie wollte später ausgehen, badete oder duschte gerade und würde alles andere als erfreut sein, wenn plötzlich unangemeldeter Besuch aufkreuzte. Aber selbst wenn sie nichts vorhatte, würde sie vermutlich unwillig reagieren. Durch ihr rasches Auflegen am Telefon hatte sie deutlich gezeigt, daß sie in nichts hineingezogen zu werden wünschte.

Aber mehr als hinauswerfen kann sie mich nicht, dachte Lisa.

Über die Auskunft hatte sie Fredericas Telefonnummer und Adresse herausgefunden, und eine Weile hatte sie überlegt, Frederica noch einmal telefonisch um einen Termin zu bitten. Aber dann war sie zu dem Schluß gelangt, daß die Fremde sie weniger leicht abwimmeln konnte, wenn sie schon in der Tür stand.

Es war nicht leicht gewesen, von daheim wegzukommen. Sie hatte eine Nachbarin fast auf Knien anflehen müssen, für ein paar Stunden am Bett des Vaters Wache zu halten. Wer mochte schon gern neben einem Mann sitzen, der im letzten Stadium seiner Krebskrankheit angelangt war?

»Also gut«, hatte die Nachbarin schließlich mürrisch versprochen, »ab drei Uhr am Samstag kann ich's für ein paar Stunden machen. Aber keinesfalls länger als bis um acht! Da will ich fernsehen!«

Dennoch war sie dann zurückgezuckt, als sie den zum Skelett abgemagerten Mann an der Schwelle des Todes im Bett liegen sah und den Gestank roch, der von dem zerfressenen Körper ausging.

»Jesus Maria! Der gehört längst in ein Krankenhaus!«

»Da will er aber nicht hin«, erklärte Lisa, »und ich respektiere das. Der Arzt war heute mittag da, er hat eine Morphiumspritze bekommen. Er müßte ruhig bleiben.«

»Hoffentlich«, murmelte die Nachbarin und krallte sich an dem Zettel mit der Telefonnummer des Arztes, den Lisa

ihr gegeben hatte, förmlich fest. Lisa machte, daß sie fortkam. Die Alte konnte jeden Augenblick umkippen.

Als sie nun klingelte, betete sie, Frederica möge daheim
sein. Eine zweite Gelegenheit für einen Besuch würde sie
so rasch nicht bekommen.

Es knackte in der Sprechanlage. »Ja?«

»Frau Hofer?«

»Ja?«

»Hier ist Lisa Heldauer. Darf ich raufkommen?«

Zögern. Seufzen. Aber schließlich sagte Frederica: »In
Ordnung!« Und betätigte den elektrischen Türöffner.

»Sie war so furchtbar nervös«, erzählte Frederica, »das ist
mir als erstes an ihr aufgefallen. Sie schaute sich manchmal mit einem Blick um wie ein ängstliches Kaninchen.
Und das schien gar nicht recht zu ihr zu passen. Sie war
eine schöne, große Frau. Viele Männer verrenkten sich die
Köpfe nach ihr. Aber sie ging auf keinen einzigen Annähe-
rungsversuch ein.«

Das klang nicht im mindesten nach Anna, fand Lisa.
Anna war nie schüchtern und furchtsam gewesen. Und *nie*
hatte sie auf Annäherungsversuche *nicht* reagiert. Im Gegenteil. Den Flirt mit Männern hatte sie gebraucht wie die
Luft zum Atmen.

»Sie war allein in dem Hotel, und ich war ebenfalls allein«, sagte Frederica. »Und einmal, als beim Frühstück
kein Tisch mehr frei war, habe ich sie gefragt, ob ich mich
zu ihr setzen dürfte. Von da an haben wir ab und zu etwas
zusammen unternommen.«

»Und wo in Spanien war das Hotel?«

»In Torremolinos. An der Costa del Sol.«

»Oh …«, sagte Lisa ehrfürchtig. Da hatte sie immer
schon hingewollt.

Frederica lächelte mitleidig. »Torremolinos ist grauenhaft. Eigentlich wollte ich sowieso nach Marbella, aber da war alles zu teuer. In Torremolinos haben sie einen Hotel-Silo neben den anderen gebaut, gleich am Meer, aber wenn man Pech hat, erwischt man natürlich ein Fenster zur anderen Seite, und wenn man noch mehr Pech hat – und das hatte ich –, schaut man in einen schachtähnlichen Innenhof, an dessen oberem Ende ein winziges Stück blauer Himmel sichtbar wird. Tagsüber drängelt man sich an einem schmutzigen, überfüllten Strand, an dem sich ein Liegestuhl an den anderen quetscht. Sie können mir glauben, diese Reise war ziemlich ernüchternd.«

Sie saßen einander in Fredericas Wohnzimmer gegenüber, Frederica auf dem Sofa, Lisa in einem Sessel. Frederica hatte sich als eine ausgesprochen attraktive junge Frau entpuppt, kaum dreißig Jahre alt, sehr schlank, ein südländischer Typ mit schwarzen Haaren und olivfarbenem Teint. Sie trug einen Leder-Minirock und hochhackige Schuhe mit silberfarbenem Metallabsatz. Lisa fand das toll. Sie hätte auch gern so schicke Klamotten gehabt, aber es fehlte ihr ja immer am Geld. Sie kam sich in ihrem schwarzen Stretchmini und der weißen Rüschenbluse auf einmal hoffnungslos provinziell vor.

»Was hat Anna denn alles so erzählt?« fragte sie. »Ich meine, sie muß doch irgend etwas gesagt haben. Was sie so macht, wo sie herkommt, wie sie lebt ...«

»Sie redete nicht gern von sich. Meistens erzählte ich von mir. Es ging im allgemeinen um ... na ja, worum geht's bei Frauen im allgemeinen? Um Männer! Erst nach einer Weile habe ich gemerkt, daß sie langsam alles von mir weiß, aber ich nichts von ihr.«

Anna, die immer geredet hatte wie ein Wasserfall! Die übersprudelte vor lauter Mitteilungsbedürfnis!

162

Lisa öffnete ihre Handtasche und zog ein Foto von Anna heraus. »Wir reden doch von derselben Frau, oder? Hier, das ist meine Schwester. Mit achtzehn. Ein neueres Bild habe ich ja leider nicht von ihr.«

Frederica betrachtete das Foto. »Ja. Das ist sie auf jeden Fall. Aber als ich sie kennenlernte, war sie viel dünner.«

»Sie ist auf dem Bild doch auch schon ganz schlank!«

»Ja. Aber in Spanien war sie völlig abgemagert. Sie hat die ganze Zeit über auch nie richtig gegessen. Sie sagte immer, sie habe einen nervösen Magen und könne einfach kaum etwas vertragen.«

»Und auf die Frage, woher sie kommt, hat sie …«

»Da hat sie dieses Kaff genannt, in dem Sie ja auch leben. Bei Augsburg, hat sie gesagt.«

»Und beruflich?«

»Da war sie ziemlich ausweichend. Sie habe nichts gelernt, sagte sie, jobbe mal hier, mal da, aber sie kümmere sich seit dem Tod ihrer Mutter hauptsächlich um ihren Vater, die jüngere Schwester und den Haushalt.«

Lisa gab einen Laut der Empörung von sich. Das war wirklich dreist! Nicht einen Tag lang hatte sich Anna um *irgend etwas* gekümmert!

»Ich habe ihr vorgeschlagen, es doch mal in meinem Job zu versuchen«, sagte Frederica. »Soviel Geld verdient man sonst nirgends so schnell und angenehm.«

»Was machen Sie denn?«

»Ich arbeite in einem Escort-Service. Wissen Sie, was das ist?«

Lisa hatte nur eine vage Vorstellung. »Nicht genau …«

»Wir werden von Männern dafür bezahlt, daß wir sie dorthin begleiten, wohin sie nicht gern allein gehen.«

Ins Bett, dachte Lisa.

»Einsame Männer, Geschäftsreisende, die essen gehen

wollen, ins Theater, in eine Bar … wohin auch immer. Das läuft über eine Agentur. Die bekommt eine Provision, wir den Rest. Aber man kriegt nebenher noch viele großzügige Geschenke, und dann natürlich immer die Abendessen, den Champagner …«

Es klang nach Paradies, fand Lisa. Genaugenommen könnte es das sein, wonach sie immer gesucht hatte.

»Nun, jedenfalls habe ich Anna vorgeschlagen, sich bei meiner Agentur zu bewerben«, fuhr Frederica fort. »Das Aussehen dazu hatte sie jedenfalls. Sie meinte, sie werde es sich überlegen. Aber ich hatte den Eindruck, daß sie mir gar nicht richtig zuhörte. Einerseits schien sie ständig ihre Umgebung zu mustern, argwöhnisch und mißtrauisch, und gleichzeitig war sie immer wie in sich selbst versunken. Ich wurde nicht recht schlau aus ihr.«

»Haben Sie sie nach einem Mann in ihrem Leben gefragt?«

»Natürlich. Aber da sei keiner, hat sie gesagt. Ich mochte es ja kaum glauben. So eine hübsche Frau … Sie erzählte, sie habe längere Zeit mit einem Mann zusammengelebt, aber die Beziehung sei dann irgendwie zerbrochen.«

»Hat sie gesagt, wer dieser Mann war?«

Frederica schüttelte den Kopf. »Nein. Sie schien nicht darüber reden zu wollen, daher habe ich nicht nachgehakt. Wissen Sie, irgendwann hatte ich kapiert, daß sie diese Dinge für sich behalten wollte, und da habe ich dann gar nicht mehr versucht, sie auszuquetschen.«

»Ich verstehe.«

Lisa war enttäuscht. Sie hatte sich mehr von dem Gespräch mit Frederica erhofft. Im Grunde war sie nun kaum schlauer als vorher.

»Hat Anna erwähnt, daß sie in Südamerika gelebt hat?« erkundigte sie sich. Frederica verneinte dies. Dann schaute sie auf ihre Armbanduhr.

»Leider muß ich unser Gespräch nun beenden. Ich habe einen Job heute abend. In einer Stunde muß ich los, und vorher will ich mich noch zurechtmachen.«

Dabei sieht sie doch ohnehin perfekt aus, dachte Lisa. Sie stand auf.

»Ja, dann gehe ich jetzt. Vielen Dank, daß Sie Zeit hatten für mich.«

»Keine Ursache. Ich konnte Ihnen ja kaum helfen. Es tut mir wirklich leid wegen Ihrer Schwester.«

»Wenn Ihnen noch etwas einfällt, könnten Sie mich dann anrufen?« fragte Lisa.

»Natürlich«, sagte Frederica, aber irgendwie klang das mechanisch, so als habe Frederica die ganze Geschichte längst abgehakt und beiseite gelegt.

Als Lisa wieder unten auf der Straße stand, überlegte sie, ob sie nun nicht doch den Kommissar verständigen sollte. Ihr Gespräch hatte sie gehabt, übergangen konnte sie nun nicht mehr werden. Aber Kommissar Hülsch würde Frederica natürlich ganz anders befragen, ihr vielleicht doch noch die eine oder andere Erinnerung entlocken.

Immerhin konnte manches interessant sein für die Polizei: Anna hatte, im Winter vor ihrem Tod, Ferien in Südspanien gemacht. Sie war nervös und verängstigt gewesen und hatte gegenüber einer Urlaubsbekanntschaft unrichtige Angaben über Wohnort und Lebensumstände gemacht. Das mochte die Theorie stützen, die Hülsch einmal in Erwägung gezogen hatte: daß Annas Tod mit einem Ereignis oder einem Menschen aus ihrer Vergangenheit zu tun gehabt hatte. Daß sie im Sommer des letzten Jahres nicht zufällig einem Wahnsinnigen in die Hände gefallen war, sondern daß schon vorher irgend etwas passiert war; etwas, das sie über einen längeren Zeitraum hinweg hatte in Gefahr schweben lassen.

Sie würde ihn gleich am Montag anrufen, beschloß sie. Frederica würde sie verfluchen, aber das konnte ihr egal sein.

Nun mußte sie sehen, daß sie rasch nach Hause kam, damit die Nachbarin sich in ihren Feierabend stürzen konnte.

14

Unter blauem Himmel und ungetrübter Sonne lag der Lago Maggiore vor ihnen, tief und leuchtend in seiner Farbe, unberührt noch von Seglern und Surfern. Im Sommer würden die Wassersportler seine glatte Oberfläche durchpflügen und sich wie ungezählte bunte Tupfen auf ihm bewegen. Noch durfte er still vor sich hin träumen und seine Wellen sacht und leise ans Ufer schwappen lassen. Hell glänzend erhoben sich ringsum die Berge, deren Gipfel noch mit Schnee bedeckt waren. Es war warm in der Sonne. An den Piazzas rund um den See hatten die Cafébesitzer Stühle und Tische nach draußen gestellt und die Markisen heruntergekurbelt. Reges Leben und Treiben herrschte in den Straßen von Locarno. Die Menschen schlenderten am See entlang, schleckten Eis, kauften Ramsch bei den Straßenhändlern. Die Forsythien blühten in sattem Gelb, dazwischen glühte das kräftige Rosa der Magnolien, wiegten sich schneeweiße Kirschblütenzweige im leisen Wind. Aus dem noch kahlen, grauen Deutschland kommend, erschien Leona das blühende Tal jenseits der Alpen wie ein wundersames Paradies, eine andere, leichtere, heitere Welt. Sie lehnte sich in ihrem Stuhl zurück, schloß für Sekunden behaglich die Augen, genoß die warme Sonne auf ihrem winterblassen Gesicht.

»Wie schön es hier ist«, murmelte sie.

Sie saßen in einem Café gleich am See, stärkten sich mit Kaffee und Kuchen, hatten ihre Jacken ausgezogen und die Pulloverärmel hochgeschoben. In aller Herrgottsfrühe waren sie am Morgen in Leonas Auto von Frankfurt aufgebrochen, hatten um halb fünf am Nachmittag Locarno erreicht und beschlossen, dort eine Kleinigkeit zu essen, ehe sie nach Ascona zu Roberts Wohnung weiterfuhren.

Leona hatte die ganze Zeit am Steuer gesessen, aber zu ihrer eigenen Überraschung fühlte sie sich nicht erschöpft. Im Gegenteil: Die herrliche Landschaft, die Sonne, die bunten Farben belebten sie, ließen ein Kribbeln durch ihren Körper laufen, elektrisierend, kraftvoll.

Was Sonne und Süden ausmachen können, dachte sie, wie ganz anders man sich sofort fühlt!

Streß und Scheidungsfrust verblaßten. Sie fanden irgendwo anders statt, in einem Leben, das Leona für zehn Tage gründlich vergessen wollte.

Robert, der ihr gegenüber saß, lächelte. Auch er wirkte entspannter und ausgeglichener, seitdem sie hier waren.

»Es freut mich, daß es dir gefällt«, sagte er.

»Gefällt? Ich bin begeistert. Es war eine wunderbare Idee von dir hierherzufahren. Plötzlich merke ich, wie urlaubsbedürftig ich war.«

»Deine Haare glänzen in der Sonne. Das sieht schön aus«, sagte er.

»Hoffentlich gefallen sie dir inzwischen schon wieder besser.«

»Natürlich. Und am allerbesten werden sie mir gefallen, wenn sie wieder so lang sind wie am Anfang. Wenn du wieder aussiehst wie Rapunzel.«

Sie lachte. »Vorsicht! Rapunzel hat an ihren langen Haaren einen fremden Mann zu sich in den Turm klettern lassen. Auf die Idee könnte ich auch kommen.«

Er erwiderte ihr Lachen. Er sah fröhlich und unbeküm-
mert aus.

»Dann bringe ich dich um«, sagte er sanft.

Eine Möwe schrie über dem See. Zwei Kinder stritten
lautstark um einen Ball. Ein Hund tobte bellend am Ufer
entlang, strotzend vor Kraft und Lebensfreude. Fröstelnd
schob Leona ihre Pulloverärmel wieder nach unten.

»Es wird kühler«, sagte sie, »laß uns gehen.«

Fünfundzwanzig Minuten später hielten sie vor dem Haus
an, in dem Robert wohnte. Es lag ein ganzes Stück entfernt
vom See in der Via Murracio, einer langen, breiten Straße,
die hauptsächlich von Neubauten gesäumt war. Das Haus,
zu dem Robert Leona dirigiert hatte, mußte an die fünfzig
Wohneinheiten beherbergen. Kleine, rosafarben gestri-
chene Balkons klebten entlang der Fassade. Das ganze Gebäude wirkte ein wenig trist, abgestoßen und abgeblättert.
Eine staubbedeckte Palme wurzelte im Innenhof und
reckte sich nach der Sonne. Es war nicht ganz das, was
Leona erwartet hatte, aber es gelang ihr, diesen ersten Anflug von Enttäuschung zu verbergen.

Dachtest du, er hat eine Villa am See? fragte sie sich,
aber in Wahrheit wußte sie, daß sie sich einfach nichts vorgestellt hatte, was schon von außen so schäbig aussah.

Die nächste Überraschung erwartete sie, als Robert im
dritten Stock die Tür zu seiner Wohnung aufschloß. Die
Wohnung ging nach hinten hinaus, somit nach Norden,
und bestand überhaupt nur aus einem einzigen Zimmer,
einer winzigen Küche und einem fensterlosen Mini-Bad.

Es herrschte ein Chaos, das Leona zurückzucken ließ.

Bücherstapel türmten sich auf dem Fußboden. Überquel-
lende Aschenbecher verteilten sich malerisch im ganzen
Raum. Socken, Unterwäsche, Pullover und schmutzige Ser-

vietten flogen in allen Ecken herum. Zwei völlig vertrock-
nete Pflanzen in steinernen Blumentöpfen am Fenster hatten den Kampf ums Überleben aufgegeben, braun und tot
hingen ihre Blätter herab. In einer gläsernen Kaffeekanne,
die auf einem flachen Sofatisch stand, gammelte ein mona-
tealter Kaffeerest vor sich hin. Daneben reihten sich an die
zwanzig benutzte Tassen und Becher auf. Über einem Teller
mit modrigem Gebäck lag eine dicke Staubschicht. Abgestandene Luft machte das Atmen schwer.

Leona balancierte durch das Zimmer, wobei sie trotz
größter Vorsicht ständig auf irgend etwas trat, auf Zeitschriften oder Krawatten oder Geldstücke, und riß das
Fenster auf. Weit lehnte sie sich hinaus, schnappte nach
Luft.

»Lieber Himmel«, murmelte sie.

»Hier ist ja seit Dezember niemand mehr gewesen«,
sagte Robert, »da riecht es nachher immer etwas komisch.«

Ja, aber normalerweise sieht es nicht *so* aus, dachte
Leona. Sie wandte sich wieder vom Fenster ab – man hatte
einen schönen Blick auf die Berge von dort – und ließ ihre
Augen erneut angewidert durch den Raum gleiten. Sie
war nie eine Ordnungsfanatikerin gewesen, ließ daheim
auch eine Menge herumliegen und nahm es mit dem
Staubwischen nicht allzugenau, aber dies hier ... Sie
konnte sich nicht vorstellen, wie ein Mensch in einem solchen Chaos leben konnte, wie er es fertigzubringen vermochte, eine Wohnung in diesem Zustand zu hinterlassen,
wenn er für längere Zeit verreiste. Wenn er wenigstens den
Kaffee weggeschüttet und die Aschenbecher geleert
hätte ...

»Es gibt nur dieses eine Zimmer?« fragte sie.

Robert nickte. »Wenn man es ein bißchen aufräumt, ist
es ziemlich groß. Völlig ausreichend.«

Sie sah sich um. »Aber wo kann man schlafen?«

Robert wies auf die Schrankwand, die eine ganze Längsseite des Raumes in Anspruch nahm.

»Da kann man abends ein Doppelbett herunterklappen.«

»Aha. Und wo hängt man seine Kleider auf und verwahrt Wäsche und Strümpfe und solche Sachen?«

»Ich zeige es dir!«

Er winkte ihr, ihm zu folgen, und sie balancierte erneut durch das Chaos. In der kleinen Diele, von der Zimmer, Küche und Bad abgingen, befanden sich zwei weißtürige Einbauschränke, darunter und darüber eine Reihe von Schubladen.

»Hier«, sagte Robert stolz, »da geht eine ganze Menge rein!«

Er öffnete eine der Türen. Leona erkannte einige buntbedruckte Sommerröcke, ein paar T-Shirts, eine dunkelblaue Kostümjacke. Auf dem Boden des Schrankes standen zwei Paar Damenschuhe.

Robert schien etwas verlegen. »Oh ... ich habe gar nicht mehr daran gedacht ... das sind noch Sachen von Ines. Das meiste habe ich ans Rote Kreuz gegeben, aber einiges ... ich werde es sofort wegräumen!«

Wo will er es denn hier noch hinräumen? dachte Leona aggressiv.

»Laß nur«, sagte sie, »mich stören die Sachen nicht. Ich werde sie einfach zur Seite schieben.«

Robert schien erleichtert. »Gut. Paß auf, ich hole jetzt unser Gepäck herauf, und dann gehen wir gleich an den See, und ich zeige dir die Altstadt und ...«

»Wir sollten hier erst einmal etwas aufräumen, findest du nicht?«

»Das hat doch Zeit.«

»Heute abend sind wir dann zu müde. Laß es uns hinter uns bringen.«

Er verzog das Gesicht und sah dabei aus wie ein trotziges Kind.

»Jetzt sei doch nicht so spießig, Leona! Die Sonne scheint! Ich habe Lust, am See zu sitzen und ein Glas Wein zu trinken. Und du willst aufräumen!«

»Schau mal, wir können ja heute abend nicht einmal unsere Betten herunterklappen, so wie es jetzt aussieht! Und es ist so ... ungemütlich.«

Schmollend schob er die Unterlippe vor. »Es gefällt dir hier nicht, oder? Du hast etwas Prächtiges erwartet, stimmt's? Ein Zehn-Zimmer-Appartement mit Dachgarten oder etwas Ähnliches!«

»Das ist doch Blödsinn. Ich kann allerdings im Moment wirklich nur schwer feststellen, ob mir diese Wohnung gefällt oder nicht, weil ich den Eindruck habe, auf einer Müllhalde gelandet zu sein. Aber das läßt sich schließlich in Ordnung bringen.«

Sie hatte den letzten Satz in einem bittenden, versöhnlichen Ton gesagt, erkannte aber an seinem Gesichtsausdruck, daß sie damit nicht zu ihm vordrang. Inzwischen wußte sie diese eigentümliche Starre in seinen Augen schon zu deuten.

O nein, dachte sie, bitte nicht. Keinen Streit gleich am ersten Tag! Es sollte doch ein schöner Urlaub werden.

»Ich habe eine Idee«, sagte sie betont heiter. »Ich bringe das hier allein in Ordnung. Wahrscheinlich geht es dann sowieso schneller. Du schaust dich so lange ein bißchen in Ascona um, und später holst du mich zum Abendessen ab, okay? Sicher hast du irgendein Lieblingsrestaurant, in das du am ersten Abend gern gehen würdest.«

Du bist eine Idiotin, sagte eine innere Stimme zu ihr, raspelst hier Süßholz und bietest dich an, die Dreckarbeit zu machen, während der hohe Herr ein wenig in der Sonne am See entlangschlendert. Es wäre *seine* verdammte Sache, hier den Saustall zu beseitigen! Du legst genau diese blödsinnige Harmoniesucht an den Tag, die dich zur Unterwürfigkeit verleitet und schwach macht!

Aber sie wollte diese Stimme jetzt nicht hören. Sie wollte jetzt keine Auseinandersetzung, sie war müde von der Fahrt, sie sehnte sich nach einer erfrischenden Dusche, nach Ruhe, danach, hier Ordnung zu schaffen, um sich wohl fühlen zu können. Sie sehnte sich, wie sie erstaunt erkannte, sogar danach, für eine Weile allein zu sein.

»Also, wenn du lieber hier die Putzfrau spielst, als dir Ascona anzuschauen, dann ist dir nicht zu helfen«, sagte Robert. Er klang wütend. »Ich gehe jedenfalls etwas trinken. Es war nie meine Absicht, dich zu meiner Haushälterin zu machen, aber wenn du unbedingt eine sein willst – bitte sehr! Bloß beschwere dich nachher nicht!«

Damit rauschte er hinaus und schlug die Wohnungstür hinter sich zu. Leona ließ sich auf einen Fußschemel sinken und stützte den Kopf in die Hände.

Die erste gemeinsame Reise fing höchst vielversprechend an.

Es war kurz nach sieben Uhr, als Leona die Wohnung so weit in Ordnung gebracht hatte, daß Menschen darin leben und sich einigermaßen wohl fühlen konnten. Sie hatte allen Abfall in einer großen Tüte gesammelt und nach unten in den Müllcontainer gebracht, danach die vielen herumliegenden Wäschestücke, Hand- und Badetücher in die Waschmaschine im Keller, anschließend in den Trockner verfrachtet. Von einer Dame im ersten Stock lieh sie sich Spül- und Putzmittel, reinigte einen ganzen Stapel Geschirr, putzte gründlich Bad und Küche, wischte den fingerdicken Staub von allen Flächen im Wohnzimmer. Sie ging noch einmal zu der Dame hinunter – die sie ziemlich mißtrauisch musterte – und lieh sich einen Staubsauger, dessen Benutzung ihr die überraschende Tatsache enthüllte, daß der Wohnzimmerteppich leuchtend blau und nicht grau war. Sie klappte die Betten herunter, weil sie plötzlich argwöhnte, die Wäsche könnte nicht frisch sein, und fast hob es ihr den Magen, als ihr der muffige Geruch entgegenschlug.

Jahre, dachte sie fast hysterisch, seitdem die Decken zuletzt bezogen wurden!

Sie stellte eine zweite Waschmaschinenfüllung mit Bettwäsche an, dankbar, daß es einen Trockner gab und sie hoffen konnte, bis nachts alle Sachen fertig zu haben. Es sah jetzt recht wohnlich aus im Zimmer, man hatte ein Sofa und zwei Sessel zum Sitzen und einen kleinen Eßtisch mit vier Stühlen in der Ecke. Die Sonne ging unter, am Berghang jenseits des Fensters flammten vereinzelt Lichter auf. Leona setzte sich auf das Sofa, zündete sich eine Zigarette an, streckte ihre müden Knochen und atmete tief durch.

Wer war der Mann, mit dem sie seit fast drei Monaten zusammenlebte?

Es gab Männer, die waren mit der Führung eines Haushalts völlig überfordert, und es haperte an allen Ecken und Enden, aber von Robert hatte sie einen ganz anderen Eindruck gehabt. Daheim in Frankfurt hatte er alles in Ordnung gehalten, hatte geputzt, gewaschen, die Katzenklos gesäubert. Er hatte gekocht und die Blumen gegossen und sogar ab und zu gebügelt.

Aber das ist doch alles nicht wichtig, ermahnte sie sich selbst, seit wann bist du denn so spießig, daß du einen Mann nach seinen Haushaltsqualitäten beurteilst?

Aber das war es nicht, und das wußte sie auch. Die Wohnung, die sie hier vorgefunden hatte, war nicht einfach unaufgeräumt, schlampig und – unvermeidlicherweise – staubig gewesen. Die Verwahrlosung, das Chaos waren ihr beinahe pervers vorgekommen. Einen Moment lang hatte sie den Eindruck gehabt, auf das Spiegelbild einer kranken Seele, eines kranken Geistes zu blicken. Es hatte sie geschockt, aber angesichts der neugeschaffenen Ordnung ringsum begann der Eindruck schon wieder zu verblassen.

Du führst dich auf wie eine kleinkarierte deutsche Hausfrau, sagte sie spöttisch zu sich, flippst aus wegen einem bißchen Dreck und Unordnung und gerätst völlig aus dem Gleichgewicht.

So war es nicht, wisperte ihr eine innere Stimme zu, *und das weißt du auch!*

»Es war ein schöner Tag, eine schöne Reise«, sagte sie laut und trotzig, »und das lasse ich mir nicht vermiesen!«

Blieb eine Tatsache bestehen: Sie saß in der letzten Zeit ein wenig zu oft da und verbrachte Stunden damit, sich Roberts Verhalten so lange zurechtzulegen (*zu beschönigen*, warf die innere Stimme ein), bis es wieder auf die Vorstellung von einem Traummann paßte. Bei Wolfgang war das nie der Fall gewesen. Sie hatte manches Mal mit ihm gestritten, war wütend, empört und zuweilen auch verletzt gewesen – aber nie hatte er irgend etwas gesagt oder getan, was sie wirklich schockiert oder ihr gar Angst eingeflößt hätte. Sie hatte ihn nie als befremdlich, undurchsichtig oder bedrohlich empfunden. Irgendwie war alles so normal und einfach gewesen.

Eben spießig, dachte sie.

Nicht spießig. Nur normal. Gesund.

Ausgerechnet Carolin mußte ihr nun in den Sinn kommen. Sie hatte am gestrigen Nachmittag noch die Katzen zu ihrer Familie gebracht, um sie während der Reise versorgt zu wissen, und sie war natürlich als erstes über ihre jüngere Schwester gestolpert.

»Du fährst jetzt wirklich mit dem Typen in die Ferien?« hatte Carolin mit hochgezogenen Augenbrauen gefragt.

»Ja.«

»Du bist verrückt! Dazu würden mich keine zehn Pferde bringen!«

»Mein Gott, weil er *einmal* einen schlechten Tag hatte!«

»Schau ihm doch mal in die Augen! Der hat einen Schuß weg, aber einen gewaltigen!«

Carolin sollte den Mund halten, dachte Leona nun, bei den zweifelhaften Männern, die sie immer an Land zieht.

Sie hörte, wie die Wohnungstür aufgeschlossen wurde, und stand unwillkürlich auf.

»Robert?«

Er trat ins Zimmer. Er hielt einen großen Strauß Frühlingsblumen in den Händen und wirkte etwas verlegen.

»Hallo, Leona …«

Sie blieb abwartend stehen. Er schaute sich um.

»Das ist wirklich unglaublich«, sagte er, »du hast ein Schmuckstück aus der Wohnung gemacht!«

»Na ja, so toll ist es auch wieder nicht. Ich habe halt ein bißchen aufgeräumt.«

Er streckte ihr den Blumenstrauß hin, sie nahm ihn zögernd.

»Ich habe mich dumm benommen«, sagte er, »es tut mir leid. Sei mir nicht mehr böse.«

»Ich stell' die Blumen ins Wasser.«

Sie wollte an ihm vorbei in die Küche, aber er hielt ihren Arm fest.

»Du sollst sagen, ob du mir noch böse bist!« In seinen

Atem mischte sich der Geruch von Whisky, aber nur ein wenig, er war nicht betrunken.

»Nein. Bin ich nicht. Nur etwas müde.«

»Du bist doch böse«, stellte er resigniert fest.

Sie wand sich aus seinem Griff, ging in die Küche, kehrte mit einem Champagnerkühler aus Plastik zurück, in den sie Wasser gefüllt und die Blumen gestellt hatte.

»Manches«, sagte sie, »verstehe ich manchmal bei dir nicht.«

»Ach, Leona, ich weiß oft auch nicht, welcher Teufel mich reitet!« Hilflos strich er sich mit den Fingern durch die Haare. »Ich war vorhin einfach sauer, weil nicht alles so lief, wie ich es mir vorgestellt hatte. Ich wollte nicht putzen und aufräumen, und ich wollte auch nicht, daß du es tust. Ich …«

»Irgend jemand mußte es tun.«

»Das ist mir jetzt ja auch klar. Ich habe mich wirklich dumm benommen. Bitte entschuldige. Ich hoffe so sehr, daß dich die Blumen versöhnen!« Er sah sie flehentlich an.

Er sah unwiderstehlich aus in diesem Moment, fand Leona, mit der dunklen Haarsträhne in der Stirn, den bittenden dunklen Augen, den hängenden Schultern. Sie hätte ihn gern in den Arm genommen, aber sie konnte nicht ohne ein Gespräch über das Geschehene hinweggehen.

»Mich hat dieses Chaos hier erschreckt«, sagte sie und fand sich schon wieder kleinkariert, weil sie trotz Blumenstrauß und Entschuldigung auf dem Thema herumritt.

»Es war nicht einfach … unordentlich, dreckig. Es war … so verkommen. Es sprach etwas daraus, das mich fassungslos machte.«

Nun ließ er auch noch den Kopf hängen. Er verteidigte sich nicht, suchte nicht nach Ausflüchten und Erklärungen. Er schien entschlossen, alles, was sie sagte, über sich ergehen zu lassen, geduldig abzuwarten, bis sie fertig wäre.

»Ach, vergiß es«, sagte sie. Flüchtig strich sie ihm über den Arm. »Ich bin nicht mehr böse. Wirklich nicht.«

Schlagartig veränderte er sich. Er hob den Kopf, straffte die Schultern. Er war wieder der stattliche, attraktive Mann mit den schönen, klaren Augen. Er nahm Leona in die Arme, zog sie an sich, preßte seine Lippen in ihre Haare.

»Ich bin so glücklich«, flüsterte er, »so glücklich, daß ich dich gefunden habe, daß du mir gehörst. Ich kann es kaum abwarten, daß du endlich geschieden bist und wir heiraten können.«

Heiraten, dachte sie, und diese Vorstellung flößte ihr plötzlich Furcht ein. Vielleicht ging alles zu schnell.

»Ich werde ein bißchen Zeit brauchen«, gab sie, ebenfalls flüsternd, zurück, obwohl sie wußte, daß dies nicht der Zeitpunkt und nicht die Gelegenheit für eine Diskussion waren.

Robert ließ sich darauf nicht ein. Anstelle einer Antwort zog er sie noch fester an sich, ließ seine Hände langsam über ihren Rücken gleiten. Leona wußte, wie sich sein Atem anhörte, wie sich seine Augen und seine Stimme veränderten, wenn er mit ihr schlafen wollte. Bislang hatte sie darauf immer sofort reagiert, nie war es ihr schwergefallen, ihre Stimmung unmittelbar seiner anzupassen. Als Mann, in einem einfachen, sexuellen Sinn, war er genau das, wovon sie immer geträumt hatte. Er schien wie etwas, das gerade für sie und für niemanden sonst entworfen worden war.

Diesmal funktionierte es nicht. Nichts von seiner Erregung sprang auf sie über. Sie war müde, fühlte sich verschwitzt und abgekämpft. Sie hatte nicht die geringste

Lust, sich mit ihm auf dem azurblauen Teppich herumzu-
wälzen.

»Wir wollten doch essen gehen«, sagte sie und versuchte, sich aus seiner Umarmung zu winden.

Robert hielt inne, ließ sie aber nicht los.

»Du bist mir immer noch böse«, stellte er erneut fest,
und kurz fragte sich Leona, ob er diesen Satz für den Rest
des Urlaubes immer dann anbringen wollte, wenn irgend
etwas nicht nach seinen Vorstellungen lief.

»Ich bin nicht böse!«

»Dann zeig es mir!«

Seine Finger schoben sich in ihre Jeans. Seine Zunge
spielte mit ihrem Ohr. Ein Kälteschauer zog über Leonas
Rücken.

Verdammt, dachte sie.

Er hatte sofort gemerkt, daß sie nicht mehr gänzlich unbeteiligt war.

»Du willst mich genauso, wie ich dich will«, murmelte
er.

Am Ende landeten sie natürlich auf dem Teppich, liebten sich zwischen Couchtisch und Fernseher, und es war
so vollkommen wie immer, erschöpfend und beglückend,
und Leona, die sich selbst nie für eine besonders sinnliche
Frau gehalten hatte, dachte zum erstenmal, daß dies ein
Grund sein konnte, bei einem Mann zu bleiben: Seine
Fähigkeit, die Frau in seinem Bett sich wie eine Sexgöttin
fühlen zu lassen. Alle Widrigkeiten des Tages schienen
sich in nichts aufzulösen, alles war auf einmal in weite
Ferne gerückt, unwirklich und unwichtig geworden.
Längst hatte sich nächtliche Dunkelheit über das Zimmer
gebreitet. Robert richtete sich auf, tastete auf dem Tisch
nach einem Feuerzeug, zündete die Kerze an, die Leona
auf den Tisch gestellt hatte. Im dämmrigen Schein sah sein

Gesicht sanft und verletzlich aus. Er betrachtete Leona, wie man einen kostbaren Schatz betrachtet, den zu besitzen man noch kaum glauben kann, und Leona fühlte sich so umhüllt von seiner Liebe, daß sie zu ihm emporblickte mit einem Lächeln, von dem sie ahnte, es hätte als Titelbild auf einen Schnulzenroman gepaßt.

Und dann sah sie plötzlich, erstaunt und ohne es zu begreifen, wie sich seine Züge veränderten, wie alle Wärme und Zärtlichkeit aus ihnen wich, wie sie sich verzerrten und einen fremden Menschen aus ihm machten – einen Menschen, der auf einmal bedrohlich, gefährlich erschien.

Seine Hand schoß auf Leona nieder wie ein Raubvogel auf ein Kaninchen; mit schmerzhaftem Griff umklammerte er ihr rechtes Handgelenk.

»Der Ring!« stieß er hervor. Er war kalkweiß geworden. »Wo ist er? Wo, zum Teufel, hast du den Ring gelassen?«

15

Lydia saß bei einem ihrer einsamen, ausgedehnten Sonntagsfrühstücke und starrte zum Fenster hinaus auf die Dächer der gegenüberliegenden Häuser, über denen ein Schneeschauer niederging. Nirgendwo schienen sich Blütenknospen zaghaft zu öffnen. Aber das war kein Wunder angesichts der anhaltenden Kälte und des schlechten Wetters. Zog sich der Winter jedes Jahr so lange hin?

Wahrscheinlich tut er das, dachte Lydia, man vergißt es nur. Man denkt immer, mit dem ersten März müßte der Frühling ausbrechen, aber das passiert natürlich nie. Sie hatte sich Musik angemacht, irgendein Klavierkonzert, die Heizung bis zum Anschlag aufgedreht, Kaffee und ein weiches Ei gekocht, Toastbrot, Käse und Schinken aufgetischt, aber wie meist saß sie ohne jeden Appetit davor. Es machte einfach keinen Spaß allein. Niemand, mit dem sie plaudern konnte. Niemand, der sich an dem hübsch gedeckten Tisch mit dem Tulpenstrauß in der Mitte freute. Niemand, mit dem sie Pläne machen konnte, wie man den Rest des Tages verbringen sollte.

Lydia hatte vor langer Zeit schon die Hoffnung begraben, einmal eine eigene Familie, einen Mann und Kinder, zu haben. Inzwischen war sie ohnehin zu alt. Mit dreiundfünfzig Jahren konnte sie keine Kinder mehr bekommen, und einen Mann …

Samstags las sie immer die Heiratsannoncen in der Zeitung. Es gab durchaus bindungswillige Männer ihres Alters oder sogar deutlich darüber, Witwer, Geschiedene, die das Alleinsein satt hatten. Viele suchten allerdings junge Frauen, aber nicht alle. Manchen war eine Dreiundfünfzigjährige keineswegs zu alt.

Ein einziges Mal, vor zwei Jahren, hatte sie Evas Ermutigungen nachgegeben und auf eine Annonce geantwortet, in der ein sechzigjähriger Herr eine neue Beziehung, Heirat nicht ausgeschlossen, suchte. Sie war damals gerade einundfünfzig gewesen, und Eva hatte gemeint, da könne überhaupt nichts schiefgehen.

»Er ist neun Jahre älter als du! Er kann sich glücklich schätzen, etwas so Junges wie dich zu bekommen!«

»Aber ich bin so dick!«

»Wahrscheinlich ist er viel dicker. In dem Alter haben die meisten riesige Bierbäuche. Hab bloß keine Komplexe!«

Der Abend war ein einziger Reinfall gewesen. Der Herr, den Lydia in einem sehr teuren Restaurant traf, hatte auch nicht den leisesten Ansatz eines Bauches und sah so gut aus, daß es Lydia fast die Sprache verschlug. Sie verbrachte vier qualvolle Stunden ihm gegenüber, in denen sie ständig an ihrem zu engen Rock zupfte oder an ihren Haaren, die der Friseur am Morgen in eine neue Dauerwelle gelegt hatte. Sie hatte den Eindruck, eine riesige, aufgeplusterte Haube aus Haar und Festiger auf dem Kopf zu tragen, stahlhart und nicht einmal durch einen Wirbelsturm zu zerstören. Sie konnte nur »ja« und »nein« sagen und wußte nicht, wie man einen Hummer aß. Sie hatte den Mann nach dem Abend nicht wiedergesehen und sich geschworen, sich nie wieder auf ein solches Abenteuer einzulassen, auch wenn Eva stets gesagt hatte, man dürfe sich von einem Fehlschlag nicht entmutigen lassen.

Eva ...

Wie sehr ihr Eva doch fehlte! Gerade sonntags hatten sie oft miteinander gefrühstückt. Eva, die unfähig war, auch nur ein Ei zu kochen, war immer zu Lydia herübergekommen. Dann hatten sie stundenlang zusammengesessen und geplaudert, und Lydia war fröhlich gewesen, auch wenn Eva im Grunde nur ein einziges Gesprächsthema gekannt und es wieder und wieder aufgetischt hatte: ihren geschiedenen Mann. Seine Verfehlungen. Seine Untreue.

Manchmal hatte Lydia das Gefühl beschlichen, daß Eva ein wenig neurotisch mit dem Thema umging. Aber sie hatte sich gehütet, Zweifel laut werden zu lassen. Instinktiv wußte sie, daß Evas Freundschaft zu ihr im Grunde nur darauf beruhte, daß sie bei ihr ewiges Verständnis und bedingungslose Unterstützung fand. Sie krallte sich an Lydia fest, weil diese der letzte Mensch war, der sich noch bereiterklärte, ihr zuzuhören. Um nichts in der Welt hätte Lydia diese kostbare Beziehung, dieses letzte Bollwerk gegen die Einsamkeit, aufs Spiel gesetzt.

Das Klavierkonzert ging in leises Moll über. Die Schneeschauer draußen wurden heftiger. Lydias rechte Hand spielte mit der weißen Karte, die neben ihrem Teller lag.

Wolfgang Dorn hatte sie hiergelassen. Sie solle ihn anrufen, wenn ihr etwas Wichtiges einfiele, hatte er gesagt und dabei sicher nicht gewußt, welch ein köstliches Gefühl er ihr mit diesem Satz bereitete. Es war wie ein Sonnenstrahl an einem verregneten Tag gewesen. *Sie war wichtig!* Ein fremder Mann hatte sie hier besucht, hatte auf ihrem Sofa gesessen, hatte Informationen von ihr haben wollen. Hatte sie gebeten, sich Gedanken zu machen.

Sie hatte sich Gedanken gemacht. Er hatte es nicht klar ausgesprochen, aber nachdem er weg gewesen war, hatte sie sich manches zusammengereimt: Offenbar waren Leona, seine Frau, von der er getrennt lebte, und Robert Jablonski, Evas Bruder, ein Paar. Robert hatte Leonas Telefonnummer haben wollen. Leona hatte sich kurz vor Weihnachten intensiv nach ihm erkundigt. Nun tauchte ihr Noch-Ehemann auf und erkundigte sich ebenfalls ... Eifersüchtig war er gewesen. Lydia wußte, wie Eifersucht roch, durch Eva wußte sie es nur zu gut.

Robert und Leona ... Lydia seufzte. Warum waren manche Frauen einfach so privilegiert? Trafen einen wildfremden Mann, den sie normalerweise nie kennengelernt hätten, durch einen Zufall, einen verrückten Zufall, und – bingo! Ein paar Blicke, ein paar Worte, ein Lächeln, und schon blühte die Romanze. Manchmal malte sich Lydia aus, wie es sein mußte, von einem Mann begehrt zu werden. Ihm gegenüberzusitzen an einem Tisch und in seinen Augen zu lesen, daß er am liebsten jetzt gleich ... auf dem Tisch ...

Sie seufzte wieder. Nicht weiterdenken. Frauen wie ihr, das wußte sie, billigte man nicht einmal den Gedanken an Sex zu. Als würden häßliche Frauen ohne Unterleib geboren. Als hätten sie über Essen und Trinken hinaus keinerlei Bedürfnisse.

Müßige Gedanken. Das Klavierkonzert schwoll zu einem rauschenden Finale an. Langweilig, bieder und unattraktiv, wie sie war, war ihr doch etwas eingefallen bei ihrem ständigen Grübeln über Robert und Leona. Das, worüber sie schon die ganze Zeit nachgegrübelt hatte, seit ihrem Gespräch mit Leona bereits ...

Aber heute konnte sie Wolfgang Dorn nicht anrufen. Die Karte gab lediglich seine Büronummer preis, und im Büro würde er am Sonntag nicht anzutreffen sein. Oder doch? In Fernsehsendern mußte auch sonntags gearbeitet werden. Vielleicht, wenn sie es einfach versuchte ... Wenn sie ihn erreichte, wenn es sich als wichtig erwies, was sie zu sagen hatte, wenn er sie lobte – es würde ein Licht in diesen trüben, ereignislosen Tag fallen.

Sie ging zum Telefon, wählte die angegebene Nummer. Hinter ihr verstummten die letzten, leisen Klavierklänge. Wolfgang Dorn war sofort am Apparat. So viel Glück konnte Lydia kaum fassen!

16

Sie saßen auf der Piazza im Sonnenschein, tranken einen Wein und hatten jeder einen gewaltigen Eisbecher vor sich stehen. Leonas Eis schmolz langsam vor sich hin; grüne, braune und weiße Kugeln begannen bereits zu einer undefinierbaren Mischfarbe zusammenzulaufen. Leona hatte nur die Waffel aus dem Becher gezogen und zerbröselte sie zwischen den Fingern. Sie starrte vor sich hin.

»Dein Eis schmilzt« mahnte Robert. »Willst du nicht anfangen zu essen?«

Leona blickte auf. »Ich habe gesagt, ich möchte kein Eis. Wenn du es trotzdem bestellst, mußt du es eben essen.«

»Ich habe ja schon meines gegessen. Willst du, daß ich platze?«

Sie zuckte mit den Schultern. Ihr Blick glitt über den blauglitzernden See. Die Sonnenstrahlen tanzten flimmernd auf den kleinen Wellen. Es war warm wie im Frühsommer. Die Knospen an all den Bäumen und Büschen ringsum brachen an diesem Tag auf wie in einer gewaltigen Explosion. Ein Farbenmeer ergoß sich über das Tal.

Es hätte so wunderbar sein können, dachte Leona.

Robert, der mit seiner Sonnenbrille und in dem lässigen, weißen T-Shirt wie ein Hollywood-Schauspieler aussah, lehnte sich in seinem Stuhl zurück und hob beide Hände in einer dramatischen Geste der Hilflosigkeit.

»Mea culpa! Was soll ich noch tun? Willst du dich in dein Gekränktsein einhüllen für den Rest unseres Urlaubs?«

»Ich weiß gar nicht, ob ich diesen Urlaub noch machen will«, sagte Leona und schnippte die Waffelbrösel vom Tischtuch.

»Leona, sei mir nicht böse, aber du bist wirklich die am schnellsten eingeschnappte Frau, die ich je kennengelernt habe. Gut, vielleicht verhalte ich mich manchmal zu ungeduldig oder aufbrausend, aber ich entschuldige mich immer und …«

»… und schenkst mir Blumen oder drängst mir Eisbecher auf, die ich gar nicht will«, vollendete Leona seinen Satz. »Aber merkst du denn gar nicht, daß sich diese Vorfälle häufen? Deine Ausbrüche, deine Entschuldigungen, meine Verrenkungen, mir dein Verhalten zu erklären und es schließlich zu verzeihen … Allmählich bestimmt das alles ja die Tagesordnung bei uns!«

»Du bauschst das auf! Ich habe gesagt, daß es mir leid tut, und …«

»Robert!« Sie lehnte sich vor und sah ihn eindringlich

an. »Wie du dich gestern verhalten hast, das war nicht mehr normal. Bei allem Verständnis ... aber so vollkommen die Kontrolle zu verlieren ... das kann niemand mehr nachvollziehen.«

Ungeduldig spielte er mit seinem Weinglas herum.

»Kontrolle verlieren ... kannst du mir sagen, warum du immer alles so schrecklich dramatisieren mußt? Was habe ich denn getan? Habe ich dich geschlagen? Dich sonst irgendwie verletzt?«

»Nein. Aber ich dachte ...«

»Du dachtest! Du hast eine blühende Phantasie, Leona, das muß ich schon sagen. Du bildest dir immer irgendwelche Dinge ein, und nachher stellst du mich als ein unbeherrschtes Monster hin!«

Sie erwiderte nichts, erkannte aber mit steigendem Zorn seine einfache Taktik, mit der er jedesmal die Dinge zu seinen Gunsten verdrehte. Er war der »große Junge«, temperamentvoll und manchmal etwas ausufernd, aber natürlich war ihm nie ein ernsthaftes Fehlverhalten vorzuwerfen. *Sie* zickte herum, machte aus jeder Mücke einen Elefanten und spielte ständig den gekränkten Ankläger.

Diesmal nicht, dachte sie, diesmal kommst du mit deiner Methode, einfach schleunigst den Spieß umzudrehen, nicht durch!

Sie hatte gedacht, er wolle sie umbringen.

Das war das eigentlich Schlimme, was ihr noch jetzt, im hellen Sonnenschein am Ufer des Lago, die Kehle zuzuschnüren schien, wenn sie daran dachte. Sie hatte nicht einfach gefürchtet, er werde sie ohrfeigen, obwohl er die Hand gehoben hatte, als sei er dicht davor. Was sie in seinen Augen gelesen hatte, ging über den bloßen Wunsch, ihr weh zu tun, hinaus. Sie sah die Versuchung in ihnen, sie ein für allemal gefügig zu machen, sie jedes eigenen

185

Willens zu berauben, und sei es nur der Eigenständigkeit, mit der sie atmete. Sie sah, daß er sie töten wollte.

Das Verlangen schwelte nur eine Sekunde, dann verlosch es, aber so kurz es auch aufgeflammt war, Leona wußte, daß sie sich nicht getäuscht hatte. Zurück blieb ein zorniger, tobender Mann, der aufsprang und auch Leona mit einem groben Ruck auf die Füße zerrte.

»Wo ist der Ring? Wo ist der Ring? Wo ist der Ring?«

Er wiederholte die Frage immer wieder in einem hämmernden Stakkato, das wie das Rattern eines Maschinengewehrs klang. Leona hatte gar nicht sofort begriffen, welchen Ring er meinte. Dann wurde ihr klar, daß es um den Ring ging, den er ihr an jenem Winterabend in Lauberg am See geschenkt hatte.

»Der Ring ... er muß im Bad liegen. Ich habe ihn abgezogen, als ich anfing zu putzen.«

»Wir hatten vereinbart, daß du ihn *nie* ablegst!«

»Robert, was ist denn nur los mit dir?«

Er stürzte ins Bad, fand den Ring dort glücklicherweise tatsächlich neben dem Waschbecken, kehrte mit ihm zurück. Leona war inzwischen dabei, sich wieder anzuziehen. Ihre Hände zitterten.

Er packte ihre rechte Hand, zerrte ihr den Ring über den Finger.

»So!« Er war kalkweiß im Gesicht, seine Stimme vibrierte. »Tu das nie wieder, Leona! Tu das nie wieder!«

Leona war immer noch fassungslos, da verrauchte seine Wut so schnell, wie sie aufgeflammt war. Er zog sich mit ruhigen Bewegungen an, strich sich die Haare glatt und lächelte.

»Komm. Ich habe Hunger. Wir gehen ins ›al Porto‹. Da wird es dir gefallen.«

Er wollte nach ihrem Arm greifen, aber da kam endlich

Leben in sie. Sie wich zurück und fauchte: »Faß mich nicht an! Faß mich bloß nicht an!«

Robert schien verwirrt. »Was ist denn?«

»Das fragst du noch? Du machst mir eine solche Szene, und dann willst du mit mir essen gehen, als ob nichts gewesen wäre? Und fragst noch, was denn ist? Bist du komplett verrückt geworden?«

»Ich habe mich erschrocken, als ich sah, daß der Ring weg ist. Es hätte ja sein können, du hast ihn verloren!«

»Und wenn? Hätte dir das das Recht gegeben, hier eine solche Show abzuziehen? Zu schreien wie ein Wahnsinniger und einen Tobsuchtsanfall zu kriegen? Was glaubst du denn eigentlich, wer du bist?«

Genervt trat er von einem Fuß auf den anderen.

»Also – ich entschuldige mich. Okay? Gehen wir jetzt? Wenn wir nämlich noch lange warten, bekommen wir nirgends mehr etwas.«

»Du kannst gehen, wohin du willst. Ich komme jedenfalls nicht mit. Mir ist der Appetit gründlich vergangen. Und eines will ich dir noch sagen: Es ist mir gleich, wo du schläfst heute nacht, aber jedenfalls nicht hier in diesem Bett bei mir!«

Das Ende vom Lied war gewesen, daß Robert nicht mehr zum Essen ging und die Nacht auf dem Sofa verbrachte. An seinem gleichmäßigen Atem hatte Leona erkannt, daß er offenbar friedlich schlief. Sie selbst hatte kein Auge zugetan. Sie hatte in die Dunkelheit gestarrt, gegrübelt und sich mit der Erkenntnis konfrontiert, daß die Beziehung zu Robert gescheitert war und daß dieses Scheitern vor langer Zeit schon begonnen hatte.

Sie hatte nicht sehen wollen, daß etwas nicht stimmte. Sie hatte es nicht sehen wollen, weil sie keine zweite Niederlage innerhalb kurzer Zeit hätte hinnehmen können. Weil sich

187

alles zu schön gefügt hatte, um es zusammenbrechen zu lassen: Wolfgang hatte sie verlassen, und in ihren Schmerz hinein war Robert wie ein rettender Engel vom Himmel gefallen, hatte die kläglichen Scherben ihres Selbstwertgefühles säuberlich wieder zusammengesetzt, hatte sie sich wieder vollwertig fühlen lassen und sie wieder zur guten Tochter gemacht, die tadellos funktionierte, die Erwartungen ihrer Familie höchstens vorübergehend enttäuschte und ihre Niederlagen rasch und unkompliziert behob und in Erfolge umwandelte. Mit jeder Faser ihres Ichs hatte sie sich an ihn gekrallt und jede Warnung, die er ihr selbst unwissentlich gab, in den Wind geschlagen. Sein langes, kommentarloses Untertauchen im Dezember. Die Unbefangenheit (Unverfrorenheit würde sie es heute nennen), mit der er sich bei ihr einquartiert und von da an völlig auf ihre Kosten gelebt hatte. Seine wütende Reaktion in jenem Café, in dem sie und Carolin ihn getroffen hatten. Das chaotische Loch von einer Wohnung hier in Ascona, in dem er sie allein hatte aufräumen lassen, während er – wieder einmal wütend und aufgebracht – davonstürmte. Und nun zuletzt die Szene mit dem Ring. Die Mordlust in seinen Augen …

Mordlust? Wirklich?

Jetzt rede dir das nicht auch wieder schön, wies sie sich zurecht, aber sie wußte zugleich, daß es schwierig sein würde, dieses starke Gefühl von Bedrohung, das sie gehabt hatte, vor der sachlichen Analyse durch ihr realistisches Gehirn bestehen zu lassen. Mordlust war zu dramatisch. Mordlust war übersteigert, hysterisch.

Er ist ein Choleriker, aber kein Mörder, dachte sie.

Ihr Instinkt sagte etwas anderes.

Er überredete sie an jenem Sonntagnachmittag auf der Piazza am See, doch zu bleiben und ihm eine letzte, eine *allerletzte* Chance zu geben. Während die Eiskugeln endgültig zerschmolzen und der Wein warm und ekelhaft wurde im Glas, erklärte, bettelte, beschwor, flehte er.

Eine Woche! Er wolle nur diese eine Woche, diese Urlaubswoche im sonnigen Tessiner Frühling, auf die sie sich beide doch so gefreut hatten. Er würde ihr seine Heimat zu Füßen legen, ihr alles zeigen, was zu ihm, zu seiner Kindheit, zu seinem Leben gehörte.

»Ich wollte mit dir durch das Valle Maggia wandern, wie ich es früher immer getan habe. Mit dir unser altes Haus in Ronco besuchen. Du wolltest am Grab Remarques stehen, erinnerst du dich nicht, und ihm eine Rose bringen. Wir wollten nach Lugano fahren, und nach Italien hinunter am See entlang ...«

Seine Augen waren voller Wärme und Licht. Sie dachte daran, wie weich sich seine Lippen am vergangenen Abend auf ihrer Haut angefühlt hatten.

Warum mußt du blöde Kuh *daran* denken und nicht an das, was *danach* war, fragte sie sich zornig.

Sie verachtete sich dafür, daß sie seinem Drängen nachgab und ihm diese eine Woche zusagte. Sie wußte längst, daß es kaputt war zwischen ihnen. Und vermutlich wußte Robert das auch.

17

»Ich bin eigentlich nicht abergläubisch«, beteuerte die alte Frau, »aber wenn es sich irgendwie vermeiden läßt, gehe ich an einem Freitag dem dreizehnten nicht auf die Straße. Man weiß ja nie, nicht wahr? Also habe ich heute keinen Schritt aus der Wohnung getan.«

»Ich glaube nicht an Freitag den dreizehnten«, sagte

Leona, »aber wenn ich es täte, dann würde ich mich auch in der Wohnung nicht sicher fühlen. Das Unheil kann überallhin kommen, wenn es kommen soll, oder?«

»Nicht in meine Wohnung«, beharrte die alte Frau.

»Also – heute war jedenfalls das Wetter zu schön, um im Haus zu bleiben«, sagte Leona. »Wir haben von Locarno aus eine Wanderung gemacht. Erst bis zur Madonna del Sasso und dann noch ein ganzes Stück den Berg weiter hinauf. Man hatte einen herrlichen Blick über den See.«

»Mit meinem Mann bin ich früher auch oft gewandert«, sagte die Frau eifrig. »Wir haben ja in Norddeutschland gewohnt, sind aber jedes Jahr nach Ascona gekommen. Nach der Pensionierung meines Mannes haben wir dann die Wohnung gekauft. Und nach seinem Tod bin ich ganz hiergeblieben. Was soll ich im Norden? Das Klima da oben tut meinen armen Knochen gar nicht gut.« Sie seufzte tief. »Na ja, man wird eben nicht jünger.« Sie trat einen Schritt von der Tür zurück. »Möchten Sie nicht hereinkommen für einen Moment?«

»Nein danke«, wehrte Leona rasch ab. »Robert wartet auf mich.«

Als Dank für die Hilfe mit zahlreichen Putz- und Waschmitteln am ersten Abend hatte sie der Frau im ersten Stock einen Blumenstrauß gebracht. Robert hatte das überflüssig gefunden, aber Leona hatte darauf bestanden. Nun mochte die einsame Frau – wie viele einsame Frauen es gibt, dachte Leona und sah die arme Lydia vor sich – sie nicht mehr fortlassen.

»Ach, kommen Sie, nur auf einen Sherry! Ich habe so selten Besuch. Mein Gott, der Blumenstrauß ist wirklich wunderschön. Ich muß ihn gleich in eine Vase tun!«

Widerstrebend folgte ihr Leona ins Wohnzimmer. Die Wohnung, stellte sie fest, war viel größer und schöner als

190

die von Robert. Die Räume gingen nach Süden und Westen und führten auf zwei größere Balkone hinaus. Rötliches Abendlicht flutete durch die hohen Fenster. Die Wohnung war ein wenig steril in ihrer Sauberkeit, wirkte aber viel anheimelnder und freundlicher als das finstere Loch oben bei Robert.

Sie hatte die Blumen versorgt und kam mit den Sherrygläsern.

»Hier. Es ist schön, daß wir uns näher kennenlernen. Ich heiße Emilie, aber so mag ich nicht genannt werden. Sagen Sie Millie zu mir. Wir sehen uns jetzt sicher öfter, nicht? Werden Sie ganz zu Herrn Jablonski hierherziehen oder nur ab und zu kommen?«

Weder noch, dachte Leona, und fast erschreckte sie die Gewißheit, mit der sie dies dachte. Sie hatte sich Mühe gegeben die ganze Woche lang, und Robert hatte sich, sie mußte es anerkennen, nichts zuschulden kommen lassen.

Sie hatten friedlich auf der Piazza am See gesessen, sie waren nach Lugano gefahren und auf einem Felsenpfad am See entlang zu einem Fischerdorf gewandert, wo sie auf einer Terrasse über dem Wasser in der Sonne gesessen, Spaghetti gegessen und Rotwein getrunken hatten. Sie hatten eine lange Wanderung durch das Valle Maggia unternommen, und Leona hatte Ziegen und Schafe gefüttert und ein wenig geschaudert vor der Einsamkeit der Schweizer Bergdörfer. Warum fühlte sie sich nicht mehr wohl an seiner Seite, nicht mehr sicher? Sie hatten Rast gemacht irgendwo an einer kleinen Kapelle, das Tal lag in den Schatten der Berge getaucht, und es war viel kühler hier als am See.

Leona, die im noch winterbraunen Gras saß, hatte plötzlich Roberts Augen so intensiv auf sich gerichtet gefühlt, daß sich von ihrem Nacken an abwärts eine Gänsehaut über ihren Körper breitete. Sie wandte sich rasch um, voller Angst, sie würde wieder jenen Haß in seinem Blick entdecken, mit dem er sie am ersten Abend in Ascona so erschreckt hatte. Aber da war kein Haß, auch keine Mordlust. (Wobei sie das Wort Mordlust nur noch spöttisch dachte und sich selbst längst einer überhitzten Phantasie beschuldigte.) Sie fand nur Trauer und Zärtlichkeit in Roberts Zügen. Er lächelte – ein unfrohes Lächeln voller Einsamkeit und Resignation.

»Ich liebe dich so sehr, Leona«, sagte er, »mehr als mein Leben, weißt du? Ich habe entsetzliche Angst, du könntest mich verlassen.«

»Ich liebe dich auch«, sagte sie unglücklich und unbehaglich.

Irgendwo stimmte das, und daneben auch nicht. Sie liebte ihn noch, weil Liebe sich nicht so schnell verabschiedet, weil sie ihre Zeit braucht, ehe sie sich aufrafft und geht und die Tür hinter sich endgültig ins Schloß fallen läßt. Aber die Liebe war zugleich auch nicht mehr heimisch in ihr. Sie war mißtrauisch geworden, müde und angeschlagen. Eine geknickte Blume, die noch eine Weile ihre Blüte behält, die Blätter aber schon hängenläßt und unaufhaltsam abstirbt.

Er hatte bekümmert den Kopf geschüttelt.

»Du wirst mich verlassen.«

»Laß uns jetzt nicht darüber sprechen. Laß uns diese Woche genießen.«

»Denkst du, wir haben noch eine Chance?«

»Man hat immer eine Chance«, erwiderte sie, ins Banale ausweichend, aber was sollte sie anderes sagen? Hier in dieser völligen Einsamkeit mochte sie ihn nicht in Wut bringen. Sie stand auf.

»Komm, wir gehen weiter.«

Er erhob sich ebenfalls. »Du hast Angst vor mir«, stellte er fest.

Sie hatte nichts darauf erwidert.

Es gab Ungereimtheiten. Das dachte sie nun wieder in Millies hübscher Wohnung, das Sherryglas in der Hand. Dieses furchtbare Zimmer, in dem er hauste … Er hatte ihr das Haus seiner Eltern in Ronco gezeigt, zwei Tage zuvor. Eine Mauer umschloß das Grundstück, sie waren nicht wirklich nah herangekommen. Trotzdem hatte Leona den terrassenförmig angelegten Garten sehen können, das blaue Glitzern des Swimmingpools, die aus Sandstein gebaute Villa mit den leuchtend grün gestrichenen Fensterläden, die Balkone, die von Blumen umrankt wurden, die herrlichen Sitzecken mit Blick über den ganzen See. Robert und Eva hatten das alles geerbt, hatten es verkauft. Er mußte ein reicher Mann dadurch geworden sein. Wo war das Geld geblieben? Warum hauste er in dieser lichtlosen Höhle in einem tristen Wohnblock? Hielt sich mit seinen Übersetzungen offenbar gerade so über Wasser. Zweimal in der vergangenen Woche hatte er sie mit großartigen Worten zum Abendessen eingeladen. Zweimal hatte er dann, als die Rechnung kam, festgestellt, daß er nicht genügend Geld dabeihatte.

»Wir nehmen auch Kreditkarten«, hatte die Bedienung im teuren Ristorante Aerodromo, gleich neben dem kleinen Flugplatz, gesagt, den Anflug von Mißtrauen im Gesicht, der einen Menschen beschleicht, der fürchtet, um sein Geld geprellt zu werden.

»Ich lehne Plastikgeld ab«, erklärte Robert, »ich habe keine Kreditkarte. Ich hatte nie eine und werde nie eine haben.«

Die Gäste am Nachbartisch – Deutsche, die jedes Wort verstehen konnten – wurden aufmerksam. Ihre Unterhaltung erstarb, sie schauten herüber und verrenkten sich ganz offensichtlich die Ohren, um auch ja alles mitzubekommen.

»Das ist Ihre Sache«, sagte die junge Frau, die mit der Rechnung gekommen war, ungeduldig. »Sie müssen nur irgendwie bezahlen.«

Leona war fast gestorben vor Peinlichkeit.

»Ich übernehme das«, hatte sie gesagt und hastig ihre Kreditkarte hervorgezogen.

Auf dem ganzen anschließenden Heimweg hatte Robert über die Preissteigerung lamentiert.

»Ich dachte wirklich, ich hätte genug Geld dabei. Der Schuppen war früher nicht so teuer. Es ist unverschämt, wieviel Geld die jetzt verlangen, findest du nicht?«

»Es ist normal.«

»Was ist schon noch normal heute? Schau dich um! Sie setzen einem ein paar Nudeln vor und einen Wein, von dem man Kopfweh bekommt, und dann verlangen sie astronomische Summen dafür. Und hast du bemerkt, wie mich diese Kellnerin behandelt hat? Als wäre ich asozial, nur weil ich keine Kreditkarte habe. Als ob …«

Leona war auf dem schmalen Feldweg, den sie am grasbewachsenen Landeplatz des Flughafens entlang nach Hause gingen, stehengeblieben. Es war so dunkel, daß sie Roberts Gesicht neben sich kaum erkennen konnte.

»Robert, hör doch auf! Das Essen war erstklassig und der Wein auch. Die Preise waren absolut angemessen. Die Kellnerin hat dich keineswegs unfreundlich behandelt, sie wurde nur nervös, als sie dachte, sie bekommt ihr Geld nicht. Du hättest einfach mehr einstecken müssen.«

»Ich hatte nicht mehr zu Hause.«

»Es ist ja auch nicht so schlimm. Solche Sachen können jedem passieren. Aber es hat keinen Sinn, daß du nun ständig die Schuld bei allen anderen suchst.«

»Aha. Du willst sagen, ich allein bin schuld?«

»Niemand ist schuld. Ich habe dir gerade erklärt, solche Geschichten können passieren. Allerdings ...« Sie hatte gezögert.

»Ja?«

»Ich verstehe deine ständige Geldknappheit nicht ganz. Dieses tolle Haus in Ronco muß dir doch ein Vermögen eingebracht haben. Du müßtest eine ganze Menge Geld haben, selbst wenn du mit Eva hast teilen müssen. Du kannst das alles doch noch gar nicht ausgegeben haben!«

»Ich habe nie Wert auf Geld gelegt.«

Die Antwort war typisch für ihn. Immer am Punkt vorbei.

»Schon. Aber irgendwo muß es doch sein. Oder hast du alles dem Roten Kreuz gestiftet?«

»Nein. Aber es ist gut fünfzehn Jahre her, seitdem ich das Haus verkauft habe. Denkst du, ich habe das Geld seither in einem Strumpf unter dem Bett liegen? Ich habe davon gelebt. Ich bin gereist, habe in schönen Hotels gewohnt, habe meine Freundin verwöhnt ... Ich bin kein Mensch, der Aktien kauft oder irgendwelche großen Investitionen tätigt. Wenn ich Geld habe, gebe ich es aus. Wenn ich keines habe ...«

Er machte eine gleichgültige Bewegung mit beiden Armen, die Leona mehr ahnte, als sah.

Früher, dachte sie, hätte ich das alles seiner künstlerischen Ader zugeschrieben. Und heute ärgert es mich komischerweise nur noch. Wenn jemand sein Geld so idiotisch verschleudert, kann ich dafür kein Verständnis mehr aufbringen.

Sie schreckte aus ihren Gedanken auf und bemerkte, daß Millie sie erwartungsvoll ansah. Irgendeine Frage hatte sie gestellt ... ach ja, ob sie für immer mit Robert an den Lago Maggiore ziehen wolle.

»Ich habe meinen Beruf in Frankfurt«, sagte sie, »ich werde also dort bleiben.«

Millie musterte sie neugierig. Leona konnte sehen, daß ihr wohl noch eine ganze Reihe weiterer Fragen auf der Zunge lagen.

»Ich will ja nicht indiskret sein«, sagte sie denn auch prompt, »aber schon als Sie am ersten Tag zu mir kamen, um sich Putzmittel auszuleihen, war ich sehr erstaunt. Sie sind so ... ganz anders als Ihre Vorgängerin.«

Leona hatte das Gefühl, es sei besser, das Gespräch an dieser Stelle abzubiegen, sich nicht auf ein Frage-und-Antwort-Spiel mit dieser recht einfachen Frau einzulassen. Aber nicht nur Millie erhoffte sich Informationen – auch Leona hätte gern etwas Licht in ihre Verwirrung um Robert gebracht.

»Wie war denn meine Vorgängerin?« fragte sie daher leichthin.

Millie überlegte kurz. »Ein Mäuschen«, sagte sie dann, »ein völlig verschüchtertes Ding. Immer machte sie riesige Augen und brachte kaum den Mund auf. Ich fand sie sehr eigenartig.«

»Die beiden waren ziemlich lange zusammen, nicht?«

»Bestimmt fünf Jahre. Am Anfang kam sie mir bei weitem nicht so labil vor. Aber mit jedem Jahr verlor sie an Selbstbewußtsein.« Sie schüttelte bedauernd den Kopf. »War zum Schluß wirklich ein armes Ding. Nicht so eine starke, sichere Frau wie Sie. ›Donnerwetter‹, habe ich gleich am ersten Abend gedacht, als Sie wegen der Putzmittel herkamen, ›das ist eine, die zupackt. Die hat Tatkraft und Energie!‹ Hat mich nur gewundert, daß Sie überhaupt ... na ja, daß Sie nicht sofort wieder abgereist sind. Ich bin einmal oben gewesen, wollte Herrn Jablonski und seine Freundin zum Tee einladen. *Sie* hat aufgemacht und

wieder mal vor Schreck kein Wort sagen können. Da hab'
ich an ihr vorbei in die Wohnung geschaut und mich hat es
gegraust. Die benutzte Wäsche überall, das Geschirr mit
den Essensresten ... Ich war so fassungslos, daß mir gar
nicht mehr einfiel, weshalb ich überhaupt gekommen war.
Ich habe irgend etwas gemurmelt und bin wieder gegangen. So etwas hatte ich noch nie gesehen.«

Leona mochte nicht in ihre Rede einstimmen, denn offiziell war sie noch immer mit Robert liiert und wollte ihm
nicht in den Rücken fallen. Aber das Erschrecken der alten
Frau konnte sie gut nachvollziehen. Es glich ihrem eigenen
Erschrecken, ihrer eigenen Ungläubigkeit.

Sie trank ihren Sherry aus. Etwas wirklich Wichtiges
hatte sie nicht erfahren.

»Vielen Dank für den Sherry, Millie«, sagte sie, ohne
noch einmal auf Millies Ausführungen einzugehen. »Ich
muß jetzt wieder nach oben. Robert wundert sich sicher,
wo ich bleibe.«

Millie begleitete sie zur Tür. »Wissen Sie eigentlich, was
aus ihr geworden ist?«

»Aus wem?«

»Na, aus dieser Freundin. Oder Lebensgefährtin.«

Leona blieb stehen und starrte Millie an. »Sie ist im See
ertrunken. Beim Segeln. Vor inzwischen fast zwei Jahren.«

Millie starrte sie ebenfalls an. »Was?«

»Sie ist beim Segeln ertrunken«, wiederholte Leona und
merkte, daß sich langsam ein Frösteln in ihrem Körper
ausbreitete. »Wußten Sie das nicht?«

Millie atmete tief durch. »Das hat er Ihnen erzählt?« rief
sie. »Das hat er Ihnen wirklich erzählt?«

Wolfgang hatte gehofft, Olivia oder Carolin würden sich
am Telefon melden. Die waren zwar sicher auch nicht gut

auf ihn zu sprechen, nachdem er ihre Schwester verlassen und sich aus der Familie gestohlen hatte, aber ein Gespräch mit ihnen wäre ihm nicht so peinlich gewesen wie eines mit seiner Noch-Schwiegermutter. Am liebsten hätte er natürlich überhaupt nicht in Lauberg angerufen. Aber ihm war letztlich nichts anderes mehr eingefallen.

Als er Elisabeths freundliches »Hallo?« hörte, hätte er am liebsten den Hörer wieder aufgelegt, aber das wäre ihm dann doch zu kindisch vorgekommen. Also nannte er seinen Namen – und erwartete stoisch die Vorwürfe, die nun kommen mußten und die er, wie er wußte, auch verdient hatte. Er hatte sich unmöglich verhalten, indem er sich bei der Familie, die dreizehn Jahre lang auch die seine gewesen war, nicht mehr gemeldet hatte.

Aber da hatte er Elisabeth falsch eingeschätzt.

»Wolfgang! Wie nett, wieder einmal von dir zu hören!« Keinerlei Ironie schwang in ihren Worten. »Wie geht es dir?«

»Danke, gut. Das heißt …« Er zögerte, beschloß dann aber, sofort zur Sache zu kommen. »Es geht mir nicht allzu gut. Ich mache mir Sorgen um Leona.«

»Um Leona? Weshalb?«

Sie ist so ein lieber Mensch, dachte er, sie könnte mir jetzt ein paar ganz schön sarkastische Bemerkungen um die Ohren hauen. Immerhin habe ich ihrer Tochter ziemlich weh getan.

»Sie hat doch diesen eigenartigen Verehrer«, sagte er, »diesen Robert Sowieso … ich habe da kein gutes Gefühl.«

Elisabeth schien überrascht. »Nein? Er ist doch ein netter, junger Mann. Wir haben ihn an Weihnachten kennengelernt.«

»Es gibt da ein paar Unstimmigkeiten … oder besser: Ungereimtheiten, die mir zu schaffen machen. Ich weiß, daß Leona jetzt mit ihm in Ascona ist. Ich hatte ihr sehr von der Reise abgeraten.«

Zum erstenmal erlaubte sich Elisabeth eine leise Zurechtweisung.

»Wolfgang, Leona entscheidet jetzt allein, wohin sie reist und mit wem. Das ist nicht mehr deine Sache.«

»Ich weiß. Natürlich. Ich will mich auch um Gottes willen nicht einmischen in Leonas Leben!« Aber genau das tust du ständig, sagte eine innere Stimme zu ihm. »Es ist nur … ich muß ihr etwas Wichtiges mitteilen. Ihre Kollegin im Verlag gibt mir die Nummer nicht; laut Leonas Anweisung stehe ich offenbar nicht auf der Liste derer, die gewissermaßen weiterverbunden werden dürfen. Ich habe es über die Auslandsauskunft versucht, aber der Typ hat eine Geheimnummer. Nun hoffte ich …«

Er wartete einen Moment, aber Elisabeth kam ihm nicht entgegen.

»Du hast doch sicher die Nummer?« sagte er schließlich bittend.

Elisabeth zögerte. Sie war zu freundlich, ihren Schwiegersohn einfach abzuwimmeln, aber ihre Loyalität galt natürlich in erster Linie ihrer Tochter.

»Ja, ich habe die Nummer«, gab sie ehrlich zu, »aber ich weiß nicht …«

»Es geht wirklich nur um eine Information, die sie unbedingt haben sollte«, sagte Wolfgang rasch. »Ich will sie keineswegs behelligen oder ihr den Urlaub verderben. Ich will ihr nur etwas sagen. Das Gespräch wird zwei Minuten dauern, und danach lasse ich sie in Ruhe.«

»Wenn du ihr etwas Unangenehmes über Robert sagen willst, *wirst* du ihr den Urlaub verderben!«

Leider nein, dachte er müde, denn wie immer wird sie mir nicht glauben und alles meiner Eifersucht zuschreiben. Aber ich muß es versuchen. Ich muß es wenigstens versuchen!

Ohne weiter auf Elisabeths Einwand einzugehen, sagte er nur: »Bitte, Elisabeth. Ich würde dich nicht in diese Lage bringen, wenn ich es nicht wirklich für wichtig hielte.«

Durch das Telefon hindurch konnte er spüren, daß ihr Widerstand schwächer wurde und schließlich brach.

»In Ordnung, Wolfgang. Ich denke, du wirst das nicht ausnutzen. Hast du was zum Schreiben da?«

»Ja, natürlich.«

Er notierte die Nummer, die sie ihm diktierte.

Zum Abschied sagte sie traurig: »Es tut mir sehr leid, daß ihr beide euch getrennt habt. Ich wünschte, ihr würdet euch das alles noch einmal überlegen.«

Er murmelte etwas Ausweichendes, verabschiedete sich und legte den Hörer auf. Einen Moment lang blieb er stehen und dachte, daß er möglicherweise genauso empfand wie Elisabeth. Er war auch traurig über die Trennung, wobei ihn der Umstand, daß sie von ihm ausgegangen war und daß er damals geglaubt hatte, keinen anderen Weg gehen zu können, nicht tröstete. Die Frage war: Teilte er neben Elisabeths Traurigkeit auch ihren Wunsch? Den Wunsch, sich alles noch einmal überlegen zu können?

Darüber kann ich jetzt nicht nachdenken!

Er trat aus dem Wohnzimmer in den Flur hinaus. Zu seiner Überraschung stand dort Nicole vor der Garderobe und zog gerade ihren Mantel aus. Ihre Wangen waren etwas gerötet.

»Du bist schon zurück?« fragte Wolfgang. »Ich dachte, du wärst noch im Sender.«

Er trat auf sie zu und küßte sie. Sie wandte ihren Kopf zur Seite, so daß seine Lippen ihr Ohr, nicht ihren Mund trafen.

»Ich bin früher gegangen. Ich habe Kopfweh«, erklärte sie.

»Das tut mir leid. Willst du dich hinlegen? Soll ich dir einen Tee machen?«

Er folgte ihr in die Küche und kam sich dabei vor wie ein Hund, der hinter seinem Frauchen hertrottet und eifrig mit dem Schwanz wedelt, weil er sich schuldbewußt fühlt und das nicht merken lassen will.

Nicole ließ ihre Tasche einfach in irgendeiner Ecke fallen und sank auf einen der Stühle am Küchentisch.

»Ein heißer Tee wäre genau das richtige«, sagte sie, »aber du solltest erst dein Telefonat erledigen. Du brennst doch sicher darauf.«

Ertappt, dachte er.

»Das eilt nicht«, murmelte er, während er hastig Wasser in den Kocher laufen ließ und Teeblätter in ein Sieb schüttete.

Nicole sah ihm eine Weile schweigend zu, dann sagte sie: »Tut mir leid, daß ich das Gespräch mit angehört habe. Ich wollte das nicht. Ich kam zufällig herein, und als erstes hörte ich schon wieder den Namen Leona. Ich blieb stehen und hörte mir auch den Rest an.«

Wolfgang erwiderte nichts. Er wußte nicht, was er sagen sollte.

»Mir ist etwas klar geworden, als ich da draußen im Flur stand«, fuhr Nicole fort, »oder besser gesagt, ich habe mir endlich etwas eingestanden, was ich schon längst wußte: Mit dir und Leona, das hat im Grunde nie aufgehört. Und wahrscheinlich wird es auch nie aufhören. Was immer dich vor einem Jahr von ihr weg- und zu mir hingetrieben hat – es hatte nichts mit Liebe zu tun. Weder mit einer erloschenen Liebe zu ihr noch mit einer aufgeflammten Liebe zu mir.«

Er öffnete den Mund, um zu protestieren, schloß ihn aber gleich wieder. Alles, was er jetzt sagte, wäre eine Lüge.

»Du hattest ganz einfach eine vorgezogene Midlife-Krise, mein Schatz«, sagte Nicole. Das erregte Rot hatte ihre Wangen verlassen, sie waren jetzt fahl und bleich.

»Du bist ausgebrochen um des Ausbrechens willen, und nicht, weil du auf einmal in mir die große Liebe deines Lebens entdeckt hast. Wahrscheinlich war es einfach zu eingefahren zwischen dir und Leona, oder du hattest das Gefühl, ein paar versäumte Gelegenheiten aus deiner Jugend nachholen zu müssen. Am Ende aber kannst du einfach nicht lassen von ihr. Was du mit den schönen Begriffen Fürsorge und Verantwortung ummäntelst, ist in Wahrheit nichts anderes als Liebe. Du liebst Leona, und du solltest allmählich so fair sein, dir und mir darin nichts mehr vorzumachen.«

»Nicole …«

»Es war nicht so sehr das, *was* du sagtest gerade eben am Telefon. Es war die Art, *wie* du es sagtest. Deine Stimme … ich habe dich noch nie um etwas so bitten hören, wie um diese verdammte Telefonnummer. Als hinge dein Leben davon ab. Und irgendwie ist es auch so, nicht? Dein ganzes weiteres Leben hängt davon ab, ob du es schaffst, Leona diesen Kerl auszureden und sie für dich zurückzugewinnen.«

Er stand mit hängenden Armen, hängenden Schultern mitten in der Küche. Es gab nichts zu erwidern. Jedes ihrer Worte entsprach der Wahrheit.

Nicole stand auf, goß das inzwischen kochende Wasser selbst über die Teeblätter.

»Mir wäre es lieb, wenn du nicht länger hier bei mir wohnen würdest«, sagte sie, »jedenfalls so lange, bis du weißt, was du wirklich willst. Falls du es nicht ohnehin schon weißt«, fügte sie hinzu.

Er nickte. »Möchtest du, daß ich gleich gehe?«

Sie lächelte. »Such dir eine Wohnung. Bis dahin kannst du bleiben.«

»Es tut mir so leid«, murmelte Wolfgang.

Nicole rührte im Tee herum. Das Wasser schwappte über den Rand der Kanne.

»Worum geht es eigentlich?« fragte sie leichthin.

»Was meinst du?«

»Na – weshalb du Leona unbedingt erreichen mußt. Worum geht es dabei?«

Es tat ihm gut, jemandem davon zu erzählen.

»Vielleicht ist es ganz unwichtig«, sagte er, »aber Lydia hat mich am letzten Sonntag angerufen und mir etwas Eigenartiges mitgeteilt. Du weißt schon, diese Freundin von der Selbstmörderin. Leona hat ihr erzählt, Robert Jablonski habe ihr gesagt, seine Freundin sei im Frühling vor zwei Jahren beim Segeln auf dem Lago Maggiore ertrunken. Lydia wußte nicht sofort, was ihr dabei seltsam erschien, aber nun ist es ihr eingefallen. Sie ist hundertprozentig sicher, Jablonskis Freundin noch im November vorletzten Jahres gesehen zu haben. Anläßlich eines Besuchs von Jablonski bei seiner Schwester. Die Freundin *kann* nicht seit zwei Jahren tot sein!«

»Vielleicht hat sich einer von beiden in der Zeitangabe vertan«, meinte Nicole.

Wolfgang schüttelte den Kopf. »Lydia hat lange genug nachgedacht, um sicher zu sein, daß sie sich nicht geirrt hat. Und Jablonski – ich bitte dich! Wenn die eigene Lebensgefährtin stirbt, und dann noch auf so schreckliche Weise, dann kennt man das Datum. Man vergißt es nicht mehr für den Rest seines Lebens. Man vertut sich doch dabei nicht um ein Jahr mehr oder weniger. Zumal dann, wenn die Geschichte noch keineswegs lange zurückliegt, keine zwanzig Jahre oder so. Nein, irgend etwas stimmt da nicht. Ich habe die ganze Woche überlegt, ob ich mich einmischen und Leona davon erzählen soll. Aber, Nicole, an dem Typ ist etwas faul, das rieche ich förmlich. Seit gestern habe ich mich nun um die Telefonnummer bemüht. Ich glaube, ich sollte anrufen.«

Nicole hatte sich Tee in einen großen Becher geschenkt. Sie hielt das Porzellan mit beiden Händen umklammert, als müsse sie sich daran wärmen. Sie lächelte traurig.

»Los«, sagte sie, »ruf Leona an. Ruf sie gleich an. Wenn du Glück hast, wird sie dir dafür einmal dankbar genug sein, um dir alles andere zu verzeihen.«

Das Telefon klingelte, als Leona die Tür zu Roberts Appartement aufschloß.

»Ich geh' ran«, rief Robert aus der Küche, aber Leona sagte mit schneidender Stimme: »Nein. Laß es klingeln. Wir haben etwas zu besprechen.«

»Wir wollten doch jetzt an den See und später zum Essen gehen.«

»Ich weiß nicht, ob ich das noch möchte.«

Er trat aus der Küche in die winzige Diele, trocknete sich dabei die Hände an einem Geschirrtuch ab. Zuvor hatte er offenbar geduscht; er war nackt, trug nur ein Badetuch um die Hüften geschlungen. Seine Haare waren naß.

»Ich bin in zwei Minuten angezogen. Dann können wir los. Was hast du denn so lange bei der Alten da unten gemacht?«

»Ich habe mich mit ihr unterhalten. Und etwas ziemlich Interessantes dabei erfahren.«

»Ja?« Er sah sie genauer an und verzog das Gesicht zu einem Ausdruck der Bestürzung. »Du bist ja richtig wütend«, stellte er fest.

Dieser Satz reichte aus, um Leona explodieren zu lassen.

»Kannst du mir mal erklären, wie du mich *so* anlügen konntest?« schrie sie. »Was du dir dabei gedacht hast, mir eine so aberwitzige Geschichte zu erzählen und auch noch zu glauben, ich würde nie dahintersteigen?«

»Was denn?«

»Deine langjährige Freundin! Diese angeblich so tragisch im Lago Maggiore ertrunkene Freundin! Soll ich dir sagen, was mir Millie gerade erzählt hat? Sie ist überhaupt nicht verunglückt! Sie ist auch keineswegs tot! Sie hat dich ganz schlicht verlassen. Vorletztes Jahr im Dezember. Sie hat ihre Sachen gepackt und ist gegangen, nachdem es eine lautstarke Szene mit dir gegeben hat, bei der Millie schon dachte, ihr bringt euch gegenseitig um! Dann flog die Tür ins Schloß, und weg war sie!«

Robert starrte sie an. Um die Nase herum war seine Haut gelblich-weiß geworden.

»Leona …«

»Das ist pervers, Robert! Mir eine solche Geschichte zu erzählen! Ertrunken! Ich meine, wenn du nicht zugeben willst, daß sie dich verlassen hat, gut, das könnte ich irgendwo noch verstehen, obwohl du bei *mir*, der der Ehemann mit einer Geliebten durchgebrannt ist, weiß Gott keine Hemmungen hättest haben müssen. Aber okay, von mir aus, du meinst also, du mußt die Geschichte vertuschen! Warum hast du mir dann nicht erzählt, du hättest dich von *ihr* getrennt? Oder ihr wärt in beiderseitigem Einvernehmen auseinandergegangen, oder was weiß ich! Warum diese verrückte Geschichte mit ihrem Unfalltod? Warum?«

Er zuckte die Schultern.

»Ich weiß nicht.«

»*Ich weiß nicht* ist ein bißchen wenig, findest du nicht?«
Eine steile Falte bildete dich auf seiner Stirn.

»Mußt du das jetzt zum Anlaß nehmen, einen Streit vom
Zaun zu brechen?«

»Ja – hältst du das für eine Lappalie?« fragte Leona ver-
dattert zurück.

Das Telefon begann erneut zu klingeln.

»Also, das ist doch wirklich die Höhe!« sagte Robert.
»Du glaubst dieser Millie offenbar jedes Wort, wenn sie
nur ihr Maul aufmacht und mich bei dir anschwärzt!«

»Dann sag mir die Wahrheit. Hat Millie gelogen? Oder
du?«

Wie ein Tier im Käfig begann Robert in der Diele um-
herzulaufen. Nun wurde *er* wütend. Er schimpfte auf Millie, nannte sie eine geschwätzige dumme Kuh, eine fru-
strierte alte Ziege, ein Waschweib, das nichts Besseres zu
tun hatte, als seine lange Nase in die Angelegenheiten anderer Leute zu stecken.

»Was geht sie das an? Kannst du mir mal verraten, was
es sie angeht?«

Leona war inzwischen völlig ruhig geworden.

»*Mich* geht es etwas an«, sagte sie, »und ich will die
Wahrheit wissen. Millie hat nicht gelogen, nicht wahr?
Deine Freundin lebt. Sie ist nicht ertrunken. Sie hat dich
vor nicht mal eineinhalb Jahren verlassen.«

Er blieb endlich stehen. Sein ganzer Körper bebte.

»Ja«, sagte er leise, »so ist es.«

»Warum? Warum denn nur? Warum?«

»Warum sie mich verlassen hat? Nun, sie …«

»Nein. Warum du mir diese grausige Geschichte erzählt
hast. Ich verstehe das nicht.«

Er setzte zu einer langatmigen Erklärung an, verhedderte sich in seinen Satzkonstruktionen, fing von vorn an, verhaspelte sich, faselte ohne jede Logik. Am Ende blieb für Leona nur die Erkenntnis, daß es keinen nachvollziehbaren Grund gab, weshalb er gelogen hatte.

Vielleicht, dachte sie, liegt es einfach in seinem Wesen. Er lügt um des Lügens willen. Wahrscheinlich lügt er mich auch wegen seines Geldes ständig an. Am Ende hat das Haus in Ronco, das er mir gezeigt hat, gar nicht seinen Eltern gehört. Kein Verkauf, keine Millionen. Ob sein Gerede von Italien stimmte, damals im Dezember, als er für über zwei Wochen wie vom Erdboden verschluckt war?

Sie seufzte tief, traurig und resigniert vor dem Gestrüpp von Unwahrheiten und Mißtrauen, das plötzlich zwischen ihnen wucherte und niemals mehr zu beschneiden sein würde. Es war aus. Es blieben ein Haufen Lügen und ein paar weitere tiefe Schrammen auf ihrer Seele.

Er hörte endlich auf zu reden.

»Verstehst du?« fragte er noch.

Sie schüttelte den Kopf. »Nein.«

Er seufzte so tief wie sie eine Minute zuvor.

»Paß auf, ich ziehe mir etwas an. Dann gehen wir essen. Und reden über alles.«

»Wir gehen nicht essen«, sagte Leona, »und ich will auch nicht mehr reden. Ich packe meine Sachen. Morgen in aller Frühe fahre ich nach Hause.«

»Wir haben noch einen ganzen Tag!«

Es tat ihr weh, aber sie sagte mit fester Stimme: »Nein. Wir haben keinen Tag mehr. Nicht einen einzigen. Nie mehr.«

Er sah sie an, wirkte wie zerbrochen. Sie konnte den schmerzlichen Blick seiner schönen Augen nicht ertragen, wandte sich ab, ging ins Zimmer, setzte sich auf das Sofa, starrte auf den blinden, toten Fernsehschirm. Robert erschien fünf Minuten später, er trug jetzt Jeans und einen schwarzen Rolli, ein graues Jackett darüber.

Nie wieder, dachte Leona, werde ich einen so schönen Mann haben.

»Ich muß ein Stück laufen«, sagte er, »ich nehme an, du kommst nicht mit?«

»Nein.«

Er drehte den Wohnungsschlüssel in seinen Händen.

»Es ist wirklich aus?« fragte er leise.

Sie sah ihn nicht an.

»Ja.«

Sein langsames Nicken konnte sie mehr ahnen als sehen. Sie hörte die schleppenden Schritte, mit denen er die Wohnung verließ.

Das Telefon klingelte erneut. Leona beachtete es nicht.

Das also ist das Ende, dachte sie.

II

1

Als erstes ging sie zum Friseur und ließ ihre Haare wieder raspelkurz schneiden. Sie nahm den Ring mit dem verschnörkelten R vom Finger, verzichtete jedoch darauf, irgend etwas Theatralisches damit zu tun, ihn etwa in den Main zu werfen. Sie packte ihn zuunterst in ihre Schmuckschatulle und dachte kurz daran, wie sie eines Tages – sollte es ihr wider Erwarten noch gelingen, eine Familie zu gründen – ihren Enkeln von Robert erzählen würde.

»Er war kein schlechter Mensch«, würde sie sagen, »und damals war er für eine gewisse Zeit wohl auch wichtig für mich. Aber irgendwo war er einfach ein wenig verrückt. Er erzählte eigenartige Geschichten, und irgendwann wußte ich gar nicht mehr, was ich ihm glauben konnte und was nicht.«

Robert hatte es ihr überraschend leichtgemacht. Von dem Spaziergang nach der Auseinandersetzung war er ziemlich ruhig zurückgekommen, hatte sich ins Bad begeben, noch einmal geduscht. »Zur Entspannung«, wie er sagte. Leona, mit Packen beschäftigt, war überzeugt gewesen, er werde nun zu diskutieren anfangen, werde versuchen, sie von der Notwendigkeit, die Beziehung fortzusetzen, zu überzeugen. Sie hatte sich innerlich bereits gegen all seine Argumente gewappnet und war nun erleichtert, als diese ausblieben. Robert begann ebenfalls seine Sachen zu packen, das Notwendigste, was er für zwei oder drei Tage brauchte.

»Ich kann doch mit dir nach Frankfurt fahren?« fragte er.

»Und die Dinge abholen, die ich in deinem Haus habe?«

»Selbstverständlich. Das ist gar kein Problem.«

Es wurde auch kein Problem. Auf der ganzen Fahrt sprach er kaum, und was er sagte, hatte nichts mit ihnen und ihrer Beziehung zu tun. Zwei- oder dreimal lag es Leona auf der Zunge, ihn noch einmal zu fragen, weshalb er sie angelogen hatte und weshalb er auf eine so *grausige* Lüge verfallen war. Aber jedesmal schluckte sie die Frage wieder hinunter. Sosehr sie das Warum interessierte, sowenig wollte sie ihm andererseits eine Möglichkeit für Erklärungen und Rechtfertigungen geben. Selbst wenn sie ihn hätte verstehen können, es hätte nichts geändert. Es war zuviel passiert. Es war vorbei.

Unter der Oberfläche blieb sie die ganze Zeit über nervös. Es irritierte sie, daß das Drama ausblieb. Sie kannte ihn inzwischen gut genug, um zu wissen, wie er sich verhielt, wenn die Dinge nicht nach seinen Wünschen abliefen. Es paßte nicht zu ihm, daß er die Geschehnisse so ruhig hinnahm. Er schien nicht einmal wütend zu sein. Sie musterte ihn immer wieder unauffällig von der Seite. Sein Gesicht wirkte entspannt, seine Lippen lagen ruhig aufeinander. Kein Flackern in den Augen, kein mürrischer Zug um den Mund verrieten Ärger oder Zorn. Er war blasser als sonst, aber das war Leona selbst auch. Angesichts der Umstände erschien ihr das normal.

Dauernd wartete sie auf einen Ausbruch, wünschte ihn fast herbei, um ihn hinter sich bringen zu können.

Aber nichts geschah.

Er packte daheim in Frankfurt seine Habseligkeiten zusammen, kochte für sie beide ein Abendessen, verbrachte die Nacht im Gästezimmer. Am nächsten Morgen fragte Leona ihn, ob sie ihn zum Bahnhof bringen solle.

Er lehnte ab. »Ich nehme ein Taxi. Es ist einfacher so. Abschiedsszenen auf Bahnhöfen sind mir unerträglich.«

»Es tut mir leid, daß alles so gekommen ist«, sagte Leona unbeholfen. »Ich wünschte ...«

Sie brachte den Satz nicht zu Ende. Er schien jedoch zu wissen, was sie meinte, denn er nickte verständnisvoll.

»Ja. Ich hätte mir das auch gewünscht.«

Er drückte ihr die Hausschlüssel in die Hand, die sie ihm gegeben hatte. Sie sah ihm nach, wie er den Gartenweg entlangging, in jeder Hand eine Reisetasche, den Kragen seiner abgetragenen Jacke hochgeschlagen. Die langen Beine steckten in verwaschenen Jeans. Ihr war nie aufgefallen, wie geschmeidig sein Gang war, wie ausgreifend seine Schritte. Im Schein einer blassen Märzsonne glänzten seine dunklen Haare.

Er kann jede Frau haben, dachte sie, ohne Probleme. Die tauchen erst später auf. Ob er *mich* bei meinen Nachfolgerinnen erwähnt? Ob er von mir auch behauptet, ich sei ertrunken?

Da war wieder der nervöse Schauer, der neuerdings ständig auf der Lauer zu liegen und ihr nur allzu bereitwillig über den Rücken zu laufen schien. Sie wartete immer noch auf eine Eskalation. Sie wartete sogar noch, als Robert ins Taxi stieg und davonfuhr. Sie wartete den ganzen Abend über und während der nächsten Tage. Bei jedem Telefonklingeln zuckte sie zusammen. Aber es war nie Robert am Apparat. Er schien so plötzlich aus ihrem Leben verschwunden zu sein, wie er darin aufgetaucht war.

In einer eigenartigen, diffusen Stimmung vergingen die nächsten Tage, in einer Mischung aus Traurigkeit und Erleichterung, aber im Wettlauf der Gefühle gewann schließlich die Erleichterung einen winzigen Vorsprung und baute ihn von Tag zu Tag aus. Leona merkte erst jetzt, daß sie sich wie in einer Klammer gefühlt hatte. Roberts Präsenz hatte sie bedrückt. Immer war er dagewesen, wenn sie heimkam, hatte bereitgestanden mit einem Drink, einem Essen, zu einem Gespräch. Sie hatte das genossen, aber er war immer eine Spur zu intensiv gewesen, als daß sie sich wirklich hätte entspannen können. Er war für sie dagewesen, war aber seinerseits angerückt mit einem Ausmaß an Erwartungen, das sich manchmal wie ein Ring um ihr Gemüt gelegt hatte. Warum hatte sie das nur nie realisiert?

Weil ich es nicht realisieren wollte. Weil es perfekt sein sollte.

Sie fuhr nach Lauberg, um Dolly und Linda wieder abzuholen. Sie stellte dabei fest, daß Olivia und Paul kaum mehr ein Wort miteinander wechselten und es angestrengt vermieden, einander mit Blicken zu begegnen. Carolins Freund Ben hatte sich die Haare abschneiden lassen, was ihn etwas seriöser wirken ließ, aber offensichtlich hatte er noch immer keinen Job und schien auch nicht sonderlich eifrig bemüht, sich nach etwas Geeignetem umzusehen. Immerhin spielte er mit seinem Sohn Felix im Garten und schien tatsächlich mit einer gewissen Liebe an dem Kind zu hängen.

Leona eröffnete ihren Eltern, daß sie sich von Robert getrennt hatte. Beide waren sehr bekümmert.

»Nun bist du ganz allein, Kind«, sagte Julius traurig, »das ist nicht gut. Allein sein ist nicht gut.«

Leona unterdrückte den Drang nach einer aggressiven Erwiderung. Was du nicht sagst, Vater! Von allein wäre ich nie darauf gekommen. Interessiert es dich zu erfahren, daß ich mir den Single-Zustand keineswegs ausgesucht habe? Sie sagte es nicht. Er hatte es nicht böse gemeint, wäre bestürzt gewesen über ihren Ärger.

»Ach, Vater«, sagte sie nur, »vielleicht werden die Zeiten ja auch wieder besser.«

»Ich hoffe, deine Entscheidung, dich zu trennen, hat nichts mit Wolfgang zu tun«, sagte Elisabeth.

Zum erstenmal fand Leona, daß ihre Mutter anfing, alt und erschöpft auszusehen.

»Er konnte Robert nicht leiden und wollte dich in Ascona anrufen, um dir etwas Wichtiges über ihn zu sagen.«

»Ach ja? Nun, er hat nicht angerufen. Und meine Entscheidung hängt bestimmt nicht mit ihm zusammen. Er wäre der letzte, von dem ich mich in dieser Frage beeinflussen ließe.«

Von Carolin erhielt sie natürlich uneingeschränkte Zustimmung.

»Ich wußte, du würdest irgendwann Vernunft annehmen. Gott sei Dank, daß du jetzt auch gemerkt hast, daß der Typ ein Rad ab hat!«

»Also, am Anfang fandest du ihn zumindest ziemlich attraktiv ...«

»Attraktiv ist er, keine Frage. Trotzdem tickt er nicht richtig. Sei froh, daß du ihn los bist.«

Leona sammelte ihre Katzen ein, stellte den Tragekorb mit den zwei schnurrenden Pelzkugeln darin auf den Rücksitz ihres Autos und machte sich auf den Heimweg.

Sie war fest entschlossen, ihr Alleinleben so gut wie möglich zu organisieren.

2

Wolfgang fühlte sich zutiefst erleichtert, als er Leona durch die Glastür des Restaurants hereinkommen sah. Draußen herrschten heute zum erstenmal in diesem Jahr milde Frühlingstemperaturen. Leona trug einen leichten Mantel, um den Hals einen bunten Seidenschal. Als einer der Kellner ihr den Mantel abnahm, stellte Wolfgang fest, daß sie sich in Schale geworfen hatte. Für gewöhnlich zog sie immer nur Hosen an. Heute aber trug sie einen schmalen, ziemlich kurzen schwarzen Rock, darüber einen leichten Pullover aus blaßgrüner Seide. Falls nicht im Verlag irgendein besonderes Ereignis stattgefunden hatte, dann war er, Wolfgang, der Grund für kurzen Rock und hochhackige Schuhe. Er wertete dies als gutes Zeichen. Dies – und die Tatsache, daß sie überhaupt gekommen war, sich auf eine Verabredung mit ihm eingelassen hatte. Noch dazu in *diesem* Restaurant! Früher war es ihr Stammlokal gewesen.

Er stand auf und ging ihr entgegen.

»Leona! Wie schön, daß du da bist!«

Sie erwiderte seinen freundschaftlichen Kuß.

»Tut mir leid, daß ich zu spät bin. Ich bin einfach nicht eher weggekommen. Der Chef wird fünfzig heute und hat im Palmengarten einen kleinen Empfang gegeben.«

Aha. Deshalb die feinen Klamotten. Wolfgang war ein wenig enttäuscht, überspielte diese Regung jedoch.

»Das macht nichts. Daß du zu spät bist, meine ich. Ich fürchtete nur schon, *er* ließe dich nicht weg …«

Sie setzten sich an ihren Tisch. Ein Kellner bot einen Aperitif an. Leona winkte ab.

»Danke. Ich hatte gerade schon zwei Gläser Sekt.« Sie wartete einen Moment, dann sagte sie: »*Ihn* gibt es nicht mehr. Jedenfalls nicht in meinem Leben.«

»Was?«

»Schockiert?«

»Überrascht«, sagte Wolfgang, »sehr überrascht.«

In der Tat, er war mehr als überrascht, er war aus dem

Konzept geworfen. Er hatte geglaubt, es mit einer heftig verliebten Frau zu tun zu haben, die blind war für alle Fehler des neuen Partners. Sie war doch so versessen gewesen auf ihn. Wolfgang überlegte, was vorgefallen sein mochte. Da es zum Ende der Beziehung geführt hatte, konnte es nicht ganz harmlos gewesen sein.

»Das ... tut mir leid«, sagte er und hatte selten so gelogen. »Ich hoffe, du bist trotzdem okay?«

»Eigentlich schon, danke.«

Er lächelte ihr über den Tisch hinweg zu. »Es ist schön, wieder einmal einen Abend mit dir zu verbringen.«

Sie schlug die Speisekarte auf, sagte sehr sachlich: »Komm, laß uns etwas aussuchen. Du wirst ja auch nicht allzuviel Zeit haben.«

Wolfgang schwieg einen Moment.

»Ich habe alle Zeit der Welt«, sagte er dann, »mich zieht heute abend nicht viel in mein Hotelzimmer zurück.«

Leona hob ruckartig den Kopf. »Hotelzimmer?«

»Ich habe mich von Nicole getrennt.«

»Warum?«

Er zuckte mit den Schultern. »Es hatte keine Zukunft. Die Geschichte mit ihr, meine ich. Mir war auf einmal klar, daß dort nicht mein Weg liegt.«

»Ich dachte, es sei etwas unheimlich Ernstes. Eine Art Welle, die dich mitgerissen hat. Irgendwie unaufhaltsam und unabwendbar.«

Nachdenklich meinte er: »Vielleicht war es das auch. Eine Welle. Ein Ausbruch. Etwas, das mich aus der Bahn geworfen und mein ganzes bisheriges Leben in Frage gestellt hat. Im nachhinein ist mir klar, es hatte gar nicht so viel mit Nicole zu tun. Sie war der Auslöser, aber nicht die Ursache. In mir war das Gefühl übermächtig geworden, raus zu müssen aus allem.«

»Und jetzt?«

Jetzt, dachte er, hätte ich gern ein Happy-End mit dir. Ich möchte dich um Verzeihung bitten, ich möchte, daß du mir vergibst. Im Grunde möchte ich, daß wir dort weitermachen, wo wir aufgehört haben. Genau an dem Punkt. Als ob nichts geschehen wäre.

Aber das war nicht möglich, und das wußte er. Er betrachtete Leona und bemerkte die Veränderung, die mit ihr im letzten halben Jahr vorgegangen war. Sie sah anders aus, und das lag nicht nur an den kurzen Haaren. Ihr Gesicht war schmaler geworden, die Züge klarer und härter. Sie lächelte seltener, und wenn sie es tat, wirkte es manchmal kalkuliert. Man sah ihr an, daß sie durch eine harte Zeit gegangen war, daß sie nie mehr dieselbe sein würde wie vorher. An ihrem leisen Stirnrunzeln bemerkte Wolfgang, daß seine Antwort noch ausstand.

»Und jetzt?« griff er ihre Frage auf.

Er versuchte, ehrlich in sich hineinzuhorchen und ihr aufrichtig zu sagen, was er fühlte.

»Die Empfindung, ausbrechen zu müssen, ist vorbei«, sagte er langsam. »Das Bedürfnis ist gestillt, und es hat sich zudem als Schein-Bedürfnis entpuppt. Ich weiß wieder, was das Leben mit dir wert war. Ich weiß auch, daß es das einzige Leben ist, das ich führen möchte.«

Ein langes Schweigen breitete sich aus zwischen ihnen. Der Ober, der sich wieder genähert hatte, um die Essensbestellung aufzunehmen, entfernte sich diskret. Er hatte gemerkt, daß er im Augenblick stören würde.

»So einfach ist das jetzt alles nicht mehr«, sagte Leona schließlich.

»Ich weiß. Ich habe dich sehr verletzt.«

»Du hast mir den Boden unter den Füßen weggezogen. Völlig überraschend, von einem Moment zum anderen.

216

Ich hatte keine Gelegenheit, mich darauf vorzubereiten. Ich hatte das Gefühl, als bräche alles zusammen, worauf ich mich je im Leben verlassen habe.«

»Leona ...«

»Es lag aber auch an mir«, fuhr sie fort, als habe sie seinen flehentlichen Einwurf – bloß keine grundsätzliche Analyse jetzt! – gar nicht gehört. »Ich war wirklich in einen Dornröschenschlaf gefallen. Ich wäre nie auf die Idee gekommen, daß mir so etwas passieren könnte – verlassen zu werden, einen Scheidungsanwalt aufsuchen zu müssen ... Das stieß anderen zu, nicht mir. Ich hatte mein Leben zwischen ganz bestimmten, unverrückbaren Eckpfeilern eingerichtet. Einer davon war die Ehe als einzige für mich vorstellbare Form der Lebensgemeinschaft. Und die wiederum unter dem Aspekt lebenslanger Treue, Liebe – und all den anderen wichtigen Dingen«, setzte sie ironisch hinzu.

»Daran ist nichts falsch, Leona«, sagte Wolfgang.

»Nein. Aber man sollte auch die anderen Möglichkeiten im Auge behalten. Man darf sich nicht aus der Realität wegträumen. Meist endet das sonst in einem ziemlich harten Erwachen.«

»Also kein Glaube mehr an einen Prinzen?« fragte Wolfgang leise.

Sie schüttelte den Kopf. »Nein.«

»Auch kein Glaube an Neuanfänge?«

Sie sah ihn an. »Das weiß ich nicht. Vielleicht kann ich dir das irgendwann einmal beantworten. Jetzt nicht.«

Der Ober näherte sich erneut, hoffend, daß die beiden Gäste endlich bestellen würden. Leona nickte ihm zu.

»Ich habe riesigen Hunger«, sagte sie.

Am Ende des Abends bot Wolfgang Leona an, sie nach Hause zu fahren, und Leona willigte ein. Sie hatten während des Essens nicht mehr über sich gesprochen, nur über ihrer beider Arbeit, über Probleme mit Kollegen, über kleine Erfolge und jede Menge Ärger.

Es war einfach mit ihm, stellte Leona fest. Er fixierte sie nicht unablässig, und selbst wenn er sie ab und zu forschend betrachtete, hatte Leona nicht das Gefühl, dabei aufgesogen, verschlungen und absorbiert zu werden. Sie hatte nicht den Eindruck gehabt, ihn mit jedem Satz, den sie sagte, ihrer Liebe versichern zu müssen. Obwohl die Atmosphäre aufgrund der Umstände keineswegs unverkrampft gewesen war, hatte doch nicht die Angespanntheit vorgeherrscht, die Robert stets um sich herum verbreitet hatte. Auf einmal fiel das Atmen leichter.

Als sie im Auto saßen und durch die dunkle Stadt fuhren, sagte Leona: »Meine Mutter erzählte mir, du habest mich in Ascona anrufen wollen. Irgend etwas wegen Robert.«

»Ich habe angerufen«, sagte Wolfgang, »aber niemand ging an den Apparat.«

»Was war denn los?«

»Ach – im nachhinein kommt es mir albern vor. Es hat sich ja ohnehin alles erledigt. Aber die Nachbarin von dieser Selbstmörderin, diese Lydia Sowieso, hat mich angerufen.« Er berichtete, was er von Lydia erfahren hatte. »Das kam mir komisch vor, und ich wollte es dir sagen.«

»Wie kam Lydia darauf, *dich* anzurufen?«

Er zögerte. »Ich hatte sie gebeten, sich bei mir zu melden, wenn ihr wegen Jablonski etwas Eigentümliches einfällt«, gestand er dann. »Ich weiß, das war unmöglich von mir. Aber ich hatte so ein dummes Gefühl. Ich konnte es mir nicht ausreden, sosehr ich es versuchte.«

»Über genau diese Sache«, sagte Leona, »ist unsere Beziehung letztlich zerbrochen. Über der Sache mit der Freundin, meine ich.«

Sie erzählte kurz von Millie in Ascona und den Auskünften, die sie ihr gegeben hatte.

»Das brachte das Faß zum Überlaufen«, schloß sie, »aber es war auch vorher schon einiges passiert. Ich fühlte mich nur noch unsicher und verwirrt. Ich wußte, daß die ganze Geschichte keinen Sinn mehr hat.«

»Hast du dir schon mal überlegt, daß dieser Mann vielleicht wirklich nicht ganz normal ist?« fragte Wolfgang. »Daß er – in einem medizinischen Sinn – krank ist?«

Sie lachte etwas mühsam. »Du übertreibst. Ich glaube nicht, daß er krank ist. Er hat nur einfach eine sehr schwierige Persönlichkeitsstruktur. Er ist wahnsinnig eifersüchtig und übermäßig besitzergreifend. Zutiefst unsicher wahrscheinlich. Von schrecklichen Verlustängsten geplagt. Er will sich den Menschen, den er liebt, mit Haut und Haaren zu eigen machen.«

»Das klingt wie die Beschreibung eines klassischen Psychopathen«, sagte Wolfgang, rollte an den Straßenrand und bremste. »Wir sind da!«

Dankbar, einer Antwort enthoben zu sein, stieg Leona aus.

»Danke, Wolfgang. Es war ein sehr netter Abend.«

Er hatte das Auto ebenfalls verlassen.

»Ich bringe dich noch zur Haustür. Man weiß nie ...«

Sie überlegte, ob er damit auf Robert anspielte. Das Wort *Psychopath* dröhnte in ihrem Kopf.

Sei nicht albern, befahl sie sich, wenn du nicht aufpaßt, steigerst du dich ganz schnell in etwas hinein.

Sie ging vor ihm her den Gartenweg entlang. Die Büsche rechts und links verströmten den Geruch von Frühling. Nicht mehr lange, und alles würde blühen – wild und bunt wie am Lago Maggiore.

Auf den Stufen vor der Haustür lag etwas. Leona konnte

nicht sofort identifizieren, was es war. Es sah aus wie ein weggeworfenes Kleidungsstück oder ein Schuh. Im Näherkommen erkannte sie graues Fell und hörte ein leises Wimmern.

»O Gott, Dolly! Das ist Dolly!«

Sie ließ ihre Handtasche fallen, kniete neben der Katze nieder.

»Wer ist Dolly?« fragte Wolfgang verwirrt.

»Eine meiner Katzen. Wolfgang, um Himmels willen, wir müssen ihr helfen! Sie ist krank. Ich glaube ...«

»Ganz ruhig. Wir bringen sie erst einmal ins Haus. Ist der Schlüssel in deiner Handtasche?«

»Ja.«

Leona hob Dolly vorsichtig hoch. Der zarte Körper war völlig verkrümmt und verkrampft. Dolly maunzte, versuchte ihr Köpfchen zu heben. Ihre Augen brachen.

Ihr Körper wurde schlaff, der Kopf fiel zurück.

Leona schossen die Tränen in die Augen.

»Sie ist tot! Sie ist tot!«

Mit der toten Katze im Arm folgte sie Wolfgang ins Haus. Linda kam ihnen mit hocherhobenem Schwanz entgegen.

Wolfgang neigte sich über Dolly. »Ich kenne mich da nicht besonders gut aus«, sagte er, »aber ich meine, das war Gift.«

Leona sank auf einen Stuhl.

»Wie furchtbar«, flüsterte sie.

»Leona, du mußt jetzt vernünftig bleiben«, sagte Wolfgang. »Es gibt überhaupt keinen Hinweis darauf, daß Jablonski deine Dolly vergiftet hat.«

Eine Stunde war vergangen. Sie hatten Dolly in einen mit einem Seidentuch ausgeschlagenen Karton gebettet.

Leona wollte sie am nächsten Morgen im Garten begraben. Der Anblick des noch im Tode gequält wirkenden Katzengesichts zerriß ihr fast das Herz.

»Sie war so ein liebes Tier«, schluchzte sie, »sie hat nicht einmal Mäuse gefangen. Ich hätte sie nie rauslassen dürfen. Sie war zu arglos. Zu gutgläubig.«

Sie hielt sich an dem Schnaps fest, den Wolfgang ihr eingeschenkt hatte.

»Ich werde mir das nie verzeihen!«

»Warum war die andere Katze nicht draußen?« fragte Wolfgang.

»Sie hatten ein offenes Kellerfenster. Sie konnten kommen und gehen, wie es ihnen gefiel.«

»Du hast das Beste für die beiden gewollt. Es gibt keinen Grund, daß du dir jetzt Vorwürfe machst. Katzen sind nicht gern im Haus eingesperrt. Bestimmt hat Dolly ihre Freiheit sehr genossen.«

»Sie hatte einen schweren Tod. Wer weiß, wie lange sie schon vor der Haustür gelegen hat! Sie muß schreckliche Krämpfe und Schmerzen gehabt haben. Wenn ich doch nur heute ganz normal nach Hause gekommen wäre! Vielleicht hätte ich sie noch zum Tierarzt bringen und retten können!«

»Du machst dich doch nur verrückt, Leona. Du konntest die Katze nicht rund um die Uhr bewachen. Niemanden trifft die Schuld – nur die gewissenlosen Leute, die Gift in ihren Gärten verstreuen und nicht darüber nachdenken, was sie den Tieren damit antun.«

Wolfgang betonte absichtlich die Wahrscheinlichkeit, daß es sich um einen solchen Fall handelte. Leona hatte bereits zweimal einen Verdacht gegen Robert ausgesprochen, und den wollte er zerstreuen. Ironischerweise hatten sie beide plötzlich ihre ursprünglichen Positionen vertauscht. Bis vor kurzem hatte Wolfgang an Robert kein gutes Haar gelassen, während Leona ihn verteidigt hatte, und nun war es umgekehrt. Auch wenn er zuvor das Wort Psychopath ins Gespräch gebracht hatte, war er doch zu sehr Realist, um Jablonski für etwas anderes als einen Spinner zu halten, dessen Gefährlichkeit nun, da die Beziehung zu Leona nicht mehr bestand, gebannt war.

»Und wenn es doch Robert war?« fragte Leona.

»Er ist längst in Ascona«, sagte Wolfgang.

»Er hat *gesagt*, er fährt nach Ascona zurück«, berichtigte Leona. »*Gesehen* habe ich nur, wie er in ein Taxi stieg. Wohin ihn das brachte, weiß ich nicht.«

»Zum Bahnhof. Leona, du weißt, ich konnte ihn nie leiden und hatte immer ein ungutes Gefühl, was ihn betraf, aber ich finde, wir sollten die Kirche im Dorf lassen. Die Giftmörder-Version erscheint mir zu dramatisch. Sicher ist er wütend auf dich, weil du die Beziehung beendet hast, aber ...«

»Das ist es doch gerade!« Leona starrte ins Zimmer, wobei sie es angestrengt vermied, mit ihrem Blick den Karton zu streifen, in dem Dolly lag. »Er war nicht wütend. Überhaupt nicht. Das hat mich ja so irritiert. Er ist sonst bei jeder Gelegenheit ausgerastet, am schlimmsten in Ascona.« Sie berichtete von dem Vorfall, als sie seinen Ring abgezogen und im Bad liegengelassen hatte. »Das hat ihn wild gemacht. Ich bekam wirklich Angst vor ihm. Verstehst du, er drehte durch, wenn er das Gefühl hatte, ich könnte ihm irgendwie entgleiten. Deshalb war ich erstaunt, wie gelassen er es hinnahm, als ich ihm erklärte, es ginge nicht mehr zwischen uns. Er sah etwas elend aus ... aber auch so, als habe er es erwartet. Als habe er von Anfang an gewußt, daß es so endet.«

»Seine letzte Freundin ist ihm auch weggelaufen«, erinnerte Wolfgang, »und die davor vielleicht auch. Womöglich ist er diesen Gang der Dinge seit langem gewöhnt.«

»Aber an so etwas gewöhnt man sich nicht. So etwas ist schlimm. Und es wird immer schlimmer, je öfter es passiert.«

»Vielleicht ist er ein Mensch, der lange Zeit kämpft, fast übermäßig heftig kämpft, der aber genau spürt, wann er geschlagen ist, und der dann von einem Moment zum anderen alle Waffen fallen läßt. Es gibt solche Leute.«

»Warum hat er erzählt, seine Freundin sei ertrunken?«

Wolfgang rieb sich die Augen. Er war müde – aber zugleich spürte er in sich eine sehr wache Furcht lauern, die er keineswegs hochkommen lassen wollte.

»Ich weiß es nicht. Er ist nicht ganz normal. Das habe ich ja immer gesagt. Aber ich halte ihn nicht für gefährlich.«

Letztlich stimmte es nicht, was er sagte, und das wußte er auch. Hätte er Robert nur für »nicht ganz normal« gehalten – eigentümlich, aber harmlos –, dann hätte er nicht versucht, Leona sogar noch in Ascona anzurufen. Etwas hatte ihn beunruhigt, die ganze Zeit über, etwas, das nichts mit seiner Eifersucht zu tun gehabt hatte.

»Letzte Woche am Lago Maggiore«, sagte Leona leise, »da hatten wir ein Gespräch … ich weiß nicht mehr genau, wie es anfing … irgendwie kam er wieder auf meine Haare. Er wollte unbedingt, daß ich sie wieder lang wachsen lasse. Ständig lag er mir damit in den Ohren.«

»Was sagte er?«

Sie sah sich wieder in Locarno in dem Straßencafé sitzen, unter der warmen Sonne, den See zu ihren Füßen. Robert hatte sehr gut ausgesehen, erinnerte sie sich. Er paßte in diese schon ganz und gar italienische Landschaft. Er war lockerer und entspannter gewesen als je zuvor in Frankfurt.

»Er sagte, er freue sich, wenn meine Haare wieder lang wären.«

»Du wolltest das also ihm zuliebe tun? Deine Haare wieder wachsen lassen?«

»Ja«, sagte Leona, »das wollte ich für ihn tun.«

Er betrachtete sie besorgt. »Du warst ziemlich vernarrt in ihn.«

»Ein paar Monate lang hätte ich mir womöglich einen Ring durch die Nase ziehen lassen, wenn er nur dafür bei mir geblieben wäre. Ich dachte, das Schlimmste, was mir passieren könnte, wäre, zu meinen Eltern gehen und ihnen sagen zu müssen, daß mir schon der zweite Mann weggelaufen ist.«

»Ich verstehe«, sagte Wolfgang.

»Jedenfalls«, fuhr Leona fort, »sagte Robert etwas von Rapunzel ... es würde ihm gefallen, wenn ich wieder wie Rapunzel aussähe, oder etwas Ähnliches. Ich lachte darauf und erwiderte, er solle sich in acht nehmen, Rapunzel habe einen fremden Mann an ihren Haaren in ihr Zimmer klettern lassen, und vielleicht könnte mir so etwas auch in den Sinn kommen. Es war einfach Geplänkel, weißt du, nichts Ernstes.«

»Und er nahm es ernst?«

»Ich weiß nicht. Er lachte ebenfalls, und ...«

»Und?«

»Und er sagte, in diesem Fall würde er mich umbringen.«

3

Am Tag, an dem sie ihren Vater beerdigten, erfuhr Lisa, daß sich ein Zeuge gemeldet hatte, der nun als der – außer dem Mörder – möglicherweise letzte Mensch galt, dem Anna in ihrem Leben begegnet war.

Es war Mittag, als Lisa vom Friedhof zurückkam. Sie hatte geweint am Grab, und sie wollte sich daheim nur wieder kurz zurechtmachen, ehe sie hinüber zum Dorfgasthof gehen und ein Mittagessen für die Trauergäste geben würde. Das Geld dafür tat ihr in der Seele leid, aber ein Essen gehörte zu einer Beerdigung, sie würde sich nicht darum drücken können. Glücklicherweise waren ohnehin nicht viele Leute erschienen; Verwandte gab es nicht mehr, und es hatten sich neben dem Pfarrer nur ein paar Nachbarn und ehemalige Skatbrüder des Verstorbenen eingefunden. Das würde alles in allem nicht zu teuer werden, wenn auch die Männer eine Menge trinken würden – unter dem Vorwand, sich aufwärmen zu müssen, denn es wehte ein kühler Wind in dieser letzten Märzwoche, und alle hatten auf dem Friedhof gefroren.

Lisa war froh, eine Viertelstunde für sich zu haben. Sie wünschte, sie hätte sich ganz allein von ihrem Vater am Grab verabschieden dürfen. Die letzten Monate waren so qualvoll gewesen, für ihn und für sie, daß ihr sein Tod zunächst in erster Linie Erleichterung verschafft hatte. Jetzt muß er nicht mehr leiden, hatte sie als erstes gedacht, und dann: Nun bin ich frei.

Sie war frei, aber sie war auch sehr einsam.

Das Telefon klingelte, als sie gerade ihren Mantel auszog. Mit ihren schmutzigen Schuhen lief sie rasch zum Apparat, lehmige Fußabdrücke hinterlassend.

»Ja?« meldete sie sich.

Es war Kommissar Hülsch. Er fragte, ob er störe, und sie erwiderte, sie habe gerade ihren Vater beerdigt.

Er war betroffen. »Oh – mein Beileid. Ich werde später noch einmal anrufen.«

»Nein, nein. Ich habe ein paar Augenblicke Zeit. Worum geht es?«

»Es hat sich ein Mann bei uns gemeldet, der Ihre Schwester im Juni des vergangenen Jahres, vermutlich an ihrem Todestag, im Auto von Augsburg mitgenommen und etwa zwei Kilometer entfernt von Ihrem Dorf an der Landstraße abgesetzt hat. Er hatte sie an der Augsburger Ausfahrt Richtung Landsberg aufgegriffen. Sie stand dort und trampte.«

»Ach!« Lisa merkte, wie ihr Herz schneller schlug. »Wirklich? Wer ist dieser Mann?«

»Ein Versicherungskaufmann aus Augsburg. Er wollte an jenem Tag zu einem Kunden, der am Starnberger See wohnt.«

»Warum meldet er sich erst *jetzt*?«

»Er hatte von dem Mord an Ihrer Schwester natürlich damals schon in der Zeitung gelesen. Und er hat sie auch auf dem Foto erkannt. Er hatte Angst, sich zu melden. Das erscheint mir verständlich: Sie ist in sein Auto eingestiegen, und später lag sie ermordet im Wald. Er fürchtete, man werde ihn verdächtigen, und er würde nicht beweisen können, daß er nicht der Täter war. Also beschloß er, vorsichtshalber den Mund zu halten.«

»Bis jetzt ...«

»Bis jetzt. Vor zwei Wochen hat er alles seiner Frau erzählt. Diese war der Meinung, er müsse sich unbedingt bei der Polizei melden. Sie redete wohl so lange auf ihn ein, bis er wirklich bei uns auftauchte.«

»Kann es sein ... er ist der Täter?«

Der Kommissar zögerte. »Ich habe das natürlich auch überlegt«, sagte er dann, »aber ich halte es für sehr unwahrscheinlich. Warum sollte er sich nach einem dreiviertel Jahr, in dem ihm niemand auf die Spur gekommen ist, plötzlich melden und in Verdacht bringen? Das wäre außerordentlich töricht von ihm. Niemand, der auch nur ein bißchen Verstand hat, würde das tun.«

»Außer, er ist ein Psychopath. Der es gar nicht erträgt, daß er abseits des von ihm angezettelten Geschehens steht, und der daher versucht, sich selbst wieder irgendwie ins Spiel zu bringen.«

Der Kommissar lächelte, was Lisa nicht sehen, aber irgendwie spüren konnte.

»Sie denken ja richtig kriminalistisch! Tatsächlich gibt es das häufiger: ein Täter, der zwar nicht gefaßt werden will, der aber zugleich darunter leidet, daß wegen des Nichtentdecktwerdens sein Geltungstrieb unbefriedigt bleibt. Ohne daß sie das wirklich vorhaben, tun solche Leute mitunter alles, um am Ende doch noch gefaßt zu werden – und haben dann endlich die Aufmerksamkeit, nach der es sie verlangt.«

»Eben«, sagte Lisa.

Diesmal ahnte sie sein Kopfschütteln. »Der Typ ist er nicht. Der Mensch, der Ihre Schwester ermordet hat, muß einen Defekt haben, der an Geistesgestörtheit grenzt. So, wie er sie verstüm ... wie er sie zugerichtet hat, meine ich. Unser Mann hier ist ein harmloser Mensch. Er verkauft den Leuten Versicherungen und will ansonsten seine Ruhe haben.«

»Hm«, machte Lisa.

»Interessant ist jedoch«, fuhr Hülsch fort, »was er uns erzählt hat. Die beiden saßen ja eine Weile zusammen im Auto, und er hat sie gefragt, woher sie kommt. Sie sagte, sie komme aus Südspanien. Sie habe Weihnachten Ferien an der Costa del Sol gemacht und anschließend dort im Hotel gejobbt, um Geld zu verdienen. Was die Weihnachtsferien angeht, so deckt sich diese Aussage mit den Angaben dieses Callgirls, das sich bei Ihnen gemeldet hat.«

»Ja, aber es ist nichts Neues.«

Lisa war enttäuscht. Die Auskunft dieses Zeugen brachte die Ermittlungen sicher nicht voran.

»Warten Sie. Sie hat ihm des weiteren erzählt, wo sie die letzten Jahre verbracht hat. Und nun raten Sie mal, wo das war!«

»Ich weiß es nicht. Ich dachte, in Südamerika.«

»Von wegen. Sie war viel näher bei Ihnen, als Sie ahnen. Sie hat in Ascona gelebt. In der Schweiz.«

Lisa wußte, daß sie längst zum Gasthof hätte hinübergehen müssen. Es war unmöglich, wie sie ihre Gäste warten ließ. Aber sie hatte das Gefühl, das Gebrabbel der Leute nicht ertragen zu können. Ihr zog sich der Magen zusammen, wenn sie an Leberknödelsuppe in goldgerandeten Tellern dachte, an Schweinebraten und Klöße, an das gedämpfte Klappern des Bestecks und an die ganze miefige Tristesse eines Dorfgasthofs an einem kühlen Vorfrühlingstag.

Sie war in ihr Zimmer gegangen – vorbei an dem nun verwaisten Zimmer ihres Vaters – und hatte sich ihren alten Schulatlas aus dem Regal genommen. Dann hatte sie nachgeschlagen, wo Ascona lag. Vor dem Kommissar hatte sie nicht zugeben mögen, daß sie keine Ahnung hatte, wo sie sich diesen Ort geographisch vorzustellen hatte. Nun hatte sie ihn gefunden, in der italienischen Schweiz, und festgestellt, daß es stimmte: Anna war gar nicht so weit weg gewesen in all den Jahren.

»Der Fahrer, der sie mitgenommen hat«, hatte Hülsch berichtet, »fragte sie, weshalb sie denn einen paradiesischen Ort wie Ascona verlassen habe, um in das unwirtliche Deutschland zurückzukehren. Weshalb sie denn nicht wenigstens an der Costa del Sol geblieben sei. Sie wissen, es war ein Junitag, aber es war kalt, sagt der Zeuge, es nieselte. Soweit er sich erinnert, hat ihm Anna irgend etwas in der Art geantwortet, sie sei nirgendwo sicher. Nur daheim, weil sie dort nicht allein sei. Sie habe ihre Schwester und ihren Vater um sich.«

Lisa hatte nach Luft geschnappt. »Anna hatte Angst. Sie war auf der Flucht. Dann ist sie nicht zufällig einem Irren in die Hände gefallen! Er hat sie verfolgt und kurz vor ihrem Ziel eingeholt.«

»Langsam. Das können wir nicht mit Sicherheit sagen. Sie kann trotzdem einem Kriminellen begegnet sein. Wir wissen nicht, *wovor* sie sich in Sicherheit bringen wollte. Vielleicht vor einer Tragödie, die sie in Gedanken verfolgte.«

»Nein, das glaube ich nicht. Eine Frau erklärt, sie sei nirgendwo sicher, nur daheim, weil dort andere Menschen um sie sind. Kurz darauf wird sie in ein Waldstück geschleppt und niedergemetzelt. Da liegt doch die Vermutung äußerst nahe, daß sie dem Menschen begegnet ist, vor dem sie solche Angst hatte.«

Hülsch hatte eingeräumt, daß manches für die Richtigkeit dieser Theorie spreche.

»Eine Reihe von Fragen bleibt allerdings offen«, hatte er hinzugefügt. »Der Mensch, vor dem sie solche Angst hatte, wer auch immer das war – wie kam er genau im richtigen Moment an den richtigen Ort? Wie hat er ihr folgen können? Der Fahrer, der Anna mitgenommen hat, hat sie nach eigenen Angaben an der Abzweigung der Straße zu ihrem Heimatdorf abgesetzt. Die letzten zwei Kilometer wolle sie zu Fuß gehen, hat sie gesagt. Er war knapp in der Zeit, bot ihr daher nicht an, sie rasch noch hinüberzufahren. Weit und breit war kein anderes Auto zu sehen. Unmittelbar ist ihr niemand gefolgt.«

»Dann ist er vielleicht kurz danach aufgetaucht. Das

letzte Stück Landstraße bis zum Dorf ist sehr einsam. Da kann sie leicht jemand ins Auto gezerrt haben.«

»Das war dann aber perfektes Timing.«

»Vielleicht war er ihr seit Südspanien auf den Fersen.«

»Und bringt sie hier um? Hier, wo jeder sie kennt, wo ihre Leiche sofort identifiziert werden kann? Warum hat er sie nicht irgendwo an der Costa del Sol getötet und verscharrt? Es hätte sie nie jemand gesucht!«

Ja, dachte Lisa nun, es hätte sie nie jemand gesucht. Welch ein Armutszeugnis für unsere Familie.

Sie lauschte in die Stille des Hauses hinein. Ein Haus ohne Stimmen. Ohne die Erinnerung an Stimmen sogar. Von Mamas Stimme wußte Lisa schon lange nicht mehr, wie sie geklungen hatte. Auch von Anna war nichts mehr zu hören, kein Lachen, kein Weinen. Kein Flüstern, kein Schreien. Kein Echo ihrer Stimme schwang mehr zwischen den Wänden.

Und selbst die Erinnerung an die Stimme des Vaters verklang bereits. Am Morgen hatte Lisa noch sein Stöhnen im Ohr gehabt, seine zittrigen Rufe nach ihr. Jetzt hörte sie kaum noch etwas davon. Als könne das Haus nichts festhalten von den Menschen, die in ihm gelebt hatten.

Fröstelnd schlang Lisa beide Arme um ihren Körper. Der Atlas, in dem sie nach Ascona gesucht hatte, rutschte von ihren Knien. Sie bemerkte es kaum. Sie hatte nicht gewußt, daß Einsamkeit so weh tun, einen so stechenden körperlichen Schmerz erzeugen konnte.

Ich werde das Haus verkaufen, dachte sie, so schnell wie möglich. Und werde das Dorf verlassen. So schnell wie möglich.

Sie stand auf und trat ans Fenster. Wie an jedem Tag ihres Lebens fiel ihr Blick auf den Wald jenseits der Kirche. Der Wald, in dem Anna ermordet worden war. Auch aus seinen Bäumen klang kein Schrei.

Seit dem Tod der Katze war nichts mehr wie vorher. Ein Hauch von Angst lag über jedem Tag, über jeder Nacht. Leona hatte Dolly, entgegen ihrer ursprünglichen Absicht, nicht gleich am nächsten Tag begraben, sondern zu einem Tierarzt gebracht, der die Todesursache feststellen sollte. Nach seiner Diagnose war Dolly an Rattengift gestorben.

»Genug, um sie umzubringen«, sagte er, »aber doch nur so viel, daß sie nicht sofort gestorben ist, sondern sich noch nach Hause schleppen konnte.«

»Glauben Sie, jemand hat ihr ganz gezielt diese entsprechende Dosis zugeführt?« fragte Leona. »Um sie zu töten, sie aber bis nach Hause gelangen zu lassen, damit ich es auch mitbekomme?«

Der Tierarzt zog die Augenbrauen hoch. »Haben Sie da einen bestimmten Verdacht?«

»Es bestünde die Möglichkeit«, sagte Leona vorsichtig.

»Hm. Auszuschließen wäre es nicht. Aber Rattengift liegt leider in vielen Gärten oder Parkanlagen herum. Ihre Katze kann sehr gut zufällig daran geraten sein.«

Leona ging mit der toten Dolly heim und begrub sie unter einer Tanne im Garten. Überall blühten jetzt die Forsythien, und das Gras war bunt von Krokussen. Wie hätte Dolly den Frühling geliebt, dachte Leona, ihren ersten Frühling! Sie war noch so jung gewesen.

Sie wagte es nicht mehr, Linda nach draußen zu lassen. Nur wenn sie selbst an den Wochenenden im Garten arbeitete, nahm sie die Katze mit hinaus, behielt sie aber immer scharf im Auge. Linda hatte sich nach dem Tod ihres Geschwisterchens sehr eng an Leona angeschlossen. Sie schlief nachts an sie gekuschelt bei ihr im Bett, lag sofort auf ihrem Schoß, wann immer sich Leona irgendwo hinsetzte. Sie maunzte kläglich vor dem Kellerfenster, durch das sie früher immer hinausgedurft hatte.

»Es geht nicht, Linda« sagte Leona, »es ist zu gefährlich.«

War es das? Oder sah sie nur Gespenster? Wenn sie abends weg mußte und erst nachts nach Hause kam, jagte sie eine unheimliche Furcht, die sie früher nicht gekannt hatte, den Gartenweg entlang. Vor allem dann, wenn sie so spät dran war, daß in den umliegenden Häusern keine Lichter mehr brannten.

Keiner würde es merken, wenn mich jetzt jemand aus den Büschen anspränge, dachte sie dann. Sie dachte immer »jemand«, aber die innere Stimme, die sie warnte, meinte »Robert«.

Es kam kein Lebenszeichen von ihm, nicht das geringste. Kein Brief, kein Anruf. Einmal wählte sie seine Nummer in Ascona, aber es meldete sich nur der Anrufbeantworter. Das mußte nichts bedeuten; Robert hatte auch hier, selbst wenn er daheim war, fast immer das Band laufen lassen.

Er ist in Ascona, sagte sie fast trotzig zu sich, oder sonst irgendwo. Jedenfalls nicht in Frankfurt.

Wäre er noch in der Nähe, so redete sie sich ein, dann würde er sie ständig belagern. Er würde vor ihrem Haus auftauchen, sich um Verabredungen bemühen, er würde ständig auf sie einreden. Er würde sich nicht ruhig verhalten.

Würde er ihre Katze vergiften?

Sie versuchte, ihr ganz normales Leben wiederaufzunehmen, dort, wo es geendet hatte, ehe sie Robert traf, ehe Wolfgang sie verlassen hatte. Sie fand nichts von dem Frieden und dem Gleichmaß wieder, die damals ihre Tage bestimmt hatten.

Es war Lydia, die sie auf die Idee brachte, Bernhard, den Exehemann der toten Eva, aufzusuchen und mit ihm zu reden. Lydia hatte wieder Tag für Tag über den Anrufbeantworter um ein Treffen gebettelt, und Leona hatte sich schließlich erweichen lassen. Sie gingen zusammen essen, und Lydia brannte auf Details über Leonas Liaison mit Robert. Sie schien frustriert, als sie hörte, daß die Beziehung nicht mehr existierte.

»Nein?« fragte sie mit weit aufgerissenen Augen.

»Wir paßten nicht recht zueinander. Es gab zu viele Meinungsverschiedenheiten«, sagte Leona ausweichend.

»Hat Ihr Mann Ihnen gesagt, daß Robert Ihnen etwas Falsches erzählt haben muß über den Zeitpunkt, als seine Freundin gestorben ist?«

»Ja, aber das hatte ich selbst auch schon herausgefunden«, entgegnete Leona und unterschlug Lydia die Tatsache, daß Roberts Freundin überhaupt nicht gestorben war, sondern das Weite gesucht hatte.

Irgendwann kam Lydia wieder auf Eva zu sprechen und natürlich auf Bernhard Fabiani und seine Schandtaten, und plötzlich dachte Leona, daß Bernhard Fabiani sicher manches über seinen Schwager wußte. Er war viele Jahre mit Eva verheiratet gewesen. Er mußte daher auch immer wieder Kontakt zu Robert gehabt haben.

Sie mochte Lydia nicht nach Bernhards Telefonnummer fragen. Sie entsann sich, daß er sie im vergangenen Jahr einmal angerufen und ihr eine Nachricht auf dem Anrufbeantworter hinterlassen hatte. Er hatte um Rückruf gebeten und ihr seine Nummer genannt, aber sie hatte sich nie bei ihm gemeldet, und er war ebenfalls nicht mehr in Erscheinung getreten.

Wieder zu Hause, blätterte sie in dem dicken Block, der immer neben ihrem Telefon lag, und fand tatsächlich die

Notiz, die sie sich damals nach dem Abhören des Bandes gemacht hatte: Bernhard Fabiani. Dahinter die Telefonnummer.

Sie wählte sie, ohne zu zögern.

»Seit meiner Scheidung von Eva habe ich Robert nicht mehr gesehen oder gesprochen«, sagte Bernhard. »Erst wieder nach Evas Tod in ihrer Wohnung. Aber auch da haben wir ja nur wenige Worte gewechselt.«

»Aber vorher haben Sie ihn doch recht gut gekannt?« fragte Leona.

Sie hatten sich im Mövenpick getroffen. Es war fünf Uhr am Nachmittag, ein faszinierendes goldenes Licht lag über der Stadt, und schwarze Wolkenbänke jagten pfeilschnell über den strahlendblauen Himmel. Am Mittag waren ein paar Schneeschauer niedergegangen, und nun lag die Welt wieder in Frühlingsglanz getaucht. Der Aprilwind fegte durch die Straßen. Die Menschen draußen mußten sich anstemmen gegen den Sturm. Ihre Mäntel und Schals flatterten, ihre Haare standen zu Berge. Es war lustig, fand Leona, ihnen aus dem Schutz des warmen Raumes heraus, abgetrennt durch dicke Glasscheiben, zuzusehen. Sie hätte sich wohlig und zufrieden fühlen können. Der Geruch des Kaffees vor ihr belebte sie, die gedämpften Stimmen, das Geklapper von Löffeln ringsum besänftigte sie zugleich. Sie mochte diese Stunde, wenn der Tag ganz langsam seinen Abschied zu nehmen begann. Für gewöhnlich entspannte sie sich um diese Zeit. Sie tat es nicht mehr seit Dollys Tod.

Bernhard war ihrem Blick nach draußen gefolgt, und anstatt auf ihre Frage zu antworten, sagte er: »Ein phantastisches Licht, finden Sie nicht auch?«

»Es ist überwältigend. An einem solchen Tag möchte ich

immer die Stadt hinter mir lassen und wieder auf dem Land leben. Ich möchte in Anorak und Gummistiefeln über die Wiesen stapfen, die Frühlingserde riechen und den Wind an meinen Haaren zerren lassen.«

»Haben Sie früher auf dem Land gelebt?«

»Ich bin auf dem Land aufgewachsen. *Wirklich* auf dem Land. In einem Dorf mit dreihundert Einwohnern. Und mit nichts als Feldern und Wäldern ringsum.«

»Ich bin auch auf dem Land aufgewachsen«, sagte Bernhard, »und manchmal vermisse ich diese Art zu leben.«

Er hat ein nettes Lächeln, dachte sie, eine nette Art.

Sie konnte sich vorstellen, daß er stark auf Frauen wirkte. Er schien einfühlsam, freundlich und herzlich. Er lud dazu ein, ihm auch sehr private Dinge anzuvertrauen, und versprach zugleich, sein Wissen niemals zu mißbrauchen.

»Um auf Robert zurückzukommen …«, sagte sie.

»Sie hatten … Sie waren liiert mit ihm?« fragte Bernhard vorsichtig.

»Ja. Für einige Monate. Ich weiß selber nicht, weshalb ich …«

»Sie müssen mir doch keine Erklärung abgeben.«

»Es ist mir nur selbst so unbegreiflich. Ich kannte ihn ja kaum. Ein wildfremder Mann … na ja, wie auch immer, es ist passiert, und nun ist es vorbei, und eigentlich müßte ich mir gar keine Gedanken mehr machen … Aber es kamen einige Merkwürdigkeiten vor, die mir nicht mehr aus dem Kopf gehen. Ich hatte einfach das Bedürfnis, mit jemandem zu sprechen, der Robert kennt.«

»Er fing an, Sie mit Haut und Haaren besitzen zu wollen?« fragte Bernhard.

Leona nickte. »Ja. Und er verlor die Nerven, wenn ich mich zu entziehen versuchte. Wenn er *meinte*, ich versuchte mich zu entziehen«, verbesserte sie sich, »denn eigentlich tat ich nie etwas, was ein … normaler Mann so hätte interpretieren können.«

»Das deckt sich ziemlich genau mit den Erfahrungen, die ich mit ihm gemacht habe. Oder vielmehr: mit den Erfahrungen, die andere Frauen mit ihm gemacht haben. Da habe ich über Eva natürlich manches mitbekommen.«

»Kannten Sie seine letzte Freundin?«

»Nein. Wahrscheinlich nicht mal die vorletzte. Seit unserer Scheidung, aber eigentlich auch schon zwei oder drei Jahre davor, gab es keinen Kontakt mehr. Wenn ich mit Eva sprach, redeten wir nie über ihren Bruder.«

»Er hat mir erzählt, seine letzte Freundin sei im Lago Maggiore ertrunken. Wie sich aber herausstellte, war sie ihm einfach nur davongelaufen.«

»Wie alle«, sagte Bernhard, »früher oder später. Die eine hielt es länger aus, die andere nur für kurze Zeit. Aber irgendwann hatte jede genug und sah zu, daß sie wegkam.«

»Und immer aus dem gleichen Grund?«

Bernhard rührte nachdenklich in seiner Kaffeetasse.

»Er erstickte die Frau an seiner Seite. Langsam, wie eine Schlange, die sich immer enger um ihr Opfer schlingt. Ich glaube, zu Anfang wurde das für die meisten Frauen gar nicht spürbar. Er war fürsorglich, beglückte sie von morgens bis abends, wollte immer ganz genau wissen, was sie den Tag über getan hatten … Viele Frauen hatten wohl in vorhergehenden Beziehungen unter dem gegenteiligen Verhalten ihrer Partner gelitten. Unter Interesselosigkeit und mangelndem Eingehen auf sie und ihre Belange.« Er lächelte. »Ich denke jedenfalls, daß es das ist, was die meisten Frauen den meisten Männern vorwerfen.«

»Und umgekehrt«, sagte Leona.

»Seine Freundinnen genossen die Aufmerksamkeit, die

er ihnen schenkte. Es waren auch immer irgendwie labile Frauen, die er bevorzugte«, meinte Bernhard sinnend. »Frauen mit geringem Selbstwertgefühl, wie mir schien, oder Frauen, die aus irgendwelchen Gründen lange Phasen der Einsamkeit hinter sich hatten, die emotional zermürbt und frustriert waren. Unter seiner Fürsorge blühten sie auf wie Blumen unter einem sanften, warmen Regen. Daß der Regen mit der Zeit immer heftiger wurde, sich schließlich in einen Hagelsturm verwandelte, begriffen sie erst spät.« Er musterte Leona aufmerksam. »Sie passen nicht recht in diese Reihe«, sagte er, »Sie erscheinen mir weder labil noch frustriert. Und keineswegs komplexbehaftet.«

Sein Kompliment freute sie. In den letzten Wochen hatte sie sich manchmal nur noch schwach und verängstigt gefühlt. Sie war dankbar, daß man ihr das offenbar nicht anmerkte.

»Damals paßte ich sehr wohl in die Reihe«, sagte sie. »Er hat mich an einem Tiefpunkt meines Lebens getroffen. Ich ... ach, egal, Sie können es ruhig wissen: Mein Mann hatte mich gerade wegen einer anderen Frau verlassen. Ich war verzweifelt und schockiert. Ich fühlte mich gedemütigt, und mein Selbstwertgefühl war ziemlich angeschlagen. Robert erschien mir wie ein wunderbarer Rettungsanker.«

»Dann war tatsächlich das Grundmuster erfüllt. Er hatte ein neues Opfer gefunden. Sehen Sie, ich glaube wirklich, daß dieser Punkt von Bedeutung ist. Eine seelisch völlig ausgeglichene Frau würde sehr rasch, schon nach kürzester Zeit, merken, daß mit diesem geangelten Goldfisch etwas nicht stimmt, und sie würde nicht lange fackeln, ihn wieder loszuwerden. Eine in irgendeiner Weise angeknackste Frau merkt es vielleicht auch, aber sie wird sehr lange nicht die Kraft finden, einen Schlußstrich zu ziehen.« Bernhard schwieg einen Moment, dann fügte er leise hinzu: »Ich hoffe, diese Analysen kränken Sie nicht. Es geht schließlich auch um Ihre Gefühle, die ich keineswegs verletzen möchte.«

»Das tun Sie nicht. Mir geht es nur noch um Klarheit. Manchmal habe ich mich gefragt, ob ich mich in meiner Einschätzung der Dinge geirrt habe. Gespenster gesehen habe. Überempfindlich war.«

»Da kann ich Sie beruhigen«, sagte Bernhard. »Was Robert Jablonski angeht, waren Sie mit Sicherheit nicht überempfindlich. Und haben auch keine Gespenster gesehen.«

Mit seinen Worten half er ihr mehr, als er ahnte. Trotz allem hatte in ihr noch immer die Unsicherheit genagt, ob sie sich nicht doch in der Beurteilung Roberts und seines Verhaltens irrte.

»Sie sagten, es war immer so, daß die Frauen *ihn* verließen«, sagte sie. »Es war nie andersherum? Daß *er* mit einer Schluß machte?«

»Meines Wissens nicht. Wobei ich natürlich sagen muß, daß ich sicher nicht alles mitbekommen habe. Sein Leben spielt sich in der Schweiz ab, also weit weg. Trotzdem kann ich mir nicht vorstellen, daß er jemals eine Beziehung von sich aus beendet haben soll.«

»Wissen Sie zufällig, wie er es hingenommen hat, wenn ihn wieder eine Frau verließ? Ich meine, wie hat er reagiert?«

Bernhard überlegte. »Ich fürchte, da kann ich Ihnen nicht allzuviel sagen. Ich sah ihn zu selten, um Details zu kennen. Ich erinnere mich nur, wie er Eva und mich vor ungefähr neun Jahren zusammen mit seiner damaligen Lebensgefährtin hier in Frankfurt besuchte. Das Mädchen hieß Jenny, stammte aus einer Alkoholikerfamilie, hatte eine von Gewalt geprägte Jugend hinter sich. Sie war damals zwanzig und seit zwei Jahren mit Robert zusammen. Ich hatte sie am Anfang mit ihm erlebt: Sie klammerte sich förmlich an ihn, er war ihr ein und alles. Bei dem Besuch in Frankfurt wurde dann aber deutlich, daß die Beziehung am Ende war. Jenny antwortete ihm kaum noch, wenn er mit ihr sprach, sie wirkte unglücklich und entnervt. Wir gingen abends zum Essen in ein Restaurant, und irgendwann ging Jenny zur Toilette. Die Zeit verstrich, und sie kam einfach nicht wieder.«

Bernhard schüttelte den Kopf, noch im nachhinein irritiert von der Situation.

»Mir fiel schließlich auf, daß Robert immer nervöser wurde – auf eine wirklich drastische Art. Er hatte Schweißperlen auf der Stirn, war aschfahl im Gesicht, atmete stoßweise. Ich dachte, er hätte plötzlich Kreislaufprobleme, aber dann stellte sich heraus, daß es um Jenny ging. Er drehte fast durch, weil sie so lange nicht wiederkam. Ich wollte die Atmosphäre entspannen und tat genau das Falsche: Ich machte eine scherzhafte Bemerkung in der Art, Jenny sei wohl durch eines der rückwärtigen Fenster entflohen. Ich lachte dabei und dachte, er werde nun auch lachen.«

»Aber er lachte keineswegs«, vermutete Leona, von düsteren Erfahrungen geprägt.

»Er lachte keineswegs«, bestätigte Bernhard. »Er sprang auf und wollte sofort losstürmen, nach ihr zu suchen. Ich sagte, er könne unmöglich in die Damentoilette gehen, und er ließ sich überreden, statt dessen Eva loszuschicken. Sie kam kurz darauf mit Jenny zurück. Robert machte ihr vor allen Gästen eine furchtbare Szene, er schrie und tobte. Es war sicher der peinlichste Abend, den ich je erlebt habe.«

»Das paßt zu ihm«, sagte Leona. »So wie ich ihn erlebt habe, wundert mich diese Geschichte überhaupt nicht.«

Sie merkte selbst, wie nervös und ängstlich ihre Stimme klang.

Bernhard lehnte sich vor und sah sie an.

»Leona, Sie haben sich von ihm getrennt. Er spielt keine Rolle mehr in Ihrem Leben. Trotzdem scheinen Sie vor irgend etwas große Angst zu haben. Was ist es?«

Sie lachte ein wenig verlegen. »Sie werden mich für hysterisch halten, aber ich … ich werde das Gefühl nicht los, daß er noch immer in meiner Nähe ist.«

»Ist es nur ein Gefühl?« fragte Bernhard, ohne in ihr Lachen einzustimmen, »oder gibt es auch irgendeinen Anhaltspunkt?«

»Nun, ich weiß nicht, ob ich mich da in etwas hineinsteigere …«

Sie erzählte ihm die Geschichte von Dolly. Ihre Augen wurden dabei schon wieder feucht, und sie mußte einige Male krampfhaft schlucken.

»Alle sagen mir, sie sei zufällig in einem Park oder Garten an das Gift geraten«, schloß sie, »und ich hoffe von ganzem Herzen, daß das stimmt – auch wenn es ihren Tod natürlich nicht weniger schrecklich und traurig macht. Aber da ist eine Stimme, die mir ständig sagt …« Sie sprach den Satz nicht zu Ende.

Bernhard hatte ihr sehr aufmerksam zugehört.

»Ich verstehe, daß solche Gedanken Sie jetzt quälen«, sagte er. »Dieser Robert ist wirklich nicht normal, und es erfüllt uns mit Angst, wenn wir einem Menschen begegnen, dessen abseitiges Verhalten ihn völlig unberechenbar erscheinen läßt. Aber in diesem Fall … Nach allem, was ich von ihm weiß, kann ich mir nicht vorstellen, daß er noch in Frankfurt herumgeistert und seine Energie darauf verwendet, Rachefeldzüge gegen Sie auszuhecken. Dieser Mann kann meiner Ansicht nach absolut *nicht leben* ohne eine Frau an seiner Seite. Anstatt Ihre Katzen zu vergiften, ist er vermutlich längst auf der Jagd nach einer neuen Partnerin, und damit dürfte er vollauf beschäftigt sein.«

»Sie haben nie etwas davon gehört, daß er Frauen terrorisiert hat, nachdem sie ihn verlassen haben?«

»Nein. Auffallend war nur, daß er immer sofort die Nächste hatte. Darum glaube ich ja auch, daß er eine neue Frau sucht und nichts mit dem Tod Ihrer Katze zu tun hat.«

Leona begann zu glauben, daß er recht haben mochte. Dollys Tod war ein schrecklicher Unfall, kein Mordanschlag. Robert saß längst wieder an seinem See und umgarnte ein hübsches Mädchen. Letzten Endes hatten die Dinge ihre Ordnung.

Bernhard bestand darauf, daß sie noch einen Sekt zusammen tranken, und Leona verstand schließlich ihre Sorgen schon nicht mehr, als sie wieder hinaus auf die Straße traten. Die Schatten waren länger geworden, aber noch immer fiel dieses strahlende Licht vom Himmel und brachte der Wind einen würzigen Duft mit sich. Leona hob die Nase, schnupperte die Luft wie ein Tier.

»Der April riecht so gut, finden Sie nicht auch?« fragte sie.

Er nickte. »Ja. Aber noch besser finde ich, daß Sie wieder lächeln. Ich hoffe, ich habe ein paar Ihrer Sorgen zerstreuen können?«

»Das haben Sie. Vielen Dank.«

Sie wollte ihm die Hand zum Abschied reichen, da fiel ihr noch etwas ein.

»Letztes Jahr im Herbst«, sagte sie, »da haben Sie bei mir angerufen. Sie baten um Rückruf. Worum ging es dabei?«

»Um nichts Besonderes«, entgegnete er wegwerfend,

korrigierte sich dann aber: »Nein, das stimmt nicht. Ich wollte etwas richtigstellen, und diese Richtigstellung lag mir durchaus am Herzen.«

»Dann sagen Sie es jetzt!«

Bernhard hob abwehrend beide Hände. »Nein. Nicht jetzt. Es ist ein bißchen kompliziert und braucht Ruhe und Zeit. Ein anderes Mal.«

»Jetzt machen Sie mich wirklich neugierig.«

»Gut. Wenn Sie neugierig genug sind, dann rufen Sie mich vielleicht wieder einmal an, und wir können uns treffen«, sagte er.

Während ihres ganzen Heimwegs beflügelte Leona der besondere Klang, der bei diesen Worten in seiner Stimme gelegen hatte.

Es war wie ein Déjà-vu-Erlebnis: Ein Mann stand vor Leonas Haustür, wartend, umgeben von Koffern und Taschen. Nervös trat er von einem Fuß auf den anderen. Genau wie Robert, im Dezember des vergangenen Jahres. Einen Moment lang dachte Leona sogar, es *sei* Robert, der sich dort eingefunden hatte, und sie spürte Erleichterung; nicht, weil sie sich gewünscht hätte, wieder mit ihm von vorn anzufangen, sondern weil er damit aus der Versenkung (aus dem Hinterhalt?) aufgetaucht wäre und sie hätte in Erfahrung bringen können, was in ihm vorging. Der Mann, der dort stand, war groß und dunkelhaarig wie Robert, aber es war nicht Robert, das erkannte Leona auf den zweiten Blick. Es war ihr Schwager Paul.

»Wie gut, daß du kommst«, begrüßte er sie mit nahezu dem gleichen Wortlaut wie seinerzeit Robert. »Ich hoffte, freitags würdest du früher zu arbeiten aufhören.«

»Tu' ich auch. Aber ich hatte noch eine Verabredung.«

Sie wies auf seinen Koffer und die Reisetasche. »Du kommst nicht bloß auf einen Sprung vorbei, oder?«

»Nein. Ich bin daheim ausgezogen.«

»Ach, du lieber Gott«, sagte Leona.

Es hatte so kommen müssen, aber trotzdem war sie tief erschrocken. Sie schloß die Haustür auf.

»Komm erst einmal rein.«

Er stellte sein Gepäck im Eingang ab und folgte ihr ins Wohnzimmer, wo Linda am Fenster saß und sehnsüchtig in den Frühlingstag hinausstarrte. Leona ließ ihre Tasche auf einen Stuhl fallen, ging an den Schrank, nahm zwei Gläser heraus und schenkte Cognac ein.

»Hier!« Sie reichte Paul ein Glas. »Das kannst du wahrscheinlich brauchen.«

»Danke.« Er trank das Glas in einem Zug leer. »Das war wirklich genau das Richtige.«

Er stellte das Glas auf den Tisch und kam ohne Umschweife zur Sache.

»Leona, ich weiß, das wirkt jetzt ziemlich überfallartig. Aber hättest du etwas dagegen, wenn ich eine Weile bei dir wohnte? Ich will absolut nicht auf deine Kosten leben, ich werde selbstverständlich für alles aufkommen, was ich hier verbrauche. Ich könnte natürlich auch in ein Hotelzimmer gehen, aber ...« Er machte eine hilflose Handbewegung. »Ich fürchte, einsame Abende in einem Hotel deprimieren mich so, daß ich in drei Tagen zurückgehe nach Lauberg.«

Leona fühlte sich unbehaglich. Sie mochte Paul, und es hätte sie normalerweise nie gestört, ihn in ihrem Haus zu beherbergen. Aber schlug sie sich damit nicht auf seine Seite, gegen ihre Schwester?

»Paul ...«, sagte sie zögernd.

Er wußte sofort, was in ihr vorging.

»Olivia weiß, daß ich dich frage, ob ich hier wohnen

kann. Sie ist einverstanden. Sie sieht es genauso wie ich: Wir brauchen eine Zeit der Trennung, um herauszufinden, wie es weitergehen soll.«

»Schön. Von mir aus kannst du natürlich bleiben.« Sie breitete die Arme aus, als wolle sie das Zimmer, das Haus umfangen. »Fühle dich wie daheim!«

Er lachte gequält. »Lieber nicht. Es soll wirklich nur für kurze Zeit sein.«

»Willst du reden?« fragte sie.

»Später. Ich würde gerne auspacken, duschen. Danach gehen wir essen, okay? Ich lade dich ein.«

»Gerne. Komm, ich zeig' dir dein Zimmer.« Sie ging vor ihm her die Treppe hinauf, öffnete die Tür zum Gästezimmer. »Hier. Das ist dein Reich. Du hast ein eigenes kleines Bad nebenan. Ich hoffe, du fühlst dich wohl.«

»Ganz sicher.« Er hielt ihren Arm fest, als sie an ihm vorbei wieder hinauswollte. »Danke, Leona. Ich weiß, es ist unmöglich, hier mit gepackten Koffern aufzutauchen und dich um Unterkunft zu bitten. Es ist alles so schnell gegangen ... Ich werde bestimmt versuchen, daß sich die Dinge rasch klären – so oder so.«

»Laß dir Zeit. Du kannst hierbleiben, solange du möchtest. Ich bin froh, wenn ich euch beiden helfen kann.«

Leona ging in ihr eigenes Zimmer hinüber. Aufatmend streifte sie die Schuhe ab. Es war ein langer Tag gewesen, aber trotzdem freute sie sich auf das Essen mit Paul. Sie dachte an das Treffen mit Bernhard Fabiani und mußte lächeln. Er war ihr sympathisch gewesen, und er hatte offensichtlich auch Gefallen an ihr gefunden. Sie mußte vorsichtig sein. Zu viele Frauen liebten ihn, zu viele Frauen liebte er. Seine tiefen Blicke waren vielfach erprobt. Er war sich seiner Wirkung wohl bewußt und spielte mit ihr, wann immer sich eine lohnende Gelegenheit bot.

Die Geschichte mit Robert reicht erst einmal, dachte sie, für einige Zeit werde ich die Finger von den Männern lassen.

Sie beschloß, ebenfalls zu duschen. Sie zog sich aus, schaltete währenddessen den Fernseher im Schlafzimmer ein. Es lief irgendeine Musiksendung. Leise summte sie das Lied mit, das gerade gespielt wurde.

Ihr Bad grenzte direkt an das Schlafzimmer, erreichbar durch eine Tapetentür. Sie ging hinüber und zog den Duschvorhang zurück, und dann fing sie an zu schreien, schrie, bis sich ihre Stimme zum Kreischen steigerte und überschlug und bis ein fast zu Tode erschrockener Paul neben ihr erschien und fassungslos auf das blutige, glitschige Auge starrte, das auf dem weißen Keramikboden der Dusche lag.

Erst eine halbe Stunde später hatte sich das Zittern in Leonas Händen so weit beruhigt, daß sie das zweite Glas Cognac an den Mund führen und daraus trinken konnte. Der Alkohol rann ihr heiß die Kehle hinunter, ließ sie sich ein klein wenig besser fühlen. Auf ihrem Gesicht lag ein feuchtkalter Schweißfilm. Ihr Herzschlag schien von den Füßen bis in den Kopf hinauf zu hämmern. Ihr war sehr übel, und sie fürchtete, sich irgendwann im Laufe des Abends übergeben zu müssen.

Sie fror erbärmlich, obwohl sie ihren flauschigen Winterbademantel trug, direkt an der Heizung im Wohnzimmer kauerte und Linda als wärmendes Fellbündel auf dem Schoß liegen hatte.

Alles wird gut werden, sagte sie zu sich, aber sie glaubte nicht wirklich daran.

Sie hatte erst aufgehört zu schreien, als Paul sie an den Schultern gepackt und geschüttelt und schließlich aus dem Bad zurück ins Schlafzimmer geschoben hatte.

»Sei jetzt still!« herrschte er sie an. »Sei still!«

Sie klappte den Mund zu und verstummte.

Für den Moment war sie nicht in der Lage, in irgendeiner Hinsicht die Regie zu übernehmen, und so ging Paul in die Küche hinunter und stöberte auf eigene Faust in den Schubladen herum. Schließlich kehrte er mit einer Plastikdose zurück.

»Was willst du tun?« fragte Leona.

Sie stand noch immer mitten im Schlafzimmer, hielt ein Handtuch vor ihren nackten Körper und zitterte bereits unkontrolliert.

»Ich tue das ... *es* da hinein«, sagte Paul.

»Weißt du ... was *es* ... ich meine, wem hat es ...«

»Es ist das Auge von einem großen Tier«, sagte Paul, »ich vermute, von einem Rind.«

Um ein Haar wäre sie erneut hysterisch geworden. »Ich will es nicht im Haus haben! Ich will es – hörst du – auf gar keinen Fall im ...«

»Ich verschließe es in dieser Dose und werfe alles zusammen in die Mülltonne, in Ordnung?«

In ihrer Kehle würgte es. »Du ... willst es doch nicht anfassen?«

Rauher, als es sonst seine Art war, erwiderte er: »Irgend jemand muß es ja tun, oder? Du willst doch wohl nicht, daß es da in der Dusche verschimmelt!«

Damit verschwand er im Bad, und als er mit der verschlossenen Dose in der Hand wieder durchs Zimmer ging, sagte Leona kein Wort mehr.

Unten im Wohnzimmer, nach dem ersten Schluck Cognac, konnte sie schließlich wieder sprechen.

»Ich muß die Polizei anrufen.«

Paul stand am Fenster, sah in die einfallende Dunkelheit hinaus. Nun drehte er sich zu ihr um.

»Weswegen? Es ist nichts geschehen, weshalb die Polizei herkommen würde.«

»Vor einer Woche wurde Dolly vergiftet. Und jetzt das. Reicht das nicht?«

Paul wußte von Dollys Tod, da Leona Elisabeth angerufen und ihr davon berichtet hatte. Nicht erwähnt hatte sie allerdings ihren Verdacht gegen Robert. In der Familie hielt man Dollys Tod für einen tragischen Unfall.

»Ja, und?« fragte Paul. »Was meinst du mit ›Reicht das nicht‹?«

»Jemand hat Dolly vergiftet. Jemand hat mir ein … ein Rinderauge in die Dusche gelegt. Jemand versucht, mich fertigzumachen.«

»Hast du eine Idee, wer ›jemand‹ ist?« wollte Paul wissen, in einem Ton, der besagte, daß er an das Vorhandensein eines unbekannten Feindes draußen in den dunklen Tiefen der Nacht nicht glaubte.

»Robert«, sagte Leona.

Paul brauchte eine Sekunde, um zu erfassen, von wem sie sprach. Er hatte Robert nie kennengelernt, da er über Weihnachten ja mit Olivia verreist gewesen war, aber er hatte natürlich von dem neuen Mann in Leonas Leben erfahren und auch davon, daß die Geschichte bereits wieder beendet war. Er entsann sich, daß Carolin bei einem Abendessen verkündet hatte, dieser Robert sei ein »erstklassiger Spinner«, aber er hatte nichts darauf gegeben, weil er nie etwas auf das gab, was Carolin sagte.

»Robert?« fragte er.

Sie stützte den Kopf in die Hände.

»Niemand glaubt mir das. Lustigerweise nicht einmal Wolfgang, obwohl er mich immer vor Robert gewarnt und alles mögliche Unheil gewittert hat. Aber jetzt, wo wirklich schreckliche Dinge passieren, scheint es niemand für möglich zu halten, daß Robert dahinterstecken könnte.«

»Hast *du* die Beziehung beendet? Und glaubst nun, er könnte sich deswegen rächen wollen?«

»Ich weiß, daß das absurd klingt. Ich habe auch immer gedacht, solche Dinge passieren nur in Filmen. Aber wieso eigentlich? Das wirkliche Leben ist voll davon. Du mußt nur die Zeitung aufschlagen, und du wirst mit kranken Gehirnen und perversen Veranlagungen aller Art konfrontiert.«

»Hattest du denn bei diesem Robert den Eindruck, daß etwas nicht stimmte?«

»Ja. Deswegen habe ich mich getrennt. Und«, fügte sie trotzig hinzu, »ich habe heute mit einem Mann gesprochen, der Robert schon seit vielen Jahren kennt. Er hat mir bestätigt, daß ich mir das *nicht* alles einbilde. Irgend etwas ist faul bei ihm. Und das hat speziell etwas mit seinen Beziehungen zu Frauen zu tun.«

»Gehen wir doch sachlich vor«, sagte Paul, und Leona würgte eine zornige Bemerkung hinunter. Natürlich war *sie* unsachlich. Hysterisch vermutlich in seinen Augen. Warf mit obskuren Verdächtigungen um sich und steigerte sich in einen Verfolgungswahn hinein.

»Das Gift«, fuhr Paul fort, »kann die Katze überall erwischt haben.«

Leona seufzte. Diesen Satz sagte ihr jeder. Ob sie alle glaubten, eine ganz neue Erkenntnis vor ihr auszubreiten?

»Dieses Rinderauge – könnte das nicht die andere Katze hereingebracht haben?« Er sah, wie sie den Mund öffnete, und hob beschwichtigend die Hände.

»Moment! Katzen schleppen die eigenartigsten Dinge ins Haus, weil sie meinen, man freut sich über diese Geschenke. Ich weiß, du willst sagen, wie soll sie an ein Rinderauge kommen, aber ...«

»Ich wollte etwas anderes sagen«, unterbrach Leona. »Deine Theorie ist abwegig, weil Linda – die Katze – gar nicht hinaus kann. Seit Dollys Tod lasse ich sie eisern eingesperrt. Und noch dazu war meine Badezimmertür geschlossen. Eine Katze kann eine Tür notfalls öffnen, indem sie auf die Klinke springt, aber niemals kann sie sie wieder schließen.«

»Okay. Linda scheidet aus. Also – wer hat alles einen Schlüssel zu diesem Haus?«

»Wolfgang. Aber ...«

»Könnte das ein geschmackloser Scherz gegenüber seiner Nochehefrau sein?«

»Nie im Leben. So etwas würde Wolfgang nicht tun. Außerdem versucht er gerade, sich wieder mit mir zu versöhnen.«

»Hm. Wer noch?«

»Meine Mutter.«

»Die können wir wohl auch ausklammern. Und sonst?«

»Sonst hat niemand einen Schlüssel.«

»Robert hat keinen?«

»Er hat ihn mir zurückgegeben, als er ging. Allerdings«, ihr wurde noch kälter bei dem Gedanken, »hatte er monatelang Zeit, sich einen Nachschlüssel machen zu lassen. Du lieber Himmel!« Sie starrte Paul entsetzt an. »Er hat mit Sicherheit einen Nachschlüssel! Die ganze Zeit! Oh Gott, die ganze Zeit schon konnte er hier aus und ein gehen, nachts, wenn ich geschlafen habe ... vielleicht ist er im Haus herumgegeistert ...« Sie preßte die Hand auf den Mund. »Ich muß mich gleich übergeben«, flüsterte sie, während die Panik in Wellen über sie floß und ihr fast den Atem nahm.

Paul war mit zwei Schritten neben ihr. Er nahm ihr Gesicht zwischen seine Hände – die sehr kühl waren, wie

Leona dankbar feststellte – und zwang sie, ihn anzu-blicken.

»Ganz ruhig, Leona«, sagte er mit fester Stimme, »atme tief durch und versuche dich zu beruhigen. Du darfst jetzt nicht die Nerven verlieren.«

Sie tat, was er gesagt hatte, atmete tief durch, ein ums andere Mal, und tatsächlich ließ die Übelkeit nach, ver-ebbte die Panik.

»Geht schon wieder«, sagte sie und rang sich ein Lächeln ab.

»Gleich morgen läßt du die Schlösser austauschen«, sagte Paul. »Wie viele Türen nach draußen gibt es?«

»Die Haustür, die Küchentür und die Kellertür. Zur Kel-lertür hatte Robert aber, glaube ich, nie einen Schlüssel in den Händen.«

»Trotzdem. Sicher ist sicher. Laß auch dieses Schloß aus-wechseln.«

»Und du meinst nicht, wir sollten die Polizei rufen?«

»Ich glaube einfach nicht, daß wir genug in der Hand haben. Eine vergiftete Katze, die sich überall in der Nach-barschaft vergiftet haben kann. Ein Rinderauge in der Du-sche – das ist geschmacklos und widerlich, aber es stellt ja keinen direkten Angriff auf Leib und Leben dar.«

»Ein Mann betritt in meiner Abwesenheit mein Haus! Er …«

»Das weißt du nicht. Leona, das ist doch das Problem. Du hast einen Verdacht, aber du hast nicht den mindesten Beweis. Glaubst du, die Polizei könnte irgend etwas gegen diesen Robert unternehmen, nur weil du *glaubst*, er steckt hinter all dem?«

»Nein.« Sie nahm den nächsten Schluck Cognac. Sie fühlte sich elend und mutlos. »Ich werde keine Se-kunde schlafen können heute nacht. Wenn ich mir vorstelle, daß er jeden Moment wieder hier hereinkommen kann ...«

»Du schließt deine Zimmertür ab. Die müßte man dann erst aufbrechen, und das geht nicht ohne eine Menge Lärm. Ich bin dann ja schließlich auch noch da.«

»Gott sei Dank!« Sie überlegte, wie schrecklich ihr erst zumute wäre, müßte sie allein sein. »Sosehr ich wünschte, zwischen dir und Olivia gäbe es keine Probleme – es ist jedenfalls ein Segen, daß du heute hier bist.«

»Wenigstens komme ich mir jetzt nicht mehr ganz so lästig vor.« Er nahm ihr das leere Glas aus der Hand, stellte es zur Seite. »Komm, geh jetzt ins Bett. Du siehst ganz schön mitgenommen aus. Oder möchtest du erst noch etwas essen? Es ist ja noch nicht spät.«

Aber der bloße Gedanke an Essen verursachte ihr schon wieder Übelkeit.

»Nein. Ich lege mich hin. Und du?«

»Ich sehe noch etwas fern. Wenn etwas ist, rufst du, ja?«

»Ja. Gute Nacht.« Sie nahm Linda mit hinauf in ihr Zimmer, verschloß sorgfältig von innen die Tür. Mit einem Ruck zog sie die Vorhänge vor dem Fenster zu, plötzlich von dem Gedanken bedrängt, Robert könne in einen der Bäume im Garten klettern und versuchen, zu ihr herein zu spähen. Sie war fest davon überzeugt, daß Robert das Auge in ihrer Dusche plaziert hatte und daß er sie damit nicht nur hatte erschrecken wollen. Das Auge war eine Botschaft: Ich beobachte dich. Ich weiß immer, wo du bist. Ich bin nahe genug, dich zu *sehen*.

Die ganze Nacht lag sie wach, dachte an Robert, lauschte auf jedes Geräusch im Haus. Linda hatte sich neben ihr auf dem Kopfkissen zusammengerollt. Wenn sie das Gesicht wandte, konnte Leona das weiche Fell an ihrer Wange spüren. Es tröstete sie ein wenig, vermochte jedoch kaum das Grauen zu lindern, das sich in ihr ausgebreitet hatte. Die ganze Zeit über hatte Robert ungehindert im Haus ein und aus gehen können. Wie oft mochte er nachts in ihrer immer weit offenen Zimmertür gestanden und auf ihre Atemzüge gelauscht haben?

Morgen würde sie die Schlösser auswechseln lassen.

Sie hatte das sichere Gefühl, daß dies den Alptraum nicht beenden konnte.

5

Eine Woche später brachte Leona Linda zu ihren Eltern nach Lauberg. Trotz der neuen Türschlösser wurde sie die Angst um die kleine Katze, die jeden Tag allein im Haus war, nicht los. Paul sagte zwar, er sehe nicht, wie jetzt noch irgend jemand eindringen könnte, aber Paul vermochte sich ohnehin nicht recht mit ihrer Theorie vom obsessiven Exlover und seinen Untaten anzufreunden. Natürlich wußte er keine Erklärung dafür, wie das Auge in die Dusche gekommen sein sollte, aber er war zu sehr Rationalist, um sich letzten Endes irrationales Verhalten dieser Art bei anderen Menschen vorstellen zu können. Ein abgewiesener Liebhaber mochte toben, fluchen und Drohungen ausstoßen, aber er ging nicht hin und tat so eigenartige Dinge, wie Tieraugen in Duschen zu plazieren. Oder doch?

Manchmal schwante es Paul, daß es solche Dinge gab, daß sie täglich stattfanden, daß erschreckend viele kranke und perverse Menschen frei herumliefen. Aber nicht in diesem Fall. Er weigerte sich zu glauben, daß *sein* Leben in irgendeiner Weise von »solchen Dingen« berührt werden könnte.

Leona hatte Linda zunächst samt Katzenklo und Futterschüssel mit in den Verlag genommen, was hochgezogene Augenbrauen und indigniertes Stirnrunzeln bei ihrem Chef hervorgerufen hatte. Sie hatte erklärt, Linda sei einsam seit dem Tod ihrer Schwester, aber der Chef hatte nicht allzuviel Verständnis dafür gezeigt. Linda fing an, Papierkörbe in den Büros auszuleeren und den Inhalt pfeilschnell vor sich her über die Korridore zu kicken, sie scharrte den Kies aus ihrem Katzenklo und verteilte ihn im Zimmer, und sie maunzte jämmerlich am Fenster, weil sie hinauswollte. Leona sah ein, daß es so nicht ging, und rief Elisabeth an, um sie zu fragen, ob sie ihr Linda für einige Wochen bringen könne.

»Natürlich«, sagte Elisabeth, »aber warum?«

»Sie dreht durch, weil sie so viel allein ist. Bei euch ist wenigstens immer jemand daheim.«

Sie fuhr am Samstag los, wollte daheim übernachten und am Sonntag abend zurückkommen. Sie hatte Paul gefragt, ob er sie begleiten und mit Olivia reden wolle, aber er hatte abgelehnt.

»Zu früh. Ich bin mir über vieles noch nicht im klaren.«

Der Frühsommer war plötzlich ausgebrochen, es war heiß draußen, an allen Bäumen sprangen die Knospen auf. Je weiter sich Leona von der Stadt entfernte und aufs Land hinauskam, um so schöner wurde es. Sie merkte, wie ihr freier und leichter zumute wurde. Manchmal blickte sie durch den Rückspiegel nach hinten, argwöhnisch, ob Robert ihr vielleicht folgte.

Blödsinn, dachte sie gleichzeitig, er liegt ja wohl nicht den ganzen Tag vor meinem Haus auf der Lauer, und außerdem hat er gar kein Auto!

Der helle, blühende Tag ließ ihre Furcht merklich kleiner werden. Die nächtlichen Gespenster hatten sich verzogen.

Im übrigen folgte ihr tatsächlich niemand. Schon bald

konnte sie da ganz sicher sein, denn schließlich war sie ganz allein auf der sonnigen Landstraße. Niemand hielt sich hinter oder vor ihr auf.

In Lauberg war alles wie immer. Elisabeth stand im Garten und hängte zum ersten Mal in diesem Jahr die Wäsche im Freien auf.

»Wie schön, daß du da bist, Leona«, sagte sie, nachdem sie ihre Tochter umarmt hatte. Sie musterte sie aufmerksam. »Du siehst aus, als ob du nicht genug schläfst«, stellte sie fest.

»Ach, mach dir nicht immer so viele Gedanken, Mami. Ich bin schon in Ordnung.«

»Hast du mal wieder von Wolfgang gehört?«

Sie hatte das alles für sich behalten wollen, aber plötzlich fand sie, sie könne ein paar Sorgen ihrer Mutter zerstreuen.

»Er hat sich von seiner Freundin getrennt. Er würde sich gern wieder mit mir versöhnen.«

»Wirklich?« Elisabeths Miene erhellte sich sofort. »Und wie stehst du dazu?«

»Ich brauche Zeit. Ich muß erst einmal wieder zu mir selbst kommen.«

»Natürlich, Kind. Wolfgang muß auch nicht denken, du springst, wenn er pfeift«, sagte Elisabeth, und das war für sie eine so eigenartige Bemerkung, daß Leona auflachte. Den Katzenkorb in der einen, ihre Reisetasche in der anderen Hand, ging sie zum Haus. Ben lag auf der Veranda in der Hängematte; er trug nichts als eine Badehose, und neben ihm stand sein Sohn Felix und ließ Spielzeugautos mit lautem Gebrumm auf dem nackten Bauch des Vaters kreisen. Ben hob die Hand zu einem lässigen Gruß.

»Tag, Leona. Ist das nicht ein herrliches Wetter heute?«

Für gewöhnlich hatte Leona mit Aggression zu kämpfen, wenn sie Ben in seiner ganzen unbekümmerten, schmarotzenden Faulheit sah, aber diesmal empfand sie seinen Anblick eher als rührend. Es ging eine unendliche Friedfertigkeit von ihm aus, wie er so dalag und sich von seinem Kind malträtieren ließ. Ben war ein Nichtsnutz, aber er war ein guter Kerl, der keiner Fliege etwas zuleide tat. Sollte Carolin eines Tages genug von ihm haben und ihn vor die Tür setzen, dann würde er weder ihre Tiere vergiften noch gräßliche Dinge in ihr Badezimmer schmuggeln, um sie einzuschüchtern. Er würde seine wenigen Habseligkeiten zusammenpacken und losziehen, um eine andere Frau zu finden, bei der er sich für eine Weile durchschnorren konnte, und wahrscheinlich würde kein einziges böses Wort fallen.

»Hallo, Ben«, erwiderte sie seinen Gruß, »das Wetter ist wirklich toll. Ist Carolin da?«

Er schüttelte träge den Kopf. »Die ist in Bonn. Bei 'ner Demo.«

»Ach so. Wofür oder wogegen demonstriert sie?«

»Keine Ahnung. Das weiß sie wahrscheinlich selber nicht. Wenn sie hört, irgendwo ist 'ne Demo, dann muß sie hin. Ich verstehe zwar nicht, wie man sich so viel Streß machen kann – aber bitte! Ist ihr Leben.«

Felix ließ einen Hubschrauber im Bauchnabel seines Vaters landen und fabrizierte höllische Motorengeräusche dazu. Leona lächelte den beiden noch einmal zu, dann trat sie ins Haus. Aus dem Arbeitszimmer ihres Vaters vernahm sie gedämpft klassische Musik. Beethoven. Julius legte sich gern mittags hin und hörte Musik. Das war eine Art heilige Stunde für ihn.

Leona bemühte sich, leise zu sein, als sie die Treppe hinaufging. Oben traf sie Olivia, die gerade mit Dany aus dem Bad kam. Dany war in ein riesiges Handtuch eingehüllt, hatte nasse Haare, roch nach Kamillenseife und schien überraschend friedlich. Sie strahlte über das ganze Gesicht und gab zufriedene Brummlaute von sich.

»Ach, Leona«, sagte Olivia zerstreut, »läßt du dich auch mal wieder blicken?«

»Ich soll dich von Paul grüßen«, sagte Leona.

»Danke«, erwiderte Olivia nur.

Leona fragte sich, ob ihre Schwester wirklich so gleichgültig war oder ob sie ihre wahren Gefühle mit Desinteresse tarnte. Sie folgte ihr in Danys Zimmer.

»Willst du nicht wissen, wie es ihm geht?«

»Wie geht es ihm?« fragte Olivia, und Leona unterdrückte einen Seufzer.

»Er ist soweit in Ordnung. Aber er macht sich eine Menge Gedanken.«

»Die mache ich mir auch.«

Olivia tupfte Dany sorgfältig mit dem Handtuch trocken. Dany griff in die Haare ihrer Mutter und zog ruckartig daran, ließ dann jedoch sogleich wieder von diesem Spiel ab und brummte erneut vor sich hin. Wahrscheinlich versuchte sie ein Lied zu singen. Sie hatte offenbar einen selten guten Tag. Olivia nahm einen Schlafanzug aus dem Schrank und zog ihn ihrer Tochter an. Sie wirkte in sich gekehrt, abwesend.

»Olivia, ich will mich nicht einmischen, aber ich mache mir Sorgen«, sagte Leona. »Ich kenne Paul schon so lange, und in der einen Woche, die er jetzt bei mir lebt, habe ich ihn noch besser kennengelernt. Er ist ein Mann, den du nicht einfach gehen lassen darfst. Er liebt dich, aber er ist verzweifelt, und irgendwann wird er sich vielleicht für ein anderes Leben, ein Leben ohne dich entscheiden.«

»Das tun sie alle früher oder später«, sagte Olivia, »du mußt doch nur dich anschauen.«

Leona zuckte zusammen. Mit mühsamer Beherrschung entgegnete sie: »Ja, man muß mich nur anschauen. Ganz sicher habe ich eine Reihe von Fehlern gemacht. Im Unterschied zu dir hatte ich aber keine Chance, etwas zu verändern. Bis zu dem Tag, an dem er mir eröffnete, er habe eine Geliebte, hat Wolfgang mich in dem Glauben gelassen, es sei alles in Ordnung. Das tut Paul nicht. Du weißt ganz genau, woran du bist.«

»Das nützt mir nichts.«

»Himmel, Olivia, reiß dich doch zusammen! Du hast einen großartigen Mann, und tust alles, ihn zu vergraulen! Er betrügt dich nicht. Er trinkt nicht. Er hat einen sicheren Beruf und verdient genug, um dir ein schönes Leben zu ermöglichen. Er ist verständnisvoll, intelligent und mitfühlend. Du hast mit ihm einen Hauptgewinn gezogen, Olivia, und ich glaube, du merkst es nicht einmal!«

»Dany muß jetzt ihren Mittagsschlaf halten«, sagte Olivia.

Dany krabbelte ins Bett, ließ sich zudecken. Olivia zog die mit Teddybären und Schaukelpferden bedruckten Vorhänge vor den Fenstern zu.

»Eine Stunde, Dany, okay? Mami kommt dich dann wecken.«

Die beiden Frauen verließen das Zimmer. Draußen auf dem Gang wurde Leona bewußt, daß sie noch immer den Korb mit der Katze darin herumschleppte. Sie stellte ihn ab und befreite Linda aus ihrem Gefängnis. Mit steil aufgerichtetem Schwanz schoß sie sofort davon.

»Bleibt sie hier?« fragte Olivia.

»Ja. Du weißt doch, Dolly hat irgendwo Gift erwischt, und nun fürchte ich …«

»Ich verstehe«, sagte Olivia. Ihr Blick folgte der Katze, die gerade die Treppe hinunter verschwand. »Hier ist sie sicher, da hast du recht. Hier wird ihr nichts geschehen.«

Leona nahm vorsichtig die Hand ihrer Schwester. »Die Welt da draußen«, sagte sie behutsam, »ist nicht so gefährlich, wie du denkst. Für Dany nicht, und für dich auch nicht.«

Sie sah das Rinderauge vor sich und die sterbende Dolly. Ein Klischee, dachte sie. Die Welt *ist* gefährlich. Sie ist lebensgefährlich, jeden Tag für jeden von uns von neuem.

Olivias Hand zitterte in ihrer.

»Das ist nicht wahr«, sagte sie leise.

»Du hast recht, es ist nicht wahr«, gab Leona zu, »die Welt ist gefährlich. Aber indem du vor ihr wegläufst und auch Dany vor ihr abschirmst, bringst du euch beide nur scheinbar in Sicherheit. Du denkst, du kannst Dany beschützen vor allen Gefahren. Das geht nicht. Die Gefahren werden auch Dany einholen, und du sorgst dafür, daß sie ihnen dann nicht gewachsen ist. Du machst sie schwach, unselbständig, zu einem völlig hilflosen Wesen. Und darin liegt die eigentliche Gefahr, Olivia.«

Olivia wandte sich ab. »Das Leben, das Paul führen will, kann ich nicht führen.«

»Was verlangt er denn schon? Er will doch nur ...«

»Daß ich mein Kind hergebe. Ich soll Dany abschieben wie irgendeinen Gegenstand, der lästig geworden ist. Das kann ich nicht. Ich würde sterben daran. Und wenn es bedeutet, daß ich mein eigenes Leben verpfusche, so werde ich doch zu jeder Sekunde für Dany dasein. Das ist das mindeste. Der mindeste Ausgleich für das, was ich ihr angetan habe.«

In ihrem schönen Gesicht mit den hohen Wangenknochen und dem fein gezeichneten Mund standen Verzweiflung und Resignation. In die Verzweiflung mischten sich noch Aufbegehren und Zorn. Die Resignation war jedoch bereits drauf und dran, sich wie ein Krebsgeschwür in ihr auszubreiten und alles Leben zu ersticken.

Paul legte den Pinsel zur Seite und betrachtete sein Werk. Die hölzernen Küchenschränke strahlten in einem frischen Blau. Leona hatte die Farbe einige Tage zuvor aus dem Keller geholt und verkündet, sie werde irgendwann in den nächsten Wochen die Schränke damit verschönern.

»Wolfgang und ich wollten das während unseres Urlaubs im letzten September machen. Aber dann zog er aus, und alles blieb liegen. Und ich kann diesen abgeblätterten Lack nicht mehr sehen.«

Als sie ihm gesagt hatte, sie werde die Katze zu ihren Eltern bringen und dort gleich über das Wochenende bleiben, war sofort der Gedanke in ihm erwacht, sie bei ihrer Rückkehr mit der fertigen Arbeit zu überraschen. Die ganze Zeit schon hatte er überlegt, wie er etwas Nützliches tun könnte, etwas, das sie wirklich freute oder entlastete. Es war großzügig gewesen, ihn hier in ihrem Haus aufzunehmen, ihm die Nüchternheit und Unpersönlichkeit eines Hotelzimmers zu ersparen. Er hatte Hotels nie gemocht; in seiner derzeitigen Situation hätte er sie nicht einmal ertragen.

Immerhin, dachte er, während er die Pinsel über der Spüle sorgfältig mit Terpentin reinigte, war dadurch jemand hier, als sie dieses scheußliche Auge in ihrer Dusche fand. Kein Wunder, daß sie die Nerven verloren hat.

Nach wie vor hielt Paul die Angelegenheit für einen geschmacklosen Scherz. Inzwischen war er zu der Auffassung gelangt, daß Leona recht hatte mit ihrer Vermutung, bei dem Eindringling handele es sich um den ominösen Robert. Er kam mit dem Ende der Beziehung nicht zurecht und konnte es nicht lassen, seine Expartnerin auf makabere Weise zu erschrecken. Aber während Leona in ihm einen Kriminellen, eine wirkliche Gefahr witterte, hielt Paul ihn lediglich für einen harmlosen Spinner, der irgendwie versuchte, mit seiner verletzten Eitelkeit fertig zu werden.

Kriminell würde ich nicht nennen, was er tut, überlegte Paul, aber gleich darauf kam ihm der Gedanke, ob es nicht doch als kriminell zu bezeichnen war, wenn sich jemand heimlich einen Nachschlüssel zu einem Haus machen ließ und später darin herumgeisterte, obwohl er dort längst nichts mehr zu suchen hatte. Müßig. Die Schlösser waren ausgetauscht. Das Phantom Robert würde wieder in jenem Nichts verschwinden, aus dem es gekommen war.

Paul wusch sich die Hände, trat durch die weit offene Küchentür in den Garten, atmete tief durch. Auch Biofarbe stank, auch sie verursachte Kopfschmerzen, jedenfalls bei ihm. Die frische Luft tat gut. Der Tag war heiß gewesen, aber der Abend brachte Kühle und Frische. Wie würzig und feucht Gras und Erde rochen! Ein Magnolienzweig streifte seine Wange.

Das Leben konnte so schön sein. Wenn man es nur ließ.

Schon lange hatte er den Frühling nicht mehr so intensiv gespürt, erwachenden Lebenshunger, neue Lebenslust. Die Hoffnungslosigkeit, die so viele Jahre lang auf ihm gelastet hatte, schien schwächer zu werden. Darunter blitzte eine Freude hervor, deren Vorhandensein er lange nicht mehr bemerkt hatte. Eine Freude an allen möglichen Kleinigkeiten des Lebens, eine Vorfreude zudem auf das, was sein würde. Er freute sich auf den Sommer, auf Erdbeeren, Rosen, zirpende Grillen, auf Wiesen voller Blumen und auf das Gefühl sonnenwarmer Steine unter nackten Füßen.

Nachdem allzu viele Jahre lang alles nur grau um ihn herum gewesen war, stellten diese vielen kleinen Anzeichen von immer noch vorhandenem Glücksempfinden eine frappierende Erkenntnis für ihn dar: Er war innerlich noch nicht tot. Er war ein Mann in den besten Jahren. In ihm schlummerten noch immer Kraft, Energie, Hoffnung und eine unerwartet große Portion Entschlossenheit.

Er ging in die Küche zurück, ließ die Tür zum Garten offen. Der aufkommende Abendwind würde, so hoffte er, den Farbgeruch mildern und die gestrichenen Flächen rasch trocknen lassen. Voller Stolz betrachtete er sein Werk. Leona konnte zufrieden mit ihm sein.

Er schaltete den Backofen ein, nahm eine Pizza aus dem Tiefkühlfach des Eisschrankes, verzichtete auf die empfohlene Auftauzeit und schob sie gleich in den Herd.

Er ging ins Eßzimmer, machte sich einen Martini, setzte sich damit vor den Kamin. Die Stille um ihn herum tat ihm gut. Der Begriff Stille war auch zum Fremdwort geworden, wie so vieles in den letzten Jahren. Da draußen in der gnadenlosen Familienidylle gab es keine Stille. Dafür wuselten viel zu viele Menschen auf zu engem Raum herum. Wenn er sich dort mit einem Drink irgendwo hinsetzte, tauchte sofort jemand auf, der ihm Gesellschaft leisten wollte. Manchmal hätte er brüllen mögen.

Und jetzt, sagte er sich, fühlst du dich besser. Und seit wann? Seit einer Woche, seit du von der Frau getrennt lebst, die du liebst.

Ausgerechnet ihm mußte das passieren. Ihm, der er immer den Kopf geschüttelt hatte, wenn andere Menschen um ihn herum, Freunde oder Kollegen, ihre Beziehungen zum Lebenspartner nicht in den Griff bekamen.

»Ich verstehe das ganze Hin und Her nicht«, pflegte er zu sagen, »da gibt es doch nur ein Entweder-Oder. Man liebt sich, oder man liebt sich nicht. In einem Fall kommt man klar miteinander, im anderen nicht.«

Wenn es irgendwo eine Macht gab, die Gerechtigkeit übte, so zahlte sie ihm seine selbstgefällige Überheblichkeit nun heim. Am eigenen Leib und sehr bitter mußte er erfahren, daß er Blödsinn geredet und Blödsinn gedacht hatte und daß die Dinge bei weitem nicht so einfach waren, wie er sie für sich gerne hingedreht hätte. Er mußte feststellen, daß man einen Menschen lieben und dennoch unfähig sein konnte, mit ihm zu leben, und diese Konstellation lief hinaus auf quälendes Sich-Aufreiben, auf zermürbendes Verharren in einem Patt, bis man so ausgeblutet war, daß man sich für das eine oder andere entschied – und dabei auch keine Erleichterung mehr fand.

Nicht grübeln, nicht grübeln, befahl er sich, während er in die Küche ging, seine Pizza aus dem Backofen nahm und auf einen Teller legte.

Aber deshalb bist du hier, sagte er sich gleich darauf: um zu grübeln. Zu denken. Eine Lösung zu finden.

Mit Pizza und Bier begab er sich ins Wohnzimmer, setzte sich vor den Fernseher. Er wollte nachdenken über alles, aber nicht jetzt. Er war zu müde. Morgen blieb genug Zeit. Und morgen abend würde Leona zurückkehren, und vielleicht wußte sie etwas zu berichten von Olivia – irgend etwas, das ihm weiterhalf.

Nach dem Essen mußte er irgendwann eingeschlafen sein. Es lief ein ziemlich langweiliger Film – ein lahmes Beziehungsdrama –, aber Paul hatte nicht einmal mehr die Energie aufgebracht, per Fernbedienung einen anderen Sender zu suchen. Er wußte nicht, was ihn schließlich weckte, er merkte nur sofort, daß sein Hals steif war und schmerzte von der unangenehmen Lage, in der sich sein Kopf befunden hatte.

Leise stöhnend richtete er sich auf. Dunkelheit lag jenseits der Fenster, auch das Zimmer war dunkel, nur die Fernsehbilder warfen zuckende Lichter. Es mußte inzwischen ein anderer Film laufen, jedenfalls konnte sich Paul an die soeben agierenden Personen nicht erinnern. Zwei junge Frauen stritten erbost miteinander, wobei es offenbar um einen Mann namens Mike ging, der mit der einen verlobt, mit der anderen nichtsdestoweniger intim verbandelt war, was die Verlobte heftig aufbrachte. Aber trotz der Vehemenz ihrer Auseinandersetzung schwiegen beide plötzlich, taxierten einander wie zwei lauernde Katzen, und Paul dachte gerade, nun würden sie gleich mit den Fäusten aufeinander losgehen, da vernahm er in der entstandenen Stille ein Geräusch, und das Geräusch gehörte eindeutig nicht zum Film.

Es kam von der Haustür her. Jemand machte sich mit einigem Eifer am Schloß zu schaffen.

Pauls erster Gedanke war: Leona!

Er stand auf, stöhnte erneut, denn inzwischen bekam er Muskelkater von der ungewohnten körperlichen Anstrengung des Tages. Er wollte Leona entgegengehen, sie willkommen heißen – da verharrte er auf einmal. Die Geräusche wurden lauter, rücksichtsloser. Jemand kratzte und stocherte im Schloß herum, und zwar jemand, der offensichtlich den falschen, das hieß: den alten Schlüssel hatte. Und das konnte nicht Leona sein.

Er glaubte nicht an den ominösen Psychopathen, aber ein bißchen komisch war ihm trotzdem zumute. Er trat an das große Erkerfenster, das nach vorn hinausging, zog mit einem Ruck die Vorhänge zu. Falls dieser Wer-auch-Immer ums Haus herumschlich, würde es ihm wenigstens nichts nützen, wenn er sich die Nase an der Scheibe plattdrückte. Alle Schlösser waren ausgewechselt, er konnte mit seinem Schlüssel herumprobieren, bis er schwarz wurde. Es war noch etwas Bier in der Flasche. Paul schenkte sich ein, setzte sich wieder in seinen Sessel.

In diesem Moment fiel ihm die Küchentür ein.

Er erstarrte, setzte sein Glas mit einem Klirren auf den Tisch. Verdammt, er hatte ja diese Tür nicht mehr zugemacht! Er hatte sie offenstehen lassen, um den Farbgestank loszuwerden, und nun hatte er völlig vergessen, sie wieder zu schließen.

Aber wer immer sich da draußen zu schaffen machte, er würde nicht sofort um das Haus herum laufen und nach dem Hintereingang sehen. Zeit genug, in die Küche zu gehen und die Tür zu schließen.

Und selbst, wenn du *ihm* plötzlich gegenüberstehst, sagte Paul spöttisch zu sich, was sollte dann wohl geschehen? Daß er dich anfällt wie ein wütendes Tier?

Er *fiel* ihn an wie ein wütendes Tier, kaum daß er die Küche betrat. Er war schon dort gewesen, er mußte schnell wie ein Blitz in den hinteren Garten gehuscht sein. Er tauchte aus dem Dunkel auf wie ein Schatten und schlug auf Pauls Hand, die dieser ausgestreckt hatte, um das Licht anzuknipsen. Der Schmerz war überraschend heftig, und Paul brüllte auf. Er kam nicht dazu, sich zu wehren, sich zu orientieren, überhaupt richtig zu begreifen, was mit ihm geschah. Der Schmerz in seiner Hand schoß in Wellen den Arm hinauf und machte ihn unfähig, sich zu rühren. Der Schatten verkrallte sich in ihn, ohne zu zögern, riß ihn zu Boden, trat nach ihm, boxte, schlug mit der geballten Faust, wohin er auch traf, in die Rippen, auf den Brustkorb, in den Unterleib, gegen den Hals, daß ihm die Luft wegblieb, ins Gesicht, und irgend etwas splitterte, die Nase vielleicht oder der Kieferknochen.

Irgendwann – es mochten Sekunden oder auch eine Minute vergangen sein – konnte Paul wieder denken, und in jähem Schrecken wurde ihm klar, daß *der Schatten* ihn nicht einfach niederschlagen und liegenlassen wollte.

Er wollte ihn töten.

Er konnte in der Dunkelheit nichts als die Umrisse von ihm erkennen. Er hörte nur sein Keuchen, sein wütendes, angestrengtes Atmen, das wie das Fauchen eines aufs äußerste gereizten Tieres klang. Ein Mann, natürlich handelte es sich um einen Mann; keine Frau hätte mit solch gnadenloser Kraft zuschlagen können. Er hatte Fäuste wie Eisen, und er setzte sie mit menschenverachtender Rücksichtslosigkeit ein. Paul wollte etwas sagen oder schreien, aber nur ein gurgelnder Laut drang aus seinem Mund. Blut füllte seinen Rachen, stieg nach oben, strömte zwischen seinen Lippen hervor. Jeden Moment, das spürte er, würde er das Bewußtsein verlieren. Bis zu diesem Augenblick hatte er noch nicht eine Bewegung der Abwehr gemacht, geschweige denn seinem Gegner auch nur einen Kratzer zugefügt. Er lag auf der Erde wie ein gestrandeter Fisch und ließ sich totschlagen, und er vermochte nicht einmal einen Finger zu seiner Verteidigung zu rühren.

Die Bewegungen des anderen wurden langsamer und schwächer, seine Kräfte ließen nach, aber auch dieser Umstand bedeutete keine Chance mehr für Paul. Ihm schwanden die Sinne, er dachte – eher erstaunt als entsetzt: So ist es also, wenn man stirbt …

Der andere richtete sich auf, keuchend wie nach einem Tausendmetersprint, er angelte nach etwas, das seitlich neben ihm lag, hob den Arm und ließ den Gegenstand, den er ergriffen hatte, auf Pauls Kopf niedersausen. Paul gab noch einen Laut von sich, ein leises Seufzen, dann verlor er das Bewußtsein.

6

Am Sonntag nachmittag brach Leona auf, um nach Frankfurt zurückzufahren. Sie kam nur langsam voran; den warmen Frühlingssonntag hatten viele Städter genutzt, hinaus in die Wälder zu fahren, und Leona geriet mitten in die Heimfahrerwelle hinein. Obwohl sie fast ständig im Stau stand, blieb sie gelassen. Das Wochenende daheim hatte ihre Nerven beruhigt. Sie dachte zwar noch an Robert, aber nicht mehr in solch einer Panik wie zuvor. Eine Nervensäge, ein Spinner. Kein Gewalttäter.

Sie summte leise vor sich hin, als sie endlich, gegen sieben Uhr, in ihre Straße einbog.

Vor ihrer Haustür stand Wolfgang und schien ziemlich erbost, und es erheiterte Leona festzustellen, wie häufig sie in der letzten Zeit Männer vor ihrer Tür antraf. Immer wirkten sie wie bestellt und nicht abgeholt und waren verärgert, weil die Hausherrin so lange auf sich warten ließ.

Wolfgang war fast zornig diesmal.

»Mißtrauen ist ja gut und schön«, sagte er anstelle einer Begrüßung, »auch gegenüber dem eigenen Ehemann. Aber du hättest mich wenigstens informieren können, daß du die Schlösser austauschen läßt, wenn du das schon überhaupt für nötig hältst!«

Leona stellte die vielen Körbe voller Lebensmittel, die Elisabeth ihr fürsorglich eingepackt hatte, auf den Gartenweg und kramte in ihrer Tasche nach dem Schlüssel.

»Wolltest du mich besuchen?« fragte sie.

»Nein, keine Sorge«, antwortete er gereizt, »ich hatte keineswegs die Absicht, dir zur Last zu fallen. Ich brauche lediglich dringend ein paar Unterlagen für die Steuer, die ich immer noch in meinem Arbeitszimmer habe. Ich habe geklingelt und gewartet, ich bin mehrfach ums Haus herumgegangen, um zu sehen, ob du vielleicht im Garten bist. Schließlich habe ich mir gedacht, du könntest unter den Umständen eigentlich nichts dagegen haben, wenn ich mir rasch selber aufschließe und meine Sachen hole. Aber offenbar hast du genau einem solch ungehörigen Verhalten vorbeugen wollen!« Er war die Gekränktheit in Person.

»Herrgott, Leona, was sollte das denn? Hast du geglaubt, ich klaue in deiner Abwesenheit das Silber oder deinen Schmuck?«

»Ich habe doch nicht wegen dir die Schlösser auswechseln lassen«, erklärte Leona. Hektisch fuhrwerkte sie in ihrer Tasche herum. »Wo ist denn nur der verdammte Schlüssel? Du hast geklingelt, sagst du? Mich wundert, daß Paul dir nicht aufgemacht hat.«

»Paul? Hast du schon den nächsten männlichen Logierbesuch?«

»Unser Paul. Olivias Paul. Mein Schwager. Er wohnt hier für eine Weile, weil er Abstand von Olivia braucht.«

»Aha«, sagte Wolfgang, und ihm war anzusehen, daß ihm auch diese Konstellation nicht sonderlich gut gefiel.

»Sein Auto steht draußen«, fuhr Leona fort, »deshalb dachte ich, er sei da.«

»Mir ist gar kein Auto aufgefallen. Leona, kannst du mir jetzt mal erklären, was die Geschichte mit den Schlössern zu bedeuten hat?«

»Gleich. Komm erst mal rein.« Leona hatte ihren Schlüssel endlich gefunden und schloß die Tür auf. Wolfgang nahm die Körbe, die sie abgestellt hatte, und folgte ihr ins Haus.

Intensiver Farbgeruch schlug ihnen sofort entgegen.

»Eigenartig«, sagte Leona.

»Hast du irgendwo frisch gestrichen?« fragte Wolfgang.

»Nein. Ich wollte nächste Woche die Küchenschränke streichen, aber ...« Sie unterbrach sich, als sie ins Wohnzimmer trat. »Paul *muß* dasein! Schau mal, der Fernseher läuft. Und hier steht ein Bierglas.«

»Auf mein Klingeln hat er jedenfalls nicht reagiert«, sagte Wolfgang. Er schaute zum Fenster hin. »Das hat mich vorhin von draußen schon gewundert. Wieso sind um diese Tageszeit die Vorhänge zugezogen?«

Ein seltsames, beunruhigendes Gefühl beschlich Leona.

»Ich sehe oben nach«, sagte sie, verließ das Wohnzimmer und lief die Treppe hinauf.

»Paul!« rief sie. »Ich bin's, Leona! Wo steckst du denn?«

Niemand antwortete. Gerade, als sie die Tür zum Gästezimmer aufriß, vernahm sie Wolfgang von unten. Seine Stimme klang entsetzt.

»Um Gottes willen! Komm schnell, Leona!«

Sie stürzte die Treppe hinunter.

»Wo bist du?«

»In der Küche! Beeil dich!«

Den Anblick, der sich ihr bot, würde sie nie im Leben vergessen.

Wolfgang kauerte auf dem Boden; um ihn herum verteilt standen all die Körbe und Taschen, die er ins Haus getragen und dann in die Küche gebracht hatte. Vor ihm lag Paul. Er war zusammengekrümmt wie ein Embryo, lag halb auf der Seite, so daß man nur die eine Hälfte seines leichenblassen Gesichtes sehen konnte. Ein feiner Blutfaden verlief vom Ohr den Hals hinunter bis zur Schulter. Unmittelbar vor ihm auf den Fliesen lag eine eiserne Hantel. Wolfgang tastete gerade nach Pauls Arm und versuchte, den Puls zu fühlen. Leona brachte im ersten Moment kein Wort heraus. Sie starrte auf die Szene vor ihren

Augen, als habe sie Schwierigkeiten zu begreifen, was sie da sah. Als sie schließlich zu reden vermochte, klang ihre Stimme krächzend.

»Was ist passiert?« fragte sie und dachte im nächsten Moment: Wie dumm! Als ob Wolfgang das wüßte!

»Ich kann den Puls nicht fühlen«, sagte Wolfgang, leise und schockiert. »Ich kann, verdammt noch mal, den Puls nicht fühlen!«

»Glaubst du, er ist tot?«

Wolfgang sprang auf. »Wir müssen sofort den Notarzt rufen. Er muß furchtbar unglücklich gestürzt sein!«

Er rannte ins Wohnzimmer zum Telefon. Leona starrte die Hantel an. Sie gehörte ihr nicht. Sie besaß so etwas überhaupt nicht. Paul, soweit sie wußte, auch nicht. Wo kam dieses Ding her?

Es gelang ihr endlich, sich zu bewegen. Sie kniete neben Paul nieder. Nun erst sah sie, wie verwüstet sein Gesicht war. Das rechte Auge völlig zugeschwollen, grün und violett schimmernd. Die Nase zertrümmert, voll verschorftem, verkrustetem Blut. Die Lippen aufgeplatzt, blutig. Und nicht nur das Gesicht hatte sich in eine Kraterlandschaft der Zerstörung verwandelt: Die Arme zierten Blutergüsse in allen Formen, Farben und Größen. Die Finger standen so eigenartig weit ab, als seien sie gebrochen. An mehreren Stellen zeigten sich Blutflecken auf Pauls Kleidungsstücken.

Leona hielt entsetzt den Atem an. Paul war nicht gestürzt und dabei unglücklich mit dem Kopf aufgeschlagen. Paul war zusammengeschlagen worden. Auf die denkbar brutalste und erbarmungsloseste Weise. Und mit der eisernen Hantel, die ihn vermutlich hinter dem Ohr getroffen hatte, hatte ihm sein Gegner den Rest gegeben. Er hatte gründliche Arbeit geleistet. Er mußte wie in einem Rausch gewesen sein, in einem Rausch des Hasses, der Wut, des hemmungslosen Dranges, zu töten. Sonst konnte man einen Menschen nicht so zurichten.

»O Gott«, flüsterte sie, den Tränen nahe, »o Gott, Paul! Atme doch! Bewege dich doch!«

Ganz vorsichtig berührte sie seine Stirn. Keine Reaktion. Aber täuschte sie sich, oder war da eine Atembewegung an seiner Brust zu sehen?

»Er lebt«, sagte sie, als Wolfgang in die Küche zurückkam. »Er atmet nur ganz schwach, aber er lebt!«

»Der Notarztwagen ist gleich hier«, sagte Wolfgang. Kopfschüttelnd betrachtete er den malträtierten Körper. »Wie hat er das bloß ...«

»Er hat gar nichts«, sagte Leona.

Sie kniete noch immer neben dem Schwerstverletzten und betrachtete ihn voller Grauen.

»Er ist nicht gestürzt, Wolfgang. Jemand hat ihn fast totgeschlagen. Jemand hat versucht, ihn umzubringen.«

»Also, und Sie meinen, dieser Herr ... Robert Jablonski ist hier eingebrochen und hat Ihren Schwager zusammengeschlagen?« fragte Kommissar Weissenburger müde.

Er saß auf dem Sofa in Leonas Wohnzimmer, ein Glas Wasser und einen Kaffee vor sich, und mußte sich bemühen, seinen Unwillen über den verpfuschten Sonntagabend hinter einem Mindestmaß an Höflichkeit zu verbergen. Er machte gerade eine Diät und war ohnehin schlechter Laune, und er hatte sich in seiner allgemeinen Frustration nur mit der Aussicht auf einen gemütlichen Fernsehabend getröstet. Aber dann hatte man einen halbtoten Mann in einer Küche gefunden, die Umstände legten den Verdacht auf ein Verbrechen nahe, und schon war es vorbei mit der Gemütlichkeit. Nun saß er hier und mußte eine ziemlich aufgeregte Frau und den von ihr getrennt lebenden Ehemann befragen, während die Beamten der Spurensicherung die notwendigen Untersuchungen am Tatort vornahmen. Er trank noch einen Schluck Kaffee und sagte sich, daß das Leben zum Kotzen war.

Leona und Wolfgang saßen ihm gegenüber, ebenfalls jeder eine Kaffeetasse vor sich, wobei Leona die ihre noch nicht angerührt hatte. Ihr Hals war wie zugeschnürt. Sie hatte das Gefühl, nicht einmal mehr Flüssiges schlucken zu können.

Paul war tatsächlich noch am Leben, wie der Notarzt sofort festgestellt hatte, aber er hatte auch gesagt, es sehe schlimm aus, und im Krankenhaus müsse sofort alles für eine Notoperation vorbereitet werden. Wie in Trance hatte Leona den Sanitätern zugesehen, als sie Paul auf einer Bahre aus dem Haus in das bereitstehende Rettungsfahrzeug trugen. Die Leute aus den umliegenden Häusern hatten sich draußen versammelt und zu einer schweigenden Zuschauermenge zusammengeschlossen.

Nichts als glotzen können sie, dachte Leona voller Wut, aber sie haben nicht bemerkt, daß hier wer weiß wie lange ein Schwerstverletzter herumlag! Sie tat den Leuten Unrecht, das wußte sie, wie hätten sie merken sollen, was im Haus geschehen war? Aber ihre überreizten Nerven suchten ein Ventil, und sie hatte keine Lust, fair zu sein. Und vor allem nicht die Kraft.

Der dürre Kommissar, der dauernd von der Diät faselte, der er sich aus unerfindlichen Gründen unterzog, wirkte alles andere als beruhigend auf sie. Wer hatte eigentlich die Polizei gerufen? Wolfgang, die Sanitäter, der Arzt? Egal, Hauptsache, sie waren da.

Ach Paul, dachte sie voller Traurigkeit, hätten wir doch schon vor einer Woche die Polizei verständigt! Du hast mich damals davon abgehalten, und ich kann nur beten, daß du das jetzt nicht mit deinem Leben bezahlst!

»Ich glaube nicht, daß Jablonski eingebrochen ist«, antwortete Wolfgang nun auf Weissenburgers Frage. »Denn wie Ihre Leute ja auch schon festgestellt haben, gibt es keinerlei Anzeichen eines gewaltsamen Eindringens.«

»Hm.« Weissenburger blickte auf einen Zettel, auf dem er sich ein paar Notizen gemacht hatte. »Sie haben ausgesagt, Frau Dorn, daß Sie mit Jablonski einige Monate lang liiert gewesen sind. Demnach hatte er vermutlich einen Schlüssel zum Haus?«

»Den hatte er mir zurückgegeben. Aber dann geschah etwas, das in mir den Verdacht erweckte, daß er sich insgeheim einen Nachschlüssel hatte anfertigen lassen. Inzwischen wurden alle Schlösser ausgetauscht.«

»Was erweckte den Verdacht in Ihnen?« fragte Weissenburger.

Leona berichtete kurz von dem Tierauge, das sie eine Woche zuvor in ihrer Dusche gefunden hatte. Sie erzählte, wie sie damals bereits die Polizei habe verständigen wollen, daß Paul ihr dies aber ausgeredet habe.

»Und einige Zeit davor wurde eine meiner Katzen vergiftet«, schloß sie, »schon damals war ich – und bin es bis heute – überzeugt, daß Robert Jablonski seine Finger im Spiel hatte.«

»Warum hast du mir denn von dem Auge nichts erzählt?« fragte Wolfgang entsetzt.

Leona zuckte mit den Schultern. »Ich glaube, ich fürchtete, mich lächerlich zu machen. Ich hatte schon so viel Lärm um die vergiftete Katze veranstaltet, und niemand hat meine Vermutung wegen Robert so richtig geteilt. Ich wollte nicht dastehen als Frau mit Verfolgungswahn.«

»Woher kannten Sie Jablonski?« fragte Weissenburger.

In kurzen Worten erzählte sie ihm die Geschichte einer Affäre – bis zu ihrem Ende.

»Er stieg in ein Taxi, das ihn zum Bahnhof bringen sollte«, schloß sie. »Er wollte zurück nach Ascona. Aber die ganze Zeit hatte ich ein merkwürdiges Gefühl.«

»Inwiefern?«

»Es war zu glatt gegangen. Ich machte Schluß mit ihm, und er nahm es ziemlich gelassen hin. Er kämpfte nicht, versuchte nicht, mich umzustimmen.«

»Nicht alle Männer werden zu reißenden Wölfen, wenn ihnen eine Beute entgeht«, meinte Weissenburger. »Manche können durchaus mit einer Zurückweisung fertig werden.«

In seiner Stimme, in seinen Worten schwang Ironie. Er mochte Frauen nicht besonders, und er fand, daß sie herumzickten, was auch immer geschah: Kämpfte ein Mann um sie, schrien sie in Windeseile etwas von sexueller Belästigung. Kämpfte er nicht, unterstellten sie ihm, ein Psychopath oder schwul zu sein. Weissenburger hatte sich vor sechs Jahren scheiden lassen, und er beglückwünschte sich noch heute jeden Tag von neuem dazu.

»Sehen Sie, der Grund, weshalb ich mich von Robert trennte, lag in seinem extrem besitzergreifenden Verhalten mir gegenüber«, entgegnete Leona ruhig, entschlossen, sich nicht provozieren zu lassen. »Er verlor völlig die Nerven, wenn ich irgend etwas sagte oder tat, was er als Abkehr von sich oder von meinen Gefühlen für ihn interpretieren konnte. Er ging dabei über jedes normale Maß hinaus. Daher schien mir die Ruhe, mit der er das Ende hinnahm, unheimlich. Aber natürlich dachte ich zugleich, daß ich mich da in etwas hineinsteigerte. Daß ich hysterisch sei. Es war eine Situation, die mich nervlich ziemlich überforderte.«

»Hm«, machte Weissenburger wieder. Er kritzelte etwas auf seinen Zettel, dann fragte er: »Der Täter – ich möchte mich jetzt noch nicht in der Person festlegen – muß ja irgendwie ins Haus gekommen sein, nicht wahr?«

»Sie meinen, der Täter, der Paul niedergeschlagen hat?« wollte Leona wissen. »Oder der, der damals das Tierauge in meine Dusche legte?«

Weissenburger lächelte. Es war das erste Mal, daß er im Laufe dieses Gespräches die Lippen verzog, aber er sah dadurch keineswegs sympathischer aus. Sein Lächeln war dünn und freudlos.

»Interessant, wie Sie das formulieren, Frau Dorn. Es könnte sich also Ihrer Meinung nach um *zwei* Täter handeln?«

»Eigentlich nicht. Es war eine ungeschickte Formulierung von mir, aber ...«

Er hob die Hand und unterbrach sie damit. »Nein, nein. Ich sehe es nämlich auch so. Zwei Täter. Ich halte es durchaus für möglich, daß sich Ihr abgewiesener Verehrer ...«

Komisch, er nennt ihn auch *Verehrer*, dachte Leona. So, wie ihn auch Wolfgang am Anfang immer genannt hat. *Verehrer*. Ein altmodisches Wort, mit dem man Blumensträuße, Pralinengeschenke und anbetende Briefe in Verbindung bringt. Das Wort hatte in ihrer Vorstellung nichts mit Robert zu tun, aber aus einem unerfindlichen Grund schienen es die Leute gern für Robert zu benutzen.

»... hier hereingeschlichen und dieses Auge in Ihrer Dusche plaziert hat«, fuhr Weissenburger unterdessen fort. »Ein solches Auge kann man in jedem Schlachthof bekommen. Ich würde dabei nicht einmal an Rache denken. Er wollte Sie ärgern, erschrecken. Ihnen eins auswischen. Auf eine geschmacklose, aber letztlich ungefährliche Weise.«

»Und die vergiftete Katze?«

»Zufall. Ein Unglück. Was glauben Sie, wie viele Katzen sich jeden Tag vergiften, weil sie irgend etwas fressen, das nicht für sie bestimmt ist.«

»Also haben wir ein Unglück«, sagte Leona, »einen gekränkten ... Verehrer, der mich ärgern will, und einen ... ja, was? Wer hat meinen Schwager halb tot geschlagen?«

»Ein Einbrecher. Ja, ich weiß ...« Weissenburger hob erneut abwehrend die Hand, als er sah, daß Wolfgang den Mund öffnete. »Ein Einbrecher in Anführungszeichen. Offensichtlich wurde ja nicht eingebrochen. Aber vielleicht hat der Täter geklingelt, und Ihr Schwager hat ihm arglos geöffnet.«

»Und ihn dann durch das ganze Erdgeschoß hindurch bis in die Küche geführt?« fragte Wolfgang zweifelnd. »Wieso sollte er das tun?«

»Wir wissen ja nicht, was der Mann an der Tür ihm gesagt hat. Vielleicht, daß er irgend etwas ablesen will, oder...«

»Am Wochenende?« warf Leona ein. »Das alles muß ja am Samstag nachmittag oder heute, am Sonntag, stattgefunden haben.«

Weissenburger sagte ungeduldig: »Den genauen Verlauf wird uns das Opfer schildern können, wenn es wieder vernehmungsfähig ist. Insofern können wir im Moment nur spekulieren, und das bringt natürlich nicht viel. Es mag ja auch sein, daß der Täter um das Haus herumkam und an die Küchentür klopfte.«

»Aber es müßte doch irgendein Motiv geben«, meinte Leona, »offenbar hat kein Raub stattgefunden.«

»Haben Sie das schon so genau überprüft? All Ihren Schmuck durchgeschaut und so weiter?«

»Nein. Aber, ehrlich gesagt, ist in dieser Hinsicht ohnehin nicht viel bei mir zu holen.«

»Das wußte aber der Täter nicht. Das hier ist eine außerordentlich wohlhabende Gegend«, sagte Weissenburger, der in einer ziemlich schäbigen Wohnung lebte, mit einiger Mißgunst in der Stimme. »Der Täter konnte durchaus erwarten, hier fündig zu werden.«

Leona glaubte das nicht. Sie fand auch nicht, daß der verletzte Paul danach ausgesehen hatte, als habe ihn ein Räuber außer Gefecht gesetzt, um ungestört seiner Tätigkeit nachgehen zu können. Dafür hätte ein Schlag auf den Kopf mit der Hantel gereicht. Pauls grausame Verletzungen am ganzen Körper hatten von anderen Motiven gesprochen: von Haß, von Gewalt um der Gewalt willen.

»Nehmen wir einmal an«, sagte Weissenburger, »Ihre Theorie bezüglich Jablonski stimmte. Welchen Grund hätte er haben sollen, Ihren Schwager krankenhausreif zu schlagen?«

Genau diese Frage hatte sich auch Leona die ganze Zeit über gestellt, ohne eine Antwort zu finden, aber in diesem Moment fiel es ihr wie Schuppen von den Augen.

»Er kannte ihn nicht als meinen Schwager!« rief sie. »Er hatte ihn nie gesehen. Bei dem Familientreffen an Weihnachten war Paul nicht anwesend. Robert muß Paul für einen fremden Mann gehalten haben. Herr Hauptkommissar«, sie beförderte ihn unwillkürlich, ohne es zu bemerken, »er hielt Paul für meinen neuen Liebhaber! Ich bin ganz sicher. Für ihn muß es so ausgesehen haben.«

Sie neigte sich vor. Ihre Stimme wurde leise und rauh.

»Das bedeutet, er hat die ganze Zeit mein Haus beobachtet. Er hat gesehen, wie Paul hier einzog. Und dann ist er gekommen, ihn umzubringen.«

7

Polizeiwachtmeister Früngli von der Polizei Ascona war sehr guter Laune an diesem Tag. Nirgends auf der Welt, fand er, war der April so schön wie am Lago Maggiore. Zwar hatte er von der Welt noch nicht viel gesehen, genaugenommen war er noch nie über die Grenzen der Schweiz hinausgekommen. Aber aufgewachsen war er in der Nähe von Zürich, und er wußte, wie *dort* der April sein konnte. Nämlich kalt und oftmals noch naß. Hier unten hingegen kam er mit sommerlichen Temperaturen und mit einem fast rauschhaften Blühen ringsum. Schon der März war um Klassen besser als anderswo. Früngli hatte immer darauf hingestrebt, in die italienische Schweiz versetzt zu werden, und zwei Jahre zuvor war es ihm geglückt. Seitdem ging er wie auf Wolken, obwohl ihn natürlich längst der triste Polizeialltag eingeholt hatte. Manchmal befiel ihn auch das Heimweh nach seiner Familie. Aber das verdrängte er dann rasch, denn schließlich war er ein Glückskind, und Glückskinder haben kein Heimweh.

Er blieb vor einem ziemlich scheußlichen Bau in der Via Murragio stehen und verglich die Hausnummer mit der, die er sich auf einem Zettel notiert hatte. Genau richtig!

Er hatte den Auftrag, einen gewissen Robert Jablonski zu überprüfen, der unter dieser Adresse gemeldet war. Eine Anfrage aus Deutschland, von der Polizei Frankfurt. Soweit er informiert war, ging es um einen Fall von schwerer Körperverletzung, das Opfer schwebte noch immer in Lebensgefahr. Früngli sollte allerdings vorläufig nichts weiter tun, als Jablonskis Personalien aufnehmen und ihn »routinemäßig« befragen, wo er sich an dem Wochenende des fünfundzwanzigsten und sechsundzwanzigsten April aufgehalten hatte.

Er schob seine Mütze zurecht und beugte sich zu den Klingelschildern hinunter. Da war er ja schon: Jablonski. Früngli klingelte und wartete. Er klingelte noch einmal und wartete wieder. Während er nach dem dritten Klingeln wiederum wartete, obwohl ihm schon klar war, daß sich Jablonski offenbar gerade nicht in seiner Wohnung aufhielt, kam eine Putzfrau aus dem Haus. Sie schleppte einen Müllsack und zwei randvolle Papierkörbe und warf Früngli einen anklagenden Blick zu, als sei er verantwortlich, daß sie an diesem strahlenden Tag arbeiten mußte. Er lächelte unsicher und schob sich rasch durch die nur langsam zufallende Glastür ins Haus hinein.

Nun war er drin, aber das brachte ihn im Grunde nicht weiter. Jablonski war nicht daheim. Trotzdem konnte er es ja noch einmal direkt an der Wohnungstür versuchen. Der Anordnung der Klingeln zufolge mußte der Gesuchte im dritten Stock wohnen. Früngli stieg die Treppen hinauf.

Auch das mehrmalige Klingeln oben an der braungestrichenen Wohnungstür brachte nichts. Früngli wandte sich zum Gehen. Eine Treppe weiter unten kam er an einer Wohnung vorbei, deren Tür weit offenstand. Gleich dahinter versperrte ein querstehender Staubsauger den Weg, und es roch durchdringend nach Putzmitteln. Ob von hier die Putzfrau gekommen war, die er unten getroffen hatte? Eine andere Frau mit einem geblümten Tuch um den Kopf und einer grünen Kehrschaufel in der Hand tauchte plötzlich auf und fixierte Früngli aus kleinen Augen.

»Aha, die Polizei«, sagte sie. »Kommen Sie wegen Millie?«

»Wegen Millie?« fragte Früngli irritiert.

Die Frau kletterte über den Staubsauger und trat näher an ihn heran.

»Millie Faber. Die Frau, die unter mir wohnt.«

»Ich bin wegen Robert Jablonski hier«, sagte Früngli. »Haben Sie eine Ahnung, wo er sich aufhält?«

»Das ist eine gute Frage. Nein, keine Ahnung. Den hab' ich schon seit Wochen nicht mehr gesehen. Komischer Kauz. Ich vermute, der ist nicht ganz richtig hier oben.« Sie tippte sich an die Stirn.

»Erinnern Sie sich, *wann* Sie ihn zuletzt gesehen haben?« fragte Früngli und zückte seinen Notizblock.

Die Frau überlegte. »Irgendwann im März, glaube ich. Da war er eine Woche lang hier. Hatte eine Maus dabei.«

»Eine Maus?«

»Eine Frau, meine ich. Eine Geliebte, nehme ich an.«

»Und dann haben Sie ihn nicht mehr gesehen?«

»Eines Morgens sind beide abgereist. Das muß so etwa Mitte des Monats gewesen sein. Ich hab's vom Balkon aus gesehen.«

»Sind Sie sicher, daß die beiden abgereist sind? Sie können ja auch zu einem Ausflug aufgebrochen sein.«

Der Putzteufel musterte ihn verächtlich. »Dann hätten sie kaum eine solche Menge Koffer mitgeschleppt, nicht wahr? Die sind abgereist, darauf können Sie sich verlassen.«

»Weshalb nannten Sie Jablonski einen komischen Kauz?« wollte Früngli wissen.

»Der war eben komisch. Hatte mit niemandem hier im Haus richtig Kontakt. Ging immer seiner eigenen Wege. Manchmal hat er nicht mal gegrüßt. Und seit ich ihn kenne, war die Frau im März seine fünfte Freundin. Keine hat's allzulange mit ihm ausgehalten.«

In Frünglis Augen stempelte dies alles einen Menschen

noch nicht unbedingt zum Sonderling ab, aber er mochte mit dem Putzteufel jetzt nicht darüber diskutieren. Frauen dieser Art, das wußte er aus Erfahrung, war er nicht gewachsen.

»Schön. Danke«, sagte er und steckte sein Notizbuch wieder weg. Gefällig setzte er hinzu: »Und was war nun mit dieser … wie hieß sie? Millie …?«

»Millie Faber. Sie wohnt im ersten Stock. *Sie* habe ich auch seit Wochen nicht gesehen.«

»Vielleicht ist sie verreist.«

Die Frau setzte wieder eine verächtliche Miene auf, die Früngli nicht verstand. Wieso meinte sie immer, ihn verachten zu müssen, nur weil er nicht über alle Details dieses Hauses, das für sie offenbar den Erdmittelpunkt darstellte, unterrichtet war?

Dumme Zicke, dachte er.

»Wenn sie verreist wäre, hätte sie's mir gesagt. Sie gibt mir dann nämlich immer den Schlüssel zu ihrer Wohnung, damit ich die Blumen gießen kann. Sie hat ja ein halbes Gewächshaus da drinnen.«

»Könnte es sein, daß sie diesmal jemand anderen beauftragt hat?«

»So ein Unsinn! Ich habe es immer gemacht, und sie war immer zufrieden. Außerdem sind gar nicht viele Leute zur Zeit hier im Haus. Größtenteils sind das ja Ferienwohnungen. Nein, außer mir wäre keiner in Frage gekommen.«

»Und Sie haben sie sonst regelmäßig gesehen?«

»Man sieht sich einfach in so einem Haus. Man begegnet sich auf dem Weg zum Briefkasten … apropos Briefkasten: Millies scheint mir schon lange nicht mehr geleert worden zu sein. Sie kriegt ja kaum Post, sie hat ja niemanden auf der Welt, deshalb könnte das gut ein halbes Jahr dauern, bis er wirklich überquillt, aber allmählich scheinen mir eine ganze Menge Reklamezettel darinzustecken.«

»Das ist befremdlich«, gab Früngli zu.

Die Putzfrau, die er unten getroffen hatte, kam lustlos die Treppe heraufgeschlichen und drückte sich, ohne ein Wort zu sagen, an Früngli und ihrer Arbeitgeberin vorbei in die Wohnung.

Der Frau mit dem geblümten Kopftuch schien noch etwas anderes einzufallen.

»Ihr Balkon, also Millies Balkon, liegt genau unter meinem. Bei dem schönen Wetter hätte ich sie dort einmal sitzen sehen müssen. Wir haben uns oft von unten nach oben unterhalten. Ihre Balkonblumen sehen ziemlich verdörrt aus. Es hat ein paar Mal geregnet, das hat sie gerettet, aber bald sind sie trotzdem hinüber. Und Millie würde *nie* ihre Blumen im Stich lassen.«

»Zeigen Sie mir doch mal die Wohnungstür«, bat Früngli.

Bereitwillig trottete sie vor ihm her den Gang entlang, die nächste Treppe hinunter, wiederum einen Gang entlang. Dann blieb sie vor einer Tür stehen, deren Klingelschild mit dem Namen Faber versehen war.

»Hier«, sagte sie, »hier wohnt Millie.«

Sie verströmte einen penetranten Schweißgestank, der Früngli erst richtig aufgefallen war, seit sie sich in Bewegung gesetzt hatte. Nun hing der schwere Dunst wie eine große Glocke zwischen ihnen. Früngli konnte sich vorstellen, wie vehement und aggressiv diese Frau ihre Fußböden bearbeitete, und die Heftigkeit ihrer Bewegungen hatte wohl ihre Schweißproduktion angeregt. Und trotzdem begann er dazwischen etwas anderes wahrzunehmen, andeutungsweise nur, so sacht, daß er das Vorhandensein eines zweiten Geruchs zunächst anzweifelte, sich zu irren glaubte.

Aber dann hatte er sich an die Schweißwolke genug gewöhnt, um andere Gerüche herauskristallisieren zu können, und er merkte, wie ihm kalt wurde am ganzen Körper und sich ein eigentümliches Kribbeln auf seiner Kopfhaut ausbreitete. Ihm fiel der Ausdruck ein: »Ihm standen die Haare zu Berge.« So mußte sich das anfühlen. Genau so.

Er roch Blut.

Nicht penetrant, bei weitem nicht so massiv wie der Schweiß des Putzteufels. Aber unverkennbar schwang etwas von süßlicher Verwesung zwischen den engen Wänden des Ganges, und Frünglis bemächtigte sich der dunkle Verdacht, daß es durch den hauchfeinen Spalt unter der Tür der vermißten Millie Faber hervorkroch.

»Die Nachbarn«, setzte er an, aber die Frau winkte ab.

»Hier unten ist Millie allein. Die Wohnungen werden nur als Ferienappartements genutzt, und zur Zeit ist niemand da.«

»Aha. Ich läute mal.«

Er klingelte bei Millie, obwohl er fast einen Eid darauf geleistet hätte, daß sie gar nicht mehr in der Lage war, ihm zu öffnen. Er nahm den eigentümlichen Geruch jetzt stärker wahr und merkte, wie ihm an beiden Handflächen der Schweiß ausbrach.

Ganz ruhig, mahnte er sich, du darfst jetzt nicht die Nerven verlieren. Du bist Polizeibeamter im Dienst. Du behältst einen kühlen Kopf!

»Wer hat einen Schlüssel zu der Wohnung?« erkundigte er sich.

»Soviel ich weiß, nur der Hausmeister«, sagte die Frau.

»Und wo finde ich den?«

»Der wohnt zwei Häuser weiter, auch ein Wohnblock, für den er zuständig ist. Er heißt Guiseppe Malini.« Sie hatte große, erregte Augen bekommen.

»Möchten Sie eindringen in die Wohnung?«

Die Bezeichnung »eindringen« hätte Früngli nicht gerade gewählt.

»Ich denke, wir sollten der Sache nachgehen und den Hausmeister bitten, uns die Wohnung aufzuschließen«, sagte er. »Ich werde hinübergehen und sehen, daß ich ihn finde. Sie warten bitte hier, Frau ... wie war Ihr Name?«

»Ich habe ihn Ihnen noch nicht genannt. Ich heiße Zellmeyer. Sigrid Zellmeyer.«

Er versuchte sich ein wenig von der Nervosität abzulenken, die sich in ihm ausbreitete wie ein eiligst wucherndes Geschwür. Scheiße, dachte er, während er durch die spätvormittägliche Hitze zum übernächsten Wohnblock trottete, da geht man hin, um irgend jemandes Personalien zu überprüfen, und dann hat man eine solche Geschichte am Hals. Und man ist ganz allein damit.

Am liebsten hätte er über Funk einen Kollegen angefordert, aber er wußte, er hätte sich damit lächerlich gemacht. Er hatte einen Verdacht und mußte nun sehen, ob sich etwas davon bewahrheitete. Und das mußte er, verdammt noch mal, allein schaffen.

Guiseppe Malini, ein kleiner, drahtiger Italiener, der Deutsch fließend, aber mit einem harten Akzent sprach, hatte sich von Früngli dessen Dienstausweis zeigen lassen und war dann sofort bereitwillig mit hinübergekommen. Sigrid Zellmeyer stand wie ein Wachhund vor Millies Wohnungstür und hatte sich offenkundig seit Frünglis Fortgehen um nicht einen Millimeter bewegt. Es war sehr still im Haus, nur aus dem zweiten Stock konnte man das Brummen des Staubsaugers hören, mit dem Sigrids Putzfrau die Teppichböden bearbeitete. »Hier riecht es komisch«, sagte Malini, während er seine Schlüssel aus den ausgebeulten Hosentaschen hervorkramte.

»Ich rieche nichts«, sagte Sigrid.

Wahrscheinlich kannst du gar nicht riechen, dachte Früngli aggressiv, sonst wärst du an deinem eigenen Gestank längst zugrunde gegangen.

Malini drehte den Schlüssel um und stieß die Tür auf. Fast im gleichen Augenblick zuckte er zurück und wurde kreidebleich.

»Madonna!« ächzte er.

»Jetzt rieche ich es auch«, sagte Sigrid. »Lieber Himmel!«

»Sie bleiben draußen, alle beide«, befahl Früngli und bereute es zum ersten Mal in seinem Leben, daß er nicht dem Wunsch seiner Mutter gefolgt war und sich um eine Anstellung bei der Finanzbehörde bemüht hatte. »Ich gehe da allein hinein.«

Der süßliche Blutgeruch, den er schon draußen auf dem Gang wahrgenommen hatte, schlug ihm nun geballt und in vielfacher Intensität entgegen. Offenbar waren alle Fenster in der Wohnung geschlossen, nicht aber durch Jalousien beschattet, und die Hitze der letzten Tage hatte eine abgestandene Backofenwärme in allen Räumen entstehen lassen. Darin hing ein Leichengeruch, der jedem Lebewesen, ob Mensch oder Tier, den Atem nehmen mußte. Er war schauerlich, widerlich, ekelerregend und furchtbar. Nie würden Früngli genügend Attribute einfallen, um diesen Höllengestank zu beschreiben. Mit zitternden Fingern kramte er ein Taschentuch hervor, das er sich an die Nase preßte, und vergewisserte sich mit einem Blick über die Schulter, daß Malini und Sigrid Zellmeyer wirklich draußen stehenblieben. Dann tappte er zögernd vorwärts, in Millies Küche, in Millies Schlafzimmer und schließlich in Millies Wohnzimmer, in dem das Blut an Wänden,

Schränken, Bildern, Bücherregalen, am Fernseher, an den Gardinen, an der Couchgarnitur und auf dem Fußboden klebte. Überdies fand er dort Millie vor, und ihr Anblick ließ Früngli nach Luft ringen.

Er atmete aber nur den mörderischen Gestank eines Schlachthofes, dann spurtete er ins Bad und erbrach sich ins Waschbecken, weil er die Toilette nicht mehr erreichte. Aus dem Spiegel starrte ihn sein Gesicht an, getaucht in eine seltsam grüne Farbe, die Augen von Grauen erfüllt.

Malini hatte die Madonna beschworen, Sigrid den Himmel angerufen.

Er selbst brachte nur noch ein leises, kraftloses »Jesus!« hervor.

8

Am dritten Tag nach dem Überfall lag Paul noch immer in tiefer Bewußtlosigkeit und war nicht vernehmungsfähig. Am Dienstag, wie schon am Montag, fuhr Leona gleich nach Büroschluß ins Krankenhaus und durfte ihren Schwager durch eine Glasscheibe hindurch auf der Intensivstation anschauen. Außer zahllosen Mullverbänden, die ihn in eine Art Mumie verwandelten, und einer Menge bedrohlicher Apparate und Schläuche sah sie kaum etwas von ihm. Er hatte schwerste innere Verletzungen davongetragen, Risse und Quetschungen in verschiedenen Organen, Knochenbrüche und – am schlimmsten – eine Hirnblutung, die die Ärzte zwar unter Kontrolle hatten, von der aber noch immer akute Lebensgefahr ausging. Bis zum Dienstag hatte sich daran nichts geändert.

»Glauben Sie, er schafft es?« fragte Leona den behandelnden Arzt.

Dieser war ein trockener, wortkarger Mann, der nicht im mindesten dazu neigte, Optimismus dort zu verbreiten, wo er ihn für unangebracht hielt. Er wiegte einen Moment den Kopf.

»Vierzig zu sechzig«, meinte er dann.

Leona krallte sich an einem flüchtigen Hoffnungsschimmer fest.

»Sie meinen, sechzig Prozent, daß er es schafft?« hakte sie nach.

Diesmal wiegte er nicht, diesmal schüttelte er den Kopf.

»Vierzig, daß er es schafft. Sechzig, daß er nicht durchkommt.«

Es trieb ihr die Tränen in die Augen, diesen stattlichen Mann dort liegen und einen einsamen, hilflosen Kampf gegen den Tod ausfechten zu sehen. Sie konnte nur hier draußen stehen, sich die Nase an der Glasscheibe plattdrücken und nicht das mindeste für ihn tun. Sie konnte beten, hoffen, warten, mehr nicht.

Die Spurensicherung hatte Fingerabdrücke auf der äußeren Klinke der in den Garten führenden Küchentür gefunden, die weder Leona noch Paul noch Wolfgang gehörten. Auf der inneren Klinke befanden sich nur Pauls Abdrücke. Weissenburger hatte Leona seine Theorie dargelegt, ohne zu wissen, daß er ziemlich genau ins Schwarze traf.

»Wir vermuten, daß die Küchentür offenstand. Schließlich hatte Ihr Schwager gerade sämtliche Küchenschränke gestrichen. Im allgemeinen verriegelt man einen solchen Raum anschließend nicht hermetisch, stimmt's? Da das Fenster fest verschlossen war, hat er also vermutlich die Tür offengelassen. Es war ja ein sehr warmer Tag, ein milder Abend. Er hat dann im Wohnzimmer ferngesehen, etwas gegessen und ein Bier getrunken, wie der laufende

Apparat, ein leerer Teller und das Bierglas belegen. Irgendwann hörte er ein Geräusch. Es schien ihm aus der Küche zu kommen, also ging er dorthin, um nachzusehen. Und traf auf den Einbrecher, der sofort zuschlug. Sodann verließ der Täter die Küche wieder in den Garten hinaus und zog die Tür hinter sich ins Schloß – daher seine Fingerabdrücke auf der Klinke.«

»Wenn es sich tatsächlich um einen Einbrecher handelte«, hatte Leona erwidert, »warum hat er dann nicht, nachdem Paul kampfunfähig war, das Haus ausgeräumt? Wenigstens *irgend etwas* mitgehen lassen?«

»Sie sind nach wie vor sicher, daß nichts fehlt?«

»Ich war mir während unseres ersten Gespräches nicht sicher. *Jetzt* bin ich es. Es wurde nichts gestohlen.«

»Nun, dann vermute ich, der Einbrecher hat die Nerven verloren. Er ist überrascht worden. Er hat einen Mann niedergeschlagen. Vielleicht hielt er ihn sogar für tot. Einbruch ist eine Sache, Mord eine andere. Er hat gemacht, daß er fortkam.«

»Sie überprüfen aber Robert Jablonski, ja? Seine Fingerabdrücke ...«

»Wir wissen nicht, wessen Fingerabdrücke auf der Türklinke das sind. Sie sind nicht im Polizeicomputer gespeichert. Wir wissen nur, daß es nicht Ihre, die Ihres Mannes oder Ihres Schwagers sind.«

»Bestimmt sind noch irgendwo im Haus Fingerabdrücke von Robert«, sagte Leona, »schließlich hat er monatelang hier gewohnt. Aber seitdem ist dreimal die Putzfrau durch alle Räume gegangen. Es wäre schwierig, etwas zu finden.«

»Wir können nicht jeden Winkel des Hauses erkennungsdienstlich untersuchen. Auf einen bloßen Verdacht hin.«

Weissenburger gab deutlich zu erkennen, daß er Leonas Verdacht hinsichtlich Robert nach wie vor nicht teilte.

»Auf der Hantel befinden sich übrigens keine Fingerabdrücke«, fügte er hinzu. »Er muß Handschuhe getragen haben, die er aber auszog, ehe er das Haus wieder verließ.«

»Warum?«

»Was?«

»Warum zog er die Handschuhe aus? Ihm mußte klar sein, daß er dann Abdrücke auf der Türklinke hinterlassen würde.«

»Er war in Panik, wie ich schon sagte. Er ...«

»Nein«, unterbrach Leona, »er war mit Sicherheit keinen Moment lang in Panik. An irgendeiner Stelle *wollte* er eine Spur hinterlassen. Letzten Endes möchte er, daß ich weiß, daß er es ist.«

Weissenburgers Miene hatte soviel Skepsis ausgedrückt, daß Leona rasch nachgehakt hatte: »Sie werden Robert aber überprüfen?«

»Wir werden die Schweizer Kollegen bitten, seine Papiere zu prüfen und ihn zu fragen, wo er sich zur Tatzeit aufgehalten hat. Ehrlich gesagt, verspreche ich mir davon nicht allzuviel, aber ich habe trotzdem die entsprechenden Schritte eingeleitet.«

Großartig, wenn jemand seinen Job so engagiert macht wie Weissenburger, hatte Leona zynisch gedacht. Der Mann hat wirklich einen echten Jagdhundinstinkt.

An all dies dachte sie, während sie an diesem regnerischen Dienstagabend auf der Intensivstation stand und den leblosen Körper betrachtete, der einmal der vitale, kräftige Paul gewesen war.

Bitte, stirb nicht, bat sie ihn lautlos, gib nicht auf!

Eine Schwester, die gerade vorbeikam, lächelte ihr zu.

»Sie sehen ja ganz schön elend aus«, meinte sie. »Möchten Sie einen Kaffee?«

»Nein, vielen Dank. Ich kann dann nicht schlafen.« Sie starrte wieder durch die Scheibe.

Die Schwester folgte ihrem Blick. »Sie dürfen den Mut nicht verlieren«, sagte sie, »er hat durchaus Chancen, es zu schaffen.«

»Meinen Sie?«

»Er ist sehr, sehr schwer verletzt, aber grundsätzlich hat er eine stabile Konstitution. Sein Körper ist kräftig und sportlich. Verstehen Sie, die Voraussetzungen könnten schlechter sein.«

»Ja, sicher«, murmelte Leona.

Die Schwester nahm ihren Arm. »Gehen Sie nach Hause. Sie scheinen hundemüde zu sein. Hier können Sie im Moment doch nichts tun. Nehmen Sie ein schönes, warmes Bad und legen Sie sich dann hin!«

Leona verabschiedete sich und verließ das Krankenhaus. Es regnete noch immer. Sie eilte zu ihrem Auto, dessen Dach und Kühlerhaube bedeckt waren mit weißen Kirschblüten, die der Regen von einem Baum herabpeitschte. Morgen wollten Olivia und die Eltern kommen, um Paul zu besuchen. Sie waren entsetzt und erschüttert gewesen, als sie von dem Unglück hörten. Leona hatte sie nicht noch mehr aufregen wollen und ihnen daher verschwiegen, daß sie Robert für den Täter hielt. Vorläufig sollten sie ruhig an die Einbrecher-Version Weissenburgers glauben.

Während Leona ihren Wagen durch den Regen und den noch immer dichten Abendverkehr heimwärts steuerte, versuchte sie, sich an den Worten der Schwester festzuhalten. Er hat eine stabile Konstitution. Er ist kräftig und sportlich. Die Voraussetzungen könnten schlechter sein.

Als sie daheim ankam, sah sie schon Wolfgangs Auto vor dem Grundstück parken. Er war also wieder da, und sie merkte, wie sie unwillkürlich erleichtert durchatmete.

Am Sonntag, spät abends, als endlich alle Polizisten verschwunden waren, hatte er wie selbstverständlich gesagt: »Ich bleibe besser hier heute nacht«, und hatte das Gästezimmer mit Beschlag belegt. Am Montag abend war er ebenfalls aufgetaucht und hatte wiederum die Nacht in ihrem gemeinsamen Haus verbracht. Wie es aussah, hatte er vor, dies weiterhin zu tun, und zum erstenmal kam Leona der Gedanke, daß er ihr damit nicht nur seelischen Beistand leisten wollte: Er hatte Angst, sie allein zu lassen. Er hielt sie für ebenfalls gefährdet.

Und wahrscheinlich hat er recht, dachte sie, um im nächsten Moment auf einen weiteren beunruhigenden Aspekt aufmerksam zu werden: Wie groß war die Gefahr, in der *er* schwebte, wenn Robert mitbekam, daß er bei Leona im Haus aus und ein ging?

Wolfgang mußte sie gehört haben, denn er riß die Haustür auf, noch ehe Leona ihren Schlüssel ins Schloß gesteckt hatte.

»Leona, gut, daß du kommst!« Er zog sie herein, schloß sorgfältig die Tür. Während er ihr aus dem nassen Mantel half, sagte er: »Weissenburger hat mich im Sender angerufen. Daraufhin bin ich gleich hierhergefahren.«

»Gibt es etwas Neues?«

»Und ob. Komm mit ins Wohnzimmer. Wie geht es Paul?«

»Unverändert. Er sieht schrecklich aus, Wolfgang. So hilflos und krank.« Sie folgte ihrem Mann ins Wohnzimmer. »Also – was ist?«

Sie setzte sich in einen Sessel. Wolfgang blieb stehen, er schien zu angespannt, um sich hinzusetzen.

»Die Polizei Ascona hat heute früh einen Beamten abgestellt, deinen Robert Jablonski unter der von dir genannten Adresse zu überprüfen«, sagte er. »Er hat ihn nicht angetroffen. Laut Aussage einer Hausbewohnerin wurde er dort nicht mehr gesehen seit dem Tag im März, an dem er mit dir zusammen abreiste. Du hast wohl recht gehabt. Er ist nicht nach Ascona zurückgekehrt.«

Sie setzte sich aufrechter hin. »Es stimmt also. Er ist noch hier. Er ...«

Wolfgang unterbrach sie: »Moment. Es kommt noch besser. Im selben Haus, in dem sich seine Wohnung befindet, fand die Polizei eine ermordete Frau.«

»Was?«

»Eine Hausbewohnerin machte den Polizisten darauf aufmerksam, daß eine ihrer Nachbarinnen offenbar seit Wochen nicht mehr gesehen wurde. Sie machte sich Sorgen deshalb, und der Beamte ging der Sache nach, zunächst wohl vor allem deshalb, um ihr Lamentieren zu beenden. Er fand die Vermißte in ihrem Wohnzimmer. Grausam hingeschlachtet.«

Leona wollte aufstehen, aber sie merkte, daß ihre Beine weich wie Pudding geworden waren und sie nicht tragen würden. Sie blieb sitzen, und ein Zittern breitete sich langsam in ihrem ganzen Körper aus.

»Wer ... wie heißt die Frau? Vielleicht kenne ich sie.«

»Warte ... Emilie Faber oder so ähnlich.«

»O Gott«, flüsterte Leona.

»Du kennst sie tatsächlich?«

»Ich habe mich ein paarmal mit ihr unterhalten, als ich in Ascona war.«

Das Bild Millie Fabers entstand in ihrer Erinnerung. Die freundliche, etwas biedere ältere Frau in ihrer gepflegten Wohnung mit den Rüschengardinen und den vielen Zim-

merpflanzen. Unmöglich, sie sich tot vorzustellen – hingeschlachtet, wie Wolfgang gesagt hatte.

»Sie ... war eigentlich der Auslöser, weshalb ich mich
von Robert endgültig getrennt habe«, fuhr sie stockend
fort. »Sie sagte mir, daß seine letzte Freundin keineswegs
im See ertrunken, sondern ihm weggelaufen sei. Sie ...«

Plötzlich wurden ihre Augen groß und ihr Atem flach,
als ihr aufging, was sie da gerade gesagt hatte.

»Wolfgang, sie war der Auslöser! Verstehst du? Das
wußte Robert auch. Ich habe es ihm ja gesagt. Er hat wie
verrückt auf Millie geschimpft ... Meinst du, daß er ...?«

Wolfgang vermied es, sie anzusehen.

»Er war es, Leona, soviel steht schon fest. Seine Fingerabdrücke befanden sich an verschiedenen Stellen in der
Wohnung des Opfers, zudem auf dem Messer, mit dem die
Tat ausgeführt wurde. Sie haben sie verglichen mit Ab-
drücken in seiner Wohnung. Sie sind übrigens auch iden-
tisch mit den Fingerabdrücken auf unserer Küchentür.«

Leona hatte das sichere Gefühl, daß ihr jeden Moment
schwarz vor den Augen werden würde, und offenbar
konnte man ihr das ansehen, denn Wolfgang war sofort
neben ihr, kauerte sich nieder und nahm ihre eiskalten
Hände in seine.

»Ganz tief durchatmen«, sagte er eindringlich, »ganz
tief und ganz ruhig, Leona. So ist es gut.«

Tatsächlich verebbte der Schwindel, und das Flimmern
vor den Augen verschwand. Sie konnte Wolfgangs besorg-
tes Gesicht dicht vor sich sehen.

»Meine Güte«, sagte er, »du bist eben grau bis in die Lippen geworden. Ich dachte, du bist jede Sekunde weg.«

Sie strich sich über die Stirn, auf die sich ein kalter
Schweißfilm gelegt hatte.

»Das war wohl eben einfach zuviel.«

»Du trinkst jetzt erst einmal einen Schnaps«, bestimmte Wolfgang und stand auf. »Und danach gehen wir irgendwohin zum Essen. Du bist sehr dünn geworden, Leona. Jemand muß dich endlich aufpäppeln.«

Aber nicht du, dachte sie, selbst erstaunt über die Aggressivität, die sich in ihr breitmachte. Sie beobachtete ihren Mann, wie er ein Glas aus dem Schrank nahm, eine Schnapsflasche aus dem Eßzimmer brachte, öffnete. Rasche, geübte Handgriffe. Es waren *sein* Haus, *seine* Gläser, *seine* Flaschen. Und hätte er nicht im vergangenen Jahr plötzlich geglaubt, seine ungebrochene Potenz und seinen maskulinen Charme im Bett einer anderen Frau zur Schau stellen zu müssen, dann hätte alles bleiben können, wie es gewesen war: das behagliche Haus, das gute Leben. Wäre er nicht ausgebrochen, dann hätte das Grauen dieses Alptraums nie von ihnen allen Besitz nehmen können. Dann würde Dolly noch leben und die arme Millie Faber, und Paul würde nicht auf der Intensivstation eines Krankenhauses mit dem Tod kämpfen. Sie müßten nicht zittern vor Angst, wer der Nächste sein würde.

Warum konnte nicht alles bleiben, wie es war, dachte sie, gleichermaßen verzweifelt und wütend, warum hat er alles kaputtmachen müssen?

Sie stand auf. Zu ihrem eigenen Erstaunen trugen ihre Beine sie besser, als sie erwartet hatte. Als Wolfgang an sie herantrat, um ihr das Glas zu reichen, hob sie die Hand und schlug ihm ins Gesicht.

»Du Schwein!« sagte sie. »Du verdammtes Schwein mit diesem verdammten Flittchen, das du unbedingt beglücken mußtest! Ist dir eigentlich klar, was du angerichtet hast?«

Er sah sie völlig perplex an. Auf seiner Wange zeichneten sich alle fünf Finger ihrer rechten Hand ab. Der

Schnaps war übergeschwappt, lief den äußeren Rand des Glases hinunter.

»Bist du verrückt geworden?« fragte er schließlich.

»Ob ich verrückt geworden bin? Das ist eine wirklich gute Frage! Vielleicht werde ich noch verrückt, wenn das so weitergeht.« Ihre Stimme hatte einen unschönen, schrillen Klang angenommen. »Bisher haben wir ja auch nur eine tote Katze, eine tote Frau und einen halbtoten Mann. Das ist ja noch gar nichts, aber vielleicht wird es noch besser, nicht? Robert hat bestimmt noch eine ganze Reihe guter Einfälle auf Lager, wir dürfen richtig gespannt sein!«

Wolfgang stellte das Glas auf dem Tisch ab. »Leona, es ist kein Wunder, daß dir die Nerven versagen. Aber du mußt versuchen, jetzt …«

»Ach, ich muß versuchen? *Ich*?« Sie wich seiner Hand aus, die er ihr beruhigend auf den Arm legen wollte. »Hast du mal darüber nachgedacht, inwieweit du für das alles hier verantwortlich bist? Für den ganzen Schlamassel, in dem wir jetzt bis zum Hals stecken? Du mit deinem …«

»Jetzt hör aber auf!« Er war nun auch wütend. »Bin ich mit Jablonski ins Bett gegangen oder du? Wer von uns beiden hat denn diesen Perversen an Land gezogen?«

»Na, großartig! Jetzt bin ich schuld an allem. Jetzt …«

»Das habe ich nicht gesagt.«

»*Du* bist ausgebrochen! *Du* hast mich verlassen! *Du* hast von einem Tag zum anderen unsere Welt in Trümmer gelegt. Du hast mich weggeworfen wie einen ausgelatschten Schuh, weil du meintest, etwas Besseres gefunden zu haben. Hast du dir einmal überlegt, wie es mir dabei ging? Was du in mir angerichtet hast?«

»Ich habe mehrfach gesagt, daß es mir leid tut. Ich weiß, daß ich dich sehr verletzt habe.«

»Verletzt!«

Sie wunderte sich, daß sie nicht weinte. Es war eine Situation, in der Losheulen fast obligatorisch war. Aber sie heulte nicht. Ihre Stimme hatte den schrillen Klang verloren. Sie war jetzt kalt und klar wie Eis.

»Du hast mein Selbstwertgefühl in Scherben geworfen. Du hast alle Werte zerstört, an die ich geglaubt habe. Du hast etwas getötet in mir, das nie wieder zum Leben zu erwecken sein wird. Und mit all dem hast du mich zu einer leichten Beute für einen Typen wie Jablonski gemacht. Du wußtest, daß ich völlig verstört war wegen Eva Fabianis Selbstmord. Du hast mich in einem Moment meines Lebens verlassen, in dem ich dich wirklich gebraucht hätte. Du hast mich so locker abserviert, als sei ich nur eine Zufallsbekanntschaft von dir gewesen. Und erzähle mir nicht, auf der anderen Seite habe die große Liebe deines Lebens gewartet. Denn das sieht man ja jetzt! Du hast von ihr ja auch schon wieder genug. Sie diente offenbar nur als warme Dusche für dein Ego. Und dafür, für einen lächerlichen, kindischen, idiotischen Beweis deiner Super-Männlichkeit mußtest du alles zerstören. Alles!«

»Über all das können wir reden, Leona.« Sein Zorn war schon wieder verschwunden, er wollte beruhigen und ausgleichen. »Über all das müssen wir auch reden, das ist mir klar. Aber zuerst müssen wir diese Geschichte hier durchstehen. Wir haben es mit einem wirklich gefährlichen Geisteskranken zu tun.«

»Ich«, sagte Leona, »ich muß diese Geschichte durchstehen.«

Er sah jetzt wieder so besorgt aus, als habe er ein kleines, unvernünftiges Kind vor sich, dem ein leichtfertiger Plan ausgeredet werden mußte.

»Das schaffst du nicht allein. Und ich lasse das auch nicht zu. Nachher, wenn alles vorbei ist, kannst du mich meinetwegen zum Teufel jagen. Aber vorher wirst du mich nicht los.«

»Ich war dich doch schon los. Du brauchst jetzt nicht herzukommen, den Wohltäter spielen und mich beschützen.«

»Ich habe mich wieder mit dir getroffen, bevor sich die Ereignisse überschlugen, vergiß das nicht. Und ich bin hier weder als Wohltäter noch als Beschützer. Wir sind beide in einer brenzligen Lage, und ich denke, wir haben die besseren Karten, wenn wir zusammenhalten.«

»Deine Lage ist nur brenzlig, solange du in meiner Nähe bist. Du bist sofort aus dem Schneider, wenn du dich abseilst.«

Er seufzte tief, sie konnte seine Angst spüren, daß sie darauf beharren würde, allein gelassen zu werden.

»Du solltest jemanden bei dir haben«, meinte er schließlich. »Wenn nicht mich, dann jemand anderen. Jablonski ist weit gefährlicher, als wir je angenommen haben. Du bist ihm nicht gewachsen, Leona. Einem Irren ist niemand gewachsen, weil er sich nicht im mindesten berechnen läßt.«

Sie wußte, daß er recht hatte, und auf einmal hatte sie nicht mehr die Kraft und nicht mehr den Wunsch, zu streiten, zu debattieren, ihn von sich zu weisen.

»Tu, was du für richtig hältst«, sagte sie müde.

Wolfgang mühte sich um ein aufmunterndes Lächeln, das etwas schief ausfiel.

»Wir werden heil aus der Sache herauskommen. Hier«, er reichte ihr erneut das Glas, »willst du das jetzt? Oder mich lieber wieder ohrfeigen?«

»Tut mir leid, daß das passiert ist.« Sie nahm das Glas. Der Schnaps zog seine glühende Spur durch ihren Mund die Kehle hinunter. »Tut mir ehrlich leid.«

»Schon gut.«

Sehr sachlich fragte sie: »Wie geht es nun weiter? Hat Weissenburger etwas gesagt?«

Wolfgang registrierte ihre gefaßte Sachlichkeit mit Erleichterung. »Weissenburger ist ziemlich ins Rotieren geraten. Das ganze ist jetzt ein Fall von Mord geworden und von versuchtem Totschlag, was Paul angeht, und er muß sich von seiner Einbrecher-Theorie verabschieden. Ich hatte den Eindruck, ihm ist das alles etwas peinlich, weil er dich ja immer wie eine Hysterikerin behandelt hat, wenn du von Jablonski als dem Täter anfingst.«

»Es sollte ihm auch peinlich sein«, sagte Leona, »hoffentlich schämt er sich in Grund und Boden.«

Wolfgang fuhr fort: »Gegen Jablonski ist Haftbefehl erlassen. Es läuft eine Fahndung nach ihm.«

Leona leerte ihr Glas.

»Wieso habe ich bloß das Gefühl, daß sie ihn nicht schnappen werden? Daß sie sich ihre ganze Fahndung an den Hut stecken können?«

»Es wird eng werden für ihn. Irgendwo muß er ja wohnen. Da gibt es Nachbarn, Vermieter. Sein Bild wird in den Zeitungen erscheinen. Er kann nicht mehr in aller Ruhe versuchen, dir das Leben schwerzumachen. Er muß sich jetzt vorwiegend darum kümmern, der Fahndung zu entgehen, und das schafft ihm sicher ein paar Probleme.« Er sah, wie bedrückt Leona dreinblickte, und strich ihr aufmunternd über die Wange. »Komm. Du mußt etwas essen. Laß uns irgendwo hingehen und dort dann beratschlagen, wie wir uns jetzt weiter verhalten.«

Sie nickte. Sie hatte nicht den geringsten Hunger, aber sie hatte seit dem Frühstück nichts mehr zu sich genommen, und sie wußte, daß sie sich die Nerven vollends ruinierte, wenn sie nie richtig aß.

Dann fiel ihr noch etwas ein. »Wie wurde Millie getötet? Du sprachst von einem Messer ...«

»Willst du das wirklich wissen?«

»Ja.«

»Er hat sie mit einem schweren Gegenstand niedergeschlagen – mit einer Gipsskulptur, die auf ihrem Garderobentisch stand. Haare und Blut der Toten klebten daran. Dann hat er sie ins Wohnzimmer geschleift und dort mit einem ihrer Küchenmesser an die hundertmal auf sie eingestochen. Er muß in einen wahren Blutrausch gefallen sein.«

Leona bemühte sich, nicht an die Bilder hinter den Worten zu denken.

»Dann war er vor einigen Tagen also in Ascona. Wahrscheinlich kurz bevor er hierherkam und Paul zusammenschlug.«

»Nein. Er war nicht wieder in Ascona.«

Wolfgang mußte zu einem Punkt der Geschichte kommen, den er gerne ausgelassen hätte, aber da Leona nun gefragt hatte, ging das nicht mehr.

»Emilie Faber ist seit etwas über sechs Wochen tot, wie der Gerichtsmediziner festgestellt hat. Es muß also ...«

Er schwieg, aber Leona wußte, was er hatte sagen wollen. Übelkeit stieg in ihr auf. Robert hatte Millie umgebracht, als sie *beide* noch in Ascona gewesen waren. Sie dachte an den »Spaziergang«, den er noch hatte machen wollen, nachdem sie ihm von ihrem Gespräch mit Millie berichtet hatte. Während sie ihre Sachen packte, hatte er zwei Stockwerke unter ihr eine Frau regelrecht abgeschlachtet. Danach hatte er in seiner Wohnung ohne Probleme noch im Bad verschwinden, sich waschen, seine blutbefleckte Kleidung im Wäschekorb verschwinden lassen können. Seelenruhig hatte er in der Nacht im selben Zimmer wie sie auf dem Sofa geschlafen.

Er hatte, soweit sie sich erinnerte, nicht einmal unruhig geatmet.

9

»Sie hätten mir mitteilen müssen, daß Sie umziehen«, sagte Kommissar Hülsch mit sanftem Vorwurf in der Stimme. »Wir ermitteln immer noch im Mordfall Ihrer Schwester, und da ist es doch klar, daß wir Sie brauchen.« Lisa nickte. »Es ging alles so schnell«, sagte sie.

»Ich möchte Ihnen nochmals sagen, wie leid es mir tut, daß Ihr Vater gestorben ist«, sagte Hülsch. »Das alles ist natürlich sehr schwer für Sie.«

»Ach, für meinen Vater war es eine Erlösung«, erklärte Lisa, und im stillen fügte sie hinzu: Und für mich auch!

»Ich wollte das Haus nicht behalten, wissen Sie, in diesem Dorf kann man wirklich nicht leben. Ich wollte schon immer in München wohnen, und jetzt habe ich es endlich geschafft!«

Lisa sagte es mit einer Zufriedenheit, die Hülsch an ihr noch nie erlebt hatte. Er sah sich um in dem kleinen Appartement im Münchner Vorort Neu-Aubing, in dem er sie endlich aufgetrieben hatte. Beigefarbener Teppichboden, weiße Schleiflackmöbel, ein gläserner Eßtisch, ein passender Couchtisch. Nirgends ein Stäubchen, Lisa schien penibel auf Ordnung zu achten in ihrem Reich. Hülsch dachte an das verwohnte, heruntergekommene Haus ihrer Familie bei Augsburg, an die schiefen Fußböden, die miefige Luft, die zwischen den Wänden hing, die von Essensdünsten und Zigaretten verfärbten, ausgeleierten Vorhänge an den Fenstern. Auch wenn sich dieses Appartement in einem scheußlichen Wohnblock in einer der unattraktivsten

Gegenden Münchens befand, so hatte sich Lisa doch verbessert.

Auch sie selber sah verändert aus: Daß sie hübsch war, hatte er auch früher schon bemerkt, aber sie hatte manchmal abgerissen, ungepflegt und erschöpft gewirkt. Nun war sie so sorgfältig herausgeputzt wie ihre Wohnung. Auffällig gekleidet in hautenge schwarze Jeans, kniehohe Lackstiefel, einen leuchtend roten Pullover. Die blonden Haare hatte sie aufhellen und in große Locken legen lassen. An den Ohren glitzerte Straß. Ihre Aufmachung entsprach nicht Hülschs Geschmack, er fand sie etwas billig, aber er konnte sich vorstellen, daß Lisa auf viele Männer sehr anziehend wirkte.

»Es freut mich, daß es Ihnen gutgeht«, sagte er, und er meinte es auch so.

Durch seine Ermittlungen im Fall Anna Heldauer hatte er genügend Einblicke in die Familienverhältnisse bekommen, um zu der Ansicht zu gelangen, daß Lisa in jungen Jahren schon allzuviel Schweres vom Schicksal zugemutet worden war.

»Sie arbeiten wieder?« erkundigte er sich.

Nun lächelte sie. »Ja. Frederica – das ist die Frau, die Anna in Spanien kennengelernt hatte, wie Sie ja wissen – hat mir einen Job in der Agentur verschafft, in der sie auch arbeitet. Moonlight.«

»Moonlight?«

»Ein Escort-Service. Für Männer. Wir begleiten sie, wenn sie alleine sind.«

Er bemühte sich, nicht resigniert zu seufzen. Prostitution. Irgendwie hatte er so etwas geahnt.

»Nun, schön, wenn Ihnen das Spaß macht«, sagte er. Und insgeheim fügte er hinzu: Das geht dich nichts an. Du hast einen Mord aufzuklären. Nichts weiter.

»Lisa – ich darf Sie doch Lisa nennen? –, ich will endlich zum Zweck meines Besuches kommen«, fuhr er fort. »Wir sind da auf eine Spur gestoßen, an der etwas dran sein könnte. Vielleicht führt sie auch ins Leere, aber …«

»Ja?« fragte Lisa.

»Sagt Ihnen der Name *Robert Jablonski* etwas?«

»Nein. Ich glaube nicht. Sogar sicher nicht. Warum?«

»Die Polizei Frankfurt ermittelt gegen ihn. Er wird mit Haftbefehl gesucht. Mutmaßlich hat er in Ascona eine Frau in ihrer Wohnung ermordet, und …«

»Ascona!« sagte Lisa und machte große Augen.

Hülsch nickte. »Daß das Verbrechen ausgerechnet in Ascona geschah, hat mich alarmiert. Und auch die Art, wie die Tote zugerichtet war. Der Bericht las sich praktisch genauso wie unserer, Ihre Schwester betreffend. Sonst hätte ich nie eine Verbindung hergestellt.« Er sah, wie aufgeregt Lisa geworden war, und winkte ab. »Es kann sein, die beiden Geschichten haben nicht das geringste miteinander zu tun. Wir sollten uns nicht gleich zuviel Hoffnung machen, hier auf eine Spur gestoßen zu sein.«

»Ich wünschte so sehr, wir könnten den Kerl fassen«, sagte Lisa inbrünstig, und es klang, als sei sie selbst eine Polizeibeamtin und an den Ermittlungsarbeiten unmittelbar beteiligt. »So ein Mensch gehört für sein ganzes Leben hinter Gitter, finden Sie nicht?«

»Der Mann, der den Mord an Ihrer Schwester begangen hat, gehört nach meiner festen Überzeugung in eine geschlossene psychiatrische Klinik«, entgegnete Hülsch ernst. »Das Verbrechen trägt eindeutig die Handschrift eines Psychopathen.«

Lisa atmete tief durch; er konnte nicht genau ausmachen, ob es Verzweiflung war, was aus diesem Seufzer klang, oder auch eine Spur von Lust an der Sensa-

tion, an der Schaurigkeit. Er kramte in seiner Jackenta-
sche.

»Die Kollegen in Frankfurt haben uns eine Fotographie
Jablonskis geschickt. Es ist unwahrscheinlich, daß Sie den
Mann erkennen, aber ich wollte Ihnen das Bild trotzdem
zeigen. Wo ist ...«

Er fand es und reichte es ihr über den Tisch.

Sie nahm es, und er sah, daß sie die Augen aufriß und
nach Luft schnappte.

»Das ist doch Benno!« rief sie überrascht.

Hülsch richtete sich auf. »Sie kennen den Mann?«

»Ja, natürlich. Er hat als Krankenpfleger im letzten Jahr ein
paar Wochen lang für meinen Vater gesorgt. Er kam von so
einem privaten Pflegedienst aus dem Nachbardorf.«

Die Farbe ihrer Augen schien sich zu verändern, als ihr
langsam dämmerte, wie die Dinge zusammenhingen.

»So war es!« sagte sie, und nun war nur noch Entsetzen
in ihrer Stimme, nicht der Hauch mehr von Sensationslust.

»Da hat er auf Anna gewartet. In ihrem eigenen Haus
hat er auf sie gewartet. Und sie ist ihm direkt in die Arme
gelaufen.«

10

Leona und Bernhard Fabiani trafen sich in einem Weinlo-
kal in der Innenstadt, das Bernhard vorgeschlagen hatte.
Leona hatte um das Gespräch gebeten, und Bernhard
hatte sofort bereitwillig zugesagt.

»Nennen Sie einen Zeitpunkt«, hatte er gemeint. »Sie
wissen, ich treffe Sie gern.«

Leona war vorher im Krankenhaus gewesen. Pauls Zustand hatte sich nicht verändert, er lag noch immer im

Koma. Zwei seiner Kollegen waren dagewesen, der eine von ihnen hatte mit den Tränen gekämpft.

»Ihn so daliegen zu sehen ... es ist entsetzlich. Ganz entsetzlich. Sind Sie seine Frau?«

Bezeichnenderweise hatten Pauls Kollegen Olivia noch nie zu Gesicht bekommen.

Leona sagte, sie sei die Schwägerin. Sie sandte ein stummes Gebet zum Himmel, ehe sie ging. Sie verspürte das kindische Bedürfnis, Gott einen Handel anzubieten für den Fall, er ließe Paul am Leben. Sie könnte Geld für Bedürftige spenden oder weniger an ihr Wohlergehen denken oder sonst etwas. Sie ließ es bleiben. Sie glaubte nicht, daß Gott so einfach zu bestechen war.

Bernhard wartete schon, als sie in dem Lokal eintraf. Sie war froh, ihn zu sehen. Ein Mensch, der Robert auch kannte. *Wirklich* kannte. Allen Menschen gegenüber, sogar ihren Eltern, fühlte sich Leona allein, was Robert anging. Sie stand hier, belastet mit der furchtbaren Beziehung, die sie eingegangen war und von der sie den Eindruck hatte, sie habe sie bereits gezeichnet fürs Leben. Die anderen standen jenseits einer unsichtbaren Grenze, die das Grauen von der Normalität trennte. In der Welt der anderen gab es Eheprobleme, Sorgen um Kinder und Beruf. Es gab keine geistesgestörten Mörder. Die gab es in ihrer, Leonas, Welt. Es war ihr, als sei sie dadurch lebenslänglich abgeschnitten von aller Alltäglichkeit.

Sie berichtete Bernhard, was geschehen war, erzählte von dem Überfall auf Paul und dem Mord an Millie und davon, daß Weissenburger geheimnisvoll angedeutet hatte, möglicherweise gehe ein weiteres Verbrechen auf Roberts Konto. Bernhard war schockiert. »Ich wußte, daß etwas nicht stimmt mit ihm. Aber so weit wäre ich in meinen schlimmsten Befürchtungen nicht gegangen.«

»Mein Mann und ich haben Polizeischutz bekommen«, sagte Leona, »was bedeutet, daß jede Stunde eine Streife bei uns vorbeifährt – ab halb sieben, wenn ich daheim bin. Am Wochenende auch tagsüber. Meiner Ansicht nach wissen die bei der Polizei genau, daß dies keine ausreichende Sicherheit gewährleistet, aber sie müssen ihre Pflicht tun. Wenn dann etwas passiert, kann ihnen niemand einen Vorwurf machen.«

»Sie sollten gar nicht mehr in diesem Haus bleiben, Leona. Ich halte das für zu gefährlich.«

»Wo soll ich denn hin?«

»Ihre Familie ...«

»Nie!« Leona hob abwehrend beide Hände. »Meiner Familie hetze ich diesen Irren nicht auf den Hals! Er weiß genau, wo sie lebt, und wäre sofort da. Es reicht, daß Paul mehr tot als lebendig im Krankenhaus liegt. Das gleiche darf keinesfalls meinen Eltern und Schwestern passieren!«

»Ich glaube nicht, daß er sich an den Mitgliedern Ihrer Familie vergreifen würde«, meinte Bernhard. »Alles, was wir über ihn wissen, zeigt doch, daß sich sein Haß sehr unmittelbar gegen die Menschen richtet, von denen er glaubt, daß sie ihm etwas angetan haben. Die Frau in Ascona hat ihn bei Ihnen verpfiffen. Ihren Schwager hielt er für Ihren Liebhaber – für den Mann also, der ihm die Frau endgültig wegnimmt. Er ist geisteskrank, Leona, aber er geht nicht wirr, sondern gezielt vor. Ich nehme an, das muß er schon deshalb, um seine Taten vor sich rechtfertigen zu können. Auf seine Art, so absurd das klingt, hat er bestimmt einen Moralkodex, dem er folgt.«

»Trotzdem kann ich es nicht riskieren, zu meiner Familie zu gehen. Ich weiß ja nicht, was er sich in seinem kranken Hirn alles zurechtlegt. Plötzlich sind alle an irgend etwas schuld. Das wäre zu gefährlich.«

»Es muß doch einen Ort geben, wo Sie hinkönnen!«

Sie lachte, mühsam und hilflos. »Für wie lange, Bernhard? Für wie lange soll ich mich aus meinem Leben ausklinken und irgendwo verstecken? Urlaub nehmen, untertauchen … bis wann? Soll ich für vier Wochen verschwinden, für ein Jahr, für zwei Jahre?«

»Gegen ihn läuft ein Haftbefehl. Sie fahnden nach ihm. Sie werden ihn fassen.«

Genau das sagte Wolfgang auch immer. Abends, wenn sie zusammensaßen und versuchten, so zu tun, als sei alles ganz normal. Als sei es normal, kein Fenster gekippt, keine Tür offenstehen zu lassen. Wenn sie die Vorhänge zuzogen, kaum daß die Dunkelheit so weit fortgeschritten war, daß man das Licht einschalten mußte.

»Wir brauchen hier nicht bei voller Beleuchtung wie auf einem Präsentierteller zu sitzen«, sagte Leona dann, »vielleicht …«

Sie mußte den Satz nie beenden. Wolfgang wußte auch so, was sie meinte. Vielleicht stand Robert da draußen. Vielleicht war er schon wieder ganz nah.

»Er wird schwer zu fassen sein«, sagte sie nun auf Bernhards Worte hin. »Sie kennen ihn doch: Er ist hochintelligent. So schnell wird er ihnen nicht in die Falle laufen.«

»Ganz dumm ist die Polizei aber auch nicht. Schauen Sie, Leona«, über den Tisch griff er nach ihren Händen, hielt sie fest, »ich weiß, es ist leicht gesagt, wenn man Sie nun beschwört, Mut und Vertrauen zu bewahren. Aber es ist das einzige, was Sie tun können. Sie müssen darauf bauen, daß die Polizei ihn schnappen und daß er dann für alle Zeiten hinter den hohen Mauern einer Sicherheitsverwahrung verschwinden wird.«

»Für alle Zeiten sicher nicht«, meinte Leona mit einiger Bitterkeit. »Über kurz oder lang wird ihn ein verständnisvoller Psychiater wieder hinauslassen, als geheilten Mann, der angeblich keine Gefahr mehr für irgend jemanden darstellt. So ist das schließlich üblich in unserer Gesellschaft. Egal, wie pervers und gefährlich ein Mensch ist, es wird immer darauf geachtet werden, daß er nur ja nicht einen Tag zu lange einsitzen muß. Pech für diejenigen, die ihm dann später wieder in die Quere kommen.«

»Es ist nicht zu ändern.«

»Das, wovon Sie sagen, es sei nicht zu ändern, wird für mich eine ständige Quelle der Angst sein. Lebenslang. Ich werde nie aufhören, ihn zu fürchten.«

Er hielt noch immer ihre Hände fest. »Denken Sie jetzt nicht daran. Sie machen sich verrückt damit. Denken Sie an irgend etwas anderes, nicht an Robert Jablonski.«

»Das erscheint mir ziemlich schwierig«, sagte Leona, »aber ich werde es versuchen.«

Bernhard lächelte, ließ ihre Hände los. »Reden wir jetzt nicht von Robert«, schlug er vor, »reden wir von mir.«

Das kam so unverblümt, daß Leona lachen mußte. »Gern. Reden wir von Ihnen.«

Er schenkte ihr und sich neuen Wein ein. »Ich möchte Ihnen etwas von mir und Eva erzählen.«

»Roberts Schwester. Schon wieder Robert!«

»Aber nur am Rande. Ich muß Ihnen etwas sagen, was ich schon lange loswerden wollte. Sie erinnern sich ja, ich habe Sie damals im letzten Herbst angerufen und auf Ihr Band gesprochen, aber dann hatte ich keinen Mut, es ein zweites Mal zu versuchen. Was ich Ihnen erzählen wollte, hätte Ihnen so absurd vorkommen müssen.« Nervös spielte er mit seinem Weinglas herum. »Allerdings – nach Ihren Erlebnissen mit Robert ...«

»... kann mir fast nichts mehr absurd vorkommen, meinen Sie?«

»So ungefähr. Leona, ich möchte, daß Sie etwas wissen.«
Er wirkte jetzt sehr ernst. »Ich habe Eva nie betrogen.
Nicht ein einziges Mal in all den Jahren unserer Ehe. Es
liegt mir viel daran, daß Sie mir das glauben.«

Leona gelang es nicht, ihre Überraschung zu verbergen.
»Nein? Ich dachte …«

»Sie dachten, dies sei doch der Grund für das ganze
Drama? Ja, so hat es Eva dargestellt. Und sie hat ihre Umgebung auch überzeugt – was kein Wunder ist, denn sie
hat ihre Anschuldigungen gegen mich sehr glaubhaft vor-
gebracht, zumal sie vermutlich selber überzeugt war, die
Wahrheit zu sagen.«

»Ich verstehe nicht ganz …«

»Wie sollten Sie auch! Sie kannten Eva ja nicht. Eva war
krankhaft eifersüchtig. Ich sage das nicht nur einfach so
dahin, manchmal ist man allzu schnell mit dem Begriff
krankhaft bei der Hand und tut einem Menschen unrecht
damit. Aber bei Eva … es hat lange gedauert, bis ich begriff, daß mit ihr etwas nicht stimmte. Sie verdächtigte
mich auf Schritt und Tritt der Untreue – vom ersten Tag
unserer Beziehung an, während unserer Ehe, nach unserer
Ehe. Verstehen Sie, ich konnte buchstäblich nicht einmal
mit der Verkäuferin am Zeitungsstand mehr als drei Worte
wechseln, ohne daß Eva meinte, ich hätte ein Verhältnis
mit ihr. Es war unglaublich, was sie sich manchmal zu-
sammenreimte. Oft war ich viel zu perplex, um überhaupt
etwas zu meiner Verteidigung hervorbringen zu können.«

Er schwieg und sah Leona abwartend an.

Versucht er herauszufinden, ob ich ihm die Geschichte
abnehme? fragte sie sich irritiert.

»Sie meinen«, sagte sie schließlich, »Eva war wie
Robert?«

»Das ist nicht völlig von der Hand zu weisen, oder? Sie

sind Geschwister, sind zusammen aufgewachsen. Ich habe keine Ahnung, was falsch gelaufen ist, aber wenn da etwas war, kann es durchaus beide betreffen. Robert hat eine schwere Störung, das steht ja nun fest. Eva war harmloser – aber vielleicht keineswegs normaler.«

Er schwieg erneut, sah Irritation und Zweifel in Leonas Gesicht.

»Sie glauben mir nicht?« fragte er schließlich, und das klang wie eine Feststellung.

Leona beschloß, ehrlich zu sein. »Ich weiß es nicht. Ich habe schon manchmal Geschichten dieser Art gehört. Nach meiner Erfahrung haben Männer, die fremdgehen, immer Erklärungen parat, die den Schwarzen Peter letztlich der Ehefrau zuschieben. Entweder waren es Unverständnis, Egoismus und Kälte der Gattin, die den Mann, arm und gebeutelt, förmlich in die Arme einer anderen Frau hineingetrieben haben, oder all die Geschichten haben sowieso nicht stattgefunden und sind nur Ausgeburt wilder Eifersuchtsphantasien einer neurotischen Ehefrau. Ich habe inzwischen ein gewisses Mißtrauen gegenüber all diesen Versionen entwickelt.«

»Frauen gehen auch fremd«, sagte Bernhard, »Frauen erzählen auch Geschichten, um sich zu rechtfertigen.«

»Okay. Das gebe ich zu. Ich war einseitig in meiner Darstellung. Aber das ändert nichts an meiner Meinung.«

Er sah sie lange und schweigend an, und schließlich sagte er sehr sanft: »Ich wünschte, Sie würden mir glauben.«

Leona fühlte sich unbehaglich. »Warum? Sie sind mir keine Rechenschaft schuldig. Es ist ganz unerheblich, was ich von all dem denke.«

»Für mich ist es nicht unerheblich. Ich wünschte, Sie hätten eine einigermaßen gute Meinung von mir.«

Es irritierte sie, was er sagte und wie er es sagte. Sie schaute auf ihre Armbanduhr und sagte hastig: »Es ist schon ziemlich spät. Ich sollte nach Hause gehen. Morgen muß ich früh raus.«

»Habe ich Sie irgendwie verärgert?« fragte Bernhard betroffen.

Sie schüttelte den Kopf. »Nein. Machen Sie sich keine Gedanken. Es war ein langer Tag, und ich bin ziemlich müde.«

Er begleitete sie noch zu ihrem Auto. »Sehen wir uns demnächst wieder?« fragte er.

Leona wollte irgend etwas Nettes, Unverbindliches antworten, aber im Schein der Straßenlaternen konnte sie einen Ernst in seinem Gesicht erkennen, der ihr das Gefühl gab, nicht ausweichen zu können.

»Ich weiß nicht«, sagte sie daher, »ich weiß gar nichts im Moment, verstehen Sie? Mein Leben ist aus den Fugen geraten, und ich sehe mich nicht in der Lage, Pläne zu machen oder mich auf irgend etwas einzulassen. Ich weiß nicht, ob Sie das nachvollziehen können, aber ...«

»Doch«, sagte er, »das kann ich. Sie müssen sich vorkommen wie in einem Alptraum.«

Sie lächelte, dankbar für sein Verständnis. »Irgendwann«, sagte sie, »ist er vielleicht vorbei.«

»Ganz sicher. Jablonski wird eine Schauergeschichte aus Ihrer Vergangenheit sein – etwas zum Gruseln für Ihre Kinder und Enkel.« Er neigte sich vor und küßte sie kurz auf die Wange. »Gute Nacht, Leona. Kommen Sie gut heim. Passen Sie auf sich auf.«

Sie würde auf sich aufpassen. Sie würde hupen, wenn sie daheim ankam, Wolfgang würde herauskommen und sie vom Auto abholen. Sie machten das jetzt immer so, wechselseitig, wenn einer von ihnen nach Einbruch der

Dunkelheit nach Hause kam. Sie hatten das nicht abgesprochen; in stillschweigender Übereinkunft geschahen solche Dinge jetzt, weil sie beide wußten, in welcher Gefahr sie schwebten, und daß sie sich nicht mehr normal verhalten konnten, weil ihr ganzes Leben jegliche Normalität verloren hatte.

11

Weissenburger sah noch dürrer und mürrischer aus als sonst. Er war diesmal nicht in Anzug und Krawatte, sondern trug Jeans, die ihm zu weit waren, und ein Polohemd, das nichts tat, seine abfallenden Schultern zu kaschieren. Es war ein Samstag, und er hatte Wolfgang und Leona im Garten angetroffen.

»Ganz schön heiß heute«, sagte er anstelle einer Begrüßung, »für Anfang Mai ganz erstaunlich.«

Leona legte die Gartenschere weg, streifte die Handschuhe ab. »Herr Weissenburger! Was führt Sie zu uns?«

Auch Wolfgang trat heran. »Ist etwas geschehen?« fragte er ahnungsvoll.

Neben einem leichten Schweißgeruch verströmte Weissenburger eine fühlbare Nervosität, die nicht zu seiner trocknen, stets etwas gelangweilten Art paßte.

»Nun … wie man es nimmt …«, deutete er an.

»Möchten Sie etwas trinken?« fragte Leona.

Als Weissenburger mit einem Glas Apfelsaft in der Hand auf einem der Gartenstühle im Schatten der Sonnenschirme saß, rückte er endlich mit der Sprache heraus.

»Ich deutete ja bereits an, daß es da noch etwas gibt … noch ein … nun, Ereignis in Jablonskis Leben …«

»Ich nehme an, Sie meinen noch einen Mord?« fragte Wolfgang.

»Ja«, sagte Weissenburger, »noch einen Mord. Es gibt jetzt keinen Zweifel mehr. Jablonski hat seine letzte Lebensgefährtin, nachdem sie sich von ihm getrennt und ihn verlassen hatte, aufgespürt und getötet. Das geschah bereits vor etwa einem Jahr und galt lange Zeit als ungeklärter Fall.«

Leona befeuchtete ihre plötzlich ausgetrockneten Lippen. »Wie …?«

»Wie er sie getötet hat? In Ihrem Interesse sollten Sie es mir ersparen, Einzelheiten zu schildern. Die Art der … ja, ich möchte fast sagen, Hinrichtung ähnelt stark dem Fall Emilie Faber. Dadurch sind die bayerischen Kollegen aufmerksam geworden und haben sich mit uns in Verbindung gesetzt. Inzwischen, wie gesagt, steht fest, daß Jablonski der Täter war.«

»Das ist natürlich eine weitere Hiobsbotschaft«, sagte Wolfgang, »obwohl die Dinge vermutlich ohnehin fast nicht mehr schlimmer werden konnten.«

»Gibt es schon irgendwelche Fahndungsergebnisse?« fragte Leona.

Weissenburger schüttelte bedauernd den Kopf. »Es sind eine Reihe von Hinweisen aus der Bevölkerung eingegangen. Aber nichts hat sich letzten Endes als tauglich erwiesen. Doch die Polizei läßt nicht nach in ihren Bemühungen.«

»Eine scheußliche Situation«, meinte Wolfgang bedrückt.

»Das können Sie laut sagen«, bestätigte Weissenburger.

»Könnte meine Frau nicht noch mehr Schutz bekommen?«

»Tut mir leid. So viele Leute haben wir nicht. Die stünd-

311

lichen Kontrollen finden nach wie vor statt, mehr ist derzeit nicht möglich.«

»Aber das ist so gut wie nichts«, sagte Wolfgang, »und das wissen Sie auch. Wenn Jablonski das Haus beobachtet, ist ihm längst klar, in welchem Rhythmus die Polizei aufkreuzt. Dazwischen hat er jede Gelegenheit zuzuschlagen.«

»Tut mir leid«, wiederholte Weissenburger, »ich kann Ihnen nichts anderes anbieten. Wenn Sie meine Meinung wissen wollen ...«

»Ja?« sagte Leona.

»Tauchen Sie unter. Verschwinden Sie von hier. Sie hatten ein Verhältnis mit ihm und haben ihn verlassen. Ich habe Fotos von der Leiche der Frau gesehen, die Ihre Vorgängerin war. An Ihrer Stelle würde ich mich im hintersten Winkel der Erde verstecken.«

Es war, als tauche die Sonne hinter eine Wolke. Kühle kam auf. Leona fröstelte, während eine Hitzewelle aus dem Innern ihres Körpers Schweiß über jeden Zentimeter ihrer Haut schwemmte.

»Ich kann doch nicht ...«, flüsterte sie.

In Weissenburgers kalte, überdrüssige Augen trat ein Ausdruck, der einer Regung wie Mitleid ähnelte.

»Bis wir ihn gefaßt haben, dürfte Ihnen kaum eine Wahl bleiben.«

»Wann wird das sein?« fragte Wolfgang, obwohl er wußte, daß es darauf keine Antwort geben konnte.

Ausnahmsweise schien Weissenburger einmal Mut machen zu wollen. »Ganz sicher sehr bald. Die Fahndung läuft auf Hochtouren. Er muß uns ins Netz gehen, das ist gar keine Frage.«

»Und warum können Sie meine Frau bis dahin nicht angemessen schützen?«

»Da fehlen uns die Leute und die Mittel, ich sagte es bereits.«

»Aber …«, fuhr Wolfgang auf, doch Weissenburger unterbrach ihn sofort: »Niemand hat Ihrer Frau gesagt, daß sie sich mit diesem Mann einlassen soll. Die Schuld an all dem können Sie nicht der Polizei geben. Wenn Sie wüßten, wie viele Frauen mit perversen Gewalttätern ein Verhältnis beginnen! Es ist ein Phänomen!«

»Perversion«, sagte Wolfgang, »ist selten auf den ersten Blick zu erkennen.«

Weissenburger erwiderte nichts darauf, aber seine Miene spiegelte nur allzudeutlich seine Gedanken wider: Er verachtete Leona. Er verachtete sie weit mehr, als er Robert Jablonski verabscheute. Irgendwo in seinem Verständnis der Dinge, es mochte in einem dunklen, halb unbewußten Bereich sein, fand er, daß sie nun bekam, was sie verdiente. Jede Zeit hatte ihre Zeichen und ihre Strafen. Wahllos gingen die Frauen heutzutage mit Zufallsbekanntschaften ins Bett, lebten ihre sogenannte sexuelle Freiheit aus und meinten, sich dabei nicht mehr zu nehmen, als ihnen zustand. Weissenburger fand es widerlich, wie sie aufjaulten, wenn es später daranging, die Zeche zu zahlen. Entweder sie fanden sich plötzlich unter den HIV-Positiven wieder, oder sie hatten einen Irren am Hals, wie diese Leona Dorn. *Seine* Frau hatte den Scheidungsantrag zugestellt bekommen, nachdem sie es auf einer Skihütte mit einem braungebrannten Sportler getrieben hatte. Ihre Strafe. Sie hatte geheult und gejammert und ihn angefleht, bei ihr zu bleiben. Klar, sie war nicht mehr die Jüngste, und allzu viele braungebrannte Sportler, die sie flachlegten, würden sich nicht mehr finden. Weissenburger kräuselte leicht die Lippen. Ihr tränenüberströmtes Gesicht im Gerichtssaal erfüllte ihn bis heute mit Genugtuung.

Er bemerkte, daß Leona ihn eindringlich musterte, und er hatte dabei das ungute Gefühl, daß sie in seinen Gedanken las. Sie sah schlecht aus, fand er, aber das war natürlich kein Wunder. Er würde auch nicht gern auf der Abschußliste eines Robert Jablonski stehen.

Er stellte sein leeres Glas auf den Tisch zurück und erhob sich. »Ich muß gehen«, sagte er, »ich wollte Sie nur auf dem laufenden halten. Wenn sich irgend etwas Neues ergibt, erfahren Sie es selbstverständlich.«

Auch Wolfgang stand auf. »Ich bringe Sie zum Tor«, sagte er, ebenso höflich wie eisig.

Leona blieb sitzen, sah den beiden Männern nach, wie sie um die Hausecke verschwanden. Unweit von ihr sang eine Amsel in den höchsten Tönen. Der Kirschbaum mitten im Garten stand in voller Blüte. Es war ein vollkommener Tag. Er erfüllte Leona um so mehr mit Traurigkeit, als er so unverdrossen etwas vorgaukelte, was mit der Wirklichkeit nicht im mindesten im Einklang stand.

Als Wolfgang zurückkam, sagte er: »Ich weiß nicht warum, aber dieser Weissenburger ist ein Brechmittel für mich.«

Und Leona sagte: »Ich werde tun, was er vorgeschlagen hat. Ich werde untertauchen.«

Die Amsel verstummte. Wolfgang öffnete den Mund zum Protest, schloß ihn aber sofort wieder.

»Es ist meine einzige Chance, bis sie ihn gefaßt haben«, fuhr Leona fort. Sie lauschte in den plötzlich so still unter der Sonne liegenden Garten hinein. Das Frieren in ihrem Körper hatte sich verstärkt und die Hitzewogen, die irgendwo in ihrem Leib immer wieder geboren worden waren, ausgelöscht. Der Schweiß auf ihrer Haut war jetzt kalt.

Es klang sehr sachlich, als sie hinzufügte: »Ich glaube, ich habe sonst nicht mehr lange zu leben.«

ZWEITER TEIL

I

1

Sie ist weg!

Ich kann es nicht fassen. Ich habe aufgepaßt wie ein Luchs. Ich dachte, es würde ihr nicht möglich sein, einen Schritt zu tun, ohne daß ich es weiß. Sie ist eine raffiniertere Person, als ich dachte. Und ich bin, die ganze Zeit natürlich schon, in einer höchst schwierigen Situation. Wie soll man einen Menschen wirklich rund um die Uhr bewachen, wenn man ganz allein ist? Irgendwann muß man schlafen, muß man sich ausruhen. Einen solchen Moment hat sie genutzt, und ich habe es zuerst nicht einmal bemerkt. Gut möglich, daß sie schon zwei Tage weg war, ehe ich es mitbekommen konnte. Es macht mich rasend, rasend, rasend! Ich mußte mich übergeben, als mir klar wurde, daß der Faden zwischen uns abgerissen ist. Natürlich werde ich sie finden, das ist sicher. Ich habe auch Anna wiedergefunden, damals. Aber Anna war dümmer als Leona. Ich wußte, sie würde irgendwann nach Hause flüchten, und genau das tat sie. Hätte sie sich nicht ausrechnen können, daß ich sie dort aufspüren würde? Nein, offensichtlich nicht. Wie eine Maus ist sie brav in die Falle gehuscht.

Ich wußte gleich, daß Leona *nicht* zu ihrer Familie gegangen ist, aber sicherheitshalber habe ich dort nachgesehen. Warum müssen diese verdammten Menschen in einer solchen Einöde leben? Ich habe *Stunden* gebraucht, bis ich da war, mit Zug und Bus und jeweils langen Wartezeiten an Bahnhof und Haltestellen. Ein Glück, daß es warm ist, ich hätte mir sonst den Tod holen können. Ich bräuchte *dringend* ein Auto! Kaufen kann ich keines, dann haben sie mich sofort. Mit einem gestohlenen Auto auch. Die Fahndung macht alles schwieriger. Viel schwieriger, als es bei Anna war. Da hat niemand nach mir gesucht. Ich konnte mich frei bewegen, offen meinen Namen nennen – auch wenn ich ihn, vorsichtshalber, bei dieser blöden Lisa nicht benutzt habe.

Aber ich schweife ab. Ich verwirre mich. *Ich verwirre mich?* Kann man das so sagen? Egal. Ich will keinen Literaturwettbewerb gewinnen, ich will etwas aufschreiben, damit ich nicht daran ersticke. Danach werde ich es wegwerfen. In einen Abfallkorb am Wegrand oder in einen Bach, der jetzt im Frühling eilig plätschernd dahinfließt. Nichts von alldem ist für die Nachwelt bestimmt. Es dient meiner Erleichterung und dem Ordnen meiner Gedanken. Ich habe das Gefühl, ich verliere den Boden unter den Füßen. Ich muß unbedingt klar, sachlich und logisch in meinem Denken und Handeln bleiben.

Ich fuhr also hinaus nach Lauberg, vor vier Tagen war das. Bin ja nur einmal dort gewesen, letztes Jahr an Weihnachten. Ich dachte damals das gleiche wie diesmal: Familienidylle pur, und nichts davon ist echt.

Im Frühling haben sie das Paradies dort, zugegeben. Der Garten blüht, daß man sich nicht satt sehen kann. Und daß man übrigens auch schwer *hinein*sehen kann. Auf der anderen Seite tarnen all die Büsche gut. Niemand bemerkte mich, als ich dort herumschlich.

Mama Elisabeth machte sich an den Blumenbeeten zu schaffen. Hat eindeutig einen grünen Daumen, die Frau, aber das ist mir schon im Winter aufgefallen, an dem ganzen Zeug, das in ihrem Wohnzimmer blüht. Eigentlich gefällt mir das. Wäre diese lauschige Familie *echt*, dann wäre sie die Familie, die ich mir immer gewünscht habe. Mit einer Frau mit gebärfreudigem Becken und grünem Daumen. Elisabeth ist der Typ Urmutter schlechthin. Manchmal frage ich mich, ob wir Männer in Wahrheit lebenslang nach einer Mutter suchen, viel mehr als nach einer Frau, die wir vögeln können. Als ich Elisabeth da in ihrer ganzen Fülligkeit im Garten knien und in der Erde graben sah, kam mir der Gedanke, daß dies der Traum vom Glück sein könnte: In den Armen einer Mutter versinken, ihren Atem spüren und ihren Herzschlag. Auf einmal war mir ganz klar, daß ich dies immer bei Leona zu finden gehofft hatte: Geborgenheit. Genau wie zuvor bei Anna. Beide Frauen haben nie in erster Linie sexuelles Verlangen in mir geweckt, obwohl ich sie erotisch fand und gerne mit ihnen ins Bett ging. Aber noch lieber lag ich einfach in Leonas Armen. Ganz still, ganz fern von allem. Ich träumte, wie es sich anfühlen müßte, wenn sie mich mit ihren langen Haaren zudeckte. Es ist unverzeihlich, daß sie sich die Haare hat abschneiden lassen. *Unverzeihlich!*

Leonas Vater spielte auf dem Rasen Fußball mit Felix, seinem kleinen Enkel. Dem Kind von Carolin und Ben. Letzterer lag in der Hängematte auf der Veranda. Nach wie vor scheint er einer geregelten Arbeit auszuweichen. Carolin konnte ich nirgends entdecken, sie war wahrscheinlich wieder einmal unterwegs. Leona deutete an, sie sei sehr umtriebig. Eine unangenehme Person. Vorlaut, sehr keß, nicht besonders intelligent. Ich mochte sie schon an Weihnachten nicht. Später tauchte sie ja dann in Leonas Verlag auf und mußte ihrer Schwester gleich einen Floh ins Ohr setzen: daß ich da unten im Café herumsitze, und warum ich das wohl tue … Ihr Mißtrauen und ihre Feindseligkeit waren greifbar für mich während dieses fürchterlichen

Mittagessens, und wie Viren schienen sie auch auf Leona überzugreifen. An jenem Tag habe ich erstmals etwas von dieser Distanz in ihrem Wesen, in ihrem Blick bemerkt, die sich später ausbreiten und schließlich als unüberwindliches Hindernis zwischen uns treten sollte. Carolin gehört jedenfalls zu den Menschen, die – als ein kleiner, aber nicht unwesentlicher Baustein – dazu beigetragen haben, daß die Beziehung zwischen Leona und mir in einer Katastrophe endete. Manchmal habe ich schon überlegt, mit ihr das gleiche zu machen wie mit Millie, dieser geschwätzigen, bösartigen alten Kröte! Vielleicht mache ich es irgendwann. Bisher hat sich die Gelegenheit nicht ergeben. Außerdem habe ich zuerst Wichtigeres zu erledigen.

Eine Frau saß auf den Treppenstufen, die von der Veranda zum Garten hinunterführen. Sie hatte eine gewisse Ähnlichkeit mit Leona, so daß sofort mein Herz wie verrückt zu schlagen anfing. Aber natürlich war es nicht Leona. Es mußte Olivia sein, die älteste der drei Schwestern. Die Mutter von Dany, dem Krüppel. Sie hat ein schönes, sehr trauriges Gesicht. Nach allem, was Leona mir erzählt hat, ist ihre Ehe in einer Krise, weil ihr Mann nicht damit zurechtkommt, daß sie nur an dem Kind klebt und praktisch das Haus nicht mehr verläßt. Er muß ein Trottel sein! Was ist schlimmer als eine Frau, die nie das Haus verläßt? Eine Frau, die das Haus *ständig* verläßt! Um eine Frau wie Olivia muß ein Mann niemals Angst haben. Weder daß ihr etwas zustößt, noch daß sie mit fremden Männern herumpoussiert und abtrünnig wird. Als ich Olivia in ihrer ganzen Schönheit und Weltabgewandtheit dort auf der Treppe sitzen sah, wünschte ich brennend, sie wäre die Frau gewesen, in die ich mich verliebt hätte. Alles wäre anders gekommen, für mich und für sie. Aber so wenig sich das Schicksal dirigieren läßt, so wenig lassen sich Gefühle erzwingen. Selbst wenn ich Olivia anstelle von Leona begegnet wäre, hätte ich mich kaum in sie verliebt. Es ist widersinnig, aber gerade Leonas fühlbare Vitalität hat mich gereizt. In Verbindung mit einer gewissen Scheu und Zurückgenommenheit, die sie damals noch hatte. *Nur* Scheu, *nur* Zurückgenommenheit wären ohne Wirkung auf mich geblieben. (Geborgenheit! Frauen müssen stark sein! Olivia ist schwach!)

Olivias Mann konnte ich nicht entdecken, er war vermutlich bei der Arbeit. Und Leona konnte ich natürlich ebenfalls nicht entdecken. Ihr Auto stand nirgendwo, aber sie wäre auch ganz sicher nicht so blöd gewesen, es hier groß und breit vor dem Haus zu parken. Im Verlag konnte sie nicht sein, den hatte ich tagelang beschattet, nicht einmal eine Maus wäre hineingekommen, ohne daß ich sie gesehen hätte. Nicht im Verlag, nicht in Lauberg. Aber das war klar gewesen.

Ich hatte eine Überprüfung durchgeführt, um mir später keine Nachlässigkeit vorwerfen zu müssen, aber keinen Moment lang hatte ich geglaubt, sie hier zu finden. Eine anstrengende, überflüssige Reise, zudem gefährlich. Seitdem mein Bild immer wieder in den Zeitungen auftaucht, dürfte ich es eigentlich gar nicht mehr riskieren, öffentliche Verkehrsmittel zu benutzen. Nirgendwo mustern Menschen einander so ausdauernd und intensiv wie während langer, eintöniger Zugfahrten. Gut möglich, daß mich einer erkannt und die Polizei verständigt hat. Auf jeden Fall, zur Vorsicht, wählte ich für den Rückweg nach Frankfurt eine andere Strecke. Die war so absurd, daß mich niemand dort vermuten konnte. Dafür kostete sie auch das Dreifache an Zeit. Erst spät in der Nacht kam ich am Hauptbahnhof an. Völlig erschöpft, frustriert, ohne den kleinsten Hinweis in den Händen.

Wo ist sie, wo ist sie, wo ist sie?

Sie ging den kleinen Wiesenweg zum Dorf entlang, wie an jedem Morgen. Das Wetter war umgeschlagen in der Nacht. Bisher hatte die Sonne geschienen, jeden Tag, mit ungewöhnlicher Kraft für Mai. Leona hatte in Shorts und T-Shirt im Garten gelegen, auf einem wackeligen, altmodischen Liegestuhl, dessen gestreifte Stoffplane nach jahrealtem Sonnenöl und ein wenig nach modrigem Schuppen roch. Sie war barfuß im Garten herumgelaufen und hatte abends auf der Terrasse gesessen, ein Glas Wein neben sich und Zigaretten. Sie hatte das Rauchen vor Jahren aufgegeben, nun aber wieder damit angefangen. Das Rauchen minderte die Spannung. Vor allem am Abend, wenn die bevorstehende Nacht ihre langen Schatten, ihre erwachenden Stimmen, ihre Bedrohlichkeit voranschickte. Leona blieb draußen sitzen, hektisch rauchend, bis es dunkel war. Obwohl sie schon mit beginnender Dämmerung das Bedürfnis verspürte, sich im Haus zu verriegeln, Fenster, Türen, Läden zu schließen. Daß sie draußen blieb trotz der Angst, trotz des Vibrierens ihrer Nerven dicht unter der Haut, hatte etwas mit Trotz zu tun, mehr noch mit Selbsterhaltungstrieb. Robert hatte sie aus ihrem Haus gejagt und aus dem normalen Ablauf des Alltags. Er sollte sie nicht noch in ein Höhlentier verwandeln, das die vier Wände seines Erdlochs nicht mehr verläßt. Instinktiv spürte sie, daß ihre Angst eine Eigendynamik entwickeln würde, wenn sie ihr nachgab. Irgendwann würde sie keinen Fuß mehr vor die Tür setzen. Heute abend aber würde sie nicht draußen sitzen und ihre Angst niederkämpfen müssen. Es war kühl geworden, sogar etwas Nebel hatte am frühen Morgen über dem Land gelegen, und jetzt nieselte es aus den tiefliegenden, grauen Wolken. Das einsame, waldige Land erhielt einen trostlosen Anstrich unter dem schlechten Wetter. Regen und Kälte kamen Leona bedrohlich vor. In einer Kammer des Hauses hatte sie eine gelbe Öljacke entdeckt und angezogen. An den Füßen trug sie Turnschuhe. Wenn der Regen länger anhielt und die Wege verschlammten, würde sie Gummistiefel kaufen müssen. Ärgerlich, daß sie nicht daran gedacht hatte, ihre eigenen mitzunehmen.

Sie lief fast eine halbe Stunde, ehe sie das Dorf erreichte. Der Ort mochte kaum mehr als an die zwanzig Häuser zählen. Es gab eine Apotheke, überraschenderweise ein kleines Schuhgeschäft und einen Gemischtwarenladen, in dem man von Lebensmitteln über Gartenzubehör bis zu Kinderspielzeug nahezu alles kaufen konnte.

Leona hätte nicht jeden Tag ins Dorf laufen müssen, sie hätte auch auf Vorrat einkaufen können, aber sie hing an diesem Kontakt zur Außenwelt, der ihr ein gewisses Gefühl von Normalität schenkte. Das Dorf war so überschaubar und heimelig wie Lauberg. Jeder kannte hier jeden, und jeder Tag schien so zu verlaufen wie der vorhergegangene. Der Briefträger radelte herum und grüßte freundlich, ein paar Hausfrauen standen immer zur selben Zeit an derselben Ecke und plauderten. Ein alter Mann führte seinen alten Hund spazieren. Die Dinge folgten einer tröstlichen Ordnung.

An diesem Tag hatten Regen und Wind die Frauen von ihrem Tratsch an der Ecke vertrieben, und auch den alten Mann und den Hund zog es offenbar nicht nach draußen. Nur der Briefträger kam wie stets die Straße entlanggeradelt und winkte Leona zu; er trug die gleiche gelbe Jacke wie sie.

Das Dorf sah nicht so freundlich aus wie sonst, und Leona dachte zum erstenmal daran, wie trügerisch die sonnige Idylle auch sein mochte. Wurde in einer dieser blütenschweren Frühlingsnächte ein Monster gezeugt wie Robert

Jablonski? Wuchs gerade hier vielleicht schon eines heran, getarnt noch mit einem rundwangigen Kindergesicht, im Innern einen gefährlichen Keim tragend wie einen Tumor, der sich irgendwann öffnen und bösartige Zellen ausschütten würde? Oder saß gar schon jemand hinter einem der weißlackierten Fenster, wie es sie im Dorf bevorzugt gab, lauernd, wartend, eine tickende Zeitbombe, die in nicht allzu ferner Zeit explodieren würde? Man sah es den Menschen nicht an, wenn irgend etwas in ihnen schieflief. Nichts an Robert, nichts in seinen Augen, in seinem Lächeln verriet den Psychopathen. Ein netter Mann, offen und intelligent. Ein Alptraum, der sich erst spät demaskierte.

Im Gemischtwarengeschäft kaufte sie eine Zeitung, eine Tüte mit Brötchen, etwas Käse und Obst. Sie nahm auch eine Flasche Wein mit für den Abend und zwei Schachteln Zigaretten.

»Scheußliches Wetter heute«, sagte die Frau an der Kasse, »da haben Sie richtig Pech mit Ihrem Urlaub!«

»Na ja, die letzten Tage waren ja sehr schön«, meinte Leona.

»Der Regen wird leider etwas anhalten«, sagte die Frau. »Der Wind kommt von Osten. Das ist kein gutes Zeichen.«

»Mir gefällt es hier. Ob das Wetter gut ist oder schlecht.«

»Das ist die richtige Einstellung. Ich sage immer: Es gibt kein schlechtes Wetter. Es gibt nur falsche Kleidung.«

Leona verließ den Laden, in der einen Hand eine Plastiktüte mit den Lebensmitteln, in der anderen die Zeitung. Die Zeitung roch beruhigend nach Druckerschwärze und Papier, und Leona preßte für einen Moment ihre Nase zwischen die Seiten. Früher, dachte sie, hätte ich den Geruch einer Zeitung nicht als beruhigend empfunden. Ich hätte ihn gar nicht wirklich registriert.

Früher hätte sie sich auch nicht so über das Winken eines Briefträgers gefreut. Sie hatte schon manchmal gehört, daß Kranke so fühlten. Daß kleine Alltäglichkeiten für sie an Bedeutung gewannen, daß sie einen Wert entdeckten in Dingen, die sie früher kaum wahrgenommen hatten.

Ich bin auch eine Kranke, dachte sie, krank an einem Menschen. Krank vor Angst. Wie bei einem Kranken ist mein Leben aus seiner Bahn geworfen. Hinter dem Kampf gegen die Krankheit tritt alles zurück.

Auf dem Rückweg mußte sie gegen den Wind laufen. Er blies ihr scharf ins Gesicht, trieb die Regentropfen vor sich her, schleuderte sie wie kleine Nadelspitzen gegen Leonas Haut. Sie sehnte sich nach einem heißen Tee. Vielleicht würde sie sogar ein Feuer im Kamin anzünden. Dann würde sie die Zeitung lesen und sich anschließend den Manuskripten widmen, die sie mitgenommen hatte. Es gab manches zu tun. Was ihr fehlte, war nur die innere Ruhe, die sie gebraucht hätte, um ihre Arbeit wirklich sorgfältig zu erledigen.

Als sie nur wenige Meter noch vom Haus entfernt war, hörte sie drinnen das Telefon läuten. Sie rannte zur Tür, ließ die Zeitung fallen, fand den Schlüssel nicht, fluchte. Als sie ihn endlich aus ihrer Jeanstasche zog, verstummte das Telefon. Trotzdem lief sie noch ins Wohnzimmer, nahm unsinnigerweise den Hörer ab und sagte: »Hallo?« Natürlich hörte sie nur das Freizeichen.

Die Enttäuschung trieb ihr fast die Tränen in die Augen. Der Regen prasselte gegen die Fensterscheiben, und ihre Sehnsucht nach einer menschlichen Stimme wurde fast übermächtig. Der Anrufer konnte nur Wolfgang gewesen sein; er allein wußte, wo sie sich aufhielt, kannte die Telefonnummer. Sie hätte ihm gern erzählt, daß es regnete, daß sie Angst hatte, daß sie nachts entweder überhaupt nicht schlief oder böse Träume hatte. Daß die Einsamkeit sie quälte und daß sie alles gegeben hätte für einen Besucher.

Einen Moment lang war sie versucht, sofort bei Wolfgang zurückzurufen, aber ihr war klar, daß das keinen Sinn haben würde. Er rief sie immer nur aus Telefonzellen an, eine Vorsichtsmaßnahme für den Fall, daß seine Apparate daheim und im Büro überwacht wurden.

»Eine völlig unsinnige Idee«, hatte er gesagt. »Ich wüßte nicht, wie es Jablonski fertigbringen sollte, die Telefone anzuzapfen. Aber sicher ist sicher. Wir sollten nicht das mindeste Risiko eingehen.«

Leona ging zur Haustür zurück, holte ihre Zeitung und die achtlos abgestellte Einkaufstüte herein. Sie schaute sich um, sah aber nichts als einsame Wiesen, die irgendwo am Horizont mit den Wolken verschmolzen. Kein Mensch, kein Tier weit und breit. Sie verschloß die Tür sorgfältig.

Ich habe festgestellt, daß Leonas Auto in der Garage vor ihrem Haus steht. Heute morgen, nachdem Wolfgang zur Arbeit aufgebrochen war, bin ich ein wenig auf dem Grundstück herumgeschlichen. Die Garage war natürlich fest verschlossen, aber an ihrer Rückseite hat sie ein kleines Fenster, das allerdings vom Efeu fast zugewachsen ist. Dort habe ich hineingespäht und das Auto gesehen. Also ist sie ohne ihren Wagen abgehauen. Wenn ich nur wüßte, wo sie ist!

Vielleicht noch in Frankfurt, hat sich eine Wohnung gemietet in irgendeinem anonymen Wohnblock. Oder ob sie bei einer Freundin untergetaucht ist? Nein, das glaube ich eigentlich nicht. Dafür ist sie zu anständig. Sie weiß inzwischen von Millies Tod, da bin ich sicher, und wie ich sie einschätze, gibt sie sich eine Teilschuld daran. Sie wird sich hüten, *irgendeine* weitere Person in unsere Geschichte mit hineinzuziehen. Sie sitzt irgendwo ganz allein, und ich schätze, nur Wolfgang weiß, wo das ist. Ich habe Phantasien, was ich mit ihm machen könnte, um ihn zum Reden zu bringen. Aber er würde mir nicht die Wahrheit sagen, das ist klar, und ich könnte ihn nicht einmal töten, wenn sich herausstellte, daß er gelogen hat. Ich würde ihn ja noch brauchen. Trotzdem darf mir dieser Gedanke nicht verlorengehen: Wolfgang bleibt eine letzte Chance.

Und die Zeit. Ewig kann sie sich nicht verstecken. Ich mich auch nicht. Es ist ein faires Spiel: Die Zeit arbeitet gegen uns beide.

Seit ein paar Tagen habe ich kein Zimmer mehr. Das Risiko wurde zu groß, daß die Wirtin mich erkennt und die Polizei ruft. Ich hatte auf einmal das Gefühl, daß sie mich eindringlich musterte. Das war spät am Abend, als ich zurück in diese schäbige Pension am Stadtrand kam und sie noch um eine Tasse Tee bat. Sie saß allein in ihrer Küche und legte Patiencen, und während sie aufstand und sich anschickte, das Teewasser aufzusetzen, ließ sie mich nicht aus den Augen. Es war ein Blick, wie ich ihn kenne bei einsamen, alternden Frauen. Diese gräßliche Lydia, Evas sogenannte Freundin, hatte ihn auch immer drauf. Er tritt in die Augen dieser Frauen, wenn ein Mann in ihre Nähe kommt. Der Blick bettelt um ein Lächeln, ein Kompliment, um eine Berührung. Zu einer Berührung konnte ich mich nicht überwinden (rieche noch den süßen Duft von Leonas Haut und spüre ihren Atem an meinem Gesicht), aber ein Lächeln und ein verlogenes Kompliment bekam sie. Sie reagierte nicht mit der freudigen Erleichterung, die ich sonst bei solchen Frauen wahrgenommen habe, und plötzlich dachte ich, mein Gott, sie starrt dich an, weil sie dich erkannt hat! Es fiel mir schwer, ruhig zu warten, bis der Tee fertig war, ihr dann eine gute Nacht zu wünschen und gelassen mit der Tasse in der Hand in mein Zimmer zu gehen. Es lag ebenerdig, das war die Grundvoraussetzung für eine Anmietung gewesen. Ich packte meine Sachen und kletterte aus dem Fenster. Habe ja nicht viel bei mir, nur einen

Seesack mit etwas Wäsche, Strümpfen, einer zweiten Jeans und einem Pullover. Ich war leise und graziös wie eine Katze. Bis heute weiß ich nicht, ob die Alte derweil schon mit der Polizei telefonierte. Kann mir auch gleich sein.

Jetzt lebe ich auf der Straße wie ein Clochard. Zum Glück kommt der Sommer, den Erfrierungstod werde ich nicht sterben müssen. Ich habe ein geniales Versteck gefunden, gleich gegenüber von Leonas Haus. Einen kleinen Flecken Erde zwischen dichtbelaubten Büschen direkt hinter dem Zaun der Leute, die hier wohnen. Sie haben keine Kinder, das weiß ich noch aus der Zeit, als ich bei Leona wohnte. Kinder, die im Garten spielen und im Gebüsch herumkriechen, wären eine große Gefahr für mich. Aber diese beiden älteren Herrschaften werden schon wegen ihrer Arthrose nie zu mir hinkommen. Ich muß nur aufpassen, ob sie vielleicht einen Gärtner beschäftigen, das könnte kritisch werden. Bisher zumindest ist keiner aufgetaucht. Im Moment sind die Leute sowieso verreist, jedenfalls sind überall die Läden geschlossen. Mittags erscheint immer eine jüngere Frau, die Putzfrau wahrscheinlich, holt die Post aus dem Briefkasten und verschwindet für eine Weile im Haus. Sicher gießt sie die Blumen. Am liebsten würde ich einmal hinter ihr herhuschen. Nichts stehlen natürlich. Aber eine lange, heiße Dusche nehmen, das wäre ein Traum.

Zu gefährlich! Ich darf keinerlei Aufmerksamkeit erregen. Hier fährt immer noch ab und zu eine Streife vorbei, viel seltener allerdings als vorher. Das war auch ein Indiz dafür, daß Leona nicht mehr da ist.

Das schlimme am Leben draußen ist, daß man so schnell verwahrlost. Mein aufladbarer Rasierapparat hat noch eine Weile funktioniert, seit vorgestern geht nichts mehr. Außerdem fange ich an zu stinken und habe Laub und Gras in Haaren und Kleidern. Die Leute glotzen dich an, wenn du wie ein Penner herumläufst, besonders hier in dieser feinen Gegend, und angeglotzt zu werden ist das letzte, was ich mir leisten kann. Gestern bin ich ins Hallenbad gegangen, bin zwei Runden geschwommen, habe dann geduscht und meine Haare gewaschen. Aber die Frau an der Kasse hat mich ziemlich angewidert gemustert und sicher überlegt, ob sie mich überhaupt hineinlassen soll. Ein zweites Mal kann ich das wahrscheinlich nicht machen.

Mein Geld reicht noch für eine Weile. Ich ernähre mich in der Hauptsache von Hotdogs, die ich an Straßenbuden kaufe, oder ich gehe zu McDonald's. Im Gedrängel dieser Fast-food-Filialen ist die Gefahr, daß man mich erkennt, am geringsten. Trotzdem gehe ich nie an zwei oder drei aufeinanderfolgenden Tagen in dieselbe Kneipe. Eine knappe Woche muß schon zwischen zwei Besuchen liegen.

Ich müßte dringend ein Auto haben! Dringend! Ich muß beweglicher sein. Angenommen, Wolfgang, der kleine Scheißer, macht sich plötzlich auf den Weg, Leona zu besuchen. Ich könnte nicht hinterher. Ich kann ihn ja nicht einmal zu seiner Arbeit verfolgen und sehen, ob er unterwegs bei Leona vorbeischaut. Was er wahrscheinlich nicht tut, weil er ja nicht weiß, daß ich zwischen diesen verdammten Büschen im Garten festsitze. Im Moment überschätzen die alle meine Möglichkeiten ganz sicher.

Eines nicht mehr fernen Tages werden sie sie *unter*schätzen!

2

Es war Pflichtbewußtsein, was Wolfgang bewog, seinen Schwager Paul in der Klinik zu besuchen. Im Grunde würde es nichts bringen, denn Paul lag nach wie vor im

Koma und würde es nicht registrieren, ob er Besuch bekam oder nicht. Aber sie gehörten schließlich zur selben Familie, auch wenn sie nicht verwandt waren, und er mochte nachher nicht der einzige sein, der sich nie auf der Intensivstation hatte blicken lassen.

Er schaffte es, eine Stunde früher als sonst vom Sender wegzukommen, und fuhr direkt von dort zum Krankenhaus. Unterwegs hielt er bei einer Telefonzelle an, um Leona anzurufen. Sie war sofort am Apparat. Ihre Stimme klang deprimiert.

»Es gibt wahrscheinlich nichts Neues?« fragte sie gleich nach der Begrüßung. »Sie haben keine Spur von Robert, stimmt's?«

»Leider. Obwohl man natürlich nicht weiß, ob sie uns über jeden ihrer Schritte Rechenschaft ablegen. Vielleicht sind sie dichter an ihm dran, als wir ahnen.«

»Ich habe dir schon mal gesagt, er ist klug. Er wird sich nicht so leicht fassen lassen.«

»Und ich habe dir gesagt, daß die Polizei auch nicht dumm ist.«

»Die werden aber nicht ewig nach ihm fahnden.«

»Er hat zwei bestialische Morde auf dem Gewissen. Er ist eine lebende Zeitbombe, und das wissen die. So schnell geben die nicht auf.«

Sie seufzte, und Wolfgang konnte ihre ganze Hoffnungslosigkeit aus diesem Seufzer heraushören. Offenbar hatte sie heute einen schlechten Tag. Manchmal klang sie durchaus optimistisch, aber seit drei Tagen schien sie mehr und mehr in einen Zustand der allmählichen Zermürbung zu fallen. Angst und Einsamkeit mußten sie langsam verrückt machen. Sie saß in dieser Einöde ohne jeden menschlichen Kontakt, lauschte dem Ticken der Uhr und ihren eigenen Atemzügen und war sich stets der Tatsache bewußt, daß irgendwo draußen ein wahnsinniger Mörder Himmel und Hölle in Bewegung setzte, um ihren Aufenthaltsort herauszufinden. Sie durfte keine Verbindung zu ihrer Familie aufnehmen, und der Umstand, daß niemand das Ende dieser Situation absehen konnte, mußte ihre Verzweiflung noch schüren.

»Was hast du heute getan?« fragte er mit einer bemühten Unbekümmertheit in der Stimme, die ihr signalisieren sollte, daß *er* zumindest an einen raschen, guten Ausgang des Dramas glaubte.

»Ich habe mein letztes Manuskript fertig redigiert. Es ist unwahrscheinlich, wieviel ich hier in kurzer Zeit erledige.«

»Das ist doch zumindest ein positiver Aspekt!«

Sie sah das ganz sicher nicht so, aber sie widersprach nicht. »Ich brauche wieder Arbeit. Ich kann nicht hier sitzen und Däumchen drehen. Dann fange ich nur an zu grübeln. Außerdem müssen die Sachen ja irgendwie geschafft werden.«

»Ich halte es für zu gefährlich, dir etwas mit der Post zu schicken.«

»Du würdest das Paket doch am Schalter abgeben. Wann und wie sollte Robert denn einen Blick auf die Anschrift werfen können?«

Diesmal seufzte Wolfgang, seufzte, weil Leona recht hatte mit ihrem Einwand, weil das alles so irrsinnig war und weil er wußte, er würde es trotzdem nicht wagen, ein Paket an Leona abzuschicken. Wie weit dämonisierte er Jablonski bereits und verlor dabei die Realität aus den Augen?

»Außerdem müssen die Sachen, die ich fertig habe, an den Verlag zurück«, fuhr Leona fort. »Ich kann sie nicht wochenlang hier herumliegen lassen, verstehst du?«

Er verstand. »Aber du schickst sie nicht an den Verlag«,

beschwor er sie, »niemand dort braucht anhand des Post-
stempels zu wissen, wo du bist!«

»Aber …«

»Ich denke mir etwas aus«, versprach er, »irgendwie
kriegen wir das alles hin.«

Es folgte ein kurzes Schweigen. Dann sagte Leona:
»Kann nicht jemand kommen und mir die Sachen bringen? Ich muß mit einem Menschen sprechen, Wolfgang.
Nicht bloß am Telefon. Ich muß einen Menschen bei mir
haben, für einen Tag wenigstens.«

Sie sprach sehr leise und sehr verzweifelt.

»Behalte die Nerven«, sagte Wolfgang, »mir wird etwas
einfallen.«

Er fühlte sich elend nach Beendigung des Gespräches,
schuldbewußt, so als ließe er einen Menschen im Stich, der
ihn um Hilfe gebeten hatte.

Im Krankenhaus erfuhr er zu seiner Überraschung, daß
Paul seit dem Vortag nicht mehr im Koma lag.

»Sie können ganz kurz zu ihm«, sagte die Stations-
schwester, »aber regen Sie ihn nicht auf, hören Sie? Vor allem stellen Sie bitte keine Fragen zu dem Überfall auf ihn.
Die Polizei wimmle ich auch ständig ab. Für diese Dinge
ist es viel zu früh.«

Paul lag in seinem Bett und ähnelte noch immer einer Mumie mit all seinen Verbänden, die außer dem Gesicht kaum einen einzigen Zentimeter seines Körpers unbedeckt ließen. Er
bekam Infusionen, war aber sonst an keine weiteren Apparate
angeschlossen. Leona hatte von dem erschreckend starren
Blick seiner weit geöffneten Augen erzählt. Dieser war verschwunden. Paul nahm an seiner Umwelt wieder Anteil.

Neben seinem Bett saß Carolin. Sie trug ziemlich abge-
wetzte Jeans und hatte sich die Haare in einem Rotton ge-

färbt, mit dem sie ihrer Schwester Olivia ähnlich sah. Sie musterte Paul mit aufrichtiger Besorgnis, was um so bemerkenswerter war, als sich die beiden nie gemocht hatten. Sie hatte Obst mitgebracht, Fruchtsaft und Zeitschriften. Paul würde das Obst nicht essen, den Saft nicht trinken, die Zeitschriften nicht lesen können. Aber das sterile Krankenzimmer hatte einen heimeligen Anstrich bekommen, und vielleicht, dachte Wolfgang, hilft ihm das.

Carolin kam ihm entgegen, umarmte ihn. Er hatte sie auch nie besonders gemocht, niemand mochte Carolin uneingeschränkt, weil sie mit ihrer Lebensweise bei Menschen, die arbeiteten und sich anstrengten, zwangsläufig immer wieder Anstoß erregen mußte. Aber Wolfgang fand es sympathisch, daß sie hier bei einem Mann, den sie nie hatte leiden können, am Krankenbett saß und sich offenbar wirklich Kummer um ihn machte.

»Hallo, Wolfgang«, sagte sie, »schön, daß du da bist! Gerade heute, wo Paul endlich aufgewacht ist. Du kannst dir gar nicht denken, wie erleichtert wir alle sind!«

»Doch, das kann ich. Ich bin selber zutiefst froh, daß es so gekommen ist.«

Wolfgang trat näher an das Bett heran. Sein Schwager blickte ihn an.

»Guten Abend, Paul!« Unwillkürlich wisperte er. »Wie fühlst du dich?«

Paul öffnete den Mund, aber es kam nur ein undeutliches Lallen heraus.

»Er hat Probleme mit dem Sprechen«, erklärte Carolin. »Der Arzt sagt, das wird er in einer Reha-Klinik ganz von neuem lernen müssen.«

Paul versuchte erneut, Worte zu formen. Sein Gesicht verzerrte sich vor Anstrengung. Er kämpfte, aber Zunge und Lippen schienen ihm nicht gehorchen zu wollen.

»Nicht reden«, sagte Carolin, »du bist noch zu schwach!«

Unter größter Mühe hob Paul die Finger seiner rechten Hand. Ermattet ließ er sie wieder sinken, während ihm der Schweiß bereits in Strömen über das Gesicht lief.

»Paul!« beschwor ihn Carolin nervös.

»Irgend etwas will er unbedingt loswerden«, meinte Wolfgang.

Er sah den gequälten Ausdruck in Pauls Augen, und plötzlich meinte er zu begreifen.

»Leona ist in Sicherheit, Paul«, sagte er, »du mußt dir keine Gedanken machen. Ihr kann nichts passieren.«

Pauls Züge entspannten sich. Sein Atem ging ruhiger.

Carolin nahm ein Taschentuch von seinem Nachttisch und tupfte ihm damit den Schweiß von der Stirn.

»Er ist ein viel netterer Mensch, als ich immer dachte«, sagte sie. »Sogar in seinem schrecklichen Zustand macht er sich noch Sorgen um Leona.«

»*Gerade* in seinem Zustand, Carolin. Niemand weiß besser als er, was Leona blühen würde, fiele sie in Roberts Hände.«

»Offenbar hat er Robert erkannt bei dem Überfall.«

»Oder ihm ist klar, daß er es gewesen sein muß.« Mit gespielter Zuversicht fügte Wolfgang hinzu: »Gott sei Dank müssen wir wirklich keine Angst mehr haben.«

Carolin sah ihn zweifelnd an, sagte aber nichts. Die Tür ging auf, und die Schwester kam herein.

»Ich muß Sie jetzt beide leider bitten zu gehen«, sagte sie, »es wird sonst zu anstrengend für den Patienten.«

»Natürlich«, sagte Carolin. »Es war unheimlich nett von Ihnen, mir eine halbe Stunde zu lassen. Ich weiß, das ist mehr, als der Arzt erlaubt hat.«

»Mir ist klar, daß Sie einen weiten Weg haben«, sagte die Schwester, »aber leider muß jetzt trotzdem Schluß sein.«

Draußen auf dem Gang fragte Wolfgang: »Willst du heute noch nach Lauberg zurück? Du kannst gerne bei mir übernachten.«

»Danke. Aber Felix wird zur Zeit weinerlich, wenn er ohne mich einschlafen muß. Ich habe noch zwei Stunden, bis mein Zug fährt. Wollen wir einen Kaffee zusammen trinken?«

Sie landeten in einem Café unweit des Krankenhauses. Carolin bestellte sich einen Espresso. Wolfgang hatte den Eindruck, etwas für seine Nerven zu brauchen. Er wählte einen Malt-Whisky.

Nachdem sie ihre Getränke vor sich stehen hatten, kam Carolin umgehend zur Sache.

»Ich bin wirklich froh, dich getroffen zu haben, Wolfgang. Ich mache mir Sorgen um Leona. Von dir haben wir ja immer eine softe Version der Ereignisse geliefert bekommen, aber spätestens seitdem Fahndungsfotos in der Zeitung erschienen sind, wissen wir, mit welcher Art Mann sich Leona eingelassen hat.« Sie musterte ihn streng. »Ihr hättet uns gleich nach dem Überfall auf Paul reinen Wein einschenken müssen. Meine Eltern finden das auch. So wie es jetzt gelaufen ist, haben wir die Wahrheit scheibchenweise erfahren, und das war letztlich viel quälender, als wenn es uns mit einem Schlag getroffen hätte.«

»Tut mir leid. Aber wir wußten ja zuerst selbst nicht, welches Ausmaß die ganze Geschichte annehmen würde. Wir wollten euch einfach nicht unnötig ängstigen.«

»Nun hält sich Leona irgendwo versteckt, und wir alle fragen uns, wie lange das, um alles in der Welt, gehen soll!«

»Die Polizei wird Jablonski fassen.«

»Wann?«

Wolfgang leerte seinen Whisky in einem Zug und winkte dem Kellner. Er brauchte dringend einen zweiten. »Gott,

Carolin, woher soll ich das wissen? Ich hoffe, bald. Ich bete darum. Aber ich selber kann sonst ja gar nichts tun.«

»Ich hatte bei Robert ein verdammt ungutes Gefühl«, sagte Carolin. »Leider noch nicht an Weihnachten, obwohl ich nicht weiß, ob es etwas genützt hätte, Leona damals schon zu warnen. Sie war ja vernarrt in ihn. Sie hätte sich nicht getrennt von ihm. Abgesehen davon: Selbst wenn sie es getan hätte, sie wäre womöglich in genau dem gleichen Schlamassel gelandet wie jetzt.«

»Vermutlich. Vom ersten Tag an hatte sie keine Chance mehr, ihn zu verlassen, ohne daß ein Unglück passiert.«

»Wie geht es ihr eigentlich? Du telefonierst doch regelmäßig mit ihr.«

Wolfgang zuckte mit den Schultern. »Wie soll es ihr schon gehen? Sie ist in einer scheußlichen Lage, und das zermürbt sie natürlich immer mehr. Sie ist herausgerissen aus ihrem normalen Leben und hat keine Ahnung, wie lange dieser Ausnahmezustand dauern wird. Es tut mir in der Seele weh, ihr letzten Endes nicht helfen zu können.«

»Weißt du«, sagte Carolin, »vielleicht braucht sie zwischendurch etwas Aufmunterung. Es ist nicht gut, daß sie ständig allein ist. Meinst du nicht, ich sollte sie vielleicht einmal besuchen? Es würde sie bestimmt aufbauen.«

»Aber wir hatten doch vereinbart, daß es besser ist, wenn außer mir …«

»Wenn nur du ihren Aufenthaltsort kennst, ja. Aber es scheint sich alles ja länger hinzuziehen, als wir dachten. Weißt du, was ich glaube? Ich glaube, daß Robert einfach auf den Zeitfaktor setzt. Er weiß, daß sich Leona nicht ewig verstecken kann. Er braucht nur abzuwarten.«

»Er kann sich auch nicht ewig verstecken.«

»Unter Umständen aber länger als Leona. Er hat nichts

zu verlieren. Keinen Beruf, keine Familie. Er wird psychisch viel besser durchhalten als sie.«

»Seine Psyche spielt verrückt, Carolin.«

»Mag sein, aber seine Verrücktheit gibt ihm auch eine Menge Kraft.«

Carolin schien sich tatsächlich Gedanken gemacht zu haben, und ihr klarer Blick für die Dinge verwunderte Wolfgang sehr.

»Er ist so ... so durchdrungen von seinen Gefühlen für Leona, daß er ihnen alles unterordnet. Seine Gefühle mögen krank sein, aber sie sind stark. Sie werden ihn eine ganze Reihe von Widrigkeiten ertragen lassen.«

»Dafür hat er andere Probleme. Von irgend etwas muß er leben. Laut Leona hat er nicht viel Geld. Seine Mittel werden rasch zur Neige gehen.«

»Der Sommer steht vor der Tür. Das ist die Jahreszeit, in der man draußen aushalten kann. Als Bettler auf der Straße, als Penner auf der Parkbank. Wolfgang«, sagte sie eindringlich, »er hat gute Karten!«

Wolfgang kippte seinen Whisky hinunter und widerstand dem Bedürfnis, sich einen dritten zu bestellen.

»Warum erklärst du mir das? Was willst du? Was soll ich tun?«

»Leona braucht seelische Unterstützung. Sag mir, wo sie ist. Ich will zu ihr.«

»Das ist zu gefährlich. Wir haben es mit einem wirklich gerissenen Mörder zu tun. Wir sollten kein Risiko eingehen.«

»Aber sei doch mal realistisch, Wolfgang. Robert ist ganz allein. Wie soll er uns denn alle überwachen? Das ist ihm doch gar nicht möglich. Leona konnte entkommen. Warum sollte er *mir* folgen?«

»Ich weiß es nicht.«

Er konnte ihr tatsächlich keine logische Antwort auf ihre Frage geben. Robert hatte mit Sicherheit nicht die Möglichkeiten und die Fähigkeiten, die er ihm in seinen Gedanken zuordnete. Er hatte ihn zu einem Monster hochstilisiert und in Gedanken mit überirdischen Fähigkeiten ausgestattet. Robert konnte überall zugleich sein, konnte fliegen, hellsehen, durch Wände gehen. Das war barer Unsinn und räumte ihm mehr Macht über sie alle ein, als ihm zukam. Und dennoch ... sein Verstand sagte ihm dies alles. Sein Gefühl blieb beherrscht von der Angst.

»Wolfgang«, sagte Carolin, »frag sie. Du telefonierst doch täglich mit ihr. Frag sie, was sie denkt. Ob sie mich bei sich haben möchte. Sie soll das entscheiden!«

Er sah Carolin nachdenklich an. »Mich wundert, daß du dich so engagierst. Ich habe gar nicht gewußt, daß du so an Leona hängst.«

Carolin zog mit ihrem Kaffeelöffel Spuren in die Tischdecke, starrte auf die Linien und Kreise.

»Vielleicht wußte ich es selber nicht so genau, bis diese Geschichte passierte«, sagte sie. »Weißt du, Leona war für mich immer mehr als nur eine Schwester. Sie war ja schon fast erwachsen, als ich geboren wurde. Ich konnte mich nie über mangelnde Zuwendung beklagen, ich hatte eine wahnsinnig fürsorgliche Mutter und eine Haushälterin, die uns auch von morgens bis abends begluckte. Aber irgendwie war ich von Anfang an der Rebell in der Familie, und diejenige, die mich immer verstand, war Leona. Das heißt nicht, daß sie immer einverstanden war mit allem, was ich tat, sie hat mir manchmal ganz schön den Kopf gewaschen. Aber wenn ich richtigen Mist gemacht hatte, konnte ich zu ihr kommen. Mami hat ja in solchen Fällen nur immer wie ein waidwundes Reh dreingeblickt, man kam sich vor wie ein Verbrecher, wenn man sie mit einer

Hiobsbotschaft konfrontierte. Leona hingegen hatte gute Nerven und war nicht so leicht zu erschüttern. Sie schimpfte mit mir, aber dann half sie mir, die Dinge wieder in Ordnung zu bringen. Es ist eigenartig«, sie sah endlich von ihren Schlangenlinien auf und schaute Wolfgang an, »aber mir ist klargeworden, daß ich auch heute noch zuerst zu ihr gehen würde, wenn etwas schieflaufen würde in meinem Leben. Ich brauche sie. Deshalb habe ich so einen Haß auf diesen Robert. Und Angst um sie. Ich will bei ihr sein und ihr helfen!«

Wolfgang nickte. »Ich verstehe. Ich werde mit ihr sprechen.« Er winkte dem Kellner, um die Rechnung zu bezahlen, und sagte: »Ich fahre dich zum Bahnhof.«

Sie lächelte. Sie hatte ein hübsches Lächeln, fand er, das war ihm vorher nie aufgefallen.

»Merkwürdig«, sagte er, »heute abend habe ich dich besser kennengelernt als in all den Jahren vorher. Ich hielt dich für eine verzogene Göre und nichts weiter. Aber du hast tatsächlich auch eine andere Seite.«

Carolin stand auf. »Das ist gar nicht merkwürdig. Krisen bringen die besten oder die schlechtesten Seiten in einem Menschen ans Tageslicht. Wenn es bei mir die guten sind, haben wir einfach Glück gehabt.«

Der Regen machte alles schlimmer. Er rauschte wie eine Wand vom Himmel, seit dem frühen Morgen. Über Mittag war er für einige Stunden schwächer geworden, und Leona hatte einen Spaziergang unternommen, um nicht verrückt zu werden zwischen den Wänden ihres Gefängnisses. Mit durchweichten Schuhen und nassen Hosen war sie zurückgekommen. Der Wind hatte ihren Schirm zerbeult und den Regen statt von oben von vorn gegen sie geweht. Für gewöhnlich mochte sie es, bei extremem Wetter hinauszugehen, vor allem, weil das Heimkommen dann so schön war. Diesmal mochte sich dieser Effekt nicht einstellen. Keine Lust auf heißen Tee. Keine Vorfreude auf ein spannendes Buch. Der Nachmittag lag lang, verregnet und hell vor ihr. Früh einfallende Novemberdunkelheit wäre Leona angebrachter erschienen und hätte sie vielleicht auch ein wenig beruhigt. Trotz des schlechten Wetters war es ein Frühsommertag, der keinen raschen Abschied versprach. Es war ein Tag, der ihr gnadenlos vor Augen hielt, daß irgendwo das Leben spielte, während sie hier saß und Däumchen drehte, daß sie ihre Zeit vertat, daß sie nutzlos dem zähen Verrinnen von Stunden und Minuten zusah und auf etwas wartete, wovon sie weder wußte, was es war, noch wie es aussehen würde. Am Abend zuvor hatte sie dies Wolfgang gegenüber formuliert. Daß sie nicht wisse, worauf sie warte.

Erstaunt hatte er erwidert: »Du ... wir warten auf Jablonskis Festnahme. Oder nicht?«

Sie konnte ihm nicht widersprechen, denn er hatte recht. Wie hatte sie so dumm fragen können? Trotzdem war das Gefühl geblieben, und heute, während des Spazierganges, hatte sie plötzlich begriffen, weshalb sie meinte, nicht zu wissen, worauf sie wartete in dieser Einöde: Im tiefsten Innern war sie davon überzeugt, daß die Polizei Robert nie fassen würde. Sie hätte niemandem eine Begründung für dieses Wissen nennen können, und doch zweifelte sie keinen Moment lang an seiner Richtigkeit. Die Geschichte mußte auf eine andere Art zu Ende gehen, und sie hatte keine Ahnung, wie.

Naß und verfroren, wie sie war, nahm sie daheim eine lange, heiße Dusche, nachdem sie sich vergewissert hatte, daß überall im Haus Fenster und Türen fest verschlossen waren. Seit *Psycho* hatten vorgezogene Duschvorhänge ihre Unschuld verloren.

Ich denke nur noch in diesen Kategorien, überlegte sie, während sie den Kopf zurückbog und das Wasser über ihr Gesicht strömen ließ. Eigenartig, wie schnell das gehen kann. Früher ging es um meine Arbeit. Jetzt nur noch um Robert.

Irgendwie brachte sie den Nachmittag hinter sich. Die Taschenbücher, die sie sich im Dorf gekauft hatte, waren ausgelesen. Morgen würde sie neue brauchen. Aber im Grunde half ihr das Lesen nicht wirklich. Sie mußte Arbeit haben. Im Verlag quoll ihr Schreibtisch vermutlich über. Aber mehr noch als alles andere brauchte sie einen Menschen. Zum Reden. Zum Anschauen, zum Anfassen. Sosehr sie den Telefongesprächen mit Wolfgang entgegenfieberte, so wenig vermochten sie sie zu befriedigen. Er war so weit weg. Alle waren so weit weg.

Endlich wurde es dunkel, und das Gefühl der völligen Nutzlosigkeit verlor an Intensität. Leona ging erneut durchs Haus, prüfte Fenster und Türen. Keller, Erdgeschoß, erster Stock. Auf den Speicher kletterte sie nicht hinauf. Durch die Dachluke würde kaum ein Kind ins Haus hineingelangen können.

Obwohl sie vereinbart hatten, nie über den Telefonanschluß daheim miteinander zu sprechen, wählte Leona schließlich ihre Nummer. Ihre Unruhe hatte sich über den Tag hinweg so gesteigert, daß sie meinte, die Nerven zu verlieren, wenn sie nicht endlich eine menschliche Stimme hörte. Aber Wolfgang war noch nicht zu Hause. Sie vernahm nach fünfmaligem Klingeln nur ein Klicken und hörte dann sich selbst.

»Leider sprechen Sie nur mit dem Anrufbeantworter von Leona und Wolfgang Dorn. Bitte ...« Sie legte den Hörer auf.

Sollte sie Mami anrufen?

Bring deine Familie nicht in Gefahr, riet ihr eine innere Stimme, laß sie aus dem Spiel!

Irgendeine Kollegin? Ihren Chef?

Welchen Sinn hätte es? Worüber sollte sie mit ihnen reden?

Sie erinnerte sich an das verstörte Gesicht ihres Chefs, als sie ihm von der ganzen Geschichte erzählt hatte. Sie mußte das tun, weil sie Urlaub brauchte, um auf unabsehbare Zeit unterzutauchen. Ihr Chef hatte im Zusammenhang mit der Fahndung von Robert in der Zeitung gelesen, jedoch keine Ahnung gehabt, daß eine seiner engsten Mitarbeiterinnen in diese Angelegenheit verwickelt war. Natürlich hatte er ihr unbefristeten Urlaub bewilligt, was sollte er auch anderes tun?

»Das ist eine unglaubliche Geschichte«, hatte er immer wieder gesagt, »wirklich eine ganz unglaubliche Geschichte!«

Genau deshalb fühlte sie sich so einsam. Wegen des Bewußtseins, Teil einer »unglaublichen Geschichte« zu sein. Was ihr passiert war, passierte einem Menschen normalerweise nicht. Sie hatte plötzlich den Status einer Exotin mit Gruseleffekt erlangt. Mit ihren Kolleginnen hatte sie stets über die gemeinsame Arbeit gesprochen, über Liebeskummer, Diäten, Kinofilme und Urlaubsziele. Wie sollte jemand die Besonderheiten verstehen, die sich aus dem Zusammenleben mit einem Psychopathen ergaben? Die zum Schluß in einer Hetzjagd endeten, in Todesangst und bitterernsten Versteckspielen. Wie sollten andere Menschen reagieren, außer mit Betroffenheit und einer ersten leisen, nicht übersehbaren Distanz, wie sie auftritt angesichts einer Krankheit, von der man noch nicht weiß, ob sie ansteckend ist.

Sie blätterte in ihrem Adreßbuch. Sehr langsam, sehr zögernd wählte sie Bernhard Fabianis Nummer.

Absolut keinen Kontakt mit irgendeiner Person aufzunehmen war die Grundlage aller Absprachen zwischen ihr und Wolfgang gewesen. Zwei Menschen auf der Welt sollten wissen, wo sich Leona aufhielt, und das waren Leona selbst und Wolfgang. Sonst niemand.

Ich sage ihm nicht, wo ich bin, dachte sie, ich will nur reden. Nur ein paar Minuten reden.

Mit einem Menschen, der nicht den Makel an ihr sah, mit einem Ungeheuer in Berührung gekommen und davon gezeichnet zu sein. Mit einem Menschen, der jene fatale Berührung selber erlebt hatte. Sie hatte das gleiche Gefühl wie damals, als sie sich zum zweiten Mal mit Fabiani getroffen hatte: Wenn es eine Infizierung gab, dann waren sie beide davon betroffen.

Müde und resigniert wollte sie schon wieder auflegen, da meldete sich Bernhard endlich. »Ja, bitte?« Er klang abgehetzt und genervt.

Leona, verwirrt, daß sie ihn überhaupt noch erreicht hatte, stotterte: »Oh … ich wollte nicht stören …«

»Leona?« Seine Stimme veränderte sich sofort. »Wie schön, daß Sie sich melden! Ich habe immer wieder auf Ihren Anrufbeantworter gesprochen, aber Sie haben nie zurückgerufen. Dann habe ich es in Ihrem Büro versucht, aber dort sagte man, Sie seien beruflich verreist.«

Wolfgang hatte ihr kein Wort von Bernhards Anrufen gesagt.

»Ich bin untergetaucht«, sagte sie.

Bernhard begriff sofort. »Wegen Robert.«

»Ja. Es scheint meine einzige Chance zu sein. Ich hatte das sichere Gefühl, daß ich andernfalls …«

Sie vollendete den Satz nicht. Bernhard wußte ohnehin, was sie meinte.

»Ich denke, da haben Sie sehr vernünftig gehandelt«, sagte er.

Sein Verständnis, seine ruhige Stimme waren wie Balsam.

»Ich bin froh, Sie erreicht zu haben«, sagte sie.

»Keine Minute zu früh. Ich bin eben erst nach Hause gekommen.« Er lachte. »Wo sind Sie, Leona?«

»Ich glaube, es ist besser, wenn Sie das nicht wissen.«

»Ich würde zu keiner Menschenseele davon sprechen.«

»Das weiß ich. Es ist auch nur … ich habe Angst, am Telefon eine Adresse zu nennen.«

»Ich werde bestimmt nicht angezapft. Das könnte Robert gar nicht bewerkstelligen.«

»Ich komme Ihnen sicher ziemlich albern vor. Hysterisch.«

»Nein. Sie kommen mir vor wie eine Frau, die große Angst hat und es darüber nicht mehr schafft, die Dinge in den richtigen Dimensionen zu sehen. In Ihrer Situation ist das allerdings nur allzu verständlich. Ich kenne eine Reihe von Leuten, die würden die Nerven weit mehr verlieren, als Sie das tun.«

Es tat Leona gut zu hören, daß sie auf ihre Umwelt offenbar noch nicht völlig durchgedreht wirkte.

»Meine Nerven sind zerrütteter, als es vielleicht den Anschein hat«, sagte sie, »es ist eine unerträgliche Situation. Ich komme mir vor wie eine Maus, die in ihrem Mauseloch sitzt, während draußen eine Katze herumschleicht, die genau weiß, daß die Maus irgendwann wieder hervorkommen muß. Die Katze muß nichts tun, als zu warten.«

»Die Katze wird selber gejagt.«

Das allgegenwärtige Argument. Die Polizei sucht Robert und wird ihn finden. Es wunderte Leona, wieviel Vertrauen die Menschen in ihrer Umgebung augenscheinlich in die Polizei hatten.

»Was Sie brauchen, Leona«, fuhr Bernhard fort, »ist einfach einmal ein Mensch, der mit Ihnen spricht, der Sie aufmuntert. Sie werden ja verrückt so ganz allein. Wie ist es? Ich komme Sie gern besuchen!«

Es war verlockend, überaus verlockend. Dennoch zögerte sie.

»Ich weiß nicht. Ich habe Angst, daß ...«

»Leona, ich werde aufpassen, ich verspreche es Ihnen. Niemand wird mir folgen. Ich könnte Freitag nachmittag aufbrechen und bis Sonntag bleiben.«

Zwei Tage und zwei Nächte mit Bernhard Fabiani in diesem einsamen Haus. Neben allen anderen Problemen könnten sich aus dieser Situation auch einige Komplikationen ergeben.

»Lassen Sie sich von Robert nicht derart in die Enge treiben«, drängte Bernhard, »sagen Sie mir, wo Sie sind, und wir machen uns ein paar schöne Tage.«

Draußen rauschte der Regen. Dunkelheit und Stille senkten sich wie Bleigewichte auf Leonas Gemüt. Sie nannte ihm ihre Adresse, beschrieb ihm, wie der Ort zu finden war. Nachdem sie sich voneinander verabschiedet hatten und Leona den Hörer aufgelegt hatte, brach sie in Tränen aus.

Gegen dreiundzwanzig Uhr rief Wolfgang an. Wie immer aus einer Telefonzelle. Leona konnte im Hintergrund den Verkehr rauschen hören.

»Du meldest dich spät«, sagte sie und wußte, daß sie quengelig klingen mußte.

»Tut mir leid. Ich war noch im Krankenhaus. Paul ist aus dem Koma erwacht.«

»Was?« Das war endlich einmal eine rundum gute Nachricht. »Wie geht es ihm?«

»Er ist noch sehr schwach. Er kann nicht sprechen, aber das kommt nach Ansicht der Ärzte in Ordnung. Jedenfalls nimmt er seine Umwelt wieder wahr. Er hat mich eindeutig erkannt.«

»Gott sei Dank! Ich bin so froh, Wolfgang. Etwas Schöneres hättest du jetzt gar nicht erzählen können!«

»Ich habe noch ein besonderes Geschenk für dich«, sagte Wolfgang, und seiner Stimme war anzuhören, daß er sich freute, Leona endlich einmal nicht völlig deprimiert zu erleben.

»Carolin wird dich besuchen. Am nächsten Wochenende.«

»Carolin?«

»Ich habe sie im Krankenhaus getroffen. Wir haben etwas getrunken miteinander, und sie hat mich von der ersten bis zur letzten Minute damit bearbeitet, daß sie dich sehen will. Zuerst war ich völlig dagegen, aber später, auf dem Bahnhof, fing sie wieder damit an, und schließlich hat sie mich überzeugt, daß keine Gefahr besteht, wenn sie sich vorsichtig verhält. Ich habe ihr gesagt, wo du bist. Wie findest du das?«

Carolin. Ihre kleine Schwester mit den unmöglichen Klamotten, den häufig wechselnden Haarfarben, der arbeitsscheuen Lebenseinstellung und den schnorrenden Lovern. Die Schwester aber auch, die mit Optimismus und Lebensfreude ausgestattet war.

»Na, sag doch was!« drängte Wolfgang.

Sie mußte Bernhard Fabiani absagen. Wenn Carolin am Wochenende kam, konnte *er* nicht kommen, das stand fest.

»Ich freue mich«, sagte sie. Es klang mechanisch.

»Also – etwas mehr Begeisterung hätte ich schon erwartet«, meinte Wolfgang gekränkt. »Möchtest du nicht, daß sie kommt?«

»Natürlich möchte ich das. Es ist alles in Ordnung. Ich freue mich wirklich.«

Außer ihr und Wolfgang wußten jetzt zwei weitere Menschen, wo sie sich aufhielt. Carolin und Bernhard Fabiani. Die feste Absprache, die sie und Wolfgang getroffen hatten, war löchrig geworden. Wie rasch man doch schwach werden konnte, dachte sie.

Auf einmal hatte sie das sichere Gefühl, einen Fehler gemacht zu haben. Und Wolfgang ebenfalls. Sie hätten niemanden einweihen dürfen.

Das birgt ein Verhängnis, dachte sie und erschrak vor der Klarheit, mit der sich dieses Wissen in ihr ausbreitete.

»Wolfgang«, sagte sie, und zum ersten Mal seit Tagen klang ihre Stimme nicht mehr schwermütig, sondern sehr fest und sicher. »Sag Carolin, daß sie auf keinen Fall kommen soll. Vergiß mein Gejammere. Sie darf nicht kommen, hörst du? Sie darf nicht kommen!«

3

Ich könnte den ganzen Tag über ihren Namen singen. Leona, Leona, Leona! Ich mag ihren Namen, habe ihn von Anfang an gemocht. Nachdem ich die letzte Woche in einer tiefen Depression verbracht habe, bin ich auf einmal guten Mutes. Ich spüre, daß ich Leona bald wiedersehen werde. Niemandem könnte ich erklären, woher dieses Wissen rührt, aber es ist stark und erfüllt mich mit Ruhe und Gelassenheit. Darum möchte ich singen, aber natürlich tue ich es nicht. Das würde sich schlecht ausnehmen. Ein unrasierter, ziemlich abgerissener Mann, der in einem Gebüsch sitzt und singt. Ich hätte sofort eine ganze Armee wohlanständiger Bürger auf dem Hals, die mich aller möglichen Unsittlichkeiten verdächtigen würden. Das kann ich mir zur Zeit nicht leisten. Gegen mich läuft ein Haftbefehl. Ich darf unter keinen Umständen auffallen.

Ich sehe inzwischen so verwahrlost aus, daß ich mich nicht einmal mehr ins Schwimmbad traue. Das hängt auch mit dem fürchterlichen Wetter zusammen. Es regnet heute fast ununterbrochen, und mein luxuriöses Quartier unter den Büschen weicht immer mehr auf. Ich bin dreckig und naß wie eine Kanalratte. In der letzten Nacht habe ich mir ein Herz gefaßt und bin zu dem kleinen Geräteschuppen hinten im Garten gegangen, habe die Fensterscheibe eingeschlagen und bin hineingekrochen. Ich wollte das eigentlich nicht, denn ich hatte immer Angst, das kaputte Fenster könnte jemandem auffallen, aber nun blieb mir keine Wahl mehr. Ich hatte gehofft, ein paar Kissen und Decken zu finden, aber – Fehlanzeige! Hier stehen nur Gartengeräte herum, Eimer, Schaufeln, ein Rasenmäher. Immerhin ist es trocken, auch wenn es furchtbar modrig und klamm riecht. Ich rollte mich auf dem Fußboden zusammen und versuchte zu schlafen. Wenn es wie aus Kübeln schüttet, habe ich nun ein Dach über dem Kopf, aber trocken werde ich trotzdem nicht mehr.

Im Supermarkt habe ich mir heute ein Stück Seife gekauft – die anderen Kunden hielten angemessen Abstand zu mir in der Kassenschlange –, und dann bin ich damit ins Bahnhofsklo gegangen und habe mich gewaschen, so gut es ging. Außer mir war nur noch ein Junkie da, der mich irgendwie verklärt ansah und dann meine Seife haben wollte. Er bekam sie natürlich nicht. Ich muß sparsam sein, mein Geld wird immer knapper.

Ich fühlte mich ein wenig sauberer, aber das wichtigste wäre, meine Kleidung zu waschen. Mein Wollpullover hat sich vollgesogen mit Nässe und stinkt wie ein Hund, der in den Regen gekommen ist. In meinem augenblicklichen Zustand gewinne ich Leonas Gunst sicher nicht zurück. Ich sehe das an den Blicken der Frauen, denen ich auf der

Straße begegne, sie sind angewidert und abweisend. Solange ich denken kann, haben mich Frauen erwartungsvoll und herausfordernd angesehen. Ich habe eine starke Wirkung auf sie. Ich glaube, mein Aussehen hat die richtige Mischung aus Attraktivität, Zuverlässigkeit und jungenhaftem Charme. Das mag sich eingebildet anhören, ist aber einfach eine Tatsache. Ich hatte mit Frauen nie Probleme. Ich lächelte sie an, und in neun von zehn Fällen lächelten sie zurück.

Manchmal freue ich mich fast auf die Zeit, in der sich Psychiater mit mir befassen werden. Irgendwann lande ich im Gefängnis, da mache ich mir nichts vor, und dann werden die Freud-Anhänger geballt auf mich losgelassen werden. Wenn man nicht gerade ein Terrorist ist und zwecks Gesellschaftsumsturz oder Weltveränderung tötet, versuchen sie einem immer irgendeine seelische Deformierung oder Psychose unterzujubeln, kaum daß man einen oder mehrere Morde begangen hat.

Sie werden sich schwertun bei mir. Sie werden versuchen herauszufinden, ob ich womöglich zeitlebens von Frauen immer wieder verächtlich oder kränkend behandelt wurde, was, wie gesagt, nicht der Fall war, oder ob ich als Kind mißbraucht oder grausam vernachlässigt wurde. Auch hier werden sie Pech haben. Die Familienumstände waren nicht eben lustig, aber sie stellten beileibe keine Katastrophe dar.

Mama trank zuviel, aber wenn sie dann im Suff in Rage geriet, ließ sie ihre Aggressionen an Vater aus, nicht an Eva und mir. Und Vater selbst ging immer wieder fremd, was ich widerlich fand, was aber Mama natürlich weit mehr betraf als mich. Vater sah sehr gut aus. Er mußte nur mit dem Finger schnippen, schon konnte er praktisch jede Frau haben. Er hatte dunkle Haare wie ich und schmale, braungrüne Augen. Mama verlor jedesmal die Fassung, wenn sie von einem erneuten Seitensprung erfuhr. Sie konnte zur Furie werden, zu einem schlagenden, beißenden, tretenden Wutpaket. Vater, obwohl gut einen Kopf größer als sie, hatte Angst vor ihr in solchen Momenten, das konnte man ihm ansehen. Ich glaube, er dachte das gleiche wie ich: Irgendwann greift sie zum Messer.

Als sie es schließlich tat, wurde das für sie zur Katastrophe, nicht für ihn. Sie war zu betrunken, um zielgerichtet zustechen zu können.

Ob es die Psychologen interessieren wird, daß Eva und ich immer Geschenke bekommen haben nach den Auseinandersetzungen unserer Eltern? Beiden tat es dann nämlich entsetzlich leid, was geschehen war. Mama schämte sich für ihr Geschrei und ihre Gewalttätigkeiten, und Vater wußte natürlich nur zu gut, daß er nicht ständig mit anderen Weibern hätte ins Bett steigen dürfen. Als Schadensbegrenzungsmaßnahme wurden Spielzeug, Bücher, Platten, einmal sogar Fahrräder für die verstörten Kinder gekauft ... Eva und ich fanden das natürlich gut. Wenn es zwischen unseren Eltern richtig losging, saßen wir oben in unserem Zimmer und beratschlagten, was wir uns diesmal wünschen würden. Unsere Vorstellungen von angemessener Wiedergutmachung nahmen immer unverschämtere Ausmaße an, aber es kamen keine Beschwerden deswegen.

Eva sagte manchmal ängstlich: »Meinst du nicht, sie werden jetzt sauer?«

Aber ich beruhigte sie dann immer: »Die sind nur froh, wenn sie ordentlich tief ins Portemonnaie greifen dürfen. Das erleichtert ihr Gewissen.«

Und so war es auch.

Ich schweife ab. Ich sollte weniger an meine zukünftigen Gespräche mit den Gefängnispsychologen denken, auch nicht an meine und Evas Kindheit. Ich muß mich auf die Gegenwart konzentrieren. Ich muß Leona finden.

Zwei Dinge sollten meine Überlegungen primär beherrschen:

Ich muß ein Auto haben.

Ich muß mich an die Fersen der *richtigen* Person heften.

Um mit dem zweiten Punkt zu beginnen: Ich sitze im falschen Gebüsch! Das wurde mir heute früh klar. Es war wieder einmal ein absolut beschissenes Aufwachen, jeder Knochen tat mir weh, und ich fror erbärmlich. Es nieselte, als ich durch das Fenster meiner Hütte hinauskroch und zum Gebüsch hinüberhuschte. Gerade als ich zwischen Blättern und Zweigen hindurch zu Leonas Haus blinzelte, kam ihr Gatte zur Tür heraus, schön adrett in seinem grauen Anzug, dezente Krawatte, frisch rasiert und frisch geduscht, ausgeschlafen nach einer Nacht in einem warmen, weichen Bett. Aber an diese Ungerechtigkeit dachte ich nicht in jenem Moment. Statt dessen schoß mir eine Erkenntnis durch den Kopf: *Er* führt mich nicht zu Leona. Er garantiert nicht. Er rechnet damit, daß ich in der Nähe bin, daß ich ihn beschatte. Er wird notfalls an jeden Ort der Welt gehen – aber nie an den, wo Leona sich tatsächlich aufhält!

Mir wurde ganz schwindelig, so als hätte ich eine unglaubliche Entdeckung gemacht. Dabei hatte ich bloß eine schlichte, logische Schlußfolgerung gezogen, die ich mit ein bißchen Nachdenken schon viel früher hätte ziehen können. Wolfgang Dorn ist ein Scheißkerl in meinen Augen, aber er ist kein Dummkopf. Er wird kein Risiko eingehen. Er ist der überlegte Typ, der auf Sicherheit setzt und jeden Schritt dreimal durchdenkt, ehe er ihn tut. Das sieht man schon an seinem Äußeren. Edles Understatement. Möglichst nirgends anecken.

Leona könnte halb verrückt werden in ihrem Versteck, er wird ihr nur erklären: »Wir müssen vorsichtig sein, Schatz! Dieser Jablonski ist ein ganz gefährlicher Kerl. Ein Geisteskranker. Du mußt noch eine Weile allein aushalten. Ich wette, er überwacht jeden meiner Schritte. Den Gefallen, ihn zu dir zu lotsen, sollten wir ihm keineswegs tun!«

Wolfgang Dorn stieg in sein Auto und fuhr davon, und ich saß in meinem tropfenden Gebüsch und dachte, was für ein Trottel ich doch gewesen war. So viel Zeit! Vertan für nichts und wieder nichts!

Ich muß sehr genau nachdenken. Sehr, sehr genau. Ich muß die richtige Person finden und observieren. Natürlich kann mich meine Intuition trügen, aber ich würde fast darauf wetten, daß Leona schon ziemlich weichgekocht ist. Ich kenne meinen Liebling. Sie kann nicht gut allein sein, vor allem dann nicht, wenn sie getrennt ist von allem, was zu ihrem Leben gehört. Von ihrer Familie, ihrem Haus, ihrer Arbeit, ihren Kollegen. Leona ist ein ganz anderer Mensch, als es Anna war. Anna konnte in die Welt hinausziehen und alles hinter sich lassen, was bis dahin ein Teil von ihr gewesen war. Anna, das habe ich zu spät bemerkt, war im Grunde eine bindungslose kleine Schlampe. Leona hingegen ist ein Mensch mit sehr, sehr tiefen Wurzeln. Weggerissen zu sein von den Menschen und Dingen, an denen ihr Herz hängt, muß eine Qual bedeuten für sie. Sie wird jemanden brauchen, der ihr Händchen hält.

Ich muß einen kühlen Kopf bewahren und sehr *logisch* denken. Ich habe nicht mehr allzuviel Zeit. Ich darf keinen Fehler mehr machen. Ich muß die richtige Person finden und an ihr dranbleiben, dann kann nichts schiefgehen. Zu Punkt eins: das Auto. Ohne Auto bin ich wie ein Käfer, der auf dem Rücken liegt. Total hilflos. Jede in Frage kommende Person, die mich zu Leona bringen könnte, hat ein Auto und würde mich binnen weniger Sekunden abgehängt haben.

Wo, zum Teufel, kriege ich ein Auto her?

Das Problem ist, ich kann keines kaufen. Ich bräuchte falsche Papiere, sonst fliege ich ja sofort auf, und wo soll ich die herkriegen? Natürlich gibt es hier in Frankfurt eine Menge zwielichtiger Autohändler, die hauptsächlich gestohlene Autos anbieten und die vermutlich kein Theater wegen irgendwelcher Formalitäten machen würden. Aber so oder so erscheint mir ein gestohlenes Auto als zu riskant, und abgesehen davon habe ich auch einfach nicht genug Geld. Und wenn diese Autoschieber auch noch so großzügig sind, was Papiere angeht, spätestens beim Geld hört der Spaß auf. Die wollen die Scheine auf die Hand, und mit meinen läppischen zweihundert Mark, die ich noch habe, komme ich nicht weit.

In Gedanken habe ich schon manches durchgespielt. Als Anhalter an den Straßenrand stellen, hoffen, daß günstigerweise eine Frau anhält (eher unwahrscheinlich, Frauen sind mißtrauisch heutzutage gegenüber Männern, die mitgenommen werden möchten, vor allem, wenn sie wie Landstreicher aussehen), den Fahrer des Wagens also, ob nun Mann oder Frau, irgendwo überwältigen und dann mit dem Auto abziehen ... aber da wäre die Autonummer natürlich auch sofort in der Fahndung, und ich könnte in einen schlimmen Schlamassel geraten ...

Zudem hätte ich ein Problem, einen völlig unbeteiligten Menschen zu überfallen und womöglich sogar zu töten. Vielleicht wird man später versuchen, mich als amoklaufenden Killer darzustellen. Der bin ich nicht. Ich verabscheue Gewalt, vor allem gegen jeden, der wehrlos und unschuldig ist. Anna hatte den Tod verdient, Millie Faber ebenfalls. Der Typ, mit dem Leona ein Verhältnis hatte, auch. Ob der noch lebt? Als sie ihn abtransportierten damals, hatte es den Anschein. Er bekam offensichtlich irgendwelche Infusionen, was sich bei einer Leiche ja erübrigt hätte. Ich dachte, ich hätte ihm mit der Hantel den Schädel zertrümmert. Entweder war ich zu lasch oder er außergewöhnlich widerstandsfähig. Aber das spielt nun auch keine Rolle mehr. Ich müßte an eine Person geraten, die ich für einige Zeit außer Gefecht setzen, deren Auto ich mir für diesen Zeitraum ausleihen könnte. Diese Person müßte sich in Lebensumständen befinden, in denen für mehrere Tage oder sogar Wochen niemand ihr Verschwinden bemerkt. Folglich auch nicht das Verschwinden des Autos.

Ich habe das Gefühl, vor einer fast unlösbaren Aufgabe zu stehen. Und zugleich drängt die Zeit.

Ich will sie haben!

Ich will ihren Namen singen. Frei und ohne Furcht.

4

Kommissar Hülsch fand, daß Lisa schlecht aussah, trotz des aufwendigen Make-ups, das sie trug, der teuren Kleidung, der hellblonden, seidig schimmernden Haare. Unter all der Aufmachung wirkte sie müde, gestreßt. Sie hatte ein paar Fältchen um die Augen, die im letzten Jahr noch nicht dagewesen waren. Er kam um seinen Schreibtisch herum, um sie zu begrüßen, rückte ihr dann einen Stuhl zurecht.

»Setzen Sie sich doch. Was kann ich denn für Sie tun?«

Als sie Platz nahm, rutschte ihr kurzer Rock noch ein Stück höher und gab den Blick frei auf schön geformte Oberschenkel, die in schwarzen Strümpfen seidig glänzten. Wie jedesmal, wenn er mit Lisas Reizen konfrontiert wurde, stellte Hülsch fest, daß sie ihn überraschenderweise nicht erregten, sondern rührten. Lisa hatte für ihn immer etwas von einem gestrandeten Seehundkind, und er hegte eindeutig Vatergefühle für sie. Resigniert dachte er, daß er offenbar wirklich alt wurde.

»Es ist ... ich weiß nicht genau, wie ich anfangen soll«, sagte sie.

Ihr Blick flatterte im Zimmer herum. Hülsch nahm wieder hinter seinem Schreibtisch Platz. Er musterte sie ruhig und freundlich, und das schien sie tatsächlich etwas auszugleichen.

»Sie mögen das eigenartig finden, Herr Kommissar. Der Tod meiner Schwester liegt nun schon über ein Jahr zurück, und ich hatte eigentlich gedacht, ich wäre einigermaßen im reinen mit der ganzen Sache. Ich glaube, ich war es auch. Bis ...« Sie sprach nicht weiter.

Hülsch nickte. Er ahnte, was kommen würde.

»Jetzt, da ich weiß, wer es getan hat, bin ich auf einmal ganz durcheinander«, fuhr Lisa fort. »Ich meine, es ist ja nicht so, daß ich nur einfach *weiß*, wer es war. Ich kenne den Mann sogar. Er ist in unserem Haus aus und ein gegangen. Er war immer freundlich und nett, und ich ...« Sie stockte erneut.

»Ja?« fragte Hülsch vorsichtig.

»Ich fand ihn recht anziehend«, sagte sie leise, »als Mann, verstehen Sie? Er hockte da wie eine heimtückische Spinne in unserem Haus und lauerte auf sein Opfer, meine Schwester, und ich schaute ihn an und stellte mir manchmal vor ...«

Wiederum sprach sie nicht weiter, aber Hülsch hakte diesmal nicht nach. Er konnte sich denken, was sie sich vorgestellt hatte.

»Sie konnten nicht wissen, wer er ist«, sagte er.

»Ich mache mir ja auch eigentlich keine Vorwürfe«, ent-gegnete Lisa, und das einschränkende *eigentlich* verriet, daß sie sich wohl gelegentlich doch welche machte. »Aber irgendwie ist alles in mir durcheinander. Ich weiß jetzt, daß ich den Mann kannte, mit dem meine Schwester gelebt hat, von dem sie ermordet wurde. Ich sehe ihn ständig vor mir. Er hatte eine schöne Stimme. Er hat meinem Vater manchmal aus der Zeitung vorgelesen, und ich dachte je-desmal, was für eine angenehme Stimme er doch hat!«

»Ihre Schwester hat Jablonski ja offenbar einige Jahre lang geliebt. Wenn er nicht an jenen Stellen getroffen wurde, an denen seine Psychose wurzelt, hatte er sicher liebenswerte und anziehende Seiten.«

»Das schlimme ist, daß ich an gar nichts anderes mehr denken kann«, sagte Lisa, »es ist, als könnte ich einfach nicht abschließen mit alldem. Direkt nach Annas Tod hatte ich nie schlechte Träume, aber jetzt sehe ich sie im Schlaf vor mir, tot und blutig und mit schmerzverzerrtem Gesicht. Und wenn ich dann aufwache, bin ich schweißnaß am ganzen Körper und muß an Benno denken – ich meine, an Robert Jablonski. Für mich heißt er immer noch Benno.«

»Als solchen haben Sie ihn ja auch kennengelernt.«

»Ich sage mir immer, daß mich das alles nichts mehr an-geht. Anna ist tot, sie wird nicht wieder lebendig, wenn ich dauernd an sie denke oder mich verrückt mache. Aber es ist nur mein Kopf, der so vernünftig ist. Meine Gefühle machen, was sie wollen, und ich kann sie einfach nicht in den Griff bekommen.«

Hülsch war kein Psychologe, aber ihm war klar, daß es bei Lisa nach allem, was sie im Verlauf des letzten Jahres durchgemacht hatte, irgendwann zu einem seelischen Zu-sammenbruch kommen mußte, und es schien ihm, als be-finde sie sich bereits auf dem direkten Weg dorthin.

»Haben Sie schon einmal daran gedacht, sich in die Hände eines Therapeuten zu begeben?« fragte er. »Nach meiner Ansicht müßten Sie über Ihre Probleme unbedingt mit einer Vertrauensperson reden. Am besten mit jemandem, der Ihnen auf professionelle Art helfen kann, mit den Dingen fertig zu werden.« Er sah sie abwartend an.

Lisa zögerte. »Mein Vater hat immer gesagt, Psychologen sind Quacksalber. Nur Nichtsnutze gehen dorthin und kosten die Krankenkassen viel Geld.«

Vorurteile, dachte Hülsch, sterben nie aus.

»Ihr Vater hat da vielleicht ein wenig zu pauschal geurteilt«, meinte er.

»Es könnte mir so gutgehen«, sagte Lisa und sah dabei aus, als glaubte sie ihren eigenen Worten nicht recht. »Ich habe eine tolle Wohnung. Einen Superjob! Sie können sich nicht vorstellen, wie interessant meine Arbeit ist!«

Er musterte sie betrübt. War es wirklich so interessant, sich zu verkaufen?

»Doch, doch«, sagte er mit einem hörbaren Mangel an Begeisterung in der Stimme.

»Ich glaube, ich könnte wieder Boden unter die Füße bekommen. Ich müßte nur einmal mit jemandem reden.«

»Wie ich gesagt habe: Sie sollten zu einem …«

Sie unterbrach ihn: »Nein, ich dachte an einen Menschen, der Benno … der Robert Jablonski kennt. Der ihn vielleicht sogar mit Anna zusammen erlebt hat. Der mir etwas erzählen kann über das Verhältnis zwischen den beiden.«

»Lisa, ich weiß nicht, ob …«

»Ich grüble dauernd über die beiden nach. Und ich bin sicher, ich könnte damit aufhören, wenn ich endlich etwas Genaues *wüßte*. Vielleicht könnte ich die Geschichte dann abhaken und endlich wieder leben!«

Sie sah ihn eindringlich an, ein Kind, das eine wunderbare Idee hat und nun dafür gelobt werden will.

Wie soll ich jetzt die geeignete Person für sie aus dem Boden stampfen? fragte er sich. Er fühlte sich von ihrem erwartungsvollen Blick in die Enge getrieben – und von seinen eigenen Gedanken: Er verstand sie. Er konnte absolut nachvollziehen, was in ihr vorging. Wahrscheinlich hätte er in ihrer Lage genauso empfunden.

Etwas schroff entgegnete er: »Es gehört nicht zu meinem Aufgabenbereich ...«

»... sich um die seelischen Probleme der Angehörigen von Mordopfern zu kümern? Natürlich nicht, das weiß ich ja. Ich will Sie wirklich nicht als Schuttabladeplatz für meinen Psychomüll mißbrauchen. Ich bitte Sie nur, mir zu helfen, mit einer Person Kontakt aufzunehmen, die Jablonski gekannt hat und bereit wäre, mit mir über ihn zu sprechen.«

»Das ist nicht so einfach.«

»Könnten Sie es nicht versuchen?«

Ihre Augen waren groß und golden wie Bernstein. Hülsch fragte sich, warum er das Gefühl nicht los wurde, irgendwie für dieses Mädchen verantwortlich zu sein.

»Ich kann es versuchen«, sagte er unbehaglich, »aber ich kann Ihnen nichts versprechen. Ich kann Ihnen auch nicht einfach die Telefonnummer von jemandem geben, der Jablonski kennt, und Ihnen sagen, rufen Sie dort an. Das verstehen Sie, ja? Die betreffenden Leute müßten einverstanden und ihrerseits an einem Gespräch interessiert sein.«

»Natürlich. Vielleicht jemand aus dem Haus, in dem er in Ascona gelebt hat? Wenn Sie mir da die Adresse ...«

»Nein. Das kann ich nicht.« Er stand auf, um zu signalisieren, daß er das Gespräch nun zu beenden wünschte. »Sie hören von mir. Darauf können Sie sich verlassen.«

Er überlegte, inwieweit Lisa eine verletzte Seele war, die

Hilfe brauchte, und inwieweit auch eine knallhart kalkulierende Frau, die ihre Reize einsetzte, um sich durchzusetzen. Man mußte nur an die Art ihres Broterwerbs denken. Andererseits waren da die deutliche Blässe unter ihrer Schminke und etwas Unruhiges, Gepeinigtes in ihren Augen.

Und überhaupt, sagte er sich, solltest du gar nicht so viel über sie nachdenken.

»Vielen Dank«, sagte sie, reichte ihm die Hand, lächelte und stöckelte dann aus dem Zimmer.

Ihr Parfüm hing für die nächsten zwei Stunden im Raum und nötigte jedem Kollegen Hülschs, der hereinkam, ein Grinsen und einen unvermeidlichen Kommentar ab.

Es war äußerst schwierig gewesen, Bernhard den Plan, über das Wochenende zu ihr zu fahren, wieder auszureden.

»Wieso denn nur?« hatte er mindestens fünfmal gefragt. »Ich verstehe einfach nicht, weshalb Sie mich auf einmal doch nicht sehen wollen!«

Leona verfluchte einmal mehr ihre Schwäche an jenem Abend.

»Ich habe es Ihnen doch schon gesagt«, erklärte sie geduldig am Telefon, »mir ist die Geschichte zu riskant. Es war dumm von mir, bei Ihnen anzurufen. Es gibt eine Absprache zwischen Wolfgang und mir: Kein Mensch erfährt meinen Aufenthaltsort. Wir haben uns etwas dabei gedacht, als wir diese Vereinbarung getroffen haben. Wir sollten jetzt dabeibleiben.«

»Also – ich habe noch selten etwas so Dummes wie diese *Vereinbarung* gehört! Entschuldigen Sie, Leona, aber wie wollen Sie das alles denn durchstehen? Ich war ja durchaus auch dafür, daß Sie untertauchen, bis der Spuk vorbei ist, aber nun scheint das ja eine längere Geschichte zu werden. Über kurz oder lang drehen Sie durch, wenn Sie sich da in dieser gottverlassenen Einöde vergraben! Sie können Ihr seelisches Gleichgewicht überhaupt nur dadurch wahren, daß Sie ab und zu einen Menschen sehen, der Ihnen nahesteht!«

Und du stehst mir nahe? dachte sie. Zunehmend ging er ihr auf die Nerven. Sie hatte gesagt, er solle nicht kommen. Er hätte das akzeptieren müssen, ohne lange herumzulamentieren.

»Vielleicht will ich gar nicht unbedingt mein seelisches Gleichgewicht wahren. Vielleicht will ich das alles gar nicht allzulange durchstehen.«

Von der anderen Seite der Leitung folgte konsterniertes Schweigen. Dann sagte Bernhard: »Mag sein, daß ich auf dem Schlauch stehe, aber ich kapiere wirklich nicht, was das jetzt soll!«

Sie hätte ihm gerne gesagt, daß sie nicht vorhabe, ihm etwas zu erklären, und daß er keineswegs kapieren müsse, was in ihr vorging, aber sie wußte, daß sie sich als erste an ihn gewandt hatte. Ihn nun auf dem Hals zu haben war die Strafe, der sie sich nicht so einfach entziehen konnte.

»Bernhard, ich will einfach allein sein. Ich will nachdenken. Am Ende war es gar keine so gute Idee, mich zu verstecken, und eben das will ich herausfinden. Ich könnte das alles eine ganze Zeit aushalten, wenn ich Wochenende für Wochenende Menschen zu Besuch kommen ließe, die mich ablenken und aufmuntern, aber wo soll das am Ende hinführen? Ich habe das Versteckspiel so satt, Bernhard, können Sie das nicht verstehen? Immer stärker verspüre ich das Bedürfnis, statt dessen in die Offensive zu gehen. Mich Robert zu stellen und die Sache zu entscheiden.«

»Du lieber Gott, das sind aber höchst gefährliche Gedanken!« sagte Bernhard beunruhigt. »Soll ich nicht doch ...«

»Nein!« entgegnete sie und legte den Hörer auf.

Am Abend rief sie ihn noch einmal an, um ihm zu sagen, es tue ihr leid, so schroff gewesen zu sein, aber er war beleidigt und nahm ihre Entschuldigung nur unwirsch entgegen. Sie war erleichtert: So gekränkt, wie er war, würde er nun keinesfalls am Wochenende überraschend vor der Tür stehen.

Wolfgang hatte angerufen. Er habe Carolin erklärt, daß aus dem geplanten Besuch nichts würde. Sie sei enttäuscht gewesen, habe aber Verständnis gezeigt für Leonas Gründe.

»Hältst du noch durch?« fragte er besorgt, und setzte tröstend hinzu: »Irgend etwas sagt mir, daß Jablonski der Polizei jetzt bald ins Netz geht!«

Und irgend etwas sagt mir, daß er das nie tun wird, dachte Leona, aber davon ließ sie nichts verlauten, sondern entgegnete: »Ich halte durch. Mach dir keine Gedanken.«

Sie fühlte sich stärker und besser als all die Tage vorher. An jenem Abend, da sie unverzeihlicherweise bei Bernhard Fabiani angerufen hatte, war sie an ihrem seelischen Tiefpunkt angelangt gewesen. Von da an war es bergauf gegangen.

Sie wußte genau, warum es ihr besserging: Tief in ihr reifte ein Entschluß.

Zart noch und unfertig, aber bereits nicht mehr umzustoßen.

Sie würde nicht mehr lange vor ihm weglaufen. Sie würde auf ihn zuschwimmen wie auf einen Hai.

In seiner Irritation mochte er einen entscheidenden Fehler machen.

5

Das Messer hatte meine Mutter damals in die Halsschlagader getroffen und diese zerfetzt. Gestorben ist sie an dem enormen Blutverlust. Der Krankenwagen traf zu spät ein, weil mein Vater in seiner Aufregung entweder die falsche Adresse gesagt oder die Dame am anderen Ende der Leitung die falsche Adresse verstanden hatte. Das konnte nie ganz geklärt werden. Jedenfalls traf und traf die Rettung nicht ein, und Mutter verblutete auf dem beigefarbenen Teppich im Wohnzimmer, während Vater eine ebenso hektische wie nutzlose Mund-zu-Mund-Beatmung probierte – das einzige, woran er sich aus seinem Erste-Hilfe-Kurs, der über zwanzig Jahre zurücklag, erinnerte. Ich legte Mamas Füße hoch, auf zwei Kissen, die ich übereinander stapelte, und massierte ihre Knöchel, während ich langsam panisch wurde beim Anblick des roten Sees, der sich um sie herum ausbreitete. Eva stand schreckensstarr in der Tür, blankes Entsetzen in den Augen, und stammelte unzusammenhängende Sätze.

Wir waren oben in unserem Zimmer gewesen, als der Krach lostobte, und zunächst hatten wir gedacht, alles werde ablaufen wie immer. Vater war zwei Tage und zwei Nächte nicht nach Hause gekommen. In der Nachbarschaft munkelte man, er sei mehrfach mit einer Studentin in der Stadt gesehen worden, eng umschlungen, und zu dieser Frau fahre er nun regelmäßig. Keine Ahnung, ob das stimmte, aber irgend etwas Ernsthaftes mit einer Frau lief sicher, denn er verschwand wieder sehr häufig zu dieser Zeit und war dann immer gleich für mehrere Tage fort. Diesmal hatte Mama mehr getrunken als sonst und schon im Vorfeld wüste Drohungen ausgestoßen.

»Ich mach' ihn kalt«, hatte sie immer wieder gemurmelt, am Fenster im Wohnzimmer sitzend, eine Flasche Southern Comfort in der Hand. »Diesmal mach' ich die Ratte kalt!«

Sätze dieser Art hatte sie schon öfter gesagt, nicht mehr und nicht weniger entschlossen als diesmal. Aber ihr Alkoholpegel lag wirklich höher als sonst, und ich erinnere mich, daß es zu einer Rangelei zwischen uns kam, als ich ihr die Flasche wegnehmen wollte. Ich war neunzehn damals, sehr groß und kräftig, aber ich hatte Hemmungen, sie wirklich hart anzupacken, und so gelang es mir nicht, ihr den Whiskylikör zu entreißen. Statt dessen zerrte sie mich an den Haaren und schrie, ich solle machen, daß ich wegkomme, und ich sei nicht besser als mein Vater. Ich überließ sie also dem Suff und ging zu Eva hinauf, um mit ihr gemeinsam zu überlegen, was wir uns diesmal wünschen sollten. Ich spekulierte auf ein Motorrad, aber Eva meinte, das könne ich mir abschminken, das sei nun eindeutig zu hoch gegriffen. Tatsächlich war die Großzügigkeit unserer Eltern seit etwa eineinhalb Jahren rückläufig; vermutlich nahmen sie an, ihre lautstarken Auseinandersetzungen richteten in den Seelen einer Sechzehnjährigen und eines Neunzehnjährigen nicht mehr so viel Schaden an wie in denen kleiner Kinder.

Eva sagte, sie wolle ein Parfüm oder einen Lippenstift. Früher hatte sie sich Puppen gewünscht, dann Tiere (Hamster, Meerschweinchen oder ähnliches, was aber nie erfüllt wurde, da Mama sich einbildete, allergisch zu sein), dann war sie eine Weile hinter Büchern her gewesen, und nun also begann sie ihre Wirkung auf das andere Geschlecht zu entdecken und gierte nach Klamotten oder Schminke. Mir gefiel das gar nicht. Ich schaute sie zwar gern an, wenn sie sich so hübsch zurechtmachte, aber sie tat es nicht für mich, und das nagte an mir.

»Wozu brauchst du denn *noch* einen Lippenstift?« fragte ich. »Du hast doch schon gut ein Dutzend!«

»Lippenstifte kann man nie genug haben«, entgegnete Eva.

In dem Moment hörten wir, daß Vater kam.

Ich ging hinunter, um ihn an der Haustür abzufangen und ihm zu sagen, daß Mama auf hundertachtzig war, obwohl er sich das ohnehin denken konnte. Er sah unverschämt gut aus; unverschämt deshalb, weil er einen so schmerzhaften Kontrast bildete zu dem verquollenen, lallenden Wesen, das ihn im Wohnzimmer erwartete. Er war natürlich nüchtern, trug einen gutgeschnittenen Anzug und verströmte den dezenten Duft eines teuren Rasierwassers. Wo immer er gewesen war, er mußte sich vorwiegend im Freien aufgehalten haben, denn seine Haut hatte eine sehr attraktive leichte Bräune angenommen. Vielleicht hatte er mit seiner Geliebten einen Trip in den Süden unternommen. Ich dachte an Mamas geisterhafte Blässe und an ihren Gestank nach Fusel und Schweiß, und plötzlich tat sie mir schrecklich leid.

»Mama ist total hinüber«, sagte ich und machte mit der Hand eine Bewegung, als ob ich eine Flasche an den Mund setzte.

Vater seufzte. »Ich gehe zu ihr. Lauf du nach oben, ja?«

Ich ging nach oben zu Eva. Es folgten das übliche Geschrei und das Klirren von Gegenständen, mit denen Mama nach ihm warf. Ab und zu konnte man dazwischen Vaters beruhigende Stimme hören, aber meistens ging sie in Mamas Kreischen unter.

Aber dann war plötzlich Stille, eine richtig gespenstische Stille, und schließlich rief Vater, hektisch und offenbar tief erschrocken: »Tu das nicht, Ines! Leg das Ding weg! Bitte …«

Man hörte die Geräusche von umstürzenden Möbeln, dann schrie Mama, hell und schrill, dann war wieder Stille, und dann schrie Vater: »O Gott, bist du denn wahnsinnig geworden?«

»Da ist irgend etwas passiert«, sagte ich zu Eva und rannte auch schon die Treppe hinunter.

Unten sah ich Mama in ihrem Blut liegen, inmitten eines verheerend zugerichteten Zimmers, Vater kauerte neben ihr, völlig aufgelöst, und irgendwo zwischen zerbrochenen Schallplatten und den Scherben der Southern-Comfort-Flasche lag das große, scharfzackige Brotmesser, blutverschmiert, wie eine schaurige Requisite in einem Theaterstück.

»Einen Notarzt!« rief ich, und Vater erwachte aus seinem Schock und stürzte zum Telefon, wo es dann zu eben jenem tragischen Mißverständnis kam, das Mama ihre letzte Überlebenschance nahm – wobei, wie ein Arzt später versicherte, ihre Chancen ohnehin außerordentlich schlecht gestanden hatten.

Es gab eine polizeiliche Untersuchung des Falles, denn natürlich lag der Verdacht nahe, Vater habe den tödlichen Stich mit dem Messer geführt. Sowohl seine als auch Mamas Fingerabdrücke befanden sich auf dem Griff, aber das war nicht verwunderlich, denn Vater hatte, wie er erklärte, Mama das Messer aus den Händen gewunden, nachdem sie sich so schwer verletzt hatte. Nach seinen Angaben hatte sie das Brotmesser plötzlich vom Fensterbrett gegriffen, wo sie es offensichtlich schon bereitgelegt hatte, und war dann damit auf ihn losgegangen, habe wie verrückt und vollkommen unkontrolliert mit der Waffe herumgefuchtelt, sei gestolpert und in das Messer gestürzt, und dann habe er nur noch eine Blutfontäne gesehen und von Mama keinen Laut mehr gehört.

Vater saß einige Wochen in Untersuchungshaft, man unterstellte Fluchtgefahr, und ich dankte Gott, daß ich volljährig war und nicht in die Obhut irgendeiner Fürsorgerin geriet. Eva wurde erlaubt, bei mir zu bleiben, aber alle zwei Tage tanzte eine Tante vom Jugendamt an und sah nach, ob wir auch nicht verwahrlosten und unsere Hälse sauber wuschen. Da mir klar war, daß sie Eva beim ersten geringsten Verdacht auf eine Unregelmäßigkeit in ein Heim verfrachten würde, achtete ich penibel darauf, daß das Haus stets blitzblank geputzt war, im Kühlschrank ausreichend gesunde Nahrungsmittel lagerten, Eva jeden Morgen pünktlich zur Schule ging und ihre Schularbeiten sorgsam erledigte.

Natürlich begehrte sie gegen meine Reglementierungen auf, aber das Stichwort *Heim* genügte meist, sie wieder unterwürfig werden zu lassen. Nur einmal kam es zu einer heftigen Auseinandersetzung zwischen uns beiden, als ich sie zwang, ihre Schminke abzuwischen und Jeans anzuziehen anstelle des Minirocks, den sie trug.

»Ich denke ja nicht daran!« schrie sie. »Du hast mir gar nichts zu befehlen! Es reicht, daß du mich von morgens bis abends mit allem anderen tyrannisierst, aber an meinem Aussehen wirst du nichts verändern!«

»Schau nur mal in den Spiegel«, versetzte ich. »Du siehst aus wie ein Strichmädchen. Was glaubst du, auf welche Gedanken die alte Schrulle kommt, wenn du so vor ihr herumhüpfst! Die meint doch, du besserst auf unsittliche Art dein Taschengeld auf! Du bist schneller im Heim, als du bis drei zählen kannst, verlaß dich drauf!«

»Sie ist überhaupt keine alte Schrulle! Und wahrscheinlich ist sie nicht halb so prüde wie du!«

»Du kannst es ja darauf ankommen lassen!«

»Das werde ich auch.«

Sie starrte mich trotzig an, aber ihre Lippen zitterten ein wenig, ein Zeichen, daß sie sich nicht so sicher fühlte, wie sie sich gab. Ich packte sie an Arm und Schulter und stieß sie vor mir her ins Bad. Sie schrie und wehrte sich, aber sie hatte keine Chance. Ich riß ein Bündel Toilettenpapier von der Rolle und wischte ihr damit das bemalte Gesicht ab, wobei ich ihr natürlich weh tat – was ich genoß. Ihre Haut wurde brennend rot unter dieser groben Behandlung, und sie sah grotesk aus mit der nun quer über die Wangen verschmierten Farbe.

»Zieh diesen verdammten Fetzen aus!« befahl ich und wies auf das schwarze Nichts von einem Rock, das sie trug.

Ich glaube nicht, daß sie noch den Mut hatte, sich dieser Aufforderung zu widersetzen, aber sie kam ihr jedenfalls nicht schnell genug nach, und schon zerrte ich ihr das lächerliche Kleidungsstück einfach vom Leib. Kann sein, der Stoff zerriß sogar dabei. Darunter sah sie anrührend keusch aus in einem mädchenhaften, kleinen weißen Slip mit himmelblauen Streublumen darauf. Ihr T-Shirt war so kurz, daß es ihren Bauch freiließ.

Ich starrte sie an, und sie senkte die Augen. So standen wir eine ganze Weile, bis ich das Schweigen brach und sie anfuhr: »Herrgott, jetzt zieh dir endlich etwas Anständiges an!«

Sie rannte aus dem Bad und knallte ihre Zimmertür hinter sich zu, und ich hob den Rock auf, trug ihn hinaus und stopfte ihn zuunterst in die Mülltonne. Als die Sozialarbeiterin zwei Stunden später aufkreuzte, erschien Eva in Jeans und einem XXL-Sweatshirt darüber, ohne ein Gramm Farbe im Gesicht, die Haare zu einem Zopf geflochten. Die Schrulle war glücklich, weil alles so unheimlich solide wirkte.

Aber hinter ihrem Rücken warf Eva mir ganz eigentümliche Blicke zu; Blicke, die weder gekränkt noch wütend schienen, sondern eine Art von Triumph ausdrückten, dessen Ursache ich mir nicht erklären konnte. *Ich* hatte *sie* gedemütigt, und nun verhielt sie sich, als habe sie irgendeinen Sieg über mich errungen oder sei sich einer Waffe bewußt geworden, die sie zu ihrer eigenen Überraschung plötzlich gegen mich in der Hand hielt. Die Blicke gingen mir jedenfalls durch und durch, und ich bin überzeugt, für alles, was später geschah, war dieses höhnische Blitzen in ihren Augen verantwortlich, mit dem sie mich heimlich bedachte, während die komplett von uns eingewickelte Sozialarbeiterin ungläubig die Ordnung in allen Schränken und die saubere, im Garten auf einer Leine trocknende Wäsche bestaunte. Eva hatte übrigens recht: Sie war nicht alt. Mitte Dreißig vielleicht. In meinen neunzehnjährigen Augen natürlich schon fast jenseits von Gut und Böse. Aber abgesehen von meinen gleichaltrigen und quietschblöden Klassenkameradinnen war sie die erste erwachsene Frau, bei der ich merkte, welche Wirkung ich auf Angehörige des weiblichen Geschlechts hatte. Eva gegenüber trat sie unheimlich cool und souverän auf, aber bei mir wurde sie nervös und hatte ein schrilles Kieksen in der Stimme. Wenn ich ihr direkt in die Augen sah, wurde sie rot. Ich hätte sie gern noch etwas länger gereizt und verunsichert, aber nach ein paar Wochen kam Vater aus der U-Haft zurück, und die Schrulle verschwand für immer von der Bildfläche.

Warum schreibe ich das alles auf? Aus Langeweile? Nicht nur. Die Vergangenheit bricht aus mir heraus, wann immer ich an irgendeiner Stelle auch nur zaghaft zu graben beginne. Wenn man einmal die Schleusen geöffnet hat, versiegt der Strom nicht mehr. Und während ich hier sitze und das Haus meines Feindes beobachte, habe ich jede Gelegenheit niederzuschreiben, was mir so in den Sinn kommt.

Noch in jenem Gartenhaus, das mir, gegenüber von Leonas Haus, zu einer Art zweiter Heimat geworden war, hatte ich mir eine Liste mit Namen gemacht; Namen der in Frage kommenden Personen, die Leona in ihrem Exil aufsuchen könnten. Wolfgang schrieb ich gar nicht erst auf, sondern notierte nacheinander alle Mitglieder ihrer Familie: Julius, Elisabeth, Olivia, Paul, Carolin, Benjamin. Nachdenklich betrachtete ich die Namen.

Leona ist ein Familienmensch. Die Wahrscheinlichkeit, daß sie nach einem der Ihren verlangen wird, ist groß. Das Haus in Lauberg zu beschatten hätte einen Vorteil: Man bewacht *ein* Haus und damit auf einen Schlag *sechs* Personen. Andererseits mochte hier genau der »Wolfgang-Effekt« eintreten: Die Familie rechnet damit, daß ich sie im Auge behalten werde. Möglicherweise würde keiner von ihnen Kontakt aufnehmen. Vielleicht sind sie nicht einmal alle eingeweiht; der nichtsnutzige Benjamin sicher nicht, die hysterische Olivia womöglich auch nicht.

Arbeitskollegen? Freunde? Leona versteht sich recht gut mit ihren Kollegen, aber es gibt, soweit ich weiß, niemanden dort, zu dem sie ein besonderes Vertrauensverhältnis hat. Sie hat auch keine spezielle Busenfreundin, das hätte ich erfahren in den Monaten mit ihr. Im übrigen – *wenn* es sie gäbe und *wenn* ich davon wüßte, würde sie von Leona als gefährdet und gefährdend eingestuft und wäre damit aus dem Rennen.

Nachdenklich malte ich den Namen *Lydia* auf meinen Zettel. Sie hatte Leonas Freundschaft gesucht, war Leona aber, wie den meisten Menschen, hauptsächlich auf die

Nerven gegangen. Freiwillig würde Leona ihre Gesellschaft wahrscheinlich nicht einmal in ihrer derzeitigen Lage suchen. Abgesehen davon ist Lydia nicht besonders gescheit und ziemlich geschwätzig. Sie in Leonas momentanen Aufenthaltsort einzuweihen hieße, ihn ebensogut gleich in der Zeitung annoncieren zu können.

Trotzdem zog ich einen Kreis um Lydias Namen, denn eine innere Stimme sagte mir, sie könne noch irgendeine Bedeutung haben für mich – auch wenn ich zu diesem Zeitpunkt nicht wußte, welche.

Ich zermarterte mir weiterhin das Hirn. Mir kam Leonas ominöser Lover in den Sinn, der, den ich in ihrer Küche zusammengeschlagen hatte. Falls er überhaupt noch lebt, ist er mit Sicherheit nicht in der Lage, *irgend jemanden* zu besuchen, der arme Tropf. Ein Schädelbasisbruch dürfte das mindeste sein, was er davongetragen hat. Ich kannte seinen Namen nicht, aber das Wort Liebhaber brauchte ich gar nicht erst auf meine Liste zu schreiben.

Aber der Begriff löste dennoch etwas in mir aus – einen Gedankengang, der mir unbegreiflicherweise bisher nicht gekommen war. Wer ist der skrupelloseste, unverfrorenste Verführer, den ich kenne? Ich starrte durch die Blüten vor meinen Augen auf die Straße hinaus, ohne den Asphalt, die parkenden Autos, Leonas Wohnzimmerfensterscheibe gegenüber zu sehen.

Was ich statt dessen vor mir sah, war das Gesicht von Professor Bernhard Fabiani.

Bernhard Fabiani ist weiß Gott der Mensch, den ich auf der ganzen Welt am meisten hasse. Er hat Eva in den Tod getrieben, nachdem er zuvor so getan hatte, als könne er nicht leben ohne sie. Eva ist auf sein Getue natürlich ohne Umschweife hereingefallen. Sie hatte leider, obwohl sie sonst eine kluge Frau war, eine sentimentale Ader. Rosensträuße und Candlelight-Dinner waren ein unfehlbarer Weg zu ihrem Herzen. Das hatte Fabiani natürlich schnell raus und wandte es zielgerichtet an.

Bernhard Fabiani ist ein Jäger. Seine Beute sind Frauen, und er ist hinter ihnen her wie ein Süchtiger nach der Flasche oder der nächsten Spritze. Er konnte nicht aufhören, er konnte nicht genug bekommen. Eva ist durch die Hölle gegangen mit ihm, was mich insoweit freute, als ich es ihr immer prophezeit hatte und dann gründlich recht behielt. Die Art, wie er sie umwarb, war so glatt und routiniert, daß mir klar wurde, hierin hat er extrem viel Übung. Vermutlich tut er Tag für Tag nichts anderes, als verschiedene Frauen anzubaggern. Aber Eva war taub auf diesem Ohr, und so mußte sie ihre Erfahrungen am eigenen Leib machen – leidvoll und letzten Endes mit tragischem Ausgang.

Als Leona mir erzählte, Bernhard sei auf ihrem Anrufbeantworter gewesen, war mir sofort klar, woher der Wind wehte. Schon an jenem Abend in Evas Wohnung hatte ich gemerkt, daß er sie auf genau die gleiche Weise ansah, auf die er auch Eva anfangs ins Visier genommen hatte. Und dann weiß ich auch von einem späteren Treffen zwischen ihm und Leona. Glücklicher Zufall: Ich trieb mich vor dem Verlag herum, kurz nach unserer Trennung war das, und sie kam heraus, und anstatt zu ihrem Auto zu gehen, überquerte sie die Straße in Richtung U-Bahn. Also wollte sie nicht nach Hause, sondern vermutlich in die Stadt, wo es mit dem Auto immer Parkplatzprobleme gibt. Meine Chance; ich hastete hinterher, sprang einen Waggon hinter dem ihren in die Bahn und erwischte sogar den Moment, an dem sie an der Hauptwache ausstieg und in einem Menschenstrom auf der Rolltreppe nach oben schwamm. Ich schaffte es gerade noch, ebenfalls hinauszuspringen und mich an sie zu heften. Sie steuerte schnurstracks auf

das Mövenpick zu, verschwand darin für eine schier end-
lose Zeit, und als sie endlich wieder herauskam, hatte sie
Fabiani im Schlepptau, und ich dachte: Sieh mal an! Der
Kerl hat es wieder geschafft!

Er lächelte sie charmant an, aber ich, der ich ihn kenne,
sah das triumphierende Grinsen eines Siegers hinter diesem Lächeln. Er war in dem Moment überzeugt, einen
neuen Goldfisch an der Angel zu haben.

Und Leona ... Sie war zumindest viel besserer Stimmung als zuvor. Sie wirkte nicht mehr so angespannt. Ihr
Lachen war gelöst, und sie sah für ein paar Momente einmal nicht so aus, als wälze sie einen Haufen dicker Probleme hinter der Stirn. Das machte sie sehr attraktiv.

Ich sagte zu mir: Ruhig Blut, Robert! Sie hat nichts mit
ihm. Garantiert nicht. In ihrer augenblicklichen Verfassung bindet sie sich an niemanden. Sie hat Angst und ist
innerlich völlig ausgebrannt. Es wird dauern, ehe sie wieder eine Beziehung eingehen kann.

Das war nicht nur dahingesagt. Ich war überzeugt, die
Lage richtig einzuschätzen. Aber ebenso sicher war ich
auch, daß Fabiani entschlossen war, sie zu erobern, daß er
auf die Zeit setzte und daß er nicht zweifelte, am Ende er-
folgreich zu sein.

Ich schrieb Bernhard Fabianis Namen auf meine Liste.
Ich übermalte die Buchstaben dreimal, bis sie mir fettge-
druckt wie eine Provokation ins Auge sprangen. Ich un-
terstrich den Namen, und drückte dabei so fest mit dem
Kugelschreiber auf, daß das Papier riß.

Ich wußte in dieser Sekunde, daß ich den Mann gefunden hatte, der mich zu Leona führen würde.

Und deshalb habe ich meinen Platz gegenüber Leonas
Haus verlassen. Der Abschied fiel mir schwer. Ich hatte

mich an mein Gebüsch gewöhnt, an den Schuppen, an das schweigende Haus hinter mir, an die junge Frau, die jeden Morgen dort hineinging und dabei immer so ernst und freudlos aussah. Sie war eine gute Bekannte geworden. Wie schnell schlägt der Mensch Wurzeln?

Am schlimmsten war es, Leonas Haus, ihrem Garten Lebewohl zu sagen. Solange ich ihre Fenster sah, ihre Blumen entlang des Weges, ihre Garage, von der ich wußte, daß ihr Auto darin parkt – solange waren wir nicht wirklich getrennt. Ein unsichtbares Band verlief zwischen uns, über die Dinge, die zu ihrem Leben gehören und an denen ihr Herz hängt.

Nachts schlafe ich jetzt, zusammengerollt und stinkend wie ein Penner, auf der Bank eines Bus-Wartehäuschens, das sich wenige Meter entfernt von dem Haus befindet, in dem Bernhard Fabiani wohnt. Tagsüber drücke ich mich auf dem Friedhof gegenüber herum. Die sichere Abgeschlossenheit eines stillen Gartens habe ich nicht mehr. Ich muß sehr vorsichtig sein, ein paar Mal haben mich andere Friedhofsbesucher schon mißtrauisch angeschaut. Ich falte dann die Hände und starre andächtig auf ein Grab, in dem ein Kind ruht. *1970–1973*. Der Gedanke an die Überreste eines so kurzen Lebens, die unter der Marmorplatte ruhen, berührt mich nicht. Mein Herz ist kalt, mein Gemüt von nichts anderem durchdrungen als von völliger Entschlossenheit. Irgendwann wird er Leona aufsuchen. Er wird sich diese Chance nicht entgehen lassen. Sie ist allein. Sie hat Angst. Sie weiß nicht, wie es weitergehen soll. Kann sein, es wird nie wieder einen Moment geben in ihrem Leben, da sie seine starken Schultern so zu schätzen weiß.

Er verläßt sein Haus jeden Morgen. Aber nie mit Gepäck. Zu Leona wird er wenigstens eine Reisetasche mitnehmen, denn wo sie auch ist – er wird planen, mindestens *eine* Nacht dort zu verbringen. Solange er ohne Reisetasche oder Koffer herauskommt, fährt er in die Universität, nicht zu *ihr*.

Aber wenn es soweit ist, werde ich dasein.

6

Es war wieder Sonntag. Der Tag, den Lydia die ganze Woche über bereits fürchtete. Das Alleinsein schmerzte immer, mittwochs und freitags ebenso wie dienstags und donnerstags. Im Grunde machte es keinen Unterschied für sie, wenn das Wochenende kam, und doch warf sich die besondere sonntägliche Stille stets mit einer Gewalt über sie, daß sie nach Luft schnappte. Am Sonntag brach alles auf: die Sehnsucht nach einem Partner, mit dem man über die vergangene Woche plaudern und für die kommende planen konnte. Der Gedanke an Kinder, die, Teenager bereits, übernächtigt von ihren samstäglichen Diskoausflügen zum Frühstück geschlurft kämen und die man in ihrem Liebeskummer trösten oder derer Schulnoten wegen man sich aufregen könnte. Gemeinsame Überlegungen, wie man den Tag zu verbringen gedachte. Wünsche der Familie, was es zum Mittagessen geben sollte. Wie gern hätte sie sich hingestellt und für eine hungrige Schar gekocht. Wie gern hätte sie für sie alle die Wäsche gewaschen, die Betten bezogen und über die Unordnung in ihren Zimmern gejammert.

Sie fragte sich, ob andere Leute etwas zu verstehen vermochten von der Leere, die sie ausfüllte wie ein großer Klumpen Watte. Die Leere war von einer Stille, die in den Ohren dröhnte. Es erstaunte Lydia immer wieder, wie laut die Stille sein konnte. Sie hatte sich vor ihr schon die Ohren mit beiden Fäusten zugehalten und war wimmernd über dem Küchentisch zusammengebrochen, panisch vor dem Abgrund, der sich vor ihr auftat, der schwarz war und kalt und der ihr Leben war.

An diesem Maisonntag nun ging es ihr besser, was aber nicht mit dem sonnigen Sommerwetter draußen zusammenhing. Für gewöhnlich verstärkte der Sonnenschein ihre Depression sogar noch, denn er machte die Diskrepanz zwischen ihrem Schattendasein und der Lebendigkeit draußen noch deutlicher. Heute, an diesem Tag, wußte sie jedoch, daß zwar ein üblicher langer, einsamer Sonntag vor ihr lag, daß aber der *nächste* Sonntag besser sein würde.

Es hatte sich Besuch angesagt!

Lisa Heldauer war ihr von einem Kommissar aus Bayern angekündigt worden. Hülsch hieß er und hatte am vergangenen Freitag angerufen. Sie hatte sich sofort gedacht, daß es um Robert Jablonski ging. Seinetwegen hatte die Frankfurter Polizei schon zweimal bei ihr vorgesprochen, ohne daß sie irgendeinen sachdienlichen Hinweis hatte geben können, und sie hatte schreckliche Dinge über ihn in der Zeitung gelesen, die sie kaum glauben mochte.

Als nun Hülsch sich als Polizist vorstellte, fragte sie sofort: »Gibt es etwas Neues wegen Robert Jablonski?«

Etwas überrascht hatte Hülsch entgegnet: »Nein – eigentlich nicht. Aber mein Anruf hat mit ihm zu tun.«

Dann hatte er erklärt, daß die Schwester eines Mordopfers von Jablonski den dringenden Wunsch geäußert habe, Kontakt aufzunehmen mit einem Menschen, der Jablonski gekannt habe und Auskunft über seine Person geben könne.

»Der ermittelnde Kollege von der Kripo Frankfurt nannte mir Ihren Namen. Ich wollte Sie nun fragen, ob ich

Ihren Namen und Ihre Telefonnummer an Frau Heldauer weitergeben kann.« Er hatte sich unbehaglich angehört, so als empfinde er sich selbst als aufdringlich und als verstoße er mit diesem Anruf gegen seine Prinzipien.

»Natürlich können Sie sich das in aller Ruhe überlegen … Es ist keineswegs üblich, daß ich solche Geschichten in die Wege leite«, hatte er hinzugefügt, »aber Lisa Heldauer ist sehr mitgenommen von den Geschehnissen, und da wollte ich nicht …«

Er ließ offen, was er nicht gewollt hatte, und wartete auf eine Antwort.

Lydia sagte so schnell zu, daß er sich ganz perplex verabschiedete.

Am darauffolgenden Tag, am gestrigen Samstag, hatte dann Lisa Heldauer selbst angerufen. Eine junge, sehr hübsche Stimme. Sie hatte gefragt, ob sie Lydia am folgenden Wochenende besuchen dürfe.

»Ich könnte Samstag mittag dasein. Ich würde in einem Hotel übernachten, wir könnten vielleicht noch Sonntag vormittag reden, und am Nachmittag würde ich zurückfahren nach München.«

Ein Geschenk des Himmels!

Samstag abend könnten wir ausgehen, dachte Lydia und merkte, daß ihre Wangen zu glühen begannen in der Vorfreude; wir könnten irgendwo etwas essen und einen Wein trinken. Sonntags werde ich sie natürlich zum Frühstück einladen. Ich werde Rühreier machen, Toastbrot, Schinken. Sie soll sich wohl fühlen bei mir.

Es war typisch für Lydia, daß sie den eigentlichen Anlaß für Lisas Besuch schon fast wieder vergessen, zumindest gründlich verdrängt hatte. Ihre private Misere, das Problem des Alleinseins, hatte einen so dominanten Stellenwert in ihrem Denken und Fühlen, daß daneben kaum noch Platz war für andere Überlegungen. Sie machte sich nicht wirklich klar, daß sie jene Lisa Heldauer nicht kannte und daß keineswegs gewährleistet war, sie würden sich gut verstehen. Sie zog nicht in Erwägung, daß Lisa vielleicht nicht im geringsten der Sinn stand nach Ausgehen, Wein trinken, gemütlichem Frühstück. Lisa kam, weil sich eine Katastrophe in ihrem Leben ereignet hatte. Lydia suchte nach einer Gesellschafterin. Und Robert Jablonski war der einzige gemeinsame Berührungspunkt in ihrer beider Leben.

Von einer trügerischen Vorfreude ergriffen, fühlte sich Lydia also an diesem Sonntag nicht so traurig und allein wie sonst. Sie frühstückte ausgiebig und gönnte sich sogar zum Abschluß einen Piccolo, in seliger Erinnerung an Eva, für die dies zu einem Sonntagmorgen gehört hatte.

Der Sekt machte sie noch munterer, und als sie hinausschaute in den herrlich blühenden Mai, überlegte sie sogar, ob sie nicht zu einem Spaziergang aufbrechen sollte. Für gewöhnlich ging sie am Wochenende nie spazieren, da sie den Anblick von Paaren und Familien in Straßen und Parks nicht ertrug. Heute schien es ihr, als habe sie die Kraft dazu. Sie sah auf die Uhr. Gleich halb eins. Eigentlich könnte sie aufbrechen. Sie mußte sich nur noch anziehen, denn sie war immer noch im Bademantel.

Gerade als sie die Tür ihres Kleiderschranks im Schlafzimmer öffnete, klingelte es.

Unter der Woche kam manchmal der Postbote oder der Stromableser oder ein Hausierer oder ein Zeuge Jehovas. Aber am Sonntag klingelte es nie, und daher erschrak Lydia und zog die Hände von ihrem Kleiderschrank zurück, als sei sie gerade im Begriff gewesen, etwas Unanständiges zu tun.

Wer mochte das sein, um Himmels willen?

Sie schaute an sich hinunter. Konnte sie so die Tür öffnen? Nichts dabei, entschied sie, ein Bademantel ist korrekt. Etwas peinlich zwar, mittags noch nicht angezogen zu sein, aber am Sonntag durfte man sich das erlauben.

Im Flur strich sie sich noch kurz über die Haare – wie alt ich aussehe, dachte sie – und nahm dann den Hörer der Sprechanlage ab. »Ja, bitte?«

Es folgte keine Antwort, aber ein Scharren vor der Tür verriet ihr, daß ihr Besucher bereits im Haus war. Während sie noch überlegte, wie ihm das geglückt sein mochte, öffnete sie.

Robert Jablonski drückte sich sofort in die Wohnung hinein. Mit ihm kam eine Woge von Gestank – tagealter Schweiß, der unverkennbare Geruch von allzu lange nicht gewaschener Haut und fettigen Haaren.

»Hallo, Lydia«, sagte er und lächelte.

Lydia war nicht einmal so erschrocken, wie sie – das kam ihr später in den Sinn – hätte sein müssen. Es war eher Überraschung, was sie erfüllte, als er plötzlich vor ihr stand. In ihrer Vorstellung war er nie wirklich zu dem Gewaltverbrecher geworden, als den man ihn ihr präsentiert hatte. Sie kannte ihn zu lange, empfand ihn, auch durch Evas Erzählungen, als vertraut. In diesem Moment machte sie sich keineswegs augenblicklich klar, daß sie einen Mann in ihrer Wohnung hatte, gegen den ein Haftbefehl wegen zweifachen Mordes und versuchten Totschlags lief.

»Wie sind Sie denn hereingekommen?« fragte sie erstaunt.

Mit den gespreizten Fingern strich er sich die etwas zu langen, dunklen Haare aus dem Gesicht. »Ich habe mir einen Schlüssel behalten von Eva, damals nach dem Verkauf der Wohnung.«

Ein eigentümliches Frösteln breitete sich in Lydia aus. »Aber warum haben Sie nicht einfach geklingelt?«

Er musterte sie freundlich. »Hätten Sie mich hereinlassen?«

»Das habe ich hier oben ja auch getan.«

»Weil Ihnen keine Zeit zum Überlegen mehr blieb. Ich hätte von der unteren Haustür einen recht weiten Weg zurückzulegen gehabt, und in dieser Zeit wäre Ihnen vielleicht eingefallen, es könnte besser sein, sich vor mir zu verbarrikadieren.«

Lydia schluckte. Sie zog ihren Bademantel am Hals enger zusammen.

»Ich wollte gerade fortgehen. Einen Spaziergang machen«, sagte sie gepreßt.

Warum stank der Kerl so? Er sah aus, als habe er im Freien genächtigt. Dazu der verwahrloste, stoppelige Bart, die Ringe unter den Augen, die kranke, bleiche Gesichtsfarbe … niemals vorher hatte sie ihn so erlebt.

»Ihren Spaziergang werden Sie verschieben müssen«, erklärte er, ohne daß sein Lächeln die Wärme, seine Stimme die Freundlichkeit verloren hätten. In Lydia begann sich die Erkenntnis breitzumachen, daß er wirklich gefährlich war und daß sie aufhören sollte, in ihm Evas netten großen Bruder zu sehen.

Was mache ich jetzt, was mache ich jetzt, überlegte sie fieberhaft. Sie hatte den Eindruck, daß er genau bemerkte, wie das Entsetzen in ihr Fuß faßte, und daß er es genoß. Aber er konnte nichts gegen sie haben, oder? Sie hatte ihm nie etwas getan. Und sie war die beste Freundin seiner verstorbenen Schwester gewesen. Warum sollte er ihr etwas antun wollen?

Sie dachte, daß sie vielleicht am besten wegkäme, wenn sie sich arglos und naiv stellte.

»Auf jeden Fall freut es mich, Sie einmal wiederzusehen, Robert.« Ihre Stimme hörte sich merkwürdig an, fand sie, hoffentlich entging Robert dieser Umstand.

»Wir haben uns ja seit … seit Evas Beerdigung nicht mehr gesehen. Sie fehlt mir so. Sie glauben nicht, wie sehr!«

Er hatte die Wohnungstür sehr nachdrücklich hinter sich geschlossen.

»Willst du mich nicht ins Wohnzimmer bitten, Lydia?« fragte er.

Sie hatten einander nie geduzt. Lydia überlegte, ob sie es als gutes oder schlechtes Zeichen werten sollte, daß Robert nun plötzlich damit anfing. Ihr gefiel sein unveränderliches Lächeln nicht. Ihr Frösteln ging in heftiges Frieren über.

»Natürlich. Kommen Sie ins Wohnzimmer«, sagte sie folgsam und wollte ihm den Vortritt lassen, aber er bedeutete ihr mit einer Handbewegung, *sie* solle vorangehen.

»Nach dir, Lydia!«

Sie hatte den Eindruck, ihr stünden alle Haare zu Berge, als sie vor ihm herging. Ihre Kopfhaut spannte und kribbelte. Plötzlich meinte sie eine aggressive Bewegung hinter sich zu spüren, er hob vielleicht schon das Messer … In Panik fuhr sie herum.

»Was ist denn?« fragte er lächelnd.

Er hielt weder ein Messer in den Händen, noch hatte er sich offenbar hastig bewegt. Obwohl Lydia nach wie vor fror, brach ihr überall am Körper der Schweiß aus.

»Nichts«, wisperte sie.

»Was sollte auch sein?« fragte Robert.

Als sie ins Wohnzimmer trat, erkannte Lydia ihre Chance. Eine winzige Chance nur, aber vielleicht die einzige, die sie überhaupt hatte. Die Glastür, die auf den Balkon hinausführte, stand offen, der warme Wind bauschte die Gardinen. Der Balkon ging zwar nach hinten hinaus, nicht zur Straße, aber vielleicht saßen Nachbarn draußen, die sie hörten, wenn sie hinausrannte und schrie.

Sie machte einen entschlossenen Satz zur Tür hin, schneller, als es ihr irgend jemand zugetraut hätte. Sie erreichte die Tür, aber sie war, trotz allem, nicht schnell genug gewesen. Robert war bei ihr, ehe sie einen Fuß nach draußen setzen, ehe ihre Lippen sich zum Schrei formen konnten. Seine kräftigen Finger umschlossen ihren Hals.

»Einen Laut«, sagte er leise, »nur einen einzigen Laut, und du bist bei deiner geliebten Eva. Hast du das verstanden?«

Sie konnte ihn nur aus weit aufgerissenen Augen anstarren.

»Ob du das verstanden hast?« wiederholte er und schüttelte sie leicht. Seine Hände hielten sie wie in einem Schraubstock.

Sie versuchte zu nicken und gab dabei ein würgendes Geräusch von sich. Zu ihrer Todesangst gesellte sich Übelkeit, die von seinem Gestank herrührte. Ob er sie töten würde, wenn sie ihm über seine verdreckten Sachen kotzte?

Er ließ sie urplötzlich los und stieß sie dabei von sich. Sie stolperte über ihre eigenen Füße und fiel halb über einen Sessel, der im Weg stand. Während sie sich noch aufrichtete und ihren verrutschten Bademantel geradezuziehen versuchte, schloß Robert die Balkontür.

»Du solltest nicht dumm sein, Lydia«, sagte er, »du solltest mich nicht ärgern. Ich befinde mich in einer schwierigen Situation. Ich kann keinen Ärger gebrauchen.«

Sorgfältig zog er die Gardinen zu. Dann bemerkte er den noch nicht abgedeckten Frühstückstisch.

»Ich habe Hunger. Setz dich zu mir, Lydia. Wir wollen etwas essen.«

Zitternd kam sie seiner Aufforderung nach. Sie setzte sich ihm gegenüber und sah zu, wie er sich Butter und

Marmelade auf ein Brötchen strich. Er hielt ihr seine – ihre – Tasse hin.

»Kaffee!«

»Der Kaffee ist kalt inzwischen«, murmelte sie.

»Das macht nichts. So wie ich gelebt habe in den letzten zwei Wochen – da erscheint einem selbst kalter Kaffee noch als reiner Luxus. Außerdem wirst du mir nachher einen frischen, heißen machen, nicht wahr?«

»Ja«, flüsterte sie.

Er aß mit großem Appetit sein Brötchen, griff dann nach einem zweiten. Sein Gestank erfüllte inzwischen das ganze Zimmer, aber das merkte er entweder nicht, oder es störte ihn nicht.

Unvermittelt fragte er: »Wie ist es – hast du eigentlich dein Auto noch?«

Lydia empfand die Frage als so überraschend, daß sie zunächst völlig perplex reagierte.

»Was?«

»Dein Auto. Du hattest doch immer eines. Gibt es das noch?«

»Ja. Ja, natürlich.«

»Dürfte ich es mir ausleihen?«

Angesichts der Tatsache, daß er fünfzehn Minuten zuvor gedroht hatte, sie umzubringen, klang diese Frage nun fast grotesk höflich.

Lydia schöpfte Hoffnung, auch wenn sie wußte, seine Bitte war rein rhetorischer Natur; er würde sich das Auto nehmen, ob sie einwilligte oder nicht. Aber vielleicht war es wirklich nur das, was er wollte, weswegen er hier war. Sowie er das Auto hatte, würde er verschwinden und sie in Ruhe lassen.

»Selbstverständlich können Sie das Auto haben«, sagte sie eifrig und stand auf. »Ich hole Ihnen gleich den …«

»Hinsetzen!« befahl er, ohne sie anzublicken. »So
schnell schießen die Preußen nicht!«

Eingeschüchtert sank sie wieder auf ihren Platz. Er
nahm den letzten Bissen, wischte sich die Krümel vom
Kinn.

»Ich muß mich erst wieder menschlich herrichten«, erklärte er. »Ein Schaumbad wäre, denke ich, das richtige.
Wo steht deine Waschmaschine?«

»Im Bad.«

»Sehr gut. Im Keller wäre es sehr schwierig geworden.
Vielleicht könnte es auch nichts schaden, wenn ich mir die
Haare etwas schneide. Was meinst du?«

»Das könnte nicht schaden«, wiederholte sie wie eine
folgsame Schülerin, während sich die Gedanken in ihrem
Kopf jagten. Er wollte baden? Wäsche waschen? Sich die
Haare schneiden? Was sollte *sie* in dieser Zeit tun? Hier sitzen und warten, bis er fertig war? Wenn er in seinem
Schaumbad saß, hatte sie jede Gelegenheit der Welt, sich
auf und davon zu machen.

Fünf Minuten später hatte sie die Antwort auf alle un-
ausgesprochenen Fragen. Gefesselt und geknebelt, zusam-
mengeschnürt zu einem unbeweglichen, stummen Paket
lag sie auf dem Sofa in ihrem Wohnzimmer, hilflos wie ein
gestrandeter Fisch, und hörte, wie Robert Jablonski im
Bad nebenan fröhlich vor sich hin pfiff.

7

Ich sitze in Lydias gepflegtem Wohnzimmer am Eßtisch
und schreibe. Das Frühstücksgeschirr habe ich zur Seite
geschoben, aber ab und zu tunke ich einen Löffel in die
Aprikosenmarmelade und lecke ihn dann genießerisch ab.

Ich hatte ja keine Ahnung, *wie sehr* ich die Zivilisation vermißt habe! Es ist ein herrliches Gefühl, frisch gebadet zu sein, sich sauber zu fühlen am ganzen Körper. Ziemlich dilettantisch, aber eigentlich gar nicht so schlecht, habe ich mir die Haare geschnitten, sie natürlich auch gewaschen und dann gefönt, und nun glänzen sie wie dunkelbraune Seide. Ich habe mich rasiert und sehe wie ein neuer Mensch aus. Allmählich nähere ich mich dem Zustand, in dem ich es wagen kann, vor Leona hinzutreten, ohne dabei zu riskieren, daß sie umfällt vor Schreck. Ich fürchte allerdings, erschrecken wird sie so oder so, aber wenigstens nicht wegen meines Aussehens. Das würde mich in meiner Eitelkeit doch schwer kränken.

Meine Kleider trocknen in der Sonne auf dem Balkon. So warm, wie es heute ist, kann ich sie bestimmt abends schon wieder anziehen. Zweimal bin ich bereits hinausgegangen, habe meine Nase in den Stoff gedrückt und den herrlichen Geruch des Waschpulvers geatmet. Im Augenblick könnte ich in schönen Dingen förmlich ertrinken, endlich befreit von dem Pennergestank, der mich tagelang umgab. Ich habe sogar Lydias Deostift benutzt, trotz der femininen Duftnote. Morgen werde ich mir einen eigenen kaufen. Und ein schönes Aftershave und frische Wäsche. Und was mir noch so einfällt. Ich habe Lydias Handtasche umgestülpt. Immerhin fast fünfhundert Mark hat sie im Geldbeutel und – was noch besser ist – ihre Scheckkarte. Die Geheimnummer wird sie mir verraten, da bin ich sicher, wenn ich ihr sage, daß ich sonst wiederkomme und was ich dann mit ihr mache.

Ich habe sie mit den Wäscheleinen, die über der Badewanne gespannt waren, gefesselt; so gründlich, daß sie sich garantiert nicht wird befreien können. Ich habe ihr Heftpflaster kreuz und quer über den Mund geklebt und mit einem Mullverband, der sich mehrfach um den Kopf herumwindet, verstärkt. Sie liegt auf dem Sofa und schwitzt vor Angst. Ihre Augen quellen hervor, und sie stößt eigenartige Kehlkopflaute aus. Irgend etwas will sie mir wahrscheinlich sagen, aber, ehrlich gesagt, das interessiert mich im Augenblick überhaupt nicht. Das Gegurgele nervt mich nur etwas. Wenn sie nicht bald damit aufhört, schaffe ich sie ins Schlafzimmer und lasse sie dort allein.

Als ich vorhin nach dem Baden wieder ins Wohnzimmer kam, mit nichts bekleidet als einem Handtuch um die Hüften, da bekam sie ein hysterisches Flackern in den Augen und wurde kalkweiß. Ob sie schon jemals einen halbnackten Mann gesehen hat? Ich nehme an, sie fürchtete, ich wolle sie vergewaltigen. Eher würde ich kotzen! Ich habe selten eine so unattraktive Frau gesehen wie Lydia, das fand ich schon früher, wenn ich Eva besuchte und wir mindestens einen Abend mit ihrer gräßlichen Freundin verbringen mußten. Entweder gingen wir zu ihr, oder sie kam zu uns, und dann saß sie da und himmelte mich die ganze Zeit über an. Ich vermute, sie hatte mich ernsthaft in ihre Liste möglicher Ehekandidaten aufgenommen. Laut Eva tat sie das allerdings mit jedem Mann. Die Hoffnung, jemanden zu finden, der sie heiratet, hat sie nie aufgegeben.

Ich muß so stark an Eva denken, hier in dem Haus, in dem sie gelebt, in der Wohnung, in der sie sich so oft aufgehalten hat. Es ist, als wäre hier noch etwas von ihr, etwas von ihrer Seele, ihrem Geist. Ich kann sie ohnehin nie als das sehen, was sie jetzt ist – Gebein, das in einem Sarg in der Erde liegt. Ich sehe sie nicht einmal so, wie sie in den letzten Jahren war, so depressiv und verstört, immer im Schlepptau dieser scheußlichen Frau, deren erstickender Zuwendung sie sich nicht entziehen konnte, weil ihr die Kraft dazu fehlte.

Ich sehe sie, wie sie früher war, als wir zusammen auf dem Dachboden unseres schäbigen Reihenhauses saßen und uns Ronco ausdachten.

Ein ehemaliger Schulfreund hatte mir eine Karte aus Ascona geschickt, wo er Ferien gemacht hatte, und das Bild der schneebedeckten Berge und des leuchtendblauen Sees davor ließ mich nicht mehr los.

»Da möchte ich einmal leben«, sagte ich, als ich Eva die Karte zeigte. Sie war siebzehn und hungrig nach Leben; Berge und Seen vermochten sie kaum zu reizen.

»Da?« fragte sie gedehnt. »Was willst du denn da? Ich würde viel lieber in New York leben!«

Mich stimmte das traurig, wie alles, was auf unsere charakterliche Unterschiedlichkeit hindeutete. Ich kaufte mir einen Reiseführer über das Tessin und las so oft darin, daß ich mich schließlich dort unten wirklich auszukennen meinte. Zum Abitur hatte ich von Vater einen größeren Geldbetrag bekommen, und davon lud ich Eva zu einer Reise nach Ascona ein. Anfangs hatte sie keine rechte Lust, und auch Vater sah den Plan offensichtlich nicht gern.

»Hast du nicht eine Freundin, die du mitnehmen kannst?« fragte er mich.

Er wußte, daß ich keine hatte, aber vielleicht meinte er, ich würde ein Mädchen wie ein Kaninchen aus dem Hut zaubern, wenn er nur danach fragte. Den Gefallen konnte ich ihm leider nicht tun.

»Eva hat sich die Reise so gewünscht«, log ich.

Vater machte ein sorgenvolles Gesicht, aber das machte er eigentlich immer seit Mamas Tod. Das Herumstreunen in fremden Betten hat er übrigens von einem Tag zum anderen aufgegeben. Was seiner Linie nicht bekam; er hatte etliche Kilo zugelegt und einiges an Attraktivität verloren.

»Du verbringst ziemlich viel Zeit mit deiner Schwester«,

sagte er vorsichtig. »Du hast gar keine Freunde, triffst dich nie mit anderen Leuten. Das ist ungewöhnlich, mein Junge. Du ... blockierst auch Eva dadurch, möglicherweise.«

Was er gesagt hatte, traf mich tief, aber ich wußte den Schlag abzufangen.

»Du hast offenbar nicht mitbekommen, wie sehr Mamas Tod Eva traumatisiert hat«, entgegnete ich sehr ernst. »Sie klammert sich an mich, und ich denke, es ist meine Pflicht, mich um sie zu kümmern.«

Dieser Satz brachte Vater in dieser Angelegenheit für immer zum Schweigen. In Wahrheit war *er* nämlich traumatisiert durch Mamas Tod. Man hatte ihn von jeder Verantwortung freigesprochen, aber ich wußte, daß er sich selbst nicht freizusprechen vermochte. Er hätte das Messer rechtzeitig sehen müssen. Er hätte es Mama entreißen müssen, ehe sie Unheil damit anrichten konnte. Er hätte dem Notarzt nicht die falsche Adresse sagen dürfen. Er hätte das Blut stoppen müssen, anstatt sich in eine sinnlose Mund-zu-Mund-Beatmung zu flüchten.

Er sagte das nie, aber ich wußte, daß diese Gedanken in seinem Kopf herumspukten. Er wollte um Gottes willen nicht über Mama sprechen, und so kommentierte er meine Fürsorge gegenüber Eva nie wieder.

Auf jener Reise wurde Ronco geboren, das paradiesische Ronco, das von da an in meiner und Evas Phantasie einen festen Platz hatte.

Wir entdeckten das Haus auf einem Spaziergang, der uns auf einem Wanderweg hoch über dem See bis eben nach Ronco führte. Es war Anfang Oktober und noch sehr warm. Wir waren lange gelaufen und schon ziemlich erschöpft. Eva wirkte abgekämpft, und ich hatte das Gefühl, sie irgendwie aufmuntern zu müssen. Die ganze Reise machte ihr nicht sonderlich viel Spaß, das hatte ich längst gemerkt. Sie mochte das Zimmer in der schäbigen Pension nicht, das ich für uns gemietet hatte, und sie langweilte sich, weil ich sie daran hinderte, abends herumzuziehen, sich zu amüsieren und interessante Leute kennenzulernen. An manchen Tagen verhielt sie sich deshalb bockig wie ein kleines Kind. Dieser Tag war so ein Tag.

»Blöde Wanderung«, murrte sie, während wir die heiße, staubige Straße entlangtrotteten, die uns nach Ronco führen sollte. »Mir tun schon die Füße weh, und ich habe Hunger!«

»Dir kann es nichts schaden, mal ein bißchen hungrig zu sein«, meinte ich boshaft, »du hast ziemlich zugelegt in der letzten Zeit.«

Das stimmte, und sie wußte es. Jeden Morgen stöhnte sie, wenn sie sich in ihre Jeans zwängen mußte.

»Du solltest froh sein, daß ich dich zum Laufen zwinge«, fuhr ich gnadenlos fort, aber sie schaute mich schließlich so verletzt an, daß ich ein schlechtes Gewissen bekam.

»Schau mal«, sagte ich, »was für ein wunderschönes Anwesen!«

Wir sahen zunächst nur das Dach des Hauses, das sich linker Hand unter uns befand, auf eine Terrasse im Felsen gebaut. Das Grundstück schien sich, Terrasse um Terrasse, den halben Berg hinunter zu erstrecken. Palmen, Obstbäume und Blumen wucherten wild durcheinander, in einer wahren Orgie von Farben und Duft. Dazwischen sah man steinerne Bänke, Gartentische und Stühle. Irgendwo glitzerte blau das Wasser eines Swimmingpools.

Eva war tatsächlich beeindruckt und hörte auf zu nörgeln.

»Wie schön«, sagte sie hingerissen.

»Wollen wir mal in den Garten gehen?« fragte ich.

Sie zögerte. »Wenn die Bewohner aber wütend werden...«

»Ach, vielleicht sind die gar nicht da! Alles ist so ruhig. Ich wette, niemand ist daheim!«

Ich nahm einfach ihre Hand und zog sie hinter mir her. Das Tor ließ sich ohne Probleme öffnen. Steile, felsige Stufen führten zum Haus hinunter. Zweige streiften unsere Gesichter. Eine Echse huschte erschrocken davon und verschwand in einer moosigen Felsspalte.

»Das Paradies«, flüsterte ich ehrfürchtig.

Ich hatte mich nicht getäuscht: Es war niemand zu Hause. Das Anwesen lag ruhig und verlassen in der Mittagssonne, die grünen Fensterläden waren geschlossen. Weit unten träumte der Lago Maggiore, darüber hoben sich die Berge in den Himmel.

Ich hielt immer noch Evas Hand, während wir durch den Garten, der eigentlich ein Park war, wanderten, Treppe um Treppe hinunterstiegen und uns nicht satt sehen konnten an der Blumenpracht, die uns überall empfing. Eine verwitterte, kleine, italienische Marmorbank lud uns zum Hinsetzen ein, und so saßen wir dort und schauten über den See. Ich dachte, wie wunderbar es sein müßte, hier mit Eva zu leben, in dieser Stille und Schönheit.

»Ich möchte einmal genug Geld verdienen, um dir ein solches Anwesen kaufen zu können«, sagte ich verträumt.

»Quatschkopf«, entgegnete Eva. »Wenn du so viel Geld hättest, würdest du *dir* ein solches Anwesen kaufen, nicht *mir*!«

»*Uns*«, korrigierte ich mich bereitwillig, »*uns* würde ich es kaufen!«

»Da möchte ich dann deine Frau hören!« meinte Eva und lachte.

Sie klang unsicher dabei. Ich sah sie an, und ihr wurde offenbar unbehaglich zumute. Sie zog ihre Hand aus meiner und stand auf.

»Komm«, sagte sie, »gehen wir weiter!«

Wir entdeckten einen kleinen, von gewaltigen Rhododendronbüschen umgrenzten Kinderspielplatz. Ein Sandkasten, eine Schaukel, eine Wippe, ein Klettergerüst. Eine gelbe kleine Gießkanne lag auf einem einsamen Gartenstuhl, der neben dem Sandkasten stand.

Eva lebte auf. »Schau nur! Wie wunderbar! Welch ein herrlicher Platz für Kinder! Stell dir vor, wie es sein muß, *hier* aufzuwachsen!«

Sie setzte sich auf die Schaukel und schwang wild auf und ab. Ich nahm auf dem Stuhl Platz und sah ihr zu.

»Da, wo du sitzt, sitzt sicher sonst die Gouvernante und paßt auf die Kinder auf!« rief Eva. Ihre langen Haare flogen im Wind.

Der beschwerliche Weg zurück nach Ascona in unsere Pension verging nun wie im Flug. Wir malten uns eine Kindheit in Ronco aus – *unsere* Kindheit. Lange, heiße Sommertage. Eine Nanny, die aus England kam und uns abgöttisch liebte. Eine Köchin, die wunderbar kochte und uns immer etwas Gutes zusteckte. Unsere Mutter war eine schöne Frau, die tolle Partys veranstaltete und natürlich nie zuviel trank. Unser Vater trug sie auf Händen, und nie hätte er das Glück seiner Familie wegen irgendwelcher Abenteuer in fremden Betten aufs Spiel gesetzt. Wir überboten einander mit Einfällen, die das herrliche Leben einer rundherum perfekten Familie beschrieben. Zum Schluß war Eva richtig aufgekratzt.

»Wie ist Mama gestorben?« fragte sie beim Abendessen in einer Straßenkneipe auf der Piazza. »Sie kann sich nicht mit einem Messer selbst erstochen haben, weil Vater sie betrogen hat!«

Ich überlegte. »Wir könnten sie würdevoll an Krebs sterben lassen.«

»Oder ein Autounfall«, regte Eva an, »den sie natürlich nicht verschuldet hat.«

»Das ist gut«, sagte ich, »das ist tragisch!«

Wir wußten noch nicht, daß wir unser Lieblingsspiel für Jahre gefunden hatten.

8

Sie fragte sich, was er so eifrig niederschrieb. Seit Stunden – so kam es ihr vor – saß er da und kritzelte auf seinen Block. Halbnackt, mit nichts als einem Handtuch um die Hüften, hockte er am Tisch, die Stirn gefurcht, das Kinn auf eine Hand gestützt. Er schien vollkommen konzentriert. Er schaute nicht einmal zu ihr hin.

Lydia versuchte abermals zu sprechen, aber wieder brachte sie nur ein gurgelndes Geräusch hervor. Sie mußte dringend auf die Toilette, und langsam geriet sie in Panik, weil Robert keinerlei Notiz von ihrer Pein nahm. Ihr stand schon der Schweiß im Gesicht, und ihr Herz raste. Vielleicht würde es helfen, wenn sie ihre Lage veränderte, aber er hatte sie so brutal gefesselt, daß sie sich nicht im mindesten bewegen konnte. Sie hatte ein taubes Gefühl in Armen und Beinen, ihre Blutzirkulation schien nicht mehr richtig zu funktionieren. Wäre die Qual, nicht zur Toilette gehen zu dürfen, nicht so groß gewesen, hätte sie dieser Umstand sicher hochgradig beunruhigt. So aber konnte sie darüber kaum nachdenken. Sie kreiste ausschließlich um die Frage, wie sie ihn von seiner ihn offenbar völlig absorbierenden Tätigkeit ablenken und auf sich selbst aufmerksam machen könnte.

Vielleicht schreibt er einen Erpresserbrief, dachte sie, er will Lösegeld haben für mich.

Eine lachhafte Vorstellung natürlich. Es war ja nicht nur

so, daß sie keine reiche Familie hatte – sie hatte überhaupt keine Familie. Ein Erpresser würde nicht wissen, an wen er sein Schreiben richten sollte, denn es gab niemanden. Keinen Ehemann, keine Kinder, keinen Liebhaber. Keine Eltern, Geschwister, Onkel oder Tanten.

Keine Hoffnung, dachte sie erschöpft. Niemand würde anrufen und sich wundern, weshalb sie nicht ans Telefon ging. Niemand würde sagen: »Ich gehe mal bei Lydia vorbei« – und dann feststellen, in welch mißlicher Lage sie sich befand. Niemand würde sich Gedanken machen, weil er schon lange nichts mehr von ihr gehört hatte. Seit Evas Tod hatte sie mit einem einzigen Menschen noch Kontakt gehabt, und das war Leona. Aber auch die würde sich nicht sorgen. An einer Freundschaft war sie ganz deutlich nie interessiert gewesen.

Lydia gab erneut ein verzweifeltes, drängendes Geräusch von sich. Sie würde jetzt entweder gleich platzen oder in die Hose machen.

Robert schaute von seinem Notizblock nicht auf. Er sagte nur: »Sei still, oder ich steck dich in den Kleiderschrank in deinem Schlafzimmer!«

Ihr schossen die Tränen in die Augen; verzweifelt bemühte sie sich, sie zurückzuhalten. Wenn sie heulte, fing auch ihre Nase an zu laufen und war nachher verstopft, und dann bekam sie überhaupt keine Luft mehr, weil sie ja durch den Mund nicht atmen konnte.

Es gelang ihr, die Tränen zurückzudrängen, aber dann konnte sie keine Kraft mehr aufbringen. Unter ihr und um sie wurde es feucht und warm. Im ersten Moment konnte sie nichts empfinden als tiefe Erleichterung. Doch im nächsten Augenblick schon spürte sie brennende Scham, und ihre Verzweiflung wurde noch größer. Wie entsetzlich, wenn Robert bemerkte, was geschehen war!

Ermattet ließ sie den Kopf sinken, schloß die Augen. Irgendwie war sie in einen Alptraum geraten, und sie fragte sich, ob sie an seinem Ende noch am Leben sein würde.

Im Verlaufe dieses Sonntags entschied Leona, daß sie der Polizei noch eine Woche geben würde, Robert zu finden und hinter Schloß und Riegel zu bringen. So lange wollte sie sich noch versteckt halten und abwarten; es war eine Art Kompromißvorschlag an das Schicksal, von dem sie nicht glaubte, daß es Roberts Verhaftung vorgesehen hatte. Danach war Schluß. Dann würde sie in ihr Leben und nach Hause zurückkehren und beten, daß Robert auftauchte und irgendeine Lösung eintrat.

Nachdem sie diese Entscheidung gefällt hatte, fühlte sie sich entspannt und optimistisch. Eine Woche – das war eine klare Sache. Diese Zeitspanne konnte sie noch durchhalten.

Sie verbrachte den ganzen Tag im Liegestuhl im Garten. Sie las, sonnte sich, schlief. Mittags kochte sie sich Spaghetti, die sie auf der Veranda aß. Den Waldrand am Ende des Gartenzaunes behielt sie dabei immer im Auge. Ihre Angst war kleiner, ihre Ungeduld größer geworden. Manchmal meinte sie sogar, eine Stimme aus ihrem Innern rufe nach ihm. Komm endlich her! Sag, was du willst! Laß uns das Spiel zu Ende bringen!

Abends rief Wolfgang an, und sie setzte ihn von ihrem Entschluß in Kenntnis. Wie erwartet, war er alles andere als begeistert davon.

»Und wenn Jablonski in einer Woche nicht …«

»Eben«, unterbrach sie, »dann sehe ich, daß es die Polizei nicht schafft. Dann muß ich eine andere Strategie anwenden. Dann gehe ich in die Offensive.«

»O Gott«, murmelte Wolfgang. Unglücklich fügte er

hinzu: »Und mit dieser Vorstellung kannst du noch schlafen?«

»Ich glaube, zum ersten Mal nach langer Zeit werde ich es heute nacht wieder können«, sagte Leona.

9

Am Montag vormittag verschwand Robert aus der Wohnung, aber da er den Autoschlüssel nicht mitnahm, befürchtete Lydia, er würde wiederkommen. Er hatte ihr Portemonnaie in den Händen, und sie hatte ihm die Geheimzahl ihrer Scheckkarte verraten müssen, die er sich notiert hatte. Sie nahm an, er wollte im großen Stil einkaufen.

Sie hatte sich am Morgen unter seiner Aufsicht waschen und anziehen dürfen – eine Qual, aber besser, als weiterhin in den eigenen Fäkalien zu liegen.

»Was bist du nur für ein Schwein!« hatte er angewidert gesagt, als er ihre Fesseln löste. »Soll ich dir sagen, was ich wirklich gräßlich finde? Frauen, die sich gehenlassen. Mich wundert es überhaupt nicht, daß kein Kerl dich haben wollte!«

Die Demütigung bohrte sich wie ein Messer in ihr Herz. Was hatte sie ihm je getan, daß er sie nun so mit Füßen trat? Sie schwankte ins Bad hinüber und zog ihren nassen, stinkenden Bademantel aus. Sie hatte gehofft, er werde wenigstens diskret zur Seite blicken, aber er schien nicht geneigt, ihr auch nur im mindesten entgegenzukommen. Er lehnte in der Tür und beobachtete jede ihrer Bewegungen, und er machte dabei ein Gesicht, als müsse er einem besonders widerlichen Vorgang beiwohnen. Lydia war sich ihres unschönen Anblicks nur allzu bewußt, ihrer

394

dicken Oberschenkel mit den zahlreichen Dellen, ihres vorstehenden fleischigen Bauches, ihrer schlaffen, langen Brüste. Im grausamen Deckenlicht des Badezimmers mußte sie wie ein wabbliges Monstrum aussehen.

»Darf ich duschen?« fragte sie, als sie nackt und bloß und verdreckt vor ihm stand.

»Bitte. Aber beeile dich.«

Das heiße Wasser und der Schaum taten gut. Für einen Moment schloß sie die Augen.

Es wird vorbeigehen. Es wird alles gutwerden. Eines Tages wirst du vergessen haben, was geschehen ist.

»Wie Eva dich aushalten konnte, ist mir ein Rätsel«, hörte sie Roberts Stimme, »aber oft genug hat sie ja auch gejammert. Du bist ihr ziemlich auf die Nerven gegangen, Lydia. Du hast sie erstickt mit deiner Freundschaft. Sie hat mit dem Gedanken gespielt, von Frankfurt fortzugehen, wußtest du das? Sie suchte eine Möglichkeit, deinem Klammergriff zu entkommen.«

Er will dich nur quälen. Nichts davon ist wahr. Eva wäre nie fortgegangen.

Eva *ist* fortgegangen, sagte eine andere Stimme in ihr, sie hat sich aus ihrer Wohnung in den Tod gestürzt. Sie hat vorher nicht einmal auf Wiedersehen gesagt. Du hast ihren Selbstmord nicht verhindern können.

Tränen liefen ihre Wangen hinunter, Tränen, heiß wie das Wasser.

Sie mußte plötzlich denken: ein verpfuschtes Leben. Ein völlig verpfuschtes Leben, das ein elendes Ende in der Gewalt eines Psychopathen finden wird.

»So, raus jetzt aus der Dusche!« kommandierte Robert. »Es reicht! Ich habe noch anderes zu tun heute.«

Tränenblind und unbeholfen wie ein nasser Sack, kletterte sie aus der Wanne, tastete nach ihrem Badetuch, hüllte sich darin ein. Für Momente wenigstens war ihr Körper in all seiner Unzulänglichkeit seinen Blicken entzogen. Das Tuch fühlte sich tröstlich flauschig an und roch nach dem Duftvlies, das sie der Wäsche im Trockner immer beilegte. Im Spiegel konnte sie ihr Gesicht sehen: verquollen vom Weinen, unschön gerötet von der Hitze des Wassers, fleckig und irgendwie aufgelöst.

Immer noch in das Badetuch gewickelt, stolperte sie in ihr Schlafzimmer. Sie sah, daß er ihr Bett frisch bezogen und dann offenbar die Nacht darin verbracht hatte. Die alte Bettwäsche lag zusammengeknäult in der Ecke.

Sie zog ihren Trainingsanzug an; nun, da ihr Bademantel beschmutzt war, war er das Bequemste, was sie hatte, und da ihr schwante, daß sie die nächsten Stunden wieder verschnürt und verknotet auf dem Sofa würde verbringen müssen, erschien es ihr als das klügste, sich mit ihrer Kleidung nicht noch mehr zu belasten.

»Darf ich noch auf die Toilette gehen?« fragte sie schließlich mit Piepsstimme.

Er machte eine ungeduldige Handbewegung. »Okay. Aber beeile dich!«

»Allein?«

Die Vorstellung, er könnte ihr auch dabei noch zusehen, war nicht erträglich.

Robert überlegte, nickte schließlich.

»Gut. Aber die Tür bleibt angelehnt. Ich stehe direkt davor. Wenn ich höre, daß du versuchst, ans Fenster zu kommen, bist du in der nächsten Sekunde tot. Klar?«

Gefesselt und geknebelt setzte er sie dann auf ihren Fernsehsessel im Wohnzimmer, nachdem sie zuvor ein Glas Wasser hatte trinken und eine Buttersemmel hinunterwürgen dürfen. Sie konnte hören, wie die Wohnungstür hinter ihm zufiel und seine Schritte auf der

Treppe verklangen. Wenn ihm doch ein Nachbar begegnete! Einer, der das Fahndungsbild in den Zeitungen gesehen hatte!

Aber Robert war schlau. Er hatte sich mit Sicherheit überzeugt, daß das Treppenhaus leer war, ehe er losging.

Robert kam am Nachmittag zurück, bester Laune und bepackt mit zahlreichen Einkaufstüten. Er streckte nur kurz den Kopf ins Wohnzimmer und vergewisserte sich, daß Lydia noch genauso dasaß, wie er sie am Morgen plaziert hatte. Dann verschwand er, und nach einer Weile hörte sie ihn in der Küche hantieren. Teller und Töpfe klapperten, und schließlich zog köstlicher Essensduft durch die Wohnung. Lydia spürte, wie sich ihr Magen zusammenzog, wieder und wieder. Sie hätte gedacht, in einer Lage wie der ihren finde ein Gefühl wie Appetit überhaupt nicht mehr statt, aber jetzt war ihr geradezu schlecht vor Hunger. Seit dem Frühstück am Vortag hatte sie nur eine einzige Semmel bekommen.

Robert tauchte wieder im Wohnzimmer auf und begann den Tisch zu decken. Er deckte für *zwei* Personen!

Sie wurde von ihren Fesseln befreit, durfte auf die Toilette gehen, sich die Hände waschen. Sie durfte mit ihm am Tisch sitzen und essen, Nudeln mit Gulasch, und einen Rotwein dazu trinken. Ein Gefühl von Sympathie, beinahe Liebe überschwemmte sie. Sie war dankbar wie ein kleines Kind, das man in einen dunklen Schrank gesperrt und plötzlich wieder hinausgelassen hat. Ihr Peiniger, der mit ihr verfahren konnte, wie er wollte, bekam in Momenten, da er sie gut behandelte, gottähnliche Züge.

»Sie kochen sehr gut«, sagte sie vorsichtig.

Robert schien sich über das Kompliment zu freuen.

»Ja? Ich habe immer gern gekocht. Manchmal stehe ich

stundenlang in der Küche und bereite irgend etwas ganz Besonderes zu.«

Ermutigt durch seinen freundlichen Plauderton, fuhr Lydia fort: »Eva war da ganz anders. Sie haßte es zu kochen. Sie sagte, schon ein Spiegelei sei ihr im Grunde zuviel. Sie liebte es, wenn ich für sie kochte.«

»Eva war ziemlich verwöhnt. Leider bin ich die Ursache. Ich habe viel zu viel für sie getan, immer schon.« Sein Gesicht hatte sich verfinstert. Er nahm einen Schluck Rotwein. »Sie war ein launisches, undankbares Geschöpf, fandest du nicht?«

Es schien Lydia angebracht, vorsichtig zu sein.

»Ich weiß nicht. Ich mochte sie.«

Ungeduldig trommelte er mit den Fingern auf den Tellerrand.

»Natürlich. Ich mochte sie auch. Aber ich war nicht blind gegenüber ihren Fehlern.«

Lydia schwieg. Sie mußte aufpassen, was sie sagte.

»Eva war auch ziemlich verlogen«, fuhr Robert fort. »Sicher hat sie dir auch von unserer Kindheit in Ronco erzählt?«

»Ja. Oft.«

»Dachte ich es mir doch. Die Geschichten hat sie jedem zu verkaufen versucht. Es war kein Wort wahr! Weißt du, wo wir aufgewachsen sind, Eva und ich? In Frankfurt-Eschborn! Klingt schon nicht mehr so toll, wie?«

»Aber ...«, fing Lydia an, brach den Satz dann jedoch erschrocken ab.

Es wäre unklug, ihn daran zu erinnern, daß er bei gemeinsamen Treffen mit seiner Schwester und ihr selbst immer von jener Villa in Ronco hoch über dem Lago Maggiore gesprochen hatte.

Er fixierte sie scharf. »Ja?«

»Nichts. Ich habe mich nur gewundert. Warum sollte sie mich anlügen?«

»Sie war ein ziemlich verdorbenes Stück. Das ist mir spätestens da aufgefallen, als sie sich diesem Professor Fabiani an den Hals schmiß. Billig, einfach billig!«

Er stocherte mit der Gabel hektisch im Essen herum und machte ein haßerfülltes Gesicht. Lydia schwieg eingeschüchtert. In der Gegenwart dieses Mannes hatte sie das Gefühl, auf einem Pulverfaß zu sitzen. Jeden Moment konnte sich eine Katastrophe ereignen. Sie erinnerte sich an die Worte des Polizeibeamten, der bei ihr gewesen war und sie nach Robert Jablonski gefragt hatte.

»Ich muß Sie warnen! Der Mann ist hochgradig geistesgestört und außerordentlich gefährlich!«

Sie hatte sich das damals nicht vorstellen können. Der nette, gutaussehende Robert! Nun konnte sie es sich sehr wohl vorstellen und fror bei jedem Blick auf ihn.

»Morgen früh werde ich dich verlassen«, sagte er. »Dein Auto und deine Scheckkarte nehme ich mit.«

Er konnte mitnehmen, was er wollte, wenn er ihr nur nichts tat!

»Ich verrate Sie bestimmt nicht«, versicherte sie sofort.

Robert grinste, und wieder fluteten Kältewellen über Lydias Körper.

»Nein«, bestätigte er, »das wirst du ganz sicher nicht tun.«

Ihr wurde übel, und in ihren Ohren begann es zu rauschen. »Sie … ich meine, Sie werden doch nicht …«, begann sie, aber sie vermochte das Furchtbare nicht auszusprechen.

»Was werde ich nicht? Warum redest du nicht weiter, Lydia?«

399

Sie öffnete den Mund erneut, aber ihre Stimme versagte. Sie schluckte trocken.

»Ich möchte, daß du sagst, was du sagen wolltest, Lydia«, sagte Robert sehr sanft.

Keuchend stieß sie hervor: »Ich habe Angst, Sie bringen mich um.«

Er musterte sie lächelnd. »Du hast Gulaschsoße am Kinn«, sagte er schließlich.

Als sie unsicher die Hand hob, um über ihr Kinn zu tasten, neigte er sich blitzschnell über den Tisch und schlug ihr so hart auf die Finger, daß sie aufschrie – vor Schmerz und vor Schreck.

»Hatte ich dir befohlen, es wegzumachen? Hatte ich das?«

»Nein«, flüsterte Lydia. Unter dem Tisch preßte sie ihre mißhandelte Hand zwischen die Knie. Sie tat entsetzlich weh.

»Ich muß Leona finden«, erklärte er, als sei nichts geschehen. »Sie versteckt sich vor mir. Sie begreift nicht, daß wir zusammengehören.« Er schob seinen Teller zurück und sah Lydia traurig an. »Anna hat das auch nicht verstanden. Frauen können manchmal ziemlich dumm sein. Sie verspielen ihr Glück – aus schierem Leichtsinn.«

Lydia wagte nichts zu erwidern. Von der Hand aus schossen Schmerzen in ihren ganzen Körper. Es war ihr egal, welches Problem Robert mit Leona hatte, es war ihr auch egal, was aus Leona wurde. Sie wollte nur selbst irgendwie davonkommen. In vielen einsamen, dunklen Stunden hatte sie oft gedacht, Sterben sei besser als Leben, und sie war überzeugt gewesen, es würde ihr nichts ausmachen zu gehen. Und nun, in diesen Minuten, mit diesem Irren an einem Tisch, der vermutlich keinerlei Skrupel hatte, sie umzubringen, wenn das in seine Pläne paßte, merkte sie, wie sehr sie am Leben hing. Mit jeder Faser ihres Herzens und ihres Körpers wünschte sie sich, weiterleben zu dürfen.

Sie hatte seit ihrer Kindheit nicht mehr gebetet, aber nun flehte sie Gott wortlos an, sie zu verschonen.

Ich werde etwas daraus machen, versprach sie, ich weiß noch nicht, was und wie, aber wie bisher wird es nicht weitergehen. Laß mich nicht sterben! Laß mich bitte nicht sterben!

Robert stand auf. »Mahlzeit beendet! Los, Lydia, setz dich wieder in deinen Sessel dort drüben!«

Sie wankte zu ihrem Fernsehsessel. Nachdem sie sich gesetzt hatte, fesselte er sie wieder, verklebte ihren Mund.

Fröhlich pfeifend, begann er den Tisch abzuräumen und hörte sich dabei die Nachrichten im Fernsehen an. Soweit Lydia das mitbekam, hatte sich an diesem Tag auf der ganzen Welt nichts Besonderes ereignet.

»Vielleicht solltest du Leona doch aufsuchen«, sagte Wolfgang, »egal, ob sie dagegen ist oder nicht. Sie hat sich in den Kopf gesetzt, noch eine Woche zu warten, ob die Polizei Jablonski festnehmen kann, und im anderen Fall ihr Versteck zu verlassen und nach Hause zurückzukehren. Ich mache mir Sorgen!«

»Aber das ist doch Wahnsinn!« sagte Carolin. »Wenn sie jetzt zurückkommt, dann war alles umsonst.«

»Eben. Sie begibt sich in schlimme Gefahr. Aber ich fürchte, daß sie auf mich nicht hören wird. Und am Telefon ist das sowieso alles so schwierig!«

Wolfgang klang ziemlich verstört, fand Carolin. Es hatte sie gewundert, daß er so spät am Abend noch in Lauberg anrief und gerade *sie* zu sprechen verlangte. Sie hatte sogleich geargwöhnt, daß es um Leona ging, und ihre Vermutung hatte sich bestätigt.

»Warum will sie denn etwas so Verrücktes machen?«
fragte sie.

»Sie scheint der Ansicht zu sein, daß sich nichts tun
wird, solange sie beide, sie und Jablonski, in ihren Verstecken sitzen und darauf warten, daß der andere einen
Fehler macht«, sagte Wolfgang. »Sie meint, daß sie sich zeigen muß, damit Robert dann reagiert und dabei geschnappt werden kann.«

»Lockvogel in eigener Sache«, murmelte Carolin. »Viel
zu riskant!«

»Das meine ich eben auch. Das schlimme ist nur, ich
finde keine wirklich guten Gegenargumente, was ihre
Theorie angeht. In der Sache könnte sie durchaus recht haben. Aber …«

»Soll ich sie anrufen?«

»Noch besser wäre es, wie gesagt, du würdest einfach
hinfahren. Es wird dauern, sie zu überzeugen. Du weißt,
was für ein Sturkopf sie ist.«

»Sie wollte das ausdrücklich nicht.«

»Ich weiß. Aber es geht um ihr Leben. Ich würde selber
hinfahren, aber ich traue mich nicht.«

»Anfangs hast du gesagt, es sei auch zu gefährlich, wenn
ich hinfahre!«

»Ich weiß. Aber allmählich haben wir kaum noch eine
Alternative, nicht?«

»Ich werde es mir überlegen«, versprach Carolin, »uns
bleibt ja noch diese Woche. Paß auf, Wolfgang: Wenn
Leona nicht bis Freitag von ihrem verrückten Vorhaben
Abstand genommen hat, fahre ich zu ihr und sperre sie
dort notfalls in den Keller. Ausnahmsweise wird sie einmal tun, was *ich* ihr sage. Bisher war es immer anders
herum, aber es wird Zeit, das zu ändern.«

10

Es ist viel angenehmer, einen Feind im Auto sitzend zu beschatten, als sich dabei im Freien aufzuhalten. Abgesehen davon, daß mich das Auto beweglich macht, bietet es mir auch ein gewisses Maß an Bequemlichkeit. Ständig habe ich ein Dach über dem Kopf, und nachts kann ich den Sitz umlegen und schlafen. Ich habe mir ein Kissen und eine Decke gekauft. Es ist richtig gemütlich in meiner kleinen Wohnung auf vier Rädern. Glücklicherweise hält das warme Wetter draußen an. Die Abende sind kühl, aber in meine Decke gewickelt machen sie mir nichts aus. In Maßen – denn ich will ja die Batterie nicht völlig entleeren – kann ich sogar Radio hören. Vor allem: Ich bin weg von der Straße. Mein ständiges Herumlungern am Friedhof und an der Bushaltestelle fing an, auffällig zu werden. Zumal ich aussah wie ein Clochard und stank wie eine Müllhalde. Nun parkt mein Auto in einer langen Reihe anderer Autos, unauffällig und sehr zivilisiert. Vorüberkommende sehen einen gepflegten Mann darin sitzen, der meistens Zeitung liest. Die meisten schauen aber nicht einmal hinein. Ich errege keinen Abscheu mehr und kein Mitleid. Nicht mal Interesse. Das macht mich sehr ruhig.

Der Besuch bei Lydia war einer der hervorragendsten Einfälle, die ich je hatte. Als ich sie auf meine Liste schrieb und einen Kreis um ihren Namen zog, muß ich eine Ahnung gehabt haben. Und irgendwann fiel mir dann schlagartig ein, daß sie genau das war, wonach ich gesucht hatte: Besitzerin eines Autos. Alleinstehend und völlig vereinsamt. Lydia, das wußte ich, könnte sterben, und es würde Wochen dauern, ehe es jemand bemerkt. Das bedeutete, Lydia könnte gefesselt in ihrer Wohnung liegen, und ich könnte mit ihrem Auto herumfahren, und es würde ebenfalls Wochen dauern, ehe es jemand bemerkt. Günstiger konnten die Dinge nicht liegen.

Ich habe Lydia nie gemocht, aber es gab keinen Grund, sie umzubringen. Alt, fett, häßlich und lästig zu sein ist ja kein Verbrechen. Ich habe sie schön verschnürt in ihrem Wohnzimmer zurückgelassen. Ich habe einen großen Topf mit Fleischbrühe und mehrere offene Flaschen mit Mineralwasser vor sie hingestellt, jeden Behälter mit mehreren Strohhalmen versehen. In die vielen Pflaster, die ihren Mund verpappen, und in den Verband, der als Sicherheit noch drum herumgewickelt ist, habe ich vorne ein kleines Loch geschnitten. Rufen oder gar schreien kann sie damit nicht. Mit etwas Geduld und Geschicklichkeit kann sie aber einen Strohhalm dazwischenschieben und dann trinken. Ich habe es sie ausprobieren lassen, es geht. Eine Weile kann sie so überleben, die arme alte Schachtel. Was dann wird, wenn Leona und ich längst im Ausland sind, weiß ich nicht. Aber ich habe ihr auf jeden Fall eine faire Chance gegeben.

Schön, eine Scheckkarte zu haben und jederzeit Bargeld abheben zu können! Ich habe mir Lydias Kontoauszüge ausdrucken lassen; ich will wissen, was sie hat, denn ich möchte nicht durch ungewohntes Überziehen jemanden aufmerksam machen. Wie ich Lydia einschätze, überzieht sie so gut wie nie und sieht sich ab fünfzig Mark im Minus schon am Rande der Existenzgefährdung.

Die Alte kriegt ja keine allzu hohe Rente, aber es befinden sich immerhin fast sechseinhalbtausend Mark auf ihrem Konto. Damit kann ich eine ganze Zeit gut leben, ohne mir Sorgen um Benzin, Essen und so fort machen zu müssen. Jeden Tag, wenn Fabiani in der Uni ist, gehe ich ins Schwimmbad. So, wie ich jetzt aussehe, wirft mir die

Frau an der Kasse keine schiefen Blicke mehr zu. Trotzdem wechsle ich die Badeanstalten und sehe zu, mein Gesicht immer ein wenig im Schatten zu halten. Ich darf nicht vergessen, daß noch immer nach mir gefahndet wird – und zwar sicher mit Hochdruck, denn ewig wollen sie wohl die arme kleine Leona nicht in ihrem Versteck sitzenlassen.

Im Schwimmbad drehe ich ein paar Runden – habe mir eine schöne, neue Badehose gekauft! –, dann dusche ich ausgiebig, wasche meine Haare, rasiere mich. Ich habe jetzt einen Packen frischer Wäsche und ein paar Hemden zum Wechseln. Mein Rasierwasser ist teuer, und es ist zudem Leonas Lieblingsduft. Ich weiß das, weil sie es mir einmal gesagt hat. Ich bin absolut vorbereitet, ihr gegenüberzutreten und sie von neuem zu gewinnen. Wenn nur Fabiani, dieser Geier, endlich seinen Hintern hochbekäme und mich zu ihr führte! Manchmal, in dunklen Momenten, habe ich Angst, daß ich doch die falsche Person beschatte. Zweimal war ich drauf und dran, meinen Beobachtungsposten nach Lauberg vor das Haus von Leonas Familie zu verlegen. Aber dann wieder warnte mich eine innere Stimme, dies sei ein Fehler. Die Stimme sagte mir, daß ich schon richtig entschieden hätte. Ich bemühe mich nach Kräften, ihr zu vertrauen. Eigentlich hat sie mich nie enttäuscht. Sie sagte mir damals, Anna würde nach Hause gehen zu ihrer Familie, und wenn ich dort auf sie wartete, könnte ich sie nicht verfehlen. Und als ich schon kurz davor war aufzugeben, kam Anna tatsächlich und lief mir geradewegs in die Arme.

Ich denke jetzt oft an Anna. Ich denke an sie, um nicht an Eva zu denken. Dabei war auch Anna eine bittere Erfahrung, aber Eva war die bitterste. Von Eva abgewiesen zu werden hat mich wirklich verletzt. An einer Stelle, die mir unheimlich ist, weil ich sie nicht fassen, nicht einmal benennen kann. *Seele* sagt man wohl dazu, was immer das letztlich ist. Es ist jedenfalls der Bereich im Menschen, der nie heilt, wenn er einen wirklichen Schlag abbekommen hat. Er tut weh bis ans Lebensende und vielleicht noch darüber hinaus. Anna hat mich auch getroffen, aber es muß woanders gewesen sein, denn diese Wunde schmerzt nicht mehr. Vielleicht hat Annas Blut das Gift davongeschwemmt. Mit Anna war ich fertig in dem Moment, da sie tot vor meinen Füßen lag, die Hände noch im Todeskampf um meine Schuhe gekrallt.

Eva konnte ich nicht töten. Man kann die eigene Schwester nicht töten. Man kann alles mit ihr machen, aber niemals kann man zusehen, wie das Blut aus ihr herausströmt und alles ertränkt ringsum, auch den Schmerz.

Während ich so im Auto sitze, sehe ich oft Annas Gesicht vor mir, das Gesicht, das sie machte, als sie mich an jenem Morgen auf der Straße zu ihrem Heimatdorf wiedersah. Ein windiger, kühler Frühsommertag. Ich war, wie gesagt, schon dicht davor aufzugeben.

Ich haßte es, ihren Vater zu waschen und zu füttern und sein verdrecktes Bett neu zu beziehen, aber diesen Job ergattert zu haben war ein so einmaliger Glücksfall, daß ich entschlossen war durchzuhalten. Ich hatte mich seit Mitte Januar mit Gelegenheitsjobs über Wasser gehalten, bis ich Ende Februar in der Zeitung eine Anzeige las, daß eine private Pflegedienstinitiative weitere Mitarbeiter suchte. Ich dachte, das könnte etwas Dauerhaftes sein, außerdem kam man in die verschiedensten Häuser und erfuhr den neuesten Tratsch der Gegend immer am schnellsten. Ich hatte keinerlei Referenzen, aber ich behauptete, ich hätte meine kranken Eltern bis zu deren Tod gepflegt und sei besessen von dem Wunsch, anderen zu helfen. Die alte Schachtel, die das Einstellungsgespräch führte, schmolz dahin. Nicht nur, weil ich so viel Güte verströmte, sondern auch, weil ich ihr Blicke schenkte, die ihr die Farbe in die Wangen trieben. Natürlich konnte sie mich – unausgebildet, wie ich war – nicht als Pfleger einstellen, aber sie brauchte jemanden, der Essen in die Häuser brachte, alte Menschen zum Arzt fuhr oder sonstige Botengänge erledigte. Es gab einen Hungerlohn dafür, aber das Geld reichte für den Moment, um durchzukommen.

Ich bekam ein Auto zur Verfügung gestellt und kutschierte in den Dörfern herum, brachte warmes Essen zu alten Knackern, räumte ihre Wohnungen auf, putzte, schob den einen oder anderen im Rollstuhl spazieren. Die meisten waren äußerst redselig und trotz ihres desolaten Zustands, der sie in jeder Großstadt in die absolute Vereinsamung getrieben hätte, ziemlich gut über alle Neuigkeiten ringsum informiert.

Ich dachte, wenn Anna Heldauer nach *sechs Jahren* Abwesenheit nach Hause zurückkehrt, erfahren die das, und dann erfahre ich das!

Aber dann kam es noch viel besser: Lisa Heldauer forderte Hilfe zur Pflege ihres schwerkranken Vaters an. Sie brauchte jemanden, der ihn ab und zu aus dem Bett hob, und ich war derjenige, der für genau solche Aufgaben engagiert worden war. Dadurch ging ich nun mehrmals in der Woche in Annas Elternhaus aus und ein.

Die ganze Zeit überlegte ich, wie sich unsere Begegnung gestalten würde. Sowie sie mich im Haus ihres Vaters erblickte, würde sie schreien oder hysterisch werden, und das würde ihre Schwester auf den Plan rufen. Im Handumdrehen wäre heraus, daß ich mich dort eingeschlichen und zudem einen falschen Namen angegeben hatte. Ich machte Pläne, wie es mir gelingen könnte, das Haus ungesehen zu verlassen, sowie sie auftauchte. Möglich wäre auch, sie käme nachts an und öffnete mir am nächsten Morgen arglos die Tür … Ich sah eine Menge Schwierigkeiten vor mir, und dann war alles so einfach, so lachhaft einfach. Sie schwankte die Straße entlang, frühmorgens, an jenem windigen Tag, schwankte deshalb, weil sie einen riesigen Koffer schleppte, den sie ständig von einer Hand in die andere wechselte. Ich kam mit meinem kleinen Auto dahergetuckert, auf dem Weg zu ihrem langsam dahinsiechenden Vater, und sie drehte sich hoffnungsvoll um, als sie das Motorengeräusch hörte, ließ den Koffer fallen und streckte den Daumen raus. Mein Gesicht hinter der Windschutzscheibe erkannte sie offensichtlich nicht.

Erst als ich anhielt, die Beifahrertür aufstieß und »Hallo, Anna!« sagte, kapierte sie, wem sie da begegnet war. Sie guckte wie eine Kuh, wenn's donnert, dann fingen ihre Augen an zu flackern, und sie schaute sich mit gehetztem Blick nach Hilfe um. Wäre irgendwo ein anderes Auto aufgetaucht, ich glaube, sie hätte sich davorgeworfen in ihrer Panik. Es ließ sich aber kein Auto blicken. Ringsum gab es nur Wiesen, dunkelgrüne, saftige, üppige Maiwiesen, deren Gräser sich im Wind bogen und naß glänzten vom Regen. Ein Stück weiter vorn begann der Wald, und erst dahinter, gut eineinhalb Kilometer weiter, lag dann das Dorf, ihr Heimatdorf. Sie war so nah am Ziel!

»Komm, steig ein«, sagte ich, »ich fahre dich nach Hause. Eher fällst du tot um, als daß du es mit dem Koffer bis dorthin schaffst!«

Das klang harmlos, doch ich meinte es wortwörtlich. Sie hatte noch eine knappe halbe Stunde zu leben.

Ich weiß gar nicht mehr genau, ob sie letzten Endes freiwillig ins Auto stieg oder ob ich sie mit Gewalt hineinbeförderte. Am Ende saß sie jedenfalls drin.

Ihren Koffer hatte ich im Kofferraum verstaut. Ich nahm

ihn später mit nach Ascona, hängte all ihre Sachen in den Schrank. Das gab mir ein Gefühl, als sei sie noch da.

Ich weiß nicht mehr genau, was im Wald geschah. An das scharfe Messer, das ich bei mir trug (hatte ich die Tat *geplant*?), erinnere ich mich, an das Blut und eben daran, daß sie meinen Schuh festhielt, als sie starb. Ich wollte sie nicht einfach liegenlassen, das hatte sie nicht verdient. Ich stellte sie aufrecht an einen Baum und band sie daran fest. Das sah würdevoll aus! Der Wind konnte mit ihren Haaren spielen.

Ich kam danach keineswegs wie ein Metzger daher, aber ein paar Spritzer hatte ich doch abbekommen. Ich fuhr noch einmal in meine Pension, wechselte meine Kleidung, knäulte die getragenen Sachen zusammen und verscharrte sie an einer anderen Stelle im Wald unter Erde, Reisig und Laub. Annas Koffer wollte ich am nächsten Tag in ein Schließfach auf dem Augsburger Hauptbahnhof bringen. Ich kam spät an bei Lisa und ihrem Vater an diesem Tag, aber das fiel nicht weiter auf, weil wegen meiner verschiedenen Schutzbefohlenen meine Besuche immer ein wenig unregelmäßig waren.

Eigentlich hätte ich gleich in die Schweiz zurückkehren können, aber mir war klar, daß dann, sobald man Anna fand, der Verdacht auf mich fallen würde. Zwar kannte Lisa mich nur unter dem Namen Benno (»Nennen Sie mich einfach Benno, alle sagen so zu mir!«), aber meine Arbeitgeberin hatte natürlich meinen Paß gesehen und kannte meinen vollen Namen. Sie würden mich ausfindig machen können.

Also blieb ich noch einige Wochen, obwohl mich mein Job wirklich anekelte und ich ihm jetzt, da ich mein eigentliches Ziel erreicht hatte, nichts mehr abgewinnen konnte. Ich bekam das ganze Drama mit: Drei Tage nach *dem Geschehen* kreuzte die Polizei auf, zwei Beamte mit betretenen, schreckenverheißenden Mienen, und sie nahmen Lisa mit, damit sie ihre Schwester identifizierte.

Lisa sah grau und um Jahre älter aus, als sie zurückkam. Sie tat mir leid, sie stand so alleine da mit ihrem Entsetzen. Ihren Vater hatte die Nachricht auch getroffen, aber er war schon zu krank, um sich noch wirklich erschüttern zu lassen. Er beschäftigte sich bereits vorwiegend mit seinem eigenen Sterben.

Im Zuge der Ermittlungen wurde ich natürlich auch überprüft. Lisa hatte mir nie von Anna erzählt, also beteuerte ich, von der Existenz einer Schwester keine Ahnung gehabt, geschweige denn diese je kennengelernt zu haben. Ich glaube, niemand hatte mich auch nur für einen Moment im Verdacht. Ich tat eine harte Arbeit, die niemand tun wollte, und ich galt als zuverlässig, pflichtbewußt und liebenswürdig. Meine Arbeitgeberin berichtete den Beamten, daß ich seit mehr als einem Vierteljahr für sie tätig war, und ließ durchblicken, daß ich mit meiner Tätigkeit versuchte, den schweren Tod meiner eigenen Eltern zu verwinden. Lisas Vater erklärte, ich sei ein fabelhafter junger Mann, was ich als schmeichelhaft empfand, denn als *jungen* Mann sah ich mich keineswegs mehr.

Und noch ehe ich in die Verlegenheit kam, bei Lisa kündigen zu müssen, erklärte diese von sich aus, sie könne mich nicht mehr bezahlen, sie würde die Pflege von nun an selbst übernehmen. Geldgieriges kleines Ding! Ihr Vater bezahlte den Pflegedienst von seiner Rente, aber sie sah wohl ihr Erbe dahinschmelzen und wollte einen Riegel vorschieben.

Mir konnte es recht sein. So bekam außer meiner Arbeitgeberin niemand meine Kündigung mit, jedenfalls keiner von den Heldauers. Ich löste mich in Nichts auf. Ich hatte meinen Frieden gefunden. Ich ging in meine Heimat zurück.

II

1

In der Nähe des Hauses gab es einen kleinen See. Leona erinnerte sich, dort als Kind ein paarmal gebadet zu haben. Das Wasser war selbst im Hochsommer immer sehr kalt gewesen, denn der See lag mitten im Wald, und nur seine Mitte wurde nicht von Bäumen beschattet. Wenn man hineinwatete, wühlte man den moorigen Grund auf, der das Wasser trübte. Es schmeckte ein wenig metallisch, wenn etwas davon in den Mund geriet. Eigentlich mochten nur Kinder den See, jedenfalls hatte Leona früher nie Erwachsene darin gesehen. Es gab Fotos, die sie mit roten Schwimmflügeln an den Oberarmen, am seichten Rand herumplanschend, zeigten. Sie war ziemlich pummelig gewesen zu dieser Zeit und strahlte stets wie ein Honigkuchenpferd über das ganze runde Gesicht.

Der Donnerstag brachte so heißes Wetter, daß Leona am Mittag beschloß, den See aufzusuchen. Sie packte sich einen Korb mit belegten Broten und einer Flasche Mineralwasser, tat einen Badeanzug und ein Handtuch hinein und machte sich auf den Weg.

Sie hatte die Strecke länger in Erinnerung gehabt. Hatte sie als Kind nicht immer gejammert und alle paar Schritte gefragt, wann man nun endlich da sei? Jetzt dauerte es eine knappe Viertelstunde, und der Weiher – denn ein See war es nur in ihrer Kindheitserinnerung gewesen – lag vor ihr. Das Wasser brackig wie eh und je, die Bäume ringsum so hoch und dicht, daß kaum Sonne zwischen ihnen hindurchdrang. Das Laub glänzte in hellem, frischem Grün, hatte noch nicht seine letzte Dichte erreicht. Im Hochsommer würde es hier noch schattiger und dunkler sein.

Ein paar Jugendliche aus dem Dorf, fünf junge Männer, saßen auf Baumstümpfen, die sich am Rande des Weihers um eine Feuerstelle herum gruppierten, eine Art Grillplatz offenbar, im Sommer vermutlich ein beliebtes Ausflugsziel und Samstagabendtreff. Die Jungs hatten ein paar Bierflaschen und Coladosen um sich herum aufgebaut, rauchten und beobachteten höchst interessiert die Ankunft der Fremden.

Leona kümmerte sich nicht um sie. Sie stellte ihren Korb neben einen der wenigen sonnigen Flecken, die es hier gab, kramte ihren Badeanzug hervor, zog sich im Schutz eines Gebüsches um und watete mutig ins Wasser.

Das Wasser war so kalt, daß ihr von den Knöcheln her sofort Kältewellen den Körper hinaufrasten. Mit den Füßen versank sie tief im Schlick.

Verdammt, dachte sie. Sie wäre umgekehrt, hätte sie keine Zuschauer gehabt.

»Guckt mal, die Tante geht wirklich rein!« schrie einer der jungen Kerle begeistert.

»Paß auf, daß du keinen Kälteschock kriegst!« rief ein anderer und wollte sich totlachen über diese Bemerkung.

Typisch, dachte Leona mit einiger Verbitterung, wenn man erst über dreißig ist, halten diese Achtzehnjährigen einen für ein Fossil!

»Da gibt's Krokodile!« rief ein anderer, bemüht, seine Kumpels zu übertrumpfen. »Seien Sie bloß vorsichtig, Lady!«

Sie biß die Zähne zusammen und ließ sich ins Wasser

gleiten. Es hätte sie nicht verwundert, wenn Eisblöcke auf sie zugeschwommen wären, so kalt war es. Ihr Mut wurde von den Jugendlichen mit Begeisterungsrufen kommentiert. Mit kräftigen Armbewegungen teilte sie das braune Wasser. Es roch wie früher. Es schmeckte wie früher, wenn es an die Lippen kam. Es war so kalt und moorig wie früher.

Der Unterschied war: Sie trug keine Schwimmflügel mehr. Es stand kein besorgter Erwachsener mehr am Ufer, der sie ohne Unterlaß im Auge behielt. Es lungerten nur ein paar Jungs herum, die sich keine ihrer Bewegungen entgehen ließen, die sie anstarrten, weil sie eine schöne Figur hatte, einen sehr eleganten Badeanzug trug und ein beträchtliches Maß an Selbstüberwindung bewiesen hatte, als sie sich in das kalte Wasser wagte.

Sie legte sich auf den Rücken, paddelte mit den Beinen, schaute hinauf in das Himmelsblau zwischen den Baumkronen. Sie hatte lange nicht mehr darüber nachgedacht, was es bedeutete, erwachsen zu sein, frei zu sein. Es war einfach so. Irgendwann wurde man selbständig, man konnte für sich selbst sorgen, man brauchte keine Schwimmflügel mehr und niemand verlangte, man solle endlich aus dem Wasser kommen, weil es zu kalt sei. Und dann, ehe man sich versah und oft ohne daß man es richtig bemerkte, kam ein Mensch daher und baute Stück um Stück dieser kostbaren Freiheit ab. In den meisten Fällen ein Partner, mit dem man sich aus Liebe eingelassen hatte, dessen Bedürfnisse man nun erfüllen sollte, ob man selbst im Einklang damit stand oder nicht. Oder – Gott sei Dank in den weitaus selteneren Fällen – war es ein Psychopath, vor dem man sich verstecken mußte.

Leona wandte sich wieder auf den Bauch, teilte das Wasser mit kräftigen Stößen, durchmaß den Weiher von einer

Seite zur anderen und wieder zurück. Ihr wurde immer wärmer, und sie fühlte sich immer stärker.

Als sie schließlich aus dem Wasser stieg, ging ihr Atem schneller, und ihre Wut auf Robert hatte sich so gesteigert, daß sie furchtlos und mit bloßen Fäusten auf ihn losgegangen wäre, hätte er sich in diesem Moment vor ihr blicken lassen.

Sonntag abend, dachte sie, während sie sich in ihr Badetuch hüllte und ein Sandwich aus ihrem Korb kramte, Sonntag abend fahre ich zurück. Am Montag gehe ich zur Arbeit, und gnade ihm Gott, wenn er noch einmal versucht, mich einzuschüchtern!

Die Jugendlichen glotzten sie an, und sie lächelte ihnen gedankenverloren zu.

Als sie am Abend nach Hause kam, müde und zugleich von neuen Energieströmen durchpulst, sah sie ein Auto vor dem Haus stehen. Stirnrunzelnd betrat sie den Garten und ging um das Gebäude herum. Auf den hölzernen Stufen, die von der Veranda herunterführten, saß Bernhard Fabiani im Abendsonnenschein und starrte mißmutig vor sich hin. Sein Gesichtsausdruck veränderte sich, kaum daß er Leona sah.

Er stand auf.

»Mein Gott«, sagte er, »ich dachte, Sie kommen überhaupt nicht mehr!«

»Bernhard!« rief Leona perplex.

»Tut mir leid, daß ich hier so unangemeldet auftauche.« Er sah keineswegs aus, als tue es ihm wirklich leid. »Vermutlich nützt es nichts, wenn ich behauptete, ich sei zufällig in der Gegend gewesen!«

»Ich hätte gewisse Schwierigkeiten, das zu glauben.« Leona lächelte. »Wie lange sitzen Sie denn schon hier?«

»Zwei Stunden vielleicht. Allmählich war ich schon überzeugt, Sie hätten das Versteck gewechselt. Ich war völlig frustriert.«

Sie ging an ihm vorbei, die Stufen hinauf, und schloß die Tür auf.

»Möchten Sie etwas trinken? Sie müssen halb verdurstet sein. Heute ist ein unheimlich heißer Tag!«

Er nickte und betrachtete ihren Korb, in dem zuoberst der nasse Badeanzug lag.

»Waren Sie schwimmen?«

»Hier ist ein kleiner Weiher in der Nähe. Es war herrlich.«

»Ich glaube, mir wäre das noch zu kalt.«

Er folgte ihr ins Haus, sah sich interessiert um.

»Ein hübscher Flecken Erde. Natürlich eine Gegend, in die man nie kommt. Wie sind Sie denn, um alles in der Welt, an dieses Versteck gelangt?«

Sie nahm Orangensaft aus dem Kühlschrank, gab Eiswürfel in ein Glas.

»Es gehörte unserer alten Haushälterin. Sie hat meine und Olivias Kindheit begleitet, und zu einem Teil sogar noch die von Carolin. Oft fuhr sie mit uns übers Wochenende hierher. Wir fanden es immer wunderbar. Ich glaube, wir sind ihr ganz schön auf der Nase herumgetanzt, aber sie liebte uns. Sie hatte niemanden auf der Welt.« Sie reichte Bernhard das Glas. »Als sie starb, hat sie Olivia das Häuschen vererbt. Meine älteste Schwester, wissen Sie? Sie war immer ihr besonderer Liebling. Na ja ... nur, daß Olivia hier nie herkommt, weil sie ... nun, es gibt ein paar riesige Probleme in ihrem Leben.«

Durstig trank Bernhard das halbe Glas leer.

»Sie gehören zu einer komplizierten Familie, glaube ich«, meinte er dann.

415

Leona nickte. »Das kann man wohl sagen. Kommen Sie, wir setzen uns noch ein bißchen auf die Veranda!«

Als sie draußen saßen, fragte sie: »Müssen Sie nicht arbeiten? An einem gewöhnlichen Donnerstag?«

»Eigentlich schon. Ich habe mir freigenommen. Wegen eines wichtigen familiären Ereignisses – offiziell.«

»Und inoffiziell …«

»Ich wollte dich sehen«, sagte er einfach und wechselte ohne Aufhebens vom *Sie* zum *Du*.

»Sie hätten bis zum Wochenende warten können.«

»Ich mochte nicht warten. Außerdem wäre am Ende dein Mann dagewesen, um dir Gesellschaft zu leisten.«

»Sie hätten anrufen können.«

»Ich weiß.«

Er sah an ihr vorbei in den Garten, in die einfallende Dämmerung hinein.

»Ich mochte nicht anrufen. Ich fürchtete, du würdest mich bitten, nicht zu kommen, und dann hätte ich es natürlich auch nicht tun können.«

»Ich hatte Sie ja schon mal gebeten …«

»… herzukommen? Das war in einem Moment der Verzweiflung, Leona, das habe ich durchaus gemerkt. Du hast es schnell genug rückgängig gemacht und dich dann nur noch einmal gemeldet. Du hattest deine Krise überwunden, und eine Krise wäre der einzige Grund für dich gewesen, mich sehen zu wollen.«

»Ganz so ist es nicht«, entgegnete Leona unbehaglich, aber sie wußte, er hatte die Angelegenheit recht genau erfaßt.

Er lächelte. Er wußte es auch.

»Hängt es mit deinem Mann zusammen?« fragte er.

»Was?«

»Daß du dich so unbehaglich hier mit mir fühlst.«

»Ich fühle mich nicht unbehaglich.«

»Dann gib endlich das alberne *Sie* auf.«

»Okay. Damit habe ich kein Problem.«

Er lächelte erneut, dann wechselte er abrupt das Thema.

»Du hast Robert nie von der Existenz dieses Hauses erzählt?«

»Nie. Ich habe natürlich mein Gedächtnis wie wild durchforstet, aber ich bin absolut überzeugt, ich habe das Haus nie erwähnt. Es spielt ja auch überhaupt keine Rolle in meinem Leben. Ich glaube, mit achtzehn oder neunzehn Jahren war ich zum letzten Mal hier. Von Frankfurt fährt man doch ein ganzes Stück.«

»Ich weiß«, seufzte Bernhard, »ich dachte, ich komme nie mehr an. Das ist ja tiefstes Oberhessen hier. Die ehemalige Zonengrenze ist ziemlich in der Nähe, nicht?«

»Eine halbe Stunde von hier etwa.«

»Bist du mit dem Auto gekommen?«

Sie schüttelte den Kopf. »Das wäre zu gefährlich gewesen. Ich bin morgens zu Fuß zum Verlag gegangen, bin dann mittags zu einer Zeit, zu der ich normalerweise nie das Büro verlasse, durch den Hinterausgang hinaus und bin dann auf umständlichste und verwirrendste Weise mit Bahn, Bussen und zum Schluß mit einem Taxi hierhergefahren. Die ganze Zeit über hatte ich Angst, daß Robert mir trotzdem folgt ... aber das hat er offenbar nicht geschafft.«

»Dieses Haus hier ist jedenfalls nicht einfach zu finden. Ich hatte ja deine Wegbeschreibung und habe mich trotzdem zweimal verfahren. Diese vielen Dörfer und verwinkelten Landstraßen ... Und als ich endlich da war, sah ich keine Spur von dir. Ich war ziemlich verzweifelt.«

Leona mußte lachen über seine komisch-tragische Miene, und kurz schoß ihr der Gedanke durch den Kopf,

daß sie sich diesen Mann überhaupt nicht verzweifelt vorstellen konnte. Sie fand das eigenartig. Sie hatte noch nie
einen Menschen getroffen, von dem sie annahm, er könne
keinen Schmerz empfinden.

»Wer kümmert sich um das Haus?« fragte Bernhard, erneut zu einer sachlichen Thematik wechselnd.

»Meine Eltern fahren manchmal her. Einmal im halben
Jahr ungefähr. Ein Junge aus dem Dorf mäht im Sommer
den Rasen.«

»Warum verkauft deine Schwester es nicht?«

Leona zuckte die Schultern. »Es hängt wohl mit einer
gewissen Sentimentalität zusammen. Wir haben diese
Haushälterin sehr geliebt. Ich fürchte, keiner von uns
bringt es fertig, ihr Haus zu verkaufen.«

»Ihr seid eine eigenartige Familie«, sagte Bernhard, im
gleichen Tonfall, in dem er vor wenigen Minuten die Familie als »kompliziert« bezeichnet hatte.

»Etwas unpraktisch«, meinte Leona, »und unvernünftig.«

»Aber nicht unoriginell.«

»Immerhin.«

Er stellte sein leeres Glas ab.

»Komm, gehen wir irgendwo essen. Ich habe einen
Bärenhunger. Ich lade dich ein.«

Leona lachte. »Hier kann man nicht essen gehen. Wir
müßten bis Fulda fahren, und das ist auch nicht ganz nah.
Ich werde etwas kochen für uns, okay?«

Bernhard, der schon aufgestanden war, setzte sich wieder.

»Wenn du dich das nächste Mal vor einem Verrückten
versteckst, dann besprich das doch vorher mit mir, ja? Ich
kenne ein paar Ecken in Deutschland, da ist man auch sicher, und es herrscht trotzdem eine gewisse Zivilisation
dort.«

Im Schein eines Windlichts saßen sie nach dem Essen auf der Veranda. Aus dem dunklen Garten wogte Blütenduft heran, süßer und intensiver als am Tag. Im Mondlicht glänzten die Stämme der Birken wie helles Silber.

»Ganz bald«, sagte Leona, »werden hier die Glühwürmchen herumschwirren.«

»Der Juni ist ihre Zeit«, sagte Bernhard.

»Früher waren immer Unmengen hier. Ich war in solchen Nächten nicht zu bewegen, ins Bett zu gehen. Ich wollte nur dasitzen und die Glühwürmchen anschauen. Ich glaube, heute wäre es genau das gleiche.«

»Ich wußte gar nicht, daß du so eine romantische Veranlagung hast!«

»Nur bei Glühwürmchen.«

Er sah sie lange an. »Sicher?«

Er neigte sich über den Tisch und küßte ihre Wange, und als sie nicht auswich, küßte er ihren Mund.

Sie lehnte sich zurück und fragte: »Hast du nichts gehört?«

»Was denn?«

»Ich dachte, jemand hätte gehustet.«

»Du kannst es übrigens ganz offen sagen, wenn dir die Situation unangenehm ist«, sagte Bernhard ärgerlich, »du brauchst dich wirklich nicht in Ablenkungsmanöver zu flüchten.«

»Das war kein Manöver.« Leona erhob sich, sah sich unruhig um, hätte aber in der Dunkelheit ohnehin nichts erkennen können. »Ich habe etwas gehört.«

»Irgendein Tier vielleicht. Wir sind ja direkt am Wald.«

»Ich möchte nachsehen«, beharrte Leona nervös.

Sie lief ins Haus, knipste überall die Lichter an. Der Schein fiel hell in die Nacht, aber Bernhard fragte sich trotzdem, welchen Sinn diese Aktion haben sollte: Im Garten konnte man ohnehin nichts sehen.

Leona kehrte mit einer Taschenlampe zurück und fing an, damit Kreise um das Haus zu ziehen und in die Gebüsche zu leuchten.

Es war nichts Auffälliges zu entdecken.

Bernhard war auf der Veranda stehengeblieben und zündete sich eine Zigarette an. Er fragte sich, ob Leona wirklich ein Geräusch gehört hatte oder ob sie die Show mit der Taschenlampe nur inszenierte, um ihn von sich abzulenken. Es hatte ihn erregt, sie zu küssen. Ihre Lippen hatten sich kühl und glatt angefühlt, und er mochte es, wie der Rotwein in ihrem Atem roch. Aber er hatte auch ihre Angespanntheit bemerkt, eine innere Abwehr, eine Distanz, die *nicht* in ihrer Stimme geklungen hatte, als sie damals bei ihm angerufen hatte.

An jenem Abend, dachte er, hätte ich sofort losfahren müssen. Sie war schwach. Sie fühlte sich einsam. Sie hatte jegliches Selbstvertrauen verloren. Ich hätte nur die Arme ausbreiten müssen, und sie hätte sich hineinsinken lassen. Inzwischen, das sah er deutlich, hatte sie ihren Tiefpunkt überwunden. Auf geheimnisvolle Weise waren ihre Kräfte zurückgekehrt. Sie trug den Kopf wieder hoch und hatte ihre Angst im Griff.

Er konnte sie nicht mehr sehen, nur das Licht der Taschenlampe hüpfte geisterhaft zwischen den Bäumen im Garten umher.

»Und – siehst du etwas?« rief er.

»Nein.« Sie schälte sich aus der Dunkelheit, kehrte auf die Veranda zurück. »Da war nichts. Aber ich bin absolut sicher, daß ich etwas gehört habe.«

Unwirsch sagte er: »Ein Tier, das habe ich doch schon gesagt. Die kommen nachts aus dem Wald und gruscheln herum.«

»Es war ein Husten«, beharrte Leona, »und zwar ein

menschliches Husten.« Im Licht, das aus den Fenstern fiel, sah sie blaß aus. »Ich kann mich doch nicht so täuschen!«

»Ich muß sagen, ich finde es bemerkenswert, wie du dich noch auf deine Umgebung konzentrieren kannst, während du geküßt wirst«, meinte Bernhard.

Er nahm einen tiefen Zug aus seiner Zigarette. Zum Teufel, er war wirklich gierig nach dieser Frau! Die Berührung ihrer Lippen hatte bewirkt, daß *er* in diesem Moment nicht einmal den Einschlag einer Bombe neben sich wahrgenommen hätte. »Alle Achtung, du bist ganz schön kaltblütig!«

Sie nahm sich ebenfalls eine Zigarette, wartete einen Moment, ob er ihr Feuer geben würde, griff dann selbst nach den Streichhölzern.

Bernhard hatte keine Lust, höflich zu sein. Er wußte, daß die Aggression, mit der er auf Zurückweisungen durch Frauen reagierte, kindisch war, aber er vermochte sie nicht zu bewältigen.

»Bernhard, ich habe dich damals angerufen, weil ich …«, begann Leona, aber er unterbrach sie sofort: »Hör auf mit Erklärungen! Du hättest mir gleich sagen können, daß du nur einen guten Onkel suchst, der dein Händchen hält.«

Leona merkte, daß nun auch in ihr Wut erwachte. »Ich habe jedenfalls nie gesagt, daß ich eine Affäre mit dir beginnen will. Ich brauche einen Freund. Keinen Liebhaber.«

»Entschuldige bitte, aber du bist weiß Gott keine siebzehn mehr. Allmählich müßtest du die Spielregeln kennen. Glaubst du ernsthaft, ein Mann setzt sich ins Auto und fährt in den hinterletzten Winkel Deutschlands, nur um seine starke Schulter zum Anlehnen oder sein Ohr zum Anlabern anzubieten?«

»Bisher«, sagte Leona kalt, »habe ich mich weder angelehnt noch gelabert. Ich habe dir ein Abendessen gekocht

421

und mich mit dir unterhalten. Unser damals geplantes Treffen war längst abgesagt. Du bist auf eigene Faust hergekommen, das weißt du.«

Sie zog sich den Aschenbecher heran und bemühte sich, ruhig zu werden. Es hatte keinen Sinn zu streiten. Sie mußte Bernhard bis zum nächsten Morgen aushalten – alkoholisiert, wie er war, konnte sie ihn nicht heimschicken.

»Warum streiten wir eigentlich?« fragte sie vernünftig. »Es gibt keinen Grund. Wir hatten ein Mißverständnis, das ist alles. Laß uns zusammen den Wein zu Ende trinken und einander nicht mehr angiften.«

Bernhard setzte sich wieder, griff nach seinem Glas, kippte den Inhalt hinunter, griff nach der Flasche, schenkte sich ein und trank ebenso aggressiv und hastig wie zuvor.

»Dir wird ziemlich schlecht sein morgen früh, wenn du so weitermachst«, sagte Leona.

Er gab zurück: »Das ist meine Sache, oder?«

»Natürlich.«

Sie hatte sich nicht wieder hingesetzt und begann nun, das Geschirr auf dem Tablett zusammenzustellen. Die Weinflasche und Bernhards Glas ließ sie zurück.

»Ich gehe schlafen. Wenn du ins Haus kommst, schließe bitte die Tür hinter dir zu. Dein Zimmer ist oben, erste Tür links. Du findest dort alles, was du brauchst.«

Wie sie erwartet hatte, blieb er draußen sitzen und ließ sie den Abwasch ganz allein machen. Während sie zornig und lautstark mit Tellern und Töpfen klapperte, überlegte sie, daß sie damals tatsächlich einen schwerwiegenden Fehler begangen hatte, als sie Bernhard ihren Aufenthaltsort mitteilte. Nun war er ohne weitere Absprache bei ihr aufgekreuzt, saß dort draußen, betrank sich und zeigte die unangenehme Seite seines Charakters. Abgesehen davon, daß sich Leona unbehaglich fühlte in seiner Gegenwart, machte sie auch dieses ominöse Husten oder Räuspern sehr nervös. Konnte es sein, daß jemand – Robert? – Bernhard gefolgt war?

Aber wie sollte er das machen, dachte sie, während sie mit einem Lappen den Küchentisch sauberwischte. Er müßte ein Auto haben. Und wie sollte er sich in der Zwischenzeit eines besorgt haben?

Sie erinnerte sich, daß Wolfgang gewarnt hatte, Robert in der Phantasie zu einem Übermenschen hochzustilisieren. »Er kann nicht durch Wände gehen, er kann nicht fliegen. Wir müsen sachlich und realistisch bleiben in allem, was wir ihm zutrauen und was nicht.«

Dennoch wurde sie schon wieder von dem unguten Gefühl beschlichen, Robert *könnte* es möglich gemacht haben. Ihm könnte es gelungen sein, ein Auto zu organisieren.

Sei nicht albern, ermahnte sie sich, sie fahnden nach ihm. Er ist nicht blöd. Er wird es nicht riskieren, in einem gestohlenen Wagen herumzufahren. Dann hätten sie ihn sofort.

In diesem Moment wurde von draußen an die Scheibe des Küchenfensters geklopft, und als Leona herumfuhr, sah sie ein Gesicht, das sich gegen das Glas preßte, Augen, die sie anstarrten.

Ihr Herz jagte los, als wolle es ihren Körper sprengen. Sie hatte einen jähen Schweißausbruch, der Bauch und Rücken mit Nässe überschwemmte, stand eine Sekunde lang wie erstarrt und wurde dann überwältigt von dem instinktiven Wunsch, hinauf in ihr Zimmer zu rennen, die Tür zuzuschlagen, den Schlüssel herumzudrehen und die Möbel vor die Tür zu rücken.

Aber im nächsten Moment hatte sie sich im Griff. Sie stürmte zur Vordertür hinaus und prallte fast mit einem jungen Mann zusammen, der ängstlich zurückwich. Sie sah ein blasses Kindergesicht und furchterfüllte Augen.

»Wer sind Sie?« brüllte sie. »Was tun Sie hier?«

Er wich noch weiter zurück. Er mochte höchstens achtzehn Jahre alt sein und sah trotz seiner Motorrad-Lederkleidung wie ein schüchterner Konfirmand aus.

»Ich ... entschuldigen Sie bitte ... ich wollte Sie nicht erschrecken ...«, stotterte er.

Auf jeden Fall war es nicht Robert!

»Mein Gott«, sagte Leona, »mir ist fast das Herz stehengeblieben. Warum schleichen Sie denn hier herum?«

»Ich ... wir haben Sie heute gesehen ... am Weiher!« Er starrte sie ehrfürchtig an. »Sie waren ganz schön klasse, wie Sie geschwommen sind!«

Er mußte einer von den Jugendlichen sein, die sie beobachtet hatten. Seine offen gezeigte Bewunderung besänftigte Leona. Schließlich war sie alt genug, um seine Mutter zu sein.

»Und um mir das zu sagen, drücken Sie sich hier herum und erschrecken mich fast zu Tode?«

Er starrte auf den Boden. In den Händen hielt er seinen Motorradhelm und drehte ihn hin und her.

»Wir ... wir dachten ... wir wollten Sie fragen ... wir machen am Samstag abend eine Grillparty am Weiher. So fünfzig, sechzig Leute. Wir wollten Sie fragen, ob Sie vielleicht auch kommen wollen?«

Er hob die Augen und sah sie hoffnungsvoll an. Leona fühlte sich so erleichtert, daß sie ihm am liebsten um den Hals gefallen wäre.

»Ich überlege es mir«, sagte sie. »Jedenfalls vielen Dank für die Einladung!«

»Wir würden uns sehr freuen«, stammelte er.

Aus dem Küchenfenster fiel Licht in die nächtliche Dunkelheit, und Leona konnte sehen, daß er rote Wangen bekommen hatte.

»Also dann«, sagte er unbeholfen und wandte sich zum Gehen.

»Wo haben Sie denn Ihr Motorrad?« fragte Leona. »Ich habe gar nichts gehört!«

»Ich hab's ein Stück weiter weg stehengelassen.«

Er grinste; zehn Schritte von Leona entfernt, schien er sich wieder sicher zu fühlen. »Wollte Sie nicht erschrecken.«

Leona erwiderte sein Grinsen. »Wie rücksichtsvoll von Ihnen.« Dann fiel ihr noch etwas ein. »Sind Sie vor ungefähr einer halben Stunde hinten im Garten herumgeschlichen?«

»Ich bin nicht geschlichen. Ich bin in den Garten gegangen, weil ich dachte, ich finde Sie vielleicht auf der Veranda. Aber da waren Sie gerade ... mit dem Herrn beschäftigt, und da wollte ich nicht dazwischenplatzen.«

Sie atmete tief durch. Wieder ein paar graue Haare mehr umsonst gekriegt, dachte sie. Ich hätte Wolfgangs Worte ernster nehmen sollen: Robert kann nicht fliegen!

»Schon okay«, sagte sie, »ich dachte vorhin nur, ich hätte etwas gehört, und das waren offenbar Sie.«

»Kommen Sie am Samstag?«

»Ich denke schon. Gute Nacht.«

»Nacht!« erwiderte er knapp, winkte ihr lässig zu und verschwand in der Dunkelheit.

Kaum war er weg, klingelte das Telefon. Es war Wolfgang.

»Wo warst du denn?« fragte er sofort. »Ich habe es heute nachmittag mehrfach bei dir versucht!«

»Ich war schwimmen. Hallo – übrigens!«

»Hallo. Ich habe mir Sorgen gemacht. Sagtest du schwimmen? Du mußt verrückt geworden sein!«

»Es hat großen Spaß gemacht. Und ich habe einen ...«
Sie stockte.

Sie hatte »Verehrer« sagen wollen, aber das war der Begriff, den Wolfgang immer für Robert verwendet hatte.

»Ich habe einen Mann kennengelernt, der noch keine zwanzig ist und mich toll findet«, sagte sie. »Stell dir das vor! Er hat mich für Samstag zu einer Party eingeladen.«

»Dann hast du wenigstens etwas Abwechslung«, sagte Wolfgang. Er klang verstimmt.

»Eben. Die kann ich wirklich brauchen.«

Sie sah zum Fenster hinaus auf die Veranda. Bernhard war aufgestanden. Er wandte ihr den Rücken zu, stand am Geländer und starrte in den Garten. Sein Glas hielt er fest umklammert. Selbst von hinten waren ihm Frustration und Wut deutlich anzusehen. Auf dieser Welt wimmelt es wirklich von Spinnern, dachte Leona.

»Ich hatte noch ein Abendessen. Geschäftlich«, sagte Wolfgang. »Ich bin jetzt auf dem Heimweg.«

Ein Abendessen mit deiner Exgeliebten etwa? hätte Leona fast gefragt, aber sie verbiß es sich. Seine Sache. Und die Wahrheit würde er ihr sowieso nicht sagen.

Er wartete einen Moment. Als von ihr nichts kam, sagte er leise: »Ich liebe dich, Leona«, und legte den Hörer auf.

Leona fand, daß dieser Tag eine Menge für ihr Selbstbewußtsein getan hatte. Ein Mann, der sich sinnlos betrank, weil sie ihn abgewiesen hatte. Ein Mann, der sie zu einer Grillparty eingeladen und sich dabei vor Verlegenheit gewunden hatte. Ein Mann, der ihr am Telefon sagte, daß er sie liebte. Wenn jetzt noch das Problem Robert gelöst wäre, könnte das Leben richtig schön sein, dachte sie.

Am nächsten Morgen tauchte Bernhard erst gegen zehn Uhr unten in der Küche auf. Er war sichtlich verkatert, sah grau und unausgeschlafen aus. Mit schmerzlich verzogenem Gesicht blinzelte er in das helle Sonnenlicht, das durch das Fenster fiel.

»Hast du ein Aspirin?« fragte er, anstatt den obligatorischen »guten Morgen« zu wünschen.

Leona, die am Küchentisch saß und Zeitung las, stand auf, füllte ein Glas mit Wasser, warf die Tablette hinein.

»Hier. Du siehst wirklich ziemlich elend aus. Möchtest du einen Kaffee?«

»Bitte. Der Wein war wohl nicht in Ordnung.«

»Der Wein war schon in Ordnung. Du hast nur zuviel erwischt.«

»Kann sein.«

Mürrisch trank er sein Wasser, zog sich dann die Kaffeetasse heran, die Leona inzwischen gefüllt hatte. Er wehrte ab, als sie ihm den Brotkorb zuschob.

»Nein, um Gottes willen! Ich kann jetzt nichts essen!«

Sie saßen einander schweigend gegenüber.

Schließlich sagte Bernhard: »Ich fahre noch heute zurück.«

Leona nickte. »Das habe ich erwartet.«

»Tut mir leid. Du bleibst hier ziemlich einsam zurück.«

Er machte eine Handbewegung, die die sonnige Küche, die Stille, das leise Ticken der Wanduhr, die aufgeschlagene Zeitung umschrieb.

»Nicht deine Art, nicht wahr? An einem normalen Freitag um zehn Uhr noch am Frühstückstisch zu sitzen und Zeitung zu lesen.«

»Du sitzt ja auch gerade an einem normalen Freitag um zehn am Frühstückstisch.«

»Das ist etwas anderes. Ich habe mich losgeeist für zwei Tage … und dann geht es bei mir ganz normal weiter.«

Er packt's immer noch nicht, dachte Leona, jetzt muß er mir klarmachen, daß er nur aus Mitleid zu mir gekommen ist und daß ich mich in einer schrecklich bedauernswerten Lage befinde.

»Bei mir geht es auch ganz normal weiter«, erklärte sie. »Ich fahre am Sonntag nach Hause.«

Bernhard schien aus dem Konzept gebracht.

»Wirklich? Ich dachte nicht, daß du an dieser verrückten Idee festhältst!«

»Ich kann mich nicht bis in alle Ewigkeit verstecken. Ich habe keine Lust dazu.«

»Du begibst dich in große Gefahr.«

Sie zuckte mit den Schultern. »Ich bin auch hier in Gefahr. Durch dich, zum Beispiel. Kannst du ausschließen, daß Robert dir gefolgt ist?«

Bernhard lachte. »Ich bitte dich, Leona! Wie denn? Ich bin mit fast zweihundert Sachen über die Autobahn gebraust. Soll er mir mit Rollschuhen hinterher sein?«

»Er könnte auch ein Auto organisiert haben.«

»Wie …?«

»Ich weiß, es ist unwahrscheinlich. Aber nicht undenkbar. Ich wollte dir jetzt auch gar keinen Vorwurf machen. Es ist nur so – in völlige Sicherheit kann ich mich nirgendwo bringen. Und vom Verstecken habe ich ohnehin die Nase voll. Robert hat viel zuviel Macht über mein Leben gewonnen. Ich habe zugelassen, daß er genau das erreicht, was er wollte: Er bestimmt über mich und mein Leben. Ich tue nicht mehr, was ich tun *möchte*, ich tue, wozu er mich *zwingt*. Damit muß jetzt Schluß sein.«

»Ich verstehe«, sagte Bernhard, »dann kann man dir wohl nur viel Glück wünschen.«

»Ich glaube, ich kann es brauchen.«

»Ich möchte nicht, daß du mich noch anrufst, wenn du wieder in Frankfurt bist. Es ist besser, wir haben keinen Kontakt mehr.«

»Der Kontakt ist zunächst von dir ausgegangen«, erinnerte Leona.

»Ich weiß, ich weiß.«

Er bekam zwei steile Falten auf der Stirn und rührte etwas zu heftig in seiner Kaffeetasse.

»Ich habe etwas in dir gesehen, was du gar nicht bist, Leona. Du bist ein Wesen voll schrecklicher Probleme. Dein Mann hat dich verlassen, und seitdem läufst du im Zickzackkurs durchs Leben. Dich mit Robert einzulassen war eine furchtbar falsche Entscheidung. Du bräuchtest Hilfe.«

»Ich danke dir, daß du sie mir geben wolltest«, sagte Leona gelassen.

Er hörte den Spott aus ihren Worten, musterte sie kühl und sagte bösartig: »Du bist wohl leider zu alt für mich, Leona. Ich hatte noch nie etwas mit einer Frau deines Alters. Du bist über vierzig, nicht?«

»Ich werde Mitte Juni zweiundvierzig.«

»Eva wäre jetzt auch fast so alt. Aber mit ihr lief ja schon lange nichts mehr.«

»Ach – und sonst gehst du wohl nur mit Teenagern ins Bett, was?«

Er rührte wieder in seiner Tasse, der Kaffee schwappte über den Rand.

»Du brauchst gar nicht so zu grinsen, Leona. Meine Studentinnen sind verrückt nach mir. Und die meisten sind Anfang Zwanzig!«

Leona betrachtete ihn nachdenklich. Er prahlt wie ein kleines Kind, dachte sie.

Obwohl er elend aussah an diesem Morgen, war er auch im hellen Tageslicht ein unverkennbar schöner Mann. Er konnte es sich leisten, Arroganz und Unverschämtheit an den Tag zu legen: Vermutlich mußte er nur mit den Fingern schnippen und konnte schon alle Frauen haben, die er wollte. Leona vermochte dies kühl zu analysieren, ebenso wie sie ungerührt seinen giftigen Worten und seiner unverfrorenen Angeberei lauschen konnte. Aber ihr ging auf in diesem Moment, welch eine Tragödie es für eine Frau bedeuten mochte, diesen Mann wirklich zu lieben – so wie Eva es getan haben mußte.

»Es stimmt nicht, was du mir einreden wolltest«, sagte sie, »daß Eva die gleiche Krankheit hatte wie ihr Bruder. Eva war völlig normal. Sie hatte nur das Pech, wahre und tiefe Gefühle für dich zu hegen. Das hat sie schließlich in den Selbstmord getrieben.«

»Was? Ihre Gefühle für mich?«

»Vor allem *deine* Gefühle für zwanzigjährige Studentinnen. Mit denen kam sie schließlich nicht mehr zurecht.«

»Mein Gott«, sagte Bernhard gelangweilt, »weißt du, daß du dich jetzt schon genau wie Eva anhörst? Vorwürfe, nichts als Vorwürfe. Mich wundert, daß Frauen nie begreifen, wie unattraktiv es sie macht, wenn sie ständig herumnörgeln. Man kriegt Falten davon, mein Schatz, und man treibt jeden Mann in die Flucht.«

Er nahm einen letzten Schluck Kaffee und stand dann auf.

»Ich hole jetzt meine Sachen, und dann fahre ich.«

Kurz darauf polterte er mit seiner Tasche wieder die Treppe herunter. Er schaute nicht einmal mehr in die Küche hinein, sondern verließ sofort das Haus. Leona konnte vom Fenster aus sehen, wie er mit einer lässigen Bewegung die Tasche auf den Rücksitz warf. Seine schwarzen, verwaschenen Jeans saßen etwas zu eng, stellte sie fest, vor allem im Kontrast zu den vielen grauen Strähnen in seinen Haaren. Es schien ihm klar zu sein, daß Leona ihn beobachtete, denn er bewegte sich so forciert cool, daß es schon lächerlich war. Pfeifend stieg er in sein Auto und verzichtete dann immerhin auf die dümmste aller Peinlichkeiten: mit quietschenden Reifen und überhöhter Geschwindigkeit zu starten. Leona sah dem Wagen nach, bis er um die nächste Wegbiegung verschwunden war.

Arme Eva, dachte sie, einen Selbstmord war dieser Mann gewiß nicht wert.

2

Am Samstagmorgen verkündete Carolin ihrer Familie, sie werde über das Wochenende zu Leona fahren.

»Und Felix nehme ich mit«, fügte sie hinzu.

Sie saßen in der Küche um den Frühstückstisch. Alle hörten auf zu essen und sahen Carolin an.

»Du weißt, wo sie ist?« fragte Elisabeth schließlich.

»Ja.«

»Wo denn?« fragte Olivia.

»Ich möchte es nicht sagen. Wolfgang hat es mir anvertraut, aber er hält es für das beste, wenn es sonst niemand erfährt.«

»Also – wir würden es auch nicht gleich in der Gegend herumposaunen«, meinte Olivia etwas gekränkt.

»Carolin hat schon recht«, gab Julius zu. »Je weniger Leute Bescheid wissen, um so besser. Mich wundert nur, daß Wolfgang *dich* ins Vertrauen gezogen hat, Carolin!«

»Weil ich eine so unzuverlässige, unstete Person bin?« fragte Carolin aggressiv.

Elisabeth seufzte. »Das wollte Vater doch damit gar nicht sagen. Aber du hattest nie ein besonders gutes Verhältnis zu Wolfgang.«

»Ich hatte immer ein gutes Verhältnis zu Leona, das ist entscheidend«, entgegnete Carolin. »Sie braucht jemanden zum Reden. Schließlich hat sie eine schwierige Situation durchzustehen. Und deshalb fahre ich zu ihr.«

Sie hatte beschlossen, der Familie nichts davon zu sagen, daß Leona vorhatte, ihr Exil zu verlassen, und daß sie hinfuhr, um ihr diesen Plan auszureden. Es hätte Elisabeth und Julius nur erschreckt und geängstigt, davon zu hören.

»Ich kann verstehen, daß sich Leona nach einem Menschen sehnt, der ihr Gesellschaft leistet«, sagte Elisabeth.

Sie sah müder und älter aus als sonst. Die Geschehnisse um Robert und Leona hatten sie tief verstört. Sie versuchte, ihre Angst vor der Familie zu verbergen, schlief aber schlecht und konnte kaum etwas essen. Viele Male am Tag betete sie darum, die Geschichte möge ein rasches und gutes Ende finden.

»Aber ist das nicht zu gefährlich, Carolin? Ich meine, wenn du hinfährst, dann ...«

»Robert ist nicht hier in der Nähe. Das hätten wir längst bemerkt. Wenn überhaupt, dann beschattet er Wolfgang. Deshalb fährt der ja auch keinesfalls hin. Aber ich werde ständig in den Rückspiegel schauen. Wenn ich irgend etwas Verdächtiges bemerke, wechsle ich sofort den Kurs.«

»Ich halte das für zu riskant«, beharrte Olivia.

Dany, die mit am Tisch saß und leise brummend ihren Oberkörper vor und zurück wiegte, gab ein paar zornige Laute von sich. Olivia schob ihr rasch einen Löffel mit Cornflakes in den Mund.

»Was sagt denn Ben zu deinem Plan?« wollte Julius wissen.

Ben saß als einziger der Familie nicht mit am Tisch. Er war erst gegen vier Uhr morgens von einer Party zurückgekommen und schlief noch.

»Ich habe ihm nichts gesagt«, entgegnete Carolin kurz.

»Fahren wir zu Tante Leona?« fragte Felix aufgeregt.

Carolin nickte. »Klar. Heute noch. Und du darfst mit!«

»Du solltest das Kind hierlassen«, sagte Elisabeth. »Das alles ist nicht ungefährlich. Verstricke den Kleinen nicht in diese Geschichte!«

»Mami, du siehst wieder einmal Gespenster. Robert hat keine Ahnung, wo Leona ist, sonst hätte er sich nämlich längst bei ihr blicken lassen. Er ist auch nicht hier, um mir zu folgen. Er hockt selber irgendwo in einem Versteck und hofft, daß ihn die Bullen nicht finden. Es gibt überhaupt keinen Grund zur Sorge!«

Sie brach eineinhalb Stunden später auf. Julius lieh ihr seinen Wagen, nicht ohne zu betonen, sie solle seiner Ansicht nach lieber daheim bleiben. Felix saß auf der Rückbank in seinem Kindersitz, hatte Spielsachen und Malpapier neben sich liegen und war voller Vorfreude. Er mochte Tante Leona. Sie war immer so nett zu ihm und schenkte ihm Kaugummi oder Wasserpistolen. Er war gespannt, ob sie diesmal wohl auch eine Überraschung für ihn bereithielt.

Weit und breit war kein anderes Auto zu sehen, als Carolin die Landstraße entlangfuhr. Niemand folgte ihr, niemand schien sie zu beobachten. Entspannt lehnte sie sich in ihrem Sitz zurück.

Sie freute sich auf das Wiedersehen mit Leona.

Kurz bevor der Zug in Frankfurt einfuhr, verließ Lisa noch einmal ihr Abteil. Sie wollte sich in der Toilette frisch machen und außerdem einen letzten Versuch unternehmen, Lydia vom Zugtelefon aus zu erreichen. Sie hatte es am Vortag fünfmal bei ihr probiert, aber nie war jemand an den Apparat gegangen. Es hatte Lisa irritiert, von der Frau, mit der sie eine Verabredung getroffen hatte, nichts mehr zu hören, aber sie sagte sich, daß Lydia berufstätig sein mochte oder verreist war und trotzdem am Samstag um ein Uhr wie besprochen in ihrer Wohnung auf sie warten würde. Sie hoffte von ganzem Herzen, daß die Fremde nicht ihre Meinung geändert hatte und einem Gespräch über Robert Jablonski nun aus dem Weg gehen wollte. Während ihres ersten – und bisher letzten – Telefongespräches hatte Lisa Lydia gebeten, es ihr aufrichtig zu sagen, wenn sie letztlich doch keine Zusammenkunft wünschte.

»Sie können mich jederzeit anrufen. Wenn ich nicht da bin, läuft ein Band. Ich könnte es verstehen, wenn Sie über all diese Dinge nicht mehr sprechen wollten, obwohl ich mir natürlich sehr wünschen würde, etwas über den Mann zu erfahren, der ... der meine Schwester umgebracht hat.«

Lydia hatte den Eindruck gemacht, als erschrecke sie geradezu bei der Vorstellung, die Verabredung könne am Ende noch scheitern.

»Nein, wo denken Sie hin! Natürlich werde ich alle Fragen beantworten.«

Sie legte einen Übereifer an den Tag, den Lisa fast als etwas aufdringlich empfand.

»Wissen Sie, ich freue mich auf Ihren Besuch. Ich bin Frührentnerin, und es gibt so wenige Menschen in meinem Leben ...«

Stimmt, Frührentnerin hat sie gesagt, dachte Lisa nun, während sie sorgfältig die Tür der Zugtoilette hinter sich verriegelte. Dann ist sie also *nicht* berufstätig! Komisch, daß sie dann den ganzen Tag und Abend nicht ans Telefon geht. Andererseits – es kann tausend Gründe dafür geben.

Der Zug schwankte und schaukelte. Irgend jemand hatte gründlich danebengepinkelt. Lisa haßte solche Leute. Kaum standen sie unter dem Schutz der Anonymität, und kaum benutzten sie ein fremdes Bad, fielen Zivilisation und Erziehung von ihnen ab, und sie benahmen sich wie Höhlenmenschen – falls nicht diese sogar mehr Manieren an den Tag gelegt hatten. Vermutlich waren es solche Leute sogar, die sich nachher am lautesten über den Hundekot in den Straßen beschwerten.

Lisa balancierte um die widerliche Pfütze herum und betrachtete ihr Gesicht im Spiegel. Das Licht in diesem Raum war miserabel und verlieh ihr eine kränkliche Hautfarbe. Sie legte etwas mehr Make-up auf, tupfte mit dem Rougepinsel ein paarmal über ihre Wangenknochen. Sie tuschte die Wimpern nach und malte sorgfältig die Lippen in einem dunklen Rot aus. Sie genoß es, schöne, teure Kosmetik zu benutzen, nicht mehr das billige Kaufhauszeug. Auch machte es Spaß, wirklich elegante Klamotten zu kaufen, sich in feinen Geschäften beraten zu lassen.

Für die Fahrt nach Frankfurt hatte sie einen Hosenanzug aus rehbraunem, sehr feinem Wildleder gewählt; darunter trug sie eine cremefarbene Seidenbluse. In den Ohren und um den Hals Perlen – *echte* Perlen! Das Geschenk eines Immobilienmaklers aus Düsseldorf, der sie für einen Abend in München gebucht hatte. Sie waren ins Theater und danach in ein Restaurant gegangen, und dann war er ihr ohne viele Umschweife in ihre Wohnung gefolgt. Er hatte sie gefragt, ob sie tolerant sei, und durchblicken lassen, daß er sich ihre Toleranz einiges würde kosten lassen. Lisa war längst an einem Punkt angelangt, an dem sie die Dinge nur noch unter dem geschäftlichen Aspekt sah. Seine Wünsche erwiesen sich in der Tat als höchst ausgefallen, aber offenbar erfüllte sie sie zu seiner Zufriedenheit. Am nächsten Morgen schleppte er sie zu einem Juwelier und zahlte ein halbes Vermögen für die Perlen. Er würde einmal im Monat nach München kommen, kündete er an, und Lisa hatte bei dem Juwelier schon einen Brillantring erspäht, auf den hinzuarbeiten sie beschlossen hatte.

Trotz des penetranten Uringestanks und der unschönen Beleuchtung mußte Lisa lächeln. Kaum zu glauben, welch positive Wendung ihr Leben genommen hatte! Eine hübsche Wohnung, schöne Kleider, Geld, unterhaltsame Abende mit reichen, interessanten Männern. Zum ersten Mal in ihrem ganzen Dasein liebte sie ihr Leben wirklich. Und doch hatte sie immer wieder das Gefühl, es gebe da etwas, das sie hinderte, ihre Freude so hemmungslos auszukosten, wie sie das gerne getan hätte. Immer wenn sie sich hinsetzen, tief durchatmen und ihr Glück mit allen Fasern spüren wollte, schlich sich etwas Dunkles, Drohendes, dessen Herkunft und Beschaffenheit sie nicht ausmachen konnte, heran und setzte sich wie ein großes Hindernis in die Bahnen, über die ihre Freude strömen wollte. Jedesmal versuchte sie, »es«, wie sie es nannte, beiseite zu schieben, jedesmal scheiterte der Versuch. Es durchzog ein Gift ihr Leben, dessen sie nicht Herr werden konnte. Irgendwann war ihr der Gedanke gekommen, es könne mit ihrer Schwester zusammenhängen, und daher hatte sie Kommissar Hülsch aufgesucht, von dem sie spürte, daß er es immer gut mit ihr gemeint hatte. Nun hoffte sie, das Wochenende mit Lydia würde »es« für alle Zeiten in der Versenkung verschwinden lassen. Wenn nur die Alte nicht plötzlich kniff!

Wäre eine Frechheit, dachte Lisa, nachdem ich mich stundenlang in den Zug gesetzt habe!

Sie tupfte etwas Parfüm hinter die Ohren und verließ die Toilette. Ein Mann, der gerade vorbeikam, starrte sie bewundernd an.

Ihr Herz klopfte schneller. Ich will es genießen! Ich will es genießen, solange ich jung bin!

Sie durchquerte den halben Zug, bis sie den Speisewagen erreichte, wo sich das Telefon befand. Sie wählte Lydias Nummer und ließ es klingeln, bis die Verbindung abbrach. Niemand meldete sich.

Lisa runzelte die Stirn. Es war halb zwölf. In eineinhalb Stunden sollte sie in Lydias Wohnung sein.

Und die Frau war immer noch nicht daheim!

Lisa leistete sich ein Taxi vom Hauptbahnhof zu Lydias Adresse. Lydia hatte ihr zwar beschrieben, wie sie mit der Straßenbahn zu ihr gelangen konnte, aber das erschien ihr zu umständlich.

Der Taxifahrer musterte sie ständig im Rückspiegel.

Wenn der wüßte, in welch absurder Mission ich im Grunde unterwegs bin, dachte sie.

Nachdem sie ihn vor Lydias Haus bezahlt hatte und er davongefahren war, fragte sie sich, ob sie einen Fehler gemacht hatte. Hätte sie ihn vorsichtshalber bitten sollen, zu warten? Aber dann beschloß sie, auch wenn Lydia immer noch nicht dasein sollte, keinesfalls sofort umzukehren.

Die Ahnung, die sie seit dem Vortag mit sich herumschleppte, bestätigte sich. Auf ihr Klingeln rührte sich nichts. Kein Knacken in der Sprechanlage, kein Summen des Türöffners. Alles blieb ruhig.

»Verdammt!« sagte Lisa laut.

Sie starrte die Hauswand hinauf, aber sie hatte keine Ahnung, welche der Fenster zu Lydias Wohnung gehörten. Sie klingelte noch dreimal, aber wiederum geschah nichts.

Lisa blickte auf ihre Uhr. Es war fast zehn nach eins. Für ein Uhr waren sie verabredet gewesen. Vielleicht war Lydia unterwegs und hatte es nicht pünktlich geschafft. Vielleicht steckte sie irgendwo in einem Verkehrsstau fest und saß schon auf glühenden Kohlen. Am besten wäre es, irgendwo zu warten und nach einer Weile noch einmal zum Haus zurückzukehren.

Ein Rentner, der eindeutig viel zu warm angezogen war, in Schal und Mantel, kam aus dem Haus gehumpelt, blieb in der Tür stehen und blinzelte ungläubig in die Sonne; so als sei ihm die Tatsache, daß der Sommer gekommen war, bisher verborgen geblieben. Lisa fragte sich, weshalb alte Leute immer *in* Türen stehenblieben, um auszuruhen, die Lage zu peilen oder die Vorgänge, die sich um sie herum abspielten, zu begreifen. Meist versperrten sie auf diese Weise einer Menge anderer Leute den Weg, was sich hätte vermeiden lassen, wären sie nur drei Schritte weiter gegangen.

Lisa trat auf ihn zu. »Entschuldigen Sie bitte«, sagte sie und bemühte sich um ein vertrauenerweckendes Lächeln, »ich bin mit Frau Behrenburg verabredet. Aber sie reagiert nicht auf mein Klingeln. Kann es sein, daß sie verreist ist? Wissen Sie das vielleicht?«

Er starrte sie ratlos an. Es dauerte geschlagene fünf Minuten, ehe er begriff, wonach Lisa fragte. Dann folgte seine niederschmetternde Antwort: Lydia Behrenburg sei seit fast einer Woche verreist. Ihr Auto sei aus der Tiefgarage des Hauses verschwunden, und niemand habe sie mehr gesehen.

3

Carolin war der Star der Party.

Leona beobachtete ihre Schwester mit Bewunderung: Sie kannte niemanden von den etwa sechzig anwesenden Jugendlichen und hatte mit den meisten von ihnen sicher nur wenig gemein. Aber sie war nach wenigen Minuten bereits integriert, plauderte, lachte, flirtete, hopste zu der Musik aus dem mitgebrachten Kassettenrecorder zwischen den Bäumen herum. Sie trug ein enges weißes T-Shirt, hatte sich dazu einen Wickelrock aus einem billigen, blau-weiß bedruckten Stoff um die Hüften geschlungen. Ihre Füße steckten in weißen Tennisschuhen, und ihre langen blonden Haare wallten offen bis zur Taille hinab. Sie sah hinreißend aus, fand Leona. Bei all ihrer unmöglichen Lebensführung, ihrer Arbeitsunwilligkeit und dem Hang zu nichtsnutzigen Männern hatte sie sich doch eine Fröhlichkeit und Unkompliziertheit bewahrt, die Leona bisher gar nicht richtig bewußt geworden war. An diesem Abend begriff sie etwas von Carolins Philosophie, die diese vermutlich völlig unbewußt lebte: *Carpe diem.* Carolin lebte von einem Augenblick zum nächsten, und ihr oberstes Prinzip dabei war, daß sie so viel Spaß und Glück wie nur möglich fand. Weder hielt sie sich mit Ärgernissen und Niederlagen aus der Vergangenheit auf, noch verlor sie sich in Grübeleien um die Zukunft. Für sie hatte nur Wichtigkeit und Bedeutung, was sich unmittelbar neben ihr und um sie herum abspielte.

Leona hatte auf der Veranda im Liegestuhl gesessen und in einer Illustrierten gelesen, als Carolin, gefolgt von Felix, um die Ecke gebogen war.

»Hallo, Leona!« hatte sie gesagt. »Hier sind wir!«

Leona war hochgeschreckt, hatte Schwester und Neffen entgeistert angesehen.

»Wo kommt ihr denn her?«

Carolin verstaute den Autoschlüssel in ihrer Handtasche und ging die Stufen zur Veranda hinauf.

»Aus Lauberg natürlich. Ich dachte, du freust dich vielleicht über ein bißchen Gesellschaft.«

»Tante Leona!« schrie Felix glücklich.

Leona stand von ihrem Liegestuhl auf und breitete die Arme aus. Felix stürzte hinein, ließ sich hochheben und sogar küssen.

»Freust du dich?« rief er.

»Und wie«, versicherte Leona. Über Felix' Kopf hinweg sah sie ihre Schwester an.

»Du solltest doch nicht ...«

Carolin hob beide Hände. »Mir ist niemand gefolgt. Ich schwöre es!«

»Nicht deshalb. Ich will einfach nicht ... ich will es alleine schaffen.«

»Schon gut. Aber im Moment brauchst du jemanden, der dir ins Gewissen redet.« Carolin ließ sich auf einen der Gartenstühle fallen.

»Meine Güte, ist das heiß heute! Ich bin fast zerschmolzen im Auto!«

»Hast du Eis, Tante Leona?« fragte Felix.

Leona setzte ihn auf den Boden.

»Im Tiefkühlfach im Eisschrank. Hol dir eins!« Felix rannte ins Haus. Leona sah ihre Schwester an.

»Wieso brauche ich jemanden, der mir ins Gewissen redet?«

»Wolfgang hat mich angerufen. Er sagt, du willst am Montag wieder nach Hause zurückkehren.«

»Am Sonntag. Morgen abend.«

»Du bist verrückt. Dann ist doch alles hier umsonst gewesen.«

»Das mag für dich so aussehen. Für mich war es eine ganz wichtige Zeit. Ich weiß jetzt eine Menge mehr als vorher.«

»Und *was* weißt du?«

Leona schüttelte den Kopf. »Das werde ich dir irgendwann einmal erzählen. Nicht jetzt.« Sie lächelte. »Weißt du«, sagte sie, »du wirst mich zwar ganz sicher nicht davon abhalten, morgen abend nach Frankfurt zurückzufahren, aber ich freue mich trotzdem, daß ihr da seid. Hast du Lust, mich heute abend mit Felix zusammen zu einer Party zu begleiten?«

Der Junge, der zu ihrem Haus gekommen war und sie eingeladen hatte, war ihnen sogleich entgegengeeilt, als sie den Weiher im Wald erreichten. Er konnte es kaum fassen, daß Leona wirklich erschienen war.

»Find' ich echt klasse von Ihnen«, sagte er verlegen, »hätte ich nicht gedacht, ehrlich nicht.«

Carolin streckte ihm die Hand hin. »Ich heiße Carolin. Ich bin Leonas Schwester.«

»Ach, toll, daß Sie auch da sind. Ich heiße Jens!«

»Er hat ganz feuchte Hände«, flüsterte Carolin Leona zu, »ich glaube, du bringst ihn unheimlich in Verlegenheit.«

Es wimmelte von jungen Leuten um den See herum; aus all den vielen kleinen Dörfern im Umland mußten sie zusammengeströmt sein. An mehreren Feuerstellen wurden Würstchen, Kartoffeln und Mais gegrillt. Es gab Salate, Brot und unzählige Kisten mit Wein und Bier. Leona hatte ebenfalls einige Weinflaschen und eine Schüssel Kartoffelsalat mitgebracht. Sie fühlte sich ein wenig außerhalb des Geschehens, da sie doppelt so alt war wie die meisten Anwesenden. Allerdings schien das niemanden zu stören. Die Stimmung war unkompliziert und fröhlich. Leona kannte die Musik nicht, die in ohrenbetäubender Lautstärke um den Weiher dröhnte, aber es war offensichtlich, daß die jungen Leute ganz heiß darauf waren. Wer nicht aß, tanzte, und ab und zu verzogen sich schmusende Pärchen in die

Büsche. Jemand hatte ein Schlauchboot mitgebracht, das nun über das schwarze Wasser trieb; darin saßen ein paar verträumt dreinblickende Mädchen mit den sanften Madonnengesichtern der weiblichen Flowerpower-Jugend aus den sechziger Jahren. Sie hielten brennende Kerzen in den Händen und schienen vor sich hin zu summen.

Leona, die auf einem Baumstamm saß, ein Glas Wein in der Hand, lächelte etwas wehmütig. Wie jung sie sind, dachte sie, und wie ernsthaft.

Carolin tanzte mit einem bärtigen jungen Mann, der an die zwei Meter groß war und sich völlig gegen den Rhythmus bewegte, dies jedoch mit einer Art rührender Hingabe tat. Felix baute, unterstützt von zwei Mädchen, einen Staudamm am Rande des Weihers. Die Luft kühlte jetzt am Abend kaum ab. Die Juninacht war hell, um zehn Uhr war es noch immer nicht ganz dunkel geworden.

»Geht es Ihnen gut? Sie wirken so nachdenklich!«

Leona blickte auf. Jens stand vor ihr. Er trug seine schwarze Motorrad-Lederkleidung, in der er sich fast zu Tode schwitzen mußte, aber Leona nahm an, daß er sie brauchte, um seine allzu empfindsame Seele dahinter zu verbergen.

»Mir geht es gut«, sagte sie, »wirklich. Es ist ein schöner Abend.«

Jens setzte sich auf den Baumstamm neben sie.

»Sie haben den Mann gar nicht mitgebracht.«

»Welchen Mann?«

»Den, der neulich bei Ihnen war. An dem Abend, als ich kam.«

»Ach, der«, sagte Leona. Sie machte eine wegwerfende Handbewegung. »Der war schon am nächsten Tag wieder fort.«

Jens nickte. »Mein Freund Tim findet Ihre Schwester toll«, sagte er vertraulich.

442

»Ist das der, mit dem sie tanzt?«

»Ja. Er sagt, sie sieht einfach klasse aus.«

Leona fand, daß Tim recht hatte. Es machte Spaß, Carolin beim Tanzen zuzusehen. Sie bewegte sich graziös und anmutig wie eine zarte Elfe.

»Möchten Sie vielleicht auch tanzen?« fragte Jens, und trotz der nun tiefer werdenden Dunkelheit konnte Leona erkennen, wie ihm das Rot in die Wangen schoß. Sie stellte ihr Glas ab.

»Gern«, sagte sie.

Lisa hatte eine kleine Pension in einer der ruhigen Wohnstraßen des Viertels gefunden, nur zwei Ecken entfernt von dem Haus, in dem Lydia wohnte. Glücklicherweise waren Zimmer frei.

»Es kann sein, daß eine Bekannte von mir hier sogar ein Zimmer für mich vorbestellt hat«, hatte sie der Besitzerin bei der Ankunft gesagt. »Sie heißt Lydia Behrenburg. Das Zimmer müßte reserviert sein für Lisa Heldauer.«

Die Frau hatte in einem Buch nachgesehen und den Kopf geschüttelt. »Nein. Hier ist nichts vorbestellt.«

»Oh – dann habe ich mich getäuscht. Ich brauche trotzdem ein Zimmer.«

Natürlich mußte das nichts bedeuten. Lydia konnte dennoch ein Zimmer für sie bestellt haben – in einer anderen Pension oder in einem Hotel.

Obwohl, dachte sie, dies hier ideal gewesen wäre. Fünf Minuten zu Fuß von ihrer Wohnung entfernt!

Alles deutete darauf hin, daß Lydia Behrenburg den ihr angekündigten Besuch völlig vergessen hatte. Wenn ihr Auto verschwunden war, dann war sie wohl tatsächlich verreist.

War sie einfach eine schusselige alte Tante, die Verabredungen so schnell vergaß, wie sie sie traf?

Lisa hatte ihren kleinen Koffer ausgepackt, sich geduscht und ein leichtes Kleid angezogen. Als sie am Morgen in München aufgebrochen war, hatte noch frischer Tau über allen Wiesen gelegen, und die Luft war kühl gewesen. Inzwischen hatten die Temperaturen sommerliche Werte erreicht. Im Kessel Frankfurt herrschte drückende Schwüle.

Sie verbrachte den Nachmittag damit, durch die Stadt zu bummeln, die Hochhäuser zu bestaunen und in Schaufenster zu blicken, sich Dinge auszusuchen, die sie kaufen würde, wären die Geschäfte offen oder hätte sie genügend Geld.

Am Spätnachmittag war sie noch einmal bei Lydia vorbeigegangen, ohne allerdings wirklich die Hoffnung zu hegen, ihre Gastgeberin könnte inzwischen daheim aufgekreuzt sein. Natürlich blieb alles so still wie vorher.

Sie ging in die Pension zurück, legte sich auf ihr Bett und schlief tatsächlich nach einer Weile ein. Als sie aufwachte, war es schon dämmrig draußen, und durch das geöffnete Fenster drang ein leiser Windhauch, der die lagestende Hitze ein wenig erträglicher machte. Lisa stellte fest, daß es fast neun Uhr geworden war. Seit dem Frühstück hatte sie nichts mehr gegessen. Sie würde sich irgendwo ein Bistro suchen und eine Kleinigkeit zu sich nehmen.

Sie ging wiederum an Lydias Haus vorbei, klingelte erneut, starrte an der Fassade empor und hoffte wider alle Vernunft, Lydias Stimme durch die Sprechanlage zu hören. Es befiel sie ein eigenartiges Gefühl, ein Gefühl, daß etwas nicht stimmte, aber sie sagte sich, daß dies kein Wunder sei, denn es stimmte ja tatsächlich etwas nicht: Es war nicht üblich, eine Verabredung, zu der sich einer der Beteiligten über mehrere hundert Kilometer weit herbeibemühen mußte, einfach zu vergessen.

Sie hatte dann tatsächlich ein kleines Bistro gleich an einer dichtbefahrenen Hauptverkehrsstraße gefunden und sich an einen der kleinen, runden Tische draußen auf dem Bürgersteig gesetzt. Sie bestellte einen Salat, Fisch und Mineralwasser. In ihrem Job mußte sie auf die Figur achten.

Es war inzwischen nach zehn Uhr, sie saß zurückgelehnt, rauchte eine Zigarette. Ein Mann war an ihren Tisch getreten, hatte sie gefragt, ob sie schon etwas vorhabe heute abend, und sie hatte ihn ziemlich direkt, fast grob abblitzen lassen. Schließlich war sie nicht im Dienst, und außerdem verursachte ihr die Geilheit in den Augen der Männer an manchen Abenden Übelkeit. Heute war so ein Abend.

Sie hatte Kopfweh, was an der Hitze, den Reisestrapazen oder an der Frustration liegen mochte – oder an allem zusammen.

Ist es denn wirklich so wichtig, mit dieser Frau zu sprechen? fragte sie sich. Aber irgend etwas sagte ihr, *daß* es wichtig sei, sonst hätte sie nicht alles für den Besuch in die Wege geleitet; sonst würde sie sich jetzt nicht so elend, so zurückgewiesen, so tief enttäuscht fühlen.

Und dann war da auch noch diese andere Stimme; die, deren Flüstern sie schon vorher vernommen hatte, als sie vor Lydias Haus gestanden und vergeblich geklingelt hatte: die Stimme, die davon sprach, daß etwas ganz und gar nicht in Ordnung war.

Lydia Behrenburg war so *versessen* auf das Treffen gewesen. Lisa erinnerte sich, sie fast schon als aufdringlich empfunden zu haben. Sie hatte davon geredet, daß sie so wenig Kontakt mit anderen Menschen habe und daß sie sich so freue auf Lisas Besuch. Lisa wußte noch, daß sie gedacht hatte: Meine Güte, die muß aber einen Notstand haben! So ein Gespräch mit mir über geisteskranken

Verbrecher muß doch gräßlich sein für sie. Wie kann sie da so begeistert reagieren?

Und diese Frau verreiste nun einfach, diese einsame Person, die sich schon über den Anruf einer Wildfremden freute? Wohin sollte sie überhaupt reisen? Da gibt es viele Möglichkeiten, sagte Lisa zu sich, vielleicht ist jemand aus ihrer Familie krank geworden oder gestorben, und sie mußte Hals über Kopf dorthin reisen. Da hat sie dann an mich natürlich nicht mehr gedacht.

Irgendwie blieb das ungute Gefühl jedoch bestehen, auch dann noch, als sie bezahlte, aufstand und sich durch die stillen Straßen auf den Rückweg machte. Die warme Nacht duftete in einer Intensität, wie Lisa es lange nicht mehr erlebt hatte. Oder hatte sie nur nicht mehr darauf geachtet? Vielleicht war es ganz normal, daß sie dieses Gefühl von Bedrohung hatte; es lag an der Angelegenheit, in der sie unterwegs war, daran, daß das Verbrechen plötzlich in ihr Leben getreten war. Sie dachte, daß es kein Wunder war, daß die Angehörigen von Verbrechensopfern intensiver Hilfe und Unterstützung nach der Tat bedurften. Es ging nicht nur einfach darum, die Trauer um den Verlust eines geliebten Menschen zu bewältigen. Es ging darum, daß das Leben seine gewohnte Bahn verließ, wenn Gewalt und Wahnsinn in es eindrangen. Entgegen allem, was man sah und hörte ringsum auf der Welt, glaubte man nicht wirklich an die Existenz des Bösen. Schlug es zu, war man getroffen, als habe man nicht einmal die Möglichkeit in Erwägung gezogen.

Und man zieht sie auch nicht in Erwägung, dachte Lisa. Bis es passiert, hält man sich für immun. Und danach fühlt man sich schutzlos und nackt wie ein neugeborenes Kind.

Auf einmal spürte sie den starken Wunsch, jemand würde sie in die Arm nehmen. Sie wünschte, sie könnte ihren Kopf anlehnen und weinen. Sie wünschte, jemand würde ihr sagen, daß sie keine Angst haben müsse. Sie wünschte, sie wäre ein kleines Kind, dem jemand Schokolade in den Mund steckte, damit es wieder lachen konnte.

Aber sie war kein Kind, und niemand erschien, um sie zu trösten. Sie ging allein durch die dunklen Straßen dieser fremden Stadt, und die anheimelnden Lichter aus den Häusern rechts und links, die Stimmen und das Gelächter, die gedämpft aus den rückwärtigen Gärten klangen, grenzten sie aus und warfen sie auf sich selbst zurück.

Irgendwo lief der Mörder ihrer Schwester herum. Aber auf einmal waren weder er noch die tote Anna länger wichtig. Auf einmal fühlte Lisa, daß sie schon viel toter war als Anna. Wenn Totsein Leere und Dunkelheit waren, dann war sie tot. Dann war es nur noch ein dummer Zufall, daß ihr Herz ständig weiterschlug.

»O Gott, Leona, ich brauche eine Pause! Wenn ich noch einmal tanze, falle ich ins Wasser!«

Carolin ließ sich neben Leona auf den weichen Waldboden fallen, strich sich die Haare aus dem erhitzten Gesicht. Im Schein der Feuer und Fackeln konnte Leona sehen, daß die Wangen ihrer Schwester glühten.

»Willst du was trinken?« fragte sie.

»Gern!«

Dankbar nahm Carolin den Becher mit Wein entgegen, den Leona ihr reichte.

»Tim will mich sobald wie möglich in Lauberg besuchen, stell dir vor! Wie soll ich das Ben klarmachen?«

»Vielleicht wirst du eine Entscheidung treffen müssen!«

»Tim ist *Gärtner*! Wie findest du das? Er wäre der erste meiner Freunde, der einen Beruf ausübt!«

Leona lachte. »Unsere Eltern würden es nicht glauben. Gefällt er dir denn?«

»Ich finde ihn sehr nett. Allerdings kann er überhaupt nicht tanzen. Er ist völlig unmusikalisch.«

»Ich finde, das ist der geringste Fehler, den ein Mann haben kann«, meinte Leona.

»Nächstes Wochenende will er mich daheim besuchen«, sagte Carolin.

Sie sah plötzlich ganz verträumt aus, als sie in die Flammen des Feuers vor ihnen schaute.

Am Ende ist es ernst, dachte Leona.

Es wurde nun sanfte, romantische Musik gespielt. Engumschlungene Paare bewegten sich in verklärter Langsamkeit dazu. Das Schlauchboot schwamm wieder zum Ufer, die Mädchen mit den Zöpfen und den geblümten Kleidern stiegen aus. Irgendwo lachte schrill eine Frau. Leona fühlte sich etwas benommen vom Alkohol, dabei so leicht und entspannt wie lange nicht mehr. Sie genoß die warme, samtige Nachtluft auf ihrer Haut. Sie versank im Anblick der silbernen Streifen, die der Mond durch das Laub der Bäume warf und auf der dunklen Wasseroberfläche zerschmelzen ließ. Sie lauschte in ihren Körper hinein, und zum ersten Mal seit langem schien er ihr zu sagen, daß alles gut werden würde.

»Du hast heute mittag gesagt, du weißt jetzt eine Menge mehr als vorher«, unterbrach Carolin das Schweigen zwischen ihnen. »Willst du mir jetzt nicht sagen, was du damit gemeint hast?«

Leona spielte mit der sandigen Erde zu ihren Füßen, nahm eine Handvoll auf, ließ sie langsam wieder hinabrieseln.

»Ich weiß jetzt, daß Angst kein guter Ratgeber ist«, sagte sie. »Natürlich, das ist eine banale Weisheit, und jeder würde sagen, das war doch immer schon klar. Aber es ist etwas anderes, das zu wissen oder es zu fühlen. Ich kann es *wirklich* fühlen. Irgendwann in diesen Wochen, als ich hier in meinem Versteck lebte, bin ich so wütend geworden, wie ich es noch nie vorher war. Und mit meiner Wut kam die Kraft. Mit jedem Tag habe ich mich stärker gefühlt. Und irgendwann wußte ich dann, daß ich mich nicht mehr verstecken würde. Vor ihm nicht – und nicht vor ein paar Wahrheiten in meinem Leben.«

»Vor welchen Wahrheiten?«

»Zum Beispiel vor der Erkenntnis, daß es zwischen mir und Wolfgang vorbei ist. Ich werde bei meinem Scheidungsvorhaben bleiben. Ich werde mich ganz von ihm trennen.«

»Bist du sicher? Er ist doch zurückgekommen! Meinst du nicht, du kannst ihm diese ... Geschichte verzeihen?«

»Darum geht es nicht. Ich habe ihm längst verziehen. Aber unsere Beziehung gründete auf einem gemeinsamen irrealen Traum von einer uneinnehmbaren, friedlichen Insel, die wir beide gemeinsam sowohl bilden als auch bewohnen. Diesen Traum werde ich nie mehr träumen können, und an seinen Trümmern will ich nicht festhalten. Ich will nicht so werden wie unsere Eltern, die sich verbissen haben in ihr Bild von der heilen Welt und die nun jeden grellen Mißton ignorieren, damit das, was rosarot sein soll, wenigstens in ihrer Vorstellung rosarot bleibt. Bei Wolfgang und mir hat zu vieles schon nicht mehr gestimmt, und ich werde jetzt nicht anfangen, mir das zurechtzulügen.«

Carolin sah ihre Schwester von der Seite an.

»Im Moment wirkst du so stark, daß ich dir tatsächlich zutraue, mit dem irren Robert fertig zu werden, deinen Wolfgang abzuservieren und dir in Windeseile ein neues Prachtexemplar von Mann zuzulegen«, sagte sie.

Leona lachte. »Von Prachtexemplaren habe ich erst einmal genug. Ich habe dir noch gar nicht von Bernhard Fabiani erzählt, nicht wahr? Da wäre ich beinahe in einen wunderbaren neuen Schlamassel hineingesegelt.«

»Bernhard Fabiani? Hör mal, um dich herum *wimmelt* es ja von Männern! Erzähl mir sofort von ihm!«

»Morgen. Findest du nicht, wir könnten langsam daran denken, nach Hause zu gehen? Ich bin, ehrlich gesagt, etwas müde und habe, glaube ich, auch ein bißchen viel Wein erwischt. Außerdem muß dein Sohn endlich ins Bett. Schließlich ist er erst fünf!«

»Wie spät ist es denn?«

»Gleich halb eins.«

»Okay«, sagte Carolin friedlich und stand auf. »Ich bleibe zwar meist bis mindestens vier Uhr auf Partys, aber ein bißchen Schlaf könnte nicht schaden.«

Tim kam auf sie zu und griff nach Carolins Hand.

»Geht ihr schon?«

»Es wird Zeit für den Kleinen«, sagte Carolin, »aber komm doch morgen zum Frühstück vorbei. Wir sind bis mittags noch im Haus.«

»Alles klar. Ich komme«, versprach Tim.

Carolin sah sich um. »Wo ist Felix denn?«

Der Platz um den See war inzwischen viel überschaubarer geworden. Einige Partygäste waren gegangen, viele hatten sich abgeseilt und waren paarweise im Wald verschwunden.

»Er hat doch mit diesen beiden Mädchen vorhin gespielt«, sagte Leona.

Sie entdeckte die Mädchen bei den Getränkekisten. Sie füllten sich gerade ihre leeren Gläser wieder auf.

»Da drüben sind sie ja!«

»Ja, aber wo ist Felix? Ich sehe Felix gar nicht mehr!« Erste Sorge malte sich auf Carolins Gesicht. »Er muß doch hier irgendwo sein!«

»Natürlich ist er hier«, beruhigte Tim. »Er taucht bestimmt gleich auf.«

»Felix!« rief Carolin, und dann noch einmal lauter: »Felix!«

Einige Paare hörten auf zu tanzen und schauten herüber. Carolin war mit drei Schritten bei dem Kasettenrekorder und den Verstärkern. Sie schaltete das Gerät aus. Die plötzliche Stille hatte etwas Erschreckendes.

»Felix!« rief sie erneut, aber es kam keine Antwort, und nun begann sie zu schreien.

»Felix! Wo bist du? Wo ist Felix? Wer hat mein Kind gesehen?«

4

Bis um halb vier Uhr am Morgen hatten sie jeden Winkel im Wald abgesucht und, wie Jens sagte, »jeden Stein umgedreht und hinter jedes Grasbüschel geschaut«. Tim hatte jeden mobil gemacht, der noch halbwegs gerade gehen konnte. Die Nachricht, daß der kleine blonde Junge, der den ganzen Abend zwischen ihnen allen gespielt hatte, plötzlich verschwunden war, ernüchterte die meisten sofort.

»Er kann ja nicht weit sein«, hatte Tim getröstet, »wahrscheinlich ist er auf Entdeckungstour gegangen und findet jetzt den Rückweg nicht mehr oder ist irgendwo eingeschlafen. Wir werden ihn bald finden.«

Carolin war weiß wie eine Wand.

»Es ist meine Schuld! Ich habe nicht auf ihn aufgepaßt! Ich habe mich nur amüsiert, ich habe ihn zeitweise sogar völlig vergessen! Was mache ich denn jetzt?« Dann war sie plötzlich ganz starr geworden. »Er ist ins Wasser gefallen!

Er ist ertrunken! Mein Kind ist ertrunken!« Sie wollte zum Weiher stürzen, aber Tim hielt sie am Arm fest.

»Verlier jetzt nicht die Nerven«, sagte er beruhigend. »Wir müssen vernünftig bleiben. Wie soll er denn hier ertrinken, in diesem überschaubaren Tümpel, vor den Augen Dutzender Leute? Es saßen immer Gruppen direkt am Wasser, die hätten gesehen, wie er hineingeht.«

»Wir waren die ganze Zeit im Schlauchboot«, sagte eines der Mädchen in den geblümten Kleidern. »Wir hätten es ganz bestimmt gemerkt.«

»Aber wo ist er dann? Wo ist er?«

»Wir durchsuchen jetzt paarweise den Wald«, bestimmte Tim, »und du kommst mit mir, Carolin.«

»Sollten wir nicht lieber die Polizei verständigen?« fragte Leona.

Auch ihr schlug das Herz bis zum Hals. Sie glaubte nicht an Carolins Theorie vom Ertrinken, denn sie hatte Felix zuletzt vor einer Stunde noch gesehen, und seither hatte sie nur dagesessen und über das Wasser geblickt. Es erschien ihr ausgeschlossen, daß sie übersehen hätte, wie das Kind dort hineinwatete.

»Jetzt laßt uns doch erst einmal selber suchen«, sagte Jens. »Wir sind genug Leute, um hier alles abgrasen zu können. Bis die Polizei überhaupt hier ist, haben wir ihn längst gefunden.«

Leona zog mit Jens los. Einige der Partyteilnehmer waren mit ihren Autos gekommen und hatten Taschenlampen dabei, die sie nun hervorholten. Die anderen bewaffneten sich mit den Fackeln, die das Partygelände beleuchteten.

»Hat er so etwas schon mal gemacht?« fragte Jens, während er neben Leona durch das Dickicht stolperte. »Ich meine, sich versteckt oder so?«

»Soviel ich weiß, nein«, erwiderte Leona.

Zweige schlugen ihr ins Gesicht, Dornenranken zerkratzten ihre nackten Beine. Ein paarmal stolperte sie über knorrige Wurzeln, konnte den Sturz aber immer noch abfangen. Die kleine Taschenlampe, die ihnen irgend jemand in die Hand gedrückt hatte, spendete nur ein klägliches Licht.

»Hoffentlich finden wir ihn bald. Carolin dreht durch, wenn dem Kind etwas zustößt. Und ich auch«, fügte sie hinzu und merkte dabei, daß die Tränen schon locker saßen.

»Ihm wird nichts zustoßen«, beruhigte Jens.

»Ich habe die ganze Zeit auf den Weiher geblickt«, sagte Leona beschwörend und inzwischen zum vierten Mal, »er *kann* nicht hineingegangen sein, ohne daß ich etwas bemerkt hätte!«

»Massenhaft Leute hatten den Teich ständig im Auge. Er kann dort wirklich nicht drin sein!«

Sie fanden keine Spur von Felix, stöberten nur ein Liebespaar auf, das sich auf einer Lichtung im Mondschein vergnügte und zu Tode erschrocken war, als es plötzlich mit einer Taschenlampe angestrahlt wurde. Ab und zu stießen sie auch auf andere Suchtrupps, aber sie bekamen immer nur die gleiche entmutigende Nachricht mitgeteilt: »Nichts. Wir haben nichts gesehen.«

Bis um halb vier war das gesamte Waldstück abgesucht. Carolin meinte, Felix könne schließlich noch weiter gegangen sein, in angrenzende Wälder hinein oder über die Weiden und Wiesen. Tim hielt das für unwahrscheinlich.

»Er ist ein fünfjähriges Kind! So viel Kraft hat er doch gar nicht. Er hätte sich längst irgendwo völlig erschöpft hingesetzt und wäre eingeschlafen.«

»Ich möchte jetzt die Polizei verständigen«, weinte Carolin, »wir haben schon viel zuviel Zeit verstreichen lassen.«

»Paß auf«, sagte Leona, »wir haben noch eine kleine

Chance. Er könnte zum Haus zurückgelaufen sein. Da hat bisher noch niemand nachgesehen. Wir gehen jetzt dorthin. Wenn er da nicht ist, rufen wir die Polizei an, okay?«

Carolin nickte, sie schluchzte jetzt so, daß sie nicht sprechen konnte. Leona legte den Arm um ihre Schulter. Tim und Jens machten Anstalten, ihnen zu folgen, aber Leona schüttelte den Kopf.

»Besser, wir sind jetzt mal allein. Sie ist völlig mit den Nerven runter.«

»Aber ...«

»Kommt morgen früh vorbei, ja? Und danke – für das schöne Fest und für die Hilfe!«

Statt der üblichen Viertelstunde brauchten sie knapp sieben Minuten für den Weg zum Haus. Carolin jagte vorneweg, Leona rannte hinterher. Der Gedanke, Felix könnte schon daheim auf der Veranda sitzen, hatte von Carolin Besitz ergriffen.

»Beeile dich doch!« fauchte sie Leona einmal an, und diese keuchte: »Ich beeile mich ja! Aber ich will mir nicht alle Knochen brechen!«

Das Haus lag still, dunkel und verlassen in der ersten noch grauen Morgendämmerung. Der neue Tag würde so schön und sommerlich werden wie der vergangene; keine Wolke hing am Himmel, an dem Mond und Sterne ganz langsam zu verblassen begannen, und am östlichen Horizont zeigte sich ein hauchfeiner rötlicher Lichtstreifen. Tau lag über dem Gras des Gartens. Carolin riß die Pforte auf, stürmte am Haus vorbei zur rückwärtigen Veranda. Leona folgte ihr auf dem Fuß.

Und dann blieb Carolin so abrupt stehen, daß Leona gegen sie prallte; so hart, daß beide um ein Haar zu Boden gestürzt wären.

»Warum ...«, setzte Leona an, doch die Worte blieben ihr im Hals stecken. Sie riß die Augen auf.

Auf den Stufen zur Veranda saß Robert Jablonski und lächelte sie an.

»Es war überhaupt nicht schwer, an das Kind zu kommen«, sagte Robert lässig. »Ich hätte nie gedacht, daß sich das Schicksal so gewogen zeigen würde. Daß die liebe Carolin hier aufkreuzen und auch noch Felix mitbringen würde ...«

Sie saßen um den Eßtisch im Wohnzimmer. Carolin, kalkweiß und mit roten Augen, war völlig in sich zusammengesunken. Sie hielt ihre Hände ineinander verkrampft und starrte auf das Blumenmuster der Tischdecke. Sie schien betäubt und zu Tode erschöpft.

»Ich habe mich einfach unter die vielen Leute da am Teich gemischt«, fuhr Robert fort, »müssen an die hundert Gäste bei der Party gewesen sein, oder? Jedenfalls fiel ich überhaupt nicht auf. Ich beobachtete Felix und merkte, daß sich ständig die verschiedensten Leute mit ihm beschäftigten. Also würde es niemand komisch finden, wenn ich mich ein wenig seiner annahm.«

»Du hast ihn mit dir weggelockt«, sagte Leona.

Robert nickte. »Er kannte mich ja noch von Weihnachten. Er freute sich, mich zu sehen. Ich erzählte ihm etwas von einer Überraschung, und er kam sofort mit.«

Carolin hob den Blick, sah Robert an. Sie schien etwas sagen zu wollen, fand aber nicht die Kraft, und senkte die Augen wieder.

Sie hatte geschrien und getobt, war mit beiden Fäusten auf Robert losgegangen.

»Hallo, Leona«, hatte er gesagt und sich von der Treppenstufe erhoben, »hallo, Carolin!«

Leona hatte sofort begriffen.

»Wo ist Felix?« hatte sie mit scharfer Stimme gefragt, und Ungläubigkeit war auf Carolins Zügen erschienen.

»Das wird noch für eine Weile mein Geheimnis bleiben«, antwortete Robert.

Ein paar Sekunden lang herrschte Schweigen, dann hatte Carolin verstanden.

»Du verdammtes Schwein!« sagte sie. »Du gottverdammtes Schwein, wo ist mein Sohn? Was hast du mit ihm gemacht? Wo ist er?«

Als Robert keine Antwort gab, brüllte sie los: »Wo ist er? Wo ist er? Wo ist er?«

Sie stürzte sich auf ihn, schlug auf ihn ein, riß an seinen Haaren, schrie. Er erwischte schließlich ihre beiden Handgelenke, hielt sie eisern umklammert.

»Sag ihr, daß das so keinen Sinn hat«, verlangte er, an Leona gewandt. »Sie stellt sich besser gut mit mir.«

Leona hatte Carolin von ihm weggezerrt.

»Hör auf!« zischte sie. »Damit erreichst du gar nichts. Du mußt jetzt ruhig bleiben!«

»Sehr richtig.«

Robert strich seine Hose glatt und fuhr sich mit den Fingern durch die Haare.

»Wir sollten wie erwachsene Menschen miteinander umgehen.«

»Wie erwachsene Menschen!«

Carolin ballte die Fäuste. Sie zitterte wie Espenlaub am ganzen Körper.

»Ist es erwachsen, ein kleines Kind zu entführen? Willst ausgerechnet du ….«

»Carolin, das bringt jetzt nichts.« Leona legte den Arm um ihre Schwester.

Sie sah Robert kalt an. »Ich nehme an, du hast ihn irgendwo versteckt. Geht es ihm gut?«

»Natürlich geht es ihm gut. Ich würde einem Kind kein Haar krümmen.«

Carolins Zittern wurde stärker. »Ich höre mir das nicht mehr an«, stieß sie hervor. »Ich werde jetzt sofort die Polizei anrufen.«

Sie riß sich von Leona los und wollte an Robert vorbei ins Haus.

»Das ist eine ziemlich dumme Idee, Carolin«, sagte Robert. »Du kannst die Polizei natürlich verständigen, aber dann wird niemals – hörst du? – *niemals* jemand erfahren, wo Felix ist.«

Carolin blieb stehen und drehte sich langsam zu Robert um.

»Du mußt es sagen«, flüsterte sie, »der Polizei mußt du es sagen.«

Er lächelte. »Ich habe absolut nichts mehr zu verlieren. Ich würde schweigen wie ein Grab.«

Das Wort Grab jagte Leona einen Schauer über den Rücken.

»Der blufft doch nur!« sagte Carolin.

»Laß es drauf ankommen«, entgegnete Robert ruhig.

»Die Polizei wird eine riesige Suchaktion starten. Sie wird ihn finden.«

Er wiederholte: »Laß es drauf ankommen.«

»O nein«, flüsterte Carolin und sank auf der Treppe in sich zusammen, vergrub ihr Gesicht in den Händen.

»Was willst du, Robert?« fragte Leona.

»Gehen wir doch erst einmal ins Haus«, schlug er vor.

Und so saßen sie nun um den Tisch: Carolin, die wie zerbrochen schien; Robert, der damit prahlte, wie einfach es gewesen war, das Kind zu entführen; und Leona, die sich immer wieder sagte, daß sie unter allen Umständen die Nerven behalten mußte.

Bleib ruhig, bleib ruhig, befahl sie sich wortlos.

»Du hast uns gesehen, wie wir zu dem Fest am Weiher

gegangen sind«, sagte sie. »Wie lange beschattest du mich schon?«

»Ist das wichtig?«

»Es würde mich interessieren.«

»Noch nicht lange. Ich bin deinem Liebhaber gefolgt. Professor Fabiani. Der Mann, der seine Finger nicht von den Frauen lassen kann.« Er schnalzte tadelnd mit der Zunge. »Mit dem hättest du dich nicht einlassen sollen, Leona. Der Typ ist chronisch geil. Solche Männer gefallen den Frauen, weil sie ihnen das Gefühl geben, begehrenswert und unheimlich verführerisch zu sein. Manchmal stürzen sie sie aber auch ins Unglück.«

»Dann bist du seit Donnerstag da.«

»Richtig.«

So sachlich wie möglich fragte sie: »Ich war die ganze Zeit im Garten, auf der Terrasse. Warum bist du da nicht erschienen? Ich war völlig allein.«

Er zuckte mit den Schultern. »Nenn es Intuition. Ich wußte, daß sich mir noch irgendeine besondere Gelegenheit bieten würde. Ich dachte allerdings eher, daß der Windhund Fabiani hier noch einmal aufkreuzen könnte. Du hast ihn ganz gut abblitzen lassen, und ich war überzeugt, das läßt der nicht auf sich sitzen. Mir fallen ein paar schöne Dinge ein, die ich dann mit ihm angestellt hätte. Aber statt seiner kam Carolin und brachte den Kleinen mit – na ja, das Schicksal mischt die Karten immer anders als man denkt, nicht? Auf einmal war ganz klar, was ich zu tun hatte.«

Er will mich nicht töten, dachte Leona, das hätte er längst tun können. Er hatte jede Gelegenheit dazu.

Sie dachte an die langen, warmen Vormittagsstunden des gestrigen Tages, die sie schlafend im Liegestuhl verbracht hatte. Vielleicht hatte er hinter ihr gestanden. Er hätte nur die Hand ausstrecken müssen … Ein Zittern am ganzen Körper kündigte sich an. Sie preßte die Hände auf dem Schoß ineinander.

»Wie konntest du Bernhard folgen?« fragte sie. »Hast du ein Auto?«

»Natürlich habe ich ein Auto. Denkst du, ich bin ihm auf einem Fahrrad hinterhergestrampelt?«

»Aber woher …?«

Hatte er Geld? Hatte er es riskiert, einen Wagen zu kaufen? Wie konnte er das, wenn gegen ihn ein Haftbefehl lief, wenn nach ihm mit Hochdruck gefahndet wurde?

»Das Auto habe ich von einer lieben Freundin geliehen. Mehr brauchst du nicht zu wissen.«

Carolin schaute erneut auf. Mühsam sagte sie: »Das ist doch jetzt ganz unwichtig. Das ist völlig egal. Es geht nur um Felix.«

»Felix ist okay«, sagte Robert.

Leona überlegte fieberhaft. Er hatte sich Felix irgendwann zwischen halb zwölf und halb eins geschnappt. Um kurz nach halb vier hatten sie ihn auf der Treppe vor dem Haus sitzend angetroffen. Es waren ihm knappe vier Stunden geblieben, ein Versteck ausfindig zu machen und Felix dort unterzubringen. Das war nicht viel Zeit. Andererseits hatte er einen Wagen. Damit konnte er Felix ziemlich weit weggebracht haben.

»Also gut, Robert«, sagte sie ruhig. »Du hast das Kind, und ich nehme an, du möchtest etwas dafür, daß du uns sagst, wo es ist. Ich habe dich schon einmal gefragt: *Was willst du?*«

»Könnte nicht eine von euch einen richtig starken Kaffee für uns machen?« schlug Robert vor. »Ich weiß ja nicht, wie ich aussehe, aber ihr beide macht mir einen ziemlich übernächtigten Eindruck. Ein Kaffee würde uns guttun.«

Carolin erhob sich. Sie bewegte sich wie in Trance.

»Ich mach' ihn«, sagte sie leise.

Er lächelte sie an. Es war das freundliche, nette Robert-Lächeln, das Leona von früher nur zu gut kannte.

»Ich möchte dich nur noch einmal warnen, Carolin«, sagte er. »Wenn du die Polizei anrufst, verschimmelt dein kleiner Liebling in seinem Versteck. Das hast du begriffen, oder?«

Carolin verließ wortlos das Wohnzimmer.

»Ich hatte dich gefragt, was du willst, Robert«, beharrte Leona.

Er betrachtete sie prüfend. »Ich würde gern wissen, weshalb du dir immer wieder deine Haare nachschneiden läßt, Leona. Es steht dir einfach nicht. Du warst eine Schönheit mit den langen Haaren. Jetzt siehst du ziemlich durchschnittlich aus.«

Er kramte eine Zigarettenschachtel hervor, reichte sie Leona, die den Kopf schüttelte. Er zündete sich selbst eine Zigarette an, nahm einen tiefen Zug. Trotz seiner zur Schau getragenen lässigen Überlegenheit konnte er nicht verbergen, wie erschöpft er war. Er hatte nicht nur eine durchwachte Nacht, er hatte harte Wochen hinter sich. Er sah gepflegt aus, aber unter seinen Augen lagen bläuliche Schatten, und beim Anzünden der Zigarette hatte seine Hand ganz leicht gezittert.

Er ist todmüde, dachte Leona, und nur eine gewisse Euphorie, kurz vor dem Ziel seiner Wünsche zu sein, hält ihn aufrecht.

»Mein Aussehen ist jetzt nicht Gegenstand des Gesprächs«, sagte sie.

»Du hast recht«, stimmte er zu, »darüber können wir später reden. Diese Dinge lassen sich alle klären.«

Er rauchte schweigend seine Zigarette. Aus der Küche

klang das Klappern von Tassen und Löffeln. Draußen zog ein strahlender Tag herauf. Es war kurz vor fünf Uhr und schon fast hell.

Plötzlich sagte Robert: »Hat da nicht jemand gerufen?« Er richtete sich auf, sah angestrengt nach draußen.

»Da sind zwei Männer.« Er konnte seine Nervosität nicht verbergen. »Wer sind die? Was wollen die?«

Leona sah ebenfalls hinaus. »Das sind Jens und Tim. Sie waren auch bei der Party und haben geholfen, nach Felix zu suchen. Sicher wollen sie wissen, wie es nun weitergeht.«

»Okay«, sagte Robert, »okay. Du gehst jetzt raus und sagst ihnen, daß ihr Felix hier gefunden habt. Daß alles in Ordnung ist. Kapiert?«

»Ich …«

»Du tust, was ich dir sage!« fuhr er sie an.

Leona stand auf, öffnete die Tür und trat hinaus auf die Veranda. Eine herrliche Luft und Vogelgezwitscher empfingen sie. Jens und Tim standen mitten auf der Wiese und sahen so blaß und müde aus wie sie alle an diesem Morgen.

»Ach, endlich, Leona!« rief Jens erleichtert. »Wir haben uns nicht getraut zu klingeln, weil wir nicht wußten, ob Sie und Carolin schlafen. Wir wollten wissen …«

»Es ist alles in Ordnung!«

Leona fand, daß sich ihre Stimme so unecht anhörte wie bei einem Schauspieler, der seine Rolle schlecht gelernt hat.

»Felix saß tatsächlich hier auf der Treppe. Also alle Aufregung umsonst. Er liegt jetzt in seinem Bett und schläft.«

»Gott sei Dank!« sagte Tim inbrünstig. »Wie geht es Carolin?«

»Sie hat sich hingelegt. Das alles war zuviel für sie.«

Leona versuchte ein Lächeln und hatte dabei das Gefühl, daß es mißlang.

»Tim, ich fürchte, wir müssen unsere Einladung zum

461

Frühstück rückgängig machen. Wir sind einfach zu müde. Wir werden jetzt schlafen und mittags dann gleich nach Hause aufbrechen.«

Sie konnte sehen, wie enttäuscht Tim war. Sie kam sich unfreundlich und böse vor. Die beiden jungen Männer hatten stundenlang beim Suchen geholfen. Nun bot sie ihnen nicht einmal einen Kaffee an, vermittelte ihnen statt dessen nur das Gefühl zu stören.

»Ist wirklich alles in Ordnung, Leona?« fragte Jens, der sie unverwandt aufmerksam beobachtete.

»Natürlich. Ich bin nur völlig erschöpft, das ist alles. Ein paar Stunden Schlaf, und es geht mir wieder gut.«

Die Jungen verabschiedeten sich. »Grüßen Sie Carolin von mir«, sagte Tim.

»Das mach' ich. Ganz bestimmt.«

Sie sah ihnen nach, wie sie den Garten verließen, dann kehrte sie ins Wohnzimmer zurück. Carolin kam gerade mit einem Tablett aus der Küche.

»War das Tim?« fragte sie.

»Ja. Mit Jens. Ich habe beiden gesagt, daß Felix wieder da ist.«

Sie trat an den Tisch, blieb davor stehen.

»Robert, sag jetzt endlich, was du willst. Laß uns diese ganze verdammte Geschichte zu irgendeinem Ende bringen, und gib uns das Kind zurück!«

Er lächelte schon wieder. Sie wünschte, sie könnte ihm mitten in dieses grinsende Gesicht hineinschlagen. Es hätte sie befriedigt zu sehen, wie das Lächeln verrutschte.

»Also?« fragte sie.

Langsam drückte er seine Zigarette auf einem der Unterteller aus, die Carolin auf den Tisch gestellt hatte.

»Wir bringen gar nichts zu Ende«, sagte er sanft. »Wir beide beginnen endlich unser gemeinsames Leben.«

5

Lisa wachte schon um sechs Uhr auf. Sie wußte nicht, was sie geweckt hatte, denn der Sonntagmorgen war still und von einem schläfrigen Frieden. Eigentlich war sie eine Langschläferin. Es mochte an ihrer inneren Unruhe liegen, daß sie heute den Eindruck hatte, keine Minute länger im Bett bleiben zu können.

Während sie sich anzog, versuchte sie sich an den Traum zu erinnern, der die Nacht begleitet hatte. Er war quälend gewesen, soviel wußte sie noch, aber sie bekam seine Einzelheiten nicht mehr zusammen. Ihr Vater hatte eine Rolle gespielt, und Kommissar Hülsch. Die beiden waren immer wieder ineinandergeflossen und hatten traurig und besorgt dreingeblickt. Und sie, Lisa, war durch einen Wald gelaufen, einen Wald, dessen Bäume immer höher und dichter wurden, je weiter sie vorankam. Sie lief um ihr Leben und wußte dabei, daß sie keine Chance hatte, denn weiter vorn schlossen sich die Tannen zu einer dichten, unüberwindlichen Mauer zusammen.

Nicht darüber nachdenken, befahl sie sich, dieser Traum gehört zu den Dingen, die du aus deinem Leben entfernen willst. Deshalb bist du hier.

Fertig angezogen, ging sie leise die Treppe hinunter. Unten im Haus rührte sich nichts. Die Wirtin schlief wohl noch; ob andere Gäste da waren, wußte Lisa nicht.

Sie verließ das Haus, atmete draußen tief durch. Sogar in der Großstadt war die Luft an diesem Morgen frisch und klar, gespeist vom Sauerstoff der waldigen Höhen des Taunus. Der Tag würde wieder heiß und stickig werden, vielleicht sogar noch heißer als der Vortag. Lisa hatte ein Bahnticket und eine Platzreservierung für den Zug um

vierzehn Uhr. Am Abend hatte sie eine berufliche Verabredung mit irgendeinem Pharmavertreter, der sich am Telefon wie ein Brechmittel angehört hatte. Normalerweise
machte ihr das nichts aus; die Brechmittel erwiesen sich
häufig als besonders großzügig, weil sie unbedingt mit
ihrem Geld protzen mußten. An diesem Tag hätte Lisa das
Date jedoch gern abgesagt. Sie verspürte einen Anflug von
Kopfschmerzen, wenn sie nur daran dachte.

Natürlich landete sie wieder bei Lydia. Sie hatte gar
nicht genau auf den Weg geachtet oder auf die Richtung,
die sie einschlug, aber wie von unsichtbaren Fäden gezogen, war sie zu dem Haus gegangen, vor dem sie am
Tag zuvor schon mehrfach vergeblich gestanden hatte.
Wieder blickte sie an der ihr nun schon vertrauten Fassade
hinauf.

Es stimmte etwas nicht, da war sie sich nun ganz sicher.

Sie klingelte wieder und wieder und wieder. Nach einigen Minuten wurde ein Fenster im fünften Stockwerk
geöffnet. Eine ältere Frau mit völlig verstrubbelten Haaren
lehnte sich hinaus.

»Wer sind Sie?« rief sie. »Was wollen Sie?«

Lisas Herz begann wie rasend zu schlagen. »Sind Sie Lydia Behrenburg?« fragte sie hoffnungsvoll.

»Nein. Ich wohne neben Frau Behrenburg. Leider kann
ich ziemlich genau hören, wenn bei ihr geklingelt wird. Sagen Sie, müssen Sie am Sonntag um diese Uhrzeit einen
solchen Lärm machen?«

»Entschuldigen Sie bitte. Aber ich bin mit Frau Behrenburg verabredet. In einer wirklich wichtigen Angelegenheit. Ich …«

»Frau Behrenburg ist nicht da!« Die Frau zog sich
zurück und wollte das Fenster schon wieder schließen.

»Bitte«, sagte Lisa verzweifelt, »sie *muß* dasein!«

Die Frau lehnte sich wieder hinaus. Sie schien sehr ärgerlich.

»Wieso *muß* sie dasein? Sie ist nicht da, und damit basta!«

»Wir waren gestern schon verabredet. Um ein Uhr mittags. Ich bin extra aus München angereist. Ich habe mir hier ein Zimmer genommen, um es heute noch einmal zu versuchen. Ich ... ich kann mir nicht vorstellen, daß sie mich einfach vergessen hat!«

»Hm«, machte die Frau, »Frau Behrenburg ist eigentlich recht zuverlässig.«

»Eben. Diesen Eindruck hatte ich auch. Deshalb bin ich ja so besorgt.«

Die Frau gähnte, wobei sie den Mund ungeniert sperrangelweit aufriß, ohne die Hand davorzuhalten.

»Also, jedenfalls kann ich Ihnen da auch nicht weiterhelfen. Sie können ja da unten warten, vielleicht kommt sie im Laufe des Tages zurück.«

Sie schien das Fenster endgültig schließen zu wollen.

»Wohin kann sie denn gereist sein?« rief Lisa.

Die Frau gähnte wieder.

»Herrgott, woher soll ich das denn wissen? Ich habe nicht viel Kontakt zu Frau Behrenburg. Soweit ich weiß, hat sie keine Verwandten und Bekannten. Sie ist noch nie verreist.«

»Ja, sehen Sie, das ist doch merkwürdig, oder? Ich habe ein dummes Gefühl. Vielleicht ist sie gar nicht verreist. Manchmal stürzen Leute in ihren Wohnungen und liegen dann dort tagelang hilflos herum.«

Die Frau seufzte tief und übertrieben.

»Sie haben eine blühende Phantasie. Ich höre es *deutlich* und *laut*, wenn bei ihr geklingelt wird! Da würde ich wohl auch hören, wenn sie um Hilfe riefe, oder nicht?«

465

»Hat nicht irgend jemand im Haus einen Schlüssel zu ihrer Wohnung? Für den Fall, daß sie sich aussperrt oder so?«

»Ich habe den. Seitdem Frau Fabiani tot ist, habe ich einen Schlüssel.«

»Ach bitte«, Lisa legte alle Beschwörungskraft, derer sie fähig war, in ihre Stimme, »könnten wir nicht nachsehen, ob alles in Ordnung ist? Könnten wir nicht ...«

»Also, das glauben Sie doch wohl selber nicht!«

Die Frau war jetzt hellwach und die personifizierte Entrüstung.

»Auf so etwas falle ich nicht herein! Vor Leuten wie Ihnen warnt ja immer die Polizei! Die mit allen Tricks versuchen, in die Wohnungen zu kommen und dann ...«

»Einen Moment! Ich habe wirklich nichts Böses vor! Sie können doch auch allein in Frau Behrenburgs Wohnung gehen. Ich warte hier unten. Und wenn Sie mir dann durchs Fenster sagen, daß alles in Ordnung ist, verschwinde ich, und Sie müssen mich nie wiedersehen.«

Die Frau im Fenster seufzte erneut.

»Es ist Sonntag morgen. Es ist noch nicht einmal sieben Uhr. Ich würde wirklich gern *einmal* in der Woche ausschlafen, und da kommen Sie und ...«

»Es kostet Sie fünf Minuten. Bitte! Wenn tatsächlich etwas nicht stimmt, dann verzeihen Sie es sich doch Ihr Leben lang nicht, daß Sie nichts unternommen haben.«

Dieses letzte Argument schien zu überzeugen. Die Frau verschwand aus dem Fenster, ließ es aber offenstehen, was darauf hindeutete, daß sie vorhatte zurückzukommen. Sicher würde es eine Weile dauern. Sie hatte nicht so gewirkt, als gehöre sie zu den Leuten, die sich besonders beeilten.

Lisa setzte sich auf eine der Stufen vor der Haustür. Nun, da sie wußte, jemand würde in Lydias Wohnung nach dem Rechten sehen, fiel alle Anspannung von ihr ab. Auch das »dumme Gefühl«, das sie seit dem Vortag begleitet hatte, löste sich auf. Sie kam sich plötzlich nur noch lächerlich vor. Lydia Behrenburg hatte sie sicher einfach vergessen, weil die ganze Geschichte für sie keinerlei Bedeutung hatte. Sie machte irgendwo Ferien und lebte vergnügt in den Tag hinein, während eine unwillige Nachbarin in den frühen Morgenstunden eines sonnigen Sonntags ihre Wohnung durchstreifte.

Gerade als sie bei diesem Gedankengang angelangt war, hörte sie von oben einen Schrei, so markerschütternd, daß sie entsetzt aufsprang. Lydias Nachbarin lehnte sich so weit aus dem Fenster, daß ihre riesigen Brüste sie schon fast hinunterzuziehen drohten. Sie war krebsrot im Gesicht.

»Polizei!« schrie sie. »Polizei! Polizei!«

Sie hielt inne und starrte herab zu Lisa.

»O Gott, o Gott«, stammelte sie. »Rufen Sie die Polizei, Kind! Rufen Sie sofort die Polizei!«

»Dürfte ich mal Ihr Telefon benutzen?« fragte Lisa.

Kurz darauf ertönte der Summton, mit dem sich die Eingangstür öffnete, und Lisa konnte endlich das Haus betreten, vor dem sie so lange vergeblich gewartet hatte.

6

Um halb acht rief Wolfgang an. Leona war sofort am Apparat.

»Ja bitte?« fragte sie.

»Leona?« Wolfgang klang atemlos. »Ich hoffe, ich habe dich nicht geweckt. Ich weiß, es ist ziemlich früh … ich bin gerade beim Joggen, und da kam ich an dieser Telefonzelle vorbei. Da dachte ich … wie geht es dir?«

»Gut. Du hast mich nicht geweckt. Ich war schon auf.«

Ich war gar nicht erst im Bett, fügte sie in Gedanken hinzu.

»Das freut mich. Ist es nicht ein herrlicher Tag heute? Leona – ist Carolin bei dir?«

»Das weißt du doch. Du hast sie mir schließlich geschickt.«

»Bist du mir böse? Ich glaube wirklich nicht, daß das zu riskant war.«

Nein, dachte sie, das war es nicht. Der Feind war längst hier. Und die Dumme, die dafür verantwortlich ist, bin allein ich!

»Leona? Bist du noch da? Ich wollte wissen, ob du mir böse bist!«

»Nein. Es ist schön, Carolin hierzuhaben.«

»Ich hoffe, sie bringt dich von deinem verrückten Plan, heute abend nach Hause zu kommen, ab. Hat sie schon mit dir gesprochen?«

Der Abend! Sie hatte am Abend wieder daheimsein wollen, das hatte sie völlig vergessen.

Sie sah hinüber zum Eßtisch. Robert saß dort lässig in seinen Stuhl zurückgelehnt, die Kaffeetasse in der Hand. Sein siebter oder achter Kaffee an diesem Morgen. Er sah nicht mehr ganz so elend und müde aus wie vorher. Seine Wangen hatten etwas Farbe bekommen.

Carolin kauerte auf dem Sofa, die Beine eng an den Körper gezogen, beide Arme darumgeschlungen. Ihr Kopf ruhte auf ihren Knien. Eine Dreiviertelstunde zuvor hatte sie einen Weinkrampf erlitten, hatte nicht aufhören können zu zittern und zu schluchzen. Leona hatte das Medikamentenschränkchen im Bad durchsucht, das vorwiegend Arzneimittel mit abgelaufenem Haltbarkeitsdatum enthielt. Sie hatte Baldriantropfen gefunden, die noch tauglich schienen, und sie für Carolin in einem Glas Wasser aufgelöst. Die Schwester war dann tatsächlich ruhiger geworden und wieder in einen Erschöpfungszustand gefallen. Völlig unbeteiligt hatte sie seitdem allem zugehört, was zwischen Robert und Leona gesprochen worden war.

»Ich werde heute abend nicht nach Hause kommen, Wolfgang«, sagte Leona.

Robert blickte auf, runzelte die Stirn. Er hatte keine Ahnung gehabt, daß sie ihr Exil an diesem Tag hatte aufgeben wollen.

»Ich denke, daß ihr alle recht habt. Ich sollte noch eine Weile aushalten.«

Wolfgangs Erleichterung war durch die Telefonleitung hindurch spürbar.

»Ich bin wirklich froh, daß du zu dieser Erkenntnis gekommen bist. Es ist einfach am vernünftigsten. Du wirst sehen, Robert Jablonski sitzt ganz bald hinter Schloß und Riegel.«

Sie unterdrückte ein hysterisches Lachen.

»Sicher. Du hast recht.«

»Also, Leona, ich werde jetzt weiterrennen. Paß gut auf dich auf, hörst du? Ich brauche dich noch.«

Er wartete, daß sie etwas erwiderte, aber sie sagte nichts.

»Ich rufe heute abend wieder an«, meinte er schließlich und legte auf.

Leona ging zum Tisch zurück.

»Das war Wolfgang.«

Robert nickte. »Hab' ich mir schon gedacht. Du wolltest heute abend heimkehren in seine starken Arme?«

»Nicht in seine starken Arme. Aber ich wollte nach Hause zurück, ja.«

»Und warum? Du hattest doch solche Angst vor mir,

daß du dich in der tiefsten Einöde verstecken mußtest. Jetzt plötzlich nicht mehr?«

»Nein«, sagte sie knapp und in einem Ton, daß Robert nicht mehr weiterfragte.

»Nun«, sagte er nach einer Weile, »die Dinge sind klar. Wir sollten jetzt bald aufbrechen. Du wolltest noch deinen Paß holen und dein Geld.«

»Ich muß auch noch ein paar Sachen zusammenpacken.«

»Gut, gut. Dann mach das jetzt. Du solltest nicht auf Verzögerung setzen, Leona. Die Zeit wird Carolins kleinem Liebling in seinem Versteck verdammt lang werden.«

Leona verließ das Zimmer, und Carolin starrte Robert an.

»Nie in meinem Leben habe ich einen so gemeinen Menschen getroffen«, sagte sie mit tonloser Stimme.

Robert schien ihr diese Aussage nicht übelzunehmen.

»Ich weiß gar nicht, weshalb du dich noch aufregst, Carolin. Sowie Leona und ich in Südamerika sind, rufen wir an und sagen dir, wo du Felix findest.«

»Das kann unter Umständen erst übermorgen sein!«

»Ich habe dir schon mal gesagt: Er hat Essen und Getränke für einige Tage. Er kann das gut aushalten.«

»Er ist ein Kind!« sagte Carolin. In ihrer Stimme kündigte sich erneut Panik an. »Er ist ein fünfjähriges Kind! Er hat Angst. Er weiß nicht, was los ist. Er ... ich darf mir das nicht ausmalen ...«

Sie preßte das Papiertaschentuch, das Leona ihr gegeben hatte, gegen den Mund.

»Ein paar Gründe mehr, unverzüglich mit mir zu kooperieren«, entgegnete Robert ungerührt.

Er griff nach der Kaffeekanne und stellte fest, daß sie leer war.

»Machst du mir noch einen Kaffee?«

»Mach ihn dir doch selbst«, murmelte Carolin.

Robert stand auf und ging in die Küche.

Oben, in ihrem Zimmer, packte Leona hastig ein paar Sachen in einen kleinen Koffer. Sie merkte gar nicht genau, was sie da zusammenwarf. Wäschestücke, Schuhe, einen Pullover ... In ihrem Kopf drehte sich alles. Sie überlegte fieberhaft, was sie am besten tun sollte.

Robert hatte gesagt, er wolle mit ihr ins Ausland. Nach Südamerika.

»Hast du Flugtickets?« hatte sie gefragt. »Oder Geld?«

Er hatte stolz genickt. »Ich habe eine Scheckkarte. Ich kann Geld abheben, soviel ich will. Die Tickets sind also kein Problem.«

Wie stellte er sich das vor? Er wurde mit Haftbefehl gesucht. Glaubte er, es sei so einfach für ihn, in ein Flugzeug zu steigen und Deutschland zu verlassen? Er fühlte sich unendlich sicher durch die Tatsache, daß nur er wußte, wo sich Felix' Versteck befand. Leona aber war der Ansicht, daß ihm das nur Sicherheit gab, solange es sie und Carolin betraf. Sie beide spurten, weil sie verrückt waren vor Angst um das Kind, besonders Carolin. Die Polizei würde ihn nicht tatenlos ziehen lassen. Sie würden ihn nicht nach Südamerika reisen lassen, sie würden ihn festnehmen und verhören, so lange, bis er mit der Sprache herausrückte.

War ihm das nicht klar?

Sie sagte sich, daß er verrückt war. Auch wenn man es ihm nicht anmerken konnte, auch wenn er völlig normal wirkte im Gespräch – er war verrückt, das mußte sie sich immer wieder vor Augen halten. Er hatte zwei Menschen bestialisch ermordet. Er hatte Paul beinahe totgeschlagen. Sie erinnerte sich an die Mordlust, die sie in seinen Augen

471

gelesen hatte, als er in Ascona über ihren abgelegten Ring die Nerven verlor. Er war krank, und vermutlich rechnete er sich die Konsequenzen seines Handelns nicht aus, machte sich nicht klar, daß er kaum eine Chance hatte, in ein Flugzeug zu gelangen. Oder er machte es sich klar, setzte aber alles auf eine Karte.

»Ich habe absolut nichts mehr zu verlieren«, hatte er vorhin unten zu Carolin gesagt. Dies Bewußtsein mochte ihm die Zielstrebigkeit verleihen, mit der er seinen Plan verfolgte.

Sie schloß den Koffer mit all den unsinnigen Sachen darin, sah sich nach ihrer Handtasche um. Sie hätte wahrscheinlich die Möglichkeit, die Polizei zu verständigen. Oder Wolfgang. Robert ließ sie und Carolin sich frei im Haus bewegen, spielte keineswegs den scharfen Bewacher. Sie hätte Jens und Tim vorhin einen Tip geben können. Sie hatte es nicht getan, und sie fragte sich, ob das ein Fehler gewesen war.

Aber was sollte aus Felix werden? Sie wußte nicht, ob es Instinkt war oder die Tatsache, daß sie Robert gut genug kannte, aber sie hatte das sichere Gefühl, daß er, sollte sie oder Carolin ihn verraten, Stillschweigen über Felix' Aufenthaltsort bewahren würde bis zum Jüngsten Gericht. Er war rachsüchtig und fanatisch. Und er hatte – sie kam immer wieder auf denselben Punkt zurück – nichts zu verlieren.

Ich kann nur eines tun, dachte Leona: mitspielen, solange es geht. Das ist vielleicht im Moment die einzige Chance. Irgendwann würden sie durch eine Paßkontrolle gehen müssen. Sie hoffte von ganzem Herzen, daß dann niemand die Nerven verlor.

Als sie hinunterkam, traf sie nur Carolin im Wohnzimmer an. Auf dem Tisch stand eine Kanne mit frischem Kaffee, daneben die drei benutzten Tassen. Carolins Gesicht sah knochig aus, ihre Lippen waren grau.

»Wo ist Robert?« fragte Leona und stellte ihren Koffer ab.

»Der macht irgend etwas an seinem Auto. Er will schnell los. Leona, was sollen wir nur tun?«

Carolin riß die Augen auf wie ein Kind, das angstvoll und ratlos darauf wartet, daß ein Erwachsener eine Lösung finden wird.

»Du kannst doch jetzt nicht mit ihm davonfahren und nach Südamerika fliegen?!«

»Ich denke, daß wir so weit gar nicht kommen werden.«

Leona sprach schnell und leise und vergewisserte sich mit einem Blick über die Schulter, daß Robert noch nicht wieder aufgetaucht war.

»Spätestens bei der Paßkontrolle fliegt Robert auf. Meiner Ansicht nach kommt er nicht aus dem Land hinaus, zumindest nicht aus Europa.«

»Und dann? Wenn sie ihn festnehmen? Dann sagt er nie, wo Felix ist! Leona, ich habe so furchtbare Angst! Wer weiß, wo er ihn versteckt hat! Der Mann ist doch zu allem fähig. Am Ende hat er ihn schon …«

Ihre Stimme brach, sie begann schon wieder am ganzen Körper zu zittern.

Leona umfaßte ihre Schultern und sah ihr in die Augen.

»Carolin! Nicht durchdrehen! Felix ist am Leben, und es geht ihm gut. Davon bin ich überzeugt. Ich kenne Robert. So verrückt das klingt, aber er folgt seinem ganz persönlichen Ehrenkodex in allem, was er tut, und er geht ganz sicher nicht hin und tötet ein unschuldiges Kind. Hörst du? *Ganz sicher nicht!*«

»Woher willst du wissen…«

»Ich weiß es. Und Felix ist jetzt nicht mit einer Mutter geholfen, die die Nerven verliert. Du mußt einen klaren Kopf behalten. Verstehst du das?«

Carolin hörte auf zu zittern.

»Ja.«

Leona schaute sich noch einmal um. Robert war noch nicht wiederaufgetaucht.

»Ich habe hin und her überlegt, ob wir die Polizei verständigen sollen. Ich fürchte nur, Robert klappt dann zu wie eine Auster. Ich weiß nicht, von wo aus er fliegen will, aber in jedem Fall werde ich eine ganze Weile mit ihm im Auto sitzen. Vielleicht kriege ich ihn dazu, daß er redet. Es ist jedenfalls eine Chance. Wenn du bis heute abend nichts gehört hast, sagst du Wolfgang Bescheid. Er soll dann entscheiden, was zu tun ist.«

»Ich kann dich doch nicht zu einem Killer ins Auto steigen lassen!« sagte Carolin verzweifelt.

Sie machte sich von Leona los, kauerte sich wieder auf das Sofa.

»Ich bin an allem schuld! Mami hat noch gesagt, ich soll das Kind daheim lassen, ich soll es nicht in Gefahr bringen, und ich … ich fand sie wieder nur lästig mit ihren Ermahnungen und sagte ihr, sie sei überängstlich …«

Leona vibrierte vor Ungeduld. Es war keine Zeit für Selbstanklagen und Vorwürfe.

»Das können wir alles später klären«, sagte sie, »du kannst dich zerfleischen, solange du willst, aber im Augenblick bringt das nichts. Also, du weißt, heute abend wirst du …«

Sie sprach den Satz nicht zu Ende. Robert trat ins Zimmer. Die Nervosität, die während der letzten Stunden immer wieder spürbar geworden war, schien ihn verlassen zu haben. Er wirkte optimistisch und fröhlich. Alles lief nach seinen Wünschen. Leona stand mit einem gepackten Koffer bereit, ihm in ein neues, gemeinsames Leben zu folgen.

»Alles in Ordnung. Ich habe nur die Scheibenwaschanlage aufgefüllt.«

Er hörte sich an wie ein solider Familienvater, der den Wagen vor dem Aufbruch in die Ferien gewartet hatte.

»Wir können starten, Leona.«

»Zu welchem Flughafen möchtest du?« fragte Leona betont gleichmütig.

Er warf ihr einen scharfen Blick zu.

»Das können wir dann im Auto besprechen.«

Er nahm ihren Koffer. »Auf Wiedersehen, Carolin. Oder ist *wiedersehen* das falsche Wort? Wir sehen uns sicher nie wieder. Ich bin nicht allzu traurig darüber, und du bestimmt auch nicht. Ich glaube nicht, daß wir eine Chance gehabt hätten, jemals Freunde zu werden.«

»Ich glaube das auch nicht«, erwiderte Carolin mit versteinerter Miene.

»Leona wird in Zukunft nichts mehr mit ihrer Familie zu tun haben«, fuhr Robert fort. »Wie du siehst, hat sie beschlossen, von nun an mit mir in Südamerika zu leben. Ich werde der einzige Mensch für sie sein.«

Carolin sagte nichts. Leona lächelte ihr aufmunternd zu.

»Es wird alles gut werden«, sagte sie.

»Natürlich wird es das!« mischte sich Robert sofort ein. »Komm jetzt, Leona. Wir rufen dann an, Carolin. Du hältst deinen Zuckerjungen ganz bald wieder in den Armen!«

Sie traten aus dem Haus hinaus in den strahlenden Morgen. Zum ersten Mal nahm Leona den weißen Kleinwagen mit Frankfurter Kennzeichen wahr, der in der Einfahrt parkte. Sie fragte sich, wem er gehören mochte. Hatte der Eigentümer das Auto freiwillig hergegeben?

7

Wolfgang erfuhr um zehn Uhr an diesem Sonntag morgen, daß Robert Jablonski Lydia Behrenburg in ihrer Wohnung überfallen, gefesselt und hilflos liegengelassen, sich sodann mit ihrem Auto aus dem Staub gemacht hatte. Ein Kriminalbeamter, den er nicht kannte, tauchte bei ihm auf und unterrichtete ihn davon. Er hieß Schuborn, soviel bekam Wolfgang noch mit; den Rang hatte er sich schon nicht mehr gemerkt.

Er erschrak zutiefst. Er hatte im ersten Moment gehofft, der Beamte werde ihm mitteilen, man habe Jablonski verhaftet. Eine Sekunde lang hatte er sogar schon gedacht: Gott sei Dank, der Alptraum ist vorbei! Endlich werden wir wieder ganz normal leben können.

Als er dann hörte, daß der Feind erneut zugeschlagen hatte, daß es der Polizei keineswegs gelungen war, ihn festzusetzen, wurde ihm schwindelig. Offenbar war das seinem Gesicht anzusehen, denn Schuborn faßte ihn rasch am Arm.

»Ist Ihnen nicht gut? Möchten Sie ein Glas Wasser?«

»Es geht schon, danke.« Der Schwindel verebbte. »Er hat jetzt ein Auto, sagen Sie?«

Schuborn nickte. »Ein wirklich brutaler Typ. Diese arme Frau hatte ihn versehentlich in ihre Wohnung gelassen. Er hat sie, verschnürt wie ein Paket, auf dem Sofa in ihrem Wohnzimmer liegengelassen. Sie hatte die Möglichkeit, Wasser zu trinken, aber sie ist trotzdem völlig entkräftet, hat schwerste Durchblutungsstörungen und einen Schock. Sie ist sofort ins Krankenhaus gebracht worden.«

»Wie hat man sie entdeckt?«

»Sie war gestern mit einer Besucherin aus München verabredet. Der jungen Frau kam es merkwürdig vor, daß niemand öffnete. Sie hat keine Ruhe gegeben, bis eine Nachbarin Frau Behrenburgs Wohnung aufschloß und nach ihr sah. Frau Behrenburg wäre nicht mehr lange am Leben geblieben.«

»Wie lange hat er das Auto schon?«

»Frau Behrenburg war im Grunde nicht vernehmungs-fähig. Sie konnte kaum sprechen. Wenn ich sie trotz allem richtig verstanden habe, ist Jablonski seit vergangenem Dienstag mit ihrem Wagen unterwegs.«

Wolfgang schluckte trocken. »Sie wissen, daß meine Frau …?«

»Ja. Ich bin ausführlich über den Fall unterrichtet. Es ist anzunehmen, daß Jablonski versuchen wird, Ihre Frau zu finden. Sie hält sich aber doch in einem sicheren Versteck auf, oder?«

»Ja.«

»Dann wird es Jablonski auch nichts nützen, ein Auto zu haben. Vielleicht hat er auch den Plan, sie aufzuspüren, inzwischen aufgegeben. Nach unserer Ansicht versucht er, ins Ausland zu fliehen. Aber jetzt haben wir das Auto in der Fahndung. Er hat keine Chance mehr.«

»Ich muß sofort bei meiner Frau anrufen«, rief Wolf-gang.

Der Beamte hielt ihn zurück. »Was ist los? Stimmt etwas nicht?«

»Die Schwester meiner Frau ist gestern zu ihr gefahren. Sie ist jetzt noch dort. Er kann ihr gefolgt sein. Verstehen Sie? Wenn er ein Auto hat, *kann er ihr gefolgt sein!*«

Schuborn runzelte die Stirn. »Meines Wissens war aus-gemacht, daß niemand aus dem Bekannten- oder Ver-wandtenkreis Ihre Frau aufsucht!«

»Meine Frau wollte heute abend … ach, egal, das erkläre ich Ihnen später. Ich muß jetzt sofort dort anrufen!«

Er stürzte ans Telefon. Auf einmal war ihm fast schlecht vor Angst. Mit bebenden Fingern wählte er die Nummer, wartete. Endlich wurde am anderen Ende der Hörer abgenommen.

»Carolin!« Ihm war nicht bewußt, daß er ihren Namen fast schrie. »Carolin, ich muß sofort mit Leona sprechen. Es ist dringend!«

Er lauschte, hielt den Hörer dabei so fest umklammert, daß die Knöchel an seinen Fingern weiß hervortraten.

»Carolin, was ist denn los? Du klingst so komisch. Was heißt: Leona kann jetzt nicht?«

Der Kriminalbeamte wurde aufmerksam, trat näher.

Wolfgang bemühte sich um Ruhe. »Okay. Entschuldige. Ich schreie nicht mehr. Carolin, bitte erzähle mir, was los ist!«

8

Sie waren nun schon fast zwei Stunden unterwegs.

Leona hatte rasch bemerkt, daß Robert, der am Steuer des Wagens saß, nicht in Richtung Frankfurt fuhr.

»Ich denke, wir wollten nach Südamerika fliegen?« hatte sie erstaunt gefragt, und Robert hatte sie milde und etwas von oben herab angelächelt.

»Doch nicht von *Frankfurt* aus, Dummchen!« So hatte er sie noch nie genannt. »Da hätten uns die Bullen doch sofort. Ich denke, wir fahren nach Amsterdam.«

In den folgenden Stunden redete er immer von »wir« und »uns«. Er machte sich und Leona zu Komplizen, ließ die Tatsache, daß er Leona erpreßt hatte, mit ihm zu kommen, völlig unter den Tisch fallen. Sie hätten Bonnie und Clyde sein können oder Romeo und Julia: ein verfolgtes Paar, das

478

einem gemeinsamen Traum entgegenfieberte und zusehen mußte, die letzten Hindernisse, die es von der Erfüllung des Traumes trennten, siegreich zu überwinden.

»Denkst du, wir kommen über die holländische Grenze?«

Sie ging auf sein »wir« ein. Sich ihm anzupassen erschien ihr für den Moment als die beste Strategie. Vielleicht, so hoffte sie, glaubte er bald, ihr so weit vertrauen zu können, daß er ihr Felix' Versteck verriet.

»Ich sehe da gar kein Problem. Die kontrollieren doch nichts mehr. Wir fahren da hinüber und merken es selber kaum.«

Er fuhr zügig, aber umsichtig und konzentriert. Es wurde sehr warm im Wagen, Leona kurbelte ihr Seitenfenster ein Stück hinunter, hielt ihr Gesicht in den Wind. Sie mühte sich, die Bilder zu verdrängen, die ihr Gehirn ihr immer wieder vorzuführen versuchte: Felix, eingesperrt in irgendeinem dunklen Verlies, gefesselt und geknebelt; Felix in einem Erdloch, in einem Verschlag, weinend, voller Angst und Verzweiflung, vielleicht auch voll kindlichem Vertrauen, daß seine Mutter kommen und ihn holen würde; ein Vertrauen, das von Stunde zu Stunde schwächer werden und sich schließlich unter all der Pein auflösen würde.

Irgendwann wagte sie einen Vorstoß.

»Es kann gar nicht leicht gewesen sein, so schnell ein geeignetes Versteck für das Kind zu finden«, sagte sie leichthin.

Roberts Blick blieb nach vorn auf die Straße gerichtet.

»Ich habe das am Samstag nachmittag vorbereitet. Ich hatte vor, ihn irgendwann am Abend aus dem Garten zu entführen. Aber dann seid ihr zu dieser Party gegangen, und alles wurde noch viel einfacher.«

»Ich verstehe. Hast du keine Angst, ihm könnte ... irgend etwas zustoßen?«

»Ihm kann nichts zustoßen, Leona. Mach dir keine Sorgen. Er soll nicht sterben. Er soll nur unsere Garantie darstellen, nach Südamerika reisen zu können.«

»Natürlich.«

Sie wußte, daß es zwecklos war. Er mochte sich einreden, daß sie auf seiner Seite stand, daß sie diese Flucht auf einen anderen Kontinent ebenso wollte wie er, aber auf eine schizophrene Weise war ihm daneben durchaus klar, daß sie versuchen würde, ihm ein Bein zu stellen, sowie sie den Aufenthaltsort des Kindes kannte. Er würde dieses Pfand nicht aus den Händen geben.

»Wovon werden wir leben in Südamerika, Robert?«

»Das werden wir sehen. Für den Anfang haben wir dort genug Geld. Ich habe es auf eine Bank in Paraguay transferieren lassen.«

Das Geld für den Verkauf des Anwesens in Ronco. Dort war es also gelandet.

»Ronco?« fragte sie.

Jetzt war sein Lächeln von Wehmut durchzogen.

»Hat Lydia dir wirklich diesen Unsinn einreden können? Die Geschichte mit der Villa in Ronco?«

»Lydia? *Du* hast immer …«

»Es war traurig, aber Eva konnte Wahrheit und Unwahrheit nicht auseinanderhalten. So, wie sie gute und schlechte Männer nicht auseinanderhalten konnte. Das arme Ding! All diese Phantasien, die sie der alten Lydia aufgetischt hat … Es gibt keine Villa in Ronco, Leona. Es gab nie eine. Alles Lüge.«

»Woher hast du dann Geld?«

»Evas Wohnung in Frankfurt. Ich habe sie verkauft. Das waren immerhin fast siebenhunderttausend Mark.«

Nie hatte sie daran gedacht. Nie war ihr eingefallen, daß der chronisch geldknappe Robert doch aus dem Verkauf der Wohnung seiner Schwester bestimmte Mittel hätte haben *müssen*.

»Ein Teil gehörte natürlich ihrem verkommenen Exehemann«, sagte Robert, »aber nicht alles. Eine halbe Million gehört uns.«

»Wie schön.«

Ihre Stimme hörte sich an, als habe sie etwas verschluckt, das ihr nun im Hals steckte.

»Damit können wir eine Zeitlang gut leben.«

»Ich will, daß du gut lebst, Leona«, sagte Robert sanft, »du sollst dich nicht einschränken müssen. Ich werde dir schöne Dinge kaufen. Kleider und Schmuck. Einen neuen goldenen Ring, den du immer tragen wirst. Ich weiß, daß Bernhard Fabiani dir den alten Ring weggenommen hat, aber ich verspreche dir, das wird nicht mehr passieren. Er kann dir nichts mehr tun.«

»Das … freut mich«, flüsterte sie.

»Du wirst dir deine Haare wachsen lassen, nicht wahr? Sie werden lang sein und im Wind wehen.«

»Ja.«

Zum erstenmal sah er von der Straße fort und zu Leona hin. Sein Blick war voller Zärtlichkeit und Wärme.

»Ein ganzes Leben, Leona«, sagte er, »ein ganzes Leben für uns beide.«

Sie wiederholte den Text wie eine folgsame Schülerin.

»Ja, Robert. Ein ganzes Leben für uns beide.«

9

»Ich habe gewußt, daß etwas nicht stimmt«, sagte Tim, »ich habe es *gefühlt*. Deine Schwester war so komisch. Wie sie uns lapidar mitteilte, das Kind sei wiederaufgetaucht, uns dann da draußen stehenließ und mir erklärte, ich könne nicht zum Frühstück bleiben ... Und sie klang so monoton, als leiere sie einen auswendig gelernten Text herunter ... Irgendwann hab' ich es nicht mehr ausgehalten. Ich dachte, ich gehe da noch mal hin, auch wenn Carolin mir den Kopf abreißt!«

»Danke, daß du da bist«, wisperte Carolin.

Sie hatte ein starkes Beruhigungsmittel bekommen. Ihre Bewegungen waren jetzt mechanisch wie die einer Aufziehpuppe, ihre Sprechweise ein wenig schleppend. Ihre geröteten Augen blieben trocken und hatten einen fiebrigen Glanz.

Tim war gleichzeitig mit einer ganzen Horde von Polizeibeamten im Haus eingetroffen und hatte sich ausweisen sowie eine Reihe mit scharfer Stimme gestellter Fragen beantworten müssen, ehe er eintreten und Carolin in die Arme schließen durfte.

»Was ist denn hier los?« hatte er gefragt, und Carolin, zu diesem Zeitpunkt noch ohne Medikamente, hatte ihm mit sich überschlagender Stimme erzählt, was vorgefallen war. Er hatte Mühe gehabt, ihr zu folgen und die Flut von Informationen in eine gewisse Ordnung zu bringen.

»Ich habe Wolfgang alles erzählt, obwohl wir vereinbart hatten, daß wir nichts sagen, und jetzt hat er es der Polizei gesagt, und am Ende werde ich nie erfahren, wo Felix ist, er wird sterben, Tim, er wird sterben, er wird sterben ...«

Niemand wußte, wer den Arzt gerufen hatte. Wahrscheinlich, dachte Tim, hat den die Polizei organisiert. Er gab Carolin eine Spritze, und sie wurde fast augenblicklich ruhiger, beantwortete alle Fragen, die ein freundlicher Polizeibeamter ihr stellte, mit gleichmütiger Stimme. Tim saß die ganze Zeit neben ihr, hielt sie im Arm und hatte das beunruhigende Gefühl, urplötzlich in das Finale eines

Gangsterfilms geraten zu sein, ohne zu wissen, wie das hatte passieren können.

»Ich habe Angst um mein Kind«, sagte Carolin, und der Beamte entgegnete: »Das verstehe ich. Wir leiten sofort eine Großfahndung ein. Wir werden Ihren Sohn finden, das verspreche ich Ihnen.«

»Glauben Sie, daß Sie diesen durchgeknallten Typ stoppen können?« fragte Tim.

Der Beamte nickte. »Der geht uns ins Netz. Wir haben das Autokennzeichen. Er wird nicht mehr weit kommen.«

»Er hat Carolins Schwester«, sagte Tim.

»Das wissen wir. Sie können mir glauben, daß wir mit derartigen Situationen umzugehen gelernt haben. Es wird niemandem etwas geschehen.« Er wandte sich wieder an Carolin. »Möchten Sie sich nicht etwas hinlegen? Sie sehen sehr erschöpft aus.«

Carolin schüttelte den Kopf. »Ich bleibe hier und warte auf Felix.«

»Wir wecken Sie sofort, wenn wir ihn gefunden haben.«

»Ich möchte hier sitzenbleiben.«

»In Ordnung. Kann ich im Augenblick noch etwas für Sie tun?«

Unendlich müde legte sie ihren Kopf an Tims Schulter. »Rufen Sie meine Mutter an«, bat sie. Sie klang jetzt wie ein kleines, verlassenes Mädchen. »Ich will, daß sie herkommt.«

10

»Warum hast du Dolly umgebracht? Das kann ich nicht begreifen. Das ist das einzige, was ich wirklich *überhaupt* nicht fassen kann. Eine kleine Katze! Sie hat dir vertraut.

Sie hat so viele Abende lang auf deinem Schoß gelegen ...
Wie konntest du das fertigbringen?«

»Es geschah nur, um dich aufzurütteln. Du hast einen
großen Fehler gemacht, Leona, als du mich verlassen hast. Du
hättest diesen Fehler nicht erkannt, wenn es keinerlei Sank-
tionen gegeben hätte. Es war der einzige Weg für uns beide.«

»Aber eine unschuldige Katze ... Sie ist so schrecklich
gestorben!«

»Irgendwann sterben wir alle.«

»Sie war noch kein Jahr alt.«

»Sei jetzt still!«

»Schon gut.«

»Du sollst still sein!«

»Meine Mutter hieß Ines. Sie hat sich selbst die Kehle
durchgeschnitten.«

»Deine letzte Freundin hieß Ines!«

»Sie hieß Anna.«

»Aber du hast gesagt ...«

»Ich wollte dir ihren richtigen Namen nicht nennen. Er
spielte keine Rolle.«

»Deine Mutter hat sich *die Kehle durchgeschnitten*?«

»Mitten im Wohnzimmer. So viel Blut hast du noch nie
gesehen. Es schwamm alles im Blut.«

»Aber wie kann man sich selbst ...?«

»Man kann es eben. Man kann viel mehr, als du denkst,
Leona. Viel mehr!«

»Übrigens – der Mann, den du in meiner Küche fast totgeschlagen hast, war *nicht* mein Liebhaber!«

»Ich möchte nicht, daß du von ihm sprichst!«

»Weißt du, wer das war? Paul. Mein Schwager. Olivias
Mann. Er hat für eine Weile bei mir gewohnt, weil seine
Ehe in einer Krise steckte.«

»Ich habe gesagt, ich möchte nicht, daß du von ihm sprichst.«

»Du pflasterst deinen Weg mit Angriffen auf Unschuldige. Ist dir das schon aufgefallen? Erst Dolly, dann Paul. *Vorsicht!* Du fährst zu schnell! Du bist eben auf der Gegenfahrbahn gewesen, hast du das bemerkt?«

»Hör auf, dummes Zeug zu reden, verdammt noch mal! Ich werde sonst noch schneller fahren. Viel schneller! Also – bist du jetzt ruhig?«

»Okay. Okay. Bitte, fahr langsamer. Bitte!«

»Ich habe schreckliche Kopfschmerzen, Leona. Schau mal im Handschuhfach nach. Vielleicht sind da Tabletten!«

»Hier sind keine Tabletten.«

»Ich brauche etwas. Ich brauche unbedingt etwas!«

»Ich kann dir keine Tabletten herbeizaubern. Warte mal, hier ist eine kleine Tasche … nein, da ist nichts gegen Kopfschmerzen … Kautabletten gegen Reiseübelkeit … möchtest du eine?«

»Ich habe doch keine Reiseübelkeit, zum Teufel!«

»Lydia! Lydia Behrenburg! *Ihr* gehört das Auto!«

»Wie kommst du denn darauf?«

»Weil hier ihr Name steht. In der Tasche. Lydia Behrenburg.«

»Na und? Spielt das eine Rolle? Spielt es irgendeine Rolle, wem das verdammte Auto gehört?«

»Ist sie …?«

»Was?«

»Nichts.« *Ist Lydia noch am Leben?*

»Manchmal denke ich, ich habe mich in dir genauso getäuscht wie in Anna.«

»Inwiefern getäuscht?«

»Ihr gebt einem Mann das Gefühl, ihn zu brauchen. Und ihn zu beschützen. Ihr gebt ihm das Gefühl, bereit zu sein, eine Einheit mit ihm zu bilden. Aber dahinter steckt keine Wahrheit.«

»Ich wollte dich nie täuschen, Robert. Wenn es so ausgesehen hat, tut es mir leid.«

»Du hättest Anna sehen sollen, als ich sie kennenlernte. Abgerissen und ohne Geld. War weggegangen von daheim, in die große, weite Welt, und war gerade mal bis Ascona gekommen. Ihr ging's dreckig. Sie wußte nicht, wovon sie leben sollte, und sie hatte Angst, sie wird ausgelacht, wenn sie daheim wiederaufkreuzt. Sie hat sich an mich gekrallt wie eine Klette. Ich habe sie aufgepäppelt. Buchstäblich. Aber kaum ging es ihr wieder gut, da wollte sie auf einmal immer mehr Abstand zu mir. Angeblich habe ich sie vereinnahmt, unter Druck gesetzt, ihr die Luft zum Atmen genommen ... das ganze verdammte feministische Gequatsche, das die modernen Frauen herunterbeten wie die Priester das Vaterunser. Ich möchte wissen, wer euch so viel Mist in eure Köpfe gepflanzt hat. Ihr seid intelligent, oder? *Du* bist jedenfalls intelligent, und Anna war auch nicht dumm. Aber ihr begreift nicht, wie wichtig die Einheit ist. Daß man nicht leben kann ohne sie. Ihr wollt immer nur die Abgrenzung. Die Eigenständigkeit. Die Distanz. Könnt ihr nicht den Hunger spüren? Den schrecklichen Hunger?«

»Wonach bist du so hungrig?«

»Wenn du das nicht weißt, Leona, dann hast du nichts begriffen. Gar nichts. Dann bist du wirklich nicht besser als Anna. Aber das sagte ich ja schon: Ich habe mich in dir ganz genauso getäuscht.«

»Und du willst trotzdem mit mir leben?«

»Ich will nicht weiter darüber sprechen.«

»Wir sollten darüber sprechen, bevor wir in das Flugzeug steigen.«

»Ich werde dir sagen, wann wir darüber sprechen. Nicht jetzt!«

»Wann?«

»*Nicht jetzt!*«

Sie fuhren und fuhren, über sonnige Landstraßen, dann wieder über Autobahnen, durch Dörfer, und einmal ratterten sie sogar über einen Feldweg, dessen Unebenheiten das Auto so hüpfen und schwanken ließen, daß Leona meinte, es müsse jeden Moment auseinanderbrechen.

Zeitweise verlor sie die Orientierung, dann wieder sagten ihr die Namen größerer Städte, wo ungefähr sie sich befanden. Sie hatte nicht den Eindruck, daß Robert tatsächlich Amsterdam ansteuerte. Er schien einen willkürlichen Zickzackkurs zu fahren, der insgesamt eher in nördliche als in westliche Richtung führte. Kannte er den Weg nicht und versuchte diese Tatsache damit zu verschleiern, daß er so tat, als wisse er ganz genau, wohin er wollte? Oder hatte er seinen Plan längst geändert, strebte einem ganz anderen Ziel entgegen?

Sie sah ihn von der Seite an. Er hatte seit über einer Stunde nicht mehr von seinen Kopfschmerzen gesprochen, aber es hatte den Anschein, als quälten sie ihn immer stärker. Er war fast grau im Gesicht, und an der rechten Schläfe trat eine feine blaue Ader hervor und zuckte in unregelmäßigen Abständen. Auf seiner Stirn glänzte der Schweiß.

Als sie durch ein Dorf kamen, sagte Leona: »Sollten wir nicht bei einer Apotheke halten und irgend etwas gegen deine Kopfschmerzen kaufen? Du siehst gar nicht gut aus.«

Gereizt antwortete er: »Es ist *Sonntag*, falls dir das entgangen ist!«

»Ich weiß. Aber wir könnten bei irgendeiner Apotheke halten und nachsehen, wo die nächste Notapotheke ist. Das schreiben sie doch immer auf einen Zettel an der Tür.«

Er schien zu überlegen. Schließlich nickte er.

»Gut. Gut, so machen wir es. Das ist eine Idee.«

Sie steuerten die nächste Apotheke an, stiegen beide aus. Ein kopfsteingepflasterter Marktplatz in einer Kleinstadt, ausgestorben unter der heißen Sonne, in feiertäglichem Schweigen versunken. Das Schild an der Tür nannte ihnen den Namen eines anderen Dorfes.

»Und woher wissen wir jetzt, wo das ist?« fragte Robert ungeduldig. Seine Lippen hatten praktisch keine Farbe mehr.

»Also, durch ein Dorf mit diesem Namen sind wir bisher nicht gekommen. Ich würde vorschlagen, wir folgen der Landstraße. Vielleicht ist es schon das nächste.«

»Gut. Gut, so machen wir es«, sagte er wieder.

Er klang nervös. Es ging ihm schlecht. Leona war jetzt überzeugt, daß er anfing, die Kontrolle über die Situation zu verlieren. Tatsächlich fanden sie ohne Schwierigkeiten das betreffende Dorf und dort wiederum sogleich die Apotheke. Sie lag ebenfalls am Rande eines Marktplatzes, der so ausgestorben war wie der vorherige. Kastanienbäume umstanden und beschatteten ihn. Leona blickte auf ihre Uhr. Es war fast eins. Sie vermutete, daß alle Menschen jetzt beim Mittagessen waren und sich Plätze und Straßen erst später wieder mit Spaziergängern füllen würden.

Robert lehnte sich in seinem Sitz zurück. Seine Nase wirkte spitzer als sonst.

»Geh du«, sagte er. »Sag denen, du brauchst etwas Starkes. Mehr als nur ein Aspirin oder so, verstehst du?«

»Ich bring' dir was.«

Sie stieg aus. Es war heiß draußen, aber nicht so heiß wie im Auto. Sie atmete leichter.

Ich könnte weglaufen, dachte sie, ich könnte dem Apotheker etwas sagen, ich könnte ... Aber was dann? Was wird dann aus Felix?

Der Apotheker erschien erst nach dreimaligem Klingeln an der Tür. Er brachte den Geruch von Fleisch und Kohl mit sich und zeigte sich verärgert, beim Mittagessen gestört zu werden. Leona schätzte ihn auf über siebzig Jahre, gebeugt und schlurfend, wie er daherkam. Er war nicht der Typ, bei dem es einen Sinn hatte, ihm zu erklären, daß man mit einem gesuchten Killer unterwegs war, der seinerseits irgendwo ein fünfjähriges Kind versteckt hielt, das in wenigen Tagen verhungern und verdursten würde.

»Ich brauche ein starkes Kopfschmerzmittel. Mein ...«, sie zögerte, »mein Mann hat schlimme Schmerzen.«

»Aspirin«, brummte der Alte.

»Das ist zu schwach. Ich brauche etwas Stärkeres.«

Am besten eine *Droge*, unter deren Einfluß er mir sagt, wo er ...

Es war zwecklos. Bis sie diesem Mann verklickert hätte, was los war, würde Robert längst mißtrauisch aus dem Auto gestiegen sein und sie geholt haben.

Der Apotheker brachte ein Kopfschmerzmittel, Leona bezahlte. Sie fühlte sich, als habe sie Blei an den Füßen, als sie zum Wagen zurückging. Verschwinde, rief ihr eine innere Stimme zu. Mach, daß du wegkommst! Lauf weg!

Sie stieg ein. Robert schaltete gerade das Radio aus. Seine Lippen zitterten.

»Die haben eine Suchmeldung gebracht nach dem Kind! Eben im Radio! Deine hirnlose Schwester hat tatsächlich die Polizei alarmiert!«

»Bist du sicher, daß es um *dieses* Kind ging? Es verschwinden doch auch andere ...«

»Hältst du mich für bescheuert?« blaffte er. »Natürlich

ging es um dieses Kind. Ich laß mich doch nicht für dumm verkaufen. Hast du das Medikament?«

Sie reichte ihm die Packung. Er riß sie unbeherrscht auf, nahm sich, ohne den Beipackzettel zu lesen, zwei Pillen, warf sie in den Mund, schluckte sie ohne Wasser hinunter. Finster starrte er vor sich hin.

»Dann haben die auch das Autokennzeichen. Das hat sich die Schlampe bestimmt gemerkt. Die wissen jetzt ...«

»Vielleicht wissen sie es gar nicht. Ich glaube nicht, daß Carolin ...«

»Du glaubst, du glaubst, du glaubst! Weißt du, was mir dein Glauben nützt? Einen Scheißdreck! Ich muß damit rechnen, daß sie es *wissen*, verstehst du?«

Er ließ den Motor an, trat dabei auf das Gaspedal, daß der Wagen aufheulte. Meine letzte Chance, dachte Leona, die allerletzte ...

Sie versuchte, die Wagentür aufzureißen, wollte hinausspringen.

»Du bleibst drin!« brüllte Robert.

Das Auto schoß nach vorn. Leona wurde gegen Robert geschleudert. Waghalsig – denn er jagte in völlig überhöhter Geschwindigkeit bereits die Dorfstraße entlang – griff er über sie hinweg und schlug ihre halb geöffnete Tür zu.

»Tu das nie wieder!« schrie er. »Tu das nie wieder!«

»Wo willst du jetzt hin?«

Er antwortete nicht. Sie schaute auf den Geschwindigkeitsanzeiger. Er fuhr den Wagen mit hundertsechzig Stundenkilometern zum Dorf hinaus. Eine Katze brachte sich in letzter Sekunde in Sicherheit.

Roberts Gesicht war verzerrt. Leona wußte, daß ihn nichts mehr von all dem, was sie auch sagte, erreichen würde.

11

Fast die ganze Familie hatte sich im Häuschen versammelt. Nur Olivia war wegen Dany daheimgeblieben. Aber Elisabeth und Julius waren da, Ben und sogar Wolfgang, der genausogut hätte in Frankfurt bleiben können, der es aber dort nicht ausgehalten hatte. Carolin saß noch immer auf dem Sofa, und Tim hatte den Arm um sie gelegt; ein Anblick, der Ben zutiefst irritierte. Er wußte nicht, wer dieser Mann war, und hoffte, es handele sich um irgendeinen hilfreichen Nachbarn. Er fand ohnehin nicht wirklich die Kraft, sich über diesen plötzlich aufgetauchten Tröster Carolins aufzuregen: Es war sein Sohn, der entführt und in ein unbekanntes Versteck gebracht worden war. Seine Nerven vibrierten, er hätte heulen mögen und fühlte sich dabei zu betäubt, um auch nur eine einzige Träne weinen zu können.

Elisabeth behielt die Nerven. Sie kochte Kaffee für die noch immer in Haus und Garten herumwuselnden Polizisten, machte belegte Brote für alle und holte Mineralwasser aus dem Keller.

»Wir dürfen jetzt nicht zusammenklappen«, sagte sie, »wir müssen essen und trinken und die Beherrschung wahren!«

Wolfgang lief im Wohnzimmer auf und ab, ruhelos wie ein eingesperrter Tiger.

»Er hat Leona! Dieser Wahnsinnige hat Leona in seinem Auto. Ich begreife das nicht!« Er blieb vor Carolin stehen. »Wie konnte sie, um Himmels willen, bei ihm einsteigen? Mit ihm wegfahren? Dieser Mann ist ein mehrfacher Mörder! Er ist geisteskrank! *Wie konntest du das zulassen?*«

»Er hat gedroht, daß er sonst niemals sagen wird, wo er Felix ...«

»Ich habe bereits begriffen, was er gesagt hat! Trotzdem verstehe ich nicht, wie ihr euch darauf habt einlassen können. Ist euch nicht klar gewesen, daß ihr ihm damit *zwei* Geiseln in die Hände gespielt habt? Felix *und* Leona! Das war eine solche Dummheit, daß ich …«

»Moment!« unterbrach ihn Ben. »Du solltest dir überlegen, in welchem Ton du mit ihr sprichst, Wolfgang! Carolin ging es um Felix. Und der ist auch mein Sohn!«

»Erstaunlich, daß du dich darauf auch einmal besinnst«, entgegnete Wolfgang eisig. »Ich hatte bisher eher den Eindruck, die Vaterrolle beschränkte sich bei dir allein auf den Akt der Zeugung.«

Ben sprang auf, und einen Moment hatte es den Anschein, als wolle er mit erhobenen Fäusten auf Wolfgang losgehen. Er gewann im letzten Augenblick die Kontrolle über sich und sagte leise: »Du kannst jetzt wahrscheinlich nur so reden. Um von dir selber abzulenken. Du weißt ganz genau, daß du die Lawine losgetreten hast, weil du unter allen Umständen im Bett einer anderen Frau mit deiner Potenz protzen mußtest und …«

»Paß auf, was du sagst«, warnte Wolfgang.

»Ich sage die Wahrheit. Leona wäre nie mit diesem Kerl auch nur in Berührung gekommen, wenn du ihr nicht eure Ehe vor die Füße gekippt hättest!«

»Ich würde dir dringend raten, den Mund zu halten. Ich lasse mir von einem kleinen Schmarotzer wie dir …«

»Schluß jetzt!« schrie Elisabeth.

Alle fuhren zusammen, auch die anwesenden Polizisten, und starrten sie an. Ihre Stimme hatte wie ein Pistolenschuß geklungen.

»Hört auf! Es ist unwürdig und sinnlos, was ihr da tut!«

»Entschuldige, Elisabeth«, murmelte Wolfgang.

»Ich weiß, daß nichts stimmt in unserer Familie!«

492

Sie stand mitten im Zimmer, ein Tablett mit Kaffeetassen in den Händen, bleich und bebend.

»Ich weiß, daß Ben schmarotzt und daß Wolfgang Leona in schändlicher Weise belogen und betrogen hat. Ich weiß aber auch, daß diese Tatsache Leona nicht davon freispricht, daß *sie* es war, und niemand sonst, die mit Robert Jablonski einen fatal falschen Griff getan hat. Ich weiß, daß Olivia spinnt, was Dany angeht, und daß allein sie schuld daran ist, wenn Paul eines Tages genug von ihr hat und geht. Ich weiß das alles. Aber wenigstens gebe ich mir trotz allem Mühe, die Familie zusammenzuhalten. Und ihr könntet mich hin und wieder unterstützen. Wenigstens jetzt. Weil sowohl Felix als auch Leona uns brauchen und ihnen nicht gedient ist mit einem Haufen von kindischen Narren, die sich gegenseitig die Augen auskratzen!«

Alle schwiegen.

»Es tut mir wirklich leid«, wiederholte Wolfgang schließlich.

»Mir auch«, murmelte Ben.

»Dann benehmt euch jetzt wie erwachsene Männer«, sagte Elisabeth.

Ein weiterer Polizist trat ins Zimmer. »Ich habe eben die Nachricht bekommen, daß Jablonski und Leona Dorn möglicherweise gesehen wurden. Wir fahnden jetzt auch nach ihnen übers Radio, und gerade hat ein Apotheker aus einem Dorf südlich von Hannover angerufen. Er hat heute Notdienst, und eine junge Frau, auf die Leona Dorns Beschreibung zutrifft, hat bei ihm starke Kopfschmerztabletten für ihren Begleiter gekauft. Er kennt die Autonummer nicht, aber er hat das wartende Fahrzeug gesehen. Farbe und Marke stimmen jedenfalls.«

»War Leona in Ordnung?« fragte Elisabeth mit schwankender Stimme.

Der Polizist nickte beruhigend. »Sie war in Ordnung. Der Apotheker sagt, ihm sei nur ihre Nervosität aufgefallen. Und dann hat er mitbekommen, daß der Wagen mit absolut überhöhter Geschwindigkeit das Dorf verließ. Kurz darauf hörte er die Fahndungsmeldung und meinte, das könnten sie gewesen sein.«

»Wenn sie es waren – warum steigt Leona denn dann wieder bei ihm ein?« fragte Wolfgang verzweifelt.

»Sie will unter allen Umständen herausfinden, wo Felix ist«, flüsterte Carolin.

Der Polizist zögerte. »Nach Aussage des Apothekers kam es wohl zu einer Art Handgemenge zwischen den beiden, nachdem die Frau erneut in das Auto gestiegen war. Er hatte den Eindruck, daß sie wieder hinauswollte, daß ihr Begleiter sie aber daran hinderte. Das hat ihn stutzig gemacht.«

»O Gott«, murmelte Julius.

»Die Wahrscheinlichkeit, daß es sich um die von uns gesuchten Personen handelt, scheint recht hoch«, sagte der Beamte, »und das bedeutet, daß wir jetzt ziemlich genau wissen, wo sie sind. Wir umgrenzen das ganze Gebiet mit unseren Einsatzfahrzeugen. Sie kommen da nicht mehr raus.«

Niemand sagte etwas, aber alle dachten dasselbe: Wie würde Robert Jablonski reagieren, sobald er bemerkte, daß er in der Falle saß?

12

Von jenem Moment an, da er die Suchmeldung nach dem Kind im Radio gehört hatte, durchlief Robert in der darauffolgenden Stunde jede Stufe des langsamen Begreifens, daß er verloren war. Auf sein erstes wüstes Schimpfen hin folgten finsteres Grübeln, hastiges Planen, rasches Verwerfen gerade eben gefaßter Vorhaben. Immerhin bewirkten die Tabletten, die Leona ihm gekauft hatte, daß seine Kopfschmerzen nachließen. Er hatte wieder etwas Farbe im Gesicht bekommen, und die zerquälten, steilen Falten auf seiner Stirn waren verschwunden.

Er fuhr noch immer einen Zickzackkurs, benutzte vor allem Landstraßen und durchquerte abgelegene Gegenden. Es schien ihm vor allem darum zu gehen, nicht anhalten zu müssen.

Zwischendurch schlug er mit der Faust auf das Lenkrad, fluchte, tobte, heizte den Wagen zu halsbrecherischem Tempo hoch und schimpfte dabei auf Gott und die Welt.

Dann wieder wurde er ruhiger, langsamer, schien angestrengt zu versuchen, Ordnung in seine Gedanken zu bringen.

»Wir können über keine Grenze«, sagte er, »das steht fest. Die haben die Autonummer. Die werden sofort versuchen, uns zu schnappen.«

»Vielleicht …«, begann Leona zaghaft, aber er unterbrach sie sofort: »Nichts vielleicht! Vergiß es! Vergiß den Traum von Südamerika! Glaubst du, wir kommen je in das Flugzeug? Glaubst du, wir kommen durch irgendeine Paßkontrolle?«

Leona wagte nicht, darauf hinzuweisen, daß seine Papiere schon vorher aufgrund der gegen ihn laufenden Fahndung niemals den Weg in die Freiheit hätten ebnen können. Insofern hatte sich an seiner Situation nicht so viel verändert, wie er offenbar glaubte. Aber zuvor hatte er jedes Problem verdrängt und abgeleugnet; nun schien die ganze Wucht der Schwierigkeiten und des unvermeidlichen Verhängnisses über ihn hereinzubrechen. Zugleich balancierte er noch immer auf dem schmalen Grat zwischen dem irrealen Wunsch, in Leona die Gefährtin zu sehen, die unverbrüchlich zu ihm hielt, und der instinktiven Erkenntnis, daß sich Leona längst gegen ihn gestellt hatte und nicht zögern würde, ihn auszutricksen, sowie sie sich davon einen Vorteil versprechen konnte. Je nach Dominanz der einen oder der anderen Version in seiner Vorstellung behandelte er Leona mit Zuneigung oder mit Kälte und Wut.

Leona ihrerseits versuchte ihn zu beruhigen, so gut sie es vermochte. Schrie und fluchte er und nannte sie eine Verräterin, so erwiderte sie nichts, zog sich in sich selbst zurück, ließ seinen Zorn wie eine Welle über sich hinwegbrausen. Wurde seine Stimme sanft, und behandelte er sie wie eine Komplizin, dann ging sie darauf ein, bemühte sich, Vorschläge zu machen, wie sie beide aus ihrer verfahrenen Lage wieder hinausfinden könnten.

Dazwischen sah sie einfach aus dem Fenster, den Kopf erschöpft an die Scheibe gelehnt. Sie kamen immer höher hinauf in den Norden, das Land ringsum wurde flach und weit; wie rote Flecken lagen vereinzelte aus roten Backsteinen gebaute Häuser und Gehöfte in den Wiesen.

So ein wunderschöner Sommertag, dachte sie einmal, so schön, daß man nicht glauben mag, daß etwas Schreckliches geschieht.

Und dann fiel ihr Blick zufällig auf die Benzinanzeige des Wagens, und schlagartig wurde ihr klar, daß der Moment, in dem sich alles entscheiden mußte, unmittelbar bevorstand: Sie fuhren fast auf Reserve. Robert würde in allernächster Zeit entweder eine Tankstelle ansteuern müssen, oder der Motor würde irgendwo auf einer dieser einsamen Landstraßen zwischen Kuhweiden und Getreidefeldern tuckernd und stotternd verenden.

Als ihnen ein anderes Auto entgegenkam und mehrfach kurz aufblendete, drehte Robert völlig durch. Er trat mit solcher Vehemenz auf die Bremse, daß der Wagen herumgeschleudert wurde und unter lautem Quietschen in der entgegengesetzten Fahrtrichtung zum Stehen kam. Robert jagte den Weg, den sie gerade gekommen waren, zurück, als sei der Teufel hinter ihm her.

Leona hing in ihrem Gurt und schnappte nach Luft.

»Was ist denn los?« rief sie.

»Das war eine eindeutige Warnung! Hast du nicht gesehen, daß der aufgeblendet hat? Da vorne ist eine Kontrolle von den Bullen. Todsicher!«

Leonas Herz schlug bis zum Hals.

»Lieber Himmel, du hättest uns gerade umbringen können! Wenn zufällig noch ein Auto ...«

»Glaubst du, ich tappe denen bereitwillig in die Falle? Ich bin doch nicht wahnsinnig! Die hätten uns jetzt!«

»Du weißt doch gar nicht, was der gemeint hat! Vielleicht werden irgendwo da vorne auch nur zu hohe Geschwindigkeiten geblitzt. Oder es geht um etwas ganz anderes!«

Er fuhr jetzt ein einigermaßen normales Tempo.

»Wir dürfen nichts riskieren. Besser, wir sind einmal zu oft vorsichtig als einmal zuwenig. Übrigens«, er machte eine Kopfbewegung hin zum Armaturenbrett, »wir haben fast kein Benzin mehr.«

Sie tat so, als habe sie das zuvor nicht bemerkt.

»Tatsächlich. Wir sollten eine Tankstelle aufsuchen.«

Er runzelte die Stirn. »Das ist zu gefährlich. Die Tankstellen haben längst unser Kennzeichen. Da schnappen sie uns.«

»Aber wir werden nicht mehr weit kommen.«

»Nein. Das werden wir nicht.«

Er sagte dies mit einer plötzlichen Gelassenheit, die Leona angst machte.

»Was soll dann werden?« fragte sie.

Er wandte sich ihr zu. Es war, als glätte sich etwas in seinem Gesicht. Die Furchen verschwanden, die Verkrampfung um den Mund löste sich. Es war wieder das schöne, verführerische Gesicht des Robert Jablonski von einst, des Mannes, von dem sie geglaubt hatte, er könne ihre Zukunft sein.

»Du mußt keine Angst haben, Leona. Man wird uns nie wieder trennen. Dafür werde ich sorgen.«

Sie schluckte trocken. »Robert ...«

»Ich habe dich nie verlassen, seitdem wir unsere Liebe füreinander entdeckten. Nie. Ich wollte dir das schon lange sagen. Es ist mir wichtig, daß du das weißt.«

»Ich weiß es.«

Sein Blick streichelte sie voll trauriger Zärtlichkeit.

»Damals, im letzten Jahr, im Dezember, da hast du gedacht, ich sei einfach verschwunden für zwei Wochen. Weißt du noch? Du warst sehr böse mit mir.«

»Ich ... ich erinnere mich ...«

»Ich war die ganze Zeit in deiner Nähe. Ich wollte wissen, ob es dir ernst ist mit mir. Ob du mir treu bist. Du hast die Probe bestanden, Leona. Und du warst wirklich ärgerlich, weil ich verschwunden war. Da wußte ich, daß deine Gefühle echt sind.«

»Du ... warst nicht bei einem Verlag in ... Italien ...«

»Dummchen!« Zum zweiten Mal nannte er sie so, aber das Wort klang liebevoll aus seinem Mund. »Ich habe gar kein Manuskript geholt zum Übersetzen. Ich habe nicht gearbeitet.«

»Aber du hattest diesen Stapel Papier ...«

»Schmierpapier. Aus deinem Schreibtisch und aus dem

von deinem Mann. Alte Akten. Alles mögliche. In Wahrheit ...«

Sie begriff. »In Wahrheit hast du jeden Tag in dem Café vor dem Verlag gesessen. Nicht nur an dem Tag, an dem dich Carolin dort entdeckte. Deswegen konnte ich dich telefonisch nie erreichen. Du hast ständig versucht, mich im Auge zu behalten.«

»Weil ich dich liebe, Leona. Ich mußte sicher sein, daß du nicht auf dumme Gedanken kommst.«

»Du meinst ...«

»Ich mußte sicher sein, daß du mir nicht untreu wirst.«

Sie kannte bereits die Antwort, aber irgend etwas trieb sie, die Frage trotzdem zu stellen.

»Was wäre gewesen, wenn ich mich untreu verhalten hätte?«

»Ich hätte dich getötet«, sagte er so freundlich und schlicht wie seinerzeit in dem Café in Locarno.

»Du hast aber nie einen Grund gefunden, mich zu töten.«

»Nein. Auch als du mich verlassen hast, wußte ich, daß du ein Opfer böser Menschen warst. Millie Faber hat dich gegen mich aufgehetzt. Dafür hat sie bezahlen müssen.«

Ein trockenes Schluchzen klang aus Leonas Kehle.

»Robert, ich habe Angst, ich will nicht ...«

»Du mußt keine Angst haben. Sei ganz ruhig. Ich habe mich nur ein wenig geirrt. Wir werden nicht zusammen leben. Wir werden zusammen sterben.«

»Wohin fährst du?«

»Irgendwohin, wo es ganz still ist. Wo wir ganz allein sind.«

»Es ist nicht so einfach zu sterben, Robert.«

»Ich werde zuerst dich töten. Dann mich.«

»Bitte …«

»Ich werde dir nicht weh tun. Du bist nicht schlecht wie Anna. Du wirst nichts spüren. Ich verspreche es dir.«

»Sterben tut immer weh.«

»Ich werde sanft sein. Sehr vorsichtig. Ich liebe dich, Leona.«

Sie fuhren die gerade, sonnenbeschienene Landstraße entlang. Das rote Warnlicht an der Benzinanzeige brannte. Nicht ein einziges anderes Auto begegnete ihnen. Nicht ein einziges Auto folgte ihnen. Um sie herum war nichts als endlos weite Wiesen. Vereinzelt ein Baum.

Das Auto wird stehenbleiben, und dann wird es geschehen, dachte Leona, hier also werde ich sterben.

Vielleicht, so ging es ihr durch den Kopf, wurden Schicksale gefügt am Tag der Geburt. Vielleicht war es ihr immer bestimmt gewesen, an einem Sommertag zwischen blühenden Feldern ihr Leben zu beenden. Unter den Händen eines Wahnsinnigen, der glaubte, sie nur auf diese Weise für immer an sich fesseln zu können.

Und im selben Moment, da sie dies dachte, lehnte sich etwas in ihr gegen den Gedanken auf. Gegen den Gedanken von Schicksal, Fügung, Vorherbestimmung und der damit verbundenen Vorstellung von Unausweichlichkeit. Auf einmal durchströmten sie all die Wut, all die Gefühle, die immer wieder lebendig wurden in ihr, seit Robert Jablonski in ihr Leben getreten war und ihr ihre Selbstbestimmung geraubt hatte. Auf einmal war sie zu zornig, um noch Angst zu haben.

Ehe Robert in irgendeiner Weise reagieren konnte, griff sie mit beiden Händen in das Lenkrad und riß es nach rechts herum. Der Wagen schoß von der Straße auf einen Acker zu und prallte frontal gegen den einzigen Baum, der

weit und breit seine dicht belaubten Äste in den wolkenlo-
sen Himmel reckte.

Leona hörte Robert schreien und verspürte selbst einen
brennenden Schmerz, der in ihren Beinen begann und
dann den Körper ganz und gar überschwemmte.

Gleich darauf verlor sie das Bewußtsein.

13

Sie wußte nicht, ob Sekunden, Minuten, Stunden vergangen waren. Irgendwann riß der Schmerz sie aus ihrer Ohn-
macht. Sie blinzelte in gleißend helles Licht. Voller Ver-
wunderung dachte sie: Ich bin noch am Leben.

Ihre Beine taten mörderisch weh. Angestrengt versuchte sie,
die Augen zu öffnen, um sehen zu können, was überhaupt geschehen war. Sie entdeckte, daß ihre Beine voller Blut waren.
Blech oder Glas oder sonst irgend etwas hatten ihr tiefe
Schnitte zugefügt. Das Auto war zu alt, um schon über Airbags
zu verfügen. Nichts hatte die Wucht des Aufpralls gemildert.

Leise stöhnend richtete sie sich in ihrem Sitz auf. Der
Gurt drückte sich tief in ihre Haut. Sie zog an ihm, um ihn
zu lockern. Nach vorn konnte sie nicht das geringste sehen; die Windschutzscheibe war ein einziges dicht gewo-
benes Spinnennetz aus Sprüngen.

Ich muß hier raus, dachte sie.

Im selben Moment vernahm sie ihren Namen.

»Leona.«

Es war Roberts Stimme. Sie klang klar und deutlich.

Die Erinnerung, für kurze Zeit abgetaucht in ver-
schwommene Tiefen, kehrte zurück. Sie und Robert. Ihre
gemeinsame Flucht in diesem Auto. Seine Angst vor der
Polizei. Seine Worte: »Wir werden zusammen sterben.«

Alles umsonst. Alles umsonst! Tränen schossen ihr in die Augen. Sie waren beide am Leben. Klebten in dem eingedellten Auto an einem verdammten Baum irgendwo in der Einöde. Ihre Beine waren zu kaputt, als daß sie eine Chance gehabt hätte wegzulaufen. Sie war verloren. Er mußte nur die Hand ausstrecken, um sie zu erwürgen. Sie hing hilflos in ihrem Gurt und fühlte das Blut in warmen Rinnsalen zu ihren Füßen hinablaufen.

»Leona!« wiederholte er drängend.

Sie brachte endlich die Kraft auf, den Kopf zu wenden und ihn anzusehen. Er saß auf der Seite des Autos, die den Baum unmittelbar erwischt hatte. Es hatte den Anschein, als sei hier das Äußere des Wagens in das Innere gequetscht worden. Die Windschutzscheibe war herausgebrochen bis zur Mitte, der Rahmen war gesplittert, Stangen ragten kreuz und quer in die Luft. Robert hatte das Armaturenbrett unmittelbar vor sich, kaum zwei Handbreit hätten noch Platz gefunden zwischen seiner Brust und dem Knäuel aus Plastik und Glas, das sich unentwirrbar zusammengeballt hatte. Das Lenkrad schien in seinem Bauch zu verschwinden. Schien? Wo sollte es sonst sein, fragte sich Leona und wandte sich hastig ab, kämpfte den Brechreiz nieder, der sie plötzlich schüttelte.

»Leona!« flehte Robert.

Mühsam sah sie wieder zu ihm hin. Sein Gesicht, von wächserner Blässe, zeigte keine Schramme, keinen Kratzer. Es war so schön wie immer und völlig unversehrt. In seinen klaren Augen aber hatte sich bereits die Gewißheit des Sterbens eingenistet.

»Leona, du bist wach?«

»Ja«, wisperte sie.

»Bist ... du verletzt?«

»Meine Beine ... irgend etwas ist mit meinen Beinen ...«

»Kannst du aussteigen?«

»Ich weiß nicht … was ist mit dir?«

»Ich sterbe«, sagte er.

»Ich werde sehen, daß ich aussteigen kann. Vielleicht kommt jemand vorbei. Wir brauchen einen Arzt. Einen Notarztwagen.«

»Keinen Arzt, Leona. Dafür ist es zu spät. Ich möchte nur … hilf mir hier raus. Hol mich aus diesem Auto. Ich … habe solche Schmerzen. Ich will nicht so sterben … bitte … hol mich raus …«

Es bedurfte einer sehr bewußten geistigen Anstrengung, ihren Beinen den Befehl zu geben, sich zu bewegen. Für gewöhnlich geschahen diese Dinge automatisch. Jetzt schien sich der Weg über die Nervenbahnen von ihrem Gehirn bis zu den ausführenden Gelenken vervielfacht zu haben. Es dauerte eine halbe Ewigkeit, bis sie ihre Beine hinausgehoben hatte. Dann schob sie langsam ihren Körper durch die zerbeulte Tür hinterher.

Sie wußte, daß es warm draußen war, heiß sogar, aber sie fror dennoch heftig. Ihre Fingerspitzen fühlten sich taub an, bitzelten nur leicht. Sie stützte sich auf dem vergleichsweise unversehrten Kofferraum des Wagens ab, als sie vorsichtig um den Blechhaufen herumging. Übelkeit und Frieren wurden stärker.

Sie hielt Ausschau nach einem anderen Fahrzeug oder nach irgendeinem Menschen, einem Bauern vielleicht oder einem Spaziergänger, aber weit und breit blieb alles still und leer. Bienen summten träge durch den heißen Nachmittag. Nicht einmal eine Kirchturmspitze in der Ferne verriet die Nähe eines Dorfes. Die Landstraße verlor sich als gewundenes graues Band irgendwo am Horizont, wo die Wiesen an den Himmel grenzten.

Blühender Klee zu ihren Füßen. Löwenzahn. Aufgewühlte Erde dort, wo sich die Reifen ihren Weg gebahnt hatten. Sie könnte versuchen, die Straße entlangzulaufen …

Sie hörte wieder seine flehende Stimme. »Leona. Bitte … die Schmerzen …«

Sie fluchte leise, tappte ganz um das Auto herum. Die Fahrertür war stark verschoben, ließ sich erst beim dritten Versuch öffnen. Das Bild, das sich ihr von dieser Seite bot, war das gleiche wie vorher. Robert hatte den Kopf herumgedreht, sah sie an.

»Bitte …«

Sie konnte die Worte mehr an seinen Lippen ablesen, als daß sie sie hörte.

»Die Schmerzen …«

Sie wußte nicht, ob ihm tatsächlich das Lenkrad im Bauch steckte oder ob es die völlig verkrümmte, zusammengeschobene Haltung war, was ihn fast rasend werden ließ vor Schmerzen, aber sie begriff, daß es der letzte und einzige Wunsch seines Lebens noch war, sich auf der Erde ausstrecken zu können und dort zu sterben. Er hatte den Gesichtsausdruck eines Tieres, das qualvoll in einer Falle verendet.

Sie neigte sich über ihn, versuchte, ihre Hände unter seine Arme zu schieben. Er stöhnte entsetzlich, wurde noch fahler. Sie merkte, daß er versuchte, sich zu beherrschen, damit sie auf keinen Fall nachließ in ihrem Bemühen, ihm herauszuhelfen.

»Wo ist Felix?« fragte sie leise.

»Bitte …«, winselte er.

Sie ließ ihn los. »Wo ist Felix?« wiederholte sie mit schneidender Stimme.

Er sah sie an, ungläubig, erschüttert.

»Leona …«

Sehr leise sagte sie: »Ich lasse dich hier verrecken. Ich schwör's dir. Hier ist weit und breit niemand, der dir helfen könnte. Wo ist Felix?«

»Hol ... mich raus! Bitte!«

Die Schmerzen raubten ihm fast die Sinne. Sie konnte es sehen.

Sie trat einen Schritt zurück. Er bemühte sich, die Hand nach ihr auszustrecken, vermochte aber nicht viel mehr, als seine Finger zu krümmen.

»Das ... würdest ... du ... nicht ... tun ...«

»Verlaß dich drauf. Ich tu' es.«

Sie machte einen weiteren Schritt von ihm weg. Er weinte jetzt wie ein Kind.

»Leona ... bitte ... bitte ...«

»Wo ist Felix?«

Er schluchzte, als er ihr den Ort beschrieb, an dem er ihn versteckt hatte. Sie zweifelte nicht daran, daß er die Wahrheit sagte. Sie packte ihn an den Schultern und zog ihn millimeterweise aus dem Wagen. Es kostete sie mehr Kraft, als sie je geglaubt hatte aufbringen zu können.

Irgendwann hörte sie, wie ein Auto hielt. Sie hörte Stimmen.

»Mein Gott, was ist denn passiert? Hören Sie, Sie bluten ja schrecklich! Wir brauchen sofort einen Arzt und die Polizei ... Sie sollten den Mann besser nicht bewegen ... Warten Sie, bis der Arzt ...«

Aber da hatte sie es schon geschafft und streckte Robert in dem weichen Klee am Straßenrand aus. Nicht nur im Gesicht, auch am ganzen Körper sah er völlig unversehrt aus. Sie strich ihm die dichten, dunklen Haare aus der Stirn.

Im selben Moment, da er sie anlächelte, starb er.

Sie saß noch neben ihm auf der Erde und hielt seine

505

Hand, als die Polizei kam und ein Krankenwagen. Ein Sanitäter löste ihre Finger aus denen Roberts. Sie wurde auf eine Bahre gelegt, und endlich breitete jemand eine Decke über sie, ein Mensch, der, wie sie dankbar dachte, gemerkt haben mußte, wie entsetzlich sie fror.

»Schwerer Schock«, hörte sie jemanden sagen.

Sie schloß die Augen.

14

Auf den ersten Blick war es Wolfgang vorgekommen, als strahle Leona Verlorenheit und Verlassenheit aus, wie sie da am Fuß der Treppe stand zwischen all den Koffern. Aber dann, als er die letzte Stufe heruntergekommen war, merkte er, daß sie voller Zuversicht und Vorfreude war. Alle Hoffnung, sie werde sich alles noch einmal überlegen, fiel in sich zusammen.

Sie kramte in ihrer Handtasche herum, fischte ihren Autoschlüssel heraus.

»So«, sagte sie, »ich muß los. Paul wartet sicher schon.«

»Hätte ihn nicht irgend jemand anderer von der Familie im Krankenhaus abholen können? Olivia zum Beispiel. Dann hätten wir wenigstens diese letzten zwei Tage noch für uns.«

»Ich will doch selbst noch mal nach Lauberg. Ich sehe sie alle jetzt für mindestens ein Jahr nicht mehr. Und da ist es doch nur sinnvoll, daß ich Paul gleich mitnehme.«

Mit einer resignierten Handbewegung wies er auf die zahlreichen Gepäckstücke ringsum.

»Na ja, jedenfalls zeigst du mir recht deutlich, wie eilig du es hast, von mir wegzukommen. Du hättest ja auch nach deiner Rückkehr aus Lauberg packen können.«

»Das wäre aber eine unheimliche Hetzerei geworden. Es tut mir leid, daß du jetzt das ganze Zeug hier herumstehen hast, aber übermorgen verschwindet alles.«

Er lächelte traurig. »Übermorgen verschwindest vor allem du!«

Sie nickte. »Ja. Ich habe dir ja erklärt …«

»Jaja. Ich weiß.«

Es hatte ihn wie ein Schlag getroffen, als sie ihm verkündet hatte, sie werde nach England gehen. Ihre Stelle kündigen. Für mindestens ein Jahr in London leben. Vielleicht auch für länger.

»William – du weißt, der Literaturagent, mit dem ich befreundet bin – hat mir einen Job angeboten. Das ist eine riesige Chance! Ich muß das machen!«

»Aber du kannst doch nicht deine wirklich gute Stelle hier …«

»Natürlich kann ich! Meinst du, ich will für alle Zeit am selben Schreibtisch versauern?«

Er hatte vor ihr gestanden, mit hängenden Armen und mit seiner ganzen Bereitschaft zu einem Neuanfang, und war sich wie ein Trottel vorgekommen.

»Und … was wird aus uns?« hatte er schließlich gefragt.

Sie hatte nicht einmal versucht, ihm die bittere Wahrheit ein wenig zu versüßen.

»Ich weiß nicht. Vorläufig jedenfalls – nichts!«

»Aha. Und du meinst, ich warte hier geduldig, bis du wiederkommst und ob du überhaupt wiederkommst?«

»Das meine ich gar nicht. Du wirst tun, was du möchtest.«

»Ich habe keine Lust, allein in dem großen Haus zu wohnen!«

»Dann verkaufe es.«

»*Unser Haus?* Du hast immer gesagt …«

507

Sie hatte geseufzt, weil er so schwer begriff.

»Ich will ein neues Leben, Wolfgang. Das alte ist mir zu eng geworden. Diese Stadt, dieses Haus, meine Arbeit … das kann nicht alles sein. Vor ungefähr einem Jahr hast du für dich genau das gleiche festgestellt. Und du hattest recht. Es hat nur etwas gedauert, bis ich es auch kapiert habe.«

»Du willst dich rächen.«

Sie hatte die Hand gehoben und ihm sanft über die Wange gestrichen.

»Ach, Wolfgang! Rache! Du glaubst gar nicht, wie wenig ich an Rache interessiert bin!«

Das schlimme ist, dachte er nun, an diesem Julimorgen im Flur ihres gemeinsamen Hauses zwischen all den Koffern, die ihre Trennung symbolisierten, daß sie wirklich keine Rache will. Wenn sie das wollte, hätte sie noch Gefühle für mich. Dann wüßte ich, sie kommt wieder, wenn sie meint, ich hätte lange genug gezappelt. Aber so … gibt es keine Hoffnung.

Er betrachtete sie. Sie hatte sich gut erholt von dem Unfall, von ihrem Schock und von den Verletzungen. Sie hatte Narben an den Beinen zurückbehalten, deshalb trug sie nun immer lange Hosen. Die Narben waren rot und häßlich, aber die Ärzte hatten gesagt, sie würden blasser und unauffälliger werden mit der Zeit, wenn auch nie ganz verschwinden. Im Krankenhaus hatte sie immer nur nach Felix gefragt und war erst zur Ruhe gekommen, als sie die Nachricht erhielt, daß die Polizei ihn tatsächlich in dem von Robert benannten Versteck gefunden hatte: ein stillgelegtes, einsames Gehöft jenseits der ehemaligen Zonengrenze. Felix hatte in einem steinernen Kellerverlies gekauert, in dem Wasser von den Wänden lief und Grabeskälte herrschte. Er hatte blaue Lippen gehabt und war mit schwerer Unterkühlung sofort in eine Klinik eingeliefert worden.

»Noch eine Nacht und ein Tag«, hatte der Arzt gesagt, »länger hätte er keinesfalls überlebt.«

Felix selbst war keineswegs so verstört, wie alle es erwartet hatten.

»Ich wußte, daß du mich finden würdest«, sagte er mit aufeinanderschlagenden Zähnen, als ihn seine weinende Mutter in die Arme schloß.

Wolfgang hatte Leona bittere Vorwürfe gemacht, weil sie zu Robert Jablonski ins Auto gestiegen war.

»Das war Wahnsinn! Absoluter Wahnsinn!«

»Es war das einzig Richtige. Wir hätten aus Robert nie herausbekommen, wo Felix ist, und wie wir jetzt wissen, war er wirklich in Lebensgefahr.«

»*Du* warst auch in Lebensgefahr! Daß du mich an dem Morgen, als er bei euch aufgekreuzt war, nicht informiert hast! Wenn dieses Münchner Callgirl die gefesselte Lydia Behrenburg nicht gefunden hätte, hätte ich nichts erfahren.«

»Du hast mir auch so nicht helfen können. Von irgendeinem Zeitpunkt an habe ich ganz klar gespürt, daß ich diese Sache nur allein zu Ende bringen kann. Und so war es dann ja auch.«

Dann hatte sie plötzlich gekichert. »Ich habe immer noch nicht ganz kapiert, woher ausgerechnet Lydia ein Callgirl aus München kannte!«

»Ich erkläre es dir später. Das ist alles eine verworrene Geschichte.«

An diesem Morgen des Abschieds nun schienen Erklärungen überflüssig geworden zu sein, und trotzdem sagte Wolfgang – vielleicht nur, um Leonas Fortgehen hinauszuzögern: »Weißt du, worin letztlich Robert Jablonskis

Dachschaden bestand? Ich meine, was all die furchtbaren Dinge, die er tat, ausgelöst hat?«

Sie schüttelte den Kopf. »Ich kann nur rätseln. Ich glaube, es hing mit seiner Schwester zusammen. Mit seiner unglücklichen und unerfüllbaren Liebe zu ihr. Daß sie ihn verlassen und einen anderen geheiratet hat, war wohl der Auslöser. Die Weichen für den Defekt aber müssen viel früher gestellt worden sein. Was weiß man schon darüber, Wolfgang? Der Vater? Die Mutter? Der Geburtsvorgang? Oder liegt es in den Genen, von Anfang an, als unausweichliches Verhängnis?«

»Die Schwester …«

»Eva Fabiani. Am Ende wie am Anfang. Mit ihr hat alles begonnen.«

»Wenn du an diesem Tag nicht zum Zahnarzt gegangen wärst …«

»… wäre vielleicht alles anders gekommen. Ich glaube ja an ein Schicksal.«

»Das ist Unsinn.«

Sie hängte sich ihre Handtasche über die Schulter. Sie sah kühl und gelassen aus.

»Wie auch immer«, sagte sie, »für uns ist das nun gleichgültig.«

Sie schaute auf ihre Uhr. »Ich muß mich wirklich beeilen. Ich will noch ganz kurz bei Lydia vorbei und mich verabschieden. Sie ist todtraurig, daß ich weggehe. Die arme Seele! Ihr ist wirklich übel mitgespielt worden!«

Wolfgang erinnerte sich an die Stunden, die er an einem kalten Wintertag in Lydias überheiztem Wohnzimmer verbracht hatte. Er dachte an die Einsamkeit, die diese Frau wie eine große Glocke umgeben hatte.

»Sie ist wirklich eine arme Seele«, sagte er.

»Sie geht jetzt regelmäßig zu einem Psychotherapeu-

510

ten«, sagte Leona, »eigentlich wegen der Alpträume, die sie seit der Geschichte mit Robert hat. Aber ich hoffe, daß sie auf diesem Weg eine neue Lebensweise für sich findet.«

»Überall Hoffnung, wie man sieht. Offenbar geht ja sogar Paul zu Olivia zurück …«

»Vorläufig nur für ein Gespräch. Immerhin hat Olivia aber die Bereitschaft dazu signalisiert, und das ist bedeutsam, wenn man bedenkt, wie sie sich während der letzten Jahre verhalten hat. Dafür trennt sich Carolin von Ben. Sie zieht zu Tim und macht eine Gärtnerlehre. Kannst du dir das vorstellen? Carolin mit einer *Ausbildung*?«

»Man sagt ja, daß Wunder immer wieder geschehen.«

Er trat an Leona heran, nahm ihre Hände.

»Was meinst du?« fragte er leise. »Sollte ich vielleicht doch auf ein Wunder hoffen?«

Er sah in ihren Augen, daß sie für Sekunden in der Versuchung schwebte, ihm zu sagen, was er hören wollte, ihm das Geschenk der Hoffnung zu machen und dann zu gehen, mit leichterem Herzen, weil sie wußte, daß sie ihm etwas gegeben hatte, was den Schmerz lindern würde für die erste Zeit.

Aber dann war der kurze Moment der Schwäche schon wieder vorbei.

»Nein«, sagte sie, »du solltest nicht auf ein Wunder hoffen.«

Er nickte, zu bestürzt, zu hilflos, um etwas zu erwidern.

Sie ging hinaus und zog leise die Tür hinter sich ins Schloß.

GOLDMANN

*Das Gesamtverzeichnis aller lieferbaren Titel erhalten Sie
im Buchhandel oder direkt beim Verlag.
Nähere Informationen über unser Programm erhalten Sie auch im Internet unter:*
www.goldmann-verlag.de

★

Taschenbuch-Bestseller zu Taschenbuchpreisen
– Monat für Monat interessante und fesselnde Titel –

★

Literatur deutschsprachiger und internationaler Autoren

★

Unterhaltung, Kriminalromane, Thriller
und Historische Romane

★

Aktuelle Sachbücher, Ratgeber, Handbücher und
Nachschlagewerke

★

Bücher zu Politik, Gesellschaft, Naturwissenschaft und Umwelt

★

Das Neueste aus den Bereichen
Esoterik, Persönliches Wachstum und Ganzheitliches Heilen

★

Klassiker mit Anmerkungen, Anthologien und Lesebücher

★

Kalender und Popbiographien

★

Die ganze Welt des Taschenbuchs

★

Goldmann Verlag • Neumarkter Str. 18 • 81673 München

Bitte senden Sie mir das neue kostenlose Gesamtverzeichnis

Name: _____

Straße: _____

PLZ / Ort: _____